MARLENE

DE LA MÊME AUTEURE

Au nom de ma mère, L'Archipel, 2017 ; Archipoche, 2020.

HANNI MÜNZER

MARLENE

traduit de l'allemand
par Anne-Judith Descombey

l'Archipel

Ce livre a été publié sous le titre
Marlene
par Piper Verlag, en 2016.

Notre catalogue est consultable à l'adresse suivante :
www.editionsarchipel.com

Éditions de l'Archipel
34, rue des Bourdonnais
75001 Paris.

ISBN 978-2-8098-2780-4

« Tout est calme, la nuit est remplie d'étoiles,
Et le froid mordant.
Souviens-toi que je t'ai appris
À tenir un revolver.
Une jeune fille en manteau de fourrure coiffée d'un béret
Tenant fermement un revolver en main,
Une jeune fille au visage de velours
Arrête le convoi de l'ennemi.
Son petit revolver
A visé, tiré et fait mouche.
Une voiture chargée d'armes,
Elle l'a arrêtée d'une seule balle.
Le lendemain, elle s'est glissée hors de la forêt,
Des guirlandes de neige dans les cheveux,
Galvanisée par cette petite victoire
Pour notre génération nouvelle et libre. »

Hirsch Glick (1922-1944)

« Seul celui qui a vécu la guerre peut savoir ce que signifie la guerre. »

Marlene

Prologue

C'était un merveilleux été enveloppé de parfums et de souvenirs qui se gravèrent à jamais dans sa mémoire.

Elle se tenait dans le champ pendant les foins, le chant des grillons dans les oreilles, la poussière de la terre desséchée sur la langue, dans la lumière irisée du soleil de midi dont elle sentait la brûlure sur la nuque. Le soir, la grand-mère oindrait sa nuque d'une pommade à l'odeur forte qu'elle utilisait pour ses chevaux.

Elle avait seize ans, l'air embaumait les fleurs sauvages, le foin, et une langueur inconnue s'emparait d'elle quand elle échangeait des regards à la dérobée avec le fils de l'intendant. Elle notait chacune de leurs rencontres dans son journal intime. Une sensation neuve s'éveillait en elle et faisait chanter son sang.

C'était le jour de son anniversaire et, bien que son grand-père vît d'un mauvais œil qu'elle passât la journée dehors avec les valets, elle aidait ce jour-là à rentrer les foins. Elle adorait l'activité physique. Quand elle travaillait ainsi, elle se sentait vivante et proche de la nature et des hommes. Ses mains jeunes et vigoureuses savaient refréner les chevaux les plus fougueux. Leurs cals la remplissaient de fierté. Elle plaisantait avec les hommes, des journaliers du pays et des Polonais qui se louaient pour les récoltes en Allemagne. Elle était acceptée de tous non parce qu'elle était la petite-fille du propriétaire, mais parce qu'elle travaillait presque aussi dur qu'eux.

Elle n'entendit pas aussitôt le moteur de la voiture parce que les hommes avaient entonné un chant de récoltes. Ce furent des appels qui attirèrent son attention sur les nouveaux arrivants. La main en visière pour abriter ses yeux du soleil, elle regarda deux silhouettes surgir dans la lumière aveuglante et s'approcher d'eux. Elle connaissait ces deux hommes : c'était le Gauleiter local Mettmann et son fils Herbert. Ce dernier avait le même âge qu'elle et tous deux avaient fréquenté l'école du village.

— Je n'ai pas voulu croire mon fils quand il me l'a raconté, mademoiselle von Dürkheim ! s'échauffa Mettmann avant même de l'avoir rejointe. Mais maintenant, vous voilà avec cette clique de Juifs polonais !

Elle ne comprenait pas son indignation.

— Nous travaillons : quel mal y a-t-il à cela ? répondit-elle.

Elle observait ce gros homme dans son uniforme disgracieux qu'elle connaissait depuis son enfance. Paul Mettmann était l'épicier du village et quand elle était petite, lui et sa femme lui donnaient des bonbons à chacune de ses visites. Autrefois, il aimait plaisanter, il lui pinçait la joue dès qu'il la croisait et il était connu pour ne jamais rater une occasion de faire la fête.

Ses convictions politiques l'avaient entièrement transformé : elle ne reconnaissait plus cet homme autrefois débonnaire. Maintenant, il ne ratait jamais une occasion de donner à tous des leçons qui n'intéressaient personne au village parce qu'elles n'intéressaient pas le baron von Dürkheim. Aux yeux des simples citoyens du village brandebourgeois de Levkojen, en effet, le baron était la référence suprême. Les villageois laissaient donc parler Mettmann sans l'écouter et, frustré, il n'en haussait que davantage le ton. Même son rire avait changé, toute cordialité en avait disparu, comme si rire de bon cœur était devenu indigne de sa nouvelle fonction.

Sa femme avait également changé. Son visage était pincé et son rire mécanique, comme s'il n'était plus qu'une obligation de pure politesse envers elle, Anna von Dürkheim, la petite-fille du baron. Dès que l'épicière la rencontrait, elle la dévisageait comme si elle savait sur son compte des ignominies dont elle ne pouvait s'indigner qu'en son for intérieur. Quand cette femme avait-elle oublié ce qu'étaient la joie, le rire et le plaisir de vivre ? Son fils Herbert, lui, au moins, était resté le même. Il avait toujours été un peu apathique.

Mais l'épicier et sa femme n'étaient pas les seuls à avoir changé : elle aussi. En ce jour de juillet 1935, sa conscience politique s'était éveillée. Le temps de l'innocence était révolu.

Première partie

LE PRÉSENT

1

Cracovie-Kazimierz, décembre 2012

— Tu es réveillée ?

Marlene sursauta. Devant son bureau, Olivia tenait à la main le dossier contenant le courrier. Elle ne l'avait pas entendue entrer alors que le vieux parquet grinçait comme un arbre blessé. Il lui fallut quelques secondes pour revenir au présent. Depuis qu'elle écrivait son autobiographie, tout ce qui l'entourait cessait d'exister dans de tels moments, et de plus en plus souvent. Elle avait seulement voulu fermer les yeux un instant pour leur donner un peu de repos.

— Olivia, c'est toi ! s'exclama-t-elle, comme soulagée à sa vue.

Elle remit machinalement de l'ordre dans ses cheveux argentés. Son chignon lâche laissait l'impression qu'elle n'avait pas eu le temps de se coiffer, mais lui donnait une allure juvénile.

— J'avais fini, de toute façon, reprit-elle.

Elle prit un stylo, apposa son nom au bas d'un document et referma le parapheur qu'Olivia avait mis à sa disposition le matin même.

— Voilà. Je garde le reste pour cet après-midi.

Elle ôta ses lunettes passées à une chaîne qu'elle portait au cou et massa le haut de son nez.

— Tu pourrais régler encore ça, répondit Olivia en lui tendant une feuille qu'elle venait de tirer d'une enveloppe.

Dès que Marlene ôtait ses lunettes, elle ne voyait plus que des caractères flous qui ressemblaient à des chenilles noires. Elle leva les yeux vers Olivia.

— Olivia, tu es un vrai tyran ! Tu ne peux même pas accorder une petite pause à une pauvre vieille femme ?

— Tu ne peux t'en prendre qu'à toi-même : tu m'as engagée pour que je mette de l'ordre dans ton chaos, répliqua Olivia sans s'émouvoir.

— Quel chaos ? Et ça, qu'est-ce que c'est, bon sang ? grommela Marlene en remettant ses lunettes. Une demande d'interview du *Zeitspiegel* ? Encore ?

— D'après ma liste, la dernière remonte à près de trois ans.

— Je sais. Je croyais seulement qu'après mon éclat je serais enfin débarrassée d'eux.

— Oui, je me souviens encore de ta lettre virulente à la rédaction. On t'avait attribué à tort certains propos, c'est ça ?

— Pas seulement. Rien que le titre, « La dernière diva » !... De quoi ça a l'air ? Pour commencer, on me pose des questions sur l'actualité politique, mais quand mes réponses déplaisent, soit on les coupe, soit on sort des phrases de leur contexte. On me considère comme une Cassandre. Peuh ! Maintenant, c'est partout pareil, tout le monde est si formaté au politiquement correct que c'est le règne de l'angélisme. J'en ai ma claque ! Chacun ne fait que répéter ce qui est dans son intérêt. On dirait que la vérité n'intéresse plus personne. Tu te souviens comme ils me sont tombés dessus quand mon certificat de mariage a refait surface ? Personne ne s'est soucié des circonstances de ce mariage. Tout ce qui comptait, pour eux, c'était de sortir leurs gros titres : « Mariée à un nazi », voilà ce qu'ils m'ont jeté à la figure.

— Ne t'énerve pas. Pense à ta tension, répondit Olivia sur le ton de quelqu'un qui avait l'habitude de telles vitupérations.

— Nous y voilà ! s'exclama Marlene en brandissant la feuille dont elle venait d'achever la lecture. Ils ont découvert que j'écris mon autobiographie. Je parie que c'est la petite-fille de Jolanta qui leur a refilé le tuyau. Cette petite arriviste cupide... Écoute un peu cette question sournoise... on dirait qu'ils veulent encore me faire payer mon féminisme : « Pourriez-vous concevoir d'écrire un roman exclusivement du point de vue d'un homme ? »

Olivia réprima un sourire. Elle savait que Marlene avait une dent contre sa très jeune agente, qu'elle n'appelait que « la petite-fille de Jolanta ». Jolanta Uptenhoff avait été pendant près de soixante ans l'agente de Marlene et après sa mort, qui remontait à six ans, sa petite-fille Severine avait pris sa succession. Severine était née en 1984 et Marlene lui en voulait encore de l'avoir «internetisée de force», selon ses propres termes. Sa vieille compagne Jolanta conservait pratiquement toutes ses archives sur papier, ce qui, rétrospectivement, pouvait être considéré comme un tour de force. Jolanta avait une mémoire prodigieuse. Olivia n'oublierait jamais la réaction de Marlene, quand, au deuxième jour de la «prise de pouvoir par Severine» – une autre pique de Marlene –, elle avait découvert sur son bureau le téléphone à touches qu'on venait d'y installer.

— Qu'est-ce que c'est? avait-elle lancé à Severine d'une voix annonciatrice de séisme.

— Ce qui te fera gagner un temps fou: les numéros les plus importants y sont enregistrés avec une fonction «numéro abrégé». Tu n'auras plus qu'à appuyer sur la touche 1 pour m'avoir au bout du fil.

Severine débordait de l'assurance des jeunes gens persuadés que l'avenir est une masse de cire qu'ils peuvent modeler. Pour ceux de sa génération, l'imprévisibilité du sort était encore un facteur négligeable.

— Ah bon? Il me suffira donc de presser un bouton pour gagner du temps?

Au ton de Marlene, Olivia s'était préparée au tsunami qui allait déferler sur Severine en réprimant son envie de rire. La jeune femme devait apprendre à se tirer d'affaire toute seule. Elle-même avait essuyé plusieurs tempêtes de Marlene.

— Et si je n'avais pas envie de gagner du temps, Severine? commença Marlene avec un calme inquiétant. Et si je voulais le savourer pleinement? Le rythme de l'existence est devenu frénétique, tout doit se faire en trois coups de cuillère à pot, vite, vite, gagnons du temps, mais pourquoi, au juste? Pour gagner encore plus de temps pendant le laps de temps qu'on vient de gagner? Quand pouvons-nous enfin souffler un peu? Nous allons si vite que nous nous dépassons! Et en chemin, nous oublions tout simplement de vivre. Je ne veux pas de numéro abrégé. Je veux composer un numéro entier sans me presser et à mon aise. Remporte-moi ça illico!

Marlene avait empoigné le téléphone et arraché la prise.

— Reprends ce monstre qui fait gagner du temps et rends-moi mon ancien téléphone!

— Mais je l'ai déjà jeté à la poubelle, objecta vaillamment Severine.

— Tu as quoi? demanda Marlene, qui s'était redressée. Alors je te conseille de fouiller les poubelles ou de me commander dès aujourd'hui le même modèle.

— Mais il est pratiquement impossible de trouver un téléphone à cadran de nos jours, répondit Severine, qui semblait dégager moins d'énergie.

— Dans ce cas, tu ferais bien de commencer tes recherches tout de suite, non?

C'était Severine qui avait proposé qu'Olivia soulage Marlene de son travail en tant que secrétaire privée. Après tout, elle habitait dans le même immeuble qu'elle et sa patience était sans limites, ce qui était une condition sine qua non pour remplir cette fonction auprès de Marlene. Et c'était le moment idéal pour prendre cette fonction puisque sa fille Klaudia venait d'entrer à l'école.

— Tu devrais peut-être ouvrir un compte sur Facebook ou créer ton blog. Comme ça, tu pourras écrire tout ce que tu voudras, y compris ta vision des choses, proposa Olivia à Marlene.

— Moi, sur Internet? lança Marlene. Pour qu'on m'espionne? Jamais! Combien de fois ma fondation a-t-elle été attaquée par ces cyber-fachos depuis que nous sommes sur le Net? Un jour, ils ont même effacé toutes nos données! Si je n'avais pas gardé les fiches de tous nos contacts, nous n'aurions même plus leurs adresses! Très peu pour moi. J'écris ma biographie, qui atterrira de toute manière sur le Net, sous sa forme électronique… à en croire la petite-fille de Jolanta. Ça ne me dérange pas. Comme ça, peut-être qu'on m'écoutera enfin. Ce monde est devenu fou et peut-être encore pire qu'autrefois. En ce temps-là, on savait au moins qui était l'ennemi. Aujourd'hui, on change de camp du jour au lendemain selon la devise «Les ennemis de mes ennemis sont mes amis». Aujourd'hui celui-ci, demain celui-là et le lendemain, c'est reparti pour un tour. Ce petit jeu de chaises musicales donne le vertige. On mène le monde à l'abîme et en détournant les yeux, exactement comme autrefois. C'est la même politique d'apaisement qu'il y a quatre-vingts ans, et ça m'horrifie. Mais l'essentiel, n'est-ce pas, c'est que l'industrie mondiale de l'armement prospère…

Marlene s'était échauffée en parlant et elle le savait. Elle tâtonna à la recherche de la chaîne qu'elle portait au cou et son vieux visage fulminant devint soudain mélancolique comme si un souvenir lointain lui revenait, un souvenir qui lui inspirait en même temps de l'effroi et de l'espoir. Elle se renversa dans son fauteuil et s'abandonna brièvement à son épuisement, qui tenait moins à son âge qu'à son angoisse pour l'avenir de l'humanité.

— Il m'arrive de me demander pourquoi nous nous sommes battus autrefois, murmura-t-elle.

Olivia ferma les yeux à son tour pendant quelques secondes. Marlene cédait de plus en plus souvent à ces accès d'angoisse. Olivia se demandait parfois si elle ne confondait pas le passé et le présent. Pour la rappeler à la réalité, elle revint à la demande d'interview.

— Et alors? Pourrais-tu concevoir d'écrire un roman exclusivement du point de vue d'un homme?

— Surtout pas!

Marlene se redressa et le regard redevenu alerte de ses yeux bleus se fixa sur Olivia.

— Mais je pourrais concevoir d'en écrire un du point de vue de Dieu. La première phrase serait: «Depuis que j'ai créé l'homme, je me demande si ce n'est pas le diable qui m'en a soufflé l'idée.»

— Oui, peut-être que mon homonyme aurait mieux fait de ne pas construire l'Arche, commenta une voix masculine.

— Noah! s'exclama Marlene, dont le visage s'adoucit fugitivement. Quand es-tu arrivé?

— Je viens de débarquer.

L'homme s'approcha, se pencha vers elle et l'embrassa.

— 'jour, m'man.

— Pourquoi ne m'as-tu pas dit qu'il était rentré? demanda Marlene à Olivia sur un ton de reproche.

Sa secrétaire, qui était également sa belle-fille, regarda Noah et sourit.

— Parce qu'il voulait te faire la surprise, répondit-elle.

— Je viens d'apprendre de Frantisek que nos invités américains arriveront un jour plus tard que prévu, reprit Noah en se servant une tasse de café à la cafetière du bureau.

— Tout juste. Et après-demain, Penelope, l'amie de Trudi, débarque de Munich.

— Penelope? C'est quelqu'un dont je suis censé me souvenir? demanda Noah en haussant un sourcil.

— Non, répondit Marlene avec un soupir. C'est une histoire tragique. Elle a perdu un fils dans un accident. Il n'avait que cinq ans. Ça l'a rendue presque folle et Trudi l'a prise sous son aile. Or Trudi a visiblement la plus grande confiance en mes capacités de réconfort: elle m'a demandé d'aider son amie à surmonter cette épreuve.

— Et comment croit-elle que tu peux l'aider? s'enquit Noah comme s'il doutait des capacités de sa mère, ce qui lui valut un regard réprobateur de celle-ci.

— Elle voudrait que je lui raconte comment Trudi et moi-même avons survécu à la guerre.

— Je vois, dit Noah en hochant la tête avec gravité.

Il but une gorgée et observa sa mère par-dessus le bord de la tasse.

— Suis-je toujours censé rester à l'arrière-plan pendant la visite de nos invités d'Amérique?

— Oui. Je voudrais surtout préparer le professeur en douceur à ce qui l'attend. Par égard pour sa sœur Deborah, je n'avais pas encore tout raconté du passé à Wolfgang. Mais maintenant qu'elle est morte, je voudrais rompre le silence.

2

— Pourquoi ne m'as-tu pas réveillée plus tôt?

— Merci, Marlene, et bien le bonjour à toi aussi, répondit ironiquement Olivia avant de tirer les rideaux.

Le limpide soleil d'hiver inonda la pièce et un rayon tomba sur Marlene qui, assise toute droite dans son lit, tendait le réveil à sa belle-fille d'un air réprobateur.

— Comment va ta jambe aujourd'hui? demanda celle-ci sans répondre à la question de sa belle-mère.

Elle prit le plateau du petit-déjeuner sur la commode et le déposa devant Marlene.

— Demande-le à ma jambe, grommela Marlene en soulevant le couvercle de la cafetière en argent et en inspectant son contenu comme si elle y soupçonnait autre chose que du café.

Olivia réprima un sourire.

— C'est si grave que ça? Tu veux que je la masse avec du baume ou que je te fasse couler un bain chaud?

— Plus tard, peut-être. Le café est-il bien fort?

— Ne t'inquiète pas, Olga n'a sûrement pas oublié d'y verser ton petit cognac matinal. Même si elle oublie tout le reste…, acheva Olivia sur un ton résigné.

— Elle a presque quatre-vingt-dix ans, alors ne parle pas d'elle sur ce ton irrévérencieux.

— Désolée, ça doit tenir à mes mauvaises fréquentations, répondit sèchement Olivia.

Tout en parlant, elle déambulait dans la chambre, faisant détaler une demi-douzaine de chats et lisant au hasard des papiers éparpillés à terre.

— Ta chambre est dans la même pagaille que celle de Klaudia, observa-t-elle.

— C'est exactement l'allure que doit avoir la chambre d'une adolescente de seize ans, sinon, à ta place, je me ferais du souci pour ta fille. Où est-elle, au fait?

— Nous sommes vendredi matin et c'est un jour d'école comme les autres, répondit Olivia en scrutant sa belle-mère auquel son regard perplexe n'échappa pas.

— Oh ça va, ne me regarde pas comme le docteur Wiczorek ! Je ne suis pas atteinte de démence, mais juste débordée en ce moment. Et je voudrais enfin finir mon livre.

— C'est pour cette raison que je t'ai laissée dormir : Noah m'a dit que la lumière est restée allumée chez toi jusqu'à 4 heures.

— S'il s'est levé à une heure pareille, sa vessie ne doit pas être bien vigoureuse.

— Et toi, tu as mal à la jambe, ce qui explique ton humeur, répliqua Olivia dont le sourcil droit s'était haussé.

— Oui, bon, tu as raison, c'est cette saleté de jambe. Je ne sais pas pourquoi, mais depuis quelque temps, qu'est-ce que ça peut me pincer, là-dedans ! Dire que pendant des années, je n'ai presque rien senti… Mes vieux os sont en train de me lâcher. Cette blessure remonte pourtant à presque soixante-dix ans.

— Non, c'est le froid, Matka. L'hiver a été précoce cette année.

— Ne m'appelle pas « maman », par pitié, je me sens encore plus vieille quand tu fais ça.

Marlene avança les lèvres pour boire une gorgée de café.

— Je ne connais personne d'aussi jeune que toi, Matka, fit doucement Olivia.

— C'est très beau, ce que tu viens de dire. Bon, où est Noah ? Déjà sorti ?

— Oui, il est parti très tôt pour Varsovie, où il doit faire un discours devant la fédération des industriels polonais.

— Eh bien, j'espère que ces marchands de soupe sortiront leurs chéquiers pour ma fondation sans trop se faire prier. Dommage que je ne puisse plus voyager comme avant, car je me serais fait un plaisir de leur donner mauvaise conscience. Et mes visiteurs, que deviennent-ils ? Déjà debout ?

— Depuis longtemps. Frantisek les a emmenés faire un tour de la ville, y compris le professeur Berchinger. Ils commenceront par le marché et l'église Sainte-Marie, et iront ensuite au parc de Planty, comme tu nous l'avais recommandé hier.

— Ah oui, le marché… *Rynek Glowny*.

Marlene avait prononcé ces mots en polonais avec une tendresse particulière. Elle ferma les yeux pour s'abandonner un instant à ses souvenirs.

— Ils déjeuneront dehors et ils reviendront du parc vers 15 heures. Un peu plus tard, ils prendront le café avec des gâteaux, et ensuite…

— … ensuite le moment viendra de leur raconter mon histoire, acheva Marlene, qui avait rouvert les yeux et qui s'était tournée vers la fenêtre avec un regard lointain, comme si elle s'attendait à voir resurgir le terrible été de 1944.

3

Olivia vérifia pour la dernière fois que les invités avaient tout ce qu'il leur fallait avant de s'asseoir à son tour. De son fauteuil placé près de la fenêtre, elle pouvait voir toute la salle à manger. À partir de cet instant, elle devait rester à l'arrière-plan, en observatrice silencieuse.

Tous attendaient la maîtresse de maison. Comme si souvent, sa belle-mère avait oublié l'heure. Mais peut-être était-ce un art de vivre, songea Olivia. Ne pas considérer le temps comme un écoulement, mais comme un cadeau de chaque instant. Toutefois, comme Marlene semblait le savourer un peu trop longtemps, Olivia avait envoyé sa fille Klaudia la chercher.

Frantisek, le petit-fils de la cuisinière Olga, avait allumé un feu dans la cheminée. Plus que la chaleur, c'étaient le crépitement des flammes et le craquement du bois qu'aimait Olivia. Depuis son enfance pauvre dans une ferme pleine de courants d'air où il faisait toujours trop froid, un feu de cheminée était pour elle synonyme d'aisance et de sécurité. Pendant qu'elle attendait Marlene, son regard parcourut l'assemblée.

Penelope Arendt, l'amie de Trudi Siebenbürgen, était la dernière arrivée. Son train en provenance de Munich avait eu du retard, ce dont elle s'était excusée à profusion comme si elle en était personnellement responsable. C'était une jeune femme à l'allure presque éthérée, mais malgré la mélancolie qui l'enveloppait comme un nuage noir, Olivia devinait en elle une passion réprimée.

À côté d'elle se tenait le jeune couple venu d'Amérique, Felicity et son fiancé Richard, qui rayonnaient d'un tel bonheur qu'on se sentait soi-même plus heureux en leur présence. Cela l'avait particulièrement réjouie de revoir le vieux professeur Berchinger. Il n'avait pas changé, il était toujours aussi charmant et, à quatre-vingts ans, curieux de tout. Quand elle l'avait rencontré, quatorze ans auparavant, il venait de perdre sa femme et donnait l'impression qu'il ne pourrait jamais s'en remettre. Dès lors, il s'était entièrement consacré à son autre grand amour, la physique, et au fil des ans, il semblait avoir retrouvé son équilibre. C'était vraiment triste que sa femme et lui n'aient pas eu d'enfants alors que c'était ce qu'ils désiraient le plus au monde. Mais le professeur et sa défunte épouse avaient trouvé en Ottilie et les siens une famille de substitution. Olivia n'avait jamais connu Ottilie, mais elle savait que les enfants de l'ancienne femme de chambre des Berchinger veillaient encore sur le professeur d'une manière touchante.

Quant à Martha, la mère de Felicity, il était plus difficile de se faire une opinion sur elle. Il y avait en elle une réserve, un manque d'assurance et une profonde tristesse qui se lisait dans ses yeux, une tristesse qui devait remonter à très loin. Mais elle paraissait en adoration devant sa fille et son futur gendre. Olivia l'avait plusieurs fois vue les regarder comme une surprise miraculeuse. Peut-être parce qu'elle avait très peu attendu de l'existence, Martha avait visiblement du mal à accepter le bonheur qui lui était offert sans compter.

La porte s'ouvrit et Marlene entra dans la salle au bras de sa petite-fille Klaudia. Et, comme depuis toujours, elle devint immédiatement le centre de l'attention. Il n'échappa nullement au regard observateur d'Olivia que Marlene avait remisé sa canne. Cela signifiait soit qu'elle en avait moins besoin, soit, ce qui était plus probable, que son orgueil avait triomphé de sa douleur.

Les invités s'étaient tous levés en même temps comme en réponse à un signal invisible. Klaudia mena sa grand-mère à son fauteuil favori devant la cheminée. Olivia était toujours ravie de voir l'entente qui régnait entre sa fille et sa belle-mère, de voir la tête argentée et la tête blonde toutes proches comme si elles méditaient un bon tour ensemble, ce qui n'aurait eu rien de nouveau. Marlene pouvait faire les pires bêtises et n'aimait rien tant que de provoquer son entourage. Malgré leurs soixante-dix-sept ans de différence, l'entente entre Marlene et Klaudia était si profonde qu'on pouvait la considérer comme une véritable affinité. À son neuvième anniversaire, Klaudia avait annoncé qu'elle poursuivrait l'œuvre de Marlene, la fondation Moriah, qui depuis sa naissance en 1953 avait pour mission de retrouver et de faire arrêter les criminels nazis.

Olivia sentit un regard sur elle et devina sans avoir besoin de lever les yeux que c'était celui de Noah. Entre eux régnait la même complicité qu'entre Klaudia et sa grand-mère. Ils avaient presque vingt ans de différence. Noah avait maintenant soixante-sept ans. Ils s'étaient longtemps attendus. Mais parfois, ça valait la peine d'attendre, comme il le lui avait dit lors de leur première rencontre, et il lui avait baisé la main avant de la regarder de cette manière qui aujourd'hui encore faisait battre son cœur plus vite.

Marlene aussi s'accorda un instant pour observer ses invités. Elle avait longtemps hésité à écrire sa biographie. Elle avait l'impression que toute son existence n'avait été qu'un combat, mais elle avait également vécu des instants inoubliables dont elle tirait sa force aujourd'hui encore. Une foule de gens merveilleux avaient croisé son chemin, des gens qui étaient restés humains, qui avaient aidé et soutenu leur prochain dans les moments les plus éprouvants et les conditions les plus dégradantes. Et au cœur de la guerre, elle avait vécu un amour si bouleversant qu'il la réchauffait encore. Mais elle avait également enduré des épreuves dont elle avait refoulé le souvenir dans les recoins les plus reculés de son âme. Était-elle vraiment prête à les tirer de l'obscurité, tous ces esprits et ces démons de son passé, à être de nouveau confrontée à eux?

La réponse était oui. Elle avait une dette à régler et elle était dépositaire d'un secret qu'elle ne voulait pas emporter dans la tombe. Et peut-être existait-il encore en ce monde des gens qui voulaient connaître toute la vérité, même si c'était seulement sa vérité. Peut-être la révélation qu'elle allait faire sauverait-elle une âme. Celui qui sauve une vie sauve le monde, c'était une phrase du Talmud qu'on retrouvait presque telle quelle dans la Bible et dans le Coran.

Pourquoi les hommes ne s'en tenaient-ils pas à la compassion enseignée dans ces livres au lieu de tirer d'eux des justifications pour tuer depuis des millénaires? Pourquoi classaient-ils autrui par catégories de race, de couleur, de croyance ou d'incroyance? avait-elle demandé un jour à son amie Trudi pendant la guerre. Au souvenir de Trudi, un sourire se dessina sur ses lèvres. Oui, c'était vraiment bon d'évoquer tous ces merveilleux compagnons de route.

Elle prit la parole pour souhaiter la bienvenue à ses invités, puis entama son discours.

— À mon âge, je n'ai pas envie de perdre du temps. Je vous ai promis de vous raconter l'histoire de ma vie. La voici, dit-elle en montrant le gros paquet de feuilles ficelé que Klaudia avait posé sur la table devant elle. Toute ma folle existence... Je viens d'en finir le récit cette nuit.

Elle adressa un signe de tête à sa petite-fille qui s'était assise sur le repose-pieds de son fauteuil comme elle le faisait si souvent, assez proche de sa grand-mère pour s'adosser à ses genoux. Toutes deux aimaient le contact physique et le recherchaient. Klaudia avait un jour déclaré très sérieusement à sa mère qu'ainsi elle pouvait sentir l'énergie de sa grand-mère et la sienne circuler et s'unir.

— J'ai décidé que ce livre ne devra être publié qu'après ma mort, poursuivit Marlene. Non par peur de l'opinion publique et des journalistes qui me tomberaient dessus comme une bande de charognards, mais pour protéger ma famille. Je tiens à ce qu'elle ne se fasse aucun souci à mon sujet. Je n'ai jamais eu peur d'appeler un chat un chat et ce n'est pas maintenant que je vais arrêter. La vérité n'est pas toujours belle, elle est le plus souvent gênante, mais c'est ce qui fait sa force. On peut la malmener, la brutaliser, la fouler aux pieds, jamais la faire disparaître. Elle finit toujours par revoir le jour. Quelques-unes des personnes présentes connaissent certains épisodes de ma vie par les notes de mon amie Deborah qui s'achèvent peu après la fin de la guerre. Beaucoup de ces souvenirs n'auront rien de nouveau pour Wolferl, son frère, dit-elle en adressant un signe de tête chaleureux au professeur Berchinger, car il y a longtemps que nous nous connaissons. Comme Deborah, j'ai également fait des choses dont je ne suis pas toujours fière. J'ai longtemps essayé d'oublier certaines d'entre elles. Mais plus je m'immergeais dans le passé pour y retrouver des souvenirs, plus j'examinais de vieux documents et des notes anciennes, plus des événements chassés de ma mémoire remontaient à la surface. Les souvenirs sont des bêtes voraces, et pendant que j'écrivais ce livre, je me suis souvent sentie exposée sans protection aux tempêtes de mes émotions. Mon effrontée de petite-fille prétend que c'est mon grand âge qui me rend sentimentale. Si ce n'était que cela, j'en serais trop heureuse.

«Au cours de ces derniers mois, j'ai très souvent parlé au téléphone avec mon amie Trudi, qui est malheureusement morte tout récemment. Elle m'a non seulement aidée à reconstituer une grande partie de nos aventures d'autrefois, mais également expliqué que l'oubli et le refoulement d'une partie de ce passé étaient une stratégie de survie. C'est ainsi que nous nous sommes protégées de la folie du monde, pour ne pas devenir folles à notre tour. Il fut un temps où nous vivions pratiquement d'heure en heure, car personne parmi nous ne savait quand on emmènerait l'un d'entre nous. Nous avons perdu l'un de nos compagnons presque chaque jour.

«Beaucoup de gens ont croisé notre chemin, et si bon nombre ne méritaient pas qu'on se souvienne d'eux, d'autres étaient comme une compensation au mal régnant en ce monde.

«Mon récit commence au 21 juillet 1944, le lendemain de l'échec de l'attentat de Stauffenberg. Ce jour-là, j'en ignorais tout. À l'époque, les nouvelles ne faisaient pas le tour du monde en quelques secondes comme aujourd'hui.

«Munich avait survécu aux plus terribles bombardements des Américains. J'avais passé trois jours dans un abri antiaérien. Quand on nous a enfin laissés remonter à la surface, je me suis immédiatement rendue au 10, Prinzregentenplatz, où mon amie Deborah et son frère Wolferl habitaient, ou, plus exactement, dans lequel Albrecht Brunnmann les retenait prisonniers.

«J'étais venue à Munich pour les aider à s'enfuir, mais l'immeuble avait été détruit par une bombe. Le gardien du block m'a expliqué que même le plafond de l'abri antiaérien situé dans la cave s'était effondré et qu'aucun des habitants n'avait survécu. J'ai donc cru Deborah et son frère morts et je suis revenue à mon plan antérieur, qui était de rejoindre la résistance en France. Mais ce projet ne s'est jamais réalisé…»

Deuxième partie

LE PASSÉ
LE TEMPS DES TÉNÈBRES

«Nous appelons [le peuple allemand] à faire preuve de volonté et à se libérer de l'emprise de l'intellectualisme juif et de ses chimères libérales sur l'esprit allemand...»

Tract appelant à l'autodafé rédigé
par l'Union des étudiants allemands
le 10 mai 1933

4

Deux cent quatre-vingt-cinq jours avant le jour 0

« Sur les morts de nos sacrifices et sur les ruines de nos villes s'épanouira une vie nouvelle. »

Le Führer Adolf H., à B., au dixième anniversaire de sa prise de pouvoir

*

Munich, juillet 1944

Marlene était revenue et s'attardait devant les lugubres décombres qui avaient été l'immeuble du 10, Prinzregentenplatz. Elle avait vu mourir beaucoup de gens pendant la guerre. La mort était omniprésente. Elle la voyait, en respirait l'odeur et la haïssait.

Un observateur aurait pu croire qu'elle priait, mais sa dernière prière remontait à longtemps. Elle s'était détournée de Dieu comme lui-même s'était détourné des hommes pour les livrer au diable. En réalité, elle faisait ses adieux aux habitants de l'immeuble, Deborah, Ottilie et Wolferl qu'elle n'avait jamais rencontrés. Bien qu'elle vécût depuis neuf ans sous la terreur nazie, elle était toujours stupéfaite devant le mal dont l'humanité était capable. Un foyer rempli de rires, de vie et d'amour anéanti en quelques secondes... Des êtres humains fabriquaient des bombes et d'autres en lançaient sur leurs semblables. On tuait amis et ennemis au nom d'idéologies dévoyées et au mépris de tout droit. Aucun être humain n'avait le droit d'en tuer un autre, y compris elle-même, et pourtant elle avait tué. C'était un fardeau qu'elle porterait jusqu'à sa mort.

On ne voyait plus qu'éclats de verre, portes et fenêtres arrachées, restes calcinés de meubles et d'objets. La veille encore, elle aurait pu sauver Deborah et son frère. Un seul jour avait suffi, en presque cinq ans de guerre! Et c'était précisément ce jour-là que la chance l'avait abandonnée. Elle n'avait donc survécu à l'attentat du café Cyganeria, elle ne s'était remise de sa terrible blessure au dos par la force de sa volonté que pour se retrouver devant un tas de décombres fumants? Cette idée la faisait bouillir de rage, mais elle était en même temps heureuse de pouvoir ressentir cette émotion. Elle ne voyait autour d'elle que des visages mornes et résignés, des visages qui avaient trop souvent vu la mort et qui avaient depuis longtemps accepté sa présence muette à leur côté. Marlene, elle, ne s'y habituerait jamais.

Elle eut soudain l'impression qu'on l'observait. Elle s'était trop attardée. Quand elle s'éloigna, elle faillit se heurter à un détachement des Jeunesses hitlériennes. C'étaient des gamins en uniforme, une dernière fournée qui allait au casse-pipe sans même s'en douter.

— *Heil Hitler!* aboya leur meneur.

Marlene réprima un sursaut au son de ce salut martial et dut se faire violence pour y répondre sans se trahir. Le fanatisme illuminait le regard de ce garçon qui ne devait pas avoir plus de quatorze ans. Peu lui importaient les bombes et la terreur, il était du côté du bien et le bien vaincrait! Et quand bien même tout devrait être réduit en cendres et en ruines, si telle était la volonté du Führer vénéré. Après la victoire finale, tout serait reconstruit en plus grand, en plus beau et en plus puissant, le IIIe Reich dans toute sa splendeur. La nouvelle Rome...

Telle était la pensée de ces jeunes gens nourris à l'idéologie du national-socialisme. Le défunt grand-père de Marlene lui avait expliqué qu'il ne manquait pas de tentations sous les déguisements les plus divers. Les enfants étaient prêts à croire à n'importe quelle ânerie, que ce soit les cloches de Pâques ou les délires sur la supériorité de la race aryenne, il suffisait de les leur rabâcher assez longtemps. Ceux qui en tiraient profit étaient voués au mal, ne se souciaient que du pouvoir qu'ils en retiraient et d'eux-mêmes, et leurs manigances menaient le monde à sa perte. Elle pressa le pas pour s'éloigner de la troupe.

Il lui restait comme vêtements uniquement ceux qu'elle portait, mais elle avait conservé dans un petit sac dissimulé sous sa robe son bien le plus précieux : des faux papiers et un peu d'argent. Cela et sa planque à Munich, elle le devait à Halina, son contact de Berlin avec la résistance.

Dix jours s'étaient écoulés depuis son départ de la capitale. Après les bombardements dévastateurs de ces derniers jours, il ne restait probablement plus qu'un tas de gravats de cette planque. Et le régime nazi avait intensifié sa guerre contre son propre peuple. Plus l'armée allemande perdait du terrain sur le front, plus la Wehrmacht et la SS devaient battre en retraite, plus la Gestapo et d'autres fanatiques faisaient régner la terreur en Allemagne. Ils flairaient partout la trahison et la démoralisation, les dénonciations et les arrestations en masse se multipliaient, la torture et la détention de proches déliaient les langues. Les effectifs de la résistance diminuaient de jour en jour, mais le petit nombre de résistants qui subsistaient poursuivait vaillamment son combat pour changer le cours de la guerre.

Après deux heures de marche, après avoir interrogé plusieurs passants pour retrouver cette adresse, elle se tenait de nouveau devant ce qui était autrefois un immeuble.

Elle avait l'impression que tout se liguait contre elle. Elle ressentait un léger vertige et son corps était endolori comme si elle avait dormi sur des pierres pointues, ce qui était d'ailleurs le cas. Sa guérison était récente et elle n'avait pas encore retrouvé toutes ses forces. Et elle aurait difficilement pu faire pendant ces trois jours passés dans l'abri antiaérien les exercices que ce bon docteur Hondl lui avait montrés à Cracovie. C'était davantage sa volonté que sa vigueur perdue qui la soutenait. Mais la volonté la plus inflexible ne pouvait éternellement surmonter la faim et la soif.

Elle avait de plus en plus de mal à déglutir, tant son palais était desséché. La ville tout entière semblait enveloppée dans un seul nuage de poussière qui menaçait d'étouffer toute vie. Elle devait trouver d'urgence un endroit pour dormir, reprendre des forces et échafauder des plans. Mais où ? Elle ne connaissait personne dans cette ville où des milliers d'autres personnes cherchaient également où dormir. Il était hors de question de retourner dans l'abri antiaérien. Elle se rappela alors être passée devant une église dans laquelle des gens délogés de chez eux par les bombardements avaient trouvé refuge. Il lui semblait y avoir vu flotter le drapeau de la Croix-Rouge, ce qui signifiait qu'on y soignait les blessés et qu'on y donnait à boire et à manger. Elle regarda autour d'elle pour s'orienter et aperçut le clocher de l'église qui émergeait du dôme de poussière obscurcissant le ciel comme pour rappeler son existence à Dieu. Marlene eut de nouveau l'impression qu'on l'observait. Elle scruta les alentours sans y paraître, mais ne repéra rien de suspect. Elle ne voyait que des gens errant comme des spectres gris. Ils étaient cependant en train de s'organiser. On réclamait de l'aide, on déblayait des décombres à la recherche de survivants, on demandait qui avait été vu et quand. Des mères tâchaient d'apaiser leurs enfants, des brancardiers se hâtaient avec des civières, un gardien d'immeuble allumait un mégaphone pour hurler des ordres. Toute cette scène était comme recouverte d'un voile invisible de mort, d'affliction, de fureur et de désespoir qui était l'essence de la guerre.

Marlene repartit et ce trajet lui parut bien plus pénible que les précédents. Elle s'assura à plusieurs reprises qu'elle n'était pas suivie mais ne put repérer personne. Elle atteignit enfin sa destination. Malgré ses vitres brisées et les fissures de ses murs, la demeure du Seigneur donnait une impression de stabilité. Curieusement, c'était le seul édifice resté intact dans les parages. Marlene songea que ce qu'elle considérait comme un simple coup de chance inciterait d'autres à crier au miracle. Hasard ou miracle, elle s'en moquait. Tout ce qui comptait pour elle, c'était d'avoir un toit au-dessus de la tête.

Beaucoup d'autres personnes semblaient être du même avis, car l'église était pleine à craquer, comme le prêtre dépenaillé allant et venant comme en transe dans la foule l'avait sûrement rêvé en temps de paix. Marlene se fraya sans ménagement un chemin dans la masse. Les gens, visiblement aussi harassés qu'elle, ne cédaient le passage qu'à contrecœur et défendaient chaque centimètre carré qu'ils occupaient. Ce fut là qu'elle apprit l'échec de l'attentat d'un officier de l'armée de réserve contre Hitler. Elle avait rencontré le comte von Stauffenberg chez son grand-père, car il avait rendu quelques visites au baron von Dürkheim. C'était un fringant jeune homme dont elle s'était toquée quand elle n'était encore qu'une gamine.

On avait installé à l'arrière de la nef un hôpital de fortune où Marlene parvint à obtenir un morceau de pain et un verre de thé, dons plus que bienvenus distribués par des infirmières de la Croix-Rouge éreintées. Elle mangea et but, s'assura que le petit sac contenant tous ses biens était solidement arrimé sous sa robe et se roula comme un hérisson dans un coin pour tâcher de dormir quelques heures malgré la misère, le bruit et la puanteur de plusieurs centaines de personnes confinées. Son unique arme, un couteau de poche qu'elle dissimulait dans sa main, était censée dissuader d'éventuels voleurs. Mais elle ne les craignait pas vraiment, car les silhouettes misérables qui l'entouraient cherchaient seulement la sécurité et la paix. Tous ces gens étaient las de la guerre et du mal omniprésent. L'idéologie belliciste avait beaucoup perdu en puissance à l'épreuve de la réalité. Il en avait toujours été ainsi. La guerre finissait par périr du mal qu'elle engendrait, en se dévorant elle-même. Tôt ou tard, ceux qui la subissaient éprouvaient le désir du beau et du bien, et ce désir réveillait leur part d'humanité : le plus fort aidait le plus faible, celui qui possédait plus partageait avec celui qui possédait moins. La transformation avait déjà commencé.

Marlene avait vu avec quels égards les infirmières soignaient les blessés, elle avait vu le prêtre prodiguer inlassablement gestes et paroles de réconfort à ses brebis, un homme donner sa couverture à une mère pour sa fillette. Non, ceux qui s'étaient réfugiés dans cette église avaient trop souvent affronté la mort pour ignorer qu'elle était l'alliée du mal qui s'était abattu sur eux et qu'ils ne voulaient plus tolérer.

Elle-même avait depuis longtemps dépassé le stade de la peur. La mort était la mort et faisait sa moisson quand bon lui semblait. À la guerre, il n'y avait pas de vainqueur et pour l'instant, seuls les morts avaient vu la fin de cette guerre-là.

5

Fragments de guerre

Pour lutter contre le tourisme à sensation, le Parti national-socialiste a collé des affiches avec l'inscription suivante : « Les excursions de badauds dans les villes bombardées doivent cesser immédiatement ! »

La Royal Air Force et l'US Air Force emploient de plus en plus des bombes à fragmentation avec des détonateurs à retardement chimiques et mécaniques. La plupart d'entre elles explosent plusieurs heures après les bombardements. Elles entravent les travaux de déblaiement, la lutte contre les incendies et font de nouvelles victimes parmi la population ressortie des abris antiaériens.

La question selon laquelle leur usage constitue un crime contre l'humanité est encore débattue de nos jours.

Le tribunal de district de Zweitbrücken a condamné une jeune femme à un an de prison ferme pour avoir donné une orange à un prisonnier de guerre canadien.

*

— Jésus, regardez-moi ça !

Ottilie restait plantée dans l'escalier de l'abri antiaérien, stupéfaite devant le spectacle qui s'offrait à sa vue : partout où son regard se posait, elle ne voyait que mort et désolation.

Son foyer, le lieu où elle avait passé les vingt-cinq dernières années de sa vie, où elle avait aimé, souffert et, au cours des mois précédents, tenu bon pour les enfants de feu le docteur, n'existait plus. Rien ne rappelait désormais l'existence des superbes immeubles du 2 au 10 Prinzregentenplatz, sauf un amas de ruines fumantes dont des pans de murs en brique se dressaient comme les restes d'un navire naufragé. Certaines parties qui avaient échappé à la destruction offraient de curieuses visions, comme une porte intacte ou une moitié de mur à laquelle était encore accroché un portrait du Führer. C'était un spectacle déroutant, noyé dans la poussière et la fumée qui buvaient la lumière du jour, donnant à ce paysage un aspect lugubre et vague, comme si l'humanité entière était prisonnière d'un brouillard malfaisant.

Le cœur d'Ottilie se serra à sa vue. L'existence lui avait infligé de nombreuses blessures, chacune plus profonde que la précédente, et à chaque fois elle s'était raccrochée à l'espoir que ça ne pourrait pas être pire désormais, que le bon Dieu ne le permettrait pas, mais cette maudite guerre avait encore frappé pour lui apporter un nouveau démenti. On aurait cru que la guerre et le bon Dieu luttaient et se mettaient des bâtons dans les roues. Et cette puanteur ! Quelle infection ! Ottilie chercha par réflexe son mouchoir dans la poche de son tablier, puis se souvint qu'elle l'avait donné à une petite vieille qui pleurait comme une fontaine et dont le nez coulait. Trois jours et trois nuits… c'était le temps qu'ils avaient passé dans l'abri antiaérien pendant que les bombes tombaient, les murs tremblaient, la poussière pleuvait des fissures et tout le monde priait. Mais ces prières n'avaient visiblement pas servi à grand-chose. Ottilie commençait à sérieusement douter de la compétence du bon Dieu. Pour commencer, il lui avait pris le docteur, le meilleur des hommes, puis son Hans bien-aimé, enfin Mme Elisabeth, si belle et si douce, et cet ignoble pervers nazi avait réduit la pauvre Deborah en esclavage. Et maintenant, cette maudite guerre avait détruit sa maison. Dire qu'une semaine plus tôt, le curé proclamait encore du haut de sa chaire que le Seigneur ne vous envoyait pas plus d'épreuves que vous pouviez en supporter ! Ottilie, elle, avait son compte. Elle n'avait ni la force ni la volonté de porter un fardeau de plus. Le bon Dieu n'avait qu'à se les coltiner. Son regard se tourna pourtant vers l'est, à la recherche du clocher. La maison du Seigneur semblait encore debout, en tout cas le clocher se dressait comme un doigt réprobateur au milieu des ruines. Devait-elle s'y rendre pour voir si quelqu'un de son quartier avait survécu ? Non, décida-t-elle aussitôt.

Elle rentrerait à Straßlach, dans sa famille. Elle repoussa l'idée qu'il ne valait plus la peine de vivre dans ce monde horrible dont même Dieu s'était enfui, car il lui restait une mission à remplir : veiller sur une jeune vie qui lui avait été confiée. Elle l'accomplirait car c'était son devoir envers ses maîtres, le docteur et Mme Elisabeth.

— Mais avancez donc, ma bonne dame, vous bloquez le passage ! lui lança l'homme qui la suivait, exaspéré, en la poussant dans le dos.

— C'est pas une raison pour me pousser, crétin ! riposta-t-elle avec vigueur. Viens, Wolferl, reprit-elle en prenant le petit garçon par la main. Nous allons chez mon frère. Là-bas, tu auras du bon lait. Tu as l'air d'un petit nain tout gris. Ce qu'il te faut d'abord, c'est un bon bain pour te récurer à fond.

6

Marlene se leva très tôt le lendemain et parvint à obtenir d'une infirmière un gobelet d'ersatz de café avant de se remettre en route. Elle n'avait pas vraiment de plan d'action à part gagner sa prochaine destination, la France.

Elle passa encore devant les ruines de l'immeuble et s'arrêta alors qu'elle n'avait pas eu l'intention de le faire. On semblait croire qu'il restait des gens sous les décombres, car des hommes et des femmes les déblayaient. Ils formaient une chaîne pour passer de main en main des pierres qu'ils lançaient sur un tas de gravats. L'une des briques du sommet s'en détacha et atterrit aux pieds de Marlene. Elle recula, effrayée, trébucha et tomba.

— Mince alors ! Ça va, ma petite ? s'exclama la femme d'âge mûr qui avait posé la brique sur le tas de gravats.

Marlene examina rapidement ses mains écorchées, secoua la tête et se releva. La femme descendit du tas.

— Désolée, dit-elle. Je ne vous avais pas vue. Vous voulez boire un coup ?

— Je ne dis pas non.

La femme fit signe à un garçon fluet qui s'approcha d'un pas mal assuré et regarda autour de lui par-dessous sa casquette de troufion graisseuse avant d'ôter son sac à dos. Il en tira une gourde qu'il tendit à Marlene. Elle but seulement quelques gorgées avant de la lui rendre. L'eau était précieuse par les temps qui couraient.

— Merci, dit-elle.

— D'où venez-vous ?

— De Prinzregentenstrasse, répondit Marlene avec un geste vague vers la rue.

— J'en ai entendu parler. Ils ont dégusté là-bas, comme dit mon mari. Et où allez-vous maintenant ?

Marlene haussa les épaules.

— Dans ma famille, à la campagne.

— J'aimerais bien avoir de la famille là-bas, moi aussi. Tous ceux qui le peuvent quittent la ville. Ici, on est dans de sales draps. Ils bombardent chaque centimètre carré et les gens meurent comme des mouches.

La femme s'interrompit, porta la main à sa bouche et se retourna pour voir si on l'avait entendue.

— Je n'devrais pas parler comme ça, sinon on viendra m'arrêter, comme dit mon mari. Bon sang, c'est trop dangereux ! Je ferais mieux de fermer ma grande g...

— ... comme dit votre mari, acheva Marlene en adressant à cette femme qui ne mâchait pas ses mots un sourire complice. Ne vous en faites pas. Un jour, on pourra de nouveau parler franchement.

— Que Dieu vous entende, soupira la femme. Mais d'ici là, j'ai bien peur qu'il ne reste pas pierre sur pierre.

— Erna ! appela un homme âgé planté au sommet du tas qui portait un pansement sale autour de la tête. Qu'est-ce que tu fabriques avec cette femme ?

Marlene prit congé. Un peu plus loin, elle remarqua qu'on la suivait. Elle ne s'était pas trompée ! Elle tourna, entra dans une ruelle bordée de montagnes de gravats et se dissimula derrière une porte qui pendait de ses gonds. Son poursuivant apparut. C'était le garçon fluet au sac à dos. Il ne lui paraissait pas vraiment dangereux. Peut-être même était-il envoyé par cette femme aimable qui lui rappelait un peu Ottilie. Il s'approchait lentement, à l'allure d'un flâneur. Quelque chose dans son attitude réveilla un vague souvenir en Marlene. Elle se retrouva soudain un jour de septembre 1939 alors qu'elle arpentait les rues de Cracovie au côté de Jakob pour recevoir de lui sa première leçon d'espionnage. Ce garçon se déplaçait avec les précautions que Jakob lui avait enseignées : toujours rester sur ses gardes et observer son entourage sans en avoir l'air. Que lui voulait-il ? Pourquoi l'avait-il suivie ? Il arrivait maintenant à sa hauteur. Marlene avait l'avantage de la surprise. Elle s'élança, le saisit par le bras et avant d'avoir compris ce qui lui arrivait, son poursuivant se retrouva plaqué contre le mur, le couteau de Marlene sous la gorge.

— Qui es-tu et que me veux-tu ? siffla-t-elle à son oreille.

— Êtes-vous Marlene ? articula-t-il péniblement.

— Qui est Marlene? riposta-t-elle sans desserrer sa prise.

— Une espionne de Berlin.

— Comme c'est intéressant. Et toi, qui es-tu?

— Moi aussi, je suis un espion, répondit-il fièrement, et Marlene leva les yeux au ciel, car les espions tout farauds de l'être ne survivaient jamais longtemps.

— Tu n'es pas un peu jeune pour faire ce métier?

— Mieux vaut être jeune et inexpérimenté que vieux et lâche.

Marlene réprima un sourire. Elle était un peu surprise de la voix de ce presque enfant, une voix bien trop grave pour sa silhouette gracile. Elle desserra un peu sa prise, ce qui se révéla une erreur, car le garçon se dégagea vivement et lui glissa des doigts comme une anguille. Il avait également un couteau à la main. Marlene jura et se mit aussitôt en position de combat.

Le garçon sourit, leva les mains en un geste d'apaisement et abaissa lentement son couteau sans quitter Marlene du regard. Ses immenses yeux verts brillaient comme des pierres précieuses dans son visage maigre et sale.

— Je vous ai attendue, dit-il avec vivacité. Je savais que vous viendriez.

Marlene restait sur ses gardes et tenait fermement son couteau. À ses yeux, tout danger n'était pas écarté. Cette demi-portion connaissait son nom, mais n'avait pas encore prononcé le mot de passe. Il pouvait s'agir d'un piège. Dans ce cas, il n'était pas venu seul. L'oreille tendue, elle restait aux aguets, prête à fuir.

Il la dévisageait et elle devina qu'il avait envie de lui poser une question, mais qu'il hésitait, comme s'il avait peur de sa réaction.

— C'est ta mère qui t'envoie? interrogea-t-elle pour rompre la glace.

— Non, ma mère est morte, répondit-il sans perdre son air scrutateur.

— Tu as quelque chose à me dire?

Il se jeta à l'eau.

— Avez-vous entendu parler de l'attentat contre le Führer?

— Oui, répondit Marlene avec circonspection.

Selon le cas, cette réponse chasserait le garçon ou l'inciterait à l'estampiller comme ennemie du peuple allemand.

Elle aurait dû feindre l'indignation contre cet acte ignoble et lâche sur la personne du Führer bien-aimé, mais elle en était tout simplement incapable. Elle se souvenait encore de l'atmosphère feutrée de l'église, où elle avait eu l'impression qu'une proportion non négligeable des personnes présentes aurait applaudi la réussite de l'attentat. Bien entendu, personne n'avait osé s'exprimer dans ce sens car la dissimulation était devenue un réflexe de survie. Bien entendu, des crétins qui persévéraient dans l'erreur en brandissant encore l'étendard nazi étaient également présents et se réjouissaient haut et fort de la survie miraculeuse du Führer comme si tout le mérite leur en revenait. Mais leurs clameurs s'étaient tues plus vite que d'habitude, noyées dans la lassitude et l'hostilité presque palpables de l'assistance.

— Et toi, qu'est-ce que tu en penses? demanda Marlene au gamin pour le sonder.

Il la regarda d'un air lugubre et s'assura une fois de plus qu'ils étaient seuls.

— Je regrette que Stauffenberg n'ait pas liquidé cette ordure, murmura-t-il.

Ses lèvres tremblaient de rage. Sa haine n'avait rien de feint. Il était impossible de jouer aussi bien la comédie. Marlene le crut donc et se détendit un peu avant de passer à l'étape suivante.

— Tu connais Horcher?

C'était le nom de son contact à Berlin.

— Oui.

— Et alors?

Marlene attendait le mot de passe.

Le garçon parut un instant déconcerté, puis sourit, ce qui le fit brièvement paraître encore plus jeune. Marlene songea qu'il ne devait pas avoir plus de treize ans. Mais ce qu'il lui déclara avec le plus grand sérieux la laissa sans voix.

— Horcher, c'est moi!

Comme Marlene le regardait d'un air interrogateur, il se frappa le front.

— Bon sang… j'avais oublié, fit-il et, se penchant vers elle, il chuchota d'une voix à peine audible: Merle blanc.

C'était le mot de passe. Marlene respira.

— Et la planque? demanda-t-elle. Il vaut mieux ne pas traîner ici.

— Oui, bien sûr ! Viens !

Horcher repartit, la précédant au milieu des ruines.

Dans ce quartier, l'étendue des dégâts était encore plus flagrante qu'ailleurs. On aurait cru une vision d'Apocalypse. Un couloir de destruction traversait des rues entières. Dans d'autres, un seul côté avait été rasé, tandis que les maisons d'en face restaient presque intactes, sauf leurs fenêtres obstruées par des planches ou du carton et les fissures de leurs façades. Vie et mort se côtoyaient à quelques mètres d'intervalle.

Après une marche longue et soutenue, Marlene et Horcher descendirent l'escalier d'un immeuble, puis Marlene suivit Horcher en trébuchant dans un labyrinthe de couloirs obscurs. Ils remontèrent ensuite, traversèrent une arrière-cour, redescendirent et traversèrent encore une série de couloirs bordés de caves dans lesquelles des réfugiés se pressaient à la lueur de bougies. De nombreux adultes portaient en guise de casques des casseroles ou des pots sur lesquels des coussins étaient ficelés. Marlene fut bouleversée de voir tant d'enfants en bas âge contraints de grandir dans de telles conditions et n'ayant connu que la guerre depuis leur naissance. Sur tout ce décor se déposait l'inévitable poussière soulevée à chaque pas et à chaque mouvement qui transformait l'acte de respirer en supplice. On entendait tousser de tous côtés.

Quand ils resurgirent dans la lumière du jour, ils étaient dans un quartier presque intact non loin de l'université de Schwabing. Là, la vie suivait son cours normal, si tant est qu'on pût parler de normalité par les temps qui couraient. Marlene remarqua que les passants avaient en quelque sorte une démarche de guerre : ils se hâtaient, les épaules voûtées, comme s'ils craignaient que des bombes se mettent à pleuvoir sur eux à tout instant, ce qui était du reste fort probable. Devant les rares magasins ouverts s'agglutinaient des grappes humaines. On voyait moins d'uniformes qu'auparavant, mais presque tout le monde portait un brassard avec une croix gammée en un geste de solidarité sincère ou feinte avec le Führer qui venait d'échapper à la mort.

Un instant plus tôt, Horcher en avait tiré deux de son sac et ordonné à Marlene d'en passer un à son bras. Il l'entraîna dans un immeuble à la charpente brûlée. On aurait cru qu'une gueule noire s'était ouverte dans le ciel, prête à engloutir le reste de l'immeuble. Curieusement, les étages inférieurs avaient peu souffert. Une partie des vitres était même restée intacte. Dans une cage d'escalier qui sentait l'odeur aigre du charbon, des marches usées les menèrent à un troisième étage.

Quand le garçon eut frappé à la porte, celle-ci s'ouvrit à la volée.

— Bon sang, où étais-tu pendant tout ce temps? lança une voix furieuse.

Le jeune guide de Marlene fut empoigné et tiré à l'intérieur de l'appartement. L'homme ne remarqua Marlene qu'ensuite, car elle était restée un peu à l'écart pour se ménager la possibilité de fuir. Il la saisit également sans autre forme de procès et l'entraîna dans l'entrée après avoir jeté un regard méfiant dans l'escalier.

— Personne ne m'a suivi, déclara Horcher sur un ton empreint de fierté et de défi.

Peut-être avait-il l'habitude qu'on lui imposât des restrictions en raison de sa jeunesse. La moitié du visage de l'homme était couverte d'un réseau de cicatrices comme si on l'avait pressée contre des éclats de verre. Il se tourna vers le garçon et se mit à le secouer avec une telle violence que sa tête ballottait.

— Qu'est-ce qui t'a pris de t'absenter si longtemps? Nous étions sans nouvelles de toi depuis hier! Ta tante m'a fait une vie d'enfer!

Une secousse avait fait tomber la casquette d'Horcher. Une longue tresse blond pâle s'en échappa et se déroula.

— C'est bien ce que je pensais: une fille! s'écria Marlene.

Seule la voix grave et presque rauque d'Horcher l'en avait fait douter.

La jeune fille se dégagea d'une secousse et ramassa sa casquette en lançant un regard noir à l'homme. Elle la recoiffa après avoir énergiquement fourré sa tresse au-dessous.

— Où est ma tante? demanda-t-elle vivement.

— Partie faire des courses, ou plutôt chercher de quoi manger. Qui est-ce? demanda l'homme en regardant Marlene.

Il s'était dangereusement rapproché d'elle, si bien qu'elle sentait la sueur dont son corps était imprégné.

— La personne que nous attendions, répondit Horcher.

Elle s'était dirigée vers une boîte à pain dont le couvercle levé révélait le vide et elle avait ramassé sur son index mouillé quelques miettes qu'elle fourra dans sa bouche.

— Je veux qu'elle me donne son nom et le mot de passe, dit sèchement l'homme.

— Non, c'est à vous de me les dire, répondit Marlene.

Elle s'était rapprochée de lui. Comme il était grand, le menton levé de Marlene touchait presque sa poitrine. Elle voulait lui montrer qu'elle ne se laisserait pas intimider et que c'était à lui d'annoncer la couleur. Du reste, la brutalité de son entrée en scène ne lui avait pas précisément plu.

Leurs regards se heurtèrent comme des lames, puis l'homme recula d'un pas et croisa les bras. Il toisa Marlene de la tête aux pieds, ses vêtements en désordre, sa robe roussie et ses mocassins noirs de suie et abîmés. Dans un geste presque machinal et typiquement féminin, Marlene passa une main dans ses cheveux. Ils étaient secs comme de la paille à cause de la poussière qu'ils avaient récoltée. Il y avait quatre jours qu'elle ne s'était ni lavée, ni coiffée. Elle n'avait même pas eu assez d'eau pour boire. Elle devait sentir aussi mauvais que son vis-à-vis.

Pendant un bref instant, elle s'abandonna à l'écœurement de la guerre et de la lutte qui l'avait déjà saisie dans l'église et pendant son trajet au milieu des ruines de Munich. Sa soif de normalité devint presque intolérable, le désir de passer une nuit tranquille et de se réveiller dans un lit moelleux, de se laver et de pouvoir se réjouir à l'idée d'une tasse de thé. Une nuit en sécurité, une nuit sans peur. Un sentiment de paix...

Soudain, l'homme lui sourit, ce qui donna un charme déconcertant à son visage défiguré, sans doute parce que ses yeux souriaient aussi.

— Je vois que nous avons affaire à une dure à cuire comme notre Horcher, commenta-t-il, et il tendit la main à Marlene. Je m'appelle Manfred et vous devez être Marlene. Le mot de passe est « Merle blanc » et j'ai un message d'Halina pour vous. Mais asseyez-vous. Vous devez être épuisée.

Il désigna dans un angle de la pièce un canapé défraîchi qui devait également servir de lit.

— Voulez-vous du thé ? demanda-t-il.

— Avec plaisir.

Marlene s'assit sur le bord du canapé. Malgré la mention du nom d'Halina, elle restait sur ses gardes. Le nommé Manfred lui tendit une tasse ébréchée, prit une théière en fer-blanc et lui versa du thé. Ce breuvage était tiède et sans sucre, mais il lui parut divin. Horcher s'en versa une tasse et prit place à côté d'elle pendant que Manfred tirait une chaise pour s'asseoir.

— Comment t'appelles-tu vraiment, ma petite? demanda Marlene.

Horcher regarda Manfred, qui hocha la tête.

— Tu peux le lui dire, sois tranquille. Après tout, c'est toi qui l'as amenée ici.

— Tu parles comme si je nous avais mis en danger! s'emporta la jeune fille.

— C'est bien ce que tu as fait, petite soupe au lait! Tu aurais dû demander à Marlene de t'attendre au point de chute et venir me chercher. Si tu recommences à jouer cavalier seul, je te renvoie chez toi.

Il avait prononcé ces paroles calmement, mais elles sonnaient comme un avertissement et c'est ainsi qu'elles furent comprises.

— Ma tante ne permettrait jamais une chose pareille, répondit la jeune fille d'un air buté, mais elle paraissait très jeune et très vulnérable en cet instant.

— Ça, j'en fais mon affaire, déclara Manfred avant d'avaler bruyamment une gorgée de thé.

Cette querelle n'intéressait guère Marlene. Elle avait presque oublié sa question sur le nom de la jeune fille. Elle brûlait d'avoir des nouvelles. Où en était la guerre dans le Reich? Quelle était la situation en France et en Normandie? Les alliés se rapprochaient-ils?

— Je m'appelle Gertrude, mais tout le monde m'appelle Horcher, fut la réponse tardive à sa question.

— Non, tout le monde t'appelle Trudi, rectifia Manfred, récoltant un regard furibond de l'intéressée.

Le statut incertain d'Horcher était visiblement un vieux sujet de discorde. Cette querelle rappela à Marlene son séjour à Cracovie avec Deborah, qui considérait le métier d'espion comme une aventure palpitante et ignorait résolument tous les dangers. Mais le courage ne valait rien sans un minimum de discernement et Manfred ne dissimulait nullement sa désapprobation vis-à-vis de l'initiative de Trudi.

— Tu ne croyais plus à l'arrivée de Marlene et tu es furieux parce que c'est moi qui l'ai retrouvée, lança-t-elle d'un air triomphant en soutenant le regard de Manfred.

Marlene perdit patience.

— Ces messieurs dames auraient-ils l'obligeance de vider leurs querelles plus tard? intervint-elle. J'aimerais bien en savoir davantage sur le message d'Halina et sur la situation en France.

— Elle a raison, déclara Manfred. Tu nous fais perdre du temps, Trudi. La plomberie est une fois de plus hors service. Va chercher de l'eau à la fontaine de la cour pour que notre invitée puisse se rafraîchir.

Trudi voulut protester, mais un regard de Manfred la fit taire. Elle prit un bidon et sortit en grommelant.

— Les enfants..., commenta Manfred sur un ton qui en disait long.

Il se renversa dans son fauteuil et étendit ses longues jambes chaussées de bottes qui avaient connu des temps meilleurs.

— Et maintenant, à nous deux, reprit-il. Votre mission est désormais sans objet. Les plans de la résistance ont changé depuis le débarquement des alliés en Normandie. Les jours du régime de Vichy sont comptés. D'après certaines informations, le collaborateur Pétain devrait bientôt transférer son gouvernement ailleurs. Il est question de Belfort.

— Êtes-vous en train de me dire que je devrais rester en Allemagne?

— Non. Nous voudrions que vous vous rendiez à Varsovie, où un nouveau soulèvement se prépare. Nous aurons besoin là-bas de personnes possédant votre expérience.

— Qui est ce «nous»? Pour qui travaillez-vous donc?

Marlene se souvenait encore de l'issue désastreuse du soulèvement de Varsovie en janvier 1943. Les résistants juifs sous-alimentés et insuffisamment armés ne faisaient pas le poids face à la puissante armée allemande, mais ils avaient tenu bon vingt-huit jours. La quasi-totalité du millier de jeunes résistants qui avaient pris part au soulèvement avait été tuée. Manfred n'hésita qu'un instant avant de répondre, et cette réponse était une preuve de confiance envers elle.

— Pour le gouvernement polonais en exil et son président Raczkiewicz.

— Et qui organise le soulèvement?

Marlene ressentait une exaltation grandissante. Mieux valait combattre qu'attendre d'être mené à l'abattoir par les nazis.

— L'*Armia Krajowa*, l'armée intérieure polonaise[1], se soulèvera sous les ordres de son général, le comte Bór-Komorowski. Le général est en train de rassembler toutes les forces disponibles, y compris celles de la résistance juive. Il est temps de travailler ensemble. Vous avez été liée avec Jakob Wanda, l'un des chefs de la résistance juive à Cracovie, c'est la raison pour laquelle nous vous avons organisé un rendez-vous avec Jitzhak Zuckerman.

— L'un des fondateurs du réseau de résistance juive à Varsovie?

— Tout juste. Il a soutenu de l'extérieur le premier soulèvement. Nous avons besoin de son expérience, mais il est réticent à s'engager. Vous devrez le persuader de se joindre à nous.

— Et pourquoi m'en croyez-vous capable?

— Parce qu'il a une dette envers vous.

— Vous piquez ma curiosité: quelle dette peut-il bien avoir envers moi?

— Jitzhak Zuckerman a pris part à l'attentat du café Cygneria qui vous a clouée au lit pendant plus d'un an. L'erreur fatale commise ce jour-là tenait au manque de concertation des divers réseaux de résistance impliqués qui ne vous avaient pas avertie.

— Oui, c'est ce que j'ai cru comprendre, fit sèchement Marlene, qui n'aimait guère qu'on lui rappelle ce souvenir. Mais pourquoi ne pas lui envoyer l'un de vos hommes? Pourquoi moi?

— Parce qu'il est méfiant. Il ne se fie pas à n'importe qui. À Varsovie, trop de réseaux de résistance jouent cavalier seul et nous ignorons encore le sort que nous réservent les troupes russes qui se rassemblent sur les bords de la Vistule. Nous savons de source sûre que ce n'est pas l'Allemagne nazie, mais l'Union soviétique qui est responsable du massacre de

1. L'armée de l'intérieur polonaise (*Armia Krajowa*) a été la plus grande organisation militaire de résistance en Europe pendant la Seconde Guerre mondiale.

plus de quatre mille quatre cents officiers polonais à Katyn au printemps de 1940.

Marlene secoua la tête, horrifiée.

— Si les Russes en sont responsables, ils ne valent pas mieux que les nazis. Mais enfin, que se passe-t-il? Tous les hommes sont-ils donc possédés par le démon?

— C'est la guerre. Les gens perdent toute raison et deviennent sanguinaires. Il faut sortir de ce cercle infernal.

— C'est vous, un combattant, qui dites cela? demanda Marlene avec un sourire amer.

— Nous sommes du bon côté! déclara Manfred avec conviction.

— Non! répondit durement Marlene. Il n'y a pas de bon côté en temps de guerre. Le bien est une illusion dont le diable se rit. En réalité, nous tuons tous. Vous avez tué et j'ai tué. En temps de guerre, nous devenons tous des bêtes. La seule différence entre les nazis et nous, c'est que nous voulons en finir plus tôt avec ces tueries. C'est ce qu'on appelle faire la paix, mais une paix acquise au prix du sang est effroyable.

— C'est un point de vue intéressant, mais nous n'en sommes pas moins là tous les deux pour obtenir cette effroyable paix un peu plus tôt. Acceptez-vous de rencontrer Zuckerman?

— Bien sûr. (Marlene ôta ses chaussures et massa ses pieds douloureux.) Où et quand?

— Dans une forêt à l'ouest de Varsovie. Vous pourrez partir là-bas dès demain matin. Tout est prêt. Comme vous êtes arrivée en dernière minute, je devrai en informer tous ceux qui participent à cette mission. Vous vous présenterez demain matin à 6 heures à une adresse dans l'Arnulfstrasse. C'est de là que partira un convoi de ravitaillement pour les troupes à destination de Posen, avec une équipe d'infirmières de la Croix-Rouge et les épouses de deux officiers SS. Vous voyagerez sous l'identité d'une infirmière. Je vous ai procuré des papiers et un uniforme.

— Les autres infirmières ne seront-elles pas surprises de ma présence alors qu'elles ne me connaissent pas?

— Non, car ce sont des volontaires venant de différentes régions de la Marche orientale[1].

1. La Marche orientale désignait l'Autriche dans l'Allemagne nazie.

— Posen? À la frontière de l'Allemagne et de la Pologne? C'est à trois cents kilomètres de Varsovie au moins, objecta Marlene.

— Tout juste, et nous sommes malheureusement sans nouvelles de notre contact local depuis quelques jours. À partir de Posen, vous devrez vous débrouiller seule et improviser. Ça ira quand même?

Marlene haussa les épaules.

— Je voulais être actrice. L'improvisation fait partie du métier. Où est mon costume?

Manfred se leva, alla ouvrir une caisse et en tira une blouse d'infirmière.

— Essayez-la. À vue de nez, elle est peut-être un peu trop grande, mais ma femme pourra faire des retouches en vitesse. Dans ce sac de voyage, dit-il en lui montrant un objet informe en cuir éraflé, vous avez deux robes de rechange et une trousse de toilette.

— Et les papiers?

— Je vais les chercher tout de suite. Il y manquait encore un tampon. Mais ne vous inquiétez pas, tout sera prêt demain matin. Êtes-vous d'accord pour vous rendre à Varsovie?

Marlene acquiesça.

— Il est rare de pouvoir choisir où on va mourir, mais si ma dernière heure doit venir, je préfère que ce soit à Varsovie plutôt qu'à Munich, dit-elle.

— C'est aussi mon avis. Malheureusement, c'est ici qu'on a besoin de moi, déclara Manfred avec son curieux sourire. Je me sauve. Je serai de retour dans une heure au plus tard. Attendez Trudi ici et tâchez que cette petite peste ne prenne pas la tangente avant mon retour ou celui de ma femme.

— Pourquoi êtes-vous aussi sévère avec elle? Elle me paraît un peu impulsive, mais elle est débrouillarde et loin d'être bête.

— C'est vrai, mais elle n'a que quinze ans. Je suis son parrain et à sa naissance, j'ai promis à son père de veiller sur elle. Cette gamine a un grain et se croit invulnérable.

— N'est-ce pas ce que nous croyons tous tant que nous sommes jeunes? demanda Marlene avec un sourire mélancolique, car elle avait l'impression que sa jeunesse remontait à plusieurs siècles et s'était déroulée dans un autre univers.

— Elle y croit dur comme fer, entre autres parce qu'elle a eu plusieurs fois une chance inouïe. Elle est juive et la seule de sa famille à avoir survécu à un bombardement. Un peu plus tard, elle a été arrêtée dans la rue, entassée avec plusieurs centaines d'autres personnes dans un wagon à bestiaux qui devait les acheminer à un camp d'extermination à l'est. Le convoi a été attaqué et elle a fait partie des rares survivants. Elle a réussi à s'enfuir et traversé l'Allemagne jusqu'ici.

Une certaine admiration se mêlait à l'incrédulité dans le ton de Manfred, ce qui n'avait pas échappé à Marlene.

— Vous êtes fier d'elle, constata-t-elle. Pourquoi ne pas le lui dire de temps en temps?

— Pour qu'elle veuille faire encore plus de sottises? Dieu m'en préserve! répondit-il avec un rire sec. À plus tard, conclut-il, et la porte se referma derrière lui.

7

«Nous ne savons pour ainsi dire rien de ce qui se passe autour de nous. Nous voyons qu'on tire devant nous, nous entendons tirer derrière nous, et au milieu de tout ça, nous recevons des encouragements.
Adieu, ma chérie.»

Lettre du soldat Walter Gehr
en janvier 1943 à Stalingrad

Deux cent quatre-vingt-trois jours avant le jour 0

«Le peuple ne veut pas de guerre. Pourquoi un pauvre paysan irait-il risquer sa vie à la guerre alors que ce qu'il peut en espérer de mieux est de rentrer sain et sauf? Bien entendu, le petit peuple ne veut pas de guerre, ni en Russie, ni en Angleterre, ni en Amérique et encore moins en Allemagne. C'est évident. Mais ce sont les dirigeants d'un pays qui décident de la politique et il est toujours facile d'influencer le peuple, qu'on soit en démocratie, dans une dictature fasciste, un régime parlementaire ou une dictature communiste. Avec ou sans droit de vote, on peut toujours amener le peuple à exécuter les ordres des dirigeants. C'est très simple. Il suffit de lui dire qu'on l'a attaqué, de reprocher aux pacifistes leur manque de patriotisme et d'affirmer qu'ils mettent le pays en danger. Cette méthode fonctionne dans n'importe quel pays.»

Hermann Göring, le 18 avril 1946, lors d'un entretien avec Gustave Gilbert, expert psychologue américain auprès des tribunaux pendant le Procès de Nuremberg.

*

Le quai était noir de monde. Des voyageurs aux abois couraient en tous sens pour quitter Munich, mais pour quelle destination? Ceux qui n'avaient aucune famille à la campagne s'en voyaient assigner une par les bons distribués aux rescapés de bombardements. C'était depuis un certain temps une véritable foire d'empoigne, car un nombre grandissant d'habitants de Berlin et de la Ruhr affluait en Bavière, où il fallait les loger. La police, la SA[1] et les contrôleurs des chemins de fer, aidés de quelques soldats, des blessés de guerre pour la plupart, essayaient en vain de mettre un peu d'ordre dans ce chaos.

Les trains arrivant en gare étaient bondés et déversaient passagers et marchandises sur les quais, ce qui ne faisait qu'accroître le désordre. Certains voyageurs montaient dedans en jouant des coudes pour obtenir les meilleures places, car il y avait trop peu de trains pour trop de voyageurs. La plupart des convois étaient réquisitionnés pour le transport de ravitaillement et de troupes. Des policiers et des soldats formaient une chaîne pour empêcher les civils de prendre ces trains d'assaut.

Marlene attendait depuis plusieurs heures sur le quai de Pasinger le train qui devait l'emmener dans le Warthegau, en restant à l'écart d'un troupeau jacassant d'infirmières de la Croix-Rouge. Le bruit était assourdissant entre les plaintes des adultes, les pleurs des enfants, la fureur de ceux qui hurlaient leurs exigences sans être entendus et, par-dessus ce vacarme, les coups de sifflet et les ordres des autorités.

Plus la débâcle approchait, plus la peur s'étendait comme une maladie contagieuse et plus les gens criaient, comme si ça les aidait de hausser le ton, songeait Marlene. Ne savaient-ils donc pas que le diable était sourd et se repaissait de leur effroi?

Les plus calmes au cœur de ce tohu-bohu étaient des soldats qui rentraient de permission, comme Marlene l'apprit de l'un d'eux, pour être renvoyés sur le front de l'Est. Elle les observait, les écoutait et s'imprégnait de l'atmosphère régnant

1. À partir de la nuit des Longs Couteaux, lors de laquelle ses principaux dirigeants ont été assassinés sur l'ordre d'Hitler en 1934, la SA ne joue plus aucun rôle politique, mais garde ses fonctions militaire et policière.

parmi eux. Leur enthousiasme à l'idée de repartir était pour le moins modéré.

Elle venait de bavarder avec un jeune lieutenant à peine plus âgé qu'elle dont la poitrine étroite arborait la croix de fer. Il avait été blessé à trois reprises, comme il le lui raconta avec une fierté qui s'était quelque peu refroidie. Il était bien plus heureux de lui annoncer qu'il avait épousé sa fiancée pendant sa permission. Marlene lui adressa des félicitations sincères. Elle se réjouissait qu'il ait pu connaître un instant de bonheur, car chaque instant heureux était une petite victoire contre la guerre. Ce soldat paraissait courageux et sûr de lui, mais ses yeux racontaient une tout autre histoire. Ce n'était pas seulement la peur qui les assombrissait. Ce jeune soldat de la Wehrmacht avait depuis longtemps compris que la guerre était perdue sans espoir et que, depuis le débarquement des alliés, le Reich se retrouvait face à un ennemi tout-puissant. Comment pouvait-on gagner une guerre contre le monde entier? Voilà ce que Marlene lisait dans son regard.

La question n'était plus de savoir si les armées du Führer perdraient la guerre, mais plutôt combien de temps elles pourraient tenir. Chaque soldat avait ressenti le désarroi et la honte de la défaite de Stalingrad, même si on n'en parlait qu'à mots couverts.

Cette rencontre la renforça dans sa résolution de lutter de toutes ses forces pour mettre fin à cette guerre absurde, tout en lui confirmant ce qu'elle avait remarqué depuis longtemps : le découragement gagnait non seulement la population, mais aussi les troupes. Ce lieutenant qui venait de se marier voulait seulement retourner à la vie civile, vivre heureux avec sa femme, fonder une famille et élever ses enfants dans la paix. Bref, tout simplement vivre.

L'une de ses dernières conversations avec Jakob avait porté sur le sens ou plutôt sur l'inanité de la guerre, et l'idée que toute guerre était condamnée car elle portait en elle les germes de sa destruction. Le pire ennemi de la guerre est l'horreur de la guerre. Quand la volonté des soldats de se sacrifier pour la patrie et le Führer retomberait, cette guerre s'effondrerait sur elle-même, avait affirmé Jakob. Tôt ou tard, ces soldats éprouveraient la nostalgie de ce qu'il y avait de bon et de simple dans la vie, d'un quotidien paisible devenu impossible en temps de guerre : le pépiement des merles le matin, les bruits familiers dans la cuisine quand la mère mettait un gâteau au four, le déjeuner du dimanche en famille, le bien-être de retrouver un foyer confortable après une journée de travail.

Quand Marlene lui avait demandé s'il n'idéalisait pas un peu la paix, Jakob lui avait répondu que la paix devait être le rêve de chacun et que même si cela ne devait rester qu'un rêve, c'était le plus beau de tous. Si c'était celui du plus grand nombre, il pourrait étouffer dans l'œuf n'importe quelle guerre. Et un jour, ce ne serait plus seulement un rêve.

La vision d'un monde uni dans la paix et l'amour souriait à Marlene tout autant qu'à lui, mais elle n'aurait pas été elle-même si elle n'en avait douté, car elle ne connaissait que trop les faiblesses humaines. Son grand-père lui citait volontiers cette phrase du *Guillaume Tell* de Schiller : « L'homme le plus vertueux ne pourra vivre en paix si cela contrarie un voisin malveillant. » Il avait cité cette phrase à ses amis juifs à l'avènement du régime nazi. Pourtant, malgré trois mille ans de persécutions et de pogroms, ces derniers avaient refusé d'envisager ce qui était inconcevable à leurs yeux et s'étaient accrochés à l'espoir que le spectre du nazisme s'évanouirait et que la paix reviendrait. Mais n'y aurait-il pas toujours un voisin malveillant quelque part? Depuis peu, Marlene méditait souvent sur l'essence de l'amour et se demandait si elle serait encore capable d'aimer un homme comme elle avait aimé Jakob. Jakob était unique. Il avait été l'amant le plus tendre, le plus attentionné et le plus passionné qu'elle avait connu… en temps de paix. Depuis la guerre, c'était devenu un autre homme.

Car la guerre vous transformait tout autant que l'amour. Jakob était devenu un chef, et comme tout véritable chef, il possédait, outre le don de gagner autrui à sa cause, la capacité de prendre des décisions difficiles. Il lui était arrivé de sacrifier un individu pour en sauver de nombreux autres. C'était ce qu'il lui avait dit quand il l'avait quittée : il lui souhaitait de ne jamais devoir prendre une telle décision, d'envoyer sciemment un homme à la mort, car pour y parvenir, il fallait faire preuve d'une dureté impitoyable vis-à-vis de soi-même et être prêt à sacrifier tous ses principes. Il savait qu'il devait la quitter parce que son amour pour elle l'affaiblirait, lui avait-il affirmé.

Elle avait objecté que pour elle, c'était exactement le contraire : elle ne s'était jamais sentie aussi forte que depuis qu'elle l'aimait, mais Jakob était resté inflexible. Il leur était encore arrivé de passer une nuit ensemble, quelques instants volés, d'éphémères retrouvailles en ces temps de folie déchaînée. Mais aussitôt après, Jakob s'était dégagé et rhabillé pour disparaître sans un mot. La première fois, Marlene avait été furieuse contre lui, et puis elle avait compris qu'il s'en voulait de ne pas avoir la force de s'arracher définitivement à elle. Si ce n'était qu'une maigre consolation pour elle, cela lui permettait de garder un peu d'espoir en se disant qu'après la guerre, il en irait autrement.

Et puis Deborah était arrivée et lui avait volé pour un court instant ce qui lui appartenait, ou du moins était-ce ce qu'elle avait cru. Pour cette jeune fille profondément meurtrie, Jakob avait jeté par-dessus bord tous ses principes et s'était abandonné à la passion.

Marlene n'avait jamais connu une déception aussi dévastatrice de toute son existence. Elle avait l'impression qu'on lui avait arraché le cœur. Et il avait fallu que cette déception vienne de Deborah, pour laquelle elle avait ressenti une authentique amitié, peut-être parce qu'elle ne savait quoi chez cette jeune fille lui rappelait elle-même.

Elle avait pourtant pris sur elle pour sauver Jakob, mais elle avait finalement été responsable de sa mort atroce. Était-ce la raison pour laquelle elle avait fait son possible pour aider Deborah, parce que toutes deux avaient aimé le même homme pendant un court moment ? Depuis la mort de Jakob, elle avait l'impression que sa sensibilité était émoussée et elle se demandait parfois si elle l'avait vraiment tant aimé ou si elle n'avait pas idéalisé cet amour. Peut-être avait-elle seulement aimé l'image du héros qu'il avait été à ses yeux ?

Elle avait dix-huit ans quand elle l'avait rencontré chez sa tante à Cracovie. À cette époque, les fantasmes de toute-puissance du Führer pesaient déjà comme une épée de Damoclès sur l'Europe.

Dès le deuxième jour de leur rencontre, Jakob lui avait fait part de sa crainte que la prochaine grande guerre de ce siècle éclate. Il écoutait depuis longtemps les discours du dictateur allemand et il avait lu son livre, *Mon combat*, dont il jugeait chaque page suintante de folie.

Elle qui avait vécu le délire de la nuit de Cristal à Berlin, la jubilation malsaine de la foule, qui avait entendu les cris des persécutés, vu brûler des immeubles, des magasins et des synagogues et passé plusieurs semaines dans une prison de la Gestapo aux mains d'un sadique qui par la suite devait être fatal à Jakob comme à elle-même, pouvait difficilement le contredire. Elle n'avait pourtant ressenti aucune crainte parce que Jakob était à son côté. À présent, elle était seule, sans son amour, mais animée d'un courage qui l'avait incitée à se venger d'Hubertus von Greiff et à poursuivre l'œuvre de Jakob, la résistance au nazisme.

Ce fut là, sur ce quai de Pasing, au milieu de plusieurs centaines de personnes, qu'elle conclut enfin la paix avec Jakob, parce qu'elle le comprenait. C'était peut-être surprenant, mais elle était désormais libre, libre de faire ce qu'elle voulait, sans rien ni personne à ménager, car tous ceux qui avaient compté pour elle, Jakob, son grand-père, la famille de sa mère à Varsovie, Deborah et Wolferl, étaient morts. Aucun n'avait survécu sauf sa grand-mère, qui était en sûreté, si tant est qu'on pût parler de sûreté pendant une guerre mondiale. Du moins Greiff ne pourrait-il plus lui faire de mal, et cette pensée à elle seule procurait un sentiment de satisfaction à Marlene.

Elle remarqua soudain un changement autour d'elle : l'atmosphère était devenue fébrile. Un train approchait. Elle le regarda avec impatience. Elle allait enfin rejoindre Varsovie et reprendre part à la guerre. Elle espérait seulement que ce voyage serait rapide et sans encombre. Plus on s'éloignait vers l'est, plus le risque d'actes de sabotage augmentait, et les convois étaient les cibles d'avions volant à basse altitude pour détruire le ravitaillement.

Son groupe de cinq infirmières avait reçu d'un médecin SS des instructions débitées avec le plus grand sérieux sur la conduite à adopter en cas de rencontre avec l'ennemi. Ce petit numéro ne manquait pas de comique involontaire, mais Marlene pouvait à peine supporter ces insanités nazies. Elle était stupéfaite à la vue du genre d'individus que l'avènement du IIIe Reich avait propulsés dans les hautes sphères. Le discours du médecin se réduisait pour l'essentiel à deux points : rester plaqué au sol ou sauter du train pour se réfugier sous lui, et surtout ne pas oublier de « rester plaquées au sol, mesdames ! ».

L'après-midi touchait à sa fin quand le train entra en gare. Marlene nota que plusieurs wagons avaient déjà rencontré l'ennemi, car ils étaient cabossés en maints endroits, et les traces de balles sur leurs flancs n'inspiraient pas précisément confiance pour la suite du voyage. Mais cela ne parut nullement troubler les toutes jeunes infirmières qui se bousculaient pour monter dedans. Aucune ne devait avoir plus de dix-huit ans et à en juger par leur dialecte, toutes étaient originaires de la Marche de l'Est, la patrie de leur Führer.

Elles venaient sans doute d'être recrutées dans une Ligue des jeunes allemandes[1] alpine et elles avaient tout juste troqué leurs nattes de jeunes filles pour un chignon. Les soldats n'étaient pas les seuls à être de plus en plus jeunes. Avec ses vingt-cinq ans, Marlene se sentait vieille et rassise au milieu d'elles. En son for intérieur, elle ne pouvait que secouer la tête à leur vue. Ces jeunes filles se comportaient comme si elles partaient pour des aventures palpitantes alors que la guerre faisait rage depuis presque cinq ans, tout le Reich souffrait de la pénurie, les pertes de l'armée allemande sur le front se comptaient en millions et les civils mouraient sous les effroyables bombardements des Britanniques et des Américains. Les terribles blessures infligées par la guerre étaient visibles de toutes parts et il n'existait guère de familles du Reich qui n'eût au moins un mort à déplorer.

Marlene monta dans le train principalement occupé par des soldats et constata une fois de plus que la rigueur allemande et l'organisation des chemins de fer allemands survivaient à la guerre, car plusieurs compartiments avaient été réservés aux infirmières. Les étiquettes indiquant ces réservations rappelèrent à Marlene ce que Deborah lui avait raconté à Cracovie : à en croire Albrecht Brunnmann, c'était grâce à la logistique qu'on gagnait les guerres. Si effrayant que cela pût paraître, elle était obligée de donner raison à cet homme, car elle en faisait l'expérience à l'instant : non seulement cette réservation, mais encore tout le déroulement des formalités ce jour-là étaient un parfait exemple d'efficacité. Les nazis

1. Le *Bund Deutscher Mädel*, une branche des Jeunesses hitlériennes à laquelle l'adhésion était devenue obligatoire par un décret du 1er décembre 1936.

étaient minutieux et perfectionnistes jusque dans la mise à mort. Si leur bureaucratie continuait à fonctionner aussi bien, la guerre n'était pas près de finir.

Comme par miracle, le trajet jusqu'à Dresde se déroula sans heurt, mis à part les avances effrontées du médecin SS, car c'était sur Marlene qu'il avait jeté son dévolu. Après examen de ses faux papiers, il avait découvert qu'elle et lui avaient habité à Schwabing non loin l'un de l'autre et il était intarissable sur son étonnement de n'avoir jamais remarqué une aussi charmante jeune dame. Marlene joua le jeu, bavarda aimablement avec lui, l'éblouit par sa culture et parvint à le tenir à distance tant bien que mal.

Le lendemain matin, une nouvelle infirmière monta dans le train à Dresde. Le médecin la connaissait et il reporta son attention sur elle, car elle se montrait bien plus aimable et moins distante que Marlene. Le train ne dépassa malheureusement pas Dresde. Il fut orienté sur une voie secondaire où il resta jusqu'au soir et on annonça qu'il était interdit d'en descendre. Quand Marlene les interrogea, les contrôleurs se montrèrent aussi fermés que des huîtres et déclarèrent d'un air important qu'ils n'avaient pas l'autorisation de fournir des renseignements. Les spéculations allaient donc bon train. Marlene profita de cette journée perdue pour dormir et reprendre des forces. Le train ne repartit qu'à la tombée de la nuit.

Peu avant minuit, contrôleurs et policiers des chemins de fer traversèrent les wagons au pas de charge, annoncèrent que même l'éclairage de secours serait coupé sous peu, vérifièrent que tous les stores étaient baissés et déclarèrent interdit d'utiliser briquets et lampes de poche ainsi que d'ouvrir les fenêtres. Toute infraction à ces règles serait considérée comme une « assistance à l'ennemi ». Un quart d'heure après l'extinction des feux, le train s'arrêta. Aux bruits parvenant de l'extérieur, Marlene devina que des wagons supplémentaires étaient rattachés au convoi. Ce déploiement d'activité mystérieux l'intrigua. Le lendemain matin, elle traversa les wagons bondés, enjambant des soldats étendus, pour aller aux renseignements.

Dans le dernier tiers du train, elle se retrouva face à un SS qui lui annonça sévèrement que l'accès au wagon suivant était interdit. Il refusa d'entamer la moindre conversation et le charme de Marlene resta sans effet sur lui. Quand son supérieur surgit derrière lui dans le couloir, elle jugea plus prudent de s'éclipser avant que sa curiosité éveille la suspicion.

Le lendemain – le train avait fait un grand détour pour éviter Prague sans qu'on en eût informé les passagers et traversait à présent les paysages paisibles sur le trajet de Schwiebus à Lubon –, alors qu'elle se dégourdissait les jambes dans le couloir, Marlene surprit un mouvement à travers la vitre d'un compartiment. Ce fut très rapide, comme si quelqu'un avait détourné le visage pour ne pas être vu d'elle. Marlene n'y prêta pas attention sur le moment, mais au retour, elle éprouva le besoin irrésistible d'examiner ce compartiment de plus près. Il était occupé par les infirmières les plus bruyantes et les plus écervelées, que Marlene avait soigneusement évitées jusque-là.

Elle s'approcha lentement du compartiment en l'examinant à la dérobée et eut un coup au cœur : Trudi y était ! Comment cette gamine était-elle parvenue à s'y glisser, dans un uniforme d'infirmière qui plus est ? Marlene tapota la vitre et les infirmières levèrent les yeux de leur jeu de cartes, y compris Trudi, qui était assise dans un coin près de la fenêtre. Pincée ! Voilà ce qu'exprimait son visage. Marlene ouvrit la portière et l'aborda comme une vieille amie :

— Mais qu'est-ce que tu fais ici, ma petite ? En voilà une surprise ! Désolée, les filles, mais je vais vous enlever mon amie !

Elle fit signe à Trudi de la rejoindre et, pendant un instant critique, la jeune fille parut prête à refuser de la suivre. Mais le regard impérieux de Marlene produisit son effet.

Trudi la suivit à contrecœur, enjambant à sa suite des soldats assis par terre faute de place, et ignorant comme elle leurs apostrophes d'ailleurs plutôt rares. Marlene s'arrêta dans l'intervalle entre deux autorails dont le vacarme rendrait leur conversation inaudible.

— Tu es folle ? hurla-t-elle à Trudi. Qu'est-ce que tu fous ici ?

— J'ai autant que toi le droit d'y être, rétorqua Trudi.

— Et ton oncle, il sait où tu es ?

Trudi se mordit la lèvre en réponse.

— Je suppose que ça veut dire non, reprit Marlene. Tu lui as laissé un message ?

— Oui, répondit la jeune fille, les yeux baissés.

Elle avait au moins la décence de se sentir gênée.

— Bon. À Posen, je m'arrangerai pour te faire renvoyer chez toi. C'est un voyage beaucoup trop dangereux pour toi.

— Je n'ai pas peur et c'est tout aussi dangereux à Munich, déclara triomphalement la jeune fille.

— À Munich, je ne suis pas responsable de toi.

— Ici non plus. Je n'ai pas besoin d'un chaperon. Je veux rejoindre la résistance ! Mes grands-parents venaient de Varsovie, ajouta-t-elle comme si cela expliquait tout.

Marlene ferma les yeux. C'était incroyable. Sa mission était déjà assez périlleuse sans qu'elle eût par-dessus le marché sur le dos cette gamine de quinze ans qui jouait à la guerre. Alors que la veille encore elle s'était réjouie d'être libre et seule, elle sentait de nouveau le poids d'une responsabilité. La difficulté était de se débarrasser de Trudi tout en veillant à ce qu'elle rentrât saine et sauve chez son parrain. Marlene savait très bien qu'il n'était pas en son pouvoir de la renvoyer et qu'en prenant la moindre initiative, elle risquait de se faire repérer. Comment Trudi était-elle parvenue jusque-là ? D'où sortaient ses papiers et son uniforme d'infirmière ? Marlene remarqua alors qu'elles ne passaient pas inaperçues. Tous leurs voisins les observaient. Elle se demandait comment elle pourrait persuader Trudi de rentrer quand l'une des jeunes infirmières apparut et héla Trudi sur un ton réprobateur :

— Mais qu'est-ce que tu fabriques ? On ne peut pas jouer sans toi !

Trudi en profita pour s'éclipser et Marlene ne la retint pas. Le train n'arriverait pas à Posen avant le lendemain. D'ici là, elle devrait réussir à convaincre la jeune fille de faire demi-tour.

Elle décida d'attendre dans le couloir pour l'intercepter dès qu'elle ressortirait du compartiment. Mais quand Trudi en resurgit, ce fut au milieu de sa bande. Qui sait ce qu'elle leur avait raconté ? Toujours est-il que les jeunes filles s'interposaient entre elle et Marlene.

Quelle petite peste, se dit-elle, découragée, en se demandant pourquoi au fond elle se sentait responsable d'elle. Après tout, elle la connaissait à peine. Se pouvait-il qu'elle éprouvât des sentiments maternels pour cette jeune fille parce qu'elle était arrivée à Munich trop tard pour sauver Deborah? Trudi était-elle à ses yeux un substitut de Deborah? Mais ces ruminations ne la menaient à rien. Elle résolut de chasser ces pensées et d'oublier Trudi. Le sort de la jeune fille ne reposait pas entre ses mains. Elle ne pouvait s'offrir le luxe d'états d'âme et en aucun cas assumer la responsabilité de cette jeune existence. Pas en temps de guerre, avec une mission à remplir.

Trudi semblait avoir réfléchi de son côté. Une heure plus tard, elles s'étaient retrouvées entre les deux autorails quand la lumière s'éteignit. Trudi poussa un cri. Le train, qui entrait dans un tunnel, freina à fond. Elles perdirent l'équilibre et furent précipitées à terre. Marlene se cogna violemment la tête. Des murmures s'élevèrent autour d'elles, on se livrait à des spéculations à voix haute et Marlene saisit au vol les mots d'«attaque», de «sabotage» et de «partisans». On ouvrit des fenêtres et de l'air froid sentant le charbon s'engouffra dans le train. Des contrôleurs accoururent avec des lampes torches, exigèrent un silence complet et ordonnèrent de fermer les fenêtres. Ils refusaient obstinément de répondre aux questions.

Les heures s'écoulèrent. Marlene et Trudi restaient immobiles. L'air devenait de plus en plus étouffant et plus d'un passager ouvrait discrètement une fenêtre pour respirer un peu. L'obscurité dans le tunnel et dans le train était complète. Soudain, on entendit des tirs. Marlene en discernait mal la provenance car l'acoustique du tunnel déformait les sons.

La nervosité gagna les voyageurs. Que se passait-il? Était-ce une attaque contre le train? Attendre dans le noir sans rien faire était intenable. Marlene et Trudi se plaquèrent au sol. Marlene serrait son couteau dans son poing en regrettant amèrement de ne pas avoir de revolver. Les tirs semblèrent durer une éternité, mais on devait apprendre par la suite que les assaillants, une bande de partisans dépenaillés, avaient été éliminés en quelques minutes. L'éclairage de secours revint enfin. Le train frémit, puis s'ébranla en soufflant. La nuit était tombée entre-temps.

Le lendemain matin, peu après le lever du soleil, le train s'arrêta de nouveau, au cœur d'une forêt cette fois-ci. Après l'arrêt provoqué par l'attaque des partisans, l'atmosphère à l'intérieur du train était tendue. On laissa de nouveau les passagers dans l'incertitude, les contrôleurs restèrent invisibles et bientôt des têtes surgirent aux fenêtres. Quelques officiers leur hurlèrent de rentrer et de refermer les fenêtres, mais bon nombre de soldats ne se sentirent visiblement pas concernés par cet ordre. On entendit des appels incompréhensibles, puis l'ordre donné à tous les soldats de descendre du train pour l'encadrer.

Ces mesures militaires ne rassurèrent en rien les passagers restés à bord. Marlene nota non sans satisfaction que les jeunes infirmières étaient devenues remarquablement silencieuses. Le gros médecin SS qui les accompagnait tira son revolver d'un geste théâtral, l'examina afin de bien faire comprendre à tout le monde qu'il était prêt à se jeter dans la mêlée, et descendit du train.

Marlene l'observait. Il se campa sous sa fenêtre entre deux soldats et tomba comme une masse tandis qu'un coup de feu retentissait. Elle vit le trou rouge sur son front, cria « Tireurs embusqués ! » et se jeta à terre. Des salves se succédèrent pendant plusieurs minutes, on entendit des ordres hurlés et les cris de blessés, et puis les tirs cessèrent aussi soudainement qu'ils avaient commencé. Un instant plus tard, des clameurs de triomphe s'élevèrent et Marlene mit quelques secondes à comprendre qu'elles étaient en allemand. Un officier passa la tête par la porte du compartiment.

— Vite ! Nous avons besoin de vous ! Il y a des blessés ! aboya-t-il comme s'il avait affaire à des sourdes.

Marlene se leva la première, prit son sac contenant des pansements et se mit au travail avec ses compagnes. L'absurdité de ce qu'elle faisait la frappa : alors qu'elle se rendait à Varsovie pour combattre l'armée du Reich, sa conscience lui dictait en cet instant de secourir des soldats allemands. Les blessés, qui étaient une bonne douzaine, avaient été transportés dans un wagon de marchandises vidé à la hâte pour les accueillir. Le train était à l'arrêt. Comme l'unique médecin à bord avait été tué, personne ne pouvait opérer. Du reste, on manquait de moyens. Il n'y avait ni les instruments nécessaires, ni assez d'éclairage. Marlene venait de décider qu'elles se contenteraient de la lumière du jour quand un nouvel ordre retentit et un soldat se rua vers le wagon pour en fermer la porte. Marlene s'interposa aussitôt car l'idée d'être enfermée lui déplaisait souverainement.

— Qu'est-ce que ça signifie ? Laissez cette porte ouverte ! Nous avons besoin de la lumière du jour pour soigner les blessés ! lança-t-elle à un officier qu'elle avait aperçu.

Il s'approcha d'elle et lui adressa un bref salut.

— Pardonnez-moi, madame, mais c'est pour votre sécurité. Veuillez reculer afin que ce soldat puisse exécuter l'ordre, lui expliqua-t-il avec la plus grande politesse.

Mais Marlene refusa de s'incliner.

— Alors donnez-nous au moins des lampes de poche ! Il nous faut de la lumière pour travailler correctement. À moins…, reprit-elle avec un temps d'arrêt qui fit son effet, à moins que vous ne préfériez que nous soignions vos camarades dans le noir ? acheva-t-elle en soutenant son regard.

L'homme parut agacé par cette femme qui refusait d'obtempérer, mais il donna des instructions pour qu'on lui procurât ce qu'elle demandait. Un instant plus tard, on lui apporta deux lampes de poche et un carton de bougies. La porte du wagon se referma. Marlene avait à peine allumé une lampe que l'une des jeunes infirmières se jeta sur la porte en criant et la martela de ses poings comme si sa vie en dépendait.

Marlene tendit la lampe à Trudi, empoigna la jeune fille et la gifla sur les deux joues. Ses cris se muèrent en un gémissement d'effroi. Marlene la plaqua au sol.

— Débrouille-toi pour qu'elle se tienne tranquille et ne nous gêne pas dans notre travail, ordonna-t-elle à Trudi.

Une bande de filles affolées était bien la dernière chose dont elle avait besoin.

Les autres infirmières s'étaient entre-temps regroupées autour d'elle comme des poules effarées au lieu de s'occuper des blessés.

Sa confrontation avec l'officier et sa maîtrise d'une hystérique l'avaient apparemment catapultée dans la position d'infirmière en chef. Comme elle l'avait pressenti, ces petites dindes avaient complètement nié la réalité de la guerre, gobé tous les discours sur l'héroïsme et la défense de la patrie et maintenant elles se réveillaient dans la ligne de mire. Bienvenue dans la réalité, pensa-t-elle en prenant les commandes. Elle frappa dans ses mains et leur distribua des tâches.

Elle-même déambula pour compter les blessés étendus à terre et, ce faisant, retrouva une vieille connaissance : le jeune lieutenant qui venait de se marier. Il avait reçu une balle dans l'épaule et perdu beaucoup de sang. Alors qu'elle étanchait le sang de sa blessure en se surprenant à souhaiter qu'il en réchappe, elle se demandait avec inquiétude quand le train repartirait. Le temps était un facteur crucial dans sa mission, or ce voyage traînait en longueur.

Les heures s'écoulaient dans un silence spectral uniquement rompu par les gémissements des blessés. Tout le monde guettait les bruits extérieurs. Marlene refoulait la sensation grandissante qu'elle était enfermée dans un train en partance pour nulle part et qu'elle ne parviendrait jamais à destination.

Trudi semblait ruminer les mêmes pensées. Elle s'agenouilla soudain à côté de Marlene.

— Je crois qu'ils nous ont oubliées. Dans quelques mois, ils rouvriront la porte et ne retrouveront que nos squelettes, chuchota-t-elle.

— Et c'est Mlle Trompe-la-Mort qui dit ça, persifla Marlene.

Elle lança le pansement trempé de sang dans un seau rempli d'eau, puis essuya son front en sueur d'un revers de manche. Il faisait une chaleur de four dans ce wagon, le soleil devait frapper directement sur le toit. Sa blouse d'infirmière collait à son corps. Elle ôta la broche de la Croix-Rouge épinglée à son col, ouvrit les boutons du haut de sa blouse, puis arracha de sa tête cette ridicule petite coiffe d'infirmière pour s'éventer avec. Trudi sourit comme si elle n'avait attendu que ce signal et l'imita en murmurant le mot de « strip-tease ».

Marlene se demanda si elle avait bien entendu.

— Qu'est-ce que tu as dit ? murmura-t-elle, alarmée.

Un tel mot tombant dans la mauvaise oreille pouvait signer leur arrêt de mort. Les nazis étaient très chatouilleux sur de tels sujets.

— Ma mère a appris ce mot de Josephine Baker, chuchota Trudi avec insouciance. Elle l'a rencontrée au théâtre Nelson, sur le Kurfürstendamm. Ma mère aussi s'est produite là-bas. Tu savais que la Baker est maintenant en France et qu'elle est entrée dans la Résistance ? demanda-t-elle en se penchant vers Marlene d'un air de conspiratrice.

— Chut ! siffla Marlene en réprimant l'envie de plaquer sa main sur sa bouche.

Cette morveuse allait causer leur perte !

Elle lança un regard rapide au lieutenant, mais il avait perdu conscience depuis un bon moment et ne représentait plus aucun danger, contrairement à Trudi.

— À partir de maintenant, tu la boucles et tu l'ouvres seulement quand on t'interroge, dit-elle à l'oreille de la jeune fille. Si tu recommences, je jure sur Dieu que je te tuerai.

— Ça va, calme-toi, répondit Trudi, visiblement peu impressionnée.

Marlene se demanda si elle possédait un sang-froid exceptionnel ou si elle était tout simplement stupide. Elle avait l'impression que Trudi allait lui attirer son lot d'ennuis.

Le train repartit, pour ralentir quelques instants plus tard. Les rares interstices par lesquels la lumière du jour leur parvenait s'assombrirent soudain, ce qui ne pouvait signifier qu'une chose : ils étaient à nouveau dans un tunnel.

Un instant plus tard, la porte se rouvrit, un soldat éclaira l'intérieur du wagon avec une lampe de poche et tout le monde poussa un soupir de soulagement.

— Eh ben, c'est pas trop tôt, ma vessie va exploser ! s'exclama Trudi plutôt crûment pour une demoiselle.

Elle saisit la main du soldat pour sauter du wagon. Marlene la suivit en regardant autour d'elle à la dérobée. L'obscurité du tunnel était un peu atténuée par la faible lumière de l'éclairage de secours qui projetait des rectangles sur les parois. Ces dernières étaient couvertes de câbles épais. Marlene ne discernait pas d'issue. Le tunnel semblait former un virage un peu plus loin. Elle fit quelques pas dans cette direction, mais l'officier de la halte précédente sauta du wagon voisin, s'approcha d'elle comme s'il l'avait guettée et s'enquit de l'état des blessés.

Marlene l'informa que l'un d'eux était mort et que quatre autres étaient dans un état critique.

— Quand arriverons-nous à Posen ? demanda-t-elle dans l'espoir d'en apprendre davantage. Ces soldats doivent être d'urgence transportés à l'hôpital afin qu'on extraie les balles de leurs blessures.

Malgré le faible éclairage, elle crut lire de la contrariété sur le visage de l'homme, comme s'il jugeait de telles questions inadmissibles.

— Demain, répondit-il avec un geste vague, presque comme s'il lui était indifférent qu'ils arrivent à Posen. Je vous envoie quelqu'un avec du ravitaillement.

— Monsieur l'officier, reprit Marlene alors qu'il se détournait d'elle, cela signifie-t-il que nous devrons également passer cette journée dans un tunnel ?

Depuis l'attaque des partisans dont elle se réjouissait de tout son cœur, elle se demandait si les renseignements de Manfred selon lesquels tout le trajet de Munich à Posen était contrôlé par les Allemands étaient encore valables. Et l'existence de ces tunnels était une énigme à ses yeux. Marlene avait examiné une carte de la région chez Manfred. De Schwiebus à Posen, le train ne traversait que des plaines et des forêts entrecoupées de champs. Pourquoi construire des tunnels dans une région dépourvue de montagnes ? Elle avait le pressentiment qu'il ne s'agissait pas d'un trajet ordinaire. Et ces wagons qu'on avait ajoutés au train à Dresde au beau milieu de la nuit ? Quand, à l'arrêt précédent, elle s'était précipitée dehors pour aller soigner les blessés, elle avait remarqué un détail qui lui paraissait suspect depuis qu'elle pouvait le rapprocher d'autres éléments : les trois wagons de marchandises étaient des fourgons blindés. Il était plus que probable qu'ils contenaient des armes et du ravitaillement pour les troupes allemandes. Les partisans le savaient-ils et leur attaque avait-elle visé ces fourgons ? Les civils n'avaient pas accès aux derniers wagons du convoi et on avait du reste interdit aux passagers de descendre du train. Ce dernier roulait essentiellement de nuit, traversait les gares sans ralentir et maintenant il se cachait de nouveau en plein jour dans un tunnel. Que signifiait tout cela ? Cela n'avait de sens que si ce train était censé passer inaperçu.

— On dirait que tu es en train de couver un très gros œuf, lui lança Trudi qui, comme surgie de nulle part, l'éblouit avec le rayon d'une lampe de poche.

La moutarde monta au nez de Marlene. Elle lui arracha la lampe.

— Arrête ça tout de suite, siffla-t-elle.

— Oh là là, ce que tu peux être susceptible ! répondit Trudi avec un haussement d'épaules. Je voulais juste te prévenir qu'il y a à bouffer, ajouta-t-elle avant de tourner les talons.

— Attends! l'appela Marlene, qui regrettait déjà la brusquerie de sa réaction. Excuse-moi. Tiens, ta lampe.

Trudi lui adressa un sourire miséricordieux. Tout en longeant le wagon sur les talons de Marlene, elle posa précisément la question qui tracassait cette dernière.

— Pourquoi crois-tu qu'ils cachent ce train?

Marlene s'arrêta si brusquement que Trudi se heurta à elle et la saisit par les épaules.

— Écoute, fit-elle entre ses dents, si tu veux survivre, ne pose plus jamais ce genre de questions, compris?

— Oui, oui, ça va. Ce que tu peux être nerveuse, grommela la jeune fille en essayant de se dégager.

Mais Marlene n'en avait pas encore fini avec elle.

— C'est la dernière fois que je te le dis: tu nous mets en danger toutes les deux. Au moindre soupçon, nous serons liquidées. Si tu veux vraiment travailler avec moi, apprends à fermer ta grande gueule.

— Je peux donc travailler avec toi? demanda Trudi, le visage illuminé.

Marlene avait l'impression d'avoir été roulée dans la farine. Elle scruta le petit visage de Trudi. L'intelligence alerte de son regard la frappa. Malgré sa jeunesse, cette petite avait le don de retourner les situations, bien que de manière fâcheuse et exaspérante.

Marlene était bien consciente qu'elle ne pouvait la laisser seule, y compris avec les infirmières. Elle devait la contrôler en permanence et elle ne pourrait le faire qu'en la prenant sous son aile. Elle s'assura que personne ne les regardait, mais tout le monde était retourné dans le train pour manger. Pas de soldats en vue. Elle n'en poursuivit pas moins à voix basse:

— Bon, je vais t'apprendre le nécessaire, mais tu devras suivre des règles très strictes. La première de ces règles est de survivre. Cela implique de ne pas attirer l'attention sur nous et de ne pas poser de questions. Vu de l'extérieur, notre seul but est de servir le Führer. Et à partir de maintenant, tu feras seulement ce que je te dis, compris?

— Compris. Est-ce que je dois prêter un serment ou quelque chose de ce genre?

— Non, maugréa Marlene. Autre chose, Trudi.

— Oui?

— Ce n'est pas un jeu et personne n'est invulnérable, compris? À partir de maintenant, ma vie est entre tes mains. Si tu te mets en danger, tu me mets aussi en danger. Mais ta vie et la mienne sont sans importance. La seule chose qui compte est la cause que nous servons. Et pour la servir, nous devons survivre.

— Mais c'est bien un serment : notre vie est sans importance, seule compte la cause que nous servons !

— Comme tu voudras, du moment que ça rentre dans ton petit crâne têtu, répondit Marlene en réprimant son agacement. Et maintenant, allons manger.

Elle désigna d'un signe de tête deux soldats qui se tenaient à quelques mètres d'elles et les observaient avec intérêt.

— Fais attention : nous avons un public. Viens, filons avant qu'il ne reste plus rien à manger.

Tout en avalant une soupe claire, Marlene récapitula tous les renseignements qu'elle avait pu recueillir sur le Warthegau, le Gouvernement général et la Silésie. Le bruit courait que les nazis avaient construit dans l'est de vastes réseaux de tunnels où ils dissimulaient des installations industrielles et fabriquaient des armes. Ils semblaient également construire avec le même zèle des quartiers généraux secrets pour le Führer. Ainsi, le Werwolf dans le Commissariat du Reich[1] de l'Ukraine, du côté de Winnyzja, était bien connu de la Résistance. Marlene était tiraillée entre la tentation d'aller examiner les fourgons blindés de plus près et celle de ne prendre aucun risque qui pût compromettre son rendez-vous avec Jitzhak Zuckerman.

Cette décision lui fut épargnée. Dès que la vaisselle fut remballée, on renvoya les infirmières dans le wagon des blessés malgré leurs protestations énergiques. Par bonheur, l'officier avait fait emporter les cadavres.

Toutefois, même en l'absence de cadavres, c'était oppressant de dormir dans un wagon exigu au milieu des gémissements des blessés et des plaintes des jeunes infirmières dont la terreur était presque palpable. Marlene se sentait comme un lion en cage. Le train avait deux jours de retard et le temps

1. Le *Reichskommissariat* est une entité administrative mise en place dans les territoires conquis par l'Allemagne à partir de 1941.

jouait contre elle maintenant. Elle n'avait pas la moindre idée d'où ils se trouvaient, car au lieu de prendre le chemin le plus direct, le train avait fait un détour par Prague.

Dès la tombée de la nuit, le train ressortit du tunnel. Au bout d'un moment, il fit une nouvelle halte, la porte de leur wagon fut violemment ouverte et Marlene, stupéfaite, vit une gare morne et mal éclairée. Elle chercha en vain l'indication d'un nom de lieu. Ce voyage devenait de plus en plus mystérieux.

On leur annonça que le trajet se poursuivrait dans des véhicules militaires. Marlene rechercha l'officier pour lui tirer les vers du nez, toujours sous le prétexte qu'il fallait envoyer les blessés à l'hôpital, mais dès qu'elle l'eut retrouvé, on la renvoya. Quand elle se retourna, elle remarqua que Trudi l'avait suivie comme son ombre. C'était plutôt troublant, une telle discrétion chez cette gamine.

— Que se passe-t-il? chuchota Trudi. Qu'est-ce qu'on fabrique ici?

Marlene la prit par le bras.

— Viens, lui dit-elle, et elles s'éloignèrent. Quelque chose ne tourne pas rond ici, murmura-t-elle. Tu peux aller sans te faire repérer vers la queue du train pour regarder les trois derniers wagons de plus près? Retiens bien tout ce que tu verras, par exemple si leur garde est renforcée. Si on te repère, joue la fille naïve qui veut juste se dégourdir les jambes. Moi, personne ne me croirait.

— Tout de suite?

— Oui. Je ne sais pas combien de temps cet arrêt durera. Les véhicules pour la suite du voyage risquent d'arriver d'un instant à l'autre.

— C'est bon.

Marlene la retint alors qu'elle allait partir.

— Et fais bien attention. Ne prends aucun risque, compris? dit-elle.

Trudi acquiesça et s'éloigna vers le wagon des blessés. Marlene la vit adresser la parole à deux soldats postés à proximité, entendit son rire que le vent emportait vers elle, la regarda relever coquettement le bas de sa robe d'un centimètre en poursuivant son chemin et, soudain, disparaître comme une ombre entre deux wagons. Elle avait apparemment laissé entendre aux deux hommes qu'elle voulait s'isoler un instant de l'autre côté du train sans qu'on la dérangeât. Dix minutes plus tard, elle était de retour.

— Alors?

— Tu avais raison. Ces trois wagons sont à part. Ils sont gardés par au moins une douzaine de Têtes-de-Mort.

— Des SS?

— Je veux, et...

Trudi marqua une pause comme si elle attendait un roulement de tambour.

— Allez, accouche! lança Marlene.

— J'ai vu de la lumière dans les interstices entre les planches et quelqu'un est passé en portant un chaudron comme le saint sacrement. Je te parie ce que tu veux qu'il y a là-dedans un...

Elle ne put achever sa phrase, bâillonnée par la main de Marlene: dans sa surexcitation, elle avait oublié de baisser la voix et parlé de plus en plus fort. Elles entendirent alors un bruit de moteur. Les phares de véhicules surgirent dans la nuit. Ils venaient de l'est et ils approchaient très lentement, ce qui ne plaidait pas en faveur de l'état de la route.

On ordonna aux passagers de prendre leurs bagages et de sortir, et ce fut la débandade. Quand Marlene et Trudi descendirent du train avec leurs sacs de voyage, Marlene remarqua que deux soldats refermaient le wagon des blessés. Elle se souvint du lieutenant tout récemment marié.

— Et les blessés? Qui s'occupera d'eux? demanda-t-elle au plus âgé des soldats.

— Aucune idée, répondit-il avec un haussement d'épaules. Mais ce n'est plus votre affaire, madame.

Les passagers furent rassemblés et comptés sur le quai de la gare. Marlene en profita pour jeter un dernier regard à l'arrière du train noyé d'ombre, mais elle était trop loin des fourgons pour distinguer davantage que leurs contours.

— Il y a un gros ponte là-dedans, tu peux me croire, chuchota Trudi, qui avait suivi son regard.

— Oui, mais ce n'est plus notre affaire, déclara Marlene, répétant les paroles du vieux soldat.

Il s'avéra que le convoi militaire n'avait pas assez de places pour tout le monde. Plus on allait vers l'est, plus l'efficacité allemande semblait diminuer. Un officier de la Wehrmacht veilla à ce que toutes les femmes soient regroupées dans un camion.

Plus de la moitié des soldats n'eurent pas cette chance et partirent à pied en maugréant.

8

Fragments de guerre

Leonardo Conti, le ministre de la Santé du Reich, préconise un fort taux de naissances chez les femmes du Reich, car selon lui, c'est alors qu'on entendra les bons soldats déclarer : « Maintenant que j'ai un enfant, je peux retourner au front ! »

Dans ses rapports sur la Résistance, la Gestapo mentionne principalement l'opposition de l'Église catholique à l'évacuation des enfants à la campagne[1], et en particulier sa critique ouverte de leur endoctrinement dans des camps : « L'éducation de la jeunesse par l'État ne doit pas entrer en conflit avec la conscience chrétienne des parents. »

L'écrivain français Antoine de Saint Exupéry a été porté disparu après un vol de reconnaissance. Son avion a été abattu par des chasseurs allemands au large de la Corse.

*

Le convoi se composait d'une Jeep et de quatre camions à aire de chargement ouverte dont les panneaux criblés de trous n'offraient qu'un maigre abri du vent et de la poussière. Mais comme les femmes étaient entassées et accroupies, leurs bagages coincés entre les genoux, au moins n'avaient-elles pas trop froid. Elles s'habituaient à peine aux cahots de la route que des coups de feu éclatèrent.

— Baissez la tête ! hurla Marlene.

1. Pendant la Seconde Guerre mondiale, les enfants allemands des grandes villes étaient envoyés à la campagne afin qu'ils soient protégés des bombardements, mais étaient également endoctrinés dans des camps.

Le conducteur du camion appuya sur le champignon, le véhicule bondit en avant, heurta de plein fouet celui qui le précédait et les passagers furent précipités les uns contre les autres. Marlene sentit le poids de plusieurs corps sur elle et reçut quelques coups de pied douloureux. Tout le monde poussait, se démenait, bousculait ses voisins et criait. Marlene priait pour que les assaillants remarquent que personne dans ce camion ne ripostait à leurs tirs et se concentrent sur les véhicules remplis de soldats.

L'échange de tirs dura moins d'une minute. Plusieurs soldats étaient blessés, mais seule une infirmière avait été tuée d'une balle en plein cœur. Trudi avait une blessure légère au bras et arborait son pansement comme un trophée.

Marlene se sentait nerveuse. Parti comme c'était, elle n'arriverait jamais à Varsovie à temps. Le soulèvement prendrait fin pendant qu'elle vadrouillerait sur les routes !

Du moins le reste du trajet se déroula-t-il sans encombre. Ils arrivèrent enfin à Posen au petit matin et Marlene songea à son départ. Il lui restait quatre jours pour franchir les trois cents kilomètres la séparant de Varsovie. Même si après ce voyage l'idée la faisait frémir, elle devrait encore recourir aux services des chemins de fer allemands. Elle fut un instant tentée d'abandonner Trudi, mais celle-ci parut deviner sa pensée, car elle ne la quittait pas d'une semelle. Et Marlene dut s'avouer qu'elle se sentait responsable de la petite. Elle regrettait presque son sang-froid d'antan, tout en étant soulagée de ne pas être devenue complètement insensible.

Moins de trois heures plus tard, elles étaient dans le couloir d'un train bondé à destination de Varsovie et s'estimaient heureuses d'être parvenues jusque-là. Au dépôt, elles s'étaient jointes à un groupe de femmes qui après plusieurs heures de voyage devaient satisfaire un besoin naturel, une pause dont elles profitaient pour se recoiffer et se laver le visage et les mains. Trudi et elle avaient alors attendu un moment propice pour s'éclipser et monter dans le train.

Cela n'aurait probablement pas été aussi facile sans l'émoi provoqué par l'arrivée en gare de leur convoi diminué et mal en point. Des officiers se hâtèrent à leur rencontre d'un air important, des militaires et des SS écoutèrent des rapports pendant qu'on déchargeait les blessés dans la cour, que des infirmières et des soldats se déversaient des camions et qu'on réclamait un médecin. Et le tohu-bohu fut à son comble quand les blessés de la première embuscade des partisans arrivèrent.

Marlene espérait que leur absence ne serait remarquée que le soir à l'hôpital. Dans le rapport qu'on lui avait réclamé, elle avait porté au nombre de trois les pertes parmi les infirmières en escomptant qu'on ne poserait de question ni ne ferait de décompte dans l'immédiat.

9

Deux cent soixante-dix-neuf jours avant le jour 0

Le Führer Adolf H. de B. a donné l'ordre de bannir *Guillaume Tell*, la pièce de Schiller, des théâtres et des programmes scolaires, sans donner d'explication officielle.

À en croire la rumeur, lors des représentations de ce drame traitant de la lutte pour la liberté et de l'assassinat des tyrans, on entendait souvent « des applaudissements déplacés »...

« Il n'existe pas de peuple plus débonnaire, mais également plus crédule que les Allemands. Ils se sont étripés entre eux avec la conviction de faire leur devoir. Il n'existe pas de peuple plus stupide sur Terre. Si éhonté que puisse être un mensonge, les Allemands y croiront.

Sur la foi d'une parole qu'on leur a donnée, ils persécutent leurs compatriotes avec plus d'acharnement que leurs vrais ennemis. »

Napoléon Bonaparte

*

— On arrive dans combien de temps à Varsovie ? demanda Trudi en se cramponnant à une poignée de maintien, car il ne restait bien entendu plus de places assises.

— D'après l'indicateur, dans moins de six heures.

— Et on fait quoi s'il y a un contrôle ?

— Je n'en ai aucune idée, mais parle moins fort, s'il te plaît.

— Quoi, tu n'as rien prévu ? Mais nos papiers n'étaient valables que jusqu'à Posen !

— Tu crois peut-être que je l'ignore, petite futée ? répondit Marlene en vérifiant dans le reflet de la vitre le maintien de sa coiffe d'infirmière. Si on nous interroge, je raconterai que notre convoi a été attaqué par des partisans la nuit dernière, qu'une de nos consœurs a été tuée et que ça nous a tellement secouées que nous nous sommes trompées de train. On téléphonera à Posen pour vérifier cette histoire et au pire, on nous renverra là-bas, affirma-t-elle avec une conviction qu'elle était loin d'éprouver.

Elle savait par expérience combien les nazis pouvaient se montrer imprévisibles : avec eux, il fallait s'attendre à tout.

— Et tu répondras quoi s'ils nous demandent pourquoi nous sommes dans le train de Varsovie au lieu de faire notre devoir d'infirmières à Posen ?

— Je trouverai bien quelque chose.

Pour la première fois depuis qu'elle la connaissait, Trudi parut ahurie.

— C'est vrai ? Tu risquerais le tout pour le tout ? T'es pas un peu givrée ? demanda-t-elle avec une note d'admiration dans la voix.

— Ah bon ? Je croyais que j'étais une pauvre petite chose nerveuse et fragile…

Un quart d'heure plus tard, elles furent contrôlées et Marlene devina à son dialecte que l'un des deux jeunes policiers de la SS venait de Berlin ou des environs.

Elle feignit de rechercher leurs billets tout en flirtant avec les deux jeunes gens en berlinois, retrouva enfin les billets, les laissa tomber, se pencha en même temps que le policier berlinois afin qu'ils se cognent la tête l'un contre l'autre, et se répandit en excuses. En se penchant, elle avait prestement défait les deux boutons du haut de sa blouse pour lui offrir une vue imprenable sur son décolleté.

Quant à Trudi, qui visiblement apprenait vite, elle bavardait avec les deux policiers qui ne paraissaient pas insensibles à son charme. Quand ils leur demandèrent leurs papiers d'identité, Marlene recommença à fouiller ostensiblement dans son sac tandis que Trudi leur racontait l'attaque de leur convoi par des partisans en leur montrant son bras bandé. Elles devaient avoir une chance imméritée, car le plan de Marlene fonctionna : les hommes examinèrent leurs papiers plutôt négligemment.

Quand les policiers furent hors de vue et qu'elles purent enfin respirer, une voix à l'accent de la Marche de l'Est reconnaissable entre tous s'éleva derrière elles.

— Toutes mes félicitations, mesdames : cette petite comédie était très divertissante !

Elles pivotèrent sur elles-mêmes et se retrouvèrent face à un homme de haute taille en uniforme de SS taillé sur mesure qui les applaudissait ironiquement.

Marlene jura en elle-même, mais garda toute sa présence d'esprit.

— Oh, bonjour, mon colonel, répondit-elle, les yeux baissés comme une petite fille intimidée par la présence d'un si haut personnage.

Soit ce passager les avait percées à jour et allait les faire arrêter, soit il avait une idée derrière la tête. Dans un cas comme dans l'autre, Trudi et elle étaient perdantes. Elles avaient donc intérêt à rester sur leurs gardes et à observer attentivement cet homme. Par son comportement et l'affectation de ses manières, il lui rappelait vaguement Albrecht Brunnmann. Elle priait pour ne jamais revoir cette vermine nazie, car elle savait qu'elle oublierait toute prudence pour se jeter sur lui et l'étrangler.

Mais le spécimen qui se tenait devant elle était nettement plus âgé que Brunnmann. Maigre et d'apparence presque ascétique, il n'avait ni sa beauté, ni son élégance. Comme sa casquette était coincée sous son bras, ses cheveux clairsemés divisés par une raie étaient en évidence. Son point commun le plus évident avec Brunnmann était peut-être que dès le premier regard, il lui parut aussi indéchiffrable que lui. Ses yeux profondément enfoncés étaient comme deux fenêtres aveugles. Cet homme refusait de laisser quiconque lire en lui. Marlene avait appris à ses dépens que c'était l'espèce la plus dangereuse, celle des démons capables de tout et adorant manipuler ceux qui étaient assez stupides pour se laisser prendre à leur jeu.

Elle décida que face à l'imprévisible, il valait mieux continuer à feindre la naïveté. Si sa carrière d'espionne lui avait appris quelque chose, c'était que de tels hommes aimaient par-dessus tout jouer et que rien ne leur plaisait tant que de rencontrer des adversaires à leur mesure et de les vaincre. Tout leur était bon pour parvenir à leurs fins, car c'était leur seul moyen de démontrer leur supériorité à la face du monde. La vanité était leur plus grande faiblesse et souvent ce qui causait leur perte. Marlene devinait que cet homme s'ennuyait et que la petite scène à laquelle il venait d'assister était pour lui une distraction bienvenue. Comme il l'avait dit, Trudi et elle le divertissaient.

Il avait visiblement pris tout son temps pour observer Marlene. Il esquissa un bref salut et s'adressa à elle avec une emphase qui détonnait dans ce train :

— Permettez-moi de me présenter : comte Dietrich zu Langenburg-Dietrichstein. J'ai un compartiment à mon entière disposition et je ne me pardonnerais jamais de laisser deux dames aussi charmantes voyager dans le couloir. Voudriez-vous me faire l'honneur de votre compagnie ?

Marlene lança un bref regard à Trudi en espérant qu'elle en comprendrait l'avertissement : la fermer et la laisser faire les frais de la conversation. Cela fait, elle répondit à la courtoisie surannée du comte par une petite révérence qui lui parut parfaitement absurde dans ce train cahotant dont les toilettes bouchées répandaient une odeur écœurante.

— C'est nous qui en serions très honorées, monsieur le comte, mais comme nous ne sommes que deux simples infirmières, il serait déplacé de notre part d'accepter l'invitation d'une personne de votre rang, répondit-elle avec un feint embarras tout en espérant qu'elle n'en faisait pas trop.

La dernière chose qu'elle désirait était de partager un compartiment avec cet homme. Plutôt périr dans la puanteur du couloir.

— Mais je vous en prie, mesdames, pourquoi tant de modestie ? C'est absurde : vous servez notre patrie ! Rien ne me ferait plus plaisir que de rester en votre compagnie jusqu'à Varsovie. Les voyages en train sont toujours si ennuyeux... Je vous en prie, acceptez donc...

Et il leur fit signe d'avancer, si bien que Marlene et Trudi durent prendre leurs sacs et le suivre jusqu'à son compartiment capitonné de cuir rouge avec salle de bains privée.

Le plus grand luxe de ce lieu était son agréable odeur de cuir et de lotion de rasage qui les protégeait des effluves des toilettes défectueuses. Quand la porte fut close, Marlene eut l'impression qu'un piège venait de se refermer sur elles.

Jusqu'à Varsovie, leur hôte et elle jouèrent la comédie en dansant l'un autour de l'autre comme des marionnettes suspendues aux fils de leurs pensées, à l'affût d'un angle d'attaque et d'une erreur de l'adversaire qui leur procureraient un avantage décisif.

Ce fut Son Altesse le SS, comme Marlene l'avait baptisé pardevers elle, qui ouvrit le feu. Il avait une voix haut perchée. Son intonation traînante et son accent onctueux réveillaient l'agressivité de Marlene.

Après de brèves présentations, il leur annonça qu'il était natif de Vienne et de haute noblesse.

— Je suis ravi qu'une femme aussi jeune que vous montre déjà une telle compétence en matière de rangs et d'uniformes de la SS, déclara-t-il.

Bravo, gros malin, pensa Marlene. Tout en la complimentant, il lui laissait entendre qu'elle avait commis une erreur tactique en lui décernant le titre de colonel. Ce faisant, il avait marqué le premier point, mais il s'était trahi : elle savait maintenant qu'il se demandait si elle n'était infirmière qu'en apparence. Quant à elle, elle avait déjà entendu le nom de cet homme, mais elle était sûre qu'ils ne s'étaient jamais rencontrés auparavant, car elle n'oubliait jamais un visage. Du moins étaient-ils seuls dans ce compartiment : si elle n'avait pas le choix, elle le tuerait. Elle était persuadée d'être plus adroite et plus rapide que cet homme tout imbu de lui-même. Elle palpa discrètement le poignard fixé à sa cuisse.

À ce moment précis, la porte s'ouvrit et un jeune SS y passa la tête : elle entrevit fugitivement derrière lui la silhouette d'un deuxième homme. Ignorant grossièrement la présence de Marlene et de Trudi, il parla au comte comme s'il était chargé d'une mission secrète :

— Votre ordre a été exécuté, mon colonel, dit-il d'une voix nasillarde.

— Parfait, répondit le comte avec un geste négligent.

Le SS fit claquer ses talons avant de se retirer. Marlene devina que son compagnon et lui se postaient devant la porte du compartiment, emprisonnant Trudi et elle-même à l'intérieur.

Elle décida de réviser sa tactique. Au lieu de continuer à jouer les petites dindes, elle allait tout miser sur un coup. Même si elle savait peu de choses sur l'homme assis face à elle, elle pensait avoir compris l'essentiel. Ce comte était un cabotin, mais avant tout un chasseur, le genre d'homme que la chasse intéresse bien plus que la proie. Plus la traque durait, plus il jouissait d'avance de sa victoire. Si elle pouvait lui donner l'impression qu'elle était davantage qu'une distraction pour lui, qu'elle dissimulait un secret susceptible de satisfaire son instinct de chasseur, elle aurait peut-être une chance de se tirer de ce mauvais pas.

Mais quelle serait la meilleure manœuvre? Elle jouait un jeu dangereux dont l'enjeu était élevé: sa vie et celle de Trudi.

Elle assembla comme les pièces d'une mosaïque tous les éléments d'information qu'elle possédait sur le comte. Il se rendait à Varsovie et il semblait occuper une position privilégiée, comme le prouvait le confort dans lequel il voyageait. Le fait qu'elle ne l'avait jamais croisé dans la bonne société de Varsovie pendant les années de sa carrière d'espionne ne signifiait rien. Dans les milieux nazis, les ascensions pouvaient être aussi fulgurantes que les disgrâces. Elle n'était du reste plus au courant de l'actualité, car elle était trop longtemps restée confinée dans un hôpital de Cracovie. La question cruciale était donc la suivante: cet homme appartenait-il au cercle de Hans Frank, le numéro un du Gouvernement général, ou était-il la créature d'Heinrich Himmler, l'ennemi intime de Frank? Les rivalités entre services ne manquaient pas à Berlin. Ce n'était un secret pour personne que Hans Frank était en conflit avec l'Office central de la sécurité du Reich d'Himmler et détestait Albrecht Brunnmann. Elle l'avait constaté par elle-même lors d'une réception à Wawel. Le comte était-il l'homme d'Himmler ou celui de Frank?

Elle avait une chance sur deux de faire le bon choix. Elle avait la sensation de jongler avec deux bâtons de dynamite enflammés. Alors qu'elle soupesait les risques, elle se souvint où elle avait entendu le nom de cet homme.

Elle baissa vivement la tête pour dissimuler sa jubilation: eurêka! Sa décision était prise. Elle passa à l'action.

— Vous me flattez, mais je dois vous retourner le compliment, répondit-elle au comte, et elle marqua une pause avant de reprendre sur un ton espiègle: Vous m'avez percée à jour, mon cher comte de Langenburg-Dietrichstein, déclara-t-elle en lui donnant son titre en entier puisqu'il accordait tant de prix à son appartenance à l'ancienne noblesse.

Les sourcils maigres de son interlocuteur se haussèrent, donnant à Marlene l'espoir qu'il avait mordu à l'hameçon, mais il ne répondit pas et se contenta de se gratter la poitrine.

Elle tira une autre carte de sa manche.

— Dans notre milieu, reprit-elle en baissant la voix sur un ton de conspirateur, nous préférons parler de ces choses au conditionnel... Qu'en serait-il, mon cher comte, si j'avais rencontré Maximilian, prince zu Hohenlohe-Langenburg et que nous ayons tous deux les mêmes intérêts ?

Le tressaillement presque imperceptible de l'une des commissures de ses lèvres révéla à Marlene qu'elle l'avait pris au dépourvu, mais il se contenta de croiser nonchalamment les jambes et de balancer l'une de ses bottes polies comme des miroirs.

— Quel prince ? intervint Trudi avec pétulance alors qu'il paraissait sur le point de répondre.

Mais cette interruption faisait le jeu de Marlene. La stupeur évidente de la jeune fille était assez convaincante pour faire croire au comte que Trudi était inoffensive, une simple rencontre de voyage qu'il pouvait considérer comme négligeable. Car il devait concentrer toute son attention sur Marlene, ce qui permettrait peut-être de protéger la jeune fille en la laissant à l'écart de ce jeu dangereux.

De fait, le comte ne prêta aucune attention à Trudi.

— Pour rester au conditionnel, si rencontre il y a eu, où auriez-vous bien pu faire la connaissance de mon cher neveu ? demanda-t-il à Marlene.

— Avant de poursuivre cette petite conversation, ne vous paraîtrait-il pas plus opportun de renvoyer cette jeune infirmière ? suggéra-t-elle.

L'intéressée poussa une exclamation indignée qui parut compréhensible et nullement suspecte au vu de son jeune âge. Le comte toisa Trudi, qui soutint son regard d'un air buté, les lèvres serrées. L'instant était critique, car la survie de la jeune fille dépendrait de l'opinion que le comte se ferait d'elle.

— Mais naturellement, répondit-il et, tendant le bras, il frappa à la porte.

Elle s'ouvrit deux secondes plus tard et un regard insistant de Marlene étouffa la protestation de Trudi. Quand elle fut sortie, le comte et Marlene purent poursuivre leur conversation en tête-à-tête. Marlene priait pour que Trudi eût le discernement de s'éloigner au plus vite du compartiment et de descendre du train au prochain arrêt. Du moins le comte n'avait-il pas ordonné à ses hommes de la retenir, mais ils pouvaient le faire de leur propre initiative. Tout danger pour Trudi n'était donc pas écarté et Marlene n'avait pas encore vaincu la méfiance du comte. Son combat contre lui ne faisait que commencer.

Elle s'adossa à la banquette avec un soupir et se débarrassa de ses chaussures.

— Bon sang, ce que ces saletés me font mal ! s'exclama-t-elle comme si elle savourait l'intimité avec lui, et elle reprit la parole sur le ton de la causerie. J'ai rencontré le prince à Bern. C'est un homme charmant.

Elle venait de se rappeler à point nommé un renseignement reçu de l'agent de liaison de Canaris à Berlin.

L'amiral Canaris, chef des services de contre-espionnage, soutenait secrètement la Résistance, mais Marlene avait appris de Manfred qu'il avait été repéré après l'échec de l'attentat de Stauffenberg. Canaris avait été arrêté et déporté. C'était une perte lourde de conséquences pour la mission de Marlene.

Heinrich Himmler, chef de la SS et opportuniste-né, avait une vision à long terme : il se projetait déjà dans l'ère post-hitlérienne et travaillait depuis longtemps à la conclusion d'une paix séparée. Dès 1941, il avait commencé à tâter le terrain à l'étranger, où il avait envoyé ses émissaires, parmi lesquels le prince d'Hohenlohe-Langenburg. Ce dernier avait rencontré l'attaché militaire britannique au printemps 1942 à Madrid, un renseignement qu'elle tenait de Jakob. Une autre rencontre avait eu lieu entre le prince et le chef des services secrets des États-Unis, Allen Dulles, à Bern en 1943. Si elle pouvait convaincre le comte qu'elle était une espionne au service d'Himmler, ce serait une double victoire pour elle : il la considérerait comme de son bord mais il lui serait impossible de vérifier son identité. Il pouvait difficilement s'enquérir si le chef de la SS avait envoyé une émissaire à l'est du Reich car cela reviendrait à demander si Himmler projetait de faire assassiner le Führer. Restait à savoir s'il croirait à sa comédie. Marlene devait lui insuffler la conviction qu'elle et lui étaient des alliés et des complices. Bien qu'il restât parfaitement inexpressif, elle savait qu'il se livrait à une série de spéculations derrière cette façade impénétrable. Pour l'empêcher de les pousser trop loin, elle reprit la parole avec le plus grand naturel, comme si de tels égards lui étaient dus :

— Mon cher comte, auriez-vous par hasard un rafraîchissement à offrir à une dame? Il me semble que nous devrions boire à notre rencontre. Et j'aimerais me rafraîchir un peu : je dois être toute décoiffée! dit-elle en prenant sa tête entre ses mains avec un soupir, comme si une chevelure en désordre était ce qui pouvait arriver de pire à une dame.

Mais ce numéro parut convaincre le comte, car il se leva avec empressement.

— Mais bien entendu! Quel manque de savoir-vivre de ma part! s'écria-t-il avant d'ouvrir la porte d'un bar bien garni. Champagne ou cognac, ma chère? demanda-t-il en brandissant deux verres de tailles différentes.

— Champagne, merci.

Il lui tendit une flûte en cristal taillé et gravé d'un monogramme qui retint l'attention de Marlene.

— Vos armes? Quel travail exquis! le flatta-t-elle, car elle devinait avec quelle amertume il regrettait la grandeur passée de sa noblesse.

Plus l'ancien empire perdait son importance et sa raison d'être, plus les détrônés accordaient de prix aux égards qu'on leur témoignait. Sa remarque ouvrit visiblement une écluse, car le comte se lança dans un interminable monologue sur son château familial en Silésie, les trésors qu'il était censé contenir, le nombre de ses serviteurs et, avant tout, sa généalogie. Tout en discourant, il se grattait la poitrine comme s'il souffrait d'une piqûre de moustique. Marlene déduisit du flot de paroles dont il l'abreuvait que certaines branches de cet arbre généalogique témoignaient d'alliances avec la maison royale d'Angleterre auxquelles il semblait attacher une valeur particulière. Elle s'abstint de tout commentaire déplacé sur l'état actuel des relations entre la Grande-Bretagne et le Reich, et se contenta de vider une deuxième coupe de champagne en grignotant des pralines que le comte lui offrait avec la même générosité que le champagne. Cette prolixité du comte l'arrangeait du reste : tant qu'il bavardait, elle n'était pas tenue de répondre à ses questions. Quand le souffle lui manqua, elle se leva, son sac à la main, s'excusa et se retira dans le cabinet de toilette. Elle y troqua son uniforme d'infirmière contre un tailleur bleu foncé à lisérés blancs, des mocassins, un chapeau assorti et des gants blancs, tenue ni trop simple, ni trop élégante. Elle avait l'allure d'une épouse allemande cossue sortie pour faire des achats et prendre un café avec une amie à l'hôtel Adlon. La femme de Manfred ne manquait pas de goût. Marlene ne pouvait se laver les cheveux dans le petit lavabo, mais elle les peigna soigneusement. La femme de Manfred lui avait également procuré du rouge, qu'elle appliqua en touches légères sur ses joues et ses lèvres, en sachant que sous le IIIe Reich, le maquillage était tout juste toléré. Une femme devait rester chez elle et n'avait donc pas besoin de rouge à lèvres.

Sa métamorphose enchanta le comte, qui se leva pour l'accueillir.

— Ma chère, vous êtes ravissante, lui dit-il en saisissant sa main, qu'il baisa galamment.

Soudain, sans transition, alors qu'il tenait encore sa main, il lui fit une proposition qui lui donna le frisson et lui fit comprendre que tout danger n'était pas conjuré car elle ne l'avait pas définitivement convaincu. Peut-être l'avait-elle sous-estimé en plaçant sa vanité au-dessus de son indéniable intelligence. Elle se demanda pour la première fois s'il ne faisait que feindre ce cabotinage, s'il jouait la comédie tout comme elle.

— Que devons-nous faire de votre jeune compagne de voyage? s'enquit-il de sa voix haut perchée. Elle me paraît extrêmement naïve et d'un rang inférieur au vôtre. Voulez-vous que je la fasse éliminer?

Elle réfléchit à sa réponse. Elle ne devait à aucun prix lui donner une impression de faiblesse. Le meurtre de sang-froid était plus que légitime dans ce milieu, tout au plus une nécessité quand il servait les intérêts de cette bande d'assassins.

— Non, pas encore, répondit-elle. Elle m'a été très utile. Vous savez avec quelle rapidité les circonstances et les nécessités peuvent changer en temps de guerre. Mon contact à Posen a disparu sans laisser de trace alors que la rapidité est cruciale pour ma mission. J'ai donc improvisé pour la suite du trajet, et deux infirmières voyageant ensemble m'ont paru un bon camouflage. Vous ne sauriez imaginer combien je remercie la Providence de notre rencontre.

Sur ces mots, elle lui tendit gracieusement la main afin qu'il pût encore la baiser et la laissa dans la sienne un peu plus longtemps que l'étiquette le prescrivait, pour la reprendre ensuite en adoucissant ce geste d'un charmant sourire. Elle souhaitait qu'il l'interprétât moins comme une manœuvre de séduction que comme une marque de complicité.

— Mon cher comte de Langenburg-Dietrichstein, c'est une bénédiction de rencontrer quelqu'un qui est prêt comme moi à sacrifier sa vie pour une cause commune, même si ni vous ni moi n'en retirerons jamais aucune gloire, reprit-elle en élevant son verre dans un geste théâtral. Nous devrions boire à notre amitié toute neuve.

Le comte leva son verre et Marlene conclut son numéro par un : « À l'amitié au milieu d'une mer d'ennemis... et à notre vocation ! »

Elle avait fait de son mieux et elle n'avait plus d'autres ressources. Elle avait brièvement envisagé de séduire le comte, mais son instinct l'avait avertie que cet homme ne recherchait pas en priorité la satisfaction des sens. Son exigence était plus haute : il était persuadé d'être un seigneur né pour régner, il le considérait comme sa vocation naturelle et divine, selon l'antique conviction des souverains de royaumes depuis longtemps disparus. Et il était prêt à écarter sans le moindre scrupule tous ceux qui lui feraient obstacle. Elle avait tenté de lui faire comprendre qu'elle pourrait le servir dans ses projets. L'avait-elle convaincu ou devrait-elle quitter ce train comme sa prisonnière ?

La bouche du comte souriait et toute son attitude exprimait la nonchalance, mais son regard ne révélait rien de ses pensées. En attendant que son sort fût scellé, Marlene prit une autre praline. Si je dois être arrêtée, autant que ce soit avec quelque chose de bon dans le ventre, se dit-elle. Depuis quelque temps, elle avait tendance à considérer chaque repas comme le dernier de ceux d'un condamné à mort.

— Très chère, reprit le comte sur le ton de la conversation, pourrais-je voir l'arme que vous dissimulez sous votre robe ?

— Mais naturellement, répondit-elle sans ciller.

Elle releva sa robe jusqu'aux cuisses pour lui montrer ses jambes gainées de soie et son porte-jarretelles, et tira son poignard de son étui en cuir.

— Oh, pas de pistolet de dame? Vous m'en voyez ravi! s'exclama le comte de sa voix de fausset. Et je suppose que vous savez manier cette lame de main de maître?

Marlene leva le bras et une fraction de seconde plus tard, la pointe de la lame se ficha dans le cuir à quelques centimètres de la tête du comte.

Marlene dut reconnaître qu'il n'avait pas bronché. Il n'avait montré aucune peur, comme si toute émotion lui était étrangère. Il leva la main, saisit le poignard et le lui rendit après un bref examen.

— Toutes mes félicitations, très chère, dit-il simplement.

Cette réaction était plus révélatrice de son insensibilité que tout son comportement. Elle s'était laissé abuser par ses airs blasés et, ce faisant, elle l'avait sous-estimé.

— Merci, répondit-elle en rengainant l'arme, et elle décida de cesser de jouer au chat et à la souris, préférant la clarté à l'incertitude. Alors, ai-je fait mes preuves? demanda-t-elle avec coquetterie.

Il lui adressa un sourire qui ne relevait que le coin gauche de sa bouche.

— Vous êtes très directe, ma chère, mais le scepticisme est la caractéristique de notre métier. De quelque bord que nous soyons…

Ce début de phrase ambigu resta en suspens tandis qu'il se levait pour se servir un autre cognac. Il en proposa à Marlene, qui le refusa, voulant garder les idées claires.

— Le fait est, poursuivit-il avant de boire une gorgée, que vous m'intéressez. Vous savez être amusante et, au lieu de vous défendre, vous attaquez. Cela me plaît. Les divertissements se font rares de nos jours, la guerre traîne en longueur et j'en ai perdu le goût. Torture, sang et mort, ce sont des amusements pour la populace. Que les prolétaires s'y adonnent, tant mieux: ça les occupe. Quant à moi, je poursuis d'autres buts.

Il reprit une praline. Pendant qu'il la mastiquait voluptueusement, Marlene s'efforçait de dissimuler sa curiosité. Elle brûlait de connaître ces buts et devait réprimer son envie de l'interroger.

— Et maintenant, reprit-il en léchant le chocolat sur son index osseux, savourons notre voyage et profitons du temps qui nous reste pour bavarder encore un peu. Parlez-moi de vous. Où avez-vous grandi?

Il la laissa sur des charbons ardents jusqu'à Varsovie et elle dut improviser sans savoir si sa vie était en jeu.

Mais le trajet s'acheva sans heurt et le train entra dans la gare de Varsovie. Le comte prit le sac de Marlene, l'accompagna jusqu'au quai et prit congé d'elle avec un claquement des talons, un baisemain et un: «Je reste à votre disposition, très chère», avant de remonter dans le train et de poursuivre son voyage vers une destination inconnue, tandis que Marlene le suivait des yeux en se demandant pourquoi on la laissait libre. Déconcertée mais infiniment soulagée, elle restait immobile sur le quai bondé. Elle avait presque l'impression d'avoir été laissée en plan. Le sinistre comte ne lui avait pas offert davantage d'aide, ni pour ses papiers, car il avait deviné qu'ils n'étaient pas valides, ni d'aucune autre manière. Il l'avait plantée là sur un «Ravie de vous avoir rencontrée».

Il n'avait plus été question de Trudi, qui demeurait invisible. Marlene la chercha des yeux malgré tout en sachant que le comte l'observait du train. Pendant un bref instant, elle se sentit perdue au milieu de la foule comme si elle était en terrain inconnu. Elle avait pourtant souvent séjourné à Varsovie, mais son dernier séjour remontait à 1942, à l'époque où l'euphorie de la victoire allemande planait sur la ville comme un mauvais présage.

Elle se sentit soudain oppressée et pria pour que ce ne fût pas un pressentiment de l'issue du soulèvement. Mais elle se reprit en se disant que ce n'étaient que les suggestions du diable pour démoraliser ceux qui lui mettaient des bâtons dans les roues. Elle espérait que tout irait bien, car il le fallait à tout prix: aucun abîme ne pouvait être assez profond pour engloutir le monde entier. Les nazis ne devaient pas remporter la victoire et leur idéologie devait périr avec eux.

Elle saisit sa valise d'une main résolue et s'éloigna vers la sortie, ce qui signifiait en l'occurrence qu'elle se laissa entraîner par la foule.

10

«Si tu entends aboyer les chiens, continue.
Si tu vois les torches illuminer la forêt, continue.
S'ils t'appellent, continue.
Ne t'arrête jamais. Continue.
Si tu veux ta liberté, continue.»

Harriet Tubman (1822-1913),
libératrice d'esclaves considérée
par son peuple comme un Moïse féminin

Fragments de guerre

«Tout le secret de la propagande consiste à imprégner de ses idées celui qu'elle prend pour cible sans qu'il remarque rien de cette imprégnation.»

Joseph Goebbels, ministre de la Propagande du Reich.

«"Le *Deutsche Allgemeine Zeitung* doit être sévèrement rappelé à l'ordre", a déclaré Joseph Goebbels en novembre 1942 : le *DAZ* aurait selon lui publié des articles qui auraient plutôt eu leur place dans un journal ennemi. "La publication de ces articles révèle le manque de tact grossier et stupide de ces journalistes bourgeois."»

*

La foule était tout aussi dense devant la gare qu'à l'intérieur. Elle s'en réjouit car, dans la foule, une femme voyageant seule attirait moins l'attention.

Elle resta en haut des marches, feignant de chercher des yeux la personne qui devait l'accueillir et qui était en retard.

Ce faisant, elle inspectait soigneusement les alentours, à l'affût de tout poursuivant, ce qui était une gageure dans cette multitude grouillant dans tous les sens comme une fourmilière en désarroi. La place devant la gare était bondée et Marlene y repéra beaucoup trop d'uniformes pour son goût, entre la Wehrmacht, la police de la SS et la police polonaise. Elle remarqua que son apparition n'était pas passée inaperçue de tout le monde. Elle avait intérêt à ne pas trop s'attarder.

L'aspect des rues avait changé depuis son dernier séjour à Varsovie. Elle ne trouva pas le moindre taxi sur la place de la gare et n'y vit que de rares véhicules civils. En revanche, les voitures à chevaux étaient plus nombreuses qu'autrefois. L'essence était devenue rare et elle était réservée à l'armée allemande depuis 1942. Les autres véhicules ne pouvaient en user que par autorisation exceptionnelle, si bien que de nombreuses voitures roulaient au gazogène, mais les tramways fonctionnaient encore.

Elle réfléchit à ce qu'elle devait faire. Jusqu'à son entrevue avec Jitzhak Zuckerman, elle serait livrée à elle-même. Elle avait d'abord besoin d'une planque pour les jours à venir. Ses contacts d'autrefois avaient disparu et presque tous ses anciens compagnons de lutte avaient été tués lors du premier soulèvement de Varsovie. Zuckerman ne s'en était tiré que parce qu'il avait préparé le soulèvement de l'extérieur. Après la défaite, il avait aidé plusieurs combattants à s'enfuir. Mais il était désormais trop connu à Varsovie, où les nazis avaient mis sa tête à prix et le recherchaient sans répit. La rencontre aurait donc lieu en dehors de la ville, ce qui entraînait la question suivante : comment se rendre au lieu du rendez-vous ? Les contrôles étaient trop nombreux pour qu'elle puisse facilement sortir de la ville et louer une voiture à cheval en demandant à être conduite à la forêt de Bialoleka.

— Marlene, c'est bien toi ? Mon Dieu ! Tu as survécu !

Elle fut empoignée par deux bras vigoureux et si étroitement pressée contre une poitrine d'homme que le souffle lui manqua.

La voix de l'homme s'était presque brisée sous le coup de l'émotion, mais elle lui était familière. Il la tenait maintenant à bout de bras et l'examinait comme pour s'assurer qu'il ne s'était pas trompé.

— Non, c'est bien toi ! Tu es revenue. J'en étais sûr ! s'écria-t-il tout ému, et il l'entraîna vers une limousine qui, toute cabossée et poussiéreuse qu'elle fût, n'en offrait pas moins un premier refuge à Marlene.

Elle ne résista donc pas quand il la fit asseoir sur la banquette et prit place à côté d'elle, pour cette raison et aussi parce que le manque de discrétion de cet homme attirait l'attention sur eux.

Elle remarqua avec étonnement qu'il ne portait pas d'uniforme, mais un complet. Pendant leur vie commune, il avait toujours arboré ses décorations avec fierté. L'homme en civil qui la regardait comme une apparition était une vieille connaissance de ses années à Cracovie, l'officier que Jakob lui avait assigné. En tant que colonel de l'armée de réserve, il était responsable du ravitaillement des troupes sur le front de l'Est. Elle était devenue sa maîtresse, elle avait fouillé dans son porte-documents et lu ses dépêches. Grâce aux renseignements qu'elle avait pu en tirer, la Résistance avait attaqué des convois de ravitaillement et mis la main sur des armes et des munitions qui lui avaient cruellement fait défaut jusqu'alors. Et voilà qu'il réapparaissait, Ernst Meister, un petit homme corpulent qui, à en juger par son visage rubicond, souffrait toujours d'une tension trop élevée. Et il était toujours aussi amoureux d'elle.

Le destin semblait avoir décidé de donner un petit coup de pouce à Marlene. Elle en profita.

— Ernst, mon chéri, ronronna-t-elle, ça fait combien de temps que nous ne nous sommes vus ? Je suis bien contente de te voir aussi en forme. Et comme c'est gentil d'être venu me chercher..., improvisa-t-elle, à la fois peu soucieuse de répondre à ses questions et curieuse d'en apprendre davantage sur ses nouvelles conditions de vie.

Elle se demandait surtout en quoi il pourrait lui être de nouveau utile. Tout en parlant, elle avait ôté ses gants et elle caressait son visage. Autrefois, Ernst aimait particulièrement ce geste de tendresse.

Il lui prit la main et embrassa sa paume avec ferveur.

— Mais non, ma chérie, j'ignorais ton arrivée, répondit-il. Quand tu as disparu de la pension en juin 1942 en y laissant toutes tes affaires, je t'ai cherchée pendant des semaines.

Et puis j'ai été convoqué par mon supérieur qui m'a fait comprendre que je devais abandonner mes recherches. Il m'a confié sous le sceau du secret que tu avais été tuée dans l'attentat de ce café où nous nous voyions souvent. Et...

Il regarda le chauffeur derrière la vitre de séparation, puis par-dessus son épaule comme s'il craignait d'être écouté.

— ... et il a encore laissé entendre autre chose...

Marlene se rapprocha de lui.

— Laissé entendre? Quoi donc? chuchota-t-elle à son oreille, et ce souffle le fit frissonner.

— Que tu étais peut-être une espionne, murmura-t-il d'une voix rauque.

— Quoi? Moi? s'exclama-t-elle indignée, et elle s'écarta un peu comme si elle lui en voulait d'avoir seulement pu envisager une telle monstruosité, puis secoua la tête. C'est fou ce qu'on peut dire comme insanités sur votre compte quand vous passez pour mort, commenta-t-elle tandis qu'un sourire incrédule se dessinait sur ses lèvres. Mon cher, je suis aussi peu espionne que défunte. Mais dis-moi un peu, que fais-tu ici si tu n'es pas venu me chercher? Est-ce que tu ne m'aimes plus?

— Tu sais bien que je t'aime plus que tout, mon cœur, assura-t-il, et il baisa le bout de ses doigts. Mais je dois rencontrer quelqu'un ici sur ordre de ma hiérarchie. Certains renseignements ne sont plus communiqués que de vive voix, fit-il avec un geste négligent, comme si c'était sans importance. Mais dis-moi, ma chérie, comment aurais-je pu savoir que tu viendrais?

— Tu n'as donc pas reçu ma dépêche de Berlin? demanda-t-elle en feignant l'agacement.

— Mais non! C'est vraiment pénible, mais typique par les temps qui courent, grommela-t-il. Les communications sont sens dessus dessous. On reçoit sans arrêt des ordres contradictoires, et pas seulement du Bendlerblock, et c'était déjà comme ça bien avant l'attentat de Stauffenberg. Maintenant, tout le monde se méfie de tout le monde. Parfois, je ne sais vraiment plus où j'en suis. Je ne suis plus là que pour remettre de l'ordre dans la pagaille que d'autres ont semée. C'est le règne du n'importe quoi.

C'était de loin la critique la plus virulente d'Ernst contre la logistique de guerre. L'efficacité était son maître mot et il avait toujours été fier de sa rigueur et de son sens de l'organisation. Il avait contribué des années durant à la mise en place du ravitaillement de l'armée à Berlin ainsi qu'à l'opération Barberousse préparant l'attaque de la Russie. Sa capacité à effectuer des calculs compliqués et à trouver des solutions n'avait pas échappé à ses supérieurs. En revanche, ces derniers n'avaient jamais compris qu'Ernst Meister n'était pas un partisan. C'était un scientifique, un théoricien que la pratique dépassait complètement. Tant que la guerre avait été couronnée de succès pour le IIIe Reich, la carrière d'Ernst Meister avait suivi son cours sans heurts. Il était devenu colonel sans l'avoir prémédité en aucune manière. Au printemps 1941, cette carrière avait atteint son point culminant quand on l'avait envoyé au Gouvernement général pour une mission cruciale pour l'issue de la guerre. Il devait superviser sur place l'acheminement des renforts et du ravitaillement de l'armée. Il avait rencontré Marlene à Cracovie un peu plus tard.

— J'ai vraiment du mal à y croire, Ernst, déclara Marlene avec un étonnement sincère. Tu es pourtant mathématicien, tu as toujours maîtrisé chiffres, données et facteurs, personne n'est capable de faire des comptes comme toi et d'obtenir d'aussi bons résultats. Mais dis-moi, peut-être pourrions-nous…

Un coup frappé à la vitre de la portière l'interrompit. Elle leva les yeux et vit… Trudi ! Malheur ! Cette gamine avait le don de débarquer au pire moment.

— Connais-tu cette jeune infirmière de la Croix-Rouge ? s'enquit vivement Ernst.

Marlene n'avait guère le temps d'élaborer une réponse. L'idée lui vint un instant d'affirmer que Trudi l'importunait, mais elle n'en eut pas le cœur. En abandonnant la jeune fille là, elle scellerait probablement son sort. Sa raison luttait contre le sentiment irrationnel que leurs destins étaient liés.

— Oui, je l'ai rencontrée pendant mon voyage, répondit-elle. Elle s'appelle Trudi. Pourrions-nous l'emmener chez toi ? demanda-t-elle, et elle plongea les yeux dans les siens en traduisant mentalement cette question par un : « Pourrions-nous loger chez toi ? »

Si Ernst devina combien la réponse à cette question était décisive pour elles, il n'en laissa rien paraître.

— Oui, bien sûr. Tout ce que tu voudras, ma chérie, répondit-il.

Marlene fit signe à Trudi de contourner la voiture pour monter à côté d'elle. Elle la présenta brièvement à Ernst, qui donna au chauffeur l'ordre de repartir.

— Je loge dans une maison avec d'autres officiers, mais je vais vous emmener à l'hôtel Brühl sur Ulica Fredry. C'est tout près d'ici, expliqua-t-il.

— Je connais l'hôtel, dit Marlene. Il est à côté des Sächsischer Gärten et il donne sur le lac. Il te plaira, Trudi, pépia-t-elle tout en réfléchissant fébrilement au moyen de trouver un autre hôtel.

Un séjour au Brühl serait mortellement dangereux, car c'était un repaire de nazis, de petites amies de nazis et de collaborateurs. La probabilité d'être démasquées là-bas était de cent pour cent. Mais elle craignait de provoquer la colère d'Ernst en refusant son invitation, et elle doutait de l'avoir convaincu qu'elle n'était pas une espionne. Peut-être avait-il choisi cet hôtel pour en avoir le cœur net, par exemple pour vérifier si elle évitait d'apparaître en public. Ernst était peut-être crédule, mais il n'était pas stupide. Se montrer en public avec une femme que son supérieur tenait pour une espionne pouvait lui coûter sa tête. Après avoir pesé le pour et le contre, elle conclut qu'Ernst n'était pas le fond du problème. Se souvenant qu'il avait toujours été économe, elle résolut d'en tirer parti.

— Écoute, mon chéri, tu sais que je n'ai jamais aimé ces grands hôtels, qui sont d'ailleurs beaucoup trop chers. Pourquoi ne nous emmènes-tu pas à ce charmant petit hôtel sur Ulica Niecala ?

Il la dévisagea pendant une seconde qui lui parut bien longue et sa réponse la déconcerta complètement.

— Je préfère les brunes, déclara-t-il avant de laisser passer encore quelques secondes.

Le chauffeur allait s'engager dans Ulica Fredry quand Ernst tapota la vitre de séparation.

— Changement de direction, Heinrich : conduisez-nous sur Ulica Niecala, dit-il.

Marlene poussa un soupir de soulagement. Un instant plus tard, la voiture s'arrêta devant la pension.

— Attendez ici pendant que je règle les formalités pour vous, mesdames, dit Ernst comme si cela allait de soi.

Il descendit de voiture. Marlene le vit prendre son sac de voyage dans le coffre et faire signe au chauffeur de verrouiller les portières de la voiture avant de franchir la porte de l'hôtel. Il s'assurait visiblement qu'elle ne disparaîtrait pas à nouveau. Elle fut alors certaine qu'il ne se conduisait plus comme l'homme qu'elle avait connu autrefois. L'ancien Ernst n'avait refait surface qu'au début, quand il l'avait reconnue devant la gare comme si elle avait ressuscité.

Marlene était parfaitement consciente que sa vie et celle de Trudi reposaient entre les mains d'Ernst. Elle ne ressentait aucune peur, car depuis des années son existence n'était plus qu'une succession de dangers. Il y avait longtemps qu'elle ne se demandait plus si elle les surmonterait. Quand elle s'était tirée d'affaire avec plus ou moins de casse, elle s'étonnait surtout des caprices du destin. Un peu comme sur le quai de la gare, quand elle s'était demandé pourquoi le comte ne l'avait pas fait arrêter.

En réalité, c'était avec une certaine curiosité qu'elle attendait le retour d'Ernst. Était-il en train de téléphoner à Berlin pour se renseigner sur son compte? Peut-être ne faisait-il que réserver sa chambre à l'hôtel, ou peut-être fouillait-il son sac de voyage à la recherche d'une carte de visite portant la mention «Marlene, espionne juive». Cette idée absurde la fit sourire.

— Qu'est-ce qui te fait sourire? demanda Trudi.

— Je t'expliquerai plus tard.

Elle désigna du menton la vitre de séparation pour lui faire comprendre que le chauffeur pouvait les entendre même à travers cette vitre. La petite silhouette d'Ernst réapparut à cet instant. Il s'approcha vivement de la voiture, ouvrit la portière et les aida à descendre.

— Tout est réglé, annonça-t-il. Vous avez deux chambres voisines au premier étage et j'y ai fait monter vos bagages. Restez à l'hôtel aujourd'hui, s'il vous plaît.

Il leur remit les clefs. Avant de s'éloigner, il attira Marlene à lui et l'embrassa.

— Je passerai te voir ce soir, ma chérie. Attends-moi, chuchota-t-il.

Il remonta dans la limousine qui disparut à l'angle de la rue.

— Viens! lança Marlene à Trudi, qui la suivit dans sa chambre.

— Tu voulais me laisser en plan à la gare. J'ai bien vu que tu y pensais…, lui dit la jeune fille d'un air de reproche.

— C'est vrai.

— Alors pourquoi ne l'as-tu pas fait? C'était une occasion en or de te débarrasser de moi, insista Trudi en s'asseyant sur le lit.

— Je n'en ai aucune idée, répondit Marlene avec un haussement d'épaules. Je crois que plus la guerre se prolonge et plus les gens autour de moi s'endurcissent, plus je deviens sentimentale.

Elle inspecta le contenu de son sac de voyage, qui ne semblait pas avoir été fouillé. C'était toujours ça de pris.

— Tu es vraiment bizarre, toi. Tu dis quelque chose de gentil sans le penser, affirma Trudi en regardant sombrement Marlene.

— Cela tient à ce que je me demande en ce moment même si je n'ai pas fait une bêtise. Écoute-moi bien, répondit Marlene, et elle alla s'asseoir sur le lit à côté de Trudi. Que penses-tu de cette rencontre avec le comte dans le train?

— Pourquoi est-ce que tu veux le savoir?

Décidément, Trudi mettait sa patience à rude épreuve.

— Peux-tu répondre à une question sans en poser une autre ou te montrer insolente?

— Non, tant que tu ne me feras pas confiance.

— Décidément, tu ne comprends rien. Il ne s'agit pas de confiance, Trudi. Il y a longtemps que nous n'en sommes plus là. Nous ne pouvons compter que l'une sur l'autre. Il suffira d'un mot de toi ou de moi pour signer notre arrêt de mort. De mort, tu entends? Quand on est mort, c'est définitif, et pour nous, ce sera la fin de la guerre. Je joue ce jeu depuis plus longtemps que toi et j'ai survécu. Alors c'est la dernière fois que je te le répète: si tu veux survivre, fais ce que je te dis sans discuter, compris?

— Parce que sinon, tu devras me tuer?

Le vert des yeux de la jeune fille était limpide comme un lac de montagne.

— En dernière extrémité, oui.

— Pour la cause que nous servons, parce qu'elle seule compte, c'est ça ?

— Oui, c'est ça.

— Merci d'être aussi franche avec moi.

Elle serra Marlene dans ses bras comme si la menace de la tuer était insignifiante.

— Bon, pour répondre à ta question, ce comte Machin-Chose… peuh ! C'est vraiment un drôle d'oiseau, non ? reprit Trudi, comme si elle ne trouvait pas de mots pour décrire leur aventure à bord du train. Tu sais, un jour, quand j'étais petite, j'ai marché en équilibre sur la gouttière de notre maison au troisième étage pour me prouver que j'en étais capable. Eh bien, dans ce train, j'avais aussi l'impression de faire de l'équilibre sur une gouttière. À ton avis, pourquoi est-ce qu'il t'a… ou plutôt nous a laissées partir ?

— Parce que c'est un ambitieux et un crétin suffisant qui pleure la grandeur passée de la noblesse, répondit Marlene avec mépris. Ce genre de type date de l'Ancien Régime. Il est assoiffé de pouvoir et il ne reculera devant rien pour parvenir à ses fins. Je parie qu'il méprise les nazis tout en se servant d'eux comme marchepied.

— Tout cela n'explique pas pourquoi il nous a laissées repartir.

— Peut-être n'avons-nous pas assez d'importance dans ses petits jeux de pouvoir. Ou bien…

— Ou bien ? répéta Trudi avec impatience.

— Ou bien il veut tirer autre chose de nous.

— Tu veux dire que ce ne sera pas notre dernière rencontre avec ce grand dadais dégoûtant ? Pouah !

— Tu l'as dit. À partir de maintenant, nous devrons faire encore plus attention.

— Et maintenant, est-ce que tu vas me dire pourquoi tu voulais avoir mon avis ?

— Tu ne lâches jamais prise, hein ?

Trudi répondit par une grimace lénifiante et Marlene réprima un soupir.

— Parce que tes pensées sont sans fard et dictées par ton instinct, répondit-elle.

Trudi plissa le front.

— Je comprends, dit-elle, c'était dans la série « Les leçons de Marlene », sur l'air de « Reconnais ton ennemi ». Dans ce cas, j'ai un problème avec cet Ernst. C'est un drôle de type. On ne sait pas vraiment sur quel pied danser avec lui. Où l'as-tu pêché ?

— À ton avis ?

— Nom d'un chien ! Tu as... couché avec lui ? Pour l'espionner ? demanda Trudi, les yeux écarquillés.

Cette idée l'enchantait visiblement peu. Elle découvrait les aspects les plus déplaisants de la profession d'espionne.

— C'est une réaction typique de pucelle, commenta Marlene sans pouvoir réprimer un sourire. On n'a peur ni de la mort ni du diable, mais dès qu'un homme ne correspond pas à l'image du chevalier blanc, on se dégonfle. On ne peut pas choisir les hommes sur leur apparence, ma petite. Ça aussi, c'est une leçon à retenir.

— Enfin, lui, au moins, il n'a rien de méchant, contrairement à ce comte tout mielleux, reprit Trudi avec un haussement d'épaules. Il est vraiment malsain, celui-là. Il me rappelle l'Homme Noir des contes pour enfants.

C'était une remarque pertinente, tout comme son appréciation d'Ernst. Mais ce dernier avait surtout le don d'ignorer tout ce qui était négatif. Pendant leur liaison de presque un an, il lui était toujours apparu comme un îlot paisible dans une mer d'épouvante. Plus la situation empirait, plus il la niait ou la mettait de côté. Il refusait tout simplement de la voir et d'en entendre parler, si bien qu'il l'écartait de son champ de vision. Il y avait quelque chose de presque tragique dans cette attitude et Marlene s'était souvent demandé s'il avait des chiffres à la place des neurones. Il était comme détaché du monde, ou plus précisément de la guerre.

Mais elle devait reconnaître qu'il lui avait toujours donné l'impression de l'aimer plus que tout au monde. Et il s'agissait moins de concupiscence que d'un besoin de sa présence, comme si elle était la seule à pouvoir lui apporter la paix. Peut-être même avait-il deviné qu'elle l'espionnait, mais dans ce cas, il avait probablement repoussé ce soupçon comme il avait ignoré les atrocités de la guerre. C'était un curieux spécimen d'humanité, mais le destin l'avait remis sur son chemin et elle comptait bien en tirer profit, même si cela impliquait de se retrouver dans son lit cette nuit. C'était pour la bonne cause, songea-t-elle, se répétant ses paroles à Trudi. Elle avait depuis longtemps appris à dissocier son corps de son esprit. Elle l'utilisait comme un instrument, un moyen d'échange pour obtenir de précieux renseignements. Cela fait, elle le lavait, évacuait tout ce qu'elle avait vécu de négatif et s'en tirait psychiquement intacte. Elle refusait d'éprouver la moindre honte, car cela serait revenu à accorder un pouvoir sur elle à l'homme qu'elle manipulait. Son corps n'appartenait qu'à elle, il était aussi libre que son esprit et elle pouvait en disposer comme bon lui semblait.

11

Ernst vint les retrouver à 19h30. Il leur apportait un panier de provisions et une valise.

— Tu avais donc gardé mes affaires? demanda Marlene en soulevant le couvercle de la valise qu'elle avait laissée à Cracovie.

Trudi en examina le contenu d'un œil sceptique.

— Qu'est-ce que c'est? demanda-t-elle en soulevant une mince robe de cocktail argentée.

Elle la jeta sur le lit et saisit un ample pantalon en soie.

— Ça, ça me plaît mieux, commenta-t-elle. Je peux l'essayer?

— Je t'en prie. Coco Chanel n'y trouverait sûrement rien à redire, répondit Marlene avec un clin d'œil, et elle la regarda disparaître dans la minuscule salle de bains. Merci, dit-elle à Ernst.

— J'ai gardé toutes tes affaires, fit-il.

Il se pétrissait nerveusement les mains, un tic qui était familier à Marlene.

— Il y a encore un sac et ton vanity-case dans la voiture. Je te les apporterai après manger. Je suis venu sans chauffeur, précisa-t-il. Nous dînerons ici: j'ai apporté tout ce qu'il faut. Je suppose que ça te va? lui demanda-t-il avec un regard plus éloquent que ses paroles.

Marlene avait l'impression que la réalité de la guerre l'avait enfin rattrapé au cours des deux années écoulées. Soit il s'était fait beaucoup de souci pour elle, soit il avait appris du nouveau à son sujet. Elle espérait qu'il s'était seulement fait du souci, sans quoi elle se retrouverait en terrain dangereux. Que savait-il sur son compte? Que valaient ces informations? Elle ne pouvait exclure que la Gestapo de Berlin eût fait le lien entre elle et la mort violente de Greiff. Cette soirée s'annonçait peut-être comme une épreuve d'équilibre sur une gouttière, pour reprendre les termes de Trudi.

Cette dernière ressortit de la salle de bains vêtue du pantalon et fit l'éloge de la liberté qu'il lui laissait dans ses mouvements, au contraire de cette « idiotie » d'uniforme d'infirmière. Sur ces mots, elle se servit sans scrupule dans le panier de provisions.

— Mince alors, du vrai mousseux ! Et du fromage mou, du beurre, du salami, des œufs et même du pain frais !

Elle portait les provisions à son nez et les humait comme un parfum coûteux. Ces trésors, qui mettaient également l'eau à la bouche de Marlene, atterrirent un à un sur la petite table de la chambre.

On frappa à la porte. Ernst alla ouvrir et prit les couverts que la femme de chambre avait apportés sur un plateau. Il la remercia et la congédia avec un pourboire.

— Prends ce que tu veux et laisse-nous seuls, ton amie et moi, s'il te plaît, dit-il à Trudi.

La jeune fille ne se fit pas prier. Elle se servit juste assez pour ne pas abuser et s'éclipsa pour une fois sans remarque insolente.

Ernst, qui considérait la nourriture moins comme un plaisir que comme une nécessité, regarda Marlene couper le pain en tranches, disposer les aliments sur une assiette et ouvrir une bouteille de mousseux. Ils trinquèrent, burent et parlèrent de tout et de rien pendant un moment. Marlene attendait, laissant l'initiative à Ernst afin de se ménager le temps de réagir. Qu'allait-il faire ? La prudence lui dictait de détaler, mais elle n'en fit rien.

Ernst n'était nullement pressé. Il noua une serviette à son cou et se servit généreusement. Du moins son appétit n'avait-il pas souffert de la guerre, mais celui de Marlene n'avait rien à lui envier.

Quand il eut fini, Ernst ôta enfin sa serviette, se tamponna les lèvres et avala une goulée de mousseux. Il s'adressa alors à Marlene comme s'il ne pouvait croire à ce qu'il disait.

— Tu sais, quand le général de ma division m'a dit que tu étais probablement espionne et que je devais me tenir coi pour ne pas me faire remarquer en haut lieu, je ne me suis même pas demandé pourquoi il ne m'avait pas dénoncé. J'avais encore trop de chagrin pour réfléchir. Alors j'ai fait ce que je savais faire le mieux : mon travail. Ce n'est qu'après l'attentat de Stauffenberg que j'ai tout compris, comme si une équation compliquée se résolvait d'elle-même.

— Excuse-moi, mon cher, mais moi, je ne suis pas tout à fait sûre de te comprendre.

— Oh, je crois que si, ma chère, répondit-il, et quand son regard croisa le sien, elle crut y lire de la résignation. Le général est un homme intelligent et je suis sûr qu'il savait à qui profitaient les sabotages de mes convois. Mais il n'a rien dit parce qu'il les approuvait. Il sympathise avec la Résistance. C'est un espion, tout comme toi.

Il avait prononcé ces dernières paroles d'un trait, comme soulagé de pouvoir enfin s'exprimer franchement. Quand Marlene voulut répondre, il la devança.

— Non, tu n'as pas besoin de répondre. Je ne t'en veux pas, Marlene. C'est moi qui t'ai pratiquement encouragée à m'espionner. Peut-être même que je le désirais inconsciemment.

Il se leva et se dirigea vers la petite fenêtre de la chambre qui donnait sur une arrière-cour lugubre.

— Tu sais, au début, je ne me cassais pas trop la tête à propos de la guerre, reprit-il. Sur ses raisons et sur les intérêts qu'elle sert. Toute cette agitation à son sujet ne m'intéressait pas. Pour moi, la guerre, c'était un nouveau projet, un défi que je m'imposais. Vers le milieu de 1939, mes parents, qui étaient vieux, sont morts l'un après l'autre. J'étais leur enfant unique et j'étais célibataire. Je me suis donc retrouvé tout seul dans une grande maison. Je me sentais vide et seul. Je me suis enterré dans mon travail, dans des chiffres et dans des calculs compliqués. Je ne comprenais même pas les éloges et les promotions que je récoltais, car je pensais que je ne faisais que mon travail.

Il se détourna de la fenêtre, devant laquelle il avait monologué sur un ton monocorde, pour regarder Marlene.

— Et puis un jour, on m'a tiré du confort de mon bureau et mis dans un train à destination de l'Est. C'était un ordre de mission qui m'était tombé dessus et ça m'a propulsé dans une réalité que j'avais jusqu'ici réussi à esquiver. Alors que j'essayais de reprendre pied, j'ai fait ta connaissance et pour moi, c'était un miracle qu'une femme comme toi s'intéresse à un homme comme moi, dit-il d'une voix rauque. C'était aussi une nouvelle incitation à nier la réalité, et je me suis jeté sur elle. Le jour, je me persuadais que je ne faisais que mon travail et que c'était la guerre, et non plus la paix, qui déterminait le cours de notre existence. Et le soir, j'étais au paradis, grâce à toi. Non, ne dis rien, l'interrompit-il. Je suis coupable, car j'ai contribué à la marche de cette guerre, comme tous les hommes de mon espèce. Les tueries, c'est du réel et non des chiffres sur du papier. Et nous tuons par millions !

Sa voix s'étrangla. Marlene s'assit à côté de lui sur le lit et le prit dans ses bras comme un enfant. Il lui fallut un certain temps pour se remettre et reprendre la parole.

— Depuis que je te connaissais, j'étais de plus en plus conscient de faire le mal, mais je ne savais pas comment me sortir de là. Je crois que je refusais de me regarder en face et de reconnaître que j'étais un monstre. Peux-tu me le pardonner?

— Ce n'est pas à moi, mais à toi-même de te pardonner, Ernst. Et puis... il n'est jamais trop tard pour se reprendre, dit-elle avec circonspection pour tâter le terrain.

Jusqu'ici, Ernst n'avait fait que supposer qu'elle était espionne. Elle-même ne l'avait ni nié, ni confirmé. Elle se demandait maintenant si elle pourrait le gagner à sa cause. Il avait su qu'elle lui soutirait des renseignements et il l'avait quasiment toléré. Restait à savoir s'il le tolérerait encore ou même s'il l'aiderait activement.

— Pourquoi es-tu revenue? lui demanda-t-il sans détour.

Il avait retrouvé son sang-froid. Il se dégagea, attira le panier à lui et y prit une bouteille de vodka.

— Tu en veux?

— Volontiers.

Ils vidèrent leurs verres.

— Pourquoi es-tu venue à Varsovie? insista-t-il.

Elle posa un doigt sur ses lèvres, se glissa jusqu'à la porte et l'ouvrit brusquement. Elle avait cru entendre du bruit dans le couloir, mais il était désert. Elle baissa néanmoins la voix pour répondre.

— Je te remercie pour ta franchise, Ernst. Oui, c'est vrai : j'ai été avec toi seulement pour t'espionner.

— Merci de l'avoir reconnu. Je sais bien qu'on ne peut pas m'aimer, fit-il misérablement, et Marlene eut pitié de lui.

— Cela n'a rien à voir avec toi personnellement, Ernst. Au contraire, je me suis toujours sentie bien mieux avec toi qu'avec ces barbares nazis.

Ernst redressa le menton dans un effort pour retrouver un semblant de dignité.

— Tu n'as pas besoin d'embellir la réalité, Marlene, dit-il. Je sais quelle tête j'ai et ce que je suis : un rouage dans l'appareil d'extermination nazi, l'huile qui fait tourner la machinerie.

— Tu as raison, mais quelles conséquences en tires-tu personnellement ? demanda-t-elle, s'aventurant encore un peu plus loin, mais sans prendre l'initiative, car elle devait venir de lui.

Ernst tambourinait des doigts sur le lit comme pour se décharger de sa tension.

— Qu'as-tu à me proposer ? demanda-t-il enfin sans croiser son regard.

Elle prit sa tête entre ses mains pour l'obliger à la regarder en face.

— Aide-moi à mettre fin à cette guerre le plus tôt possible, répondit-elle.

— Et comment comptes-tu t'y prendre ?

— La Résistance a besoin d'armes.

Ernst eut un sourire triste.

— Tout ne se ramène donc qu'à ça : encore plus de tueries des deux côtés…

— C'est ainsi. La guerre est perverse. Toutes les guerres le sont. C'est la raison pour laquelle on ne devrait même pas les commencer.

Marlene déboucha la bouteille et remplit de nouveau le verre d'Ernst et le sien, qu'elle leva.

— À la fin de la guerre, dit-elle.

Ernst passa la nuit avec elle, mais il voulait seulement rester allongé à son côté, blotti contre elle. Il lui raconta tout ce qu'il savait sur les plans de ravitaillement, les livraisons et les itinéraires. Marlene enregistra tout soigneusement.

Il lui promit de nouveaux renseignements pour le lendemain.

12

> « Tout est calme, la nuit est remplie d'étoiles,
> Et le froid mordant.
> Te souviens-tu du jour où je t'ai vu
> Une mitrailleuse à la main? »
>
> Hirsch Glick (1922-1944)

La rencontre devait avoir lieu peu après le coucher du soleil. Marlene avait repéré le lieu du rendez-vous sur la carte qu'Ernst lui avait procurée. En voiture, ils parviendraient en moins de trois quarts d'heure à la lisière occidentale de la forêt de Bialoleka. Cela épargnerait à Marlene cinq heures de marche en terrain inconnu, avec le danger constant d'être surprise.

Elle avait longuement réfléchi avant de demander à Ernst de la conduire à ce rendez-vous avec Jitzhak Zuckerman. C'était une question de confiance, non seulement en Ernst, mais dans sa propre intuition. Elle s'y était décidée au bout du compte.

Elle avait eu toutes les peines du monde à persuader Trudi de rester à l'hôtel et d'y attendre son retour. Seuls ensemble, Ernst et elle-même pouvaient passer pour des amoureux. Trudi s'était retirée dans sa chambre en boudant et elle était restée invisible pendant le reste de la journée.

Quand Ernst était venu la chercher le soir peu après 19 heures, Marlene avait découvert au moment de prendre congé de Trudi qu'elle avait disparu. C'était ennuyeux, mais elle ne pouvait rien y changer.

Ce trajet était pour elle un voyage en terre inconnue. Son départ de Munich remontait à une semaine et depuis ce jour elle n'avait plus eu aucun contact avec la Résistance. Elle ignorait si le réseau de résistants juifs polonais était encore au lieu convenu et si son contact viendrait au rendez-vous. Peut-être était-il déjà mort depuis longtemps.

Mais avec Ernst à son côté, le trajet se déroula sans heurt. On les contrôla deux fois, avant la traversée de la Vistule puis aux portes de la ville. Ernst avait apporté deux revolvers, un pour elle et un pour lui. Elle l'avait à nouveau averti des dangers. Ils pouvaient non seulement être arrêtés par les nazis, mais aussi être attaqués par d'autres résistants. Marlene savait que certains réseaux de résistance s'affaiblissaient mutuellement en se volant armes et ravitaillement. À en croire la rumeur, la situation était particulièrement tendue en Biélorussie. Certains groupes de partisans ukrainiens haïssaient les résistants juifs et refusaient d'admettre dans leurs troupes des Juifs coupés de leurs bases. Ils les abandonnaient à leur sort, voire, dans certains cas, les tuaient. Les dénonciations de Juifs se multipliaient en raison des fortes récompenses offertes par les nazis. Mais il existait aussi des paysans polonais courageux qui risquaient leur vie en aidant des partisans juifs : ils leur vendaient leurs produits et leur fournissaient des armes et des vivres qui leur permettaient de survivre dans les forêts inhospitalières du pays.

Les premières maisons du village de Bialoleka apparurent. D'après les instructions, il fallait parcourir encore cinq kilomètres après l'église avant de faire halte au bord de la route pour attendre Zuckerman.

Ils attendirent tandis que le ciel se teignait lentement de rouge sur une mince bande à l'horizon, pour se muer juste avant la nuit en une prodigieuse symphonie de couleurs.

— Il y a longtemps que je n'avais plus vu de coucher de soleil. On croirait que le ciel brûle..., commenta Ernst, qui paraissait se demander comment il avait pu renoncer si longtemps à ce miracle quotidien de la nature.

— Non, c'est le monde entier qui brûle, répondit durement Marlene, peu attentive à ces jeux de couleurs car elle préférait surveiller les alentours.

Elle se sentait nerveuse dans cette voiture en stationnement où ils étaient comme servis sur un plateau à l'ennemi. Elle ne comprenait pas pourquoi Zuckerman avait fixé leur rendez-vous là. Bien qu'elle eût reçu l'ordre de rester dans la voiture, Marlene était résolue à en descendre dès qu'il ferait nuit pour se tapir sous elle.

Les ombres s'étirèrent lentement, surgirent de la forêt et s'étendirent sur leur véhicule. Le temps s'écoula, puis quelques pâles étoiles apparurent à l'horizon. Tout était calme et c'était précisément ce qui était angoissant. La forêt n'était plus qu'une masse d'un noir compact, mais leur regard restait fixé sur elle comme s'ils pouvaient voir à travers.

Ernst transpirait et sa tension était aussi palpable que celle d'une corde de violon. Il jouait nerveusement avec le revolver posé sur sa cuisse.

— Viens, on descend et on se cache sous la voiture, lui dit Marlene.

— Non, reste!

Elle avait déjà saisi la poignée de la portière quand les doigts d'Ernst se refermèrent sur son bras. Il paraissait affolé comme si elle lui avait annoncé qu'elle l'abandonnait.

Il s'en rendit compte, la lâcha et parla plus calmement.

— Si on nous attaque alors que nous sommes dehors, nous devrons nous enfuir à pied. Si nous restons dans la voiture, je pourrai foncer.

— Mais dedans, nous sommes comme des cibles sur un stand de tir, alors que…

Un coup frappé contre la vitre les interrompit. Ils se retournèrent brusquement, un coup de feu claqua et Ernst poussa un cri aigu. Marlene se ramassa sur elle-même, prête à tirer. Elle hésitait pourtant à le faire sans savoir où se trouvait l'ennemi. Du reste, ils n'auraient aucune chance face à une mitraillette. Bon sang, ils auraient dû descendre de cette voiture alors qu'il était encore temps!…

— Où es-tu touché, Ernst? demanda-t-elle fébrilement tout en visant au hasard dans l'obscurité.

— Au pied gauche… La balle est ressortie, je crois… J'ai mis un but contre mon camp, avoua-t-il tout penaud.

— Quoi? s'exclama Marlene ahurie en abaissant son arme. Tu t'es tiré…?

— Le coup est parti, c'était un…

Le reste de la phrase fut noyé sous un gémissement. Un nouveau coup fut frappé à la vitre, celle du passager cette fois-ci, et un visage s'écrasa contre elle.

— Ouvrez ! C'est moi, Trudi.

— Trudi ? TRUDI !?

Marlene avait rarement été aussi furieuse de sa vie. Elle ouvrit brutalement la portière et, prenant Trudi complètement au dépourvu, lui allongea une gifle retentissante.

— Espèce d'abrutie ! hurla-t-elle. Tu ne peux pas faire ce qu'on te dit, pour changer ?

— Pourriez-vous reporter cette discussion à plus tard ? se lamenta Ernst. Montez, il faut partir d'ici.

Mais quand il voulut faire redémarrer la voiture, le moteur toussa, puis se tut.

— Tu crois que tu pourras conduire ? demanda Marlene.

— Ça ira.

Les dents serrées, il essaya de repartir, mais le grondement du moteur fut noyé sous un vilain bruit.

— Nom de Dieu ! jura Ernst en frappant le volant du poing. Cette saleté de balle a dû percer la carrosserie et sectionner un câble !

Marlene réagit à l'instant.

— Vite, aide-moi, ordonna-t-elle à Trudi avant d'ouvrir la portière du passager. Il faut nous cacher dans la forêt.

Elles empoignèrent Ernst et extirpèrent son corps massif de la voiture. Il tenait sa jambe en réprimant ses cris de douleur.

— Il y a une lampe de poche et une trousse de premiers secours dans le coffre, haleta-t-il, et Marlene envoya Trudi les chercher. Elles encadrèrent Ernst qui sautillait à cloche-pied et s'éloignèrent. Marlene s'attendait à entendre des appels et des tirs à tout moment, mais ils atteignirent sans dommage le couvert des arbres. Marlene entraîna ses compagnons dans l'obscurité, bien qu'Ernst parût peser plus lourd à chaque pas, car elle voulait mettre la plus grande distance possible entre la voiture et eux.

Soudain, le sol se déroba sous leurs pieds, ils trébuchèrent et, entraînés par le poids d'Ernst, roulèrent jusqu'au bas d'une pente, où ils restèrent immobiles et hors d'haleine.

Marlene fut la première à reprendre ses esprits. Au même instant, les nuages s'écartèrent, dévoilant la lune. La dépression de terrain où ils se trouvaient était une minuscule clairière. Un rocher solitaire se dressait au milieu, baigné de clair de lune. Malgré le danger, Marlene fut fascinée par cette vision qui la ramenait à sa petite enfance, à un monde encore tissé de contes et de légendes que sa grand-mère lui lisait le soir avant de dormir. Elle dut résister à l'envie de s'allonger pour contempler les étoiles et oublier la guerre. Ernst avait besoin de secours. Trudi avait retrouvé la lampe de poche. Avec son aide, Marlene mena Ernst au rocher et l'y adossa pour examiner sa blessure.

— La balle est ressortie, confirma-t-elle. La blessure ne saigne plus, probablement parce qu'elle est compressée par la botte, mais je vais devoir l'ôter pour désinfecter la plaie.

Elle sortit son couteau pour le cas où elle devrait couper le cuir.

Ernst se mit à trembler en émettant de curieux petits râles. Marlene fronça les sourcils.

— Dis-moi, ne serais-tu pas en train de rire ? demanda-t-elle.

— Oui, gloussa-t-il. C'est le premier coup de feu que je tire de cette guerre, et c'est dans mon pied !

Ses gloussements devinrent plus aigus et Marlene craignit une crise de nerfs. Elle vit Trudi porter la main à la bouche pour réprimer un éclat de rire.

— Je te déconseille de rire ! lui lança Marlene. Tu vois ce qui arrive quand tu désobéis aux ordres ? Ernst est blessé et tu nous as mis en danger !

Trudi eut au moins la décence de baisser la tête.

— Je suis désolée, murmura-t-elle.

— C'est un peu tard pour pleurer. Au fait, comment as-tu réussi à nous suivre ? demanda-t-elle tout en aidant Ernst à retirer le bas de son pantalon de sa botte.

— Je vous ai espionnés. Je t'ai entendue parler du lieu du rendez-vous avec Ernst et je l'ai retrouvé sur la carte. J'ai quitté la ville en douce à midi et puis un paysan m'a emmenée sur son tracteur jusqu'ici.

— Tu as quitté la ville en douce ? répéta Ernst stupéfait.

— Plus ou moins : je suis passée par les toits, expliqua-t-elle comme si c'était la chose la plus normale du monde.

— Tu es passée par les toits ? Et où apprend-on à grimper sur les toits à Berlin ? demanda Marlene, aussi ahurie qu'Ernst.

— Je t'ai déjà raconté que ma mère était artiste aux Variétés, non ?

— Tu ne m'avais pas dit qu'elle était chanteuse comme Josephine Baker ?

— Tu as mal compris. Elles étaient toutes les deux aux Variétés, mais ma mère était funambule, comme mon père. Je me suis entraînée avec eux. Après la guerre, je reprendrai le flambeau.

— Alors tâche de survivre à la guerre, grinça Marlene. C'est mon dernier avertissement, Trudi. Si à partir de maintenant tu ne fais pas ce que je te dis, je te tue, compris ?

Trudi regarda le couteau que Marlene tenait à la main, puis ses yeux. Malgré l'obscurité, elle y lut la résolution.

— Oui, murmura-t-elle contrite.

— Bien ! Et maintenant, aide-moi à soigner Ernst.

Elles essayèrent en vain de lui ôter sa botte, car elle semblait adhérer à sa jambe et Ernst poussait des gémissements pitoyables.

— Bon, je vais couper le cuir, annonça Marlene en posant la lame de son couteau sur la tige de la botte.

Soudain, elle se jeta à terre.

— À plat ventre, Trudi ! siffla-t-elle.

Elle avait tiré son revolver. Alors qu'elle espérait encore s'être affolée pour rien, une voix s'adressa à eux en allemand.

— Vous êtes cernés. Rendez-vous, sinon vous mourrez.

Était-ce l'armée allemande ou des partisans ? Marlene n'aurait su le dire.

— « Tout est calme, la nuit remplie d'étoiles », répondit-elle en allemand. C'était le titre d'un chant de la résistance juive qui, hors contexte, paraissait inoffensif, c'était pourquoi on l'avait choisi comme mot de passe.

Quelques secondes de silence tendu suivirent, puis la même voix demanda en polonais :

— Connais-tu un bon café à Cracovie ?

En voilà un qui aime l'humour noir, pensa-t-elle.

— Je ne te recommande pas le Cyganeria : l'ambiance y est un peu trop explosive, déclara-t-elle dans la même langue.

Mais au moins Jitzhak Zuckerman était au rendez-vous. Marlene se leva et balaya les feuilles mortes dont sa robe était couverte.

Une douzaine de silhouettes surgirent, formant un demicercle en haut de la pente, mais seuls Zuckerman et deux de ses compagnons descendirent les rejoindre. Après les présentations et l'explication de la présence d'Ernst qui avait déconcerté les hommes, Marlene réclama un médecin. Elle savait que plusieurs médecins se cachaient en forêt. Zuckerman donna des ordres pour qu'on leur en envoyât un. Ernst annonça qu'il devrait regagner ses quartiers avant le matin pour assister à une réunion sur le ravitaillement. Ils convinrent de le déposer au lieu et à l'heure dits pendant que l'un des hommes de Zuckerman se chargerait de la voiture.

Marlene et ce dernier s'isolèrent un instant pour s'entretenir, mais elle n'eut pas besoin de le convaincre : il était depuis longtemps résolu à combattre les Allemands avec l'Armia Krajowa et le réseau de résistance juive de Cracovie. La mission de Marlene était donc accomplie.

— Mais ce qu'il nous faut de toute urgence, ce sont des armes, dit-il.

Marlene acquiesça.

— Ernst est colonel de l'armée de réserve, répondit-elle. Il m'a donné tous les renseignements nécessaires sur un transport de ravitaillement qui doit arriver à Varsovie après-demain. Cela vous laisse peu de temps pour tout organiser.

Elle lui décrivit l'itinéraire qu'elle avait appris par cœur car pour des raisons de sécurité, elle n'avait jamais de carte sur elle, et fournit des renseignements sur le chargement et sur le nombre de soldats qui l'escortaient. Zuckerman sortit une carte, l'étala sur une grosse souche et fit signe à l'un de ses hommes d'approcher afin de lui transmettre les explications de Marlene. Il lui décrivit rapidement l'itinéraire et désigna un point à une douzaine de kilomètres à l'ouest de Varsovie.

— Mes hommes attendront là, conclut-il avant de se redresser. Et toi, qu'est-ce que tu comptes faire? demanda-t-il à Marlene.

— Me joindre à vous.

— Nous sommes des combattants et nous n'admettons pas de femmes parmi nous, fut la réponse immédiate.

La réaction de Marlene fut encore plus prompte. Avant d'avoir compris ce qui lui arrivait, Zuckerman se retrouva à plat ventre et Marlene, à califourchon sur lui, braqua son revolver sur sa tempe.

Deux trucs enseignés par Jakob avaient suffi pour le prendre au dépourvu. En un clin d'œil, ils furent encerclés par les compagnons de Zuckerman qui juraient, prêts à faire feu.

Marlene ne leur accorda pas un regard.

— Écoute-moi bien, Jitzhak, dit-elle d'une voix presque douce, je combats depuis 39 et je peux atteindre l'œil d'un lapin à cent mètres. Alors, tu te rends?

— C'est bon, j'ai compris: ne jamais offenser une femme, répondit Zuckerman et, malgré l'inconfort de sa position, il éclata d'un rire rauque. Et maintenant, libère-moi, femme.

Marlene obtempéra et les autres s'éloignèrent. La question fut ainsi réglée et Marlene devint à l'instant membre de l'Otriade, le réseau de résistance de Zuckerman.

Plus de deux heures s'écoulèrent jusqu'à l'arrivée du médecin. Marlene en avait profité pour ôter sa botte à Ernst afin que le médecin pût se mettre immédiatement au travail. Sans anesthésie, il élargit l'entrée de la balle, en ôta des débris de cuir et des fibres de laine, puis recousit la plaie rapidement et adroitement pendant qu'Ernst mordait un bout de bois, le visage ruisselant de sueur. Assise à côté de lui, Trudi lui tenait la main, l'air penaud parce qu'il subissait tout cela par sa faute. Marlene espérait que ce serait une bonne leçon pour elle.

Un peu plus tard, le groupe, qui s'était rendu à la voiture, revint et le mécanicien de service expliqua que le véhicule était réparé.

Marlene confia Trudi à Ernst, qui affirma héroïquement qu'il était en état de conduire, et pour une fois, Trudi ne contesta pas la décision de Marlene. Avec l'aide de deux partisans, Ernst fut installé derrière le volant tandis que les autres surveillaient les alentours. Marlene les avait accompagnés jusqu'à la lisière et avait fait promettre à Ernst de veiller à ce que Trudi repartît pour Munich.

— Quand te reverrai-je? lui demanda-t-il avec appréhension.

Elle se pencha vers lui et l'embrassa doucement sur la joue.

— Quand la guerre sera finie, répondit-elle.

13

«Ils tuaient tout le monde : femmes, enfants, hommes et même les chats ! Les SS voulaient tout exterminer. »

Marlene, dans un rapport
sur le ghetto de Varsovie

Deux cent soixante-dix jours avant le jour 0

« ... Les femmes et les enfants étaient au nombre de huit mille,

Et la vue de leurs larmes faisait sourire l'empereur. »

Imad ed-Din al-Katib al-Isfahani, chroniqueur des croisades, sur le départ de Jérusalem des chrétiens réduits en esclavage en 1187, après la chute de la ville sainte conquise quatre-vingt-huit ans auparavant par Godefroy de Bouillon.

*

Son entreprise était née sous une mauvaise étoile. Pour commencer, le convoi annoncé par Ernst n'était jamais apparu, si bien qu'ils n'avaient pu s'emparer des armes dont ils avaient tant besoin. Marlene se demandait si Ernst s'était fait repérer ou si l'on avait modifié l'itinéraire du convoi, ce qui arrivait parfois.

Zuckerman, en revanche, était persuadé qu'Ernst les avait trahis. Marlene renonça à le convaincre du contraire, car c'était désormais secondaire. Son propre réseau avait été écrasé dans le ghetto, l'Otriade de Zuckerman avait combattu en première ligne et la plupart de ses hommes avaient été blessés ou tués pendant les premiers jours du deuxième soulèvement de Varsovie. Le ravitaillement était presque inexistant et les munitions depuis longtemps épuisées. Mais Zuckerman ne s'avouait pas encore vaincu, il voulait se procurer de nouvelles munitions à l'extérieur du ghetto et il avait décidé d'en évacuer les hommes encore capables de se déplacer pour les intégrer à ses troupes.

Aidée de deux partisans qui soutenaient les blessés, Marlene rampait depuis plusieurs heures dans les canalisations de Varsovie derrière Zuckerman, en se frayant littéralement un chemin au milieu des excréments. Elle se demandait s'il n'aurait pas mieux valu que la balle logée au-dessus de son genou l'eût touchée à la tête. Le plus absurde de cette deuxième grave blessure de guerre était que, pas plus cette fois-ci que la précédente, elle ne l'avait reçue d'un Allemand, mais d'un Polonais de dix ans à peine. Le coup était parti alors qu'il rechargeait son arme et l'avait atteinte à bout portant. Contrairement à sa blessure au dos qui n'avait pas été très douloureuse, celle-là lui faisait un mal de chien. Elle avait été pansée avec les moyens du bord et elle était sûre que, si elle réussissait à se tirer de ce mauvais pas, la plaie s'infecterait dans les jours à venir.

Infatigable, Zuckerman entraînait le petit groupe. Après le premier soulèvement de Varsovie, en avril 1943, il avait réussi à faire sortir de la même manière des combattants du ghetto pour les mettre en sûreté, et il était déterminé à sauver cette fois encore quelques-uns de ses camarades.

Et Jitzhak Zuckerman réalisa l'impossible : ils atteignirent la sortie, où d'autres partisans les accueillirent et les menèrent à une ferme en dehors de la ville. Ce fut seulement là que Marlene put examiner sa jambe. La blessure avait vilaine allure, les bords de la plaie étaient enflés et noirâtres et l'infection s'étendait en étoile sur sa cuisse. Marlene comprit qu'elle ne pourrait plus combattre avant longtemps, en admettant qu'elle survécût à cette blessure. Zuckerman s'approcha d'elle et se pencha sur sa jambe. Il ne dit rien mais quand il se redressa, l'expression de son visage était assez éloquente.

La fermière était en revanche aussi bavarde qu'il était taciturne.

— Oh, vous savez, dit-elle en coupant une tranche de pain comme si elle s'attaquait à une falaise, la jambe de mon neveu Lubosc était pareille, toute noire et violette alors qu'il avait seulement marché sur un clou. Il l'a enlevé et il a rigolé, mais alors plus tard, il n'avait plus du tout envie de rire, le Lubosc. Comme y pouvait pas se payer un médecin, c'est le boucher qu'a dû venir. Et zac! Avec le hachoir, acheva-t-elle en plantant son couteau dans la planche à pain à titre de démonstration. Jitzhak sursauta encore plus violemment que Marlene.

— Je vais chercher notre médecin, dit-il avant de s'éclipser.

Deux heures plus tard, la ferme était encerclée par plusieurs unités de la SS et Marlene arrêtée.

14

«Le prince au prêtre: “Maintiens-les dans l’abrutissement, je les maintiendrai dans la pauvreté.”»

Anonyme

Deux cent soixante-neuf jours avant le jour 0

«On peut apprendre à régner en observant les fourmis. La fourmi rouge, qui est rusée, s’est spécialisée dans l’extermination d’autres fourmis. Elle exploite sans scrupule la bonhomie de l’espèce qu’elle agresse: une reine fécondée s’introduit dans une colonie de fourmis noires, tue sa reine grâce à sa force supérieure et se vautre ensuite sur son cadavre. Elle s’imprègne ainsi de son odeur pour prendre sa place. Les fourmis ouvrières noires la prennent alors pour leur reine. Elles la servent, la nettoient et la nourrissent. L’intruse pond et ses œufs éclosent. Avec le temps, les fourmis rouges se multiplient tandis que le nombre de fourmis noires diminue et un jour, le peuple des fourmis noires s’éteint.»

Dietrich zu Langenburg-Dietrichstein, *La supériorité implique la domination*

*

On avait séparé Marlene des autres prisonniers. Elle était recroquevillée sur l’aire de chargement d’un véhicule militaire au milieu de sacs de grains vides. Le sol était jonché d’épis de maïs et Marlene, qui en deux jours n’avait mangé qu’un croûton de pain, les ramassa avidement. Le trajet dura plusieurs heures et s’acheva à Cracovie devant un édifice aux allures de château à la lisière de la vieille ville. Ce fut uniquement par réflexe que Marlene examina ce qui l'entourait, car en réalité cela ne l'intéressait pas vraiment. Elle avait la fièvre, une douleur lancinante à la jambe et, depuis un bon moment, mal au crâne. Elle reconnut pourtant l'homme devant lequel on l'avait traînée. Son pressentiment de l'avoir déjà rencontré se révélait juste.

Comme ses jambes se dérobaient sous elle, on la fit brutalement asseoir dans un fauteuil. Épuisée, elle ferma ses yeux irrités par le manque de sommeil et la poudre afin de ne plus voir le visage hideux de l'homme qui tournait autour d'elle comme un prédateur.

— Je suis déçu, très chère : vous étiez bien plus attrayante dans le souvenir que je gardais de vous. Vous puez atrocement.

— Laissez-moi donc prendre un bain, répondit Marlene sans rouvrir les yeux.

C'était en effet tout ce qu'elle désirait : se plonger dans un bain moussant très chaud pour ne plus en ressortir. Quelle belle manière de s'en aller… Elle réprima un soupir nostalgique à cette idée.

— Tss, tss… votre jambe a en effet fort vilaine allure, commenta le comte, qui s'était accroupi devant elle.

Il posa un doigt sur la plaie, appuya et la douleur fut une explosion. Marlene hurla comme un animal.

— Faites venir le professeur Sauerbruch, ordonna-t-il à l'un des hommes qui l'avaient amenée.

Marlene ne l'entendit pas car la douleur l'avait plongée dans une inconscience miséricordieuse.

À son réveil à un moment indéterminé, elle entrevit le bleu du ciel dans un flou. Plus la lumière au-dessus d'elle devenait vive, plus ses propres pensées s'éclaircissaient. Elle reconnut au-dessus d'elle le ciel d'un lit à baldaquin soutenu par des piliers contournés. Elle était couchée dans un lit aux draps de soie.

Encore étourdie, elle se redressa et, dans ce mouvement, la couverture légère glissa, dévoilant une chemise de nuit en dentelles amidonnée qui crépitait, sentait le linge propre et lui rappelait de bons souvenirs. Des souvenirs d'avant-guerre. Elle découvrit en face de son lit une commode dorée surmontée d'un miroir baroque. Ce décor n'avait pas l'allure d'une prison. Où était-elle ? Dans un château ? Elle avait la curieuse impression que cette pièce lui était familière. Cette pensée la troubla. Quelque chose allait décidément de travers, comme si on lui avait dérobé sa réalité pour la remplacer par un faux-semblant. Elle avait le sentiment de ne pas être à sa place dans ce décor, sans pouvoir s'expliquer pourquoi. Une douleur sourde persistait dans son crâne et son corps lui paraissait étrangement léger. Elle se demanda ce qui avait pu lui échapper.

Elle remarqua soudain l'homme assis à son chevet. La manière dont il la regardait lui inspira confiance et lui rappela les moments où la grand-mère de la petite Anna l'avait consolée en pansant l'une de ses innombrables écorchures.

Il la regardait exactement ainsi, comme s'il n'y avait rien de plus important au monde qu'elle en cet instant. Il avait un visage mince aux traits fins, des cheveux grisonnants mais encore épais et des yeux couleur d'ambre qui la contemplaient avec une bonté mais également une tristesse infinies. Elle se perdait dans ce regard paisible car c'était une bénédiction, par les temps qui couraient, de rencontrer quelqu'un qui paraissait bienveillant et amical, dépourvu de perfidie et de fourberie. Elle n'aurait su dire pourquoi elle se sentait aussi en confiance, mais elle était certaine d'avoir en face d'elle quelqu'un d'authentiquement humain. Cela existait donc encore ! Mais au même instant, un souvenir resurgit de sa mémoire, chassant impitoyablement cette vision pleine d'espoir, le souvenir d'avoir déjà rencontré cette expression douloureuse dans les yeux de Jakob. Quelques jours avant sa mort, il l'avait regardée ainsi, comme s'il pressentait ce qui l'attendait.

Et, ce qui anéantit définitivement cette illusion, l'homme à son chevet portait sous sa blouse de médecin ouverte un uniforme de SS ! Elle s'était cruellement trompée et elle avait l'impression d'avoir été trahie par un ami intime. Qui était cet homme ? Que lui avait-il fait ?

— Bonjour, madame. Je suis le docteur Friehling, dit-il comme si elle avait formulé ces questions à voix haute. Tenez, buvez ceci, s'il vous plaît, ajouta-t-il en portant un verre d'eau à ses lèvres et en lui soutenant la tête.

Elle aurait voulu protester, mais elle avait trop soif pour résister.

— Comment vous sentez-vous?

Sa voix était en harmonie avec ses yeux, calme et compatissante, comme si son bien-être lui tenait vraiment à cœur.

Elle le dévisagea, troublée, et comprit soudain pourquoi elle se sentait si étrangement légère: elle ne ressentait plus aucune douleur! Après des jours et des jours de torture, c'était miraculeux, mais également angoissant. Elle n'osait pas baisser les yeux vers sa jambe.

— Ma jambe? chuchota-t-elle.

Il lui adressa un sourire chaleureux dont la franchise lui réchauffa le cœur. Non, cet homme était sincère. Son uniforme ne comptait pas, car il ne reflétait pas ses convictions. C'était complètement irrationnel d'y attacher une telle importance et de réagir à l'opposé de sa méfiance naturelle, mais c'était ainsi. Elle n'avait nullement besoin de se forcer pour lui rendre son sourire. Elle n'avait que trop rarement rencontré quelqu'un qui lui avait donné envie de lui faire confiance. Il y avait en cet homme quelque chose qui excluait totalement la guerre, comme si la lumière d'un monde meilleur le précédait. Son désir de comprendre pourquoi elle était là fut un instant éclipsé par l'envie d'en savoir plus sur cet homme.

— Qui êtes-vous? demanda-t-elle.

Il plissa légèrement les yeux, puis tendit la main et la posa sur son front.

— Je suis votre médecin, le docteur Friehling, répondit-il.

S'il était surpris de devoir répéter son nom, rien dans sa voix ne le laissait paraître.

Marlene s'accorda quelques secondes pour fermer les yeux et s'abandonner au contact de sa main chaude et sèche. Il lui semblait que son esprit établissait un lien secret avec lui. Elle éprouva un bref instant l'émerveillement qu'elle avait ressenti devant le rocher dans la clairière, comme reprise par le souvenir d'un conte de son enfance. Elle entendit la voix de sa grand-mère: «Les bons souvenirs sont le fil avec lequel on tisse l'espoir»...

Elle rouvrit les yeux et lutta contre la faiblesse de son corps tandis que son esprit devenait de plus en plus lucide et que sa raison pétrie de méfiance lui soufflait qu'elle devait se garder de tirer des conclusions erronées, qu'elle était blessée, qu'elle avait la fièvre et qu'on lui avait probablement fait prendre un calmant pour l'assoupir. Peut-être était-ce une méthode d'interrogatoire particulièrement sournoise? Elle devait prendre sur elle et rallier toutes ses forces pour garder un semblant de contrôle de la situation.

— Ce n'est pas à cause de la fièvre, dit-elle en se redressant sans tenir compte du léger vertige qui s'emparait d'elle. J'ai retenu votre nom la première fois que vous me l'avez dit. Qui êtes-vous au juste, docteur Friehling? Pourquoi portez-vous cet uniforme?

Au tressaillement d'un muscle de sa mâchoire, elle devina qu'elle avait vu juste. Cet homme cachait quelque chose. Pour lui faciliter la tâche, elle aborda la question par l'autre bout.

— Vous savez qui je suis?

Il acquiesça, posa un doigt sur ses lèvres pour faire signe à Marlene qu'on les écoutait, remonta la couverture et désigna sa jambe.

— Elle est toujours là, dit-il avec un sourire.

— Oh…, fit-elle, surprise, car l'espace d'un instant, elle avait complètement oublié sa blessure.

— Vous êtes vraiment une jeune femme étonnante. Cela ne me surprend pas que le comte montre tant d'intérêt pour vous. Vous serez sûrement ravie d'apprendre que vous garderez votre jambe, mais il s'en est fallu de peu. Vous avez eu de la fièvre et déliré pendant trois jours. Maintenant, vous êtes tirée d'affaire.

— Quoi? Mais…

Elle prit sa tête entre ses mains comme pour l'empêcher de tomber et de rouler à terre. Elle avait encore plus mal au crâne qu'auparavant, des élancements dans la jambe et la nausée.

— L'effet de la morphine se dissipe, expliqua le docteur comme s'il devinait sa pensée. Mais je ne peux vous en donner davantage. Les douleurs vont augmenter, mais deviendront progressivement plus supportables dans les prochains jours. Tenez, buvez encore un peu, dit-il en lui tendant un verre d'eau. Et maintenant, reposez-vous. Je repasserai vous voir plus tard dans la soirée. On vous apportera une soupe, mais mangez-la lentement. Vous êtes très affaiblie, y compris votre estomac. Au revoir.

Il se leva et se dirigea vers la porte.

— Attendez, docteur. Où suis-je?

— À Cracovie.

— Non, je veux dire... cette chambre... elle m'est familière.

— Certainement, car vous en avez déjà vu un exemplaire. C'est une copie de celle de la reine de France, la Chambre de la Reine. Une partie des meubles est d'origine. Le comte les a achetés.

— Et que fais-je ici?

— C'est ce que le comte vous expliquera.

— Quand?

— Maintenant, répondit une voix indolente qui lui était familière.

Marlene tourna vivement la tête et, pendant un bref instant, des éclairs l'éblouirent. Une porte secrète s'était ouverte à côté de son lit et le comte, tout de noir vêtu, la regardait avec un sourire qui aurait pu être celui d'un loup salivant devant un agneau.

— Monsieur le comte, je vous recommande de ne pas fatiguer la patiente..., commença le docteur Friehling, mais le comte l'interrompit.

— Dehors, ordonna-t-il sur un ton sans réplique.

Avant de se retirer, le médecin lui adressa un regard qui la priait de ne pas irriter le loup sans nécessité.

Ça, je ne peux pas te le promettre, répondit-elle mentalement. L'adrénaline se ruait dans son sang: la présence du comte avait réveillé toute sa combativité.

Le comte s'était assis sur le lit à côté d'elle. Il lui prit la main et examina ses ongles.

— Ils sont dans un état épouvantable, très chère, lui dit-il. Je vais faire venir quelqu'un pour en prendre soin.

Cette situation était grotesque. Elle ignorait pourquoi elle était là et ce que cet homme voulait d'elle. Quel statut avait-elle? Quelle était leur relation? La considérait-il comme une prisonnière ou comme une espionne qui était malheureusement du mauvais côté de la barrière? Était-elle pour lui un objet d'étude ou même un jouet?

Elle décida de poursuivre la comédie qu'elle lui avait jouée dans le train de Varsovie en feignant d'être son alliée. Elle poussa un soupir à fendre l'âme, étendit l'autre main et regarda à son tour ses ongles comme s'ils étaient son unique souci.

— Je vous en suis très reconnaissante. Vous savez comment combler une femme, déclara-t-elle avec un sourire. Je vous suis extrêmement obligée de m'avoir arrachée aux griffes de ces criminels. Dites-moi, auriez-vous un miroir? Je dois être affreuse à voir.

Le comte se leva, se dirigea vers une ravissante coiffeuse sur laquelle il prit une brosse à cheveux et un miroir et rejoignit Marlene.

Ces deux objets étaient visiblement en or massif. Ils étaient si lourds qu'elle pouvait à peine les tenir, ce qui lui rappela combien elle était affaiblie.

Le comte observait ses efforts avec intérêt.

— Attendez, je vais vous aider, dit-il.

Il prit la brosse et se mit à coiffer ses cheveux lentement et avec soin.

— Vous avez de magnifiques cheveux bruns, lui dit-il. Je suis enchanté que vous ne les teigniez plus. Je n'aime pas le blond, c'est une couleur vraiment fade.

Marlene, qui tenait le miroir, frémit. Comment savait-il qu'elle était autrefois teinte en blond? Elle était presque certaine qu'Hubertus von Greiff n'avait parlé à personne de leur affrontement, car ce serait revenu à admettre que Marlene avait été le plus grand échec de sa carrière. Il ne l'avait jamais vraiment vaincue et c'était plutôt par hasard qu'elle était tombée entre ses mains.

— Je peux littéralement entendre cliqueter les rouages dans votre jolie petite tête. Comme je ne veux pas me montrer cruel, je ne vous laisserai pas davantage sur les charbons ardents. Nous avons une connaissance en commun : le baron Hubertus von Greiff.

Elle avait vu juste : ces deux hommes se connaissaient. Qui se ressemble s'assemble. Le miroir glissa de ses doigts sans force et heurta douloureusement sa jambe blessée, mais elle serra les dents pour ne pas crier.

— Oh, je vois : vous vous souvenez de lui. Saviez-vous qu'il a été assassiné? reprit le comte sur le ton de la conversation, et ce fut avec un plaisir manifeste qu'il prononça les mots suivants : On a crevé son œil valide, on l'a châtré et on a fourré ses parties dans la bouche. Il est mort étouffé. Le tueur ou… la tueuse devait particulièrement le haïr. Nous devons tous mourir un jour, mais être assassiné de cette manière… c'est une tout autre histoire, qu'en pensez-vous? poursuivit-il sans cesser de brosser lentement les cheveux de Marlene.

Marlene avait repris son sang-froid pendant ce petit discours. Elle était résolue à prolonger ce jeu sournois avec le comte aussi longtemps que possible.

— J'ai croisé le baron von Greiff une ou deux fois à Berlin, mais j'ignorais qu'il avait été assassiné, et avec une telle barbarie, répondit-elle avec le soupir de qui est blasé sur les nouvelles effroyables et préfère se concentrer sur les aspects riants de l'existence.

Elle reprit le miroir, examina son reflet et lissa ses sourcils de son index mouillé.

— Oui, « barbarie » est le mot juste, chère amie. Mais parlez-moi franchement : qui considérez-vous comme « barbare » ? Le baron ou son assassin ? demanda-t-il sur un ton inquisiteur.

Il posa la brosse et Marlene sentit soudain ses mains sur ses épaules. Elle dut se faire violence pour ne pas se raidir pendant que les doigts de cet homme remontaient vers sa nuque pour dénouer le ruban en satin de sa chemise. Celle-ci glissa jusqu'à sa taille, dénudant ses seins. L'une des mains suivit doucement les contours de sa clavicule puis descendit jusqu'à son sein droit sur laquelle elle se referma délicatement. Il saisit alors le téton entre le pouce et l'index et le pressa, d'abord légèrement puis de plus en plus fort, jusqu'à ce que la douleur la fît grincer des dents. Ce n'était pas seulement une démonstration de force. Il évaluait ses limites. Puis il la lâcha.

— Votre seuil de résistance à la douleur est élevé, très chère, dit-il. Mais vous n'aimez pas la douleur. C'est bien regrettable, car elle peut procurer un plaisir intense. Et maintenant, j'attends votre réponse à ma question sur la barbarie.

Il l'avait contournée pour la regarder en face.

Marlene résista à l'impulsion de se couvrir, car elle refusait de lui accorder cette satisfaction. Elle se redressa en faisant appel à toute sa fierté et à tout son amour-propre. Ce vieux nazi décadent pouvait toujours la tripoter, elle avait sa dignité et malgré tous ses efforts pour l'humilier, il ne pourrait la lui enlever. Cet homme était un sadique aux réactions imprévisibles et rien de ce qu'elle pourrait faire ou dire n'y changerait rien. Il venait de lui faire comprendre qu'elle était complètement en son pouvoir et il dansait autour d'elle comme un guerrier sûr de sa victoire. Mais il était depuis longtemps blasé sur de tels plaisirs, car chaque victoire lui paraissait plus fade que la précédente. Il était au bout du compte victime de sa décadence. Le seul espoir pour Marlene consisterait à lui démontrer qu'il avait trouvé en elle un adversaire digne de lui, quelqu'un qu'il valait la peine de combattre. Elle soutint son regard, glissa son index dans sa bouche et étala un peu de salive sur son téton meurtri.

— Les deux sont des barbares, Greiff comme son assassin, répondit-elle.

Le comte l'observa, la tête légèrement inclinée sur le côté. Son regard, qui un instant plus tôt était encore voilé d'indolence et d'ennui, venait de s'éclairer.

— Ah ! Voilà qui me plaît !

Il se pencha vers elle et son visage était assez proche du sien pour qu'elle discernât les gros pores de son nez. Elle retint son souffle. L'idée qu'il pût l'embrasser lui répugnait plus que son tripotage. Mais il remonta sa chemise sur ses épaules et la referma.

— Vous vous accusez donc et vous ne tentez pas de nier l'existence de la barbarie ? Voilà qui est intéressant. Je dois vous dire que j'ai étudié les œuvres des plus grands philosophes. Je pense qu'il faut comprendre l'être humain dans sa pensée, ses instincts, ses désirs, pour être capable de le manipuler. Alors pourquoi avez-vous agi ainsi ? Pourquoi, non contente de le tuer, l'avez-vous châtré ?

Les souvenirs assaillaient Marlene – le souvenir d'avoir été forcée par Greiff à le regarder torturer Jakob et le souvenir d'avoir infligé les mêmes tourments à Greiff. Sa gorge se noua.

— Parce qu'il a torturé à mort, devant moi, l'homme que j'aimais. J'ai rendu œil pour œil, dent pour dent, répondit-elle d'une voix rauque.

— Vous vous êtes vengée, commenta le comte en hochant la tête comme un bon vieil oncle compréhensif. La vengeance sanglante date de l'aube de l'humanité. Je l'ai moi-même pratiquée. Exercer des représailles est notre droit naturel. Au fait, avant que j'oublie de vous en parler, poursuivit-il sur un ton léger, j'ai eu une petite conversation téléphonique avec mon cher neveu le prince de Hohenlohe. Il était au regret de n'avoir aucun souvenir de vous. Et d'autres renseignements que j'ai pu obtenir ne sont pas précisément à votre avantage. La Gestapo a mis votre tête à prix.

Il la dévisageait d'un air provocant, mais Marlene préféra garder le silence. Ce hobereau nazi savait tout et elle n'avait rien pour plaider sa défense. Elle était du reste épuisée au point d'avoir du mal à garder les yeux ouverts. Qu'il la tue s'il voulait, elle aurait au moins la paix. Elle ferma ses yeux las.

Cela n'empêchait malheureusement pas le comte de poursuivre son monologue.

— Que vais-je bien pouvoir faire de vous? Nous savons tous deux ce qui vous attend si je vous remets à la Gestapo. Quelle pitié ce serait, avec un talent et un corps comme les vôtres..., fit-il en prenant une mèche de ses cheveux. On commencerait par vous tondre et votre belle chevelure finirait dans un matelas du Reich. L'idée d'un Gauleiter posant ses grosses fesses sur elle... me navre.

Marlene feignit de s'endormir. Le comte sonna et un serviteur en livrée apparut.

— Monsieur le comte désire? demanda-t-il.

Le comte lui donna quelques instructions, puis sortit par la porte secrète sans se retourner.

15

«Alors Dieu déclara : "Je ne supporte plus les rois.
Ils ont lassé ma patience."»

Ralph Emerson

Fragments de guerre

Plus de vingt mille enfants et adolescents russes ont été déportés en Allemagne depuis mai 1944 pour travailler dans l'industrie de l'armement.

Le Führer Adolf H. de B. a donné l'ordre d'enrôler dans les milices locales tous les hommes de 16 à 60 ans aptes à porter les armes.

L'amirauté britannique a confirmé que le sous-marin allemand 570 est en service dans la flotte britannique depuis août 1941 et qu'il combat la marine allemande depuis trois ans.

*

Marlene ouvrit les yeux. L'obscurité la cernait. Pendant un instant, elle se sentit désorientée, la tête vide et les membres comme déconnectés de son cerveau. Elle ne pouvait plus remuer, comme si elle était couchée dans un sarcophage à sa taille. Elle mourait de soif. L'affolement s'empara d'elle, muant sa paralysie en un poids écrasant. Elle voulut déglutir, mais sa langue était enflée et sa gorge douloureuse et irritée. Elle avait mal dans tout le corps. Quand cesserait donc cette existence qui n'était plus que souffrance ? N'avait-elle pas mérité un peu de paix? Dormir pour l'éternité, légère et libre, sans soucis, sans lutte, pour se réveiller enfin dans la lumière…

La porte s'ouvrit silencieusement et une haute silhouette se dessina dans la lumière du couloir. Les souvenirs de Marlene revinrent en force, chassant sa peur, et elle reprit conscience du lieu et de l'instant. Non, jamais elle ne renoncerait, et il était exclu que le dernier adversaire qu'elle affronterait fût un monstre comme ce comte nazi. Elle rassembla ses forces pour se redresser sans tenir compte des élancements douloureux dans sa jambe, et se prépara à une nouvelle confrontation avec son hôte.

— Êtes-vous réveillée ? murmura une voix.

Marlene se renversa sur son oreiller et le soulagement déferla en elle comme une vague tiède. Ce n'était pas le comte, mais le médecin. Il était revenu !

— Oui, articula-t-elle péniblement.

Il referma la porte et alluma la lumière.

— Vous n'avez rien mangé, dit-il, et il déposa une petite terrine à côté du plateau resté intact sur sa table de nuit.

Elle tâtonna à la recherche du verre sur le plateau. Elle mourait de soif.

— Attendez, je vais vous aider.

Il porta à ses lèvres le verre, qu'elle vida avant de s'adosser à son oreiller avec un soupir de soulagement. Elle gardait les yeux fermés car la lumière leur faisait mal.

Il remplit de nouveau son verre.

— Je suis désolé d'être revenu si tard, mais je n'ai pas pu me libérer plus tôt. Vous devez faire attention à boire beaucoup. Vous êtes complètement déshydratée.

— J'ai dormi.

Il palpa de nouveau son front.

— Vous avez encore un peu de fièvre, mais c'est normal. Votre corps combat l'infection. Maintenant, je vais examiner votre jambe, si vous le permettez.

Marlene acquiesça.

Friehling défit son pansement. Une longue cicatrice s'étendait de son genou jusqu'à la moitié de sa cuisse. Ses bords étaient encore enflés et violacés et le fil sombre avec lequel la plaie avait été recousue évoquait un ver ondulant qui se serait frayé un chemin sous la peau.

— Votre plaie a bonne allure, constata pourtant le médecin. J'ai fait des points rapprochés. Ne vous inquiétez pas: plus tard, cette cicatrice sera tout au plus un trait blanc à peine visible.

Marlene chercha son regard et plongea les yeux dans l'ambre de ses iris.

— Y aura-t-il seulement un «plus tard» pour moi, docteur? demanda-t-elle.

Elle remarqua de nouveau le léger frémissement d'un muscle de sa joue, comme s'il s'était également posé cette question. Il désigna la porte secrète d'un signe de tête pour lui faire comprendre qu'il s'attendait à ce qu'on écoutât leur conversation. Mais Marlene refusait de lâcher prise. Dans sa vanité délirante, le comte avait certainement mieux à faire que de les surveiller constamment.

— Monsieur le comte, êtes-vous là? J'aimerais vous poser une question, lança-t-elle tandis que le médecin la regardait, visiblement stupéfait de son audace.

La porte resta fermée.

— Vous voyez? Il n'est pas là, dit-elle.

— Vous êtes très courageuse, commenta le médecin, alors qu'il avait paru sur le point de dire autre chose.

— Qu'ai-je à perdre désormais?

— La vie, peut-être?

— Ce qui nous ramène à notre point de départ: ma vie est-elle en danger?

— Ce serait plutôt votre santé pour l'instant, louvoya-t-il. Et maintenant, mangez.

Il avait ôté le couvercle de la terrine et versé de la soupe dans un bol. Comme la main de Marlene tremblait de faiblesse, il lui donna à manger, puis il fit dissoudre un comprimé dans de l'eau.

— C'est de la pénicilline, pour combattre l'infection dans votre corps, expliqua-t-il.

Ce qu'elle voulait lui demander maintenant l'embarrassait un peu, bien qu'il fût médecin.

— Docteur, puis-je me lever? J'ai un… besoin pressant.

Il se leva vivement.

— Mais naturellement, répondit-il. Je vais vous aider. Il ne faut surtout pas peser sur votre jambe.

Il se pencha vers elle, la souleva et l'emmena dans une salle de bains attenante qui avait plutôt l'allure d'un boudoir. Le comte semblait avoir un faible pour les meubles dorés.

Quand elle eut fini, le médecin la ramena dans la chambre et la déposa sur son lit aussi délicatement qu'une porcelaine de Chine.

— À partir de demain, vous pourrez vous servir des béquilles, dit-il en lui montrant une paire de béquilles adossées au mur près de son lit qu'on avait probablement apportées pendant son sommeil. Je dois m'en aller maintenant. Reposez-vous.

— Déjà ?

Sa prévenance lui avait fait plus de bien que ses soins et elle aurait aimé en profiter plus longtemps. Et l'aller-retour à la salle de bains avait créé entre eux une curieuse intimité. Elle eut soudain peur de se retrouver seule.

— J'ai d'autres patients, expliqua-t-il.

C'était évident, et elle n'avait aucun droit à l'exclusivité. Elle fut troublée de ressentir ce qui ressemblait à de la jalousie, un sentiment qu'elle avait éprouvé pour la première fois de sa vie quand Deborah lui avait disputé Jakob.

— Naturellement, dit-elle. Une dernière question, docteur : pourriez-vous me dire où en est la guerre ? Les alliés se rapprochent-ils ?

Un ange passa.

— Je l'ignore, répondit-il, et il paraissait sincère, mais elle se demanda comment, en tant que médecin SS, il pouvait ignorer le cours des événements dans le monde.

Elle rumina cette pensée jusqu'au moment où, épuisée, elle s'endormit.

À son réveil, la lumière du matin filtrait à travers les lourds rideaux en brocart de sa chambre. Elle se sentait plus dispose que la veille au soir et elle avait faim. Elle avala le reste de soupe refroidi. Une heure plus tard, on vint chercher son plateau et on lui apporta du thé, du pain blanc, du beurre et de la confiture. Marlene dévora tout jusqu'à la dernière miette. Le serviteur qui lui apporta son repas à midi garda le silence, mais elle mangea également tout. Ensuite, elle en eut assez de rester allongée. Elle se leva, attendit que la sensation de vertige se dissipât et s'entraîna à marcher avec ses béquilles jusqu'au moment où elle fut en nage. Elle se lava avec une serviette dans la salle de bains, trouva des chemises de nuit propres dans la commode de sa chambre, en passa une à grand-peine et se remit au lit. Elle attendait inconsciemment le médecin, mais il ne vint pas et le comte pas davantage. Ils ne se présentèrent que le lendemain en fin de matinée et en même temps.

Le comte l'observa avec un intérêt quasi clinique tandis que le médecin refaisait son pansement, et s'enquit de son état de santé. Le médecin assura que la blessure guérissait alors que Marlene ne voyait aucune différence depuis sa dernière visite, à ceci près que la douleur avait un peu diminué pour la première fois en deux jours. Le comte congédia le médecin comme un vulgaire domestique.

— Et maintenant, à nous deux, très chère, déclara-t-il.

Il prit dans une petite boîte qu'un domestique avait apportée sur son ordre un cigare qu'il alluma solennellement, et souffla une série de ronds de fumée bleutée dont il suivit l'ascension des yeux avec un ravissement d'artiste.

— Maintenant qu'il est avéré que vous survivrez et que vous garderez votre jambe, il est temps que nous parlions de votre utilité quant au but que je poursuis. Allons droit aux faits et tirons la question de nos relations au clair : cela vous dispensera de nouvelles acrobaties qui m'ont du reste tout à fait diverti, je l'avoue. Pour être bref, baronne Anna von Dürkheim, dit-il en prononçant son nom avec un plaisir presque sensuel, je dispose de tous les renseignements que von Greiff détenait sur vous. Je sais où votre grand-mère réside actuellement, je sais tout sur l'état de la fortune et le titre de feu votre grand-père, le baron von Dürkheim. Je l'ai d'ailleurs rencontré à plusieurs reprises, j'ai fait sa connaissance et j'ai appris à l'estimer, car c'était un homme d'honneur. Le nom de von Dürkheim est un gage de noblesse d'une qualité qu'on ne rencontre que rarement en ce monde. Peu de lignées sont liées à la fois à la famille impériale d'Allemagne et à celle d'Autriche.

À l'émotion qui faisait vibrer sa voix, il ne faisait aucun doute qu'il se considérait comme l'un de ces élus.

Marlene se demandait néanmoins où il voulait en venir. Il s'exprimait comme un conférencier qui annonce l'attraction de la soirée à son public. Il tira voluptueusement une nouvelle bouffée de son cigare avant de poursuivre.

— Vous serez une héritière très riche après la guerre, baronne.

— Non, je ne crois pas que cette guerre me laissera grand-chose de mon héritage, objecta-t-elle avec tout le mépris qu'elle ressentait pour lui en tant que représentant de la race des seigneurs à l'origine de cette guerre.

— Pourquoi tant de hargne? La terre ne disparaît pas, très chère, et c'est également la seule chose qui ne se multiplie pas. La terre ne grandit pas avec les hommes, décréta-t-il en répandant de la cendre sur son lit sans le moindre égard pour elle.

— Nous en sommes donc là? Après avoir cherché l'espace vital à l'est, on louche de nouveau vers l'ouest? railla-t-elle.

— La terre est et demeure la véritable et la seule richesse en ce monde! Toutes les guerres éclatent pour des terres et rien d'autre. La possession de la terre, voilà le vrai pouvoir, déclara-t-il pompeusement.

— Dites-moi simplement ce que vous voulez de moi : mes prétendues propriétés en échange de la vie de ma grand-mère? Vous pouvez les prendre, je n'y tiens pas.

— Je peux et je vais bien entendu en prendre possession, mais je veux encore un peu plus que cela. Je veux votre titre…, dit-il en marquant une pause, les yeux fixés sur les siens comme s'il voulait savourer cet instant. C'est pourquoi vous deviendrez demain mon épouse.

Il prononça ces paroles avec tant de naturel que Marlene ne saisit pas immédiatement la monstruosité de son exigence.

— Quoi? Vous plaisantez? lança-t-elle.

Elle avait sursauté si violemment qu'un élancement de douleur traversa son corps.

— Je ne plaisante jamais, chère amie. À la fin de la guerre, le monde sera partagé entre les vainqueurs. Un ordre nouveau sera instauré et le Saint-Empire romain germanique resurgira comme le phénix de ses cendres. En tant que l'un de ses fondateurs, je déciderai du sort de tous les Allemands.

Marlene attendit que sa tension et sa douleur s'apaisent et feignit de réfléchir avant de poser sa question.

— Si j'ai bien compris, le nouvel ordre serait en réalité un retour à l'ancien?

— Est-ce une note de sarcasme que je décèle dans votre voix? Et d'incrédulité? Ce faisant, ma chère, vous commettez l'erreur de tous les petits esprits. C'est pourtant la supériorité de notre vision, l'inspiration des grands stratèges : tandis que la masse stupide tient l'inconcevable pour impossible et reste pétrifiée sur place comme un lapin devant un serpent, nous avons depuis longtemps gagné la partie. Prenons par exemple le peuple juif d'Europe. Combien sont-ils? Dix millions? Douze? Ces Juifs sont persécutés, asservis et assassinés depuis trois mille ans, mais une fois de plus, ils refusent de croire à l'inconcevable. Leur crédulité les a maintenus dans l'illusion de la sécurité qu'ils croyaient avoir acquise par leur assimilation. Blottis dans l'ombre de l'Allemagne, ils n'ont pas remarqué que l'aigle du Reich les engloutissait peu à peu. Tous les signes avant-coureurs étaient pourtant là, mais ils ont ignoré ces présages jusqu'au jour où il a été trop tard. Et maintenant, c'est par centaines de milliers qu'ils sont poussés vers les fours rougeoyants. Même l'imbécile sait ce qui est arrivé, comme l'a écrit Homère dans son *Iliade*. Les Troyens se sont également aveuglés en leur temps. L'Empire germanique ressuscitera dès l'élimination des nationaux-socialistes. Nous leur avons laissé les coudées franches uniquement parce qu'ils nous étaient utiles : quelqu'un devait se salir les mains à notre place. Les Juifs étaient un obstacle à nos projets en raison de leur culture, de leur savoir et de leur littérature défaitiste. Un peuple qui pense ne se laisse pas diriger.

Marlene avait la nausée. Chaque parole du comte semblait enfoncer un clou chauffé au rouge dans son cœur. Cet homme était d'un cynisme inégalable. Et il était complètement fou. Son regard s'arrêta sur son cigare comme si au lieu de tabac, il contenait de l'opium, une drogue qu'elle avait essayée lors d'une soirée d'étudiants à Berlin.

— Merci pour cette... leçon, répondit-elle. Au risque de vous surprendre, je n'ignore nullement que la haine envers le peuple juif n'est pas une invention des nazis. Hitler a simplement justifié sa prise du pouvoir en affirmant que les Juifs étaient responsables de la défaite de l'armée allemande lors de la Première Guerre mondiale. C'est la malédiction frappant chaque peuple manipulé par une classe politique et une presse en coupe réglée : les hommes politiques ne sont jamais coupables de rien et ont toujours un bouc émissaire sous la main. Mais c'est la réflexion qui est la preuve d'une intelligence authentique et elle seule peut nous sauver. L'Empire germanique était un cadavre en décomposition sur lequel l'antisémitisme prospérait depuis longtemps. Il ne ressuscitera pas. Celui qui croit le contraire n'a plus toute sa tête, lança-t-elle, oubliant toute prudence.

Le comte eut un sourire blasé.

— J'apprécie ton courage et j'y vois le signe de ton sang bleu, c'est pourquoi je tolérerai ton insolence. Mais c'est toi qui persistes à ne rien comprendre, laissa-t-il dédaigneusement tomber. C'est une simple question d'intérêts. La vieille garde attend en coulisse, prête à entrer en scène, à l'ouest comme à l'est. L'élite russe en a également par-dessus la tête du camarade Staline. Le socialisme ne pourra jamais s'imposer. Pourquoi? Parce que la guerre menée par Staline a fait trop de ravages dans ses propres rangs. Après la noblesse et les élites de son pays, il a fait assassiner des officiers blanchis sous le harnais par milliers et il a envoyé la majorité de l'élite militaire au goulag – des maréchaux, des généraux et trente mille officiers. Staline manque de clairvoyance alors que la politique est de la stratégie à long terme. On ne peut pas remplacer du jour au lendemain des cultures et des ordres millénaires par une idéologie rouge. Les peuples ont l'ordre ancien dans l'âme et dans le sang. La mort de Staline est inéluctable. Nous liquiderons ensuite ce caporal de Bohême qui se prend pour un Aryen, conclut-il sur un ton méprisant.

— Je n'ai aucune objection à la mort de ces deux dictateurs, mais n'avez-vous pas oublié quelque chose dans votre folie des grandeurs? Et les Alliés américains et britanniques? Eux aussi ont leur mot à dire.

— Bah, ne fatigue pas ta jolie petite tête avec tout ça, fit-il nonchalamment. Les Alliés ont assez tiré profit de la guerre, ils en ont pressé tout le suc. Une compagnie américaine a même construit des raffineries de pétrole pour Staline comme pour Hitler, le commerce avec la Suisse et la Suède est florissant et, à en croire la rumeur, les caves de la banque du Vatican sont remplies jusqu'au plafond de l'or des nazis. La cupidité est sans frontière au sens propre du terme. Il n'y aura jamais de paix durable, la guerre passera d'une région à l'autre comme le témoin dans une course de relais. La paix est une illusion créée par les dirigeants pour que la populace puisse de temps en temps se croire en sécurité.

— Et, je suppose, pour qu'elle continue docilement à fabriquer des armes, des tanks et des avions?

Le comte souffla un nuage bleuâtre avant de la considérer avec la bienveillance d'un professeur se réjouissant du bon travail de son élève.

— Excellent, commenta-t-il. Voilà ce qui me plaît chez toi: tu réfléchis activement et tu es douée en stratégie. La guerre est l'activité la plus lucrative au monde, c'est ce que des hommes intelligents ont compris avant la Première Guerre mondiale. Nous voulions cette guerre et avec l'aide de la Main noire[1] serbe, nous avons pu convaincre les Bosniaques d'assassiner à Sarajevo l'empereur François-Ferdinand, ce pitoyable pacifiste qui nous mettait des bâtons dans les roues.

— Ah, et vous êtes bien entendu l'un de ces hommes intelligents?

Marlene savait déjà que cet homme était dangereux et voilà qu'il se révélait fou à lier: c'était un mélange explosif.

— Bien entendu, répondit-il. Rien ne stimule l'industrie et l'économie comme une guerre. Ce qui est en ruine doit être reconstruit. Grâce à cette guerre, l'Europe connaîtra un essor économique sans précédent et tout le monde en tirera un profit substantiel. Personne ne voudra renoncer à sa part de ce gros gâteau. Au contraire, il y a longtemps que nous nous le partageons. Nous sommes en négociation avec les Américains depuis Stalingrad...

— Qui est ce «nous»? l'interrompit Marlene.

Le comte fit passer son cigare du coin droit au coin gauche de sa bouche. Il paraissait très content de lui, comme s'il éprouvait un plaisir indicible à évoquer ses projets.

— Je viens de te le dire: une petite élite d'hommes intelligents et lucides. Nous agissons dans l'ombre comme des

1. La Main noire était une société secrète serbe nationaliste du début du XXe siècle qui aspirait à la création d'une Grande Serbie comprenant la Bosnie-Herzégovine. Elle a commis plusieurs attentats, dont le plus célèbre, l'attentat de Sarajevo contre l'empereur François-Ferdinand, est à l'origine de la Première Guerre mondiale.

éminences grises, si bien que nous restons invisibles pour l'opinion publique. Ce seront des intérêts économiques qui détermineront à l'avenir la marche du monde. Le capital est la nouvelle idole qu'il honorera désormais, déclama-t-il presque en extase.

— Vous vous contredisez, monsieur le comte. Vous avez parlé de l'empereur et du nouveau tsar – on raconte en effet que toute la famille Romanoff a été assassinée. Qui prendra leur place ?

— Nous avons trouvé d'autres marionnettes pour les remplacer. La populace a besoin de ce genre de représentants pour se sentir en sécurité.

— Mais qui est ce « nous » ? insista Marlene.

— Les futurs dirigeants de ce monde, comme je te l'ai déjà dit.

— Vous êtes complètement fou.

— Non, je suis un visionnaire. C'est dommage : je croyais que tu l'avais compris, dit-il, et son ton nonchalant teinté de pédanterie devint soudain plus brutal. Je te laisserai en paix aujourd'hui, mais demain, je reviendrai avec un prêtre qui nous unira. Tu pourras ensuite écrire à ta grand-mère pour lui annoncer la nouvelle.

Avant de la quitter, il voulut l'embrasser sur la bouche, mais ne trouva que sa joue, car elle avait détourné la tête, écœurée. Il se retourna encore sur le seuil.

— À propos, je sais où la petite du train s'est réfugiée, laissa-t-il tomber.

— Quelle petite ? demanda-t-elle, perplexe.

— N'en parlons plus pour l'instant, sinon ce petit jeu deviendrait lassant. Tu as le choix, très chère. Soit nous nous marions sans histoires, soit cette jeune fille aura droit à un aller gratuit pour Auschwitz. Et j'ai encore ta grand-mère comme atout dans ma manche. N'oublie donc pas que dès que nous serons mariés officiellement, j'obtiendrai tout ce que je voudrai. Ta survie et celle de tes proches dépendront de toi. Si tu te montres reconnaissante envers moi, je te laisserai cette jeune fille comme demoiselle de compagnie. Je ne suis pas un monstre.

Oh que si, espèce de hobereau nazi, songea Marlene, les poings serrés.

16

Deux cent soixante-cinq jours avant le jour 0

> «Un fermier demande à ses volailles à quelle sauce elles veulent être mangées.
> Un coq réplique qu'il n'a aucune envie d'être tué!
> "Vous vous écartez du sujet", répond le fermier.»
>
> Thomas Carlyle, *Histoire de la Révolution française*

*

«Je te le demande devant Dieu, baronne Anna Maria Franziska von Dürkheim : si tu consens à prendre le comte Dietrich Karl Heinrich Arthur zu Langenburg-Dietrichstein pour époux et si tu promets de lui rester fidèle dans les bons comme dans les mauvais jours, dans la santé comme dans la maladie, de l'aimer, de le respecter et de l'honorer jusqu'à ce que la mort vous sépare, réponds-moi clairement par un "oui"», psalmodiait un prêtre visiblement intimidé.

Cet homme émacié était apparu dans un habit beaucoup trop grand pour lui, froissé et élimé. Son expression trahissait encore davantage que sa voix combien cette cérémonie le mettait mal à l'aise.

Il en allait de même pour Marlene : elle aurait voulu être très loin de là et elle parvint à peine à articuler le «oui» sacramentel. Seule la pensée de Trudi et du sort qui l'attendait l'avait incitée à jouer cette comédie. Elle aiderait la jeune fille à s'enfuir et ensuite elle se rendrait veuve. Elle en trouverait bien le moyen. Jusqu'à ce que la mort nous sépare, monsieur le comte…

«Alors prends cet anneau… au nom du Père, du Fils et du Saint-Esprit.»

Les paroles de la cérémonie nuptiale lui parvenaient comme de très loin et elle priait en vain pour se réveiller de ce cauchemar. Cette situation était parfaitement grotesque et aussi étrange qu'un récit de Kafka. Elle était assise toute droite sur le lit et couronnée d'un voile maintenu par un diadème aussi lourd qu'un fer à repasser. Le comte se tenait à côté d'elle en frac et en haut-de-forme, les mains jointes comme pour prier.

Ils devaient se tenir debout pour la cérémonie, mais Marlene, qui en aurait été parfaitement capable car sa fureur décuplait ses forces, avait exagéré sa faiblesse dans l'espoir de faire reculer le mariage.

Mais le comte s'était montré inflexible. On l'avait donc tirée de son lit et le comte l'avait soutenue afin qu'un photographe pût immortaliser les mariés. Une allusion du comte à la « santé » de Trudi lui avait arraché un sourire contraint. Après la cérémonie, il lui avait ôté son diadème, il l'avait embrassée sans qu'elle pût l'en empêcher et il lui avait annoncé sa visite pour ce soir.

— Ah bon? Pas de banquet ni de voyage de noces? avait-elle lancé, sarcastique.

— Non, vénérée comtesse, mais je t'enverrai encore le médecin. Si je ne me trompe, tu as un faible pour lui, comme toutes les femmes. Il a un succès fou auprès d'elles. Mais ne te fais pas d'illusions, très chère: il a fourré la tête entre les jambes de chaque dame de la haute société du Reich, gloussa-t-il comme s'il venait de faire un brillant trait d'esprit, avant de l'abandonner à sa fureur impuissante.

17

« Vas-y, rosse-le. Moi, je suis trop furieux. »

Platon, d'après Plutarque,
Traités de morale

Fragments de guerre

En cette cinquième année de guerre, quarante-trois États dans le monde combattent l'Allemagne. Les derniers alliés de celle-ci sont le Japon, la Hongrie, la Roumanie et la Bulgarie ainsi que Salo, la république fasciste de Benito Mussolini.

Les alliés occidentaux somment la Suisse et la Suède de mettre immédiatement fin à leurs livraisons d'armes au Reich.

Des œuvres d'art, dont plusieurs peintures de Sandro Botticelli, ont été mises en sûreté dans une villa de Florence. Des soldats américains ont utilisé certains de ces tableaux comme matelas jusqu'à ce qu'un officier amateur d'art s'en aperçoive.

*

Le médecin n'arriva qu'en fin d'après-midi. La même inébranlable sérénité émanait de lui que lors de ses visites précédentes, mais, ce soir-là, Marlene perçut en lui une tension dont il n'avait probablement pas conscience.

— Est-il arrivé quelque chose? demanda-t-elle pendant qu'il se lavait soigneusement les mains comme au début de chaque visite.

— C'est vous qui me le demandez? dit-il, visiblement surpris, en se séchant.

— Pourquoi pas?
— Eh bien, parce que c'est vous qui…
Il s'interrompit comme s'il craignait de dire quelque chose de blessant, mais Marlene avait surpris son bref regard à son alliance.
— … qui avez épousé le comte? acheva-t-elle, et elle se réjouissait de manière presque indécente de l'émotion qu'il semblait éprouver.
— Je n'ai aucun droit de vous poser une telle question.
Il se pencha vers elle et repoussa la couverture.
— Examinons plutôt votre jambe, conclut-il.
— Mais moi, je veux bien en parler.
Il leva la tête et elle vit ses yeux d'ambre s'adoucir, comme si une brèche venait de s'ouvrir dans la façade de son professionnalisme. Ils vécurent un instant d'harmonie rare, presque comme s'ils écoutaient ensemble la même mélodie. Elle crut un bref instant qu'il voulait lui dire quelque chose, prononcer de ces paroles magiques qui unissent les âmes, brisent les chaînes et rendent l'espoir. Mais il baissa les paupières comme quelqu'un qui s'est surpris à faire quelque chose de défendu, se pencha sur sa jambe et l'examina attentivement.
Elle observa ses épais cheveux gris, puis ses yeux se fixèrent sur ses belles mains sensibles et elle se demanda pourquoi elle se sentait attirée par un homme qui portait l'uniforme de la SS. Elle avait appris à maîtriser ses sentiments dans ce monde sans pitié où le plus petit geste d'humanité pouvait provoquer le soupçon. Sa réaction s'expliquait-elle par le lien étroit et intime qui s'établit inévitablement entre un médecin et sa patiente au cours d'un traitement prolongé? Après tout, il avait soigné sa jambe et il lui avait même sauvé la vie. Était-ce uniquement de la reconnaissance qu'elle ressentait pour lui? Mais alors pourquoi l'allusion du comte à la vie amoureuse soi-disant agitée du médecin l'avait-elle blessée? Elle avait failli l'interroger à ce sujet, mais cela ne la regardait en rien et c'était probablement la dernière fois qu'elle le voyait.
Ses paroles confirmèrent ce pressentiment.
— Je suis tout à fait satisfait de votre convalescence, dit-il. Votre constitution fera le reste. Mon travail est terminé et à partir de demain, une infirmière poursuivra les soins. Il ne

me reste plus qu'à vous souhaiter tout le bonheur possible, y compris dans votre mariage.

Il s'inclina et sortit rapidement comme s'il était pressé de la quitter.

Un peu plus tard, on lui apporta son dîner, mais ce soir-là, elle n'avait aucun appétit, ce qui tenait sans aucun doute à la visite imminente de son époux. Elle redoutait cette nuit. Elle rêvait de s'enfuir, mais elle n'avait même pas de vêtements. Quand elle avait fouillé la commode, elle n'y avait trouvé que des chemises de nuit. Et jusqu'où irait-elle sans aucune aide avec sa jambe blessée ?

À la tombée de la nuit, elle entendit de petits coups contre la porte de sa chambre. Elle savait que c'était insensé, mais comme le comte n'annonçait jamais son arrivée ainsi, elle espéra le retour du médecin.

— Entrez.

Mais la porte resta fermée. Quand les coups reprirent, elle comprit alors qu'ils venaient de la fenêtre. Au début, elle ne put en croire ses yeux, mais c'était bien le petit visage effronté de Trudi qui se pressait contre la vitre ! Incroyable ! Qu'est-ce que cette petite folle fabriquait ici ? Et, pire encore, si le comte savait où elle se cachait, comme il l'avait laissé entendre, il avait probablement découvert qu'elle faisait des acrobaties devant sa fenêtre.

Elle descendit de son lit aussi vite que le lui permettait sa jambe, saisit ses béquilles et alla ouvrir la fenêtre. Trudi grimpa dans la chambre avec l'agilité d'un singe et lui sauta au cou. Marlene vit aussitôt qu'elle pleurait, ce qui la déconcerta complètement.

— Mon Dieu, calme-toi, grommela-t-elle en s'appuyant de tout son poids sur ses béquilles.

Trudi la lâcha enfin.

— Ce que je suis contente que tu sois en vie ! On racontait que tu étais morte, renifla-t-elle, et elle s'essuya le nez d'un revers de manche.

— Va vite coincer une chaise sous la poignée de la porte, pour qu'on ne puisse pas nous surprendre, mais ne fais surtout pas de bruit.

Trudi s'exécuta.

— Et mets encore le paravent devant cette porte, chuchota Marlene.

— Quelle porte?

— Là-bas. C'est une porte secrète, répondit Marlene en la désignant de sa béquille.

— Et si quelqu'un entre, je me glisse sous le lit ou je saute par la fenêtre? demanda Trudi sur un ton gouailleur.

— Tu es vraiment timbrée, commenta Marlene en hochant la tête.

— Pas de sermon. Je sais parfaitement ce que je fais.

— Mais tu as quinze ans!

— Je suis quand même arrivée ici toute seule. J'avais quelqu'un sur les talons, mais je ne me suis pas fait pincer! annonça-t-elle triomphalement en laissant glisser son sac à dos à terre.

— Comment es-tu arrivée ici? demanda Marlene en regagnant son lit.

Trudi avait découvert le plateau intact de son dîner et s'était jetée dessus. Marlene la laissa manger.

— Et Ernst? demanda-t-elle quand Trudi eut avalé la dernière bouchée.

— Il va bien, répondit la jeune fille avant de vider un verre d'eau. Il ne sait pas que je suis ici.

Elle reposa le plateau et fit le tour de la chambre. Elle passa le doigt sur un meuble doré comme pour y prélever de la poussière.

— Le comte Dracula a-t-il pillé un palais royal? s'enquit-elle.

— Comment ça, Ernst ne sait pas que tu es ici?

— Il m'a dit que tu étais morte et j'étais vraiment triste. C'est seulement parce que j'avais le moral à zéro qu'il a réussi à me faire monter dans ce train la semaine dernière. Et devine qui j'ai trouvé dedans? Le comte de Machin-Chose, cette vieille canaille qui se conduit comme s'il avait le monde à ses pieds. Quand le train s'est arrêté au milieu de nulle part, il en est descendu avec deux autres nazis. Ils étaient tellement empotés que ç'a été facile comme tout de les suivre à travers la forêt.

C'était sidérant, la chance qu'avait cette gamine, mais Marlene était trop curieuse pour la réprimander.

— Ils ont fait tout le chemin à pied? Personne n'est venu les chercher?

— Non. Moi aussi, au début, je trouvais ça bizarre. Au bout d'une heure, on est arrivés devant une voie ferrée. Je ne l'ai pas remarqué tout de suite, mais elle descendait de plus en plus bas et tout à coup, les rails ont disparu dans un trou. Pouh, c'était à une de ces profondeurs!

— Un tunnel dans la forêt?

— Oui, et je sais maintenant où ces trois mystérieux wagons sont passés: devine!

— Dans le tunnel? demanda Marlene, qui sentait la surexcitation du chasseur s'emparer d'elle.

— Oui, et drôlement bien cachés. L'ouverture du tunnel est bloquée par des filets de camouflage. Si on enlève les rails, personne ne pourra repérer ce tunnel à moins de tomber dessus.

— Il n'y avait pas de gardes?

— Si, une bonne douzaine de Têtes de Mort, mais j'étais montée dans un arbre et j'ai tout observé d'en haut. Je ne suis pas entrée directement dans le tunnel, je me suis glissée dedans par un puits d'aération. Je peux te dire qu'on est à l'étroit là-dedans. Les gardes étaient tous avachis devant l'entrée du tunnel. Et tu ne devineras jamais qui le comte de Machin-Chose a retrouvé là-dedans! J'ai cru que j'avais des hallucinations..., déclara Trudi qui, en artiste-née, prolongeait l'attente.

— Allez, accouche! Himmler? demanda Marlene, qui ne posait pas cette question au hasard, car elle savait par Zuckerman que le chef de la SS avait séjourné à Posen début août lors d'un congrès de Gauleiter.

— Non, plus haut!

— Comment ça, plus haut?...

— Eh bien, plus haut! Devine!

— Trudi, dis-moi...

On frappa à la porte.

— Madame?

On frappa plus fort, la chaise bascula et la porte s'ouvrit à la volée. Trudi avait disparu sous le lit au premier coup.

Le serviteur en livrée qui apportait ses repas à Marlene se tenait sur le seuil devant une table roulante et jetait des regards soupçonneux autour de lui. Marlene lui sourit sans entrain. Elle ne voyait aucune raison de s'expliquer.

Elle entrevit derrière lui une coquette jeune femme en uniforme de soubrette avec la coiffe de rigueur et une robe blanche sur le bras.

— Je vous présente Hiltrud, dit le serviteur, et la soubrette esquissa une petite révérence comme il se devait à la mention de son nom tandis qu'il poussait dans la chambre la table sur laquelle étaient disposés des fruits, des pralines et un seau pour le mousseux. Hiltrud aidera Mme la comtesse à faire sa toilette.

— Je vous remercie, mais je m'en tirerai très bien toute seule, répondit Marlene sur le même ton blasé que le domestique.

— Je demande pardon à madame la comtesse, mais M. le comte a insisté pour qu'il en soit ainsi, déclara l'homme en faisant signe à Hiltrud de s'approcher.

Elle s'arrêta à côté de lui et son regard timide croisa celui de Marlene.

Cette dernière avait compris qu'elle devait faire contre mauvaise fortune bon cœur.

— Très bien, mais faites vite, dit-elle. Vous pouvez disposer, ordonna-t-elle au serviteur.

Cet homme lui avait déplu d'emblée. Il la regardait toujours avec dédain, comme s'il la jugeait indigne de son maître.

— Je suis aux ordres de madame la comtesse, répondit-il de sa voix nasillarde, et il sortit de la chambre en emportant le plateau vide.

Hiltrud se mit immédiatement au travail. Elle lava Marlene, l'oignit d'une crème parfumée et l'aida à passer la chemise de nuit propre qu'elle avait apportée. Le contact de sa soie légère était frais et agréable. Hiltrud brossa ses cheveux qui lui tombaient sur les épaules avec la même dévotion que son maître puis, prenant un vaporisateur, enveloppa Marlene d'un nuage de parfum qui la fit éternuer. Bref, Hiltrud se conformait à la perfection aux instructions données pour servir Marlene au comte sur un plateau alors qu'elle se sentait sur des charbons ardents. Pour en finir, elle renvoya Hiltrud dès qu'elle eut achevé son œuvre et sans même lui laisser le temps de reposer le vaporisateur.

Comme elle ignorait combien de temps il lui restait avant que le comte vienne réclamer ses droits conjugaux, elle parla à Trudi sans détour.

— Qu'y a-t-il dans ton sac à dos? siffla-t-elle.

La tête de Trudi émergea de sous le lit.

— Pouah! Qu'est-ce que ça pue! lança-t-elle après avoir éternué à son tour. Je t'ai apporté des vêtements de rechange. Je pensais t'emmener illico.

— Sur les toits, avec ma jambe? Pas question. Tu as une arme?

— Je t'ai apporté un couteau de poche, répondit Trudi, mais quand elle voulut le tirer du sac, Marlene l'arrêta.

— Écoute-moi d'abord, Trudi. Je veux que tu rentres chez ton parrain. Va voir Ernst, il t'aidera. Tant que tu seras ici, j'aurai les mains liées. C'est seulement ainsi que tu pourras servir notre...

— Merde! lâcha Trudi, et elle disparut en un clin d'œil sous le lit en tirant le sac à elle à la dernière seconde.

Elle avait entendu avant Marlene les pas qui s'approchaient dans le couloir.

En pantoufles de velours et robe de chambre en soie brodée à ses armes, l'époux de Marlene se tenait sur le seuil avec des affectations de lord anglais. Non content d'entrer, il entrait en scène.

À sa vue et à l'idée de ce qui l'attendait, Marlene fut prise de nausée. Sa main remonta par réflexe sur sa cuisse où elle cachait auparavant un poignard, mais elle n'en avait plus.

Tout en s'approchant d'elle, le comte défit la ceinture de sa robe de chambre, qu'il laissa glisser à terre, puis ouvrit sa veste de pyjama. Une poitrine blême et constellée d'eczéma apparut. Maintenant, elle savait au moins pourquoi il la grattait si souvent. Il repoussa la couverture.

— Fais-moi de la place, comtesse, ordonna-t-il.

— Ne devrions-nous pas d'abord boire à notre union, mon cher époux? demanda Marlene dans l'espoir de repousser l'inévitable, en désignant le seau et la bouteille sur la table de chevet.

— Tais-toi, femme, et fais ton devoir, répondit-il pompeusement.

Il avait sorti son sexe hideux qu'il brandissait comme un sceptre, et Marlene devait lutter contre l'envie de vomir.

— Soulève ta chemise et écarte les jambes, ordonna-t-il.

Il se léchait les lèvres. Marlene leva les yeux vers le plafond en s'efforçant de se replier sur elle-même, de dissocier son esprit de son corps, mais cette fois-ci, ses efforts furent vains. Elle cherchait frénétiquement une échappatoire et se demandait si elle pourrait briser la bouteille sur le crâne de son nazi d'époux, puis l'étrangler, mais il lui rappela son talon d'Achille.

— Pense à ta grand-mère…, fit-il.

Elle saisit sa chemise de nuit tandis que des larmes de honte et de rage lui montaient aux yeux et la releva lentement. Le comte grogna comme un porc, s'agenouilla entre ses jambes et essaya brutalement de la pénétrer. Avec un râle, il s'abattit sur elle de tout son poids. Elle hurla et se débattit désespérément, car il écrasait sa jambe blessée. C'était maintenant la douleur qui lui arrachait des larmes. Soudain, elle sentit l'odeur familière de la guerre : celle du sang… À travers le voile de ses larmes, elle reconnut les yeux agrandis de Trudi. Ils étaient fixés sur le dos du comte dans lequel était planté un couteau. Marlene se dégagea.

— Oh merde ! s'exclama-t-elle.

— Je ne pouvais pas… je ne pouvais pas… comme avec ma mère, bredouilla Trudi qui tremblait de tout son corps et claquait des dents comme si elle grelottait de froid.

Marlene se leva et la serra dans ses bras.

— Tout va bien, ma petite, tout va bien, dit-elle, et elle répéta ses paroles jusqu'à ce que Trudi se fût un peu apaisée.

Faute de mieux, elle lui tendit un verre de champagne. Trudi en but à peine une gorgée avant de le reposer.

— Est-ce qu'il est mort ? demanda-t-elle sur un ton craintif, le visage bouffi.

— Oui, répondit Marlene après vérification.

— Mais qu'est-ce qu'on va faire ? se lamenta Trudi.

— Décamper. Il vaut mieux nous séparer et nous retrouver plus tard dans l'église Sainte-Marie du marché central. De là, nous rejoindrons Ernst à Varsovie avec les moyens du bord.

Elle décrivit le chemin de l'église à Trudi et lui expliqua son plan.

— Tu passeras par les toits pendant que j'essaierai cette porte secrète. Elle doit bien mener quelque part.

— Mais…, tenta d'objecter la jeune fille.

— Oui, je sais, mais tu auras plus de chance de t'en tirer seule. Tu connais le chemin. Mais aide-moi d'abord à arranger le comte.

Marlene ôta le couteau de son dos et l'essuya sur le bas de son pyjama.

— On va le coucher sur le flanc, le dos à la porte, pour faire croire qu'il dort et pour dissimuler mon côté du lit. S'il le croit endormi, peut-être que le larbin le laissera tranquille et ça nous donnera une ou deux heures d'avance.

Elle remonta la couverture jusqu'aux épaules du cadavre, fourra deux oreillers sous les draps de l'autre côté du lit pour créer l'illusion d'un corps allongé, vida la bouteille de champagne dans le lavabo et la reposa dans le seau la tête en bas.

— Pars la première. Tiens, dit-elle, et, ignorant sa jambe douloureuse, elle se dirigea vers la coiffeuse et ramassa brosse, peigne et miroir. Prends tout ça. C'est en or massif. Nous en aurons peut-être besoin.

Elle sortit les vêtements du sac à dos et regarda Trudi y fourrer les ustensiles de toilette. Elle embrassa sur le front la jeune fille encore tremblante.

— Tout ira bien, tu entends? Et maintenant sauve-toi! On se retrouvera plus tard.

— Promis?

— Promis.

Marlene éteignit la lumière. Trudi repoussa légèrement le rideau et ouvrit la fenêtre. Il n'était pas très tard, tout juste 21 h 30, et il y avait encore du passage dans les rues. Les véhicules étaient rares, mais on entendait de la musique, les braillements de soldats et parfois aussi des cris.

— Fais bien attention, chuchota Marlene pendant que Trudi, légère comme une plume, posait le pied sur la gouttière.

Elle jeta un dernier regard à Marlene et une seconde plus tard, la nuit l'avait engloutie. Marlene referma la fenêtre et tira les rideaux, si bien que les bruits nocturnes de Cracovie ne lui parvenaient plus qu'en sourdine. Elle passa les vêtements apportés par Trudi. Le pantalon était assez large, mais elle avait quand même l'impression que chaque pas était plus douloureux que le précédent. Tout en fouillant vainement la chambre à la recherche d'une lampe de poche, elle mordait dans une pomme car elle était affamée. Elle en mit une seconde dans l'une de ses poches et fourra une poignée de pralines dans l'autre.

Elle essaya ensuite d'ouvrir la porte secrète avec son couteau. Soudain, elle crut entendre du bruit. Des appels s'élevèrent, se rapprochèrent, suivis d'un cri de femme, et une voix masculine aboya des ordres. Un choc sourd retentit comme si on avait enfoncé une porte d'un coup de botte. Ils se rapprochaient…

Fébrile, Marlene redoubla d'efforts pour ouvrir la porte, qui céda enfin. Elle se glissa dans le passage et la referma au moment où l'un des battants de la porte de la chambre volait en éclats. Tremblante, elle attendit que ses yeux s'habituent à l'obscurité. L'intrus repérerait la porte secrète d'un instant à l'autre. S'appuyant des deux mains aux murs de l'étroit passage, elle fit quelques premiers pas incertains quand une voix furieuse retentit.

— Il est mort, ce traître, ce porc!

— Il semblerait qu'on nous ait précédés. Voilà qui est regrettable, observa calmement une autre voix qui fit sursauter Marlene.

Bon sang, elle la reconnaissait! Qu'est-ce que ce type fabriquait là? Il ne manquait plus que ça!

— Où est la comtesse? Allez me chercher ce maudit larbin! reprit la voix rageuse.

Alors que Marlene prenait un premier tournant, elle entendit une autre voix d'homme se lamenter.

— Monsieur le comte, oh mon Dieu, non! Mon maître!

Ces lamentations furent suivies d'un bruit de gifle, mais reprirent de plus belle.

— Parle! Où est la comtesse?

Des pleurs et des sanglots furent la seule réponse, suivis de bruits de coups.

— Tout cela ne nous avance à rien, reprit la voix détestée.

Marlene l'entendait distinctement car juste à cet instant elle longeait la chambre dans le sens de la longueur. Elle supposait que le passage débouchait sur un autre qui devait être parallèle au couloir. Elle espérait qu'une trappe lui permettrait de descendre. Elle devait sortir le plus vite possible, s'enfuir le plus loin possible de cet homme, sinon elle serait perdue.

— Waldemar, c'est bien votre nom? l'entendit-elle demander.

— Oui.

— Écoute-moi, Waldemar: la comtesse a assassiné ton maître. Tu n'as donc aucune raison de la protéger. Où est-elle?

Waldemar avait sans doute désigné la porte secrète, car elle entendit un craquement et comprit alors que cette issue était repérée.

Elle n'avait plus aucune chance de s'en tirer. Un instant plus tard, on l'empoigna et on la traîna devant une vieille connaissance.

— Regardez-moi ça, notre comtesse! Tu es tenace, toi. Toutes mes félicitations à la mariée.

Il jouait avec un fouet à chien et elle se demanda si c'était celui avec lequel elle l'avait frappé pendant la nuit qu'ils avaient passée ensemble. Il y avait pris plaisir: comme Deborah, il aimait la douleur dans les rapports sexuels.

— Bonsoir, Albrecht. Comment vas-tu? Mal, j'espère? riposta-t-elle sur le ton de la conversation.

Ils étaient assis seul à seule dans la chambre. Le colonel Albrecht Brunnmann avait renvoyé tout le monde sur un ton sans réplique. Il avait visiblement gravi un nouvel échelon.

— Est-ce ton œuvre? s'enquit-il en désignant le cadavre.

— Naturellement, répondit-elle sans ciller.

Elle était condamnée sans appel. Un mort de plus ou de moins n'y changerait rien. Elle se rendit compte à cet instant qu'elle avait plus redouté de perdre une jambe que la vie.

— Pendant la nuit de noces? demanda-t-il avec un amusement visible.

— Cette union était des plus malheureuses, répliqua-t-elle sur un ton chagrin, comme si elle avait de longues années de souffrance derrière elle.

Brunnmann secoua la tête d'un air peiné.

— C'est vraiment dommage: nous aurions bien aimé interroger cet homme, dit-il.

Marlene en doutait, car plus l'entretien se prolongeait, plus elle avait l'impression que Brunnmann n'était pas fâché qu'elle eût fait le travail à sa place. Mais pourquoi? Qu'avait-il à cacher et à qui?

Elle joua son va-tout.

— Tu ne te serais pas beaucoup amusé avec lui, crois-moi, déclara-t-elle avec un haussement d'épaules méprisant. Pour parler poliment, cet homme avait une araignée au plafond... un vrai *meschugge*.

— Parle allemand avec moi ! lança-t-il. Il était donc assez fou pour t'épouser?

— Assurément, répondit-elle avec un sourire malicieux.

— Que t'a-t-il raconté?

Ça devenait dangereux. Elle avait entendu dire que le comte était un traître. Quelle que fût la position de Brunnmann et le double jeu qu'il menait peut-être, s'il supposait qu'elle en savait plus qu'elle l'aurait dû, il la torturerait pour la faire avouer. Merveilleux : de Charybde en Scylla, pensa-t-elle en réprimant un rire nerveux. Elle priait de toute son âme pour que Trudi eût réussi à s'enfuir. La pauvre l'attendrait en vain dans l'église. Elle se rappela soudain qu'avant l'arrivée du comte, Trudi voulait lui révéler quelque chose à propos des wagons cachés dans le tunnel. Qui avait-elle vu là-bas? Elle aurait peut-être pu jouer cet atout contre Brunnmann. Allait-elle quand même tenter sa chance? Non, décida-t-elle, mais elle devait encore répondre à la question de Brunnmann, qui la guettait comme un prédateur sa proie.

— Que veux-tu qu'il m'ait raconté? Il n'avait aucune confiance en moi. Tout ce qu'il voulait de moi, c'était le titre de baron von Dürkheim. Il m'a forcée à l'épouser en me menaçant de faire assassiner ma grand-mère si je refusais. Mais je ne t'apprends rien : tu connais ce genre de méthodes, pas vrai?

— Tu n'as plus qu'une flèche, mais tu tends quand même ton arc, commenta Brunnmann.

Il la frappa à la jambe du bout de son fouet, pas assez fort pour lui faire vraiment mal, mais suffisamment pour l'avertir qu'il pouvait disposer d'elle.

— Es-tu également responsable de cette boucherie avec Greiff? demanda-t-il.

Cette question posée à l'improviste la prit au dépourvu, mais au prix d'un effort sur elle-même, elle parvint à ne pas broncher.

— D'où sors-tu ça? répondit-elle avec juste ce qu'il fallait d'indignation.

Elle prit l'une des pralines qu'elle avait emportées et la savoura.

— Tu en veux? demanda-t-elle en pensant qu'elle pouvait se montrer généreuse puisque c'étaient probablement les dernières qu'elle mangerait.

Brunnmann l'observait d'un air inquisiteur.

— Bien entendu, c'était toi, reprit-il. C'est parfait, je n'ai jamais pu supporter cet ignoble pervers qui faisait honte à notre race. En témoignage de ma reconnaissance, je te laisse une dernière chance. Ewald ! appela-t-il, et un colosse déboula dans la chambre. Elle est à toi.

— Avec ou sans traitement spécial?

Brunnmann regarda fixement Marlene comme s'il devait prendre une décision difficile.

— Avec, répondit-il enfin. Pour évaluer sa capacité de résistance.

— Treblinka?

— Non, c'est un peu trop proche de ses amis à Varsovie. Amène-la à Mme Butterfly. Le train fantôme est encore en gare. Monte dedans avec elle et fais bien attention à ce qu'elle ne te glisse pas entre les doigts pendant le trajet. C'est une fieffée garce qui a plus d'un tour dans son sac et elle est dangereuse.

18

«Ça brûle, mes frères, ça brûle!»

Mordechai Gebirtig (1877-1942),
menuisier mélomane

Fragments de guerre – la France a également eu sa légende du «coup de poignard dans le dos[1]»

L'effondrement de la France au début de l'été 1940 prit de court les soldats comme les civils et provoqua un traumatisme national. On s'empressa de rechercher des coupables pour dissimuler les graves erreurs stratégiques de l'état-major français. Les principaux accusés furent le gouvernement du Front populaire et son président Léon Blum auxquels on reprocha injustement d'avoir causé la défaite du pays par son armement insuffisant.

Mais la classe politique n'était pas seule sur la sellette. Le modèle de la République française dans son ensemble était visé car, du point de vue de la droite, son pacifisme, son défaitisme et le déclin de ses mœurs avaient mené la France à l'abîme. Selon l'idéologie de la Révolution nationale incarnée par le gouvernement de Pétain, la principale cause de cet effondrement résidait dans la décadence de la société des années 1920 et 1930 dont le symbole était les femmes qui menaient la vie libre et indépendante de la «garçonne» au

1. Selon la légende du «coup de poignard dans le dos», l'armée allemande n'avait pas été vaincue sur le champ de bataille en 1918, mais trahie par des civils participant à la révolution d'Octobre. Cette légende a été utilisée par la propagande nazie, qui a désigné la gauche et, plus généralement, les «défaitistes» et les «apatrides» comme boucs émissaires responsables de la défaite de l'Allemagne.

lieu de se conformer aux rôles traditionnels de l'épouse et de la mère.

L'État français retourna ainsi la défaite militaire et la crise démographique contre les femmes en exerçant une politique nataliste à leur détriment. Elles se trouvèrent confrontées à une mainmise grandissante de l'État, qui avait quasiment nationalisé le mariage, les enfants et la famille, sur leur vie. Au cours de ses quatre ans d'existence, le gouvernement de Vichy a voté pas moins de cent lois et ordonnances qui refoulaient la femme dans le rôle de gardienne du foyer et de la famille et s'immisçaient dans la vie privée des Françaises et des Français.

Corinna von List, *Résistantes* (1940-1944)

*

La décision de Brunnmann parut réjouir Ewald au plus haut point. Avec un sourire grimaçant de gargouille, il tira de sa poche une paire de menottes.

— Quel courage, persifla Marlene. Qu'est-ce qu'il croit? Que je vais détaler à cloche-pied? demanda-t-elle à Brunnmann, qui s'était levé pour vérifier la tenue de son uniforme dans le miroir.

— Tu ferais mieux de ne pas agacer Ewald inutilement, répondit-il sur un ton négligent. Les femmes, vois-tu, ce n'est pas vraiment sa tasse de thé...

Ewald regarda son maître comme un chien qui attend un ordre. Brunnmann se coiffa de sa casquette et inclina la tête comme s'il voulait saluer son reflet.

— Tu peux te passer des menottes, dit-il à Ewald, qui interpréta cette réponse comme l'ordre de pousser brutalement sa prisonnière vers la porte.

Marlene, qui tenait en équilibre sur une jambe, s'étala.

Brunnmann poussa un soupir excédé.

— Doucement, Ewald, fit-il. Il faut qu'elle reste en vie et qu'elle souffre encore un bon moment. Passe-lui ses béquilles.

Il empoigna Marlene et la remit debout sans douceur.

— Qui est Mme Butterfly? demanda Marlene.

— Tu verras bien : je ne voudrais pas te gâcher la surprise. Au revoir… enfin, peut-être.

Il sortit d'un pas rapide, la laissant aux mains de son sbire.

— Allez, ordonna Ewald en poussant Marlene devant lui.

Un véhicule militaire attendait devant la maison avec deux policiers SS.

— Qu'est-ce que ce « train fantôme » ? demanda Marlene à Ewald alors qu'il ouvrait la portière arrière.

Il lui répondit par une gifle.

— Ta gueule. Un mot, c'est une baffe, et on dit : « le colonel Brunnmann », compris ?

Marlene eut la sagesse de ne rien répondre. Connaissant Cracovie et ses environs comme sa poche, elle était sûre de savoir même de nuit si on la conduirait effectivement à la gare. Elle se demanda un instant qui était cette Mme Butterfly, mais se dit qu'elle l'apprendrait bien assez tôt. Ewald s'assit à côté d'elle à l'arrière du véhicule.

Un train de marchandises attendait sur une voie secondaire de la gare de Cracovie, sur le quai de laquelle quelques SS patrouillaient sans conviction, le fusil en bandoulière. Une puanteur atroce assaillit les nouveaux arrivants. Marlene reconnut ce mélange de cloaque et de mort qu'elle n'avait que trop souvent respiré.

Ewald parut soudain pressé. Il la laissa sous la garde de deux policiers pour aller échanger quelques propos rapides avec les préposés à la surveillance du train, qui d'abord ne firent rien pour dissimuler leur contrariété. Il était visiblement question d'attributions. L'officier de garde apparut et Ewald lui remit avec un geste solennel un document qu'il lut soigneusement à la lumière d'une lampe de poche. Quand il eut fini, il aboya un ordre qui fit grommeler ses hommes.

Ewald retourna auprès de Marlene, l'empoigna et la hissa dans un wagon devant lequel deux soldats étaient postés. Une porte coulissante s'ouvrit dans un crissement aigu, dévoilant un gouffre noir dont la puanteur paraissait sortie tout droit de l'enfer.

Ewald la précipita dans ce néant obscur.

— Pour que tu saches ce qui t'attend si tu ne marches pas droit, lui dit-il.

La porte se referma derrière Marlene et elle fut submergée par une terreur primitive qui lui coupa le souffle. Elle tenta par réflexe de se ressaisir, mais elle ne trouvait aucun appui : le sol avait disparu sous des corps parfois entassés les uns sur les autres et plus morts que vifs. Elle avança à quatre pattes, enjamba des corps, sentit sur elle des mains de fantômes trop faibles pour la retenir. Elle rencontra enfin la froideur d'une paroi métallique, se hissa en s'appuyant sur une contrefiche et trouva une saillie sur laquelle elle posa sa jambe intacte pour soulager sa jambe blessée. En équilibre précaire contre le mur comme si elle était la seule survivante au-dessus du troupeau des damnés, elle se raidissait, terrifiée à l'idée que si elle lâchait prise, cette mer de morts l'engloutirait à son tour.

Elle entendit un coup de sifflet, un appel bref, et le train s'ébranla. Il n'accéléra que laborieusement, comme si la locomotive répugnait à acheminer sa cargaison de condamnés à mort. Le trajet dura une éternité. Le train s'arrêta seulement à l'aube. À travers les fissures du wagon filtraient une lumière blafarde et des éclats de voix ponctués d'aboiements furieux. L'entassement dans un fourgon à bestiaux sans eau, ni nourriture, ni toilettes, joint à ce fond sonore angoissant, tout cela était assez pour amener les passagers au bord de la folie. Et, pour mettre un comble à leurs tourments, la suave musique d'une valse résonnait au-dessus de ce vacarme.

Les gémissements, qui s'étaient tus à l'intérieur du wagon depuis plusieurs heures, reprirent. Marlene perçut de faibles supplications pour obtenir de l'eau, mais la porte du wagon resta close et l'espoir s'éteignit en même temps que les réprouvés. Elle finit pourtant par s'ouvrir, les prisonniers furent brutalement tirés du wagon et les rares survivants durent se lever, pitoyables silhouettes qui se soutenaient, pressées les unes contre les autres, liées par leur souffrance.

Marlene comprit où ils étaient quand elle vit le portail, les interminables séries de baraquements à l'arrière-plan et les hautes cheminées dont la fumée montait dans le ciel comme une armée de spectres. Elle comprit qu'elle était dans l'une des plus effroyables inventions humaines, un lieu sans pitié et sans pardon.

La misérable file de prisonniers fut passée en revue, chaque arrivant fut examiné par deux médecins, palpé, interrogé et sélectionné : à droite, la survie, à gauche, la chambre à gaz.

— Ses seins sont bien trop gros ! Elle est sûrement enceinte, lança une voix coléreuse.

— Pas de gosses hurleurs ici : qu'on s'en débarrasse ! À gauche ! répondit une autre.

Vieillards, femmes ou enfants, peu importait car la vie humaine n'avait plus la moindre valeur : on survivait seulement si on était assez vigoureux pour le travail au camp.

Marlene était à bout de forces. Sa jambe saine se déroba sous elle et elle s'effondra, entraînant dans sa chute le vieil homme qui était à côté d'elle. Elle avait désespérément besoin d'un peu d'air frais, mais l'atmosphère était empuantie par l'odeur de la mort et un mélange de fumée, de chair brûlée et de cendres.

Une voix nasillarde s'adressa à elle, mais elle restait sans réaction, sans le moindre intérêt pour le monde des vivants. Elle avait choisi l'ultime expression de la liberté humaine : la mort. C'était là et en cet instant qu'elle voulait mourir, devant les portes d'Auschwitz. Mais la douleur d'un coup sur sa jambe blessée la ramena à l'horreur de sa situation et elle hurla.

— À gauche, ordonna une voix.

Des bras la soulevèrent et l'emportèrent. Alors que l'orchestre féminin placé devant le portail jouait avec l'énergie du désespoir pour sa propre survie, Marlene sombra dans une inconscience miséricordieuse aux sons de la *Valse de l'empereur*.

19

« Quelle bienheureuse folie que celle de la jeunesse, cette inébranlable certitude de pouvoir s'élancer en même temps dans toutes les directions ! Comme j'aimerais la posséder de nouveau, ne serait-ce qu'une fois, cette foi en sa propre invincibilité...
Alors je pourrais mourir heureux. »

Raffael Valeriani

Elle somnolait entre rêve et cauchemar. Au visage franc et ouvert du médecin qui lui promettait la guérison succédait brutalement le visage arrogant de Brunnmann. Entre lumière et ténèbres resurgissait régulièrement quelque chose de mystérieux, d'exotique, un souvenir de son passé, un temps où son existence s'étendait encore devant elle comme une feuille vierge qu'elle allait remplir d'une profusion de couleurs. Elle voulait retenir ce rêve parce qu'il évoquait la jeunesse et l'espoir. Soudain, elle retrouva ce souvenir : c'était au musée Pergamon de Berlin. Elle avait huit ans, c'était la première fois que sa grand-mère l'emmenait là-bas et qu'elle découvrait par elle-même la beauté de l'inconnu et de l'étranger. Le buste de Néfertiti à lui seul était un enchantement. Il l'avait tellement fascinée qu'elle avait supplié son grand-père de le lui acheter. Il lui avait patiemment expliqué que c'était impossible car ce buste, étant un héritage de l'humanité, appartenait à tout le monde et à personne en particulier. Elle était souvent retournée au Pergamon et elle avait imaginé ce que cela pouvait signifier d'être une reine dont le buste serait admiré dans un musée des siècles plus tard.

Un jour, elle s'était confectionné un costume avec une robe et un châle de sa grand-mère, tartiné le visage de cirage marron, et son apparition avait terrifié ses grands-parents. Son grand-père avait ensuite dit en riant à sa grand-mère qu'ils avaient élevé une actrice en herbe.

Le rire de son grand-père s'éteignit, mais l'image pleine de promesses de Néfertiti se précisa, s'éclaircit et se mua en un visage qui n'était pas celui de la reine égyptienne.

— Tu es réveillée, ma petite? demanda l'apparition exotique postée à son chevet.

Marlene battit des paupières. Était-elle bien réveillée? Si oui, qui était cette étrange femme coiffée d'un imposant turban? Elle l'impressionnait car elle possédait une dignité innée. Son visage asiatique était remarquable et paraissait curieusement sans âge, avec sa peau d'une blancheur de porcelaine et ses yeux soulignés de khôl.

L'inconnue se leva sans un mot et disparut derrière le rideau taché qui isolait Marlene du reste de la salle. Quand la femme le repoussa, Marlene entrevit une longue rangée de lits. Elle était donc dans une salle d'hôpital et on l'avait visiblement installée au fond, à l'écart des autres malades. Le rideau s'écarta de nouveau et le docteur Friehling apparut.

Pendant un instant, elle douta de ses facultés. Elle voulut ensuite lui demander ce qu'il faisait là, mais elle était incapable d'émettre un son. Elle sentit alors combien sa gorge était douloureuse, comme si on avait tenté d'y introduire de force un objet trop gros.

— Évitez de parler: nous avons dû vous nourrir à la sonde et votre gorge doit guérir. La blessure de votre jambe s'est de nouveau infectée et vous avez eu de la fièvre et déliré pendant plusieurs jours. Nous n'avons ôté la sonde gastrique que ce matin.

Il s'assit à côté d'elle et prit son pouls. Marlene comprit qu'une partie de ses rêves, y compris les êtres qui les peuplaient, étaient enracinés dans la réalité. Elle aurait aimé savoir si Brunnmann s'était également tenu à son chevet. Depuis combien de temps était-elle dans cette salle?

— Alors, comment ça se présente, docteur? Quand pourrai-je l'emmener? demanda l'Asiatique.

Marlene remarqua seulement alors qu'elle était grande, massive et que sa petite tête de poupée de porcelaine allait mal avec le reste de son corps. Elle devait mesurer près de deux mètres.

— S'il vous plaît, partez, maintenant, madame Jolanta. La patiente a besoin de repos, répondit le médecin sur un ton ferme.

La dénommée Jolanta parut un instant sur le point de hisser Marlene sur son épaule pour l'emmener de force.

— Je reviendrai demain, docteur, dit-elle finalement.

— À votre service. Au revoir, répondit-il en lui tournant le dos d'une manière qui ne laissait place à aucun doute. Je vais demander à l'infirmière de vous apporter du thé, dit-il à Marlene.

— Ce breuvage infect, grommela Jolanta avec mépris avant de sortir.

— Certes, nous ne sommes pas au Waldorf Astoria, murmura le médecin avec une profonde tristesse, comme si le Waldorf Astoria appartenait à une époque révolue.

Marlene se demandait d'où venait la mélancolie presque palpable de cet homme. Était-elle liée aux souffrances dénuées de tout sens dont il avait été témoin, des souffrances qui semblaient ne jamais devoir prendre fin? La vie lui avait-elle enlevé ceux qu'il aimait? Qui pleurait-il? Elle n'aurait que trop aimé en savoir davantage sur lui, mais même si elle avait pu lui parler, elle ne lui aurait rien demandé, car elle redoutait ses réponses. Elle préférait se bercer le plus longtemps possible de l'illusion d'être dans un hôpital comme un autre, refouler les atrocités qui se déroulaient hors de ces murs, à quelques mètres d'elle, refuser la réalité ne fût-ce que pour un instant, même si elle était aussi présente que les murs qui l'entouraient.

Elle découvrit bientôt qu'on l'avait menée à l'hôpital réservé au personnel féminin de la SS. C'était un privilège, comme le lui expliqua l'infirmière, une jeune Polonaise qui parlait un allemand laborieux et ne se montrait amicale envers elle qu'en présence du médecin. Deux jours plus tard, la fièvre de Marlene avait baissé, mais elle était accablée par les nouvelles qu'elle avait reçues. Le deuxième soulèvement de Varsovie avait échoué comme le précédent et elle était de nouveau entre les griffes de l'ennemi, clouée au lit et prisonnière derrière deux rangs de barbelés. Cela ressemblait à un très mauvais tour du destin. Von Greiff devait se tordre de rire au cœur de l'enfer. Et, comble de la folie, elle avait été mariée, puis veuve en l'espace d'une nuit…

Malade, affaiblie et prisonnière, elle ne pouvait que contempler le plafond et le rideau toute la journée dans l'attente d'une visite du médecin, car son horizon s'était inexplicablement réduit à ces quelques instants qu'il pouvait lui consacrer et qui, dans ce cadre lugubre, l'empêchaient de s'abandonner à des ruminations éprouvantes. Elle savait parfaitement que si Brunnmann l'avait traînée jusqu'ici et laissée en vie, c'était pour lui infliger des tourments raffinés : il prendrait tout son temps avec elle, car il avait une nature de tortionnaire. Ses chances de s'en tirer étant quasi nulles, elle refusa de s'interroger davantage sur ce que Brunnmann lui réservait, car dans l'immédiat, cela ne l'avancerait à rien.

Ce jour-là, l'infirmière n'avait pas complètement refermé le rideau, si bien que Marlene pouvait observer le médecin pendant sa visite. Concentré et attentif au moindre détail, il avançait dans la salle, donnait des instructions aux infirmières en quelques gestes et témoignait à chaque malade les égards qu'il avait pour elle. Il avait le don de donner à ses patients l'impression qu'ils comptaient plus que tout au monde pour lui. Un autre médecin avait autrefois été son bienfaiteur et son ange gardien : le docteur Hondl à Cracovie. Il était resté à ses côtés pendant près de dix-huit mois, il l'avait soutenue moralement et finalement aidée à s'enfuir.

Mais le docteur Friehling n'était pas le docteur Hondl. Le médecin polonais si paternel ne portait pas d'uniforme de SS sous sa blouse. C'était probablement la raison pour laquelle Marlene était remplie d'une fureur aveugle tant contre elle-même que contre le médecin. Pour s'en décharger sur lui, elle l'apostropha dès qu'elle fut capable de parler :

— Vous auriez mieux fait de me laisser mourir, lança-t-elle, mais d'une voix si faible et brisée que ces paroles manquaient de mordant.

— Je vois que vous allez mieux, répondit-il avec un sourire paisible avant de lui tendre une tasse de thé incolore qu'une infirmière venait d'apporter.

Elle l'accepta parce qu'elle avait soif et foudroya le médecin du regard par-dessus le rebord.

— Alors, pourquoi suis-je encore en vie ? reprit-elle. À cause de cette femme ?

— Quelle femme? demanda-t-il, déconcerté. Oh, vous voulez dire Mme Jolanta? Pourquoi?

— Ce n'est sûrement pas grâce au serment d'Hippocrate.

Le médecin plissa les yeux.

— Si vous voulez savoir quelque chose, pourquoi ne le demandez-vous pas franchement? répondit-il.

— C'est ce que je viens de faire.

— Très bien, puisque vous tenez tant à le savoir, il se trouve que c'est mon métier de sauver des vies.

Elle le regarda droit dans les yeux et soutint son regard avant de reprendre la parole plus calmement.

— Ici? demanda-t-elle d'un ton accusateur plus éloquent qu'un discours sur ce qui se déroulait entre ces clôtures de barbelés.

Il détourna la tête vers la fenêtre par laquelle on discernait vaguement les contours d'une cheminée qui crachait jour et nuit des nuages de fumée.

Quand il posa de nouveau sur elle cet étrange regard limpide donnant l'impression qu'il avait saisi le monde dans toute sa complexité, ses yeux s'étaient assombris, mais rien d'autre n'indiquait qu'elle l'avait ébranlé.

— Je comprends, dit-il. Il y a sans doute longtemps que votre opinion est faite à ce sujet.

Il scruta la salle d'hôpital avant de refermer le rideau et alla s'asseoir sur son lit bien qu'un tabouret fût à portée de main.

— J'ai appris que vous êtes actrice, dit-il à mi-voix. Vous savez donc distinguer l'apparence de la réalité. Le monde est parfois une scène sur laquelle on doit évoluer selon les indications d'un texte.

Marlene le dévisagea. Elle l'avait sciemment provoqué, mais elle ne s'était pas attendue à cette réaction de sa part. Il se justifiait vis-à-vis d'elle! Qu'est-ce que cela pouvait bien signifier?

Mais le rideau s'écarta juste à cet instant.

— Ah, vous voilà, docteur! s'exclama Mme Jolanta en ouvrant les bras, dans un geste qui jurait avec son allure hiératique.

Le docteur se leva aussitôt, alla refermer le rideau et se consacra à la jambe de Marlene.

Jolanta s'effaça, dévoilant la présence d'Albrecht Brunnmann qui, escorté d'Ewald le misogyne, traversait la salle d'un pas conquérant. Tous les patients parurent se raidir et les toussotements et les gémissements s'éteignirent presque complètement. Le colonel recevait gracieusement les «*Heil Hitler!*» des patients encore capables de voir et de se déplacer, comme les acclamations lors d'une marche triomphale.

Il s'arrêta devant le lit de Marlene.

— Je vois que tu reprends des forces, commenta-t-il avec un sourire de bourreau.

— Pour que tu puisses me torturer plus longtemps? Décidément, tu es aussi peu inventif que ton bon ami N'a-qu'un-œil Greiff.

Brunnmann congédia Jolanta et le médecin d'un signe de tête et les regarda sortir.

— Je vois que tu t'es déjà fait des amis, dit-il à Marlene.

Il referma le rideau, lui épargnant la vue du sourire moqueur d'Ewald, et alla s'asseoir sur le tabouret.

— Tu vas bientôt regretter que je ne sois pas Greiff et que je ne t'aie pas laissée moisir à l'hôpital, espèce de pute, lança-t-il.

Il contempla amoureusement son fouet, le brandit devant le visage de Marlene et attendit sa réaction.

— Va chier, Albrecht, riposta-t-elle.

Il poussa un soupir comme s'il était aux prises avec un enfant récalcitrant.

— Tu n'as vraiment pas des manières de dame, mais tu vas devoir au moins les feindre, dit-il, et il abattit son fouet sur sa jambe blessée.

Marlene tressaillit, mais serra les dents. Il pouvait lui faire mal, il ne réussirait jamais à lui faire peur.

— Je n'ai pas oublié les talents que tu m'as révélés une certaine nuit en compagnie de la petite Deborah, fit-il en dardant le bout de sa langue, et Marlene eut la nausée au souvenir du soir où il avait failli les surprendre, Deborah et elle, alors qu'elles tentaient d'ouvrir le coffre-fort de sa chambre.

Afin de détourner ses soupçons, elle avait fait l'amour avec Deborah et lui. Sa vanité devait être froissée, car il s'était cru irrésistible alors qu'elle n'avait fait que se servir de lui. Il esquissa un sourire malveillant.

— Je vois que tu te souviens... Jolanta! appela-t-il.

Quelques secondes plus tard, la silhouette massive de Jolanta surgit de derrière le rideau.

— Elle est à toi, annonça Brunnmann.

Il se leva et s'éloigna dans un claquement de bottes.

— Que veut-il de moi? demanda Marlene, troublée.

S'il voulait se venger d'elle, pourquoi la faisait-il soigner? Son allusion à ses talents la laissait perplexe. Mais avant que Jolanta ait eu le temps de répondre, le médecin réapparut.

— La patiente restera ici. Elle n'est pas encore rétablie, tant s'en faut, déclara-t-il.

— Ce n'est pas à vous d'en décider, docteur, répondit Jolanta.

Elle s'avança tout près de lui. Elle le dépassait d'une tête, turban non compris.

— Oh que si, répliqua-t-il sans se laisser intimider. Quant au colonel, je m'en charge. Au revoir!

Jolanta lança un bref regard à Marlene, puis haussa les épaules et s'en fut.

Le médecin parvint à repousser de quelques jours la sortie de Marlene. Un autre médecin plus jeune et très énergique se présenta alors au chevet de Marlene et, après avoir examiné sommairement sa jambe, la déclara rétablie.

Un peu plus tard, Jolanta lui apporta une blouse, des chaussures et un bonnet, vérifia qu'aucun cheveu ne dépassait de ce dernier, et emmena Marlene.

20

«Je voudrais une chanson sans soupirs et sans larmes.
Joue-la assez fort pour que tout le monde l'entende et voie
Que je suis en vie et je peux encore chanter!»

I. Kotliar

Fragments de guerre

Depuis leur entrée en guerre, les États-Unis d'Amérique ont perdu 13 500 avions et 200 milliards de dollars. D'ici la fin de l'année 1944, 95 milliards de dépenses supplémentaires seront autorisées par le ministère des Finances des États-Unis.

Depuis le début de la guerre, les pertes de l'armée allemande se soldent à environ 3,5 millions de soldats dont la moitié ont été tués et les autres faits prisonniers.

Un convoi de Juifs hollandais arrive à Auschwitz, parmi lesquels Anne Frank et sa famille.

*

Soutenue par Jolanta, Marlene avançait en boitant dans la boue jaunâtre, un mélange d'argile et de la pluie qui tombait sans répit depuis deux jours. Elle regardait autour d'elle à la dérobée. Les contours vagues des miradors surgissaient à intervalles réguliers avant de se perdre dans le brouillard gris, ce qui donnait une idée des dimensions du camp. Elle n'en cherchait pas moins des yeux les cheminées de l'usine d'IG-Farben pour laquelle le camp constituait un inépuisable réservoir de main-d'œuvre réduite à l'esclavage, mais la pluie était trop dense pour qu'on puisse les discerner. Elles passèrent devant des baraquements en bois lugubres et, sur une place, devant cinq rangées de prisonniers condamnés à répondre à l'appel pendant plusieurs heures sous une pluie battante. Marlene remarqua une détenue un peu à l'écart des autres. Les bras écartés, elle tenait une pierre dans chaque main. Une kapo plantée face à elle la surveillait et chaque fois qu'un de ses bras s'abaissait, elle recevait un coup de matraque. Finalement la détenue, qui était encore presque une enfant, s'effondra à terre et la kapo la roua de coups. Personne dans les rangs de détenus ne cilla. Chacun regardait droit devant lui sans un mot. Ce désespoir palpable bouleversa Marlene. Cette résignation lui paraissait inconcevable.

Comment les nazis avaient-ils réussi à briser aussi complètement la volonté de toutes ces personnes et à les plonger dans une telle hébétude? Un étrange sentiment l'envahit, le désir de se mêler à ces détenus, de faire cause commune avec eux, parce qu'elle n'avait pas le droit de survivre alors que tous ces innocents vivaient dans l'ombre de la mort.

— Ne les regarde pas! ordonna Jolanta.

— Quoi?

Marlene avait sursauté car elle était perdue dans ses pensées.

— Tu n'aideras pas ces gens en ayant pitié d'eux. Tu n'es pas la cause de leurs souffrances et tu n'en es pas responsable. Si tu ne veux pas mourir comme eux, tu devras apprendre à ne plus voir la cruauté. Mais si tu préfères mourir, rejoins-les tout de suite! dit Jolanta, et elle lâcha Marlene, la laissant libre de sa décision.

Marlene voulut protester, riposter que c'était tout au contraire une question de responsabilité, mais elle comprit aussitôt l'absurdité de sa réaction. Jolanta avait raison: sa mort n'aiderait personne. Elle voulait du reste survivre pour veiller à ce que de telles choses ne se reproduisent jamais. Il fallait un survivant pour témoigner sur ces années de terreur. Les morts ne pouvaient parler.

Elles repartirent, suivies de nombreux regards. Des kapos, dits « détenus de fonction », leur lançaient des regards haineux qui visaient surtout Jolanta, mais englobaient Marlene dans cette animosité, Jolanta ne semblait guère appréciée de tous ces gens. Elle parut lire dans la pensée de Marlene.

— Tu as vu comment les kapos nous détestent, surtout les politiques? reprit-elle. Ils nous considèrent comme des traîtres. Fais aussi attention aux gardiennes SS: ce sont les pires des charognes. Si jamais elles te coincent quand je ne suis pas là, elles te tueront et te jetteront aux chiens.

Elles étaient maintenant sur un chemin consolidé et Marlene vit une longue série de bâtiments en briques parfois bordés d'arbres et de parterres soignés. Elle supposa qu'elles se trouvaient dans la partie d'Auschwitz qui était autrefois le terrain d'une caserne polonaise et comptait au moins trois douzaines de bâtiments regroupés autour de ce qui était autrefois un manège.

Jolanta tourna brusquement entre deux bâtiments portant la mention «Bloc 10» et «Bloc 11» et se dirigea vers un mur en briques couvert de plaques isolantes noires. De plus près, Marlene vit que ces plaques étaient criblées d'impacts de balles.

Jolanta la poussa contre le mur.

— C'est le mur noir, déclara-t-elle. Le dernier commandant du camp l'avait fait démonter, Brunnmann l'a fait reconstruire, en avertissement pour nous. Je suis responsable de vingt et une vies ici. Vingt et une femmes qui ressentent, respirent et vivent. Si tu tentes de t'évader, toutes ces vies s'achèveront juste à cet endroit. Nous serons toutes fusillées sans exception. Une vie répond de toutes les autres, compris? Alors pas d'évasion!

Jolanta avait saisi Marlene par les bras et la serrait si fort que ses ongles s'enfonçaient dans sa peau.

Les yeux dans les yeux, elles s'affrontaient comme deux adversaires et Marlene mesurait non seulement la vigueur physique de cette grande femme, mais aussi sa force mentale impressionnante. Elle comprit en cet instant qu'elles se ressemblaient à plus d'un égard. Comme elle, Jolanta était fermement décidée à survivre à cette guerre, quel que fût le prix à payer. Et ce n'était pas uniquement de son propre sort qu'elle semblait se préoccuper. Mais qui étaient ses protégées?

Tandis que la pluie tombait sur elles sans interruption, noyant pour un bref instant l'odeur de mort d'Auschwitz, Jolanta attendit sa réponse. Marlene n'avait aucune envie de s'attarder dans ce lieu maudit. Elle avait déjà entendu parler de ce mur noir contre lequel des détenus, en majorité des prisonniers politiques et des « intellectuels », avaient été fusillés, y compris toute l'élite polonaise – artistes, écrivains et universitaires dont elle avait connu certains. Elle murmura une brève prière pour eux : « Que leur âme demeure à jamais au paradis… »

Jolanta l'entraîna hors de la ruelle et la ramena dans la rue du camp d'origine.

À côté du dernier bâtiment en briques, non loin des barbelés électrifiés, se dressait un baraquement en bois qui rappela à Marlene les granges dans le domaine de son grand-père. Il ne mesurait pas plus de huit mètres de large, mais il était au moins trois fois plus long.

Elles franchirent le seuil et se retrouvèrent dans une entrée où Marlene vit deux portes. L'une était fermée, l'autre s'ouvrait sur une vaste salle au milieu de laquelle étaient placés une table et plusieurs bancs. Des couchettes étaient encastrées dans les murs les plus longs de la salle. C'était tout pour l'ameublement. Marlene fut surprise par la propreté immaculée des lieux. On aurait cru que le parquet était passé chaque jour à la paille de fer.

Jolanta la retint sur le seuil.

— Enlève tes chaussures, ordonna-t-elle en lui montrant une paire de galoches en bois au milieu de deux douzaines d'autres dans l'entrée.

Elle la mena ensuite au milieu de la salle et lui désigna l'une des couchettes.

— Tu dormiras là. Tu partageras ce lit avec une autre fille, dit-elle.

— Où sommes-nous ici ?

— Dans ton nouveau foyer. Déshabille-toi.

— Pourquoi ?

— Parce que je te dis de le faire.

Jolanta voulut l'empoigner, mais Marlene l'esquiva. À une vitesse stupéfiante pour son corps massif, Jolanta la rattrapa et l'immobilisa par une prise de tête.

— Écoute-moi bien, gronda-t-elle. Si je te dis : « Saute », tu dois seulement demander : « À quelle hauteur ? », compris ?

Marlene jugea plus sage d'abaisser son pavillon, ne serait-ce que parce qu'elle avait le souffle coupé. Le comportement de Jolanta la déconcertait. Elle ne savait que penser d'elle. Or, pour tirer sa situation au clair, ce qui était urgent, elle devait savoir à quoi s'en tenir au sujet de Jolanta. À peine celle-ci avait-elle desserré son étreinte que Marlene se dégagea.

— Et si on arrêtait ces ridicules bagarres de bac à sable pour parler en adultes ? haleta-t-elle en se frottant la gorge.

Jolanta l'ignora, disparut un instant derrière un rideau au fond de la salle et réapparut avec un ballot de vêtements.

— Ôte cette blouse trempée et mets ça, ordonna-t-elle. Nous parlerons ensuite de ton avenir.

Pendant que Marlene passait les vêtements secs, Jolanta l'observait.

— Ton corps a de l'allure, constata-t-elle sur le ton de l'objectivité. Il est peut-être un peu trop maigre. Mais tes traits sont raffinés, dans le genre français. Nous allons mettre tout cela en valeur.

Elle saisit le menton de Marlene pour tourner son visage vers la lumière.

— Tu as un beau profil et une belle ossature. Sais-tu danser, chanter ou jouer d'un instrument ?

Marlene devinait ce qui l'attendait. Elle avait ouï dire que des dignitaires nazis entretenaient des bordels de luxe dans les camps de concentration depuis que les maladies vénériennes se propageaient dans les rangs de la SS. Ils voulaient des femmes saines triées sur le volet. Brunnmann avait trouvé une vengeance idéale : faire d'elle une pute à nazis !

Elle avait le choix entre une mort certaine ou le viol au quotidien par les nazis. Elle luttait contre la nausée. Elle s'était donnée à Ernst Meister de son plein gré et pour la bonne cause, mais à l'idée de ce qui l'attendait maintenant, elle frissonna.

— Cet endroit est donc un bordel et tu en es la patronne ? riposta-t-elle pour dissimuler son effroi.

— C'est exact, répondit calmement Jolanta, que ce genre d'attaque laissait visiblement de marbre. C'est ma philosophie de survie : divertis les nazis, donne-leur l'illusion d'un monde de rêve dans lequel ils peuvent oublier un instant leur métier de mort. Et c'est la sélection que je pratique : si tu acceptes de travailler pour moi, je ferai en sorte que tu survives. Tu as le choix entre la vie et la mort.

— La vie, répondit Marlene sans hésiter. Afin de me venger de Brunnmann, ajouta-t-elle en pensée. Où sont les autres filles?

Elle s'assit sur sa couchette comme pour l'essayer, en réalité parce qu'elle était fatiguée de la marche et de la station debout. Mais l'admettre ouvertement aurait été un aveu de faiblesse qu'elle préférait éviter en présence de Jolanta, car elle voulait gagner sa sympathie et elle savait que la faiblesse jouerait en sa défaveur.

— Beaucoup trop dur pour des culs de nazis, commenta-t-elle en tapotant son matelas.

En une foulée, Jolanta la rejoignit et la gifla, ce qui la prit complètement au dépourvu. Sa tête fut violemment rejetée sur le côté, elle eut un éblouissement et sentit le goût du sang sur sa lèvre fendue.

— Qu'est-ce qui te prend? siffla-t-elle, la main sur sa joue brûlante.

Jolanta la dominait de toute sa hauteur. Les bandes de tissu de son étrange turban étaient trempées de pluie qui ruisselait sur son visage, mais elle n'en était pas moins intimidante.

— Premièrement, ne parle jamais des nationaux-socialistes sur ce ton méprisant, pas même de Brunnmann, compris?

Marlene la dévisagea, ahurie. S'était-elle trompée sur son compte? Qu'était donc devenue sa connaissance de la nature humaine? D'abord le docteur et maintenant, cette Asiatique? Elle acquiesça prudemment.

— Bien! Deuxièmement, cet œil au beurre noir te dispensera de travail pour quelques jours. D'ailleurs, tu tiens à peine debout. J'en parlerai à Ewald.

— Le chien de garde de Brunnmann?

— Oui. Tiens, répondit Jolanta en lui tendant un mouchoir humide. Tamponne-toi la lèvre. Je ne veux pas voir de sang sur ces vêtements propres. Et pas de questions: tout ce que tu dois savoir, c'est de moi que tu l'apprendras, vu?

Jolanta la jaugeait avec un regard qui pouvait tout signifier, mais Marlene ne pouvait se défaire de l'impression qu'elle était capable de lire dans ses pensées.

Jolanta défit son turban et une abondante chevelure roula sur ses épaules, en une masse d'un noir bleuté. Elle passa les mains dans leurs mèches humides et les souleva comme si elles pesaient trop sur ses épaules.

— Il y a deux sortes de caractère que je ne supporte pas : ceux qui se croient malins et ceux qui se montrent récalcitrants, ce qui est ton cas. Ce que j'apprécie en revanche, c'est la franchise. Alors réponds à ma question : quelles sont tes relations avec Brunnmann ?

— Pourquoi me le demandes-tu ?

Jolanta la regarda comme si elle allait la gifler encore, ce à quoi Marlene n'aurait rien trouvé à redire du moment que cela la dispensait de travailler. Mais Jolanta l'avait percée à jour.

— Certains de mes clients ont un faible pour les femmes maltraitées : cela flatte leurs instincts les plus bas. J'ai connu un Anglais à Hong Kong, sais-tu ce qu'il en disait ? *Well done.*

Elle empoigna Marlene, l'entraîna vers la table et l'assit sur un banc.

— C'est la dernière fois que je te le dis : ici, c'est moi qui pose les questions, reprit-elle. Tu ne me connais pas et je ne te connais pas. Jusqu'ici, c'est moi qui ai choisi mes filles, mais toi, c'est Brunnmann qui t'a envoyée ici. Alors explique-moi pourquoi il t'a fait monter dans un train fantôme pour te faire repêcher ensuite par notre guérisseur ?

Marlene réfléchit soigneusement à sa réponse. L'information que Jolanta lui avait donnée sur le choix de ses filles avait son importance. Cette femme la soupçonnait visiblement d'être une espionne de Brunnmann. Ce qui signifiait que les rapports entre la maquerelle et le souteneur, car c'était bel et bien le rôle que jouait Brunnmann, étaient plutôt tendus. Marlene décida de dire la vérité parce que ce serait plus à son avantage que de mentir.

— J'ai espionné Brunnmann et recruté sa maîtresse dans mon réseau de résistance à Cracovie il y a deux ans, et il ne me l'a jamais pardonné, répondit-elle.

— C'est donc toi cette fameuse Marlene qui lui a gâché sa romance ? Je m'en souviens. Von Greiff a tiré parti de l'attentat du Cyganeria pour intriguer contre Brunnmann et répandre la rumeur qu'il avait une maîtresse juive alors qu'il était responsable de la logistique de l'extermination.

Jolanta éclata d'un rire qui fit frissonner Marlene.

— Tu es bien renseignée, commenta-t-elle avec stupeur.

Elle brûlait de savoir depuis combien de temps Jolanta vivait au camp et travaillait pour Brunnmann, mais la prudence lui conseillait de ne pas la provoquer davantage.

Jolanta la regardait fixement.

— Ça ne veut pas dire que j'ai confiance en toi, reprit-elle. Je te garderai à l'œil et mes filles aussi. Fin des présentations et début du cours : tu vas d'abord apprendre à te protéger.

— Je ne suis pas née de la dernière pluie, Jolanta. Je sais comment me protéger : un gosse d'un nazi est bien la dernière chose dont j'ai envie.

Jolanta secoua la tête avec agacement.

— C'est à ça que tu penses ? Non : tu as été stérilisée, répondit-elle.

— Quoi ? s'écria Marlene, les mains crispées sur le ventre.

— Toutes mes filles en passent par là sur l'ordre de Brunnmann, mais toi, tu n'as rien vu car tu étais complètement inconsciente pendant l'opération.

— Le docteur m'a opérée ?

Marlene n'était pas prête à cette confrontation brutale avec ses propres émotions. Elle avait l'impression de recevoir un coup de poing dans le ventre. Une étrange faiblesse l'envahit, comme si son âme avait été arrachée de son point d'ancrage. Elle ne s'était jamais demandé si elle voulait devenir mère un jour car en temps de guerre, c'était exclu, mais à l'idée qu'on lui en avait volé la possibilité, elle souffrait presque autant que de savoir que le responsable de cet abus était ce médecin, cet homme auquel elle avait commencé à faire confiance.

— Mets ça de côté : il se passe bien pire ici. Nous sommes à Auschwitz, déclara Jolanta sans la moindre émotion. Ton but est de survivre, si la chance reste de ton côté.

Marlene frissonna et se frotta les bras pour se réchauffer. La nouvelle de sa stérilisation l'avait ébranlée.

— Revenons-en à cette question de protection. Il s'agit avant tout de se prémunir contre les maladies, reprit Jolanta en tirant de sa poche un flacon brun. C'est une teinture[1] que le docteur Friehling a préparée pour nous. On en imbibe une

1. Il s'agit ici d'une teinture, dans le sens d'un mélange à base d'alcool et d'autres substances médicamenteuses, comme par exemple la teinture d'iode.

petite éponge qu'on introduit dans le vagin avant chaque rapport. Je te montrerai comment faire.

Marlene examina le flacon d'un œil sceptique.

— Et c'est censé être efficace? demanda-t-elle.

— Jusqu'ici, aucune de mes filles n'a attrapé de maladie. Le docteur est spécialiste dans ce domaine, c'est la raison pour laquelle il est aussi demandé.

— C'est un spécialiste des maladies vénériennes? s'étonna Marlene.

Jolanta parut contrariée pendant un bref instant, comme si elle préférait ne pas s'attarder sur ce sujet.

— Voici le règlement, poursuivit-elle. Ce baraquement est le dortoir. J'exige qu'il soit impeccablement propre. Cette partie-là, dit-elle en montrant le rideau derrière lequel elle avait disparu un instant plus tôt, est interdite à toutes les filles, toi comprise. Chaque infraction au règlement sera punie d'un séjour au block, compris?

Marlene acquiesça, mais se promit d'aller mettre le nez derrière le rideau dès qu'elle en aurait l'occasion. Elle se demandait aussi ce que signifiait un séjour au block.

Elle l'apprit bientôt d'une certaine Olga, la fille que Jolanta avait désignée pour partager sa couchette. Olga lui parla des expériences d'un certain docteur Mengele sur les détenus. Cette conversation se déroula pratiquement sous les couvertures car Jolanta interdisait tout bavardage entre ses filles, ce dont Olga paraissait se moquer complètement. Elle n'était pas belle au sens classique du terme comme la plupart des filles de Jolanta, mais son caractère intrépide était comme une provocation pour les hommes. Elle devait son surnom d'«Olga la Rouge» à la couleur de ses cheveux et non à une adhésion au communisme malgré ses origines russes, comme elle tint à le préciser dès le début de leur conversation: «Le socialisme, c'est du bidon, un prétexte pour piller plus facilement son peuple», déclara-t-elle à Marlene.

Elle ne mâchait pas ses mots, jurait quand Jolanta ne pouvait l'entendre et faisait des grimaces dans son dos. Elle se disait capable de faire rouler sous la table n'importe quel homme, y compris un Russe – ce qui faisait une sacrée différence –, et ce n'étaient pas des paroles en l'air, comme Marlene put bientôt le constater. Olga était un peu plus jeune qu'elle, mais déjà endurcie, et elle n'avait pas peur de rire, au contraire : son rire tonitruant était capable de faire crouler des murs et de pulvériser toutes les terreurs.

Ce furent d'étranges semaines pour Marlene que celles du mois d'août 1944. Jolanta l'avait affectée en tant que nouvelle recrue au nettoyage du baraquement tous les matins et une fois par semaine, elle devait faire le ménage avec d'autres filles dans la cantine et les latrines des officiers SS. Marlene ne s'était pas posé de questions à ce sujet, mais quand la petite colonne menée par Olga entra dans la remise où l'on rangeait les ustensiles de ménage et que les autres filles se mirent complètement nues, elle resta interdite.

— Qu'est-ce que ça veut dire? demanda-t-elle à Olga.

— Les officiers exigent que nous travaillions nues. Et il est interdit de les regarder en face, compris? Sinon ils nous en font encore plus baver, ils crachent par terre alors que nous venons de nettoyer et ils pissent juste devant notre nez.

Marlene remarqua vite que c'étaient les plus anodines de leurs tracasseries. L'un d'eux aimait écraser ses cigarettes sur les filles, d'autres exigeaient qu'elles les regardent en train de déféquer et les nettoient ensuite. Rien ne leur paraissait trop pervers.

— Ils font ça parce qu'ils n'ont pas le droit de nous fourrer, expliqua Olga tandis que Marlene pressait une serviette mouillée sur la brûlure de son épaule.

Le déroulement de leurs journées était immuable : à midi précis, un bus venait chercher les filles pour les conduire à une maison dans la zone interdite de cinq kilomètres aux abords du camp dont les nazis avaient chassé les mille deux cents habitants polonais.

Cette maison, une bâtisse de deux étages à l'allure banale, était le camp de base pour leurs « sorties sur le terrain » comme les appelait Jolanta, et c'était également là qu'elles recevaient ses leçons. Jolanta l'appelait l'*okiya*, le nom des maisons de geishas au Japon. Elle se conduisait comme un instructeur sévère, n'hésitant pas à manier le bâton pour transformer ses filles en *geikos*, des courtisanes expertes dans l'art de divertir.

Elles devaient notamment apprendre par cœur des pièces de théâtre entières et s'entraîner à la danse. Celles que Jolanta avait sélectionnées pour leur voix, et Marlene était du nombre, prenaient également des cours de chant. Marlene devait répéter les chansons les plus en vogue, de Zarah Leander à Lale Andersen, ainsi que quelques chansons françaises. Et toutes les filles devaient apprendre des langues étrangères. L'allemand et l'anglais étaient obligatoires et elles pouvaient choisir entre le français et le russe. Deux filles qui jouaient assez bien du piano recevaient des leçons d'un détenu, un Juif de Breslau, un véritable virtuose que Jolanta avait débauché de l'orchestre du camp. Cet homme avait survécu au typhus. Depuis, il était presque sourd et si faible qu'il tenait à peine debout, mais ses leçons étaient remarquables, comme s'il ne survivait plus que grâce à la musique.

Mais les leçons les plus dures étaient celles qui consistaient à satisfaire leurs clients nazis en feignant le plaisir quand ils se jetaient sur elles. Au viol physique s'ajoutait la contrainte psychique, car elles devaient dissimuler leur dégoût et leur humiliation. Dès le premier jour, Marlene avait fait connaissance avec le curieux séminaire de Jolanta sur « les techniques de l'amour ». Elle devait entre autres s'entraîner sur le goulot d'une bouteille à « l'art et la manière d'exciter un homme », selon les termes de Jolanta. Elle en fit une démonstration à Marlene : agenouillée sur le lit de l'*okiya*, elle se pencha sur le goulot de la bouteille pour « simuler les préliminaires », et ce faisant réussit à ne pas paraître ridicule. Marlene l'imita, lécha et suça le goulot pendant que Jolanta lui donnait des instructions telles que « Tu dois faire glisser ta langue » ou « Change régulièrement le rythme : lentement, vite, lentement, vite ». Elle inculquait également aux filles l'art de prendre l'apparence de dames de la meilleure société : « Vous devez leur faire oublier que vous vous soumettez contre votre gré ! » répétait-elle.

Pour surmonter son dégoût à chaque nouveau « client », Marlene se glissa dans le rôle de Ninon de Lenclos, la grande courtisane française du XVIIe siècle. Mais elle n'en avait pas moins l'impression d'être entraînée chaque jour un peu plus dans un tourbillon de haine, d'horreur et de dégoût. Elle se demandait parfois si la Marlene d'avant Auschwitz existait encore ou si la nouvelle Marlene avait pris sa place, et si, au cas où elle survivrait à Auschwitz, elle pourrait la retrouver un jour.

Un après-midi, une semaine après l'«entrée en service» de Marlene, Jolanta apporta à l'*okiya* un violon «du Canada», le nom de l'endroit où l'on stockait les affaires des déportés. On conservait dans ces trente baraquements tous les objets de valeur dont on les avait dépouillés. Le violon intéressa immédiatement Marlene. Encore enfant, elle avait reçu des leçons de violon de sa grand-mère avant de lui préférer d'autres activités. Elle essaya l'instrument et remarqua bientôt que la concentration sur son jeu la soutenait car c'était un lien avec son passé, l'époque à laquelle elle était aimée par ses grands-parents, qui l'avaient recueillie encore bébé alors que ses parents venaient de mourir l'un après l'autre. Elle comprenait maintenant le jeune pianiste polonais qui ne vivait que pour et par sa musique. Pendant qu'elle s'entraînait, elle pouvait ne fût-ce qu'un instant oublier ce qu'elle devait subir nuit après nuit, quand les hommes satisfaisaient leurs désirs sur elle. Le pire pour elle était la conscience de son impuissance totale face aux tourments et aux humiliations que lui faisaient subir des misérables comme Brunnmann ou Ewald, en lui laissant le choix entre la mort et une vie d'humiliation et d'esclavage. C'était plus que sa fierté n'en pouvait supporter et elle se demandait souvent si elle n'aurait pas dû préférer la mort. Seule l'idée que ces bêtes humaines auraient alors remporté une victoire sur elle la dissuadait d'en finir et l'aidait à supporter son sort.

Mais ce n'était pas son unique tourment. Auschwitz lui faisait l'effet d'un monstre vorace qui se repaissait de la souffrance humaine. Jolanta lui avait recommandé de ne plus voir les atrocités du camp afin de ne pas se laisser détruire par elles, mais cela relevait de l'impossible. L'horreur d'Auschwitz dépassait l'entendement humain car même l'imagination la plus débridée ne pouvait la concevoir. Depuis son arrivée au camp, Marlene souffrait en permanence, moralement, mais aussi dans son corps, comme si ses terminaisons nerveuses réagissaient aux tourments qu'on faisait subir à des êtres humains. Mais la douleur physique était plus facile à supporter. Et elle n'avait vu qu'une seule fois le camp dans toute son horreur, quand Jolanta l'avait fait sortir de l'hôpital. Elle savait parfaitement pourquoi ses compagnes et elle-même ne résidaient pas à l'*okiya*. Sur l'ordre de Brunnmann, elles devaient toujours regagner leur baraquement, retourner derrière les barbelés d'Auschwitz tous les matins afin de ne jamais oublier que leur sort ne tenait plus qu'à un fil qu'il pouvait trancher à tout moment. Il avait droit de vie et de mort sur les détenus.

Un jour, deux filles ne rentrèrent pas d'une «sortie» et il ne fut plus jamais question d'elles. Marlene devina qu'elles ne reviendraient plus quand Jolanta amena deux nouvelles recrues. Mais même Jolanta n'était pas infaillible dans ses choix : l'une des nouvelles tenta de s'enfuir dès sa première sortie et fut abattue.

Jolanta la faisait travailler très dur, entre le nettoyage, les cours et les sorties qui représentaient plusieurs heures de trajet, lui laissant à peine le temps de dormir. À vrai dire, Marlene pouvait à peine fermer l'œil et encore moins manger, elle devait s'y contraindre pour ne pas maigrir encore plus. Le ravitaillement était du reste une curieuse affaire. Sur les instructions de Brunnmann, on ne les ravitaillait pas au baraquement. Les filles devaient trouver à manger lors de leurs sorties et se rassasier sur place dès que possible, ce qui était plutôt rare. Jolanta leur recommandait de se faire offrir autant de nourriture et d'alcool qu'elles le pouvaient. À leur retour tous les matins, les filles vidaient leurs sacs à main et, comme un souteneur, Jolanta leur prenait presque tout ce qu'elles possédaient, en ne leur accordant que de maigres rations.

Marlene en déduisait qu'elle se livrait à un marché juteux avec ces aliments et cet alcool. Comme dans chaque communauté assez importante, une hiérarchie de kapos et de chefs de block s'était instaurée sous l'égide des SS dirigeant le camp qui favorisaient l'administration de ce dernier par les détenus. Cette hiérarchie possédait un pouvoir presque illimité, et de nombreux kapos, des détenus de droit commun pour la plupart, ne le cédaient en rien à leurs gardiens pour la cruauté. Ils battaient et torturaient leurs victimes, en particulier les Juifs et les Tsiganes, qu'ils plaçaient tout au bas de l'échelle. Jour après jour, Marlene se heurtait à l'inéluctabilité de l'horreur d'Auschwitz, de ce monde à l'envers dans lequel un criminel n'avait rien à craindre et pouvait même monter dans la hiérarchie, tandis que les innocents n'avaient aucun droit.

Quant à Jolanta, elle demeurait une énigme pour Marlene. Sa personnalité était insaisissable, comme si elle vivait à l'écart de toute convention. Elle se montrait juste, mais elle était capable de battre à coups de bâton une fille qui ne se pliait pas à ses exigences. Dès le premier soir, Marlene avait demandé à Olga pourquoi Brunnmann surnommait Jolanta Mme Butterfly. Olga lui avait raconté à voix basse l'histoire de Mme Butterfly. C'était une geisha légendaire de Hong Kong. Un marchand juif hollandais s'était épris d'elle, il l'avait enlevée et emmenée en Europe sur son navire. Plus tard, il avait malheureusement trop tardé à s'enfuir d'Amsterdam avec elle à bord de ce même navire. Marlene doutait que cette histoire extravagante se fût exactement déroulée ainsi, mais elle cadrait avec l'exotisme de Jolanta et son métier. En réalité, même Olga ignorait comment Jolanta avait fait la connaissance du colonel Albrecht Brunnmann et était devenue son bras droit. Il ne faisait en revanche aucun doute que le bordel qu'il dirigeait avec son aide était un commerce lucratif. Il utilisait les services des filles comme monnaie d'échange pour se concilier les faveurs de hauts dignitaires nazis et de leurs alliés.

Sur l'ordre de Brunnmann, Marlene n'allait jamais plus loin que Cracovie au cours de ses sorties et elle était la seule des filles à être sous surveillance à ces moments-là. Pour son malheur, son gardien était généralement Ewald.

Le fait d'avoir été envoyée au camp par Brunnmann isolait Marlene des autres filles, qui formaient une petite communauté étroitement soudée. Elle avait remarqué que Jolanta et toutes les filles portaient au cou le même pendentif, une petite ancre en bois. Elle avait saisi au passage le terme d'*Unmeisen*[1], en rapport avec cette ancre. Quand elle avait interrogé Olga à ce sujet, la Russe, si loquace d'habitude, s'était contentée de poser un doigt sur ses lèvres pour lui faire comprendre qu'elle refusait d'en parler. Marlene se demandait ce que cette ancre pouvait bien symboliser.

Ewald contribuait également au statut particulier de Marlene, de manière purement négative. Il ne laissait passer aucune occasion de la tourmenter. Elle savait qu'il avait pour consigne de ne pas la blesser afin de ne pas abîmer la

1. *Unmeisen* est un mot japonais désignant la ligne de Saturne, soit la ligne de la chance ou la ligne du destin en chiromancie.

marchandise, ce qui aurait compromis ses sorties. Cela ne l'empêchait pas de la frapper. Il épargnait son visage pour se concentrer sur son dos et ses tibias, qui étaient couverts d'hématomes.

Malgré les humiliations qu'elle endurait, Marlene essayait d'accomplir ses « sorties » avec dignité et, bien que prisonnière, elle se projetait encore dans l'avenir et en particulier dans la résistance. Elle utilisait chaque rencontre avec des nazis pour recueillir des renseignements et sonder l'atmosphère, ce qui l'aidait également à lutter contre son sentiment de dégradation. Elle était encore en vie, même si cela pouvait changer du jour au lendemain. Elle savait que Brunnmann ne la laisserait jamais en réchapper. Il avait fait d'elle son jouet, il la maltraitait, l'humiliait et satisfaisait sur elle ses désirs de vengeance. Elle savait qu'il attendait le moment où elle refuserait de faire une sortie ou renoncerait à lutter pour survivre. Il voulait briser sa volonté. Il la recommandait pour cette raison aux clients les plus pervers. Rien n'était épargné à Marlene. Il avait joui d'elle à deux reprises en usant sans lésiner de son fouet à chien.

Marlene tenait bon parce qu'elle n'était pas seule. Les autres filles n'étaient pas mieux loties qu'elle. Elles haïssaient ce qu'elles étaient forcées de faire, mais elles supportaient leur sort, luttaient, survivaient au jour le jour. Et Marlene était désormais certaine que les plus hauts dignitaires nazis se préparaient à l'après-guerre. Ils amassaient des butins et les mettaient en sûreté. On reconnaissait les signes avant-coureurs de la débâcle à ce qu'à chaque retraite de l'armée allemande, les nazis proclamaient plus haut et fort leur résistance face à l'ennemi.

Elle avait appris par Zuckerman que les Alliés se rapprochaient inexorablement. Il estimait que dans quelques semaines au plus, l'Armée rouge arriverait à Varsovie et en chasserait les Allemands. Mais les Russes attendaient, laissaient le soulèvement de Varsovie suivre son cours pour en connaître l'issue, l'Armée de l'intérieur polonaise luttait encore au prix de pertes exorbitantes, les nazis se livraient à des massacres, en particulier sur la population polonaise. Et quand ils n'étaient pas occupés à assassiner des innocents, ils faisaient sauter des quartiers entiers de la ville.

Marlene bouillait de fureur de voir les Russes se croiser les bras comme s'il leur convenait parfaitement que les Allemands tuent le plus grand nombre possible de Juifs et de Polonais.

21

« La vérité pure et simple est que nous avons été plus mal traités que les satellites d'Hitler, pire que l'Italie, la Roumanie, la Finlande. Puisse Dieu rendre Son jugement sur l'effroyable injustice dont le peuple polonais a été victime et châtier tous les coupables. Nos héros sont les soldats dont les seules armes face aux tanks, aux avions et à l'artillerie étaient des revolvers et des bouteilles remplies de pétrole. Nos héros sont les femmes qui ont soigné les blessés et assuré les télécommunications sous des rafales de balles, qui ont cuisiné dans des caves pour les enfants et les adultes pendant les bombardements, qui ont prodigué apaisement et consolation aux mourants. Nos héros sont les enfants qui jouent innocemment dans les ruines encore fumantes. Ce sont tous les habitants de Varsovie. Un peuple animé d'un tel courage est immortel. »

Déclaration de l'Armia Krajowa diffusée
à Londres depuis Varsovie assiégée,
en octobre 1944

Fragments de guerre

En juin 1942, le *New York Times* a publié un rapport du Congrès juif mondial accusant l'Allemagne hitlérienne de l'assassinat d'un million de Juifs européens : « L'Europe s'est transformée en un gigantesque abattoir pour Juifs. » Le chiffre mentionné est en réalité inférieur au nombre de morts réel.

En novembre 1942 est paru en page 10 du même journal un bref article sur une conférence de presse de Stephen

Wise, le président du Congrès juif mondial, annonçant que la moitié des quatre millions de Juifs de l'Europe occupée ont été tués.

En novembre 1942, soixante-dix-huit Juifs d'Europe ont débarqué à Haifa, en Palestine. Ils apportaient des rapports de témoins oculaires sur les déportations et les gazages en masse dans les camps d'extermination d'Auschwitz, de Treblinka et de Chelmno.

Le 17 décembre 1942, le ministre britannique des Affaires étrangères Anthony Eden a informé officiellement la Chambre des communes de l'extermination des Juifs d'Europe. Sa déclaration a été suivie d'un communiqué du gouvernement des États-Unis annonçant que ces crimes seraient punis. Ces deux nouvelles ont été diffusées en allemand par la BBC.

*

Le trente-deuxième jour de captivité de Marlene fut marqué par un retournement spectaculaire : elle rencontra Ernst dans un hôtel de Cracovie.

Elle attendait avec Ewald dans l'entrée, où l'ordonnance de son client devait l'accueillir, quand Ernst sortit de l'ascenseur. La vue de Marlene le bouleversa visiblement. Quand elle lui lança un regard d'avertissement, il se ressaisit aussitôt et passa devant elle sans paraître remarquer sa présence.

Mais l'incident n'avait pas échappé à Ewald, dont l'unique talent était une méfiance à toute épreuve. Sans lui, Marlene aurait peut-être pu entrer en contact avec Ernst, mais ce soir-là, Ewald ne la lâcha pas d'une semelle, si bien qu'il lui fut impossible de remettre à la réception le message qu'elle avait rédigé en hâte dans la salle de bains de son client.

Ernst réussit pourtant à entrer en contact avec elle. Elle supposait qu'il avait suivi la voiture qui l'emmenait, sinon elle n'aurait jamais pu comprendre pourquoi le lendemain, Jolanta lui remit un billet en lui disant : « J'espère que c'est important. Cet homme m'a offert un paquet d'or pour que je te donne ça. »

Marlene en resta sans voix, puis leva les yeux vers Jolanta.

— Ne me regarde pas comme ça, lança celle-ci. Je ne suis pas un monstre.

— Est-ce que tu l'as lu?

— Bien sûr. Qui est Trudi?

— Oh merde!

Les doigts tremblants, Marlene déplia le papier froissé et lut le bref message d'Ernst: «Ils ont pincé Trudi il y a quinze jours. Elle est à Auschwitz. E.»

— Oh mon Dieu!

Deux semaines déjà! La petite était-elle encore en vie? Marlene saisit le bras de Jolanta.

— Il faut que tu m'aides à la retrouver!

— Non, répondit Jolanta d'une voix dure. À ton avis, combien de mes filles m'ont demandé le même genre de service?

Et elle lui tourna le dos pour lui signifier sans équivoque que le débat était clos.

Mais Marlene ne lâchait pas prise si facilement. Elle saisit la manche de Jolanta et s'y agrippa.

— Tu dois faire quelque chose. Elle n'a que quinze ans!

Jolanta se dégagea.

— Je ne dois rien faire du tout. Ici, les enfants meurent par centaines tous les jours.

Marlene changea de tactique.

— Elle est ravissante, gracile comme un elfe et très douée. C'est une chanteuse et une artiste merveilleuse, elle est même funambule.

Si Trudi était bel et bien une artiste, Marlene ignorait si elle savait chanter, mais elle s'était jetée à l'eau. Elle avait peine à croire que l'équilibrisme faisait partie des talents d'une geisha, mais comme elle savait que Jolanta était sans cesse à la recherche de chanteuses de talent pour ses clients, elle avait voulu tenter sa chance.

Jolanta l'avait écoutée sans ciller.

— Si elle est gracile, elle est probablement morte à l'heure qu'il est, déclara-t-elle sur le ton du constat. Les réserves de Zyklon B s'épuisent: maintenant, les nazis jettent les nouveaux arrivants vivants dans les flammes ou les laissent mourir dans les services de quarantaine.

Mais Marlene n'était pas prête à abandonner Trudi si vite.

— Je t'en prie… pouvons-nous aller voir à l'hôpital si elle y est?

Elle lut pour la première fois de l'impatience sur le visage habituellement stoïque de Jolanta.

— Tu sembles oublier qu'ici, je suis prisonnière comme toi, répondit-elle.

— Et alors? Tu m'as bien dit que tu choisissais toi-même tes filles. Tu peux donc bien faire un tour au service de quarantaine.

Jolanta la dévisagea, les yeux plissés.

— Je ne supporte pas les petites malignes, dit-elle à mi-voix en détachant soigneusement chaque mot.

— J'ai seulement bonne mémoire, répondit Marlene avec un demi-sourire en priant pour obtenir gain de cause.

— Je l'examinerai peut-être, mais c'est à moi seule de décider si elle fera l'affaire, conclut Jolanta en plantant brusquement l'index dans la poitrine de Marlene.

Ce geste lui fit mal, ainsi que la pensée quelque peu tardive qu'une existence de pute à nazis n'était pas de celles qu'elle voulait imposer à Trudi. Mais sa priorité était de sauver la jeune fille. Pour le reste, elle verrait plus tard. Elle donna à Jolanta le nom complet de Trudi et la lui décrivit en détail.

22

«En temps de guerre, la morale se transforme pour obéir à d'autres critères. Ce que nous n'acceptérions jamais en temps de paix, nous en venons à le considérer comme normal pendant la guerre.»

Raffael Valeriani

Deux cent dix-huit jours avant le jour 0

Le 3 août 1941, le combatif évêque catholique de Münster Clemens von Galen a fait un sermon condamnant en termes à peine voilés l'assassinat des malades et des handicapés :

«Si l'on a le droit de tuer ses semblables parce qu'ils sont improductifs, malheur à nos vaillants soldats qui rentrent chez eux estropiés ou invalides!»

Cette déclaration exaspère le gouvernement d'Hitler.

*

— La bonne nouvelle, c'est que je l'ai retrouvée, annonça Jolanta à son retour.

Marlene était encore stupéfaite d'avoir pu convaincre Jolanta de rechercher Trudi. Cela tenait sans doute à ce que Jolanta la considérait comme une protégée de Brunnmann et espérait obtenir des renseignements sur elle par l'intermédiaire de Trudi. Mais peu importaient à Marlene ses raisons d'agir, du moment qu'elle l'aidait à secourir Trudi. Postée sur le seuil du baraquement, elle avait attendu plusieurs heures le retour de Jolanta, qui était la seule à avoir le droit de quitter le baraquement sans être accompagnée d'un garde.

Ce matin-là, il pleuvait de nouveau à verse. Jolanta ôta ses chaussures trempées pour enfiler ses patins en bois.

— Et la mauvaise nouvelle? s'enquit Marlene

Elle avait beau se consumer d'impatience, elle n'osait envisager qu'il était peut-être trop tard pour Trudi.

— Elle a le typhus. On refuse de la laisser sortir.

— Le médecin ne peut-il pas nous aider?

Depuis qu'elle savait ce qu'il lui avait fait, elle aurait préféré l'oublier, mais à l'idée qu'il pouvait sauver Trudi…

— Demande-le-lui et donne-lui mon bonjour, répondit Jolanta, sarcastique, consciente que Marlene pourrait difficilement s'adresser au médecin sans son aide.

— Je t'en prie… tant qu'elle est encore en vie, il reste toujours un espoir…

Le visage de Jolanta s'allongea comme si elle était forcée d'écouter un conseil qu'elle n'avait pas sollicité.

— Sais-tu ce que je pense de l'espoir? Rien de bon! Il ne sert qu'à prolonger inutilement tes souffrances. J'ai vu la fille, elle est mourante et tu ne pourras rien y changer.

— Alors je dois la laisser crever? Tu es vraiment cruelle!

— Non, c'est de délivrance que je te parle! C'est toi qui es cruelle parce que tu veux prolonger ses souffrances.

Jolanta regarda d'un air écœuré la flaque d'eau qui s'étendait sous ses pieds.

— Je vais me changer, dit-elle et, poussant Marlene de côté, elle s'éloigna.

Mais pour Marlene, la discussion était loin d'être close. Elle suivit Jolanta dans le réduit aménagé au fond du baraquement qui mesurait certes huit mètres de large, mais à peine deux en profondeur. Jolanta parut sur le point de jeter Marlene à la porte, mais elle se ravisa.

— Très bien, réglons cette affaire une bonne fois pour toutes, déclara-t-elle. Attends-moi dehors pour que je puisse me changer dans cette boîte à sardines.

Quelques minutes plus tard, elle fit signe à Marlene d'entrer et lui offrit l'unique tabouret de la pièce.

— Au cas où ton amie survivrait et si elle est aussi douée que tu le dis, commença-t-elle, demande-toi d'abord si elle supporterait que de vieux bonshommes se servent de son corps?

— Est-ce si important dans l'immédiat? Ne devons-nous pas d'abord lui sauver la vie? louvoya Marlene, qui préférait traiter les problèmes par ordre d'apparition.

— Si cette fille survit, tu seras responsable d'elle. Son sort sera entre tes mains et tu devras porter ce fardeau.

— N'est-ce pas toi qui m'as dit que nous devions survivre quel qu'en soit le prix?

— Parce que tu es du même bois que mes filles. Parce que je les ai toutes choisies sur ce critère. Je ne connais pas ta Trudi, et je n'aime ni les larmes, ni les drames.

Marlene trouvait déplaisant que l'Asiatique ait mis le doigt sur la plaie, c'est-à-dire le sort qui attendait Trudi : devenir une prostituée de Brunnmann. Que souhaiterait Trudi? se demanda-t-elle. Elle préférerait probablement mourir. Avait-elle eu raison d'insister auprès de Jolanta pour la secourir? Marlene se sentait désorientée et profondément mal à l'aise, car elle doutait soudain d'avoir pris la bonne décision.

— Tu devras t'occuper uniquement d'elle. Je me charge de mes *geikos*, précisa Jolanta.

Quand elle se leva, Marlene crut que c'était fini, qu'elle refusait de l'aider, mais Jolanta reprit la parole.

— Laissons le Destin en décider, conclut-elle. Aujourd'hui, plusieurs de mes filles doivent être examinées par le docteur Friehling. C'est une visite médicale de routine. Je t'emmène à l'hôpital avec elles. Ce sera à toi de convaincre le docteur pour Trudi.

Marlene fut la dernière à passer à la visite. Jolanta la poussa dans le cabinet médical, dont la vue lui serra le cœur.

— Si ta Trudi survit, elle sera stérilisée. Ça aussi, tu en seras responsable, lui dit Jolanta.

Le docteur Friehling écouta calmement la requête de Marlene, puis la pria de l'attendre dans son cabinet. À son retour une heure plus tard, il était suivi de deux détenus en uniforme rayé qui portaient sur une civière une silhouette dissimulée sous une couverture. Marlene s'élança vers eux, mais le docteur l'empoigna et la tira en arrière.

— Faites attention, elle a le typhus exanthématique! Tenez, dit-il en tendant à Marlene un masque de protection, mettez-le mais gardez quand même vos distances et ne la touchez pas.

— Survivra-t-elle ? demanda Marlene alors que le médecin commençait à peine à examiner Trudi.

L'état de la jeune fille la laissait désemparée. Trudi était méconnaissable. Son visage était gris et creusé, son nez effilé et son corps si décharné que sa peau semée de taches était tendue sur son ossature délicate. Le médecin lui administra une injection, nettoya et pansa quelques-unes de ses plaies qui suppuraient. Il essaya ensuite de lui faire boire un peu d'eau chaude et quelques gouttes tombèrent entre les lèvres gercées de Trudi, qui murmurait des mots indistincts.

— Qu'est-ce qu'elle dit ? demanda Marlene.

— Rien, elle délire.

Trudi émit des sons incompréhensibles tandis que sa tête roulait de droite à gauche et que ses mains frappaient la couverture comme pour repousser un ennemi invisible. Mais cette fois-ci, Marlene avait compris certaines de ses paroles.

— Elle dit qu'elle a vu Hitler.

— Elle a la fièvre. Tenez, dit le médecin en tendant à Marlene un torchon trempé, faites-le goutter entre ses lèvres, elle doit s'hydrater de toute urgence. Je dois aller voir mes autres patients.

Avant de sortir, il lui rappela de garder sa protection et de ne pas toucher la patiente.

Dès qu'il fut sorti, Marlene prit la main de Trudi et la caressa. À son avis, la jeune fille avait surtout besoin de savoir qu'elle n'était pas seule.

— Tu vas guérir, Trudi, tu m'entends ? lui répétait-elle.

Le docteur revint, mais ne fit aucun commentaire quand il vit qu'elle n'avait pas suivi ses conseils. Avant d'examiner de nouveau Trudi, il se lava soigneusement les mains.

Il observa ses pupilles et l'ausculta. Après s'être encore lavé les mains, il s'assit à son bureau, ouvrit un carnet et commença à rédiger un rapport avec la plus grande concentration.

Cette vision déconcertait Marlene. En blouse blanche immaculée, le stéthoscope en sautoir, il était paisiblement assis entre de gros livres et un microscope, au milieu de schémas anatomiques. Il donnait l'impression d'être coupé de la réalité impitoyable du camp, comme s'il était assis dans son cabinet. Comme si le monde autour de lui n'était pas en train de se désagréger.

Il sentit son regard sur lui et reposa son stylo.

— Et comment va votre jambe? Avez-vous mal? demanda-t-il.

— Non, répondit-elle en serrant les lèvres alors qu'il n'en était rien, mais elle ne voulait plus que l'homme qui l'avait stérilisée posât la main sur elle.

— Mais vous avez quelque chose à me reprocher. Puis-je savoir de quoi il s'agit?

— Non, répéta-t-elle, et elle se détourna pour recommencer à humecter les lèvres de Trudi.

— Vous venez de me regarder comme si je vous avais fait avaler une pilule amère.

Qu'est-ce que ça peut bien lui faire? se demanda-t-elle.

— Aidez Trudi. Pour le reste, je n'ai rien à vous dire, riposta-t-elle plus brutalement qu'elle l'aurait voulu.

Elle s'exhorta à faire plus attention: Trudi avait encore besoin du médecin.

— Pardonnez-moi, c'est seulement que… je suis inquiète pour mon amie, bredouilla-t-elle pour l'apaiser.

— Utilisez-vous l'éponge et la teinture?

— Oui.

— Bien. J'aimerais vous examiner. La visite médicale n'est prévue que dans une semaine, mais puisque vous êtes ici…

Il s'était levé et il avait tiré un rideau auquel Marlene n'avait pas prêté attention, dévoilant une chaise gynécologique.

— Qu'est-ce que ça veut dire? lança-t-elle.

— Dame Jolanta ne vous a-t-elle rien expliqué? demanda-t-il, perplexe.

— Quoi donc?

— Que je dois vous examiner régulièrement comme toutes les autres filles.

— Jamais!

Marlene s'était levée d'un bond, oubliant ses résolutions de ne plus prêter le flanc à ses critiques.

Le médecin la regarda longuement comme s'il voulait sonder son âme. Le silence s'étendit entre eux et devint aussi compact qu'un mur. Marlene se sentait de plus en plus mal à l'aise, comme si elle devait se défendre contre quelque chose qu'elle n'avait pourtant pas provoqué. Et, bien que parfaitement consciente qu'il avait l'avantage, elle ne pouvait se résoudre à baisser les yeux. Jamais elle ne ramperait devant un seigneur en uniforme de SS, même si c'était le médecin qui avait sauvé sa jambe et qui aidait à présent Trudi.

Le duel muet se prolongea. Le médecin, qui était adossé au montant de la fenêtre et croisait les bras, donnait l'impression de soupeser une décision, mais elle aurait juré qu'il lui jouait la comédie. Dans un instant, il lui dirait qu'il pouvait à tout moment lui donner l'ordre de se laisser examiner.

— Je crains que ni vous ni moi n'ayons le choix, dit-il enfin sur un ton presque paternel. Le colonel exige un rapport mensuel.

Bien joué, docteur, pensa Marlene, butée. Faire comme si nous étions dans le même bateau, bravo!

— Je comprends, répondit-elle. Vous devez vérifier que la marchandise du colonel n'est pas endommagée. N'avez-vous donc pas confiance en votre savoir-faire?

Si elle n'avait su à quoi s'en tenir, elle aurait pu croire que ses paroles avaient fait mouche. Atterrée, elle comprit que c'était justement ce qu'elle voulait: le blesser comme lui-même l'avait blessée. Ce n'est jamais sans amertume qu'on ressent ses émotions comme une trahison, comme elle le constatait à cet instant. Cet homme était son ennemi, et pourtant... Maudites émotions incontrôlables! Il fallait toujours qu'elles l'assaillent malgré elle. Trudi avait raison: elle devenait sentimentale. C'était la guerre qui l'épuisait, minait ses forces et son caractère. Or la faiblesse était bien la dernière chose qu'elle pouvait se permettre.

Tandis qu'elle livrait ce combat contre elle-même, le médecin se leva, la saisit par les épaules et prononça des paroles qui la désarçonnèrent complètement, car elle comprit qu'elle s'était montrée injuste envers lui.

— Vous possédez une grande force de caractère, mais vous êtes jeune et vous présumez de vos forces. Je ne vous ai pas stérilisée – ni vous, ni aucune des filles. C'est contre mes principes. Cette teinture est un contraceptif qui vous protège toutes.

— Quoi? bredouilla-t-elle.

Il la lâcha, recula et elle lut sur son visage ce qui ressemblait à de la stupeur devant sa propre impulsivité. Il passa les mains dans ses épais cheveux gris, en un geste qui trahissait son désarroi. Il parut réfléchir, puis se ressaisit.

— Pardonnez-moi cet éclat, dit-il. Je n'aurais pas dû me laisser aller ainsi. Mais il y a en vous quelque chose de...

Il n'acheva pas sa phrase, mais contempla Marlene comme une énigme qu'il devait résoudre. Immobile sous son regard, elle ressentait un trouble qui la réchauffait alors qu'elle savait parfaitement qu'il n'avait pas sa place en ce lieu ni dans cette situation.

Alors, comme s'il pouvait voir jusqu'au fond de son âme, le médecin lui adressa ce sourire mélancolique qui lui serrait le cœur parce qu'il avait quelque chose d'inéluctable. Il lui donnait l'impression que cet homme voulait lui communiquer un espoir auquel il avait depuis longtemps renoncé pour lui-même.

Il alla se rasseoir à son bureau et, par ce geste, mit entre eux ce meuble massif et plusieurs mètres de distance. Cela ressemblait presque à une manœuvre de repli. Marlene se demandait si c'était derrière des lignes ennemies. Elle y avait au moins gagné un report de la visite médicale. Elle avait pourtant conscience de l'absurdité de sa réaction. Que n'avait-elle déjà enduré, ce viol de son corps et presque de son esprit, tout cela pour une idée à laquelle elle croyait : un monde meilleur? Il y avait des années qu'elle était prête à se sacrifier sur l'autel nazi de l'ignominie.

Elle se rendit compte qu'elle restait pétrifiée. Elle se sentit soudain gênée, se rassit promptement au chevet de Trudi et saisit sa main comme si elle s'accrochait à une bouée. Mais elle ne pouvait pour autant se soustraire à la tension nouvelle née entre cet homme et elle. Elle savait qu'il en allait de même pour lui et qu'il en était aussi surpris qu'elle. Quelque chose avait changé entre eux comme si leurs points de vue respectifs s'étaient à la fois déplacés et rapprochés l'un de l'autre, un paradoxe émotionnel qu'elle ne pouvait s'expliquer. Elle attendit donc ce qui devait arriver en se répétant que sa faiblesse venait uniquement de sa position précaire de prisonnière. La balle était toujours dans le camp du médecin.

Une minute s'écoula avant qu'il reprît la parole, pour la surprendre une fois de plus.

— Quand les nationaux-socialistes ont pris le pouvoir en 1933, vous étiez encore très jeune, dit-il. Vous avez grandi alors que l'école était devenue un lieu d'endoctrinement et que chaque enseignant portait l'insigne du parti. Moi, je suis né en 1882, j'ai connu la Première Guerre mondiale, la révolution d'Octobre avec tous ses excès, et la République de Weimar. Puis-je vous demander à quel âge vous avez commencé à douter du régime nazi? Je sais que vous avez connu les prisons de la Gestapo pour la première fois à l'âge de dix-huit ans.

Marlene en resta confondue. Que signifiait ce discours? Essayait-il d'endormir sa méfiance? L'interrogeait-il pour le compte de Brunnmann?

Le médecin parut lire dans ses pensées.

— Vous êtes très méfiante et c'est tout à fait compréhensible. Mais peut-être vous fierez-vous plus volontiers à moi sachant que je me suis remis entre vos mains par un aveu qui, je l'avoue, était tout à fait involontaire. Dame Jolanta elle-même ignore que je me suis dérobé à mon devoir de stérilisation.

Marlene secoua la tête avec agacement.

— Je ne vous comprends pas, docteur... pourquoi vous tient-il tant à cœur de gagner ma confiance?

— Parce qu'à mes yeux vous incarnez l'espoir, répondit-il dans un élan de passion qui la confondit. Vous êtes pour moi la preuve que tout n'est pas perdu, parce qu'il existe encore des hommes et des femmes jeunes au caractère bien trempé qui résistent à l'idéologie national-socialiste et sont prêts à la combattre!

Marlene éclata d'un rire sec et tenta de déceler les intentions dissimulées sous ses paroles.

— Au cas où cela vous aurait échappé, je suis prisonnière, persifla-t-elle.

Le médecin se pencha en avant et sa voix devint presque rauque d'émotion.

— Et si je vous aidais à vous évader? demanda-t-il.

Marlene en eut le souffle coupé. Elle se sentit déchirée entre un espoir insensé et la peur d'être abusée. Elle souhaitait de toutes les fibres de son être que le médecin fût sincère, mais elle se cramponnait désespérément à sa fureur. Tout en elle se refusait à faire confiance à un homme portant l'uniforme des Têtes de Mort, quand bien même il avait éveillé en elle des sentiments qui n'avaient rien de rationnel, parce que son intelligence était plus exercée que son cœur. Elle songea qu'au fond, elle ne lui devait aucune reconnaissance, car en sauvant sa jambe, il avait conservé une marchandise de valeur d'abord au comte et ensuite à Brunnmann. Il n'était toutefois pas si rare qu'une victime s'éprît de son bourreau, parce que sa vie dépendait entièrement de lui. C'était probablement ainsi que le loup avait survécu, en devenant un chien, une créature soumise à l'homme. Mais elle, jamais elle ne se soumettrait à personne!

— J'ignore quel jeu vous jouez avec moi, docteur, mais même si votre proposition recèle une once de vérité, vous savez certainement que si je m'enfuis, Brunnmann fera fusiller toutes les filles de Jolanta.

Mais sa fureur n'avait apparemment aucune prise sur lui.

— Je comprends votre ressentiment. Pour quelle raison me feriez-vous confiance?

— Je ne vous le fais pas dire! À moins, bien sûr, que vous me révéliez quelque chose.

Marlene savait qu'elle s'aventurait sur un terrain dangereux alors que le médecin, lui, ne risquait rien.

— Vous pourriez peut-être vous fier à moi parce que j'essaie de sauver votre jeune amie...

— Peut-être ne le faites-vous que pour me mettre à l'épreuve, objecta Marlene, nullement disposée à baisser son pavillon.

Elle s'interrogeait pourtant sur le sens de cet entretien. Pourquoi insistait-il ainsi? Les brutes de la SS employaient de tout autres méthodes pour faire parler une détenue.

Le médecin parut avoir la même idée au même instant.

— Pour vous convaincre de ma bonne foi, je ferai donc appel à votre intelligence, dit-il. Je vois que vous considérez ma proposition comme un piège raffiné pour vous soutirer des renseignements. Que savez-vous sur la Résistance qui justifierait qu'on fasse tant d'efforts pour vous faire parler? Il y a plus d'un mois que vous êtes ici. Ne croyez-vous pas que la Gestapo vous aurait depuis longtemps interrogée si vous aviez d'aussi précieuses révélations à faire?

Marlene réprima un sourire.

— Docteur Friehling, il me semble que la réponse est dans la question que vous venez de poser! Vous semblez en tout cas partir du principe que j'en sais long sur la Résistance.

— Je me permets de vous rappeler que c'est vous qui vous êtes adressée à moi, et non l'inverse.

— Tout ce que je sais, docteur, c'est que vous travaillez pour Brunnmann, tout comme Jolanta. L'affirmation selon laquelle vous n'auriez stérilisé ni moi, ni les autres filles, ne prouve strictement rien : comment pourrais-je le vérifier ? En n'utilisant pas l'éponge et en tombant enceinte ? Et qui me dit que le message de mon ancien amant que vous m'avez remis n'est pas un piège ? Brunnmann était au courant de ma liaison avec Ernst Meister.

Le docteur hocha la tête comme s'il se résignait.

— Vous êtes inouïe, dit-il. Je n'avais encore jamais rencontré de femme comme vous. Si vous étiez dans la gueule d'un alligator de dix mètres, vous feriez votre possible pour le dissuader de vous dévorer. Comment puis-je donc vous convaincre que je suis du même bord que vous ?

— En tuant Adolf Hitler, répondit Marlene en le regardant droit dans les yeux.

Un coin de la bouche de Friehling tressaillit.

— En tant que médecin, j'ai prêté serment de protéger la vie. N'importe quelle vie, répondit-il.

— Nous y voilà ! Vous savez quoi, docteur ? C'est vous qui êtes inouï ! riposta Marlene, de nouveau suffoquée d'indignation.

— Vous avez raison et je ne nie pas l'absurdité de ce serment dans un tel lieu. Mais nous tournons en rond. Je vous répète que je peux vous aider à vous évader.

— Et moi, je vous répète que si je m'évade, Brunnmann fera fusiller les autres filles par représailles. Mme Butterfly vous le confirmera.

— Permettez-moi une rectification : dame Jolanta énonce cette menace à chaque nouvelle arrivante, mais en réalité, le colonel ne peut se permettre de prendre de telles mesures. Premièrement parce que cela reviendrait à admettre qu'il est possible de s'évader, deuxièmement parce que les filles de Jolanta sont une mine d'or pour lui. Et comme les nazis sont sur le point de perdre la guerre, Brunnmann est plus avide que jamais d'amasser des richesses. Sa cupidité est sans limites.

Marlene ressentait malgré elle le vague espoir qu'après tout, le médecin était peut-être sincère, mais elle avait trop peur que les autres filles paient pour elle si elle s'évadait.

— Pourquoi moi? demanda-t-elle tandis que son cœur battait plus vite.

Sans savoir pourquoi, elle redoutait la réponse à cette question, comme si elle devait être lourde de conséquences. Pour quelqu'un comme elle qui était aux mains de la SS, il était complètement absurde de croire à un avenir alors qu'elle survivait au jour le jour.

Le docteur s'était levé pour examiner de nouveau Trudi, posait la main sur son front et lui prenait le pouls.

— Votre amie est plus calme, observa-t-il.

Marlene avait l'impression qu'il différait sa réponse alors que c'était lui qui avait provoqué cet entretien.

Il était maintenant devant elle et comme elle jugeait désavantageux de poursuivre cette conversation assise alors qu'il était debout, elle se leva à son tour. Il recula d'un pas comme si elle s'était trop approchée de lui, et cette réaction lui révéla le peu de distance qui subsistait entre eux. Ce pas qui l'éloignait d'elle les rapprochait en réalité. Pendant un bref instant, elle fut prise d'un désir irraisonné de toucher sa poitrine, de sentir son cœur battre sous sa main alors qu'elle refusait de lui faire la moindre confiance! Et ce fut précisément à cet instant qu'elle se souvint de leur rencontre dans la chambre du comte, alors qu'elle croyait avoir devant elle un homme de bien, avant d'avoir remarqué son uniforme de la SS.

— Votre ami Ernst a posé votre évasion comme condition à son aide, répondit-il enfin.

— Quelle aide? De quoi s'agit-il? demanda-t-elle, déconcertée par ce nouveau tour inattendu que prenait leur entretien.

Le médecin jeta un bref coup d'œil à la porte, un réflexe qui rappela Jakob à Marlene. Dès que Jakob abordait une question cruciale pendant la préparation d'une mission, il prenait le même genre de précaution. Elle retint son souffle sans même s'en rendre compte, et le docteur lâcha la bombe:

— Nous comptons faire sauter les chambres à gaz et les crématoires du camp, et Ernst Meister nous livrera la dynamite et les armes dont nous aurons besoin.

— Nous? Qui est ce «nous»?

L'ampleur de ce projet stupéfiait Marlene et son instinct lui soufflait que le médecin disait la vérité. Il ne bluffait pas, il était prêt à agir, il était de son côté!

— C'est secondaire, répondit-il comme s'il lui était pénible de se montrer impoli même dans cette situation si peu ordinaire.

— Et comment allez-vous faire? Avez-vous un plan?

— Pardonnez-moi, mais il m'est également impossible de vous répondre sur ce point, dit-il avec un sourire contrit qui dissipa les derniers doutes de Marlene.

— Je veux participer à cette opération! Je m'y connais en explosifs!

— C'est impossible. Votre ami a exigé que je vous fasse sortir du camp avant l'opération. La vengeance des nazis sera terrible. Ernst pense que Brunnmann risque d'exercer des représailles contre vous.

— Je me charge d'Ernst. Pourriez-vous lui transmettre un message de ma part?

— Je crois qu'il vaudrait mieux que vous acceptiez ses conditions. J'ai l'impression qu'il vous aime vraiment.

— Mais moi, je ne l'aime pas. Ne me regardez pas de cet air choqué, docteur. Je me suis servie de lui et il le sait.

Elle était déjà assise au bureau, sur lequel elle écrivait un mot pour Ernst. Elle sentait son sang courir dans ses veines, elle se sentait vivante comme cela ne lui était plus arrivé depuis des semaines. Elle pouvait enfin de nouveau agir. Elle plia la feuille et la remit au médecin.

— Il vaudrait mieux que je lui communique votre décision de vive voix, objecta-t-il.

— Je connais Ernst. Il ne vous croirait jamais.

— Est-il méfiant à ce point?

— Disons que sa déception de me voir rester ici décuplera sa méfiance.

— Ma foi, on pourrait difficilement le lui reprocher. Pourquoi ne profiteriez-vous pas de cette occasion pour vous enfuir et vous mettre en sécurité? Il m'a prié de vous dire qu'il a trouvé une excellente cachette.

— Il est hors de question que j'aille me cacher alors que les nazis continuent à tuer, répondit Marlene en se préparant à entendre d'autres arguments, mais il la surprit une fois de plus.

— Je sais qu'il est difficile d'aller contre sa propre nature. Au risque de me répéter, vous êtes une femme remarquable et très courageuse. Le courage d'un seul pèse plus lourd que la lâcheté d'un millier, déclara-t-il.

— De qui est-ce?

Il haussa les épaules.

— De personne de connu, mais votre vaillance me rappelle un excellent ami que j'avais autrefois, dit-il avec ce sourire qui évoquait à Marlene la mélancolie des feuilles tombant à l'automne.

— Pourquoi êtes-vous entré dans la SS, docteur? demanda-t-elle.

Il y avait longtemps que cette phrase lui brûlait les lèvres. Mais il n'eut pas le temps de répondre, car la porte du cabinet s'ouvrit brusquement.

— Tu dois venir immédiatement. Ewald t'attend. Tu es de sortie, annonça Jolanta.

— Le matin? s'étonna Marlene, car à sa connaissance, c'était sans précédent.

— Oui, mais fais attention. Il mijote quelque chose.

— Pour changer, répliqua Marlene.

Elle n'avait pas peur d'Ewald, mais elle était inquiète pour Trudi.

— Je prendrai soin de votre amie, assura le médecin.

Ewald attendait dans l'entrée. Il lui lia les mains et la voiture démarra, mais ne sortit pas du camp, ce qui était inhabituel.

Après un court trajet, ils approchèrent d'une foule immense. Mille détenues au moins répondaient à un appel pendant que l'orchestre du camp jouait la valse du *Beau Danube bleu*. Au milieu de la place se dressait une potence. Deux douzaines de SS au moins, dont quelques-uns avec des chiens en laisse, et autant de détenus kapos étaient rassemblés sur les lieux de l'exécution. Marlene ferma les yeux.

— Regarde, sinon je te flanque une raclée, à toi et à ton amie Olga! menaça Ewald.

Marlene fut donc forcée d'ouvrir les yeux et de regarder une jeune détenue toute en longueur que deux gardes traînaient vers la potence. Elle criait et se débattait de toutes ses forces. Les deux hommes avaient visiblement du mal à la tenir.

— Voilà ce qui arrive à celles qui se croient plus malignes que nous, déclara Ewald sur le ton d'un conférencier présentant un film de choix à son public.

Mais ce film échappa soudain au scénario prévu. La femme se dégagea, tira un couteau et hurla en polonais: «Vive la Pologne!» avant de se trancher la gorge.

Elle avait ainsi privé ses bourreaux de la satisfaction de la châtier et elle s'était tuée en public! Un tel acte de bravoure face à la mort laissa Marlene sans voix. L'espace d'un instant, elle oublia toutes ses souffrances et se sentit indiciblement proche de cette femme dans le geste de laquelle elle puisa des forces nouvelles. C'était la vertu du courage: il se communiquait à autrui. Elle sentait son action, elle le sentait déferler comme une vague dans l'assistance, elle savait que les autres détenues pensaient comme elle, comme si elles formaient désormais une communauté. Un silence spectral plana sur la foule, puis un tumulte éclata. Des détenues entonnèrent l'hymne national polonais et celles qui n'en connaissaient pas les paroles fredonnèrent l'air en applaudissant.

Les SS sortirent de leur torpeur et ripostèrent en tirant dans la foule. Les détenues hurlèrent et s'effondrèrent. Ce fut un massacre. La rébellion cessa aussi vite qu'elle avait commencé. Et pourtant elle brûlait, la flamme de la résistance! Et il suffisait parfois du courage d'un seul pour réveiller celui d'une foule.

Marlene eut soudain un mauvais pressentiment. Elle aurait voulu s'enfuir, mais où fuir alors qu'autour d'elle le droit n'existait plus? Ewald était un sadique qui haïssait les femmes, et il la détestait d'autant plus qu'elle lui tenait tête et ne montrait aucune peur. Elle était à ses yeux une provocation vivante. Elle venait de lire sur son visage sa furieuse envie, non seulement de la battre, mais de la tuer, ce que son dieu Albrecht Brunnmann lui avait malheureusement interdit, jusqu'à nouvel ordre du moins.

Il avait voulu l'humilier en la forçant à assister à l'exécution de cette femme courageuse, mais il avait été privé du plaisir malsain qu'il en escomptait et c'était ce qu'il ne lui pardonnerait jamais. Son visage grimaçait de haine et ses mains charnues se crispaient sur le volant. Sa violence était prête à se déchaîner.

Marlene tâtonna à la recherche de la poignée de la portière avec ses mains liées, car elle voulait au moins mettre quelques mètres de distance entre cet homme et elle, un bref répit qui lui sauverait peut-être la vie. Mais la portière résistait à ses efforts. Du reste, il était trop tard. Ewald se jeta sur elle de tout son élan, ses mains se refermèrent sur sa gorge et la serrèrent. Elle lut la violence sur son visage et l'envie de meurtre dans ses yeux. Il allait la tuer.

Mais elle refusait de mourir, surtout de la main d'Ewald. Si elle devait mourir jeune, que ce soit les armes à la main, au combat, mais pas de cette manière absurde, avec le visage d'Ewald comme dernière vision. Une rage folle flamba en elle, l'idée de la mort la rendait furieuse et cette fureur décupla ses forces. Elle parvint à libérer ses mains, empoigna l'entrejambe d'Ewald et le pressa de toutes ses forces. Il hurla comme un dément et lâcha prise. Elle savait qu'il lui restait peu de temps pour agir. Ewald voudrait plus que jamais la tuer. Les veines de son visage écarlate saillaient comme des vers et Marlene rêvait de les voir éclater.

— Que se passe-t-il, adjudant?

Un homme plutôt jeune dont l'uniforme de SS révélait le grade de médecin d'état-major s'était avancé vers le véhicule militaire. Ses deux occupants ne répondirent pas, car ils étaient encore à bout de souffle. Du reste, la scène se passait d'explications. Le médecin ouvrit la portière du passager.

— Venez, je vous ramène chez vous, dit-il à Marlene.

Il avait bel et bien dit «chez vous»! Incroyable, pensa Marlene, qui le regardait comme s'il tombait du ciel. Il lui était vaguement familier et elle se demandait où elle l'avait déjà vu. Était-ce lors de l'une de ses «sorties»? Mais Brunnmann sélectionnait ses clients en fonction de leur utilité économique. Les élus étaient généralement des civils, et les rares militaires étaient de haut gradés. Ce jeune médecin d'état-major n'avait donc pas le profil d'un client. Il était néanmoins nettement plus haut dans la hiérarchie qu'Ewald. Ce dernier s'était entretemps ressaisi.

— Ne vous mêlez pas de ça! siffla-t-il entre ses dents serrées. Cette femme appartient au colonel Brunnmann.

— Et que fait-elle ici, à l'autre bout du camp? s'enquit l'homme sur un ton plus dur.

Cette question était apparemment justifiée, car Ewald ravala la riposte qu'il allait lancer et rentra la tête entre les épaules. Elle n'éprouvait plus que mépris pour lui, car il ne se sentait fort et courageux que face à des femmes sans défense.

— J'ai compris : il s'agit ici d'une excursion improvisée, reprit le médecin.

Il avait fait descendre Marlene de la voiture et il la soutenait par le bras, car elle tenait à peine debout.

— Vous pouvez disposer, ordonna-t-il à Ewald.

Ce dernier parut sur le point de se rebeller, mais il se ravisa, mit le contact, accéléra et disparut dans un nuage de poussière.

Leur escarmouche était passée inaperçue au milieu des tirs. On avait emmené comme du bétail les détenues survivantes en laissant les mortes sur place. Tant de vies fauchées, pensa tristement Marlene. Un instant plus tard, on apporta une brouette en bois sur laquelle des détenues entassèrent les cadavres de leurs camarades. Le médecin regardait les corps avec un visage inexpressif, mais Marlene était certaine qu'il faisait en lui-même une courte prière pour eux. Sa fureur se réveilla. Cet homme n'avait pas le droit de s'adresser à Dieu ! Comment osait-il prier un dieu de bonté alors qu'il laissait des hommes tuer leurs prochains ? Comment pouvait-il haïr ces pauvres détenus et aimer Dieu ? Cela dépassait l'entendement de Marlene. Elle chancela, sa vue se brouilla et l'espace d'un instant, tout ce qui l'entourait lui apparut à travers un voile épais. Comme dans un cauchemar, elle entendait en même temps une musique céleste, mais elle comprit soudain que l'orchestre du camp avait joué sans interruption. À mesure que les arabesques de cette mélodie merveilleuse se déroulaient, les paroles lui revenaient en mémoire : *Freude schöner Götterfunken, Tochter aus Elysium*... Était-ce de Beethoven ? Elle se sentit au bord de l'hystérie car ce cauchemar était bien réel.

— Allons-y, déclara le médecin.

Il lui prit le bras et elle s'éloigna en s'appuyant sur lui. Leur passage fit sensation, Marlene sentit des regards la palper comme des mains et regretta de ne pas être transparente. Elle aurait aimé disparaître de la vue des autres détenus tant elle se sentait coupable de vouloir survivre, d'être prête à tout pour y parvenir, de se renier, de se rabaisser et de s'anéantir dans cet espoir. Quand cette folie prendrait-elle donc fin? se demanda-t-elle. Pourquoi quelqu'un de bon était-il impuissant à sauver le monde alors qu'un seul monstre pouvait le mener à l'abîme? Une pensée effrayante lui traversa l'esprit :

qu'arriverait-il si, au bout du compte, ce n'étaient pas les meilleurs, mais les plus forts qui survivaient?

Le jeune médecin marchait vite et elle avait du mal à se régler sur son pas. Sa gorge était douloureuse, elle respirait mal et elle avait peur de vomir d'un instant à l'autre. Elle ne pouvait plus chasser de son esprit la vision du massacre, elle revoyait toujours les SS comme ivres de sang et les rafales de leurs mitrailleuses fauchant les corps. Elle se sentait donc incapable de remercier son sauveur, qui du reste regardait obstinément devant lui et marchait en silence à son côté comme s'ils n'étaient que deux passants qui avaient par hasard la même destination. Regrettait-il son geste? S'interrogeait-il sur les conséquences que cela aurait pour lui de l'avoir secourue? Quel monde paradoxal les nazis avaient créé, se disait-elle dans son désarroi, quelle société, dans laquelle on devait craindre des représailles pour le moindre geste de compassion et, au contraire, on pouvait tuer sans discrimination? Et le monde n'avait que trop longtemps regardé ces atrocités sans réagir. Cette pensée la ramena au fantasme d'hégémonie du comte et elle se surprit à se demander si ce qu'elle avait considéré comme un tissu d'insanités ne recelait pas, tout compte fait, un grain de vérité. Trop nombreux étaient ceux qui tiraient profit de la guerre.

Ils étaient arrivés devant le baraquement. Le médecin répondit au salut de la sentinelle par un «*Heil Hitler!*» rigide avant de s'éloigner.

Jolanta n'était pas encore rentrée. Olga lui expliqua qu'elle avait comme toujours disparu après sa collecte des provisions.

Quand Jolanta rentra à l'*okiya* peu avant midi et juste avant leur départ, elle jeta un bref regard à Marlene.

— Tu devras porter un foulard au cou, lui dit-elle.

23

«Je dois dire que je n'ai absolument rien contre l'islam, car il forme à ma convenance les hommes servant dans cette division de la SS de Bosniaques musulmans dite "Kandjar", en leur promettant le paradis à condition de combattre et de mourir au combat.
Une religion sympathique et excellente pour le moral des troupes!»

Heinrich Himmler, Reichsführer de la SS

Fragments de guerre

«Quant aux Juifs, nous les acheminerons plus tard à Madagascar, où ils pourront construire leur propre État.»

Note du journal intime du ministre de la Propagande Joseph Goebbels à la suite d'un entretien avec le Führer Adolf H. de B. en 1940.

Le Führer Adolf H. de B. a eu une crise cardiaque. Depuis quelque temps, il n'apparaît presque plus en public car son déclin physique et psychique devient de plus en plus visible.

Mark I, le premier gros ordinateur programmé, est présenté à l'université américaine de Harvard. L'appareil mesure 2,5 mètres de haut sur 17 de long. Il fait des additions et des soustractions en un tiers de seconde et des multiplications en six secondes. Le concepteur de l'appareil, Howard Hathaway Aiken, affirme pouvoir résoudre avec son aide n'importe quel problème mathématique. C'est une femme, Grace Hopper, qui a programmé Mark I.

*

Six jours s'écoulèrent avant que Marlene pût revoir Trudi. Elle avait entre-temps fait sa première sortie dans une région éloignée du Gouvernement général. C'était la deuxième fois que ses clients étaient des Orientaux de l'Empire ottoman.

Marlene avait été emmenée là-bas avec neuf autres filles de Jolanta. Elle leur avait fait revêtir des costumes bariolés de harem, mais elles durent rapidement les ôter pour danser nues devant leurs clients. Ces derniers avaient amené des musiciens, des hommes aux longues barbes qui jouaient de leurs instruments assis à terre avec un sérieux imperturbable et sans paraître rien voir de l'orgie qui se déroulait autour d'eux. On ne consommait pas d'alcool, mais on faisait tourner des pipes de haschisch. À la fin de la soirée, tout le monde planait, et même Marlene qui n'avait pourtant pas fumé se sentait un peu partie.

Albrecht Brunnmann était présent, ce qui était également une première. Il lui avait présenté leur hôte, un cheikh qui, à l'en croire, était un ami très proche d'Himmler. Et c'était cet homme qui l'avait choisie pour la soirée. Brunnmann avait dû la lui recommander en sachant que les pratiques sexuelles du cheikh lui répugneraient. Il lui avait annoncé avec la même jubilation qu'après l'intervention du cheikh auprès de son ami Himmler, cinq mille enfants juifs qui, à l'initiative de la Croix-Rouge, devaient être échangés contre vingt mille prisonniers de guerre allemands, avaient été assassinés. Marlene feignit l'indifférence car elle refusait d'accorder la moindre satisfaction à Brunnmann.

Mais cela confirmait ce qu'elle pressentait : la fin de la domination nazie. Cette pensée, l'espoir que cela ne durerait plus longtemps et qu'une ère nouvelle commencerait ensuite, l'aidait à endurer les humiliations et les souffrances physiques. Mais avec la paix viendrait également le temps des représailles. Les bourreaux deviendraient des accusés, les victimes des vengeurs, les persécuteurs des persécutés. Et bon nombre de ceux qui avaient été chassés de leur pays devraient subir l'épreuve d'être traités en indésirables dans la patrie qu'on leur avait volée. C'était le constat le plus terrible de tous, celui qui la désespérerait encore bien des années plus tard. Ceux qui avaient survécu à la pire des guerres d'extermination de l'humanité seraient rejetés à leur retour chez eux, et parmi eux beaucoup seraient de nouveaux chassés, ce qui serait une nouvelle source de désespoir, de détresse et de misère. Plus d'un survivant de l'Holocauste se donnerait la mort pour cette raison.

Dès le retour de son excursion de plusieurs jours au Gouvernement général, Marlene avait supplié Jolanta de la laisser voir Trudi, mais elle dut attendre encore trois jours jusqu'à l'annonce d'une nouvelle visite médicale. Jolanta inscrivit Marlene sur la liste et elle fut conduite à l'hôpital avec d'autres filles. Par chance pour elle, le garde qui les escortait n'était pas Ewald. Depuis l'incident devant la potence, il s'était montré plus brutal que jamais avec Marlene et son corps était couvert de bleus. Jolanta s'était plainte à Brunnmann de ce qu'Ewald endommageait sa «marchandise» et avait réclamé davantage de maquillage pour dissimuler ces marques.

Le médecin fit de nouveau passer Marlene en dernier, mais ne put s'attarder avec elle car un collègue lui avait demandé de le rejoindre dans la salle commune de l'hôpital. Le garde commençait à s'impatienter. Jolanta le remarqua et convint avec lui qu'elle irait elle-même chercher Marlene plus tard.

Elle prit congé et s'éclipsa avec lui et les autres filles, laissant Marlene seule avec Trudi. La jeune fille était derrière le rideau dissimulant habituellement la chaise gynécologique, sur une table d'examen convertie en lit. Le médecin avait fait enlever la chaise gynécologique. Marlene lui était reconnaissante d'avoir gardé Trudi là. La jeune fille était blême et amaigrie, mais elle avait retrouvé sa lucidité.

— Tiens, c'est toi, salua-t-elle Marlene d'une voix faible.

— Comment te sens-tu?

— Repose-moi la question demain.

— Tu recommences déjà à plaisanter. C'est bon signe.

— Je préférerais faire le poirier.

— Tiens, bois ça.

Marlene porta le verre à ses lèvres et tamponna les quelques gouttes répandues sur son menton. Trudi reposa la tête sur son oreiller.

— Où as-tu dégotté ce médecin? Encore un ex à toi? demanda-t-elle.

— Et insolente, avec ça, commenta Marlene avec un sourire en s'émerveillant de la force de la jeune fille.

C'était vraiment incroyable au vu de tout ce qu'elle avait déjà subi. Mais peut-être était-ce justement de cela qu'elle tirait sa force? Elle avait perdu son foyer, elle avait dû se cacher, elle était la seule survivante de sa famille à un bombardement, elle avait échappé à la déportation pour atterrir au bout du compte dans un camp de concentration et, par-dessus le marché, elle avait attrapé le typhus. Peut-être était-elle bel et bien invulnérable?

— Raconte-moi comment ils t'ont pincée, Trudi.

— Ils m'ont arrêtée dans le train, répondit-elle avec une note d'amertume dans la voix.

— Et tu penses que c'est ma faute?

— C'est toi qui as voulu que je reprenne le train pour Munich!

— Bravo, tu as retrouvé toute ta combativité. Tu récupères.

— Je me demande surtout comment j'ai pu atterrir ici. Tu t'es arrangée avec les nazis? lança Trudi.

Tout épuisée qu'elle était, son regard agressif confirmait l'impression de Marlene, qui l'admirait malgré elle.

— Tu ne me fais plus confiance? Mais tu as du cran, et du vrai, se surprit-elle à répondre.

— Parce qu'il en existe du faux?

— Bien sûr! La plupart des gens ne sont courageux qu'au milieu de la foule. Toi, ton courage est spontané et tu assumes tes convictions.

— Très bien, répondit Trudi, dont les yeux se réduisirent à de minces fentes. Mais maintenant, je me méfie pour de bon: tu viens de me dire quelque chose de gentil.

Alors que Marlene allait répliquer, elle crut entendre la voix du docteur dans le couloir. Sans savoir pourquoi elle agissait ainsi, elle se glissa vers la porte entrebâillée pour regarder au-dehors. Elle le repéra au bout du couloir, près de l'escalier. Il serrait une pile de couvertures contre lui et parlait avec un médecin d'état-major de la SS dans lequel Marlene reconnut son sauveur près de la potence. Elle se rappela soudain où elle l'avait vu: c'était le médecin qui, plusieurs semaines auparavant, l'avait déclarée rétablie et dans le sillage duquel Mme Butterfly avait fait son apparition. Marlene se demanda jusqu'à quel point son sauvetage des griffes d'Ewald était un hasard. Peut-être était-ce Jolanta qui lui avait envoyé cet homme? Après tout, elle devait protéger sa marchandise... Marlene ignorait toujours pour qui Jolanta travaillait. Peut-être uniquement pour son compte, comme le laissait supposer son trafic florissant avec les provisions soutirées à ses filles, auxquelles elle ne laissait que le strict nécessaire pour faire leur « travail ». Elle avait dû stocker une partie de ce trésor dans sa chambre secrète. Le sauveur de Marlene prit congé du docteur Friehling et disparut dans l'escalier.

Marlene voulait héler le docteur, mais quelque chose l'en retint. Il restait immobile et silencieux comme quelqu'un qui se demande où la prochaine étape de son voyage le mènera. Marlene avait l'impression qu'il guettait des bruits extérieurs, comme ceux de pas dans l'escalier, mais à cet étage, sous le toit, régnait un silence presque insolite. Les malades étaient soignés au rez-de-chaussée, le premier étage abritait les salles d'opération, le deuxième les cabinets de consultation et les locaux réservés aux médecins. Il était encore beaucoup trop tôt pour rencontrer les médecins de la SS, qui aimaient faire la grasse matinée et se déchargeaient de tout le travail sur les infirmières. Le docteur Friehling était l'exception qui confirme la règle, comme l'avait constaté Marlene pendant son séjour à l'hôpital.

Le comportement du médecin devenait de plus en plus étrange : il se précipita sur la pointe des pieds dans la direction de Marlene, qui dut refermer la porte en hâte pour qu'il ne remarquât pas qu'elle l'observait. Elle attendit son entrée dans le cabinet, mais il n'en fit rien. Rejetant toute prudence, elle rouvrit la porte, mais il se trouvait maintenant à l'autre bout du couloir. Il disparut dans la salle du fond.

Marlene le suivit. Devant la porte de la salle, elle hésita un instant, puis l'ouvrit avec précaution et se retrouva dans un réduit. Une minuscule lucarne fournissait un maigre éclairage. Tout dans ce réduit paraissait normal, il ne contenait que les objets qu'on trouve dans ce genre d'endroit comme s'ils y poussaient : ustensiles ménagers, vieux seaux à peinture et pinceaux, cartons. Tout ce qu'elle n'y voyait pas, c'était le médecin. Elle était pourtant sûre qu'il avait franchi cette porte. Où était-il passé? Comme il pouvait difficilement s'être volatilisé, il devait y avoir une porte secrète. Marlene se mit à sa recherche. L'inclinaison du plafond et son rétrécissement vers le fond de la pièce lui révéla qu'il s'agissait d'une ancienne cage d'escalier qu'on avait murée. Elle s'agenouilla sur la vieille bâche qui recouvrait la moitié du sol, chercha au-dessous des étagères une fissure, n'importe quel indice qui pût la mettre sur la piste d'un passage secret. Elle souleva ensuite la bâche et découvrit une trappe !

Elle l'ouvrit, descendit une petite échelle en bois et se retrouva dans un réduit où un escalier étroit menait plus bas. Un bâton pourvu d'un crochet était adossé au mur à côté de l'échelle. Marlene le saisit, remonta et, grâce au crochet, referma la trappe après avoir tiré la bâche sur elle. Elle descendit ensuite l'escalier sur quatre étages et déboucha dans une cave au plafond bas et voûté. Une unique ampoule pendait au plafond d'un long couloir lugubre. Marlene tendait l'oreille, mais tout était aussi silencieux qu'un tombeau. Elle suivit le couloir dont la lumière faiblissait peu à peu et quand elle eut franchi un tournant, l'obscurité devint aussi absolue que le silence.

Elle poursuivit vaillamment son chemin en tâtonnant le long du mur, découvrit au-devant d'elle un rai de lumière à peine visible qui lui fit deviner la présence d'une porte. Quand elle se retrouva devant elle, ses mains palpèrent de l'acier froid contre lequel elle pressa l'oreille, sans être sûre de bien entendre : étaient-ce des chuchotements ou une armée de rongeurs qui dévoraient tout sans discernement ? Elle fit tourner la poignée de la porte, mais celle-ci était soit coincée, soit verrouillée de l'intérieur. Quand Marlene réessaya de l'ouvrir, le silence revint, oppressant, comme si le monde entier retenait son souffle. Le seul bruit qu'elle entendait était le battement de son propre cœur. Sans pouvoir en être sûre, elle devina que le médecin se tenait de l'autre côté de la porte, aux aguets, le cœur battant comme elle. Elle décida alors qu'elle n'avait rien à perdre.

— Docteur Friehling ! appela-t-elle. C'est moi, Marlene !

S'ensuivirent quelques secondes de tension, puis elle entendit une clef tourner dans une serrure. Un bras l'empoigna et la tira de l'autre côté du seuil. Quand ils se retrouvèrent face à face, Marlene remarqua avec une légère surprise que le médecin, qui jusque-là n'avait jamais paru mal à l'aise, avait peine à garder contenance.

— Comment êtes-vous arrivée là, au nom du Ciel? C'est dame Jolanta qui vous envoie? s'exclama-t-il.

— Dame Jolanta? répéta-t-elle stupéfaite, et au même instant, elle saisit le sens de plusieurs observations qu'elle avait faites auparavant, comme si les pièces d'un puzzle s'assemblaient.

Elle comprit ce qui l'avait inconsciemment troublée lors des rencontres entre le médecin et Jolanta : ils avaient seulement feint la distance qui semblait les séparer alors qu'en réalité une complicité muette les unissait. Restait à savoir sur quoi elle reposait.

Marlene perçut un mouvement derrière le médecin. Dès son entrée dans la salle, elle avait senti qu'elle n'était pas seule. Le médecin s'était interposé, réduisant son champ de vision. Elle fit un pas de côté et il l'imita par réflexe, mais trop tard. Elle avait vu les enfants alignés contre le mur sur des matelas qui la regardaient, les yeux agrandis. Elle s'accroupit et leur sourit.

— Bonjour, dit-elle. Je m'appelle Marlene. N'ayez pas peur de moi, je suis une amie du docteur.

Et tandis qu'elle laissait aux enfants le temps de l'observer et de s'habituer à sa présence, elle s'interrogeait sur la portée de sa découverte. Elle aperçut sur une pile de couvertures une partie des provisions que Jolanta avait prises aux filles le matin même. Le médecin avait dû les apporter en cachette avec les couvertures et l'arrivée de Marlene en avait probablement interrompu la distribution. Les enfants avaient peur et étaient affamés. Elle prit l'un des pains, le coupa en tranches et distribua celles-ci aux enfants. Le médecin sortit de son immobilité. Il évitait encore de regarder Marlene, devinant qu'elle l'interrogerait plus tard. Quand tous les enfants furent servis, il lui parla de nouveau.

— Partez maintenant, s'il vous plaît, dit-il. Je vous retrouverai dans un instant à mon cabinet de consultation. Et, je vous en prie, soyez très prudente.

À son retour au cabinet, Trudi était profondément endormie. Marlene arpenta nerveusement la pièce en attendant le médecin. Qui étaient ces enfants? Pourquoi les cachait-il dans la cave? Bien que la réponse fût facile à deviner, elle avait hâte d'entendre ses explications et elle se sentait pleine de contrition envers Jolanta.

Dès qu'elle fermait les yeux, elle revoyait le petit groupe d'enfants effrayés qui se pressaient les uns contre les autres en quête de protection et la dévisageaient de leurs grands yeux sombres comme si elle était leur ennemi mortel. Tant de peur et de souffrance... qu'avaient donc dû endurer ces pauvres petits à un âge si tendre? Marlene leur donnait entre trois et dix ans tout au plus. Quelques-uns avaient les caractéristiques du mongolisme, un autre était probablement atteint de nanisme et elle avait également repéré plusieurs paires de jumeaux. Ils devaient être une trentaine. Le médecin les cachait et s'occupait d'eux avec l'aide de Jolanta – depuis combien de temps?

Le médecin revint, examina d'abord Trudi, parut satisfait de son état et désigna à Marlene une chaise en face de son bureau.

— Et maintenant, parlons, lui dit-il.

Ils s'assirent l'un en face de l'autre et... se turent. Ils se turent parce que chacun d'eux sentait l'incertitude de l'autre. Ils partageaient désormais un secret qui les rendait complices. Marlene comprenait à quel point le médecin était inquiet pour les enfants. C'était pour eux qu'il vivait. Elle sentit à cet instant son cœur se dilater et eut l'impression qu'un fragment de lui se détachait pour voler vers le médecin. Elle éprouva un besoin lancinant de se blottir dans ses bras, d'enfouir la tête dans son épaule et d'être sous sa protection comme les enfants dans cette cave. Être faible ne serait-ce qu'une fois... redevenir enfin un être humain et non plus un objet sans âme avec lequel des hommes sans âme satisfaisaient leurs désirs sans retenue...

— Comment puis-je vous aider? demanda-t-elle au médecin, et le soulagement qu'elle lut sur son visage lui fit l'effet d'un rayon de soleil dans les ténèbres de ces jours.

Elle eut également un pincement au cœur à l'idée qu'il eût craint qu'elle retourne sa découverte contre lui, à l'idée qu'il ne lui eût pas fait entièrement confiance. Elle pouvait néanmoins le comprendre, car n'agissait-elle pas exactement comme lui? La prudence et la méfiance avaient réglé sa conduite depuis l'avènement du nazisme, et c'était uniquement grâce à elles qu'elle avait survécu. Comment, par les temps qui couraient, pouvait-on faire confiance aux hommes? Les bons ne se dressaient pas comme des phares au-dessus des flots bruns. Ils devaient se cacher, agir dans l'ombre, car le moindre acte d'humanité était devenu synonyme de trahison.

— Les enfants ont besoin de nourriture, de vêtements, de jouets et de livres, répondit le médecin à mi-voix.

— Je ferai mon possible pour en trouver, vous pouvez compter sur moi, répondit-elle. D'où viennent ces enfants?

Il lui adressa un sourire chaleureux.

— Ils sont tombés du ciel et je les ai recueillis, répondit-il.

— Voilà qui paraît très... poétique, répondit-elle en lui rendant son sourire.

— C'est la vérité. Et je les ai trouvés un peu partout.

— Ne vous êtes-vous jamais demandé si ce n'était pas au contraire eux qui vous avaient trouvé?

Elle lut dans son regard ce qui ressemblait à de la stupéfaction. Il la scruta longuement, comme s'il voulait l'examiner dans ce qui faisait d'elle l'être humain nommé Marlene.

— C'est une idée intéressante, commenta-t-il enfin.

— Jolanta dirait que c'est le destin et je crois qu'elle aurait raison.

Le médecin parut réfléchir à une réponse mais garda le silence tout en jouant avec le stylo qu'il tenait à la main.

— Et qu'en est-il de l'autre affaire? demanda Marlene avec circonspection.

— Quelle autre...? Ah oui, bien sûr, excusez-moi. Votre ami ne s'est malheureusement plus manifesté depuis que je lui ai remis votre message.

Des rides profondes creusaient le front du médecin dont le visage s'était détendu un instant plus tôt.

— Ce qui signifie qu'il ne nous reste plus qu'à attendre? N'avez-vous aucun moyen d'entrer en contact avec lui? insista Marlene.

Le médecin secoua la tête.

— Votre ami pense que c'est trop dangereux et je suis de son avis, répondit-il.

Il consulta l'horloge du cabinet.

— On doit venir me chercher d'un instant à l'autre pour un rendez-vous à l'extérieur et je dois préparer quelques affaires, annonça-t-il. Vous pouvez rester auprès de votre amie. Mme Jolanta viendra vous chercher plus tard. À propos, je…

Il s'interrompit, visiblement indécis.

— Quoi donc ? demanda Marlene.

Il parut se ressaisir.

— Il me semble préférable que vous ne disiez rien au sujet des enfants devant Mme Jolanta. Elle serait contrariée d'apprendre que quelqu'un d'autre sait à quoi s'en tenir sur eux. Elle se méfie de tout le monde.

— Mais les enfants ne risquent-ils pas de lui parler de moi ?

— Non, elle ne les voit jamais. Elle préfère ignorer où je les cache.

— Pourquoi ?

— Pour ne pas risquer de le révéler sous la torture.

24

«C'est dans l'âme des foules et non plus dans les conseils des princes que s'élaborent les destinées des peuples.»

Gustave Le Bon

Fragment de guerre ou Theresienstadt, un village Potemkine

Le 23 juin 1944, le comte Folke Bernadotte a visité en sa qualité de vice-président de la Croix-Rouge suédoise l'ancienne ville fortifiée de Theresienstadt qui avait été transformée en camp de concentration.

Sa visite officielle a été précédée d'un déploiement d'activité: on a repeint les bâtiments, construit des magasins supplémentaires dont les vitrines présentaient même des produits de luxe et toutes les rues ont été nettoyées. On a également construit une bibliothèque et une scène de théâtre, aménagé le cimetière en jardin et ouvert sur la Paradeplatz un café dans lequel des détenus triés sur le volet buvaient du café en écoutant un orchestre. Il était interdit aux prisonniers âgés, invalides et très amaigris, d'apparaître pendant cette visite.

On avait en revanche lavé et habillé de neuf des enfants du ghetto pour les placer en position stratégique au bord de la route empruntée par le visiteur de marque et le directeur du camp, Karl Rahm. Chaque enfant avait reçu une tartine de beurre garnie de sardines avec la consigne de crier au passage de l'invité: «Oncle Rahm, encore des sardines!»

Ce jour-là, tout devait se conformer à un scénario soigneusement mis au point.

En l'honneur du visiteur, on a joué l'opéra *Brundibar* du compositeur tchèque Hans Krasa et projeté le film de propagande tourné sur place *Le Führer offre une ville aux Juifs*, dans lequel on pouvait voir de jolies femmes bien habillées fréquenter un salon de coiffure ou un SS en promenade caresser des enfants et leur offrir du chocolat, et l'un de ces enfants lui dire : « Tu nous donnes encore du chocolat, mon oncle ? »

C'était une mise en scène perfide et ingénieuse des nazis pour convaincre leur invité que les témoignages sur leurs crimes n'étaient que des calomnies inventées par les Alliés à des fins de propagande.

Le comte s'est laissé abuser et a rédigé un rapport très favorable qui a fait croire à l'étranger qu'on vivait heureux dans les camps de concentration et dans les ghettos. On en a oublié les témoignages de centaines d'évadés des camps de concentration, comme celui de deux Slovaques de Theresienstadt déportés par la suite à Auschwitz, qui après leur évasion avaient remis à l'Angleterre un rapport sur ce qu'ils avaient vu à Auschwitz. La BBC avait pourtant diffusé dans le monde entier des informations sur les crimes d'Auschwitz, mais le plus grand nombre refusait d'entendre la vérité sans fard et préférait vivre dans l'illusion plutôt que d'être confronté à la réalité de l'Holocauste.

Afin de préserver le mensonge de Theresienstadt, les Juifs impliqués dans la comédie jouée au visiteur et tous les acteurs et techniciens du film de propagande furent peu après déportés et assassinés.

Le comte Folke Bernadotte est notamment l'auteur d'*An Stelle von Waffen*, paru aux éditions Klemm de Fribourg en 1948.

*

Trudi se rétablissait à vue d'œil. Au bout de dix jours supplémentaires, à la mi-septembre, le médecin la fit sortir de l'hôpital. Il ne l'avait que trop longtemps gardée, ce qui avait fini par susciter la méfiance de ses collègues.

Ernst n'avait plus donné de ses nouvelles et l'euphorie de Marlene à l'idée de faire sauter les fours crématoires d'Auschwitz avait cédé la place à la désillusion. Et elle devait maintenant révéler à Trudi le sort qui l'attendait. Elle avait espéré en vain la faire évader du camp avec l'aide d'Ernst avant qu'elle entre au «service» de Mme Jolanta. Marlene avait sauvé la vie de la jeune fille mais, ce faisant, elle l'avait condamnée à la déchéance. Elle se souvenait avec effroi du premier viol qu'elle avait subi dans les caves de la Gestapo de Berlin, quand Greiff l'avait livrée à ses hommes. Trudi intéressait manifestement Jolanta, non seulement pour sa beauté éthérée, mais également pour sa voix. Quand elle eut mené Trudi au baraquement, elle prit Marlene à part.

— Tu l'as arrachée à la mort, lui dit-elle. Révèle-lui maintenant à quel prix.

Marlene savait que Mme Jolanta ne tolérerait aucun atermoiement. Malheureusement, elle ignorait comment on apprend à quelqu'un qu'il sera contraint à la prostitution du jour au lendemain. Plus encore que l'obligation de dire la vérité à Trudi, elle redoutait sa réaction.

— Assieds-toi, Trudi, dit-elle à la jeune fille peu après leur arrivée au baraquement. Il faut que nous parlions.

— C'est pour me passer un savon, hein? demanda Trudi sur un ton de défi, mais Marlene vit ses paupières frémir.

Avec sa peau translucide, ses immenses yeux verts et le duvet blond argenté qui repoussait sur sa tête rasée, elle semblait venue d'une autre planète et paraissait à la fois fragile et étrangement évanescente.

— Tu te souviens de m'avoir demandé à l'hôpital si je m'étais arrangée avec les nazis? reprit Marlene.

— Oui, mais vaguement: mes souvenirs sont plutôt flous. C'est donc ce que tu as fait? Mais où sommes-nous au juste, qui sont toutes ces belles dames que j'ai vues ici et pourquoi dois-je chanter devant cette géante?

— La mémoire te reviendra. Le médecin a dit que c'était un effet secondaire du typhus, expliqua Marlene. En tout cas, tu es toujours aussi grande gueule.

— Bon, ça va. Mais dis-moi, qu'est-ce que c'est que ce cirque? «La force par la joie[1]»? persifla Trudi, jouant plus que jamais les bravaches.

1. *Kraft durch Freude*, «la force par la joie», une vaste organisation de loisirs placée sous le contrôle de l'État hitlérien, permettait à ce dernier d'encadrer les activités des Allemands pendant leur temps libre.

— Non. Mme Jolanta dirige un bordel et je travaille pour elle.

— Quoi, tu es devenue une pute à nazis? s'écria Trudi.

Elle voulut se lever, mais Marlene la fit rasseoir, et quand elle sentit dans ce geste ses os frêles, ses remords redoublèrent. Elle jeta un regard à la ronde. Comme à chacun de leurs retours, les filles déposaient sur la table les provisions qu'elles rapportaient de leurs sorties. Soit elles n'avaient pas entendu Trudi, soit elles l'ignoraient consciencieusement.

— Nous avons déjà parlé de ça, reprit-elle. Chacun survit comme il peut. Maintenant, la question est de savoir si tu veux survivre sans devenir une victime, ou si tu préfères mourir, répondit durement Marlene.

— Tu baises avec des porcs de nazis pour ne pas devenir une victime? Quelle logique de merde, railla Trudi sans faire mine de baisser la voix.

— En guerre, Trudi, il n'y a plus de logique, sauf celle de la survie. Tu as le choix : soit le travail pour Mme Jolanta, soit le retour au camp des femmes. Dans la vie, on est parfois forcé de faire des choses qu'on peut à peine supporter, mais on les fait quand même pour sauver sa peau.

Dans le regard de Trudi, la fureur se mua en effroi et soudain, elle éclata en sanglots. Son corps gracile tremblait comme une feuille. Marlene mit un moment à comprendre ce qu'elle bredouillait.

— J'ai tué ce comte nazi…, répétait-elle.

Cela rappela à Marlene les paroles qu'elle avait prononcées juste après l'avoir tué : « Comme avec ma mère… » Se pouvait-il que Trudi ait vu sa mère se faire violer? Était-ce la raison pour laquelle elle avait poignardé le comte?

— Tu m'as sauvée ce jour-là, Trudi, dit-elle doucement en posant la main sur son bras. Raconte-moi ce qui est arrivé à ta famille. Peut-être que ça t'aidera d'en parler.

Trudi renifla et dut attendre que sa voix se raffermît.

— Ces ordures de nazis ont défoncé notre porte en pleine nuit, commença-t-elle. Ils ont recherché nos prétendues richesses, mais comme nous n'étions que des artistes sans le sou, il n'y avait rien à voler. Ils ont battu mon père et l'ont laissé à moitié mort, ils ont tout démoli et ils sont tombés à trois sur ma mère. Elle était très belle, sanglota Trudi.

Blottie dans les bras de Marlene, elle pleurait à fendre l'âme. Le regard de Marlene croisa celui de Jolanta par-dessus sa tête.

Comme toujours, l'Asiatique paraissait étrangement détachée, comme si les sentiments étaient un désagrément qu'il valait mieux éviter. Mais Marlene connaissait maintenant son secret, elle savait que cette apparence n'était qu'une façade et que Jolanta rassemblait des provisions pour les remettre en secret au médecin.

Pour dissimuler ses pensées, Marlene se tourna vers Trudi, mais Jolanta s'avança vers elles.

— La fille viendra à l'*okiya* à midi, annonça-t-elle. Nous allons apprendre quelques chansons allemandes.

Jolanta faisait travailler Trudi très dur. La jeune fille devait répéter jusqu'à l'épuisement des chansons comme «Lili Marleen» ou «Adieu, mon petit officier de la garde». Marlene avait peine à croire qu'une voix aussi grave, presque rauque, pût sortir de la bouche de cette jeune fille gracile. Le pianiste polonais jouait sans répit les mêmes notes. Alors que Marlene estimait que tout était au point au bout de deux jours, Jolanta n'était pas encore satisfaite. Tandis qu'on envoyait chercher les autres filles, Trudi restait avec elle à l'*okiya*.

Quatre jours plus tard, Marlene et deux autres filles vécurent leur sortie la plus éprouvante. Les hommes s'étaient conduits comme des bêtes. La plus gravement blessée d'entre elles était Marika, la jeune Hongroise, qui avait une fracture du bassin. Quelles forces s'étaient déchaînées sur elle? Marlene, qui était à l'étage inférieur, l'avait entendue hurler et s'était précipitée à son secours, suivie d'Olga. Elle se serait jetée sur l'homme si Olga ne l'avait retenue. Comme c'était un Ukrainien, Olga lui avait hurlé des invectives en russe. Il avait abandonné la fille gémissante de douleur pour se ruer sur elles et les frapper. Il leur aurait sans doute fait pire sans l'intervention d'un officier, le client d'Olga.

Marlene et Olga en étaient ressorties couvertes de bleus et avec quelques écorchures, mais sans rien de cassé, et c'était ce qui les avait sauvées. Ewald avait réglé le sort de Marika en l'abattant sur place, car dans son état elle n'était plus d'aucune utilité – une vie sans valeur.

Jolanta avait veillé à ce que le docteur Friehling soigne leurs blessures, ou plutôt, comme elle l'avait déclaré devant Ewald, à ce que «la marchandise de Brunnmann soit remise en état».

C'est ainsi que Marlene revit le médecin. Elle remarqua d'abord que depuis son dernier séjour là-bas, l'hôpital semblait s'être vidé et paraissait peuplé de fantômes. Pendant que dans le couloir Jolanta réprimandait Ewald pour la mort de Marika, Marlene demanda au médecin pourquoi les plus haut gradés de la SS avaient renvoyé chez elles leurs épouses et tout le personnel féminin allemand. Les soldats encore transportables devaient être rapatriés sous peu. On constatait une augmentation notable des demandes de mutation et quelques cas isolés de désertion. Marlene dressa l'oreille: si les rats quittaient le navire, cela signifiait que l'avancée des Russes était irrésistible et que la guerre touchait à sa fin. Hitler s'était mépris sur le compte de la Russie tout comme Napoléon en son temps.

Quand le médecin eut soigné Olga, Marlene la remplaça sur la table d'examen. L'éraflure qu'elle avait à la racine des cheveux était peu douloureuse, mais le médecin en exagéra la gravité. Il informa Jolanta et Ewald, qui avait fait irruption sur ses talons dans le cabinet, qu'il voulait la garder quelques heures en observation et lui faire un lavement. Il le déclara si fermement et en brandissant un énorme clystère, qu'Ewald n'éleva aucune objection. Au contraire, il sourit avec une joie mauvaise. Quand Jolanta, Olga et lui furent sortis, le médecin annonça une bonne nouvelle à Marlene: Ernst avait repris contact avec lui!

Il avait réussi à stocker davantage de dynamite et d'armes et il projetait de les faire entrer dans le camp dans les jours à venir! Dans sa joie de cette nouvelle, Marlene eut un geste spontané. Depuis qu'elle était livrée à la violence et à la brutalité et que son corps était devenu une marchandise sur laquelle les hommes se jetaient comme des bêtes sauvages, elle avait soif de chaleur humaine. La fin cruelle de Marika devait également jouer un rôle dans son désir de s'assurer qu'elle était toujours un être humain vivant qui ressentait des émotions.

Elle avait déjà imaginé qu'elle embrassait le médecin, cet homme décent qui respectait les femmes. Elle lui passa les bras autour du cou et l'embrassa en s'attendant à ce qu'il la repoussât, mais il n'en fit rien. Elle se dégagea enfin et scruta son visage sans pouvoir en déchiffrer l'expression. Alors qu'elle s'était attendue à une réaction de gêne ou de colère, son visage exprimait une surprise presque enfantine. Mais il se contenta de baisser la tête et de poursuivre l'examen qu'elle avait interrompu.

Et pourtant, quelque chose avait changé entre eux : leurs pensées étaient en harmonie comme s'ils avaient éclairci implicitement des questions fondamentales. Quelque chose s'était ébranlé, transformant profondément leur cœur et leur âme, si bien qu'ils se rapprochaient lentement mais irrésistiblement l'un de l'autre. Tous deux en étaient conscients et pouvaient à leur gré précipiter ou arrêter ce mouvement. Mais ils ne faisaient rien pour l'instant. Il leur suffisait d'en avoir la certitude, de le lire dans le regard de l'autre. Ils n'avaient nul besoin d'approfondir ni d'analyser l'amour qu'ils ressentaient. Sa présence leur suffisait, sa force qui balayait leurs doutes alors qu'ils n'avaient plus ni espoir, ni avenir, car ils savaient que leur mission en ce monde n'était pas de s'aimer.

— Pourquoi les hommes s'infligent-ils toutes ces atrocités ? demanda-t-elle, accablée, pendant qu'il désinfectait sa plaie.

Il devina que sa question ne portait pas seulement sur les événements de la nuit passée.

— Parce que leur esprit est empoisonné par la haine. Elle se répand comme un virus. Le terreau sur lequel elle croît remonte à la Première Guerre mondiale.

— Tu crois donc que la haine est… épidémique ? demanda Marlene, qui était passée tout naturellement au « tu » de l'intimité.

— Oui. Le mal provoque une réaction en chaîne. Si l'individu est généralement capable de se maîtriser, la foule est par nature imprévisible. Un sociologue français a très bien décrit ce phénomène, qu'il appelle la « psychologie des masses ». Il paraît que non seulement le Führer, mais aussi Goebbels ont lu ce livre.

— On peut donc apprendre à fanatiser les masses ?

— Le mal est l'œuvre de fanatiques. Et celui qui attise la haine le fait généralement par intérêt. Goebbels nous l'a très clairement démontré avec son discours au Palais des sports.

Un démagogue habile peut transformer la masse en un troupeau de moutons qui suit docilement le loup en bêlant… jusque dans l'abîme. Maintenant que j'y pense, déclara Friehling avec l'un de ses rares sourires, ce n'est pas le genre de conversation qu'on peut avoir avec un prêtre.

Marlene sourit également.

— «L'éternel est mon berger», récita-t-elle, et ils échangèrent un regard de parfaite connivence avant que le médecin reprît le fil de la conversation en la tutoyant à son tour, ce qui la réjouit autant que sa question la surprit.

— Tu sais sans doute que ma spécialité, avec l'obstétrique, ce sont les maladies vénériennes des hommes? demanda-t-il et quand elle acquiesça, il poursuivit. Et soigner la jambe d'un homme ou ses parties génitales, ça ne revient pas exactement au même. Dans le dernier cas, cela crée une sorte d'intimité entre le patient et son médecin, et plus d'un soldat s'est confié à moi dans ces circonstances. Pendant mes études de médecine, j'ai travaillé aussi bien sur l'esprit que sur le corps humain. Tous deux sont indissociables et à l'exception des cas de contagion et d'infection, une maladie tombe rarement du ciel. C'est souvent un symptôme de l'inconscient. Le diagnostic est la clef de la guérison et j'en ai collectionné des preuves empiriques pendant la Première Guerre mondiale. Je suis maintenant persuadé que la haine est une forme de folie. Elle surgit toujours quand les gens renoncent à penser rationnellement ou en deviennent incapables. Alors ils rejettent toute bonté, toute bienveillance et toute humanité. Ils cessent d'être humains et de se conduire humainement.

— Tu veux donc dire que les nazis attisent la haine du peuple contre le bouc émissaire juif afin qu'il devienne incapable de penser clairement?

— Oui, et c'est ce qui est effrayant chez un démagogue comme Hitler. Il a un véritable génie pour susciter la haine, et la haine provoque la guerre.

— Mais si la haine est une forme de folie, ceux qui l'éprouvent doivent-ils être considérés comme responsables de leurs actes?

— Absolument, car au départ, ils peuvent toujours décider de lutter contre la haine. Mais il existe un point de non-retour à partir duquel ils sont possédés par cette haine.

— Comment cette théorie pourrait-elle s'appliquer aux soldats? demanda Marlene, visiblement pensive. Ils tuent parce qu'on leur en donne l'ordre.

— Ils peuvent toujours se retrancher derrière les ordres qu'ils ont reçus, puisqu'un soldat est avant tout censé obéir. Les officiers, qui donnent ces ordres, en sont responsables. Mais l'individu peut également penser et agir selon sa conscience même en temps de guerre. Si la guerre le contraint à tuer au combat, personne ne le force à faire ce qui se passe ici, dans ce camp. Je connais des soldats qui ont refusé de participer à des exécutions de masse. Ils ont seulement été mutés.

— Mais pourquoi tant d'entre eux participent à ces assassinats en masse?

— Parce qu'on leur a enseigné la haine. Et quand tous s'y adonnent, la barbarie devient la norme. C'est ainsi et seulement ainsi qu'un lieu comme Auschwitz peut exister. Ici, l'assassinat est quotidien et impuni.

Ces paroles du médecin effrayaient Marlene. Il était en effet facile d'attiser la haine et elle se demandait combien d'Hitler étaient encore à naître. Le prochain Führer guettait-il quelque part le moment d'entrer en scène? Son regard rencontra celui de Friehling, où elle lut de l'angoisse et du remords.

— Nous avons permis tout cela, dit-il durement. Nous nous sommes laissé bercer par la propagande d'État et nous nous sommes trop longtemps crus en sécurité. Nous avons préféré minimiser les difficultés plutôt que de les affronter. Ce faisant, nous avons été négligents, car ce qu'on repousse finit toujours par nous rattraper, généralement quand il est trop tard, quand les difficultés sont devenues des avalanches qui détruisent tout sur leur passage. Il y a des années, j'avais un ami, reprit-il après une pause. Cet ami avait pressenti le danger d'Hitler dès 1923, mais personne ne voulait l'écouter, et cela a failli le rendre fou. Comme il était catholique pratiquant, sa foi lui a permis de tenir bon. Quelques années plus tard, le mal était devenu presque palpable et les gens commençaient à s'endurcir. Personne n'était plus choqué quand des vitres étaient brisées, des synagogues incendiées, des hommes, des femmes et des enfants stigmatisés par le port de l'étoile juive. Et il ne s'agissait pas d'inconnus, tout cela se passait dans le voisinage. Cela arrivait au tailleur auquel on apportait autrefois ses vêtements, au directeur du grand magasin où l'on faisait ses courses, à l'instituteur et au médecin auxquels on confiait ses enfants et sa vie. Cela se passait juste sous nos yeux. La vitesse à laquelle la haine peut se propager me stupéfie.

Le docteur Friehling s'interrompit, puis inspira profondément.

— Pardonne-moi, reprit-il, je fais des discours.

— Non, c'est fondamental de s'interroger sur le mécanisme de la haine. Ma grand-mère pense qu'Hitler a opprimé l'Église uniquement parce que Jésus a prêché l'amour du prochain... car la haine ne craint rien tant que l'amour.

Le médecin acquiesça.

— Les Romains ont crucifié Jésus, car pour eux qui avaient envahi et conquis le monde par la guerre, un homme qui prêchait l'amour était dangereux.

— Mais l'Empire romain est quand même tombé, fit Marlene sur le ton de l'interrogation, car elle voulait savoir comment le médecin l'expliquait.

— Il est tombé parce que trop de puissance et de richesse engendrent non seulement la folie des grandeurs, mais aussi la décadence. Les Romains se croyaient supérieurs à tous les autres peuples et leur arrogance a provoqué leur perte. Pendant qu'ils déclinaient, une nouvelle puissance s'affirmait, une puissance née à Rome.

— ... le christianisme.

— Oui, mais l'enseignement de Jésus a bientôt été perverti et détourné pour servir des intérêts personnels. On a exercé un pouvoir illimité en son nom. Les rois et les empereurs devaient s'incliner devant la nouvelle Rome et tous ceux qui contestaient le pape et l'Église risquaient le bannissement et la mort. Le doute est pourtant nécessaire : la recherche de la vérité commence par la réflexion. Qui doute pense. La véritable libération de la pensée a commencé par le mouvement des Lumières. Les Français ont eu leur Révolution et l'Église sa Réforme, ce qui a été un progrès décisif de notre civilisation.

— Mais comment peut-on amener les hommes à douter? Celui qui est persuadé d'avoir raison refuse d'écouter d'autres discours. Il est impossible de faire douter un homme comme Brunnmann.

— Il est vrai que de nombreux schémas de pensée sont aussi rigides que des camisoles de force. L'incapacité des hommes à se remettre en question est aujourd'hui encore un obstacle à la paix dans le monde. Et pourtant, la tolérance suppose la capacité à accepter l'existence de plusieurs vérités.

Ces paroles réveillèrent un souvenir de Marlene.

— Mon grand-père m'a dit un jour que l'homme est la tare de Dieu, fit-elle.

— Crois-tu en Dieu ? demanda le médecin après une brève hésitation.

— Je crois avant tout que tous les hommes sont nés libres. Et cela me laisse rêveuse de voir qu'en temps de guerre et de famine certains se rapprochent de Dieu tandis que d'autres le maudissent parce qu'il permet ces souffrances. Mais Dieu et la religion ne fonctionnent pas à la demande. Ma grand-mère est catholique et profondément croyante tandis que mon grand-père était athée. Il disait comme toi que soit on croit, soit on pense. Il allait même encore plus loin, en affirmant que la foi est l'opposé de la liberté. Et pourtant mes grands-parents s'entendaient merveilleusement. L'amour les unissait. Peut-être que la réponse à toute cette haine est la croyance en un dieu d'amour. Y crois-tu ?

Friehling esquissa un sourire mélancolique.

— Je me représente Dieu comme un père qui laisse ses enfants prendre des risques et commettre des erreurs afin qu'ils en tirent un enseignement, répondit-il. J'espère que l'humanité saura tirer les leçons de cette guerre atroce. Deux guerres mondiales en un siècle, c'est largement assez.

Marlene aurait volontiers parlé plus longtemps avec le médecin, mais Ewald, qui n'avait apparemment rien de mieux à faire, arriva bien plus tôt que prévu et la ramena au baraquement.

25

Cent quatre-vingt-douze jours avant le jour 0

«La religion repose d'abord et essentiellement sur la peur. C'est en partie la peur de l'inconnu, en partie, comme je l'ai déjà dit, le besoin de la présence d'un grand frère qui vous soutient dans toutes les difficultés et tous les combats. La peur est son fondement – peur de l'inexplicable, peur de l'échec, peur de la mort. La peur est la mère de la cruauté et il n'est donc guère surprenant que la cruauté et la religion aillent de pair, car toutes deux sont nées de la peur. Un monde bénéfique a besoin de connaissance, de bonté et de courage, et non d'une nostalgie douloureuse du passé, ni d'une intelligence entravée par les paroles d'hommes ignorants datant de la nuit des temps. Il a besoin d'un regard tourné sans crainte vers l'avenir et d'une intelligence libre.»

Bertrand Russell, lors d'une conférence intitulée «Pourquoi je ne suis pas chrétien», en 1927

*

Jolanta garda Marlene au baraquement jusqu'à ce que son visage marbré de coups eût désenflé. Pour la première fois depuis son arrivée à l'*okiya*, elle ne dut pas subir de viols au cours de ces journées.

Trudi poursuivait ses répétitions de chant sous la férule de Jolanta, ce qui lui épargnait le pire: une «sortie». Par chance pour elle, ces sorties devenaient plus rares et pour la première fois toutes les filles n'étaient plus réquisitionnées chaque jour. L'avancée du front de l'Est faisait fuir les clients de Brunnmann. C'était certes une bonne nouvelle, mais Marlene s'inquiétait pour les enfants, car leur ravitaillement devenait de plus en plus difficile.

Un matin, alors que le nombre de provisions rapportées par les filles avait encore diminué, Jolanta reçut un message pressant du docteur Friehling. Elle prit Marlene à part pour lui annoncer qu'il voulait la voir. Pour une fois, Jolanta était prête à lui amener Marlene immédiatement et elle graissa même la patte au garde.

— Je reviendrai te chercher dans une heure, dit-elle à Marlene en la laissant devant la porte du cabinet.

Dès son entrée, Marlene devina qu'il était arrivé quelque chose. Le médecin se réjouissait certes de la voir, mais paraissait étrangement tendu. Assis à son bureau, il jouait avec un crayon comme s'il ne savait comment entamer la conversation. Marlene en fut surprise, car elle ne l'aurait jamais cru nerveux. Elle entendait sa propre respiration, le battement de son cœur et elle était incapable de résister à la peur diffuse qui s'était emparée d'elle.

— Que s'est-il passé, Peter? s'entendit-elle demander.

Il sursauta et la regarda presque avec effroi. Il s'en rendit compte, voulut reprendre contenance, puis renonça à lutter contre lui-même. Tout son corps parut s'affaisser comme si quelque chose en lui avait cédé. Cette vision ébranla profondément Marlene qui avait tenu sa force d'âme pour invincible.

— Pardonne-moi, mon cœur.

Le médecin s'était levé, avait saisi sa main et la baisait avec une ferveur qui lui fit monter les larmes aux yeux. Elle se demanda avec angoisse si ce geste était un adieu. Cette scène lui rappelait péniblement la conversation lors de laquelle Jakob lui avait annoncé qu'il ne pouvait plus l'aimer à cause de la guerre.

Elle sentit tout à coup le médecin essuyer du pouce une larme sur son visage.

— Tu es triste. Je ne voulais pas que tu le sois. Je me sens coupable, bredouilla-t-il.

Marlene voulut répondre, chercha des mots pour le consoler, pour chasser ce vide, en vain.

— Que faisons-nous à tous nos enfants? s'écria-t-il, et il se mit à arpenter la salle comme si seul ce mouvement pouvait l'apaiser. Ces pauvres petits voient leurs parents humiliés et sans défense, nous leur volons ainsi la confiance qu'ils éprouvaient à la naissance et ceux d'entre eux qui survivront à cette folie en souffriront le reste de leur vie, ainsi que leurs descendants. Nous subirons encore dans cent ans les conséquences de cette guerre criminelle.

Il s'était planté devant la fenêtre, le regard perdu dans le vague.

— Rien, absolument rien ne sépare un Juif d'un Allemand, murmura-t-il. L'un comme l'autre ne désirent pourtant que vivre en paix…

Ces dernières paroles sonnaient presque comme une supplication mille fois répétée mais toujours incomprise parce que depuis le début de l'humanité le mal sème la zizanie, opposant la guerre à la paix, la haine à l'amour.

Le silence retomba un instant, repoussant dans le lointain les bruits du camp et créant dans la salle une atmosphère qui rendit Marlene réceptive au conflit auquel le docteur était en proie. Il luttait visiblement avec une décision qu'il devait prendre. Ses paroles, les doutes qu'il exprimait, tout cela n'était qu'un prélude. Quelque chose l'avait contraint à emprunter un chemin qu'il n'aurait jamais choisi de son plein gré.

Il recommença à parler, d'abord avec hésitation, et puis sa voix se raffermit.

— Un médecin assume une lourde responsabilité, dit-il. Par ses patients, il approche autant du miracle de la vie que de ce qu'il y a de plus définitif : la mort. Cela vous enseigne l'humilité. Ou du moins cela le devrait, reprit-il après s'être éclairci la gorge. Personnellement, je place la vie au-dessus de tout, mais pour la première fois de mon existence, je suis arrivé à un point où je n'ai plus d'autre choix que de me renier. Voilà le plus monstrueux chez les nazis : le mal qui est en eux nous contamine en nous forçant à agir contre notre conscience et à devenir aussi coupables qu'eux. Ils font de nous ce qu'ils sont devenus eux-mêmes : des assassins ! s'écria-t-il, et il se tut comme pour reprendre des forces. Je vais maintenant te raconter quelque chose qui t'amènera comme moi à décider de la vie ou de la mort de nombreuses personnes. Dois-je continuer ?

Elle fit signe que oui, trop oppressée pour parler. Il se planta devant elle et prit ses mains dans les siennes.

— Te souviens-tu du jour où, pour preuve de mon intégrité, tu as exigé de moi que je tue Adolf Hitler ? demanda-t-il.

Elle acquiesça de nouveau tandis que son cœur se mettait à battre furieusement.

— On est venu me chercher avant-hier sans m'avoir prévenu, poursuivit-il. J'ai l'habitude qu'on me dissimule le nom et le rang de mes patients, mais cette fois-là, on les entourait d'encore plus de mystère. Nous sommes d'abord partis pour Breslau, où l'on m'a bandé les yeux. Je croyais que nous arriverions bientôt à destination, mais le trajet s'est prolongé. Quand nous nous sommes arrêtés et qu'on m'a ôté mon bandeau, j'ai vu que nous étions dans une forêt de grands pins. Devant moi s'ouvrait un immense tunnel dans lequel on m'a conduit. Un train était à l'arrêt dans ce tunnel. Dans l'un de ses compartiments, un patient m'attendait. Il était masqué afin de garder l'anonymat. Sans prononcer un mot, il a baissé son pantalon et j'ai constaté qu'il souffrait de cryptorchidie, une malformation des testicules à laquelle je l'ai aussitôt reconnu. Cet homme avait été mon patient à l'hôpital militaire de Pasewalk pendant la Première Guerre mondiale.

Marlene avait une boule dans la gorge.

— Qui? demanda-t-elle d'une voix rauque.

— Adolf Hitler.

— Il est là-bas? chuchota-t-elle, incrédule.

— Oui, jusqu'à après-demain. Je lui ai dit que pour obtenir un apaisement de ses douleurs, je devais le revoir dans quarante-huit heures. Il voulait même me garder auprès de lui, mais heureusement pour moi, ses compagnons l'en ont dissuadé.

— Que fait-il là-bas?

— Je l'ignore, mais un train entier était caché dans ce tunnel. À en croire la rumeur, on construit de nouvelles usines d'armement et un autre quartier général pour le Führer, répondit-il, et il lâcha ses mains qu'il avait gardées dans les siennes. Himmler était auprès de lui, et Speer…

Il n'acheva pas sa phrase, mais elle pouvait lire dans ses pensées. Un tunnel, un train dans lequel se trouvaient les plus hauts dignitaires du Parti national-socialiste… Et grâce à Ernst, ils pourraient se procurer plusieurs caisses de dynamite dans un délai de quarante-huit heures.

— Ce qu'il nous faut, c'est un plan, dit Marlene avec ardeur, et puis son visage s'assombrit. Mais comment retrouver ce tunnel? Tu n'aurais pas par hasard semé des miettes de pain sur le chemin?

— Non, mais j'ai essayé de garder en mémoire tout ce que je pouvais. Peu après qu'on m'a bandé les yeux, le véhicule a eu une crevaison et j'en ai profité pour desserrer le bandeau. Je vais te montrer le chemin. Moi aussi, j'ai réfléchi à tous ces détails.

Et il lui expliqua entre autres comment il pensait la faire évader du camp avec l'aide d'Ernst.

— Et toi, tu ne viens pas avec nous? Pourquoi? demanda-t-elle.

— Tu sais pourquoi. J'ai une mission à remplir ici.

— Je sais: les enfants. Ne pourrions-nous pas les faire évader, eux aussi? Des partisans se cachent en forêt et certains accueillent des familles. On pourrait peut-être les mettre en sûreté de cette manière? suggéra-t-elle.

Mais c'était impossible, comme tous deux le savaient. Les enfants étaient trop nombreux. Personne ne voudrait d'eux car ce serait une charge trop lourde.

— C'est irréaliste, Marlene, répondit le médecin. Je peux seulement faire de mon mieux, les assister et les aider à survivre jusqu'à la fin de la guerre.

Elle baissa la tête, car elle avait compris que certains fardeaux étaient inéluctables. Ils pouvaient tenter leur chance et offrir au moins un sursis à ces enfants qui vivaient au bord de la mort, mais à moins d'un miracle, ils échoueraient.

Mais leur plan d'action était tout aussi risqué. Cela aussi, le médecin le savait, elle le lisait dans ses yeux. Sa première impression ne l'avait pas trompée: c'était un adieu. Le médecin n'escomptait pas qu'ils se revoient. Puisqu'il en était ainsi, se dit-elle, ce serait un adieu tel qu'elle le désirait: elle arracherait au destin une heure de bonheur! Elle se dirigea vers la porte et la verrouilla. Alors elle ôta sa robe et s'offrit à lui librement. Elle plongea les yeux dans les siens, s'abandonna et s'unit à lui par le langage universel de l'amour. Ce ne furent pas la jeunesse et la beauté de son corps qui l'émurent, mais tout ce qu'il lisait dans son regard.

Il accepta donc l'amour qu'elle lui offrait et le lui rendit au centuple. Et pendant cette brève éternité, il oublia sa tristesse et retrouva l'amour auquel il avait depuis longtemps renoncé. Plus tard, alors qu'elle reposait nue dans ses bras, ils oublièrent un instant l'existence du monde pour séjourner parmi les dieux. Là, il lui raconta l'histoire qu'il avait autrefois inventée pour son petit garçon et tandis qu'il parlait, des larmes coulaient sur ses joues ridées. Marlene les chassa toutes par des baisers. Quand l'histoire fut terminée, elle se leva, se rhabilla et abandonna le premier et le seul paradis qu'elle avait connu.

26

Elle était partie. La chute fut d'autant plus dure qu'il venait de goûter au paradis. Il s'effondra comme si son corps était vidé de toute substance, comme si en refermant la porte derrière elle, Marlene avait coupé un fil qui le soutenait. Ce fut bien davantage qu'une faiblesse physique qui l'envahit en même temps que le désespoir. Il avait la sensation que son corps fonctionnait au ralenti et qu'une ombre l'envahissait en remontant vers son cœur. La flamme de l'espoir que Marlene avait rallumée en lui menaçait de s'éteindre. Son courage indomptable, sa résolution de ne jamais abandonner la lutte avaient été la lumière qui avait éclairé une dernière fois ce monde de ténèbres. Pendant un instant radieux, son amour avait vaincu le froid qui l'avait envahi. Sans elle, il grelottait.

Il comprit à temps que cet accès de faiblesse menaçait sa raison et il le combattit en regardant en lui-même avec l'œil du médecin. Ce regard traversa les couches de sa peau et de ses muscles, se posa sur ses veines et ses artères palpitantes dans lesquelles le moteur du cœur déversait inlassablement du sang en un cycle parfait. Le corps humain était un miracle vivant, c'était la raison pour laquelle il avait étudié la médecine, parce qu'il voulait comprendre comment il fonctionnait. Mais après toutes ces années, ses connaissances étaient dérisoires. Au bout du compte, ses longues études ne lui avaient enseigné que ceci : il n'était pas nécessaire de comprendre le divin, et à présent, la certitude consolante de son existence lui suffisait. Dieu avait créé l'homme afin qu'il parcourût le chemin qui va de la naissance à la mort, selon le cycle naturel de l'existence inscrit dans celui du monde, sa création. Jamais Dieu n'avait créé les hommes pour qu'ils s'entretuent, détruisant son merveilleux équilibre de vie et de mort. Quels que fussent les prétextes qu'ils invoquaient ou les autorités dont ils se réclamaient, en agissant ainsi les hommes péchaient contre Dieu. Ce qu'ils reprochaient à Dieu, à savoir de laisser le mal faire son œuvre dans le monde, était en réalité une preuve de sa bonté : il n'abandonnait pas l'humanité. Au lieu de la rayer de la surface de la Terre, il lui pardonnait tous ses péchés, regardait ses créatures détruire un peu plus chaque jour le monde dont il leur avait fait présent, et persistait à croire qu'un jour ils changeraient et prendraient le bon chemin. Il croyait qu'ils émergeraient de l'ombre pour entrer dans la lumière, qu'ils renonceraient à la haine pour l'amour, la plus grande force de l'univers. Le Talmud affirme que celui qui sauve un seul enfant sauve le monde entier. Friehling se dit que le Talmud devrait contenir un autre vers déclarant que celui qui tue un seul être humain détruit le monde entier.

Toutes ses pensées ne pouvaient chasser l'ombre qui envahissait son cœur et le glaçait. Il comprit soudain que sa mort était proche, mais il ne pouvait pas encore mourir. Il avait une mission ! Il leva les yeux et il le vit : le diable. C'était son ombre qui obscurcissait la pièce. Comment l'avait-il fait surgir là ? Le visage du diable n'exprimait rien, sauf le savoir immémorial que les âmes mauvaises volaient vers lui depuis l'aube de l'humanité. Il lui suffisait d'attendre pour faire sa récolte.

Cette vision du mal n'inspirait aucune peur à Friehling, mais le froid de sa présence s'était encore accru et se rapprochait dangereusement de son cœur. Soudain, le doux visage de Marlene s'interposa et avec lui, le moment inoubliable pendant lequel ils s'étaient aimés, son intensité sans pareille, la conscience née de ces instants qu'il existait quelque chose de plus fort que la haine. La présence du diable s'estompa aussitôt, son ombre noire parut vaciller et le médecin comprit que le fléau de l'humanité était loin d'être aussi fort qu'il le feignait, non, la créature avait peur ! Peur de l'amour, peur d'êtres humains comme Marlene qui l'affrontaient vaillamment. Parce qu'il était impuissant face à leur force, parce que leur cœur était immunisé contre son poison. Il était revenu à la charge parce qu'il refusait de lâcher prise, il avait fait un dernier effort pour arracher la victoire, mais le souvenir de Marlene avait ramené chaleur et lumière. Le diable pâlit, s'évanouit et son ombre disparut avec lui.

Friehling songea qu'il devait faire confiance à Marlene, à l'amour et à l'humanité. Tôt ou tard, l'amour guérirait l'humanité de ses maux. Un jour, les hommes comprendraient que Dieu et amour n'étaient qu'un seul et même mot.

27

Marlene ignorait où elle avait pu trouver la force de quitter Peter. Jolanta l'attendait déjà dans le couloir, mais Marlene était si bouleversée qu'elle ne se demanda même pas pourquoi elle ne s'était pas manifestée. Par la suite, elle fut incapable de se souvenir comment elle était revenue au baraquement. Là, sans un regard pour Trudi ni pour Olga, elle s'allongea sur sa couchette et tira la couverture sur sa tête pour tenir le monde à distance comme le font les enfants, pour se souvenir de chaque précieuse minute passée avec Peter alors qu'elle était encore imprégnée de lui. Elle sentit de nouveau la chaleur de son corps contre le sien, plongea les yeux dans ses yeux mélancoliques qui renfermaient tout un univers d'amour, entendit sa voix dont les paroles avaient été autant de caresses, perçut sa présence qui l'avait comblée. Comment pouvait-on se sentir à la fois aussi divinement heureux et aussi mortellement triste ? se demandait-elle. Elle regrettait presque d'avoir vécu ces moments magiques, car découvrir l'amour pour le perdre aussitôt était plus que ce qu'elle se croyait capable de supporter. Elle se sentait déchirée et elle savait qu'elle ne redeviendrait jamais entière : une partie de son âme resterait à jamais auprès de Peter. Son cœur, ses émotions, ses pensées, tout était en déroute et une voix tentatrice lui soufflait qu'elle avait droit au bonheur. L'espoir absurde que Peter et elle-même survivraient à la guerre et auraient un avenir ensemble alternait en elle avec le désir de tout planter là et de tenter l'impossible pour s'enfuir avec Peter.

Jusqu'au moment de partir pour l'*okiya*, Marlene s'abandonna à ces rêves délirants, mit de côté ses devoirs et ses convictions, sans jamais oublier que son sens de l'équité lui interdisait la moindre faiblesse. Car ni son bonheur, ni sa vie ne comptaient au regard de sa vocation, de la raison de sa présence en ce monde : la lutte contre l'Allemagne hitlérienne.

Tout comme la vocation de Peter était de veiller sur les enfants qu'il avait pris sous sa protection.

Cela lui rappela le credo de Jakob : la seule raison valable d'une fin précoce est de mourir pour ses convictions. C'était le serment qu'il avait fait prêter à ses combattants : « Nous lutterons pour notre cause jusqu'à la mort »...

Au début de la guerre, Marlene ne doutait pas de ce discours. Ce fut seulement plus tard qu'elle commença à méditer sur ces paroles, sur leur danger, la facilité avec laquelle on pouvait s'en servir à mauvais escient. Prises à rebours, elles pouvaient légitimer l'assassinat : *il était permis de tuer pour servir sa cause...*

Pendant les dernières semaines qu'ils avaient passées ensemble, ils avaient eu des discussions passionnées au cours desquelles Jakob avait nié le danger de ce credo. Il refusait de voir combien la frontière entre le moral et l'immoral était mince, et que trop d'hommes la franchissaient sans remords pour légitimer de mauvaises actions. Peut-être l'attirance qu'elle avait éprouvée pour lui tenait-elle à ce qu'il se montrait inébranlable dans ses discours et ses actions. Ce n'était pas lui qui avait changé, mais elle. À ses yeux, le doute avait toujours été essentiel, mais désormais, elle ressemblait à Jakob, et depuis longtemps. Tel était l'effet de cette guerre, de toutes les guerres, sur les vivants : elle tuait non seulement les hommes, mais aussi les émotions. On s'endurcissait et tôt ou tard, on tuait sans même y penser parce que c'était devenu banal. Elle se demandait parfois si elle n'était pas devenue folle depuis longtemps, comme presque tous ceux qui l'entouraient. Dans de tels moments, le retour de la paix l'effrayait car elle n'était pas sûre de pouvoir reprendre une vie normale.

Sa première victime lui avait donné des cauchemars effroyables et le visage du jeune policier SS s'était à jamais gravé dans sa mémoire. Mais au fil du temps, elle s'y était faite et les visages s'étaient confondus dans un flou pour devenir la sale gueule de la guerre. Maintenant, elle ne les comptait plus, tous ceux qu'elle avait tués à la guerre et au combat. En assassinant Greiff, elle-même avait franchi cette frontière ténue car elle ne l'avait pas tué en légitime défense, mais par vengeance. Pour venger son amour. C'était la justification, absurde, qu'elle donnait de son acte.

Jakob lui avait retiré son amour parce qu'à l'en croire cet amour l'affaiblissait. Ou peut-être ne voulait-il plus faire face à ses doutes, ni s'entendre rappeler qu'on pouvait rester humain même en temps de guerre, comme Peter. Jakob avait eu raison sur un point : les sentiments compliquaient tout. Marlene avait cru qu'elle en avait depuis longtemps fini avec la peur. Elle s'était fixé un but qu'elle comptait atteindre quel qu'en soit le prix : sa liberté, voire sa vie. Mais ses sentiments pour le médecin l'avaient transformée. Pour la première fois depuis qu'elle combattait, elle se sentait nerveuse et indécise. Il lui restait plus de dix heures à attendre jusqu'au moment de son évasion et elle se demandait comment elle supporterait cette attente, redoutant ce qui risquait de survenir d'ici là. Elle ne donnerait d'explications à Trudi qu'au dernier moment pour éviter que cette jeune fille impulsive commît une bévue qui les trahirait. Elle avait convaincu Peter d'emmener Trudi parce qu'elle était déjà entrée dans le tunnel quand elle y avait suivi Brunnmann.

Ces dernières semaines avaient également marqué les autres filles. Elles faisaient le nécessaire pour survivre. Leur routine était comme un mur de soutènement pour elles. Ce mur s'était fissuré, mais tenait encore debout. Le nombre de leurs sorties diminuait de jour en jour et leurs rations alimentaires avec elles, si bien que les filles étaient plus affamées que jamais. Mais l'autorité de Jolanta soudait encore leur groupe, elles tenaient bon parce que Jolanta formait avec elles une communauté liée par le sort. Seules Marlene et Trudi en restaient exclues en tant que « filles de Brunnmann ». Olga était la seule à faire exception à cette règle.

Mais depuis que Marlene avait pris la défense de la malheureuse Marika, un changement s'était produit et certaines des filles lui adressaient désormais la parole de temps en temps. Jolanta imposait toujours la même routine inflexible à ses filles. À midi pile, on les emmenait à l'*okiya*. On venait en chercher quelques-unes au cours de l'après-midi, les autres continuaient à s'entraîner et Jolanta, toujours armée de sa canne, semblait omniprésente.

Ce jour-là, en début de soirée, elle monta à l'étage, s'approcha de Marlene qui s'escrimait sur son violon, comme possédée, pour se distraire du tumulte déchaîné en elle, et s'assit à côté d'elle.

— Tu joues horriblement mal, lui dit-elle à la fin du morceau.

Marlene avait pourtant l'impression que Jolanta ne l'avait même pas écoutée jouer. Elle attendit donc qu'elle s'expliquât. L'Asiatique paraissait absente et presque méditative. Marlene l'entendait respirer et elle adapta sa propre respiration à son rythme paisible et régulier. Jolanta dégageait une étrange sérénité et c'était précisément ce qui déroutait Marlene. Elle comprit soudain : Jolanta savait qu'elle s'évaderait le jour même ! La panique la submergea et, pendant un instant, elle se demanda si Jolanta était une amie ou une ennemie.

Elle sentit alors une légère pression de la main de Jolanta sur son bras, et son angoisse reflua aussi vite qu'elle avait surgi.

Le regard de Jolanta était dur.

— Je suis entrée dans ce camp toute nue et la tête haute il y a deux ans, et je le quitterai de la même manière, déclara-t-elle, car c'est seulement ainsi que je retrouverai ma dignité.

Elle se leva et sortit sans un mot. Ce fut son adieu à Marlene.

La seule crainte de Marlene était qu'Ewald réapparût ce soir-là, car il restait invisible depuis deux jours, ce qui ne lui ressemblait guère. Non qu'il lui manquât. Juste à cet instant, elle entendit le moteur d'une voiture et se précipita à la fenêtre.

C'était une limousine noire, dont descendit… Albrecht Brunnmann ! Marlene jura et sentit la bile lui monter à la gorge. Cet homme devait avoir un sixième sens, sinon comment aurait-il fait pour arriver toujours au pire moment ? Ou bien les avait-on trahis ? Ernst et peut-être Peter étaient-ils arrêtés ? Elle regarda Jolanta saluer le colonel devant le seuil, puis le franchir avec lui. Le cœur battant, elle attendit qu'on la fît descendre, mais dix minutes plus tard, Brunnmann ressortit de l'*okiya*, suivi d'une fille. Marlene reconnut Olga. Elle dévala l'escalier.

— Que voulait Brunnmann ? Pourquoi a-t-il emmené Olga ? demanda-t-elle à Jolanta.

Au lieu de répondre, cette dernière la toisa.

— Olga est assez grande pour se tirer d'affaire, trancha-t-elle. Ce qui est bien plus intéressant, c'est que le chien de garde de Brunnmann a disparu.

— Ewald ?

— Oui. Brunnmann a demandé, sans paraître y attacher beaucoup d'importance, quand il est venu ici pour la dernière fois.

— J'espère que pour une fois, un salaud a eu ce qu'il méritait, déclara Marlene avec ferveur, en luttant contre un fou rire stupide qui devait tenir à sa nervosité.

Un instant plus tard, un autre véhicule arriva devant l'*okiya*, conduit par Heinrich, le chauffeur d'Ernst. Trop tôt, pensa Marlene avec inquiétude. Les deux limousines s'étaient probablement croisées.

Heinrich présenta à Jolanta un document falsifié qui le faisait passer pour l'envoyé de Brunnmann. Elle joua le jeu et lui remit Marlene et Trudi. Dans la voiture, Marlene expliqua à Trudi son plan. Elle se retournait sans cesse pour voir si une voiture les suivait, mais elle ne repéra nulle part la limousine noire de Brunnmann. Elle avertit néanmoins Heinrich de l'éventualité de poursuivants. Il lui affirma qu'il regardait en permanence dans le rétroviseur.

Une fois franchi le rayon de cinq kilomètres qui était encore le domaine d'Auschwitz, Ernst apparut et monta en voiture. Marlene, qui ignorait si Ernst jouait ou non la comédie à son chauffeur, attira à elle son ancien amant et l'embrassa. Trudi leva les yeux au ciel. Ernst savoura ce baiser quelques secondes, puis se dégagea.

— Heinrich est au courant. Il est avec nous, dit-il. Il veut aussi mettre fin à cette guerre. Il avait trois fils. L'un a été tué à Stalingrad, l'autre en France et le troisième est porté disparu sur le front de l'Est depuis 1942.

— Ses trois fils? Mais quand on n'a plus qu'un seul fils vivant au front, on peut faire une demande de retrait des unités combattantes. L'avez-vous faite? demanda Marlene, bouleversée.

— Mes deux fils aînés sont morts l'un peu après l'autre, répondit Heinrich d'une voix empreinte d'une lassitude et d'un chagrin infinis. Nous avons immédiatement fait cette demande, mais elle est arrivée trop tard. La division de notre fils cadet a été engagée dans un combat et il est depuis porté disparu. Ma femme et moi gardons peu d'espoir.

Marlene posa la main sur l'épaule d'Heinrich. Perdre tous ses enfants… Aucun mot ne pouvait apaiser une telle souffrance.

— Je sais qu'il n'existe aucune consolation pour de telles morts, Heinrich, mais la vengeance est possible. Les responsables paieront, je vous le promets. Comment as-tu réussi à nous faire sortir de là ? demanda-t-elle à Ernst.

— En graissant des pattes, bien entendu. Les papiers m'ont coûté une fortune. Au fait, Heinrich s'est chargé de cet Ewald.

— Il est mort ?

— Non, répondit Heinrich. Mais je l'ai rhabillé en détenu et abandonné dans les parages de Treblinka.

Marlene ne put réprimer un gloussement. Elle raconta ensuite la visite de Brunnmann et ses propres craintes que le colonel eût conçu des soupçons. Elle était anxieuse à l'idée que c'était justement Olga qu'il avait emmenée, mais elle n'en dit rien. Heinrich, qui, malgré la tension palpable à l'intérieur de la voiture, paraissait très calme, leur annonça qu'il n'avait rien repéré d'insolite à l'aller, mais qu'il restait aux aguets. Marlene profita de ce trajet pour esquisser un plan. La dynamite était dans des caisses de champagne entreposées dans le coffre de la voiture, à côté d'un bidon d'essence qu'Heinrich avait subtilisé.

28

Malgré la précision du plan que le médecin avait dessiné, il leur fallut beaucoup plus de temps que prévu pour retrouver le tunnel. Ils s'égarèrent plusieurs fois et subirent deux contrôles successifs. Grâce au rang militaire d'Ernst et à ses papiers, ils ne furent pas inquiétés et poursuivirent leur chemin sans encombre. Ils passèrent néanmoins de pénibles instants à l'idée qu'un soldat pourrait jeter un coup d'œil dans le coffre et ouvrir les caisses.

Trudi jouait un rôle particulièrement important dans le plan de Marlene. Elle connaissait le terrain car elle était déjà entrée dans le tunnel par un puits d'aération. Marlene comptait se faire déposer avec elle dans les parages du tunnel, à l'endroit où on avait bandé les yeux du médecin.

Ils ne retrouvèrent la bifurcation que le lendemain matin et la dépassèrent volontairement pour faire une première reconnaissance. Marlene examina attentivement les lieux sans rien repérer de suspect, y compris la présence de gardes. S'ils étaient là, ils étaient bien cachés. Il lui semblait à présent que le danger étiqueté Brunnmann était écarté. S'il était lancé à leur poursuite, il aurait frappé dès maintenant, car il aurait compris leur intention.

Dix minutes plus tard, le destin leur accorda une faveur: ils découvrirent une grange abandonnée dans laquelle ils garèrent la voiture et déchargèrent les caisses. Heinrich leur fut d'un grand secours: pendant qu'il déballait toutes sortes d'appareils et d'outils, il leur révéla qu'il s'y connaissait assez en explosifs pour équiper les charges de détonateurs. Marlene dressa l'oreille.

— Vous voulez dire que nous n'aurons pas besoin de poser des mèches? s'enquit-elle.

Elle avait déjà entendu parler de cette possibilité toute nouvelle qui réduirait considérablement les risques, contrairement à des mèches enflammées, bien plus facilement repérables dans l'obscurité. Mais Heinrich était encore indécis.

— Il y a deux difficultés avec cette méthode, expliqua-t-il. Premièrement, la distance, deuxièmement, les parois du tunnel. Il faudrait d'abord préciser la manière dont nous allons procéder. Je pourrai vous en dire davantage ensuite.

Le plan de Marlene était simple, son exécution délicate. Elle expliqua à ses compagnons que, pour plus de sûreté, elle comptait faire sauter à la fois le tunnel et le wagon dans lequel séjournait Hitler.

Heinrich se gratta la tête.

— Pour faire sauter le tunnel, on peut fixer la dynamite en haut, à la sortie des puits d'aération, mais la portée du détonateur sera insuffisante pour un wagon blindé, objecta-t-il. Il y a un seul point faible dans le blindage du wagon : le dessous. C'est là qu'il faudra fixer la charge et on ne pourra l'allumer qu'avec une mèche.

Cette difficulté n'arrêta pas Marlene.

— Bien, je descendrai dans le tunnel avec la charge et j'allumerai la mèche, déclara-t-elle. Qu'est-ce qu'il y a ? Tu as quelque chose à dire, Trudi ? demanda-t-elle devant l'air sceptique de la jeune fille.

— Le puits d'aération est très étroit, répondit Trudi. J'ai vraiment dû me démener pour entrer dedans et en ressortir.

— Maigres comme nous sommes maintenant, ça ne devrait plus poser aucun problème, affirma Marlene avec assurance.

Elle avait emmené Trudi parce qu'elle connaissait la disposition des lieux, mais elle voulait se charger elle-même du dynamitage. La jeune fille était trop inexpérimentée pour ce travail.

Marlene et Heinrich préparèrent les charges et assemblèrent les détonateurs. Heinrich, très soucieux de sécurité, insista pour qu'ils aient deux détonateurs au cas où l'un d'eux ne fonctionnerait pas, ce qui d'après son expérience était fréquent. Cette technique était relativement récente et d'un maniement délicat.

Quand tout fut prêt, Marlene et Trudi partirent en éclaireurs. Marlene voulait profiter des dernières lueurs du jour pour avoir une vue d'ensemble sur la disposition des lieux et leur surveillance. Et aussi pour tenter de repérer un signe de la présence d'Hitler. Elle avait encore peine à croire que le tyran était vraiment là, tout proche d'elle, pour visiter son nouveau quartier général secret et se faire examiner par Peter. S'il ressentait des douleurs aussi violentes que Peter l'affirmait, et Marlene lui souhaitait toutes les souffrances du monde, il serait certainement là pour attendre la visite de son médecin, se répétait-elle.

Elles avaient emporté la moitié de leur petite machine infernale, selon les termes de Trudi, pour la cacher dans les parages du tunnel. Elles avaient prévu au moins quatre heures pour leur mission, aller-retour compris.

Ernst et Heinrich les attendaient près de la grange. Quand les quatre heures furent écoulées et en devinrent cinq, puis six, leur inquiétude grandit. La nuit était depuis longtemps tombée.

Les deux jeunes femmes réapparurent enfin, épuisées et affamées, mais en proie à une étrange euphorie.

Trudi annonça aussitôt la bonne nouvelle.

— Nous avons vu Hitler ! s'exclama-t-elle tout excitée. Et Himmler, et quelques autres gros porcs nazis. Ils paradaient comme des jars décorés. Je parie qu'un tireur aurait pu les liquider sans problème. Je me demande pourquoi personne ne l'a fait pendant toutes ces années !

Marlene se posait la même question. Elle était presque sûre de connaître la réponse : le mal protège sa progéniture. Il était là, elle avait senti sa présence obscure et visqueuse qui l'oppressait. L'angoisse l'avait gagnée insidieusement et elle avait mobilisé toute sa volonté pour lui résister. Ç'avait été une expérience quasi mystique dont elle ne parla jamais à personne, car elle savait que personne ne la croirait, sauf peut-être un prêtre. C'était l'occasion rêvée d'assassiner le tyran, mais elle n'avait pas d'arme. Si seulement Ernst avait pensé à en apporter une, tout aurait été fini à cette heure. Marlene avait observé Trudi en se demandant si elle avait également senti la présence du mal, mais sa jeune amie semblait immunisée contre lui. Invulnérable… Marlene médita pour la première fois sur la signification profonde de ce mot et sur le hasard qui avait présidé à sa rencontre avec Trudi. La jeune fille avait-elle la même vocation qu'elle ? Pourraient-elles vaincre le diable ici et maintenant ?

Trudi avait raison : le puits d'aération était trop étroit pour Marlene. Elle avait tenté d'y descendre et failli rester coincée dedans. Elle n'avait plus que deux possibilités : soit faire sauter seulement le tunnel, soit emmener Trudi pour lui confier la partie la plus périlleuse de leur entreprise. Elle récapitula mentalement ce qu'elle avait vu lors de sa reconnaissance. Pour commencer, elle avait repéré non loin du tunnel un camp dans lequel plusieurs centaines de travailleurs étaient détenus. Elle ne ferait donc sauter le tunnel que lorsqu'elle serait certaine que les hommes qui travaillaient sous terre pendant la journée seraient de retour au camp. Après l'explosion, elle profiterait de la confusion pour éliminer les deux gardes et libérer les prisonniers. Elle esquissa de mémoire un plan du tunnel et de ses parages. Trudi avait repéré au sommet du tunnel trois autres puits d'aération qui seraient parfaits pour y placer les charges de dynamite. D'après les indications de Peter, Hitler était logé dans le sixième wagon en partant de l'entrée du tunnel. Avec l'entrée bien gardée, il n'y avait pas d'autre accès au tunnel que les puits d'aération. La réussite de l'entreprise dépendrait donc de l'agilité de Trudi si c'était elle qui s'en chargeait, mais Marlene hésitait encore à lui confier ce travail.

Trudi ne semblait pas redouter le danger. En réalité, elle brûlait d'agir pour venger ses parents. Voilà qu'elle resurgissait, cette justification du meurtre, l'assassinat d'un tyran présenté comme nécessaire pour sauver des vies…

Quand elles eurent dîné, Marlene trancha : elle emmènerait Trudi et elle verrait bien alors si leur rencontre était un signe du destin.

Jusqu'à leur départ, Marlene et Heinrich instruisirent à tour de rôle la jeune fille sur la disposition des charges d'explosifs, sur la manière d'allumer la mèche, et passèrent tout leur plan d'action au crible.

Peu avant minuit, Marlene et Trudi se mirent en route. Ernst et Heinrich les accompagnèrent seulement sur la première partie du trajet car Marlene ne voulait pas qu'ils viennent jusqu'au tunnel. Ernst n'avait pas dissimulé sa déception. Il trouvait sa propre contribution à l'opération bien trop réduite et il se plaignit de ce que les femmes aillent seules faire la guerre pendant qu'il devait attendre et se tourner les pouces en forêt! Marlene dut faire preuve de persuasion. Il comprit finalement que Trudi et elle-même risquaient plus de passer inaperçues que lui, notamment parce qu'elles connaissaient le terrain. Du reste, Ernst était maladroit et Marlene craignait qu'il ne commît une bourde qui compromettrait tout, mais cela, elle se garda bien de le lui dire.

La nuit était noire, le ciel couvert et la lune invisible. Ce n'était donc pas une mince affaire de retrouver leur chemin dans ces conditions. Au départ, elles allèrent trop à l'est et durent rebrousser chemin, perdant ainsi un temps précieux. Elles furent averties de la présence d'un garde au dernier moment par le rougeoiement de sa cigarette. Comme elles l'avaient déjà fait le matin, elles contournèrent l'entrée du tunnel en décrivant un grand cercle. À l'endroit désigné par Heinrich, Marlene déposa l'un des déclencheurs radios.

— Pourquoi n'as-tu pas laissé les deux? chuchota Trudi, qui l'avait observée.

— Je préfère en garder un en réserve, c'est plus sûr que de les laisser ensemble.

Elles devaient se séparer ensuite: Trudi ferait sauter le tunnel pendant qu'elle-même allumerait la mèche sous le wagon. Le temps jouait un rôle décisif dans cette opération. Heinrich avait préparé une mèche qui brûlerait à une vitesse de douze à quinze secondes par mètre. Tout dépendrait donc de la longueur de cette mèche. Elle pourrait ainsi calculer avec plus de précision en combien de temps la mèche se consumerait avant d'enflammer la dynamite.

Dans l'idéal, les deux explosions auraient lieu à intervalle rapproché. De l'avis de Marlene, c'était à cette condition seulement qu'Hitler et ses acolytes n'auraient aucune chance de s'échapper. Elles gagnèrent à quatre pattes le premier puits d'aération, devant lequel elles posèrent leurs lourds sacs à dos contenant les charges explosives. Les deux tiers étaient destinés aux puits d'aération, le reste pour les wagons.

Marlene et Trudi déposèrent la dynamite devant les puits. À présent, le plus dur et le plus dangereux restait à faire: fixer la dynamite sous le wagon, puis faire remonter la mèche par le puits d'aération jusqu'au sommet du tunnel. Afin que la mèche risquât moins d'être repérée, Heinrich l'avait enduite de poussière de charbon. Ce camouflage ne fonctionnerait évidemment que jusqu'au moment où Marlene l'allumerait. Trudi, qui était déjà descendue deux fois dans le tunnel lors de leurs repérages et qui avait compté les wagons depuis l'entrée, n'avait pas repéré de gardes auprès des wagons. Les nazis semblaient se croire en sûreté dans leur tunnel tant que l'entrée en était bien surveillée.

Marlene se sentit mal à l'aise tandis que Trudi disparaissait dans le puits. Jusque-là, tout se déroulait comme prévu. Mais le mal était tout proche, aux aguets, les yeux fixés sur elles. Marlene respira à fond pour chasser la peur qu'il lui inspirait. Elle vérifia pour la énième fois que le détonateur de rechange était bien dans son sac comme si elle craignait qu'il ne se volatilisât et tâta le briquet dans sa poche. Elle attendit le retour de Trudi en se consumant d'impatience. La jeune fille était beaucoup trop lente. On lui tapota l'épaule. Elle pivota et se mit en position de combat.

C'était Trudi, débordante d'énergie et toute fière de son exploit.

— Tout va bien, chuchota-t-elle hors d'haleine, et elle déroula les derniers mètres de la mèche.

Un coup d'œil au rouleau presque vide apprit à Marlene que Trudi avait utilisé soixante-dix mètres. Elle calcula la durée de combustion en rajoutant quelques minutes pour laisser à Trudi le temps de remonter.

— Bon, retourne au premier détonateur, lui dit-elle. L'explosion est pour dans vingt minutes pile.

— Tu ne viens pas avec moi?

— Non, je devrai attendre encore quelques minutes pour allumer, sinon les deux explosions seront trop espacées.

Elles comparèrent une dernière fois l'heure à leurs montres.

— Après l'explosion, fonce rejoindre Ernst et Heinrich. Si je ne suis pas revenue dans une heure, filez. Ne m'attendez pas, compris?

Pour une fois, Trudi ne murmura pas. Elles s'étreignirent et, à la manière des artistes, Trudi cracha par-dessus l'épaule droite et l'épaule gauche de Marlene pour lui porter chance avant de s'éclipser. Marlene consulta l'heure. Après avoir attendu six minutes exactement, elle alluma la mèche dans le puits afin que personne ne pût repérer la flamme, et la jeta dedans. Si tout se déroulait sans heurt, il lui resterait quatorze minutes pour s'enfuir avant l'explosion. Elle tira son arme et s'éloigna du puits en rampant.

Elle avait à peine parcouru quelques mètres qu'elle entendit des bruits de moteur dans le lointain. Elle se retourna et vit deux faisceaux lumineux qui balayaient l'obscurité. Elle savait qu'elle devait se hâter mais quelque chose la retenait là. La lumière s'éteignit juste devant le tunnel et, quelques secondes plus tard, elle entendit des portières se refermer. Au lieu de s'enfuir, elle rampa vers l'entrée du tunnel faiblement éclairée par un feu de camp. Deux hommes, dont l'un chargé d'un sac, étaient descendus de la voiture et quatre autres les accueillirent.

Et bien que Marlene fût à quarante mètres du groupe, elle reconnut aussitôt l'un des hommes. Ses lèvres articulèrent en silence son nom : Peter… Que faisait-il là ? Il venait beaucoup trop tôt ! Que devait-elle faire ? Son corps se convulsa, comme traversé par un courant électrique mortel. L'impulsion de s'élancer vers lui, de se jeter dans ses bras et de sentir encore la magie de sa présence qui chassait tout mal fut si violente que pendant quelques secondes elle fut incapable de penser clairement et faillit hurler son nom.

La petite partie de son cerveau encore lucide lui souffla qu'elle ne pouvait absolument rien faire pour le sauver sans compromettre toute l'opération dont il avait été l'instigateur. Il était du reste trop tard : il allait entrer dans le tunnel et elle le perdrait à jamais. Les mèches se consumaient. Il allait mourir de sa main. Mais avant de disparaître dans le tunnel, lui ôtant toute chance de le retenir, il leva la tête et, comme si ses yeux pouvaient percer l'obscurité, il regarda droit vers elle. Il savait qu'elle était là et il pouvait sentir sa présence comme elle sentait la sienne !

Elle crut entendre sa voix lui dire : « Tu dois le faire ! Sinon, tout aura été inutile. » Sa voix se confondit avec celle de Jakob pour affirmer qu'il fallait parfois sacrifier quelques vies pour en sauver bien plus.

Peter, l'homme qu'elle aimait, entra dans le tunnel pour mourir afin que d'autres survivent.

Et tandis que les minutes s'écoulaient inexorablement, elle resta immobile et attendit l'explosion. Elle voulait mourir avec lui, car elle était incapable de vivre avec le remords de l'avoir tué et la mort était la seule libération possible pour elle. Elle se leva, ouvrit les bras et leva la tête vers le ciel. Il lui était maintenant bien égal qu'on pût la voir.

Soudain, Trudi surgit à côté d'elle comme une apparition et la plaqua au sol.

— Tu es devenue folle? siffla-t-elle. Qu'est-ce que tu fabriques? Mon détonateur n'a pas fonctionné. Où est le tien? demanda-t-elle en relevant Marlene et en l'entraînant.

Marlene émergea de sa torpeur et comprit qu'elle devait achever son œuvre. Elle suivit Trudi en trébuchant. Quand elles s'arrêtèrent, elles faillirent se heurter. Marlene tira le détonateur de son sac.

Le moment de l'ultime décision était venu.

Si elle ne déclenchait pas l'explosion, toute l'opération échouerait. C'était sa dernière chance d'achever le travail de Stauffenberg, d'assassiner Hitler et de changer ainsi le cours de la guerre, voire d'éviter des millions de morts supplémentaires. Toutes ses rencontres avec le médecin lui revinrent en mémoire. Elle se sentait vide et faible, elle hésitait…

… et puis elle se décida.

Quand elle actionna le détonateur, elle sentit quelque chose se briser irrémédiablement en elle.

Une série de détonations fit trembler le sol et précipita les deux femmes à terre. La terre s'ouvrit, des fragments de rochers jaillirent comme l'eau d'une fontaine et retombèrent autour d'elles.

— File à la grange! hurla Marlene à Trudi avant de se précipiter vers le camp.

Elle voulait au moins libérer les prisonniers, ne serait-ce que pour apaiser le remords d'avoir tué celui qu'elle aimait. Mais elle ne regarda pas en arrière.

Elle savait que si elle l'avait fait, elle en serait morte.

29

Fragments de guerre

Aux dernières nouvelles de la presse britannique, le Reichsführer de la SS Heinrich Himmler aurait écarté le Führer et le chancelier du Reich Adolf H. de B. du sommet du pouvoir. Les rumeurs évoquent la maladie, la fuite, l'emprisonnement, voire la mort de l'intéressé. Toutes ces rumeurs sont démenties du côté allemand.

Le président Franklin D. Roosevelt a été réélu pour un troisième mandat.

*

Marlene ne se rappelait pas comment elle avait rejoint la grange. À la faveur du chaos qui avait suivi les explosions, elle avait libéré les prisonniers du camp, puis s'était enfuie sans demander son reste. On l'avait poursuivie, on avait tiré sur elle et on l'avait atteinte, sans qu'elle fût capable de dire où, car son corps n'était plus qu'une enveloppe vide. Elle avait encore tué alors qu'elle était si lasse de tuer. Le visage de Peter, le dernier regard qu'il lui avait lancé la hantaient. Et c'était elle qui l'avait tué. En le sacrifiant, elle s'était elle-même sacrifiée. Elle devrait désormais vivre sans amour. Soudain, une fureur indicible contre Peter la saisit. Comment avait-il pu lui imposer le fardeau écrasant de décider de son sort, de l'envoyer à la mort et d'être témoin de cette mort? Il l'avait laissée jouer le rôle de Dieu, forcée à faire ce qu'il était trop lâche pour accomplir lui-même! Mais sa fureur retomba aussi vite qu'elle était née, cédant la place à un désespoir morne. Comment allait-elle vivre sans lui?

— Que s'est-il passé? Tu es couverte de sang! s'écria Ernst effrayé.

Marlene regarda son bras comme s'il ne lui appartenait pas. Elle ne ressentait aucune douleur, sauf celle de son cœur, dont chaque battement était un supplice, chaque pulsation une accusation : *Je l'ai tué...*

— Elle est livide. Elle a dû perdre beaucoup de sang, intervint Heinrich.

Il s'occupa immédiatement d'elle, désinfecta et pansa la blessure. Marlene se laissa faire, trop faible pour le repousser. Tout ce qui l'entourait était flou et elle percevait les voix comme à travers du coton.

— Qu'est-ce qu'elle a ? Elle a un regard vraiment bizarre, commenta Trudi.

— Je crois qu'elle est en état de choc, répondit Ernst.

Il essaya de faire boire du schnaps à Marlene. Elle avala de travers et toussa. Elle était éreintée et n'avait plus qu'une envie : dormir et ne plus jamais se réveiller. Elle était dégoûtée du monde et de l'humanité et se demandait à quoi bon combattre encore alors qu'elle ne récoltait que la mort.

— Que faut-il faire maintenant, Marlene ? demanda Ernst.

Il avait l'air affolé et sa nervosité irritait Marlene. On ne la laissait décidément jamais en paix. Elle rouvrit les yeux à contrecœur et son regard s'éclaircit. Accroupis devant elle, Trudi, Ernst et Heinrich attendaient qu'elle prît une décision parce qu'elle était leur chef. Un chef qui n'avait rien prévu à plus long terme, qui n'avait fait qu'agir dans l'instant. Étaient-ils conscients que son existence était finie, que l'opération eût réussi ou non ? Que peu lui importait où ils s'enfuiraient et qu'à ses yeux, ils auraient tout aussi bien pu attendre ici que leur sort fût réglé ? La vengeance des nazis serait terrible, ils allaient pourchasser tout ce qui vivait dans un rayon de cent kilomètres. Mais Marlene était par nature une combattante qui avait toujours préféré l'action à l'immobilisme.

Son moment de faiblesse était passé. On était en guerre, et pour ses amis, elle devait maintenir l'illusion de l'espoir aussi longtemps que possible. Elle se frotta le visage et les yeux, puis se releva, soutenue par Ernst.

— Nous partons dans la dernière direction qu'ils s'attendront à nous voir prendre, annonça-t-elle.

— Laquelle ? demanda Ernst.

— Le long de la frontière de la Bohême-Moravie, en direction de la Haute-Silésie.

— Mais… où veux-tu aller au juste?

— À Prague, où j'ai encore quelques contacts, répondit Marlene, mais elle ignorait s'ils étaient encore en vie et préférait ne pas y penser.

— Et ensuite? insista Ernst.

— Ensuite, nous retournerons à Munich, chez le parrain de Trudi.

Heinrich avait déjà déplié une carte routière. Ils établirent ensemble un itinéraire. Ils décidèrent d'éviter autant que possible les voies principales pour s'en tenir aux routes secondaires et aux chemins.

30

« C'est toujours le vainqueur qui écrit l'histoire du vaincu. Le bourreau défigure la victime. Le plus faible est rayé de la carte et c'est le mensonge qui reste. »

Bertolt Brecht

Trois jours plus tard, le portail d'Auschwitz se referma derrière Marlene et Trudi. Dans l'intervalle, leur équipée avait ressemblé à un tour de montagnes russes pendant lequel elles oscillaient entre espoir et angoisse, comme si elles étaient des balles avec lesquelles une puissance supérieure jouait.

Pour commencer, l'inévitable était arrivé : après deux cents kilomètres d'un parcours en terrain accidenté, un premier pneu puis son remplaçant avaient crevé à l'est de Zabrze. Ils se trouvaient alors sur les contreforts des montagnes des Hiboux. Ils venaient de dévaler une route en pente raide qui méritait à peine ce nom, mais qui était la seule route dans ce paysage rocailleux. Au bas de la pente, c'était fini. Le silence régna dans la voiture pendant plusieurs secondes. Personne ne paraissait disposé à en descendre. Maintenant que le véhicule était inutilisable, ils avaient l'impression de devoir faire leurs adieux à un vieil ami, un ami qui avait favorisé leur fuite. Mais ils devaient se hâter. Le jour se levait déjà et il était temps de trouver un refuge sûr pour la journée. Ils ne pouvaient pas faire disparaître la voiture, mais ils décidèrent d'emporter la plaque d'immatriculation, par laquelle on aurait pu retrouver Ernst, pour s'en débarrasser plus tard.

Ce fut à cet instant qu'ils entendirent un grondement de moteur lointain. C'était celui d'un véhicule lourd – un tank. Comme subjugués, ils regardèrent la route à travers le pare-brise. Dans la lumière du petit matin, à moins de cent mètres d'eux, un véhicule militaire apparut au sommet de la route, suivi de près par un camion de transport de troupes. Un convoi militaire allemand. Il arrivait vraiment à point nommé… Marlene envisagea rapidement les possibilités de fuite qu'il leur restait. À leur droite se dressait une paroi rocheuse escarpée. Entre eux et la route, il n'y avait qu'un fossé peu profond. À leur gauche s'étendait un champ de maïs moissonné et, à l'arrière-plan, une forêt qu'ils n'atteindraient jamais à temps. Ils ne pouvaient se cacher nulle part. Il ne leur restait plus qu'une solution. Elle échangea quelques paroles rapides avec Ernst, qui descendit de voiture, rajusta sa veste d'uniforme et se dirigea en boitillant vers l'avant-garde du convoi.

Le premier véhicule s'était arrêté à la vue de leur limousine. Un ordre bref résonna, plusieurs soldats bondirent du camion et braquèrent leurs mitraillettes sur Ernst. Comme les attaques de partisans se multipliaient depuis peu dans cette région, l'atmosphère était tendue.

La portière du passager du premier véhicule s'ouvrit. L'homme qui descendit de la voiture était, à en juger par ses décorations, un colonel de l'armée de réserve. L'arme à la main et escorté de deux soldats, il s'approcha d'Ernst. Il lui rappelait vaguement un officier qu'il avait rencontré au Bendlerblock[1] de Berlin. Il en allait sans doute de même pour l'officier, qui devait avoir meilleure mémoire qu'Ernst, car il le reconnut aussitôt et rengaina son arme. Ernst lui exposa sa situation et lui demanda un pneu de rechange. Le colonel donna l'ordre d'en apporter un et demanda à Ernst d'où il venait et où il se rendait. Ernst improvisa un mensonge et consulta sa montre à la dérobée. Plusieurs heures s'étaient écoulées depuis l'attentat et il s'attendait à ce que cet homme lui en parlât, mais il ne semblait pas en avoir été informé. Cela ne pouvait signifier qu'une chose : leurs explosifs devaient avoir détruit toutes les liaisons radio, si bien que la nouvelle n'avait pas encore pu se répandre. L'officier interrompit leur

1. Le Bendlerblock était sous le IIIe Reich le Haut Commandement de l'armée de terre allemande. Il devint un lieu de la résistance allemande au nazisme en la personne de von Stauffenberg et de quelques autres officiers qui organisèrent l'attentat du 20 juillet 1944 contre Hitler.

entretien, car il venait d'apprendre par radio qu'il avait reçu un appel urgent. Il s'éloigna en hâte.

Ernst fit immédiatement demi-tour pour retourner à sa voiture, informer ses compagnons et les avertir qu'ils devaient s'attendre à être arrêtés à tout moment. Marlene tira son arme en ignorant résolument la douleur de son bras blessé et répondit : «Pas sans combattre.» Les autres suivirent son exemple. Heinrich avait dans la boîte à gants un autre revolver qu'il remit à Trudi. Ils attendirent en se préparant à mourir. Fuir aurait été absurde.

Et pourtant, il n'arriva rien. Un soldat qui avait mesuré la jante de leur voiture revint un instant plus tard avec un pneu qu'il faisait rouler à côté de lui. Heinrich, qui avait déjà le cric à la main, prit le pneu. Pendant ce temps, la caravane passa tranquillement devant eux. Quand le dernier véhicule franchit la côte pour disparaître de leur vue, ils se regardèrent, ne pouvant croire à leur chance. Heinrich changea le pneu à une vitesse record mais ce fut ensuite le moteur qui refusa de démarrer. Il s'éteignit dans un vilain crachotement. Leur chance n'avait pas duré. Heinrich jura, descendit, ouvrit le capot et se pencha au-dessous du moteur.

— Qu'est-ce qui cloche? demanda Ernst qui l'avait rejoint.

— Je dois…

Des coups de feu claquèrent. Ils venaient de la forêt. Les deux hommes se jetèrent à terre. Marlene et Trudi descendirent de voiture et s'accroupirent. Marlene interdit à ses compagnons de tirer à l'aveugle vers la forêt afin de ne pas gâcher de précieuses munitions.

— Et maintenant? souffla Ernst, qui se rapprochait d'elle en rampant.

— Ce sont des partisans! Ils guettaient le convoi.

Les Allemands ripostèrent. Au staccato des mitrailleuses se joignit le grondement d'un canon de tank. La crête de collines sur leur gauche qui s'aplanissait vers la forêt leur dissimulait le combat. Ils ne voyaient personne, mais la forêt avait pris feu et une fumée noire montait au-dessus d'elle. L'affrontement fut bref : dix minutes plus tard, le silence régnait. Les partisans avaient sans doute compris qu'ils ne faisaient pas le poids face à l'artillerie lourde.

— Restez à terre, ordonna Marlene aux autres.

Au bout de quelques minutes, Marlene se risqua à contourner la voiture, mais elle ne put rien discerner derrière l'épais voile de fumée. Le silence se prolongeait. Les partisans avaient dû battre en retraite. Elle perçut soudain un mouvement sur la colline la plus à gauche. Les Allemands s'éloignaient vers la forêt ! Elle rejoignit les autres et les informa.

— On attend encore un moment ici, sinon on risque de se retrouver pris entre deux feux, dit-elle.

Un instant plus tard, ils furent rejoints par une patrouille que le chef du convoi leur avait envoyée. Le colonel se sentait apparemment tenu de veiller à la sécurité d'Ernst, peut-être parce qu'il avait le même grade que lui.

Bon gré mal gré, ils durent rejoindre le convoi. À l'arrêt derrière un camion, ils discutaient à voix basse de la meilleure manière de fausser compagnie aux militaires quand un officier surgit.

— Dites-moi un peu, colonel Meister, que faites-vous ici? Quand vous a-t-on envoyé si loin de Cracovie? demanda-t-il d'une voix nasillarde.

Si au début il paraissait seulement surpris de voir Ernst là et en compagnie de deux femmes, sa curiosité se teinta rapidement de méfiance. Il réclama à Marlene et à Trudi des papiers d'identité qu'elles n'avaient pas. Marlene improvisa rapidement une histoire : alors qu'elles allaient voir leur tante à Zabrze, elles avaient été détroussées en chemin par des partisans et elles s'étaient réfugiées dans une auberge. Elles y avaient rencontré le colonel Meister, qui leur avait aimablement proposé de les emmener en voiture sur une partie du trajet. L'officier prit Ernst à part, au grand regret de Marlene, qui aurait aimé pouvoir les suivre. À son retour, Ernst lui raconta que l'officier l'avait interrogé sur sa mission, mais il lui avait répondu qu'il n'était pas tenu de s'expliquer à ce sujet.

L'officier n'avait pas insisté, mais il doutait visiblement de leurs explications. Il était donc entré en contact avec le commandement de l'armée de réserve à Varsovie et il avait parlé avec l'officier supérieur, le général Maier. Ce dernier avait couvert Ernst, mais ordonné son retour immédiat à Varsovie en compagnie des deux dames. Un mécanicien répara leur moteur, on leur fournit même de l'essence et la voiture reprit sa place dans le convoi qui repartit vers l'est, en direction du front russe.

Le trajet se déroula sans autre incident et dès l'après-midi, Ernst, Marlene et Trudi se retrouvèrent dans le bureau du général Horst Maier. Celui-ci s'efforçait de rester impassible, mais les antennes sensibles de Marlene détectaient chez lui des signaux tout autres. Il paraissait aussi nerveux que s'il craignait de découvrir une grenade dégoupillée dans son bureau. Il s'attendait visiblement à être arrêté d'un instant à l'autre, ce qui en faisait un partenaire dangereux pour négocier.

Il les examina à tour de rôle comme s'il attendait qu'ils lui révèlent quelque chose d'important, mais ils gardaient le silence.

Le colonel se renversa dans son fauteuil et tambourina du bout des doigts sur le bureau. Derrière lui trônait un portrait solennel du Führer en grand format. Marlene le regardait fixement en souhaitant pouvoir le faire tomber du mur par la seule force de sa volonté.

Le supérieur d'Ernst prit enfin la parole. Avec la mine d'un homme qui s'apprêtait à démasquer une conspiration d'envergure, il leur annonça qu'un événement de grande ampleur s'était produit, que des rumeurs des plus étranges couraient là-dessus sans que personne pût rien dire de plus précis, déclara-t-il en abattant le poing sur la table. « On nous dissimule une belle saloperie et, bon Dieu, je veux savoir ce qui se passe ! » conclut-il en regardant Ernst comme s'il pouvait lui donner la réponse, ce qui n'était pas entièrement faux, songea Marlene. Elle se demanda si Ernst serait capable de se tirer d'affaire seul. La réponse était non. Il tourna la tête vers elle et la regarda en lui enjoignant silencieusement d'agir. Dire que cet homme était devenu colonel dans la Wehrmacht… Marlene aimait bien Ernst parce qu'il l'avait aidée et il avait fait preuve de courage, mais son regard lui révélait qu'il l'avait fait surtout pour elle. Du reste, il valait mieux que ce fût elle qui prenne les commandes, d'autant plus qu'ils n'avaient encore reçu aucune confirmation de la réussite ou de l'échec de leur attentat. Elle se demandait s'il avait valu la peine de sacrifier Peter dans cette opération et cette idée la torturait. Plus l'incertitude se prolongeait, plus elle devenait nerveuse. La seule chose qui pouvait la distraire de ses pensées était de se jeter dans la mêlée. Il fallait se concilier les bonnes grâces du colonel, car il pouvait les informer sur l'attentat, même si à cet instant c'était plutôt lui qui semblait attendre d'eux des explications sur ces rumeurs « des plus étranges ». Étaient-ce des rumeurs de la mort d'Hitler ? Pour l'instant, ils étaient traités plus en invités qu'en prisonniers, mais cela pouvait changer en un clin d'œil. Pour essayer d'en savoir davantage, elle renvoya la balle au colonel.

— Pardonnez-moi, mon colonel, mais je ne comprends pas : qu'est-on censé vous dissimuler ? Avez-vous un motif d'inquiétude ?

Le colonel, qui jusque-là n'avait regardé qu'Ernst, la dévisagea. Elle connaissait ce genre de regard. Il se demandait s'il devait tenir compte d'elle ou si elle n'était qu'une femme qui se mêlait de ce qui ne la regardait pas.

— Qui est-ce ? demanda-t-il en ignorant délibérément Marlene pour s'adresser à Ernst, qui la regarda une fois de plus.

Marlene en eut assez. Ils n'arriveraient à rien ainsi. Si le colonel considérait Trudi et elle-même comme insignifiantes, mais les laissait participer à cet entretien, cela ne pouvait signifier qu'une chose : leur vie ne valait pas un clou. Ça lui était égal, mais elle voulait qu'au moins Trudi pût survivre à cette guerre. Elle devait donc conclure un marché avec le colonel, trouver une échappatoire qui lui permettrait de sauver sa tête en même temps que celle de Trudi. Elle se jeta à l'eau.

— Cette rumeur est davantage qu'une rumeur, déclara-t-elle. Je suis responsable de ce qui est arrivé.

— Qu'entendez-vous par là ? demanda le colonel de mauvaise grâce, comme si elle le dérangeait dans ses réflexions.

— Je suis la personne que vous recherchez. Si vous pouvez garantir la sécurité de ma jeune amie ici présente, je vous raconterai tout sur l'attentat perpétré il y a moins de vingt-quatre heures dans les environs de Walbrzych contre le Führer, le commandant de la SS Himmler et d'autres ministres du gouvernement.

Ernst poussa un cri étouffé et elle vit du coin de l'œil sa main se porter au col de son uniforme comme s'il l'étranglait. Trudi se mit à protester, mais Marlene serra fermement sa main. Du reste, il était trop tard. Elle ne pouvait plus reprendre ce qu'elle venait de dire.

Le regard condescendant du colonel se posa sur elle avec une lueur d'intérêt. Elle voyait littéralement les rouages tourner derrière son front tandis qu'il envisageait toutes les conséquences possibles de sa révélation.

Pour elle, la question cruciale était l'honnêteté de cet homme. Il était avéré qu'il appartenait au réseau de résistance de Stauffenberg, qu'il avait déjà averti et protégé Ernst par le passé et qu'il ne les avait pas livrés à la police, du moins pas encore. Avait-il agi par conviction, pour mettre fin à la guerre, ou pour assurer son avenir dans l'après-guerre parce qu'il avait cessé de croire à la victoire? Un certain nombre de mauvaises langues affirmaient que Stauffenberg et ses partisans n'avaient pas voulu tuer Hitler pour ses crimes, mais en raison de ses échecs et de son dilettantisme. Le colonel avait connaissance des rapports les plus récents du front et Marlene brûlait d'envie de l'interroger à ce sujet, mais cela aurait risqué de l'indisposer contre eux. Elle attendit donc sa réponse en se rongeant d'impatience.

Les doigts du colonel tambourinaient de nouveau sur la table. Il s'interrompit soudain et se pencha vers elle.

— C'est donc une confession complète que vous me proposez si en contrepartie je libère votre jeune amie? Très bien. Racontez-moi tout ce que vous savez des événements survenus aux environs de Walbrzych.

— Donnez-nous d'abord des papiers pour mon amie, exigea Marlene.

— Vous n'êtes pas en position de réclamer quoi que ce soit, madame, répondit-il durement. Soit vous me racontez ce que vous savez, soit…

La menace resta suspendue dans l'air.

— Tu peux faire confiance au colonel, Marlene, intervint Ernst.

Marlene comprit qu'elle n'avait pas le choix: cet homme était le plus fort. Son récit des événements dura moins de cinq minutes. Quand elle l'eut achevé, la réaction du colonel la surprit.

— Ni votre confession ni votre sort ne m'intéressent, dit-il. Je ne lèverai pas le petit doigt pour vous dénoncer. Il n'existe que deux possibilités: soit votre attentat a échoué et le Führer vit toujours, soit il a réussi et cet homme est mort. Les autorités font de leur mieux pour dissimuler cette affaire le plus longtemps possible, ce qui n'a rien de surprenant: l'attentat de Stauffenberg remonte seulement à quatre mois. En réalité, le Führer ne fait presque plus d'apparitions en public. Il en charge de temps à autre l'une de ses doublures. Il nous faut donc envisager cette éventualité : c'est peut-être seulement l'une de ces doublures que vous avez vue dans le tunnel.

— C'est exclu : mon informateur, qui est médecin, l'a identifié sans équivoque car il l'avait déjà soigné par le passé.

— Comment l'a-t-il identifié ?

— Hitler n'a qu'un testicule.

Le colonel passa outre et s'éclaircit la gorge.

— Il est plus sage de ne pas se mêler de cette affaire. Chaque bombe creuse un trou noir dans lequel des innocents sont aspirés. Si nous ne voulons pas faire connaissance avec le Tribunal du peuple[1], nous devons éviter tout rapprochement avec cet attentat. Cette conversation entre nous n'a jamais eu lieu, conclut-il, et il se leva pour signifier que l'entretien était terminé. Vous êtes libres, votre amie et vous. Je vous fournirai tous les papiers nécessaires, mais le colonel Meister restera ici pour faire son devoir. Quant à votre désertion, nous en parlerons plus tard, compris, mon colonel ?

Ernst s'était levé d'un bond et mis au garde-à-vous.

— Oui, mon colonel, répondit-il.

Le lendemain matin, Marlene et Trudi se retrouvèrent de nouveau en uniforme d'infirmières de la Croix-Rouge – une idée de Marlene – dans un train pour Munich. Marlene avait d'abord envisagé de rejoindre immédiatement la Résistance, mais elle s'était ravisée : cette fois-ci, elle voulait, pour plus de sûreté, reconduire elle-même Trudi chez son parrain.

— Ouf ! déclara celle-ci alors que le train s'ébranlait, quelle partie de ping-pong, tous ces allers-retours ! Si on racontait ça, personne ne nous croirait. Mais tu vois bien qu'avec moi tu n'as rien à craindre : je suis invulnérable !

Elle était euphorique. Marlene connaissait bien ce sentiment, car elle l'avait éprouvé chaque fois qu'elle avait échappé de peu à une mort qui lui semblait certaine.

---

1. *Volksgerichtshof* : tribunal politique instauré par Hitler en 1933, après l'incendie du Reichstag, pour prononcer les condamnations pour haute trahison et atteinte à la sûreté de l'État.

— Ne vends pas la peau de l'ours avant de l'avoir tué, répondit-elle pour doucher l'enthousiasme de Trudi.

Elle savait que c'était injuste, qu'elle aurait dû la laisser savourer sa joie, mais trop d'euphorie rendait imprudent. Tandis qu'elles quittaient la gare, elle regarda par la fenêtre du compartiment qui leur était réservé, une aimable attention du colonel.

— Le trajet jusqu'à Munich est long, ajouta-t-elle.

— Bah, que pourrait-il bien encore nous arriver? rétorqua Trudi en ôtant ses mocassins, en levant les jambes et en agitant les orteils dans son collant. Nous sommes deux demoiselles allemandes rentrant chez elles après une mission fatigante. J'ai du mal à le croire, mais je suis vraiment contente de revoir mon oncle et ma tante. Après tout ce merdier et tous ces cinglés, enfin des gens normaux…

Marlene ne répondit pas. Elle ne pouvait plus se détacher de la fenêtre. Son attitude figée frappa Trudi.

— Que se passe-t-il? demanda-t-elle en scrutant à son tour le paysage pendant que le train prenait de la vitesse.

— Rien, répondit Marlene, et elle se détendit. Je croyais juste avoir reconnu quelqu'un sur le quai.

— Qui?

— Ça n'a plus d'importance. (Elle baissa les stores et s'adossa à la banquette.) Qu'est-ce qu'on a à manger? demanda-t-elle.

Trudi fouilla dans le sac à dos et en tira les provisions, une autre largesse du colonel. Il devait être vraiment soulagé de s'être débarrassé d'elles. Il semblait persuadé que leur présence décuplait le danger. Contrairement à lui, Marlene supportait mal qu'aucune nouvelle de l'attentat n'eût encore filtré. Combien de temps les nazis pourraient-ils étouffer l'affaire? À chaque arrêt, elle ouvrait la fenêtre, tendait l'oreille, observait, espérant un changement sensible dans l'atmosphère comme à l'église de Munich après l'attentat de Stauffenberg, mais elle ne percevait rien de semblable. Cette incertitude avait de quoi vous rendre fou.

Au cours de l'après-midi, le train s'arrêta à Walbrzych, dans les environs du tunnel. Ce fut pour Marlene l'instant critique: elle les croirait tirées d'affaire seulement quand elles auraient passé cet arrêt sans encombre. Mais là non plus, rien à signaler.

Marlene s'était presque attendue à voir la gare grouiller de SS, mais tout suivait son cours normal, dans une atmosphère presque fantomatique, et c'était précisément ce qui la mettait mal à l'aise.

Quand le train repartit, elle sourit à Trudi. L'euphorie de la jeune fille était retombée. Elle regardait régulièrement Marlene comme si elle pouvait lire en elle un signal de danger.

— Les nazis sont bizarres, tu ne trouves pas? demanda-t-elle. Après l'attentat de Stauffenberg, tout était en ébullition, alors que maintenant, c'est le calme plat. Tu y comprends quelque chose, toi?

— Non, mais qui peut comprendre quelque chose aux nazis? répondit Marlene avec un haussement d'épaules alors qu'elle pensait comme Trudi.

Ce furent leurs cinq dernières minutes de liberté.

31

Fragments de guerre

Dans le crématoire 4 d'Auschwitz-Birkenau, une femme, comprenant qu'elle va être assassinée, arrache son arme à l'adjudant SS Schilling er et l'abat. D'autres femmes attaquent des SS avant d'être abattues à leur tour.

La Chambre des communes a rejeté à 425 voix contre 23 une motion proposant la même rémunération pour les femmes apprenties que pour leurs collègues masculins.

« Le terme d'émancipation féminine est un concept issu de l'intellect juif. À nos yeux, la femme ne doit pas s'immiscer dans le monde de l'homme. Il nous paraît au contraire naturel que ces deux mondes restent séparés. »

Le Führer Adolf H. de B. dans un discours tenu au congrès du Parti national-socialiste à Nuremberg le 8 septembre 1934.

*

La porte du compartiment s'ouvrit.

— *Heil Hitler!* lança nonchalamment une voix haïe.

Marlene ne broncha pas, mais uniquement parce que son sang s'était glacé. Albrecht Brunnmann… Elle ne s'était donc pas trompée, c'était bien lui qu'elle avait reconnu sur le quai!

Elle évalua ses chances en un éclair. Était-il seul? C'était peu probable, car il était trop lâche. Il préférait laisser le sale boulot aux autres. Elle tâtonna pourtant à la recherche de son poignard, mais Brunnmann avait déjà dégainé son arme.

— N'y pense même pas en rêve, ma petite Juive, lui dit-il.

Elle entendit des gargouillements à côté d'elle et un instant plus tard, Trudi vomit son déjeuner aux pieds de Brunnmann.

— C'est répugnant ! s'exclama-t-il en détournant les yeux avec écœurement.

— Moi aussi, tu me donnes envie de dégueuler, Albi, riposta Marlene.

Elle avait envie qu'il l'abatte, pour en finir. Pour le provoquer, elle saisit son poignard. Le canon du revolver se braqua aussitôt sur Trudi.

— Je peux tirer dans le ventre de ton amie, ou, mieux encore, dans son foie, pour qu'elle crève très lentement et dans d'atroces souffrances, expliqua-t-il.

— C'est ça, tire, lança Trudi d'une voix éraillée.

Deux hommes surgirent à la porte du compartiment. Le premier était Ewald, le chien de garde de Brunnmann... malheur, cette canaille avait survécu ! Il avait dû conclure un pacte avec le diable. Sur un signe de Brunnmann, il entra dans le compartiment, armé seulement de ses poings énormes, de sa force brutale et de sa haine viscérale des femmes. Elles n'avaient plus aucune chance de s'en tirer. Elles étaient prises au piège. Un instant plus tard, le train s'arrêta et elles furent poussées dehors. Marlene était persuadée qu'on les fusillerait, mais on les mena à la limousine noire de Brunnmann qui était garée sur un chemin à proximité de la voie ferrée. Il avait tout prévu. Il savait qu'elles seraient dans ce train.

Alors qu'elles approchaient du véhicule, Marlene s'attendait presque à voir son vieil ami Osman, qui avait longtemps été le chauffeur de Brunnmann, leur ouvrir la portière. Mais Brunnmann avait envoyé Osman sur le front de l'Est parce qu'il avait aidé Deborah à Cracovie.

— Au cas où tu chercherais ton vieil ami Osman, il est mort, assena Brunnmann.

Cet arriviste arrogant avait toujours fait preuve d'intuition dans toutes les situations et ne laissait jamais passer une occasion de tourmenter quelqu'un, même quand ce quelqu'un était déjà à terre.

— Où nous emmènes-tu ? demanda-t-elle à Brunnmann quand on les eut poussées à l'intérieur de la limousine.

Il ne répondit pas, mais leur destination fut bientôt évidente : elles rentraient à Auschwitz. Brunnmann ne les ramena toutefois pas au camp, mais dans une petite villa blanche de la zone interdite. Elle était nichée dans un cadre idyllique au bord de la Sola, cernée d'un mur et de rangées de grands arbres sur trois de ses côtés.

Ils franchirent un portail en fer forgé gardé par des SS. L'air était pur et limpide, hors d'atteinte de l'épouvantable puanteur d'Auschwitz. Après un regard à la ronde, Marlene fut presque certaine d'être déjà venue là lors de l'une de ses « sorties », même si on leur avait comme toujours bandé les yeux pour le trajet. Sur un signe de Brunnmann, Ewald l'empoigna et l'entraîna à l'intérieur. Un autre garde le suivait avec Trudi et Brunnmann fermait la marche.

— Qu'est-ce que ça signifie ? Que nous veux-tu ? lui lança Marlene.

Ewald la frappa.

— Ta gueule ! ordonna-t-il.

Ils montèrent un escalier. Brunnmann les dépassa pour les précéder dans un long couloir où il poussa une porte. Marlene reconnut immédiatement la pièce. Murs et plafond lambrissés, lit gigantesque et épais tapis d'Orient qui étouffaient le bruit des pas. Une odeur de tabac refroidi se mêlait à un parfum entêtant. Oui, elle était déjà venue là. Deux hommes l'avaient attendue devant le lit, un violeur et un voyeur, ce dernier probablement impuissant comme la plupart des voyeurs. Il ne l'avait pas touchée, se contentant de donner des ordres et de regarder. Ç'avait été ignoble.

Brunnmann prit une chaise et la plaça au pied du lit. Ewald y fit asseoir Marlene.

— Bâillonne-la, ordonna Brunnmann. Je n'aime pas les entendre crier.

— Lâche ! gronda Marlene, et ce fut son dernier mot pendant un très long moment.

Ewald tira de sa poche un lambeau de tissu sale et la bâillonna avec un sourire railleur. Comme il jouissait de cette situation ! Cet homme n'était qu'un concentré de haine. Trudi se débattait comme une furie contre son gardien. Elle crachait et lançait des coups de pied car elle avait les mains liées, mais comme l'homme la tenait à bout de bras, ses coups portaient dans le vide. Elle fut bâillonnée à son tour.

Brunnmann s'était dirigé vers une commode dans laquelle il avait pris des cordes.

— Déshabille la fille et attache-la aux pieds du lit, dit-il à Ewald.

Horrifiée, Marlene fut contrainte de regarder Ewald arracher les vêtements de Trudi, puis lier ses bras et ses jambes aux pieds du lit. Marlene se convulsa et poussa des cris étouffés par le bâillon. Elle revivait le jour où elle avait dû assister au martyre de Jakob. Brunnmann savait que c'était la seule manière de la faire souffrir véritablement, en la forçant à le regarder violer Trudi.

Il renvoya ses hommes et commença à se déshabiller lentement en savourant chaque seconde, enivré de son triomphe. Il se campa face à Marlene, son sexe érigé tout proche de son visage.

— Greiff était un raté et un crétin, dit-il. Il t'a sous-estimée. Tu es Lilith, la femme d'avant Ève. Le serpent. Et un serpent, on doit l'écraser dans la poussière. Mais avant, regarde!

Il éclata d'un rire ignoble et se jeta sur Trudi.

Son martyre dura de longues heures. Souffrance, angoisse, humiliation... ce qu'il infligeait à Trudi, il le faisait également subir à Marlene et, symboliquement, à toutes les femmes soumises à la violence et à la tyrannie d'hommes faibles. Brunnmann se détourna enfin de la jeune fille et disparut dans la salle de bains, d'où parvinrent bientôt un ruissellement d'eau et de joyeux sifflotements. Marlene crut mourir de rage impuissante. Elle avait tellement tiré sur ses liens des heures durant qu'ils avaient entaillé sa peau.

Brunnmann ressortit de la salle de bains et passa devant elle en se pavanant. Il prit du linge propre dans l'armoire et se rhabilla avec la mine d'un homme qui a le monde à ses pieds. Et puis il s'approcha du lit et observa Trudi, qui ne remuait plus depuis un bon moment. Elle était inerte. L'espace d'un instant, Marlene l'avait crue morte, mais elle avait alors vu sa cage thoracique frêle se soulever faiblement. Brunnmann saisit Trudi par l'épaule et la secoua, mais la jeune fille ne réagit pas. Il prit un vase dans lequel des fleurs mortes végétaient et en vida l'eau sur Trudi, qui sursauta et suffoqua.

— Tu vois bien que tu y survivras, comme toutes les femelles, dit-il avec mépris avant de s'adresser à Marlene. Quel dommage que Deborah ne puisse te voir : Marlene, l'héroïque résistante, ligotée et bâillonnée, une pitoyable petite chose incapable de protéger son amie. Oh, mais tu veux parler? demanda-t-il en lui ôtant son bâillon.

— Espèce de salopard de fils de pute ! Deborah est morte ! cracha Marlene.

— D'où sors-tu ça ? demanda-t-il, sincèrement surpris.

Marlene le dévisagea avec incrédulité.

— Ah bon, tu le crois vraiment? reprit-il. Non, je peux te garantir que cette petite garce est bien vivante et qu'elle paie comme toi sa trahison. Mais assez bavardé…

Il alla ouvrir la porte, appela Ewald et désigna Marlene.

— Cette femelle est à toi, mais ne la démolis pas complètement : un Russe qui s'est toqué d'elle veut me l'acheter. Je reviens dans une heure.

Ewald mit cette heure à profit. Au retour de Brunnmann, Marlene était évanouie.

Plus tard, deux hommes arrivèrent et emmenèrent Trudi et Marlene.

32

«Je suis un sceptique. Je doute de tout et de tous, y compris de moi-même, surtout de moi-même. Car j'ai trop souvent pris des décisions qui par la suite m'ont paru incompréhensibles. Et depuis, je me demande chaque jour : ce que je crois est-il vrai ? Se pourrait-il que je me trompe ?»

Raffael Valeriani, ancien jésuite,
dans une lettre à son ancien mentor

Cent quatre-vingt-huit jours avant le jour 0

«J'ai honte de la politique d'apaisement de mon SPD. Le 25 juillet 1914, nous protestions encore contre la guerre mondiale imminente et tout le monde nous reprochait notre manque de patriotisme. Neuf jours plus tard à peine, nous étions tous devenus de vrais patriotes et nous mangions dans la main de l'empereur. Nous aurions dû prendre exemple sur Luxemburg et Liebknecht, qui sont restés fidèles à leurs convictions, ce qui leur a valu d'être assassinés par des cavaliers de la garde prussienne. C'est effroyable : la guerre est finie, mais on tue toujours, comme s'il n'y avait pas eu assez de morts. Si seulement nous avions tous montré plus de courage en 1914… Espérons que les générations futures tireront un enseignement de cette guerre atroce.»

Gustav Berchinger à Fritz Gerlich en janvier 1919, lors d'une réunion de leur cellule du SPD à la Ratskeller de Munich.

*

Des ombres noires cernaient Marlene, se pressaient autour d'elle, essayaient de l'emmener. Elle revivait dans ses rêves fiévreux son premier viol à Auschwitz. On l'avait emmenée avec d'autres filles dans un hôtel où elles avaient dû se déshabiller dans une grande pièce. Les hommes voulaient les examiner, ils les palpaient, les pinçaient et les contraignaient à des exercices de gymnastique en faisant des plaisanteries stupides sur leurs seins qui tressautaient. Seul un homme grand et massif, dont les cheveux avaient probablement été roux dans sa jeunesse pour virer plus tard au rouille sale, s'était tenu à l'écart de ces jeux grotesques. Assis à une table dans un angle de la pièce, il fumait un cigare et paraissait plutôt s'ennuyer. Quand l'un des hommes avait empoigné Marlene pour l'entraîner dans une chambre, il s'était interposé et, d'un regard impérieux, l'avait forcé à la lui abandonner.

— Tu es nouvelle, avait-il dit à Marlene tandis qu'il se déshabillait dans la chambre, exhibant son corps lourd.

Son sexe ballottant paraissait minuscule sous son gros ventre, le scrotum rouge sombre était semé de poils orange. Il s'allongea sur le lit et écarta les jambes.

— Allez, suce-moi, ordonna-t-il. Et je veux que tu avales. Si tu vomis ou si tu as seulement un haut-le-cœur, je te flanque une raclée que tu n'oublieras jamais.

Marlene aurait de loin préféré une raclée à... Mais elle savait qu'elle n'y gagnerait rien, sauf si elle préférait mourir. Elle baissa lentement la tête, mais au lieu de penser au goulot d'une bouteille comme Jolanta le lui avait recommandé, elle imagina comment elle châtrerait et tuerait cet homme si elle le retrouvait un jour. Pendant ce travail répugnant, il ne cessa de la railler et de l'insulter, ce qui paraissait l'exciter.

Elle luttait de toutes ses forces contre le cauchemar avec ce démon roux et résistait à sa voix mauvaise, refusant de s'abandonner aux ténèbres. Elle retrouva enfin sa lucidité et ouvrit les yeux.

Elle était de nouveau dans l'une de ces salles d'hôpital auxquelles elle paraissait décidément vouée. Elle fut d'abord frappée par son calme spectral. Elle savait où elle était, elle avait reconnu la salle, mais les autres lits étaient vides. L'idée insensée qu'elle était la seule survivante dans un monde mort la glaça d'horreur.

Elle sentit un cri enfler dans sa poitrine et ouvrit la bouche, mais elle n'avait plus de voix car elle avait trop hurlé.

Son regard erra dans la salle, cherchant instinctivement Peter, mais il n'était plus là parce qu'elle l'avait tué. Cette pensée la fit souffrir bien plus que son corps ravagé.

En entendant le bruit d'une porte qui s'ouvrait, elle referma promptement les yeux. Si c'était Brunnmann, elle ferait semblant de dormir.

On roula dans la salle un lit qui s'arrêta à côté du sien dans un grincement de freins. Quelques secondes plus tard, elle sentit un contact léger sur son visage, l'une de ses paupières fut soulevée et un faisceau lumineux l'éblouit. Elle resta complètement rigide et retint même son souffle.

— Il est inutile de simuler, comtesse. Je sais parfaitement que vous êtes consciente, dit une voix qui n'était pas celle de Brunnmann, et Marlene poussa un soupir de soulagement.

Elle gardait pourtant les paupières closes en se demandant pourquoi cet homme lui avait donné ce titre de comtesse, et puis la mémoire lui revint. Elle avait complètement refoulé l'épisode avec ce cinglé de comte nazi, peut-être parce que sa rencontre était la plus absurde de toutes celles qu'elle avait pu faire. Cet homme avait bel et bien déliré sur le retour du Saint-Empire romain germanique. Maintenant, il était mort et elle était sa veuve.

Le médecin prit son pouls. C'était un geste familier, de ceux qui créaient une apparence de normalité et lui rappelaient le docteur Friehling. Elle remarqua soudain – et trop tard – qu'elle pleurait. Elle était incapable de retenir les larmes qui jaillissaient de ses yeux comme si une digue avait rompu. Elle n'avait plus qu'un désir : que cet homme disparaisse enfin, la laissant seule pour penser à Peter. Le découragement l'envahit, elle se sentit seule et abandonnée et son existence se réduisit à un point minuscule. L'humanité entière, la guerre et tout ce monde maudit pouvaient sombrer dans l'horreur, elle s'en moquait bien. Elle était replongée dans la léthargie qui s'était emparée d'elle quand elle végétait à l'hôpital de Cracovie, jusqu'au jour où une araignée qui se promenait sur son pied l'avait rappelée à la vie en la chatouillant. *Bon sang, Marlene!* résonna la voix de Jakob dans son esprit. *Ne te laisse pas abattre! Tout n'est pas encore foutu.* Ses paroles la traversèrent comme une décharge électrique. Elle faillit sursauter, car elle avait cru les entendre dans la salle. Elle se demanda un instant si elle avait des hallucinations. Lui avait-on inoculé une drogue?

Elle ouvrit les yeux et reconnut Trudi dans le lit voisin du sien. Le visage de la jeune fille était aussi pâle et émacié que lorsqu'elle avait le typhus, mais elle était en vie! Elle était inerte, mais ses paupières bleuâtres frémissaient.

Un visage qui lui paraissait familier surgit dans son champ de vision. C'était le médecin qui l'avait tirée des griffes d'Ewald.

C'est donc vous, avait-elle envie de lui dire. Ses lèvres remuèrent, mais elle fut incapable d'émettre un son.

— Comment allez-vous? lui demanda-t-il poliment.

Il fit dissoudre un comprimé dans un verre d'eau qu'il lui tendit, mais Marlene tenait à garder les idées claires. Elle secoua la tête et ce mouvement fit jaillir des éclairs lumineux devant ses yeux.

— Doucement! Vous avez un traumatisme crânien, lui dit le médecin.

— Mon amie? demanda-t-elle d'une voix éraillée.

— Elle se rétablira. Je l'ai… opérée.

Cette légère hésitation était révélatrice de la gravité de la blessure. Marlene ferma les yeux et expira à fond. Cette bête féroce de Brunnmann!

— Les enfants? Que deviennent-ils? articula-t-elle péniblement.

— Dieu seul le sait. Qu'est-il arrivé à votre voix? Avez-vous mal au larynx? Avez-vous reçu un coup à la gorge? demanda-t-il en la lui palpant.

L'état de sa voix était le cadet des soucis de Marlene. Peut-être avait-elle perdu toute confiance dans l'humanité, car la politesse de ce médecin qui allait jusqu'à la vouvoyer lui paraissait suspecte. Brunnmann avait-il donné des instructions pour qu'on les soignât, Trudi et elle, afin qu'il pût recommencer à les torturer? S'inspirait-il de la terreur psychologique autrefois pratiquée par Greiff? À quoi bon les maltraiter, Trudi et elle, pour ensuite les raccommoder avec tant de soins? Elle ne comprenait pas pourquoi Brunnmann ne les avait pas tuées après ce qu'il leur avait fait subir: de quelle utilité pouvaient-elles lui être encore? Et puis elle se rappela l'allusion de Brunnmann au Russe qui voulait l'acheter. Et Trudi? Brunnmann avait-il également trouvé un acquéreur pour elle? Un autre détail l'intriguait: pourquoi étaient-elles les seules patientes dans cette salle? Se pouvait-il que l'évacuation d'Auschwitz eût commencé? Les Russes se rapprochaient-ils déjà?

Le médecin la regarda comme s'il avait lu dans ses pensées.

— Le front se rapproche. Le commandement a commencé à faire évacuer le camp, expliqua-t-il.

Pour Marlene, ces paroles signifiaient: *Ils sont tous morts et notre tour viendra ensuite.*

Décidément, elle avait du mal à se faire une opinion sur ce médecin SS:

— Qui êtes-vous? demanda-t-elle.

— Le docteur Gregor Siebenbürgen.

Elle se souvint alors de l'avoir vu avec Peter dans le couloir le jour où elle avait découvert les enfants cachés dans la cave. Oh mon Dieu, les enfants! se dit-elle affolée. Qui s'occupait d'eux désormais? Tel qu'elle connaissait Peter, il avait paré à toute éventualité pour eux. Était-ce Jolanta qui l'avait remplacé? Ou peut-être ce docteur Siebenbürgen? Elle se demandait si c'était un ami de Peter quand Trudi remua.

Il s'occupa immédiatement d'elle avec une prévenance qui lui rappela Peter. Elle en eut la gorge serrée. Elle ne devait pas penser continuellement à lui car cela l'affaiblissait. Elle devait réfléchir au moyen de sonder le docteur Siebenbürgen et d'épargner à Trudi d'être vendue au plus offrant. Elle devait reprendre des forces le plus vite possible. Et elle ignorait encore si l'attentat avait réussi. Brunnmann n'en avait rien laissé paraître. Ce docteur Siebenbürgen serait-il disposé à en parler? Mais comment l'interroger? Autant ne pas y aller par quatre chemins, décida-t-elle.

— Et le Führer? Comment se porte-t-il? croassa-t-elle.

Le médecin la dévisagea, visiblement perplexe, comme s'il s'interrogeait sur les effets secondaires possibles de son traumatisme crânien.

Mais elle avait la réponse: il ne savait rien de l'attentat. Pendant combien de temps encore devrait-elle rester sur des charbons ardents? Ce début d'évacuation du camp signifiait-il que les nazis considéraient la guerre comme perdue?

Peut-être que dans ce cas elle serait débarrassée de Brunnmann? Il ne penserait sûrement qu'à sauver sa peau. Cette idée souriait à Marlene.

— Et Brunnmann? demanda-t-elle.

Mais c'en était assez pour le docteur Siebenbürgen, ou peut-être ne voulait-il tout simplement pas se laisser entraîner sur ce terrain.

— Écoutez, je suis votre médecin et pas un bureau de renseignements, trancha-t-il.

Il prit une seringue et fit une piqûre à Trudi, ce qui éveilla aussitôt la méfiance de Marlene.

— Ne vous inquiétez pas, dit-il comme s'il avait deviné sa pensée, c'est un analgésique. Reposez-vous. Je reviendrai plus tard. Et buvez cette eau : elle ne contient qu'un analgésique léger. Je ne peux rien vous donner d'autre.

Marlene lutta pour rester éveillée. Elle attendit Jolanta, mais celle-ci ne vint que le lendemain et elle n'avait pas de nouvelles. Elle n'avait même pas entendu la moindre rumeur, ni sur Hitler, ni sur Himmler ou Speer, mais elle promit à Marlene de se renseigner le soir même.

— Les jours du bordel sont comptés, de toute manière, dit-elle à Marlene. Hier, six filles seulement sont sorties, aujourd'hui encore moins et nous manquons de provisions.

Marlene savait ce que cela signifiait : les enfants étaient affamés. Elle désigna le plateau de son petit-déjeuner : une tasse de thé et une tranche de pain avec un petit morceau de beurre à laquelle elle n'avait pas touché.

— Prends-la, dit-elle à Jolanta.

— Pardon?

— Je sais que c'est une goutte d'eau dans la mer, mais une tranche de pain, c'est un jour de vie en plus.

Jolanta la dévisagea et une étincelle s'alluma dans ses yeux.

— C'est le docteur qui t'a renseignée? demanda-t-elle.

— Non, j'ai tout découvert moi-même. Je le sais depuis début septembre.

Jolanta empocha la tranche de pain sans un mot et sortit.

Le lendemain, les nouvelles n'annonçaient rien de bon : Jolanta lui raconta qu'aucune des filles sorties la veille n'était rentrée. Ewald l'avait informée que l'*okiya* était fermée et qu'elles devaient toutes rester au baraquement. Il avait refusé de répondre à la moindre question, mais emmené quatre filles dont il avait lu les noms sur une liste. Elles n'étaient désormais plus que douze et personne n'avait mangé depuis la veille. Quand le docteur Siebenbürgen réapparut, Marlene le mit au courant en quelques mots. Il accepta de prendre les enfants en charge et tint parole, comme Jolanta le rapporta à Marlene le lendemain. Elles n'avaient eu qu'un chaudron de soupe aqueuse, mais chaque fille avait reçu un bout de pain qu'elle avait gardé pour les enfants.

— Elles sont toutes dans le secret? demanda Marlene, surprise.

— Depuis peu. J'ai besoin de leur aide, répondit Jolanta.

Le lendemain, Brunnmann réapparut flanqué d'un petit homme gras au souffle court et en complet gris avec une bouteille de vodka sous le bras. Marlene le reconnut: c'était le voyeur de la villa. Il posa brutalement la vodka sur la table d'appoint avant d'examiner Marlene comme un maquignon. Il repoussa sa couverture et releva sa chemise de nuit pendant que Brunnmann lui tenait les bras pour l'immobiliser. L'homme la palpa en respirant bruyamment. Marlene aurait adoré lui envoyer son pied dans la figure, mais à part la brève satisfaction de lui briser le nez, cela n'aurait rien arrangé à sa situation. Elle était perdante quoi qu'il arrivât. Si cet homme ne l'achetait pas, Brunnmann la tuerait ou continuerait à la torturer. Il vaudrait probablement mieux que le civil l'achetât, car elle trouverait peut-être alors un moyen de s'évader. Elle se força à lui sourire, bien qu'elle sût sans avoir besoin d'un miroir que les coups d'Ewald l'avaient défigurée. Son acheteur éventuel ne dit pas un mot et se contenta d'échanger un regard avec Brunnmann, après quoi les deux hommes ressortirent. Marlene n'était pas certaine que l'affaire avait été conclue et qu'ils étaient en train de débattre du prix de l'autre côté de la porte. Elle ne devait plus jamais entendre parler de cet homme, mais il lui avait au moins laissé une bouteille de vodka.

Elle regarda Trudi. Les blessures de la jeune fille guérissaient, mais elle restait muette, ne réagissait ni à la présence du médecin ni à la sienne et passait le plus clair de ses journées à regarder le plafond, les yeux grands ouverts.

— Elle est en état de choc, avait expliqué le médecin, un diagnostic que Marlene aurait pu faire elle-même.

Il avait jusqu'ici si bien pris soin de Trudi que Marlene le soupçonnait d'avoir un faible pour la jeune fille. Elle pouvait seulement espérer que tout irait au mieux pour Trudi. À sa surprise, Ewald la ramena le lendemain au baraquement non sans l'avoir frappée à coups de canne comme à son habitude. Il le faisait avec une fureur rentrée, sans doute avait-il cru qu'il pourrait enfin l'achever, mais Brunnmann semblait se plaire à la laisser dans l'incertitude sur son sort, la connaissant assez pour savoir que c'était une véritable torture pour elle. À ses yeux, elle méritait de souffrir longtemps et jusqu'au bout. Il savait bien entendu que les filles du baraquement grâce auxquelles il avait gagné une fortune risquaient de mourir de faim. Ce serait, comme Marlene le savait, une mort lente et terrible. L'atrophie des organes était très douloureuse tandis que le corps déclinait. On se voyait mourir peu à peu. Était-ce le sort que Brunnmann lui réservait?

On était encore venu chercher trois autres filles qui n'étaient pas revenues. Elles n'étaient désormais plus que dix, Jolanta comprise, et leur moral était naturellement au plus bas. Chacune s'attendait au pire. Qu'était-il arrivé aux autres? Étaient-elles mortes? Jolanta avait dit à Ewald qu'elle voulait parler à Brunnmann, mais il n'avait fait qu'en rire avant de cracher à ses pieds.

Le soir du retour de Marlene, Jolanta se planta au milieu du baraquement, frappa trois fois dans ses mains et les filles se rassemblèrent autour d'elle.

— Les filles, déclara-t-elle en pivotant lentement sur elle-même afin de regarder chacune dans les yeux pendant un bref instant, Marlene est désormais des nôtres. Le cercle crée l'unité. Chacune de vous est une ancre pour les autres. Une vie pour une vie.

— Une vie pour une vie, répétèrent les filles en chœur.

Marlene restait en dehors du cercle sans trop savoir ce qu'elle devait en penser. Elle se sentait à la fois gênée et émue. L'attitude de Jolanta et ses paroles avaient des allures de conspiration, de rituel ancien, comme celui qu'un roi accomplit avec ses chevaliers. Elle sentait sur elle le regard de Jolanta auquel elle ne parvenait pas à se dérober. L'Asiatique dégageait une puissance étrange. Marlene comprit en cet instant qu'elle formait un trait d'union entre les filles. C'était elle qui assurait la cohésion de leur groupe et qui en avait fait une communauté liée par un même sort et étroitement soudée. Aucune fille ne contestait son autorité, aucune ne murmurait quand elle leur prenait leurs provisions alors qu'elles étaient affamées.

— Viens près de moi, Marlene, dit Jolanta, et Marlene vit qu'elle tenait quelque chose à la main.

C'était un lacet en cuir auquel était passée une petite ancre en bois. Chacune des filles en tenait un à la main. Elles le nouèrent à leur cou. Jolanta attacha celui de Marlene.

— L'ancre est le symbole de notre lien, expliqua-t-elle. Tu es désormais des nôtres. Une vie pour une vie.

Un peu plus tard, Jolanta l'emmena dans son recoin.

— Combien de temps encore? demanda Marlene.

— Plus très longtemps. Tout part à vau-l'eau et au camp, on nous déteste plus que jamais. Dès que Brunnmann nous laissera en plan, nous serons perdues. Les gardiennes et les kapos nous tomberont dessus.

— C'est la raison de cette cérémonie en mon honneur? Parce que tu crois que nous allons toutes mourir bientôt?

— Peut-être, si le destin le veut.

— Que signifie ce pendentif? demanda Marlene, qui avait enlevé le sien pour l'examiner.

— L'ancre est le symbole de l'*Unmeisen*, c'est-à-dire du destin.

— Ne le prends pas mal, je t'en prie, mais ta philosophie du destin dans un enfer pareil me fait un peu trop l'effet d'une boule de cristal.

À l'encontre de toute raison, elle était furieuse contre Jolanta. Peut-être en avait-elle tout simplement assez des slogans et du blabla sur le destin.

— C'est parce que tu n'y comprends rien, affirma Jolanta. L'*Unmeisen* est issue de la ligne de Saturne, mais elle est bien davantage: le destin est une force spirituelle qui réside dans l'âme. Notre âme est notre lien avec l'univers. Un feu brûle en toi, mais tu es une cérébrale qui obéit à la logique et au calcul. Quand tu t'en écartes, tu suis ton instinct, or l'instinct est la logique du cœur et non celle de l'âme.

— Tu veux dire que je ne crois pas à ta philosophie parce que je n'ai pas d'âme? Où pourrais-je m'en procurer une? Peut-être dans le hangar où on entrepose les affaires volées aux détenus?

— Ne te moque pas! coupa Jolanta sur un ton tranchant alors que d'habitude elle donnait ses ordres d'une voix calme. L'*Unmeisen* est une sagesse japonaise très ancienne enseignée depuis plusieurs millénaires. D'après elle, sept dieux ont créé l'univers et l'ont partagé entre eux comme un terrain de jeu. En sept jours, ils ont créé sept mondes et chacun de ces dieux avait le droit de peupler son monde de créatures de son choix, à une seule condition: l'une d'elles devait posséder la capacité de créer. Mais qui crée peut également détruire. Les dieux ont appelé cela le jeu de l'ombre et de la lumière.

— Notre monde fait donc partie d'un jeu mené par sept dieux? commenta Marlene en s'efforçant de ne pas paraître railleuse.

Jolanta paraissait croire à cette histoire, mais Marlene ne put s'empêcher de poser la question qui lui brûlait les lèvres.

— Comment décide-t-on du vainqueur de ce jeu? Car il y a bien une récompense, non?

— Le vainqueur est le monde qui parvient le premier à préserver la paix, répondit Jolanta avec la mine solennelle d'un maître de cérémonie.

— La récompense est donc la paix?

Bien qu'aux yeux de Marlene ce jeu ne fût qu'un conte, elle jugeait son objectif digne d'être poursuivi. Des hommes priaient pour la paix dans le monde entier.

— Oui, c'est la suprême récompense, répondit Jolanta. Notre dieu joueur est Saturne. Il a créé l'homme et lui a fait présent d'une femme. Afin qu'ils restent liés, il a créé l'âme qu'il a nouée au fil du destin. Si nombreux que soient les êtres humains de nos jours, tous ont pour ancêtres ce premier homme et sa femme, et chacun de ces êtres est relié à tous les autres. Un seul destin influence le destin de tous. Une vie pour une vie. C'est la ligne de Saturne, *Unmeisen.*

Marlene jugeait ce jeu typique de divinités: fondamentalement cynique, il proclamait l'insignifiance de l'être humain, un simple pion pris dans les fils du destin, lié à des fous comme Hitler. Elle se demanda quel rôle dans ce jeu lui était échu.

Jolanta parut deviner sa pensée.

— Tu es une guerrière et ton destin est de combattre, lui dit-elle.

33

Fragment de guerre

Albert Einstein dans une lettre à son ami Otto Juliusburger : « Je crois que l'effroyable déclin moral de l'humanité est fondamentalement lié à la mécanisation et à la dépersonnalisation de notre existence, un effet délétère de l'évolution de l'esprit scientifique et technique. *Nostra culpa !* Je ne vois pas d'issue à ce manque funeste. Mais si nos efforts pour y remédier restent vains et si l'humanité finit par se détruire, le cosmos ne versera pas une larme sur son sort… »

Albert Einstein, Prix Nobel de physique, a quitté l'Allemagne en décembre 1932 pour ne plus jamais y revenir.

*

Le lendemain, Ewald vint chercher trois autres filles, mais celles-là revinrent et rapportèrent des provisions. Bien que le ravitaillement devînt de plus en plus précaire, elles partagèrent le peu qu'elles avaient avec les enfants. Jolanta troquait tout ce qui avait de la valeur contre des aliments. Comme elle en avait stocké pendant des mois, elle pouvait encore assurer un ravitaillement, mais ses réserves diminuaient de jour en jour. Bien qu'elle n'en laissât rien paraître, Marlene devinait son inquiétude. C'était elle qui voyait les enfants dépérir peu à peu au cœur d'un enfer dépassant l'imagination. Plus le front se rapprochait, plus la cadence à laquelle les Allemands tuaient devenait frénétique. Depuis mai 1944, avec le début de l'extermination des Juifs hongrois, les fours crématoires d'Auschwitz flambaient jour et nuit. Des feux brûlaient aussi dans des fosses.

Enfin, au bout d'une semaine d'incertitude, Ernst parvint à faire passer un message dans le camp. La nouvelle qu'il communiquait était atterrante : Hitler et son élite étaient toujours en vie. Tout avait été inutile, l'opération comme le sacrifice de Peter. La propagande nazie passait l'attentat sous silence. Les nazis ne voulaient probablement pas dévoiler leur vulnérabilité ni révéler au public l'existence d'une Résistance. Marlene y voyait également l'indice qu'ils n'avaient pas la moindre idée de l'identité des coupables. L'attitude de Brunnmann semblait confirmer cette hypothèse. En admettant qu'il eût été informé de l'attentat, rien dans son comportement n'indiquait qu'il avait établi un lien entre cet événement et l'évasion de Marlene, d'autant moins qu'il l'avait arrêtée dans un train en provenance de Cracovie.

Mais peu après la nouvelle de son échec, une pensée s'ancra dans l'esprit de Marlene : si ces ordures de nazis avaient survécu, pourquoi Peter ne s'en serait-il pas tiré aussi ? Elle reprit soudain espoir. Avec l'aide de Jolanta, elle envoya à Ernst un message pour lui demander s'il pouvait de nouveau l'aider à s'enfuir. Mais plusieurs jours passèrent sans qu'elle reçût de réponse.

Ewald restait invisible et plus personne ne venait chercher des filles.

Alors le jour redouté arriva, début novembre, quand le soldat qui montait la garde devant leur baraquement fut relevé de ses fonctions. Le sens de ce geste devint clair pour tout le monde : comme les filles n'étaient plus d'aucune utilité à Brunnmann, il les abandonnait à leur sort. La seule consolation de Marlene était que Trudi avait trouvé en Gregor Siebenbürgen un protecteur. Peu après la visite de Brunnmann, il lui avait annoncé la mort de la jeune fille, une nouvelle qui avait laissé le colonel indifférent, comme Jolanta l'avait rapporté à Marlene. C'était la dernière fois que Jolanta avait parlé avec lui.

Ce jour-là, Jolanta réunit les filles.

— C'est fini, leur annonça-t-elle. Brunnmann ne nous protège plus. Ils vont bientôt venir. Préparez-vous, soyez courageuses et préservez l'unité du cercle. Une vie pour une vie.

Et elle sortit pour aller prévenir le docteur Siebenbürgen qu'il devrait désormais se charger seul des enfants. Elle avait informé Marlene que Trudi avait également trouvé refuge dans la cave auprès d'eux.

Peu après le départ de Jolanta, plusieurs gardiennes du camp flanquées de deux SS armés de mitrailleuses firent irruption dans le baraquement. Elles se ruèrent sur les filles, leur arrachèrent leurs vêtements et les rouèrent de coups en les injuriant et en crachant sur elles. Les deux SS les poussèrent nues au-dehors pendant que les gardiennes pillaient le baraquement où restaient leurs maigres possessions. Quelques kapos accoururent et frappèrent les filles avec leurs matraques, mais quand ils apprirent qu'on pillait le baraquement, ils s'y engouffrèrent à leur tour.

Marlene serrait l'ancre en bois dans son poing. C'était tout ce qu'elle avait pu préserver, en dehors de sa dignité. Les filles grelottaient misérablement dans le froid glacial de novembre et se pressaient les unes contre les autres. Les hommes leur firent traverser le camp où on leur lança des injures, en les traitant entre autres de « putes à nazis », et des pierres.

On les enferma dans un baraquement crasseux et jonché d'excréments. Elles découvrirent à l'intérieur une cinquantaine de détenus hébétés allongés en rangs serrés. Ils avaient à peine la force de lever la tête et ne remuaient plus que quand des quintes de toux les secouaient. Comme ils n'avaient pas de couvertures et qu'ils étaient en haillons, ils étaient entièrement exposés au froid qui s'insinuait par toutes les fissures du baraquement en planches.

— C'est curieux : on nous a laissé nos cheveux, murmura Olga en passant la main sur son crâne comme si elle s'attendait à le trouver tondu.

— Ils sont trop occupés à piller, déclara une autre fille.

— Ou ils en ont déjà assez pour rembourrer leurs matelas, ajouta une troisième.

— Ou plutôt ils se sont épargné cette peine parce qu'ils vont bientôt nous brûler, trancha une quatrième.

— Les filles, il ne faut pas baisser les bras ! s'écria Marlene. Pensez à notre cercle.

— On ne peut pas s'entre-dévorer pour survivre, objecta Olga. De toute manière, on mourra de froid avant.

— Allumons un feu, proposa Ceija, une Rom qui était la plus jeune des *geikos* de Jolanta.

Elle se nommait elle-même « la dernière » de son peuple depuis que toute sa famille avait été assassinée à Auschwitz.

Quand elle ouvrit la main, Marlene vit sur sa paume, à côté de son ancre, une boîte d'allumettes.

— Tu es folle? Ça ne te suffit pas que les Allemands nous brûlent par centaines de milliers, sans qu'on fasse nous-mêmes le boulot?

— On va entasser un peu de bois…

— Quel bois? demanda Olga.

— Là! répondit Marlene en désignant un coin où gisaient les restes de lits en bois, car l'idée d'un feu lui souriait.

— Et la cheminée? objecta judicieusement quelqu'un.

— Regarde là-haut! s'exclama Marlene en désignant le toit percé en plusieurs endroits. La voilà, ta cheminée!

Ceija chercha le meilleur emplacement pour un feu pendant que les autres ramassaient du combustible. Marlene savait que ce feu était une lubie dictée par l'énergie du désespoir, mais cette tâche avait le mérite d'occuper les filles et de leur faire ainsi brièvement oublier leur situation sans issue. Toutes savaient certainement qu'étant nues, elles ne pourraient survivre plus de quelques heures au froid. Elles étaient en outre confinées avec des détenus probablement malades de la tuberculose et du typhus et baignant dans leurs excréments. Comme elles avaient toutes des plaies après les coups infligés par les gardiennes et les kapos, elles seraient tôt ou tard contaminées.

— Si les kapos coincent Jolanta, ils la tueront, dit Olga. Ils la haïssent à mort.

— Si elle a assez de jugeote, elle restera planquée dans la cave avec les enfants, observa Marlene.

— Alors ils mourront de faim ensemble. Mais n'en parlons plus. Parler de malheur attire le malheur, comme disait ma *mamouchka*. Tu es sûre que tu veux allumer un feu? demanda Olga en examinant le plafond d'un œil critique. Même s'il est tout troué, on risque d'être enfumés.

— Je sais, mais je préfère faire n'importe quoi plutôt que de rester plantée là à grelotter, même si ça n'a aucun sens.

Marlene sentait sur elle les regards des filles qui s'étaient entre-temps rassemblées autour d'elle. Elles frissonnaient de froid, dansaient d'un pied sur l'autre et se frictionnaient pour se réchauffer.

— Alors, on y va? demanda Ceija en brandissant une allumette.

— Est-ce qu'on va brûler? interrogea une fille avec anxiété.

— Non, on sera d'abord intoxiquées par la fumée et on s'évanouira. Ce n'est pas une mauvaise mort: on ne sent rien, répondit une autre. Mon père était pompier, précisa-t-elle.

— Décidez-vous enfin, lança une voix tout éraillée. Qu'on en finisse avec toute cette misère!

C'était une voix de femme qu'elles ne purent identifier, mais on entendit parmi les détenus des murmures approbateurs et de faibles «oui, oui!».

Toutes les filles acquiescèrent également et ce fut décidé.

— Vas-y! dit Ceija à Marlene en lui tendant l'allumette.

Après un dernier regard à la ronde, elle frotta l'allumette. Comme ses mains tremblaient, elle dut recommencer plusieurs fois. Au début, le feu eut du mal à prendre, mais le bois s'enflamma finalement. Le feu était maigre et sa chaleur relevait plus de l'illusion que de la réalité. Au bout de quelques minutes, l'une des filles se mit à tousser et les autres en firent autant.

— Que se passe-t-il ici? aboya quelqu'un dans la salle. Espèces de pouilleuses, je vais vous aider!

Un kapo se rua vers les filles, les repoussa brutalement et piétina le foyer avec ses bottes. Des éclats de bois en jaillirent et quelques-uns heurtèrent des filles.

— Dehors, et en vitesse! hurla-t-il.

Il les poussa dehors nues comme des vers. La neige avait entre-temps commencé à tomber. Une voiture qui traversait le camp à quelque distance de là s'arrêta brusquement, vira et s'approcha de leur groupe.

Un officier et trois civils en descendirent. Le plus âgé des trois, emmitouflé dans un manteau à col de fourrure, pressait un mouchoir sur sa bouche.

— C'est vraiment ignoble! Je ne me ferai jamais à cette puanteur! lança-t-il avant de toiser le groupe de femmes frissonnantes de froid. Mais elles sont toutes jeunes et bien portantes! constata-t-il avec étonnement. Elles peuvent travailler. Je les emmène immédiatement.

Il s'adressa au plus jeune des hommes qui l'accompagnaient sur un ton sans réplique:

— Chargez-vous du transport et des vêtements!

L'autre homme parut déconcerté, mais l'officier appela l'un des gardes, lui transmit ses ordres et tous deux s'éloignèrent en hâte.

La situation des jeunes femmes était intolérable : elles se tenaient nues et immobiles, serrées les unes contre les autres comme des poules, devant ces trois messieurs bien nourris et chaudement vêtus qui bavardaient comme à une réception. Il était question entre eux d'une nouvelle arme miraculeuse. La fureur saisit Marlene et elle imagina qu'elle se ruait sur ces hommes, en empoignait deux par le cou et fracassait leurs têtes l'une contre l'autre à en faire jaillir la cervelle. La haine la réchauffa, mais cela ne lui suffisait pas. Bien qu'elle sût que c'était une erreur tactique, elle s'adressa aux trois hommes.

— Ces messieurs désirent-ils encore un petit verre de cognac, ou un cigare, peut-être? lança-t-elle.

Les trois hommes pivotèrent sur eux-mêmes et dévisagèrent la misérable petite troupe comme s'ils avaient affaire à des folles.

— Qui a dit ça? cria l'officier avant de s'approcher d'elles d'un air menaçant.

— Moi, répondit Marlene, et il se tourna brusquement vers elle.

— Moi, dit Olga, imitée de toutes les autres filles.

Les trois civils les regardaient fixement et pendant quelques inoubliables secondes, le monde parut se figer et les trois hommes se transformer en statues de sel.

— Quelle insolence! fulmina l'officier.

Il fonça sur Marlene et la frappa au visage. Un soldat tenait son arme à la main, prêt à tirer, mais le gros homme en civil s'interposa en levant un bras.

— Non, je la veux! Elle fermera sa grande gueule quand je la ferai trimer, dit-il en se léchant les lèvres, et Marlene n'eut aucun mal à deviner sa pensée.

Ce type était aussi cinglé qu'Ewald, mais s'il levait la main sur elle, elle se défendrait jusqu'à sa mort ou celle de cet homme. Mais les trois civils s'étaient déjà détournés d'elle et reprenaient leur conversation hors de portée de ses oreilles. En revanche, un kapo s'approchait du groupe de femmes. L'officier le remarqua, lui fit signe de le rejoindre et lui parla brièvement. Un instant plus tard, les trois civils remontèrent dans leur limousine, qui repartit.

— Tu aurais mieux fait de la fermer, chuchota à Marlene l'une des filles qui claquait des dents.

— Tu crois que ça fera une différence?

— Ça, non, mais des vêtements en auraient fait une!

— Fermez vos gueules! hurla le kapo dans un allemand haché.

— Ferme la tienne! riposta Olga.

Pendant quelques secondes, l'homme parut prêt à la frapper de sa matraque, mais Marlene et Olga s'étaient campées devant les autres filles et faisaient front, les yeux étincelants de rage. Vas-y! Cogne! semblait dire leur regard. Le kapo perçut sans doute en elles une envie animale de tuer semblable à la sienne. Un large sourire fendit son visage, découvrant des chicots teintés de nicotine.

— Houlà! s'exclama-t-il. Aussi fougueuses que ma mère! C'était une Mongole!

— Si tu nous déniches des vêtements et un violon pour moi en prime, je te jouerai une chanson de cavalier mongol, proposa Marlene comme s'ils étaient déjà deux vieilles connaissances.

— Arrête de bavasser avec ces gonzesses! lança à l'homme une kapo, une grosse femme qu'ils n'avaient pas vue venir. Ce sont de sales pouffiasses, dit-elle haineusement. Elles ont vécu comme des coqs en pâte pendant que nous, on crevait de faim!

Elle scruta Marlene, les yeux plissés.

— Pourquoi ne vous a-t-on pas encore tondues? reprit-elle.

Marlene connaissait ce genre de femme, c'étaient les pires de toutes, toujours à l'affût d'un prétexte pour battre et torturer les détenus. Les autres filles le sentirent d'instinct, quelques-unes gémirent d'effroi et Ceija se mit à pleurer. Marlene pria pour qu'elle s'arrêtât, car c'était précisément ce qui excitait cette femme: elle se repaissait de leur peur.

Elle la vit pincer les lèvres et tirer son couteau avec une joie mauvaise. D'un geste vif, elle saisit Ceija par sa natte, qu'elle trancha et lança à l'homme.

— Tiens, garde-moi ça, lui dit-elle.

Elle empoigna une autre fille et lui coupa les cheveux à son tour. Comme elle savourait son pouvoir! Le cerveau de

Marlene s'était mis à fonctionner comme au ralenti. Tout ce qui l'entourait recula à l'arrière-plan et elle ne vit plus que cette bête féminine. Dans son désarroi, elle vécut un instant qui devait la marquer à jamais. Au cours de ces dernières années, elle avait rencontré une multitude de monstres à forme humaine, mais cette femme devint à ses yeux l'incarnation du mal. Elle comprit ce jour-là de manière glaçante et définitive que certains êtres humains aspiraient au mal, qu'il existerait toujours des monstres comme cette kapo et que le chemin vers un monde meilleur serait très long et ardu.

L'arrivée d'un camion militaire interrompit la kapo dans ses activités. Marlene et les autres filles furent poussées et entassées sur l'aire de chargement du véhicule où elles trouvèrent une pile de vêtements usés et sales. Elles se jetèrent néanmoins sur eux car ils étaient synonymes de chaleur et de protection. Au bout d'un quart d'heure à peine, elles franchirent le portail d'Auschwitz III. Ce camp s'étendait à l'ombre d'un gigantesque complexe industriel qui paraissait s'étirer à l'infini. De la fumée montait sans répit de ses innombrables cheminées et flottait comme un voile gris au-dessus des bâtiments.

— Qu'est-ce que c'est? demanda l'une des filles avec angoisse.

— Les usines d'IG-Farben.

— C'est gigantesque…

— IG est la plus grande entreprise d'Europe, expliqua Marlene.

Elle se souvint alors de la violente discussion qui avait opposé son grand-père à son ami Carl Bosch parce que ce dernier était à la tête de cette entreprise[1].

«Vous avez financé le Parti national-socialiste, économisé des sommes exorbitantes pour soutenir les franquistes dans la guerre civile espagnole et négocié des accords de cartel avec la Standard Oil des États-Unis. Vous êtes des fauteurs de guerre! lui avait lancé son grand-père, Et dire que cette bande de voyous ose s'appeler "le conseil des dieux"!» avait-il dit à sa petite-fille après le départ de Bosch.

1. Carl Bosch a été le premier président du directoire d'IG-Farben jusqu'à sa mort en 1940.

Quelle ironie que sa petite-fille fût maintenant contrainte de travailler dans cette même usine !

On les confina dans un baraquement exigu rempli de longues rangées de lits superposés à trois étages. Faute de matelas, elles devaient dormir sur les sommiers. Il y avait au moins des couvertures, certes trouées, rugueuses comme de la toile émeri et puantes, mais plus que bienvenues. On laissa les neuf filles seules pendant le reste de l'après-midi. Étroitement serrées les unes contre les autres, elles eurent tout le temps de se livrer à des spéculations jusqu'au lendemain matin. Elles se demandaient notamment pourquoi elles étaient seules dans ce baraquement. Il était moins sale et délabré que celui dans lequel on les avait enfermées avec les demi-morts, mais il était loin d'être propre. Marlene pensait à Jolanta et à ce qu'elle-même pourrait faire pour améliorer sa situation. Dès son arrivée, elle avait inspecté les lieux et découvert un balai dans un coin. Elle alla le prendre.

— Quoi, tu veux balayer? demanda Olga incrédule.

— Je pense mieux quand je m'active, répondit Marlene.

— À quoi veux-tu penser? Nous sommes enfermées ici et nous ne quitterons probablement ce camp que par la cheminée.

— … après nous être crevées au boulot, acheva Ceija.

34

« Si les chenilles savaient ce qui les attend
Quand elles seront devenues papillons,
Elles vivraient tout autrement :
Plus joyeusement, avec plus de confiance et d'espoir ;
La mort n'est pas une fin. »

Heinrich Böll

C'était étrange, mais une routine s'établit rapidement dans leur enfer. Les structures les plus rudimentaires suffisent apparemment à l'être humain pour se cramponner à la vie. Elles se soumirent à la nouvelle loi : sans travail, pas de nourriture. La faim dominait désormais leur quotidien et toutes leurs pensées.

Elles devaient se présenter à l'appel à 6 h 30. Après les avoir comptées, on les emmenait à l'usine dans laquelle elles remplissaient des grenades de poudre pendant quatorze heures. On les ramenait ensuite au baraquement et elles dînaient de pain dur comme la pierre et d'une soupe claire dans laquelle un minuscule morceau de navet ou de pomme de terre semblait s'être égaré.

Tant qu'elles se montraient dociles, on les battait peu, même si certains kapos n'avaient besoin d'aucun prétexte pour frapper les détenus. Marlene pensait constamment à Trudi, aux enfants et à Jolanta, en se demandant comment ils allaient et s'ils étaient seulement encore en vie. Elle savait que les autres filles pensaient également à eux, mais sans jamais en parler, car elles refusaient de céder à l'angoisse. Le mois de novembre passa ainsi. Outre la faim et le froid, les punaises et les poux les tourmentaient : c'était le prix à payer pour avoir gardé leurs cheveux. Toute hygiène était impossible dans de telles conditions de vie. L'état des latrines défiait toute description. L'une des filles avait réussi à emporter un morceau de savon, mais il fut vite consommé. Pour se laver, elles recueillaient de l'eau de pluie ou de la neige. Toutes les filles toussaient et souffraient de diarrhée et quand elles ne trimaient pas, elles s'épouillaient. Marlene s'attendait toujours à ce que l'une d'elles attrapât le typhus transmis par ces bêtes.

Avant d'aller travailler, elles devaient se lever tôt afin qu'un médecin les examinât, à l'affût du moindre symptôme. Le personnel de l'usine et les gardiens redoutaient la contagion. C'était la raison pour laquelle les gardiens évitaient tout contact avec elles, laissant la sale besogne aux kapos.

Une seule pensée permettait à Marlene de tenir bon : la perspective d'une évasion. La nouvelle de l'avancée des troupes russes était répétée de jour en jour, mais Marlene n'avait aucune envie de les attendre en entretenant un espoir qui ne faisait que rendre plus insupportables ses tourments quotidiens. Quelques jours après son arrivée au camp, elle avait commencé à voler de la poudre noire à l'usine pour fabriquer une bombe. En octobre, les membres d'un *Sonderkommando* du camp avaient, grâce à des grenades volées par des femmes à l'usine, réussi à faire sauter l'un des crématoires et à en mettre un autre hors d'usage.

Dans la confusion qui s'était ensuivie, quelques détenus étaient parvenus à s'enfuir. La direction du camp avait beau contester cette nouvelle, la rumeur circulait. Marlene savait par expérience que les nazis minimisaient les victoires de la Résistance quand ils ne les passaient pas complètement sous silence. Elle avait un plan d'action, mais elle savait qu'elle pourrait difficilement le réaliser seule. Elle hésitait néanmoins encore à mettre les autres filles dans la confidence.

Un soir de la fin novembre, une kapo entra dans leur baraquement. Marlene la reconnut aussitôt. C'était celle qui avait voulu leur raser la tête. Elle était de toute évidence à l'affût d'une victime. Quand l'une des filles toussa, la kapo pivota brusquement, comme un serpent qui viendrait d'entendre un bruissement dans les herbes.

— Toi, là-bas ! Viens ici ! ordonna-t-elle en désignant la plus jeune des filles après Ceija, une Polonaise nommée Malgorzata.

Et comme elle était trop lente pour son goût, elle l'empoigna et la frappa au ventre avec sa matraque. Malgorzata se plia en deux et tomba à genoux en gémissant de douleur.

— Tu es malade ! Tu tiens à peine debout ! aboya la kapo.

Elle défit son lit, poussa une exclamation et brandit triomphalement une ancre en bois.

— Qu'est-ce que c'est ? brailla-t-elle. Un bijou ? Tu en as d'autres ?

Sa matraque fendit l'air et s'abattit sur l'épaule de la fille.

Marlene vit rouge. Elle était incapable d'assister à cette humiliation sans intervenir, même si cela devait faire d'elle une cible.

— Que fais-tu ici ? Tu n'es pas notre kapo ! lança-t-elle.

Une lueur vacilla dans les yeux de la femme. Au cœur de l'abîme de laideur morale qu'ils reflétaient, Marlene crut lire une incertitude qui confirma ses soupçons. Ce monstre s'était aventuré en territoire étranger. Des rivalités avaient toujours opposé les chefs de blocs, mais plus l'armée russe avançait et plus le camp se vidait, laissant de moins en moins de détenus à dépouiller, plus ces rivalités s'exacerbaient. On se disputait d'autant plus férocement la nourriture que le marché noir périclitait dans le camp.

Comme Brunnmann avait maintenu Jolanta et ses filles dans l'isolement, personne n'avait pu s'en prendre à elles pendant longtemps, mais elles n'en étaient que plus haïes, d'autant plus que les kapos avaient répandu des rumeurs malveillantes sur leur compte. Le bruit courait ainsi que Jolanta et ses filles avaient reçu des rations supplémentaires au détriment des autres détenus.

Cet isolement se prolongeait. Elles ne rejoignaient les autres détenus que pour l'appel et au travail. L'attitude vis-à-vis d'elles allait de la méfiance à la haine ouverte, qui ne s'exprimait pas seulement en paroles : on les bousculait et on crachait sur elles tous les jours

Ce rejet était d'autant plus violent qu'elles n'étaient pas tondues comme les autres. Elles étaient donc des parias parmi les parias.

Elles ne voyaient leur chef de block que pour la distribution des rations alimentaires. Son pouvoir sur elles résidait dans son autorité sans limites sur la distribution du pain.

Au lieu de diviser un pain en quatre, ces femmes le coupaient en cinq. Le cinquième morceau était une monnaie d'échange. À Auschwitz, on pouvait obtenir ce qu'on voulait en échange d'un morceau de pain. Le cours du pain jouait un rôle décisif dans le marché noir.

La kapo s'approcha de Marlene d'un air menaçant en soupesant sa matraque et en savourant d'avance ce qu'elle lui ferait subir. Mais quand elle frappa, ce fut dans le vide, car Marlene l'avait esquivée en s'accroupissant et se tenait maintenant derrière elle. La femme pivota lourdement en brandissant sa matraque, tremblante de rage, quand une voix tranchante retentit derrière elle.

— Que se passe-t-il ici?

La chef de block, une Polonaise, se tenait sur le seuil avec une expression qui confirma les suppositions de Marlene: ces deux femmes étaient comme chien et chat et l'autre n'avait aucun droit d'être là.

— Cette insolente m'a attaquée, déclara l'intruse en désignant Marlene comme si elle dénonçait une gamine de six ans dans la cour de récréation.

L'autre s'approcha d'elles.

— Qu'est-ce que tu fabriques ici, Lenka? demanda-t-elle d'une voix chargée de menace.

Une discussion bruyante s'ensuivit car Lenka, parfaitement consciente d'avoir été prise sur le fait, tenta de s'en tirer par des cris et des gesticulations. Pendant un instant, les deux femmes parurent sur le point de vider leur querelle à coups de matraque, mais elles finirent par s'en aller et les filles poussèrent un soupir de soulagement.

Elle reviendra, pensa Marlene. Cette Lenka n'avalerait pas ce camouflet et essaierait de se venger. Marlene garda ses pensées pour elle, mais les autres filles ne se faisaient guère plus d'illusions qu'elle. Quand on vivait depuis si longtemps au cœur du mal, la perception qu'on en avait s'affinait. Marlene avait en outre des sueurs froides à l'idée de la poudre qu'elle avait volée et de ce qui serait arrivé si Lenka l'avait trouvée. Elle la dissimula à côté des latrines faute de pouvoir dénicher une meilleure cachette.

Lenka n'attendit pas longtemps pour se venger. Dès que la chef de block fut repartie le soir après la distribution des rations, qui étaient le seul repas de la journée, elle réapparut. Cette fois-ci, elle était escortée d'un SS auquel elle avait dû graisser la patte. Quand leur chef de block, qui avait dû flairer anguille sous roche ou être alertée par d'autres kapos, revint au baraquement, elle ne put s'opposer à la fouille en règle des lieux. Les filles s'étaient méfiées et avaient caché leurs ancres. Comme Lenka ne trouvait rien d'intéressant, elle écumait de rage. Dans sa furie, elle réclama que Marlene fût fusillée en représailles, ce qui parut excessif même au SS, mais uniquement parce que cet ordre venait d'une Ukrainienne, comme il le lui lança avec mépris avant de ressortir. Il avait probablement touché l'intégralité de son pot-de-vin.

Les deux kapos, la Polonaise et l'Ukrainienne, se campèrent face à face comme des duellistes et cette fois-ci leurs matraques entrèrent en action. Une lueur meurtrière brillait dans les yeux de Lenka. Marlene n'avait plus qu'une pensée : si ces deux furies s'entre-tuaient, les filles du baraquement ne survivraient pas au carnage.

Elle devait donc intervenir, même si cela impliquait de sauver la vie de cette Lenka. Elle savait que si leur chef de block était tuée, Lenka l'accuserait, même si toutes les filles pouvaient témoigner en sa faveur. Elle devait agir vite : d'un coup de matraque, Lenka avait précipité l'autre à terre et s'apprêtait à lui porter un nouveau coup. Marlene la frappa au bras, lui faisant lâcher la matraque qu'Olga rattrapa au vol. Lenka pivota et, avec un cri de rage, se rua sur Marlene qui l'esquiva de justesse.

Elle savait néanmoins qu'elle n'avait aucune chance face à la vigoureuse Ukrainienne. Elle avait simplement voulu créer une diversion pour rendre l'avantage à son adversaire, et elle y parvint. Lenka avait tourné le dos à la Polonaise, qui s'était relevée. Sa matraque s'abattit sur le crâne de Lenka dans un craquement d'os horrible à entendre. La grosse kapo s'effondra comme une frêle créature et le dernier son qui fusa de ses lèvres ressembla à un soupir d'étonnement. Marlene et la Polonaise échangèrent un bref regard par-dessus le cadavre.

La chef de block tourna les talons et sortit du baraquement comme si elle avait le diable à ses trousses.

— Nous sommes foutues, se lamenta Ceija, mais elle ne pleura pas.

Aucune fille ne pleura ni ne récrimina tandis qu'elles formaient un cercle en se donnant la main. Elles étaient depuis trop longtemps prisonnières de ténèbres dans lesquelles des êtres humains faisaient subir les pires atrocités à d'autres. Elles avaient enduré humiliations et dangers, on s'était servi d'elles et on les avait soumises à toutes les dégradations possibles. Alors qu'elle contemplait tour à tour les visages de ses compagnes d'infortune, Marlene songea qu'à présent elles devaient considérer la mort moins comme un anéantissement que comme une libération.

Mais elles n'en persistaient pas moins à vouloir rester humaines et n'oubliaient pas ce qu'elles devaient aux morts, y compris ceux qui avaient méprisé le don de la vie. Elles prononcèrent donc une courte prière pour Lenka en recommandant son âme à Dieu, le seul être auprès duquel elle pourrait trouver la rédemption.

Elles sortirent ensuite leurs ancres de leurs cachettes, les passèrent à leur cou et prononcèrent de nouveau le serment de Jolanta : « Le cercle crée l'unité. Chacune de nous est une ancre pour les autres. Une vie pour une vie. » Il arriva alors quelque chose qui prit Marlene complètement au dépourvu : elle sentit ses pensées s'unir à celles de ses compagnes et fusionner avec elles comme si un cercle se refermait. Elle se demanda pour la première fois si Jolanta avait raison, s'il existait vraiment des fils du destin reliant les êtres humains.

Ce qui se passa ensuite fut tout aussi imprévu : un papillon d'un bleu de ciel d'été apparut, voltigea au-dessus de leurs têtes, décrivit un cercle et se posa exactement au centre de celui qu'elles formaient. Sa vue les fascina. Il y avait longtemps qu'elles n'avaient vu tant de beauté et de grâce. Elles avaient presque oublié l'existence de telles merveilles. Les hommes pouvaient détruire le monde, ils n'étaient rien face à la magie de la Création dont le miracle dépassait de loin l'existence humaine.

— Est-ce que ça veut dire que Jolanta est morte ? chuchota Malgorzata, soudain abattue.

Les filles regardèrent Marlene, qui secoua la tête.

— Non, ça veut dire que tant qu'il existera des papillons, il restera de l'espoir, répondit-elle. Le papillon est symbole de transformation, il incarne la vie en opposition à la mort.

— C'est bien plus que ça ! s'écria Olga. Un papillon en décembre, c'est un miracle ! Un proverbe russe dit : « Qui voit un papillon en hiver tuera un ours au printemps. »

Le papillon bleu s'attardait au milieu d'elles comme s'il somnolait. Ses ailes formaient un V parfait. Les filles ne pouvaient détacher les yeux de lui et se repaissaient de sa beauté sereine. Il les remplissait de confiance en elles-mêmes. L'espace d'un instant, elles oublièrent la faim, le froid et leurs souffrances. Ce papillon était pour elles la promesse d'un monde meilleur. Qu'est-ce qui pouvait vous empêcher de croire à l'impossible ? L'humanité s'était depuis toujours raccrochée à des miracles.

Le papillon ne disparut qu'une heure plus tard, quand la chef de block revint accompagnée de deux détenus pour emporter le cadavre. Elles eurent beau rechercher le papillon dans tout le baraquement, elles ne le revirent plus.

En dépit de leurs craintes, cette mort fut sans conséquences sur leur sort. Leur kapo vaquait à ses tâches quotidiennes comme s'il ne s'était rien passé. Lenka n'était qu'une morte de plus, un cadavre englouti par la gueule insatiable d'Auschwitz. Marlene décida de révéler ses plans d'évasion à ses compagnes. Au cas où leur kapo chercherait par la suite un bouc émissaire pour la mort de Lenka, elle voulait les renseigner sur la poudre qu'elle avait volée. Toutes ses tentatives pour entrer en contact avec les Juifs affectés au *Sonderkommando* avaient jusqu'à présent échoué, comme elle l'expliqua à ses compagnes. Depuis la révolte des détenus du 7 octobre, les Allemands faisaient tout pour entraver les communications entre les prisonniers. Les détenus chargés de l'administration du camp avaient notamment remplacé certains des coursiers, les privilégiés qui faisaient circuler les nouvelles au sein du gigantesque complexe du camp, et leurs prédécesseurs avaient été assassinés.

— Quelle révolte ? demanda l'une des filles, et Marlene raconta le peu que leur médecin avait pu lui apprendre à ce sujet : un groupe de détenus munis de pierres et de quelques armes volées avait attaqué des gardiens et lancé des grenades sur deux des crématoires.

Le soulèvement avait été écrasé en quelques heures par des unités de la SS et près de cinq cents détenus avaient été fusillés. Cette révolte n'avait pourtant pas été un échec complet :

deux des quatre crématoires avaient été détruits, on ne les avait pas reconstruits et quelques détenus étaient parvenus à s'évader. La Résistance pouvait donc remporter des victoires !

— C'est quoi, un *Sonderkommando*? demanda Malgorzata.

— Ce sont les pauvres Juifs forcés par les Allemands à faire le sale boulot à leur place, répondit Marlene, jugeant inutile d'entrer dans les détails.

Les filles n'avaient pas besoin de savoir que ces hommes devaient mener d'autres Juifs dans les chambres à gaz en leur racontant qu'on allait les désinfecter, ni qu'ils devaient ensuite enlever les cadavres. Et ils devaient faire ce travail effroyable parce que les Allemands ne voulaient pas se salir les mains. Au bout de quelques semaines, ces *Sonderkommandos* maintenus dans le plus strict isolement étaient « évacués » : on fusillait leurs membres afin que rien des crimes perpétrés par les nazis ne pût transpirer à l'extérieur du camp.

35

«Les gardes se relaient sans répit,
Personne, personne ne peut passer.
Fuir ne fera que nous coûter la vie,
De quatre clôtures le fort est cerné.
Nous sommes les soldats du marais
Et, avec nos bêches, nous traversons le marais.»

5ᵉ strophe des *Soldats du marais*,
chant de guerre des partisans juifs

Fragments de guerre

Les auxiliaires féminines du Service du travail du Reich[1] ont été affectées au maniement des projecteurs de l'artillerie antiaérienne, et les soldats libérés de cette tâche envoyés au front.

Le réseau de résistance d'Auschwitz est parvenu à envoyer à Cracovie un message dans lequel il propose de bombarder la nouvelle usine de Krupp bâtie dans l'enceinte du camp.

La compagnie des chemins de fer allemands a présenté à l'administration de la SS une facture de 45 636,80 marks pour le transport de cent cinquante mille «passagers» dans des wagons à bétail qui font l'aller-retour entre le camp de concentration d'Auschwitz et le chantier de l'usine d'IG-Farben à Monowitz. Le tarif correspond à celui d'une carte de transport mensuelle de troisième classe.

1. Le *Reichsarbeitsdienst* était une organisation de l'appareil national-socialiste dans le cadre de laquelle les jeunes hommes devaient effectuer six mois de travail avant leur service militaire. Cette obligation a été étendue aux femmes à partir du 4 septembre 1939.

*

Le lendemain matin, le directeur du camp Auschwitz III, le capitaine SS Schwarz, traversa la halle de l'usine avec un groupe de civils et un officier de la Wehrmacht. Cet officier s'entretenait avec vivacité avec un civil en manteau de fourrure dans lequel Marlene n'eut aucun mal à reconnaître le profiteur de guerre bien nourri qu'elle avait apostrophé devant leur baraquement. Malgré ses appréhensions à ce sujet, elle n'avait pas subi de représailles de sa part et elle espérait que ce chapitre était clos. Elle baissa vivement la tête afin de ne pas croiser son regard, mais les civils ne lui accordèrent aucune attention. Avec un kapo comme Lenka, on apprenait à devenir invisible autant que possible. Ceux qui attiraient l'attention étaient les premiers à mourir.

Le groupe se dirigeait malheureusement droit vers elle. Lorsqu'il approcha, elle reconnut la voix de l'officier et redressa la tête. C'était Ernst. Était-il là pour elle? Oui, bien sûr, car il lui adressa un signe discret. Jamais elle n'avait été aussi heureuse de le voir et elle dut faire un effort pour n'en rien laisser paraître. Parvenu devant l'établi de Marlene, il tira un bonbon de sa poche, le déballa, le mit dans sa bouche et laissa négligemment choir l'emballage. Marlene avait compris : à peine le groupe était-il passé que son outil glissa de ses mains et elle se pencha pour le ramasser. Elle demanda aussitôt la permission d'aller aux latrines.

Elle lut sur l'emballage du bonbon un bref message d'Ernst : «Alerte au bombardement! Voiture dans la cour.» Une heure plus tard, les sirènes d'alerte antiaérienne se mirent à hurler. Quelques gardiens rassemblèrent frénétiquement les détenues, puis détalèrent pour se mettre en sûreté, les laissant livrées à elles-mêmes. L'affolement gagna les détenues, qui étaient plusieurs centaines dans l'immense halle de l'usine, et toutes se ruèrent vers la sortie. Marlene devait prendre la direction opposée pour rejoindre la cour, mais la masse des corps qui se pressait dans l'autre sens lui barrait le passage. Elle la contourna et se glissa entre deux établis. Où étaient ses compagnes? Elle aurait bien emmené au moins Olga, mais comment la retrouver dans cette foule? Toutes les femmes se ressemblaient dans leurs uniformes et sous leurs fichus de détenues. Marlene se sentait coupable à l'idée d'abandonner ses compagnes. Elle perdit ainsi de précieuses secondes.

Quand l'aboiement des canons de la défense antiaérienne retentit, tout le monde s'enfuit, y compris Marlene. Elle contourna les établis et parvint à la porte de la cour, où les gardes aimaient fumer une cigarette et se dégourdir les jambes. Elle l'ouvrit avec précaution et jeta un regard au dehors, craignant de se retrouver nez à nez avec l'un d'eux.

Plusieurs véhicules étaient garés dans la cour. Où diable était Ernst? Une voiture s'approcha. Marlene se précipita vers elle, la portière arrière s'ouvrit et Ernst la tira sur la banquette arrière. Pendant qu'il la coiffait d'un béret et lui jetait un manteau de fourrure sur les épaules, Heinrich accéléra. Il franchit le portail du camp littéralement à la dernière seconde, juste avant qu'il fût verrouillé et que les gardes se fussent réfugiés dans les abris antiaériens construits pour eux.

Heinrich avait baissé les vitres de la voiture. Il fonçait à une allure folle sur la voie d'accès au camp sans cesser de scruter le ciel, à l'affût d'avions. Marlene avait l'impression d'entendre par-dessus le vacarme du moteur le vrombissement caractéristique des bombes fusant vers la terre. Elle se demandait si c'était une nouvelle attaque des Américains. Ils avaient détruit en juillet une raffinerie de pétrole d'IG-Farben et en septembre d'autres bâtiments de l'usine dans l'enceinte du camp.

Ernst s'était jeté en travers d'elle pour la protéger. Quand les premières bombes touchèrent le sol derrière eux, ils sentirent les vibrations de leur impact. Heinrich appuya sur l'accélérateur sans quitter le rétroviseur des yeux.

— Est-ce qu'on nous poursuit? haleta Marlene, encore essoufflée de sa course pourtant brève jusqu'à la voiture.

Son affaiblissement physique, résultat de ses privations, l'effrayait.

— Non, répondit Ernst qui regardait par-dessus son épaule. Pas tant que le camp sera bombardé. Bien joué, Heinrich. Je crois que nous sommes maintenant hors de la zone dangereuse.

Marlene se redressa avec précaution. Elle devait se cramponner à la poignée latérale car Heinrich ne ralentissait pas et la route était loin d'être en excellent état. La voiture bondissait en grinçant.

— Comment as-tu su qu'il y aurait un bombardement? demanda-t-elle à Ernst.

Il la regarda d'un air perplexe, presque blessé, et elle se rappela qu'elle ne l'avait pas encore remercié de l'avoir secourue. Il avait pourtant risqué sa vie pour elle.

— Pardonne-moi, mon chéri. Je te remercie de tout mon cœur, dit-elle en pressant sa main. Et vous aussi, Heinrich. Où allons-nous?

— Nous nous arrêterons après Sulkowice. C'est à une heure d'ici environ. Le prêtre du coin s'est déclaré prêt à nous cacher. Tiens, dit-il en tendant à Marlene sa flasque d'alcool et un sac contenant des petits pains beurrés et une pomme.

Marlene but avidement quelques gorgées et elle allait engloutir un pain entier quand elle se souvint de l'avertissement du médecin : une trop grande quantité de nourriture risquait d'être fatale quand on était sous-alimenté. Et bien qu'elle se sentît presque défaillir de faim, elle ne mangea qu'un morceau de pain à petites bouchées et garda le reste pour plus tard.

— Pourquoi ce prêtre nous aide-t-il? demanda-t-elle.

— Quelle importance? demanda Ernst en plissant le front.

— Parce que je dois savoir s'il agit par conviction personnelle ou parce que tu le paies.

— Les deux. Il aide la Résistance et je lui ai promis de lui fournir des armes.

Le regard de Marlene devint pensif.

— Serait-il également prêt à cacher des enfants? demanda-t-elle.

— Des enfants? Quels enfants? répéta Ernst en cillant, saisi d'un mauvais pressentiment.

Marlene lui prit la main.

— Il faut que tu fasses quelque chose pour moi, mon chéri.

— Quoi donc? fit-il nerveusement, et il parut soudain presque aussi épuisé qu'elle un instant plus tôt.

— Tu dois entrer en contact avec le docteur Gregor Siebenbürgen au stalag. C'est lui qui s'occupe de Trudi et d'enfants qu'on a cachés dans le camp. Il faut à tout prix les tirer de là, sinon ils mourront de faim. Et tu dois également m'aider à faire évader mes codétenues. Combien d'armes et d'argent as-tu à ta disposition?

Ernst la dévisagea comme si elle avait perdu la tête.

— Tu es fol…

Un cahot de la voiture l'interrompit. Ils furent violemment secoués et s'accrochèrent comme ils le purent. Heinrich poursuivit son chemin à la même allure. Ils étaient sortis de l'enceinte extérieure du camp quand la voiture prit une route de campagne, puis ralentit. Cette route traversait un champ en friche couvert de broussailles. Marlene discerna dans le lointain quelques fermes isolées qui se fondaient presque dans le gris du ciel de décembre. Tout dans ce paysage paraissait tout à fait normal et paisible, comme chez elle, à Levkojen, dans le temps… Pendant un bref instant, elle s'abandonna à la contemplation de cette immensité et à ses souvenirs. Mais la vue d'un véhicule militaire calciné au bord de la route, symbole et réalité d'une guerre sans merci, la ramena au présent et elle se pencha vers l'avant.

— Arrêtez-vous là, Heinrich, dit-elle.

— Je vous demande pardon? demanda le chauffeur en cherchant le regard d'Ernst dans le rétroviseur.

— Continue, Heinrich, ordonna Ernst, et il referma la vitre de séparation.

— Mais…

— Maintenant, tu vas m'écouter! coupa Ernst. Heinrich a risqué sa vie pour nous. Nous allons à Sulkowice et c'est mon dernier mot.

— Tu ne peux pas me forcer à y aller avec toi!

— Oh que si! déclara Ernst avec une résolution rare chez lui. Pour une fois, tu vas faire ce que je te dis. La guerre est bientôt finie et d'ici là, je ne veux plus que tu te remettes en danger.

— Je ne suis pas ta prisonnière! lança Marlene.

— Je t'en prie, ma chérie, dit-il sur un ton qui se voulait apaisant, nous en reparlerons quand nous serons en sûreté, d'accord?

— Comment ça, nous? Tu resteras aussi à Sulkowice?

— Bien sûr: je ne peux pas reprendre mon service. Je suis parti ce matin de Cracovie sans autorisation et cette fois, le colonel ne me tirera pas du pétrin.

— Et ta visite à l'usine?

— J'y suis entré avec un document falsifié, répondit-il en tirant un mouchoir avec lequel il se tamponna le front comme s'il avait des sueurs froides à retardement. En fait, je me demande comment cette combine a pu fonctionner, dit-il avec une note d'incrédulité dans la voix. Mais nous voilà ici…

Soudain, il éclata de rire et tout son visage rond respira le soulagement.

— Ce qui veut dire que tu es désormais considéré comme déserteur ? demanda Marlene.

— Tout juste, répondit-il, et il commença à déboutonner sa veste d'uniforme. Comment s'appelait ce film américain que Goebbels nous a projeté à Cracovie, celui dans lequel le héros dit qu'il est désormais libre comme l'air ? interrogea-t-il tandis qu'elle l'aidait à ôter sa veste.

— *Robin des Bois ?*

— C'est ça ! C'est ce que nous sommes maintenant : libres comme l'air. Et voilà la forêt de Sherwood ! ajouta-t-il alors que le chemin s'enfonçait dans la pénombre d'un bois.

Vu la situation, son insouciance était plutôt surprenante. Marlene se demanda un instant s'il n'avait pas bu avant sa mission pour se donner du courage. Non, il ne sentait pas l'alcool. Mais il paraissait changé, moins emprunté qu'avant, comme s'il avait abandonné sa raideur avec son uniforme.

— Qu'est-ce qui te prend ? demanda-t-elle.

— Je crois que j'ai maintenant une idée de ce qu'on ressent quand on n'a plus rien à perdre. Ça vous procure une sensation de liberté…

— Mais c'est loin d'être sans danger, l'avertit Marlene.

N'avait-il aucune conscience des risques qu'il courait, de ce que cela signifiait d'être libre comme l'air et traqué ?

— Que veux-tu dire par là ? demanda-t-il tandis qu'une ride se creusait sur son front.

— Oh, rien de spécial, répondit Marlene, faisant marche arrière.

Elle préférait le laisser savourer un instant cette sensation nouvelle pour lui. La découverte de la liberté était un nectar pour l'âme, mais à trop forte dose, elle risquait de vous enivrer et le réveil était franchement désagréable. Elle se rappela ce que Jakob lui avait dit un jour à propos de la liberté : Une liberté sans frein peut tomber dans l'immoralité. Quand on n'a plus rien à craindre, les inhibitions diminuent et c'est la porte ouverte à l'anarchie. La liberté ne doit pas exclure la sécurité, car l'une est la condition de l'autre, c'est pourquoi la liberté a également besoin de règles.

Le prêtre les attendait au lieu de rendez-vous fixé, une grange courbée par le vent un peu à l'écart de Sulkowice. Perché sur une vieille charrette à foin qui avait dû être tirée par des canassons encore plus vieux, avec son visage buriné et son dos voûté, il ressemblait davantage à un fermier qu'à un homme de Dieu.

Avec son aide, Marlene et Ernst s'enfouirent dans le foin de la charrette, qu'il conduisit jusqu'au portail arrière de son église. Ils avaient auparavant pris congé d'Heinrich, qui voulait retrouver sa femme à Dresde. En remerciement de ses loyaux services, Ernst lui avait remis plusieurs pièces d'or, et Marlene et lui avaient souhaité bonne chance au chauffeur pour son périlleux trajet de retour. Quand il était remonté en voiture, Marlene avait eu le vague pressentiment qu'ils ne le reverraient jamais.

Leur cachette n'était pas précisément telle que Marlene l'avait imaginée. Le prêtre leur avait fait traverser la sacristie et s'était arrêté devant l'autel. Il passa la main sur le dessous, pressa ce qui devait être un bouton et l'autel pivota, dévoilant un trou noir dans lequel, au temps des païens, on jetait les morts, comme le prêtre le leur expliqua sans détour. Quand un trou était rempli, on en creusait un autre. La région était pleine de ces fosses funéraires. Son père en avait trouvé une en retournant son champ et il avait broyé les os. Saviez-vous que la poudre d'os est un bon engrais ? demanda le prêtre à Ernst et à Marlene. Non, ils l'ignoraient. Pour chasser les esprits des défunts, on avait bâti une sainte église sur l'emplacement de ces fosses funéraires. Le prêtre leur dit de ne pas s'inquiéter et ajouta mystérieusement qu'il s'était chargé de tout. Et si jamais ils découvraient des ossements dans leur cachette, pas de problème : il y avait un autre trou au fond, ils n'avaient qu'à jeter ces vieux os dedans. C'était ce que lui-même faisait toujours, déclara-t-il avec un rire sec qui sonnait comme une quinte de toux. Son humour déconcertait Marlene. Ce prêtre, qui lui avait paru peu loquace à première vue, les inondait d'un flot de paroles pendant qu'ils descendaient dans le trou par une échelle en fer. Il leur avait laissé au fond des couvertures, une lanterne et des conserves. Elle repéra aussi un seau muni d'un couvercle discrètement posé à l'écart à côté d'une pile de journaux. Le prêtre leur cria d'en haut qu'il repasserait dans trois jours.

Le grincement de l'autel qui se remettait en place provoqua chez Marlene une sensation proche de la panique. Elle était de nouveau prisonnière, sous terre cette fois-ci, et la porte de sa prison était en pierre. Quelle erreur d'avoir fait confiance à ce prêtre ! Ils allaient mourir là ! Elle suffoqua et crut étouffer.

Ernst s'affola à son tour. Finalement, désemparé, il ne trouva rien de mieux à faire que de lui lancer un verre d'eau au visage. Elle en reçut dans la bouche et dans le nez, avala de travers, toussa, mais sa respiration reprit un rythme normal. Mais elle était si épuisée qu'elle tomba à genoux. Ernst lui prépara un lit de fortune le plus loin possible du trou, puis veilla sur son sommeil, craignant une nouvelle crise de suffocation.

À son réveil, elle se rappela immédiatement où elle était et ce qui était arrivé. Elle se redressa sur son lit.

— Tu m'as bien eue, Ernst, lança-t-elle.

— Pardon? répondit-il en cillant, visiblement las.

— Tu savais que ce prêtre nous enfermerait là.

— Marlene, je t'en prie, il ne nous enferme pas, il nous cache !

— Foutaises ! Nous sommes livrés pieds et poings liés à cet homme !

Elle avait repoussé la couverture et elle s'était levée. Elle fut aussitôt prise de vertige et dut s'appuyer à la paroi, mais quand Ernst voulut la soutenir, elle le repoussa.

— Pourquoi es-tu comme ça avec moi? demanda-t-il avec le regard d'un chiot accusé à tort.

— Parce que je t'ai percé à jour. Tu savais que je ne me cacherais jamais là de mon plein gré !

— Je veux seulement que tu survives ! protesta-t-il. L'avancée des Russes est irrésistible et la guerre touche à sa fin, tu peux me croire. Le monde peut quand même bien tourner quelque temps sans ton aide. Pourquoi ne peux-tu pour une fois laisser les choses suivre leur cours?

— Parce que tu as décidé de leur cours à ma place ! Fais immédiatement venir ce prêtre. Je dois sortir de là !

— Mais je ne peux rien faire !

— Vous aviez bien convenu d'un moyen de communiquer?

— Non. Tu l'as entendu : il reviendra dans trois jours. Oublie Trudi et ces enfants. Tu ne peux rien faire pour eux. Qu'est-ce que tu t'imagines ? Tu veux rentrer à Auschwitz à pied ?

— Oui, s'il le faut ! lança Marlene, insensible à sa dérisoire tentative d'humour.

Il passa nerveusement la main dans ses cheveux, répugnant visiblement à se quereller avec elle.

— Je t'en prie, Marlene, calme-toi, reprit-il. Écoute, je comprends très bien que tu veuilles secourir tes amies et ces enfants, mais même avec la meilleure volonté du monde, je ne peux pas t'aider. Tout le monde veut s'évader d'Auschwitz, mais toi, tu veux retourner dans cet enfer ? Et en admettant que tu puisses seulement t'en approcher, que pourras-tu faire ?

— Je trouverai bien un moyen, mais je dois d'abord sortir d'ici !

— Non, répondit Ernst sans ciller.

Marlene s'approcha tout près de lui.

— J'avais donc raison, dit-elle avec un calme qui n'annonçait rien de bon. Je suis enfermée ici et ce prêtre est ton complice.

— C'est uniquement pour ton bien.

Marlene n'avait aucune chance face à Ernst. Elle eut beau tenter de le fléchir, le menacer, le cajoler, pour la première fois de sa vie, il resta inébranlable.

Quant au prêtre, il n'obéissait qu'à Ernst parce que c'était lui qui l'avait payé. Il semblait du reste peu se soucier de ce qu'une femme avait à dire et il ne s'adressait qu'à Ernst.

Elle dut passer presque deux mois avec Ernst dans le trou, à côté d'un autre trou dont elle ignorait combien de morts il avait engloutis. Elle n'en avait pas peur, mais elle avait vite remarqué que sa présence mettait Ernst mal à l'aise.

Pour le provoquer, elle restait souvent assise au bord du trou en laissant ses jambes ballotter dedans. Il en avait des sueurs froides et ne la quittait plus des yeux, prêt à la retenir au cas où des esprits tenteraient de l'entraîner au fond. Marlene savait que c'était puéril de sa part, mais elle ne laissait passer aucune occasion de punir Ernst de l'avoir libérée pour l'avoir ensuite privée de sa liberté.

Le prêtre, son complice bavard, les ravitaillait tous les deux ou trois jours en provisions et en nouvelles, qui se réduisaient parfois à « pas de nouvelles ».

Marlene avait du mal à s'accommoder de sa nouvelle situation. Ernst, qu'elle avait jusqu'alors si facilement manipulé, lui tenait tête désormais. Elle maudissait souvent sa propre stupidité en se disant qu'elle aurait dû s'y attendre, tout en concédant qu'il méritait son admiration. Mais elle se gardait bien de le lui dire et entretenait soigneusement sa fureur, car elle n'était guère disposée à se montrer généreuse envers lui.

Mais le pire ennemi de Marlene était le temps. Dans ce trou, il s'étirait à l'infini, sans aucun rythme sur lequel le corps et l'esprit puissent s'orienter. Le jour et la nuit se confondaient, perdaient toute substance dans l'éternelle obscurité. L'ennui et l'inactivité rendaient Marlene presque folle et elle se surprenait à regretter de ne plus trimer à l'usine avec ses compagnes au lieu de moisir dans ce trou à rats. Pour éviter que ses forces s'amenuisent davantage, elle arpentait opiniâtrement les quelques mètres d'espace à sa disposition et faisait les exercices de musculation que le docteur Hondl lui avait appris à Cracovie, imitée d'Ernst. La première fois que le prêtre avait fait descendre un panier de provisions dans le trou, Marlene lui avait demandé s'il pouvait leur apporter des livres. Ils n'avaient pas d'électricité et devaient se montrer économes dans l'usage de leur lampe à huile, mais ils pourraient au moins chasser leur ennui pendant ces quelques heures de lecture quotidiennes. Cette demande avait été suivie d'une discussion, car Marlene avait demandé au prêtre de remonter le seau et de le vider.

— Vide-le dans le trou aux morts, femme, s'était-il contenté de répondre, mais Marlene s'y était refusée.

— Dans la mort comme dans la vie, les êtres humains ont droit à un minimum d'égards, monsieur le curé, avait-elle riposté.

— Ce n'étaient que des païens, avait-il sèchement déclaré.

Indignée, elle avait voulu protester, mais le contact de la main d'Ernst sur son épaule l'avait arrêtée à temps.

— Je vous en prie, mon père, faites ce que ma femme vous demande, avait-il dit. Votre église n'aura pas à le regretter, car je lui témoignerai bien entendu toute ma reconnaissance. Prenez donc ce manteau de fourrure pour vos pauvres.

Le prêtre avait accepté, et le seau suivit le manteau de fourrure hors du trou.

— Tu lui as vraiment dit que nous étions mariés? demanda Marlene à Ernst quand le prêtre fut parti vider le seau.

— Oui : il aurait refusé de cacher un couple non marié.

— Allez comprendre quelque chose aux catholiques, commenta Marlene en hochant la tête.

Le prêtre revint et fit descendre dans le trou un panier rempli de nouvelles provisions. Marlene se réjouit d'y trouver un livre. C'était la Bible, naturellement. Dès lors, elle se fit un malin plaisir d'en citer des extraits au prêtre, toujours au sujet de la dignité humaine. De la dignité de chaque être humain, fût-il un païen ou une femme.

Alors qu'elle avait l'impression que le temps s'était figé, il s'écoulait bel et bien dans la réalité de la guerre.

Le 26 janvier 1945, le prêtre leur apporta enfin une bonne nouvelle alors qu'ils n'attendaient pas sa visite. Leur cache s'ouvrit et le vieil homme visiblement éméché leur annonça joyeusement que, d'après un communiqué à la radio, les Russes étaient devant Auschwitz et les Allemands détalaient comme des lièvres à travers les champs! «Vive la Pologne!» lança-t-il en conclusion.

— Qu'est-ce qu'il a dit? demanda Ernst, car dans sa surexcitation, l'homme avait parlé en polonais, et Marlene lui traduisit ses paroles.

— Je t'en prie, Ernst, il faut que j'aille là-bas! Laisse-moi enfin sortir…, l'implora-t-elle.

Avant qu'Ernst eût eu le temps de répondre, le prêtre s'adressa de nouveau à eux.

— Quelques femmes d'ici veulent se rendre aujourd'hui à Auschwitz pour retrouver leurs maris, dit-il. Des camarades de la Résistance les accompagnent avec l'armée de l'intérieur. Vous pouvez venir aussi si vous voulez. Et combattre!

Cette injonction s'adressait exclusivement à Ernst.

Ce dernier comprit qu'il ne pourrait retenir Marlene plus longtemps. Il donna donc son accord au prêtre.

Ils revirent la lumière du jour pour la première fois en sept semaines. Ernst se tenait immobile dans l'église face à Marlene et la regardait avec une tristesse qui l'émut. Elle lut dans son regard qu'il savait qu'il l'avait perdue à jamais.

Elle lui pardonna aussitôt l'horrible cachette où elle avait dû croupir. Elle l'en avait puni en le tourmentant et en le traitant par le mépris alors que la seule faute d'Ernst avait été de l'aimer. Il en avait fait et il avait risqué davantage pour elle que n'importe quel autre homme qu'elle avait connu. Son amour pour elle avait été sans égoïsme.

Elle leva les bras et les passa à son cou.

— Tu es quelqu'un de bien, Ernst – l'un des meilleurs hommes du monde. Je te remercie... pour tout, chuchota-t-elle à son oreille, et pour la première fois, elle l'embrassa de tout son cœur, car il avait mérité son amour.

36

«Mais pas question de se plaindre,
L'hiver ne durera pas éternellement.
Un jour, nous dirons joyeusement:
Patrie, tu es redevenue mienne.
Alors les soldats du marais
Avec leurs bêches ne traverseront plus le marais!»

Les Soldats du marais, 6e strophe

Quatre-vingt-onze jours avant le jour 0

«Les pensées sont plus puissantes que les armes. Nous interdisons l'usage des armes à nos citoyens: pourquoi leur permettrions-nous de penser par eux-mêmes?»
Joseph Staline

*

L'après-midi du lendemain, Marlene se tenait devant le portail d'Auschwitz-Birkenau où elle observait la libération du camp. L'idée de libération faisait surgir des visions de foules exultant, criant et brandissant des drapeaux, mais à l'entrée du camp régnait un silence spectral: le monde se taisait comme les morts.

Tout raides sur leurs chevaux, les soldats de l'Armée rouge franchissaient le portail en rang par deux. Les visages aux joues rouges de ces soldats sous leurs bonnets en fourrure étaient d'une jeunesse saisissante. Le vent était mordant et le sol couvert de neige sale et de cadavres de détenus abattus. La SS s'était encore déchaînée lors de sa retraite alors que ses victimes étaient tout près d'être secourues.

Le matin, le bataillon soviétique qui avait libéré Cracovie la veille était parvenu au camp de Monowitz, sur le flanc est d'Auschwitz. Plusieurs heures s'étaient écoulées avant que le déminage de son portail permît d'en dégager l'accès.

Marlene était parvenue jusqu'au commandant du bataillon russe, Anatoly Shapiro. C'était un Juif ukrainien et ils s'étaient parlé en yiddish. Elle s'était présentée, elle lui avait proposé de l'aider dans l'identification des SS qui pouvaient s'être mêlés aux détenus et il avait accepté. C'était un Juif, mais aussi un soldat et un Soviétique de cœur et d'âme. Ce fut de lui qu'elle apprit l'étendue des exactions de la SS contre les détenus de l'Armée rouge à Auschwitz. Au moins deux cent mille de ses camarades étaient morts au camp.

Bien que Marlene eût vécu au quotidien l'atrocité d'Auschwitz, la vision sinistre qui s'offrait à elle l'ébranla profondément et se grava à jamais dans sa mémoire. Assise à côté de Shapiro dans un véhicule militaire et enveloppée dans un manteau de l'armée, elle tremblait pourtant de tout son corps. Le froid la rongeait littéralement.

Des squelettes ambulants s'approchaient d'eux en titubant, seuls ou se soutenant les uns les autres, et ceux qui ne tenaient plus debout rampaient vers eux, glissant comme des amphibies sur la neige. Les détenus libérés portaient de minces uniformes de prisonniers, d'autres encore moins, bon nombre étaient nu-pieds, les pieds partiellement gelés et noirs comme la neige teintée de la cendre des morts. Des photographes russes fixaient ce spectacle sur leurs pellicules.

D'après le commandant Shapiro, les Allemands avaient fait fonctionner leur machinerie d'extermination jusqu'au dernier jour et emmené les détenus qui leur paraissaient encore utilisables dans des marches à mort vers l'ouest, résolus à exploiter jusqu'à leur dernier souffle tous ceux qui étaient encore capables de travailler. Des quelques milliers de détenus abandonnés au camp parce qu'ils étaient trop malades ou trop faibles pour marcher, il était difficile de savoir combien avaient survécu. L'immense territoire créé pour héberger plusieurs centaines de milliers de détenus paraissait presque vide. Tous ceux qui étaient plus ou moins capables d'avancer se pressaient vers la sortie.

C'était dans la nature de la guerre : après des millions de morts et des années d'extermination, elle faisait toujours rage, songea Marlene. Les combats ne se poursuivaient pas seulement en Europe, mais ailleurs dans le monde. Comme les tentacules d'une pieuvre, la guerre s'était étendue dans le monde entier : au Moyen-Orient, en Afrique, dans le Pacifique depuis 1937, Japonais contre Américains, Chinois contre Japonais, et même dans l'Inde lointaine.

Peter avait raison : la guerre engendre la guerre. C'était une pandémie qui avait contaminé toute l'humanité. Où s'arrêterait-elle ? Et quand ?

Elle entendit soudain la voix nasillarde et répugnante du comte : *Il n'y aura jamais de paix durable, la guerre passera d'une région à l'autre comme le témoin dans une course de relais. La paix est une illusion créée par les dirigeants pour que la populace puisse de temps en temps se croire en sécurité.* Il était effroyable de penser que les rêves de toute-puissance du comte nazi pouvaient receler une part de vérité, une vérité issue du mal.

Marlene leva les yeux et son regard rencontra celui de Shapiro. Il semblait lire non seulement dans ses pensées, mais également faire les mêmes réflexions qu'elle. C'était un militaire, la mort était son métier, mais aucune formation militaire ne pouvait préparer quiconque à Auschwitz. Ce lieu dépassait toute imagination. Il n'aurait tout simplement jamais dû exister.

Une haute silhouette émaciée qui franchissait le portail en pressant un enfant contre elle attira l'attention de Marlene. C'était une femme et elle était complètement nue. Le regard de Marlene fut comme happé par l'enfant. Elle était sûre de l'avoir déjà vu. Il avait les proportions d'un nain et c'était l'un des réfugiés de la cave de l'hôpital ! Son regard revint se poser sur la femme, dont le crâne était tondu comme ceux de tous les détenus. Elle la reconnut enfin : c'était Jolanta ! L'Asiatique avait réalisé sa propre prédiction : si elle survivait à Auschwitz, elle en ressortirait aussi nue qu'à son arrivée.

Marlene ouvrit la portière de la voiture et s'élança vers elle. Alors qu'elle courait encore, elle ôta son manteau de ses épaules pour le poser sur celles de Jolanta. Et elle prit dans ses bras l'enfant qui était aussi léger et frêle qu'une plume.

— C'est fini. Vous êtes en sûreté, leur dit-elle.

Jolanta était à bout de forces. Seule sa volonté la maintenait encore debout.

— Les enfants… ils sont encore dans la cave. Tu dois aller les chercher, souffla-t-elle.

— Et Trudi ? demanda Marlene, redoutant la réponse.

Jolanta secoua la tête.

— Et le docteur Siebenbürgen ? insista Marlene, qui se raccrochait à cet espoir.

— Gregor s'est occupé des enfants jusqu'au bout. Je ne sais rien de plus.

Jolanta chancela et Marlene la soutint. Elle la confia aux soins d'un médecin russe et alla retrouver Anatoly Shapiro pour lui transmettre sa requête.

On avait découvert dans les entrepôts des SS au camp des montagnes de provisions, de vêtements et de chaussures. Shapiro avait envoyé à Marlene deux soldats de son bataillon qui chargèrent une brouette de tout le nécessaire pour les enfants et l'acheminèrent à l'hôpital. Marlene les mena à l'entrée secrète de la cave.

Ce qu'ils y trouvèrent était dévastateur. Sur les trente enfants, moins de vingt avaient survécu. Les survivants étaient si maigres et si faibles qu'ils ne pouvaient plus marcher. Les soldats les remontèrent les uns après les autres et les déposèrent sur les lits de l'hôpital bien équipé des SS et de leurs familles. Marlene aida les infirmières à laver leurs petits corps émaciés et à leur passer des vêtements propres prélevés sur ceux qu'on venait d'apporter. Elle s'entretint également avec les médecins et les infirmières, polonais pour la plupart, restés au camp pour prendre soin des survivants. Elle leur expliqua de son mieux ce que le docteur lui avait recommandé : ne pas donner de trop grandes quantités de nourriture aux enfants et jamais de la viande de conserves que leur estomac atrophié ne pourrait pas digérer. Elle partit ensuite à la recherche de Jolanta et la retrouva au rez-de-chaussée, au chevet de l'enfant minuscule qu'elle avait emmené. Elle lui faisait manger de la soupe.

— Comment s'appelle-t-il ? demanda Marlene.

— Colin. C'est mon fils.

Marlene regarda Jolanta puis l'enfant et attendit qu'elle lui en racontât davantage.

— Il a sept ans, reprit Jolanta. Son corps est atrophié, mais il est très intelligent.

L'assiette était vide. Elle embrassa Colin sur le front et remonta sa couverture.

— Maintenant, dors, mon tout-petit, lui dit-elle.

— Mais tu restes avec moi? chuchota-t-il d'un air craintif, et il tendit vers elle ses bras maigres.

— Bien sûr. À partir de maintenant, je ne te laisserai plus jamais seul, répondit-elle tendrement en repoussant une mèche de son front.

Marlene voyait là une Jolanta toute différente dont elle découvrait la douceur. En mère, elle était comme transformée.

— Et chez toi, c'est pour quand? demanda-t-elle à Marlene, redevenue l'ancienne Jolanta qui l'observait comme un faucon pourrait le faire avec une souris, l'arrachant brutalement à ses réflexions.

— Qu'est-ce que tu veux dire?

Marlene se sentit soudain très mal à l'aise, comme assaillie par une puissance échappant entièrement à son contrôle.

— Tu ne le sais donc pas encore, toi qui es si futée?

— Que suis-je censée savoir? demanda Marlene.

Sans comprendre pourquoi, elle haït Jolanta en cet instant exactement comme au jour de leur rencontre.

— Tu vas avoir un enfant, répondit Jolanta.

Cette phrase heurta Marlene de plein fouet.

— Quoi? Mais…

Sa voix s'éteignit et elle baissa les yeux vers son ventre comme si c'était celui d'une étrangère.

— Connais-tu le père?

C'était une question franchement gênante. Marlene était livide, mais elle parvint à reprendre le contrôle de sa voix.

— Comment veux-tu que je le sache? grommela-t-elle.

— Tu as utilisé l'éponge?

— Évidemment! répondit Marlene indignée.

— Ne t'en prends pas à moi, la tança Jolanta. Aucune de mes *geikos* n'est tombée enceinte. Tu es la première à qui ça arrive.

Marlene enfouit son visage dans ses mains. La sensation oppressante d'être enfermée sous l'autel de l'église resurgit en elle. Elle était à peine libérée qu'elle se sentait de nouveau cernée: elle attendait un enfant d'une brute nazie! Elle vit en imagination un bébé qui avait la sale tête de Brunnmann.

— Ce n'est pas la fin du monde : tu peux toujours le faire adopter à la naissance, déclara Jolanta avec son sang-froid habituel.

Marlene releva lentement la tête.

— Et toi, est-ce que tu as envisagé... je veux dire...? demanda-t-elle, les yeux fixés sur l'enfant endormi.

— Non. Colin est un enfant de l'amour.

C'était curieux d'entendre le mot « amour » dans la bouche de Jolanta. Jusqu'à l'instant où elle l'avait vue avec le petit Colin, Marlene l'avait crue incapable d'éprouver un tel sentiment.

— Où est le père de Colin?

— Il est mort.

— Je suis désolée.

— Tu n'as pas à l'être. Il est mort au combat, ça lui a épargné de se retrouver dans un camp.

L'objectivité de Jolanta ranima le courage de Marlene.

— Si tu as raison et que je suis vraiment enceinte, connais-tu un moyen...?

Elle s'interrompit, n'osant préciser sa pensée, mais Jolanta avait moins de scrupules qu'elle.

— ... de le faire passer? acheva-t-elle, mais avant de répondre, elle soupesa et palpa la poitrine de Marlene. Tu en es au quatrième mois au moins, annonça-t-elle. C'est trop tard pour essayer.

Marlene ne voyait aucune raison de mettre en doute ce diagnostic. Elle attira une chaise à elle et s'assit pour réfléchir. Elle essaya de se souvenir de ses dernières sorties, non sans mal car la nouvelle de sa grossesse l'avait bouleversée. Elle avait la sensation que cet enfant était niché non seulement dans son ventre, mais également sous son crâne, l'empêchant de penser clairement. Elle se reporta de quatre mois en arrière : la conception remontait donc à septembre.

Elle tressaillit. Oh mon Dieu, si ça pouvait être vrai ! Elle se rappela soudain : c'était la seule fois où elle n'avait pas utilisé d'éponge ! Et une semaine plus tard à la villa, cet avorton d'Ewald était resté impuissant. Il l'avait seulement frappée à coups de poing, puis de matraque... mais elle refusait d'y penser plus longtemps.

— Tu sais qui est le père, constata Jolanta.

— Quoi? bredouilla Marlene, qui semblait s'éveiller d'un rêve.

Elle avait fait un bref voyage dans le temps qui l'avait ramenée dans les bras de Peter.

— C'est donc le docteur Friehling, reprit Jolanta.

Marlene jugea inutile de le nier.

— Comment le sais-tu? demanda-t-elle.

— Je le sais, c'est tout.

Marlene passa doucement la main sur le renflement à peine visible de son ventre. Alors qu'un instant auparavant l'idée de devenir mère l'effrayait, elle était maintenant envahie d'une paix profonde parce qu'elle découvrait le miracle de l'amour. Parce que c'était l'enfant de Peter.

— Une vie pour une vie, murmura-t-elle.

37

«Il n'y aura ni grandes découvertes, ni progrès tant qu'il restera un enfant malheureux sur Terre.»

Albert Einstein

Fragments de guerre

Le gouvernement britannique a annoncé que depuis l'entrée en guerre provoquée par les bombardements allemands en Angleterre, près de quatre millions de maisons sur treize ont été détruites ou endommagées.

Le gouvernement polonais en exil à Londres proteste contre son exclusion de la conférence pour la fondation des Nations unies à San Francisco.

Le prix Nobel de chimie pour l'année 1944 a été décerné au chimiste allemand Otto Hahn pour sa découverte de la fission nucléaire.

*

— Tu ferais mieux d'épargner tes forces, sinon tu perdras ton enfant, la réprimanda Jolanta.

Assise à côté d'elle au chevet de Colin, Marlene frottait ses yeux fatigués. Elle poursuivait en vain ses recherches de Trudi et du docteur Siebenbürgen. Sans en souffler mot à Jolanta, elle s'enquérait également de Peter, portée par un espoir irrationnel qui refusait de mourir en elle. Moins de huit mille personnes étaient restées à Auschwitz et, depuis quelques jours, Marlene interrogeait les détenus après s'être adressée à tout le personnel du camp. Il ne restait plus aucun membre du personnel régulier de la clinique, car Mengele l'avait fait évacuer à la mi-janvier. À en croire la rumeur, ce monstre avait emménagé dans le camp de concentration de Gross-Rosen en Basse-Silésie.

Les Russes étaient encore occupés à remettre de l'ordre dans le chaos du camp. Les Allemands avaient fait en sorte de laisser le moins de traces possible, mais il restait néanmoins quelques preuves de l'extermination. Marlene aidait au décompte des survivants en dressant des listes de leurs noms et de leurs pays d'origine. Tous les détenus n'étaient pas innocents. Les camps de concentration étaient également des repaires de criminels de toutes espèces, et c'étaient en majorité des criminels comme Lenka qu'on avait nommés responsables des autres détenus, sur lesquels ils avaient régné avec la même brutalité que les SS. Après la débâcle, on avait réglé de vieux comptes par le lynchage et le pillage. Anatoly Shapiro se voyait chargé d'une lourde responsabilité.

Le lendemain, Marlene comptait interroger les prisonniers allemands que les Russes avaient arrêtés au cours de leur fuite et enfermés à leur tour à Auschwitz. Le commandant Shapiro l'avait autorisée à les voir et elle était reconnaissante à la Providence de lui avoir envoyé cet homme.

On n'avait jusqu'à présent retrouvé aucune trace de Trudi ou du docteur Siebenbürgen, et pas davantage de Peter. Marlene avait en revanche revu quelques-unes de ses compagnes ! Elles lui avaient appris que d'autres bombardements avaient atteint IG-Farben et que Ceija, la jeune Rom, avait été tuée au cours de l'un d'eux. Elle avait ainsi été la dernière de son peuple à mourir, comme elle l'avait prédit. Mais Olga la Rouge et Malgorzata, la Polonaise, avaient réussi à s'enfuir comme Marlene.

Les survivantes se regroupaient peu à peu autour de Jolanta et d'elle. Elles prenaient soin des malades et des détenus à bout de forces et assistaient Marlene dans ses recherches. Quelques-unes des filles qui n'étaient pas revenues des « sorties » sous l'égide de Brunnmann réapparurent peu après la libération du camp. Le cercle se reforma.

— Et maintenant, que comptes-tu faire ? demanda Jolanta à Marlene.

C'était une question judicieuse. Marlene envisageait plusieurs possibilités. La guerre n'était pas encore finie : même si la progression de l'armée russe vers l'ouest était régulière, cinq cents kilomètres la séparaient encore de Berlin, tandis que les autres alliés, qui avaient traversé la moitié de la France, s'apprêtaient à franchir le Rhin. La capitale du Reich était l'enjeu d'une course opposant les Américains aux Russes, et ces derniers voulaient coûte que coûte arriver les premiers.

Marlene avait depuis longtemps dressé une « liste d'après-guerre ». L'un des objectifs figurant sur cette liste était d'avoir la peau de Brunnmann. Restait également Deborah qui, à en croire Brunnmann, était encore en vie. En retrouvant Brunnmann, peut-être retrouverait-elle Deborah. Elle se réjouissait à l'idée de revoir son amie de Cracovie, mais elle avait hâte de rentrer dans le Brandebourg pour retrouver sa grand-mère. Elle n'avait pas réussi à la joindre à sa dernière adresse, peut-être parce que tout le réseau de communication était détruit.

Jolanta avait également des projets d'avenir. Elle comptait partir pour Marseille, où vivait son beau-frère qui les accueillerait, son enfant et elle. Elle ne voulait pas rentrer en Hollande car, comme elle l'expliqua à Marlene, c'étaient ses voisins qui l'avaient dénoncée à la Gestapo. Elle préférait néanmoins attendre que la situation fût devenue plus stable et les voyages moins dangereux. Et Colin devait encore se remettre de ses épreuves. Il dormait la plupart du temps et, à son réveil, il voulait seulement manger. Jolanta n'avait pas l'intention de rester en France, car elle avait envie de regagner Hong Kong, sa ville natale. Mais la guerre régnait encore dans cette région que les Japonais occupaient depuis décembre 1941.

Mais avant de réaliser ces projets, Marlene et Jolanta avaient encore une mission à remplir : assurer l'avenir de leurs petits protégés, dont tous les parents étaient morts. Elles ne partiraient pas avant qu'ils aient retrouvé une famille. Ces enfants étaient l'héritage du docteur Friehling, qui avait également sauvé Colin des expérimentations du docteur Mengele. Marlene essayait donc de retrouver les familles de ces enfants. Elle comptait ensuite repartir dans le sillage des Russes pour aller retrouver sa grand-mère dans le Brandebourg. Elle se disait qu'elle pourrait en chemin poursuivre sa recherche de Trudi. Elle espérait que la jeune fille avait réussi à s'enfuir avec le jeune docteur Siebenbürgen. Qui sait, peut-être même que Peter était avec eux? Elle refusait d'envisager qu'ils soient du nombre des soixante mille infortunés que le commandant Richard Baer avait envoyés pendant les derniers jours d'Auschwitz dans une marche à mort vers l'ouest. Cela lui rappela d'ajouter le nom de Baer à ceux de Brunnmann et de Mengele sur sa liste.

— L'avenir est un lieu lointain, sauf quand on a un enfant. Alors c'est l'instant présent qui compte, dit calmement Jolanta.

— Tiens, on parle de nouveau par énigmes aujourd'hui?

Marlene se sentait percée à jour, mais elle savait que Jolanta ne portait aucun jugement sur elle. Jolanta était la personne la plus indépendante qu'elle connaissait et l'admettait sans réticence.

— Qu'y a-t-il d'énigmatique à ça? poursuivit Jolanta tout en écrasant une patate cuite à l'eau pour Colin. Tu vas avoir un enfant, tu es encore affaiblie et tu as mal. Tu devrais reprendre des forces avant de repartir en guerre. Le colonel peut attendre. Et peut-être que la guerre l'a rattrapé depuis longtemps.

— Je crains que le diable n'ait un faible pour lui. Et puis je n'ai pas mal et mon enfant est bien portant.

— Je parle des douleurs à ta jambe.

— Tu es vraiment pénible, lança Marlene agacée en se massant la cuisse.

Dissimuler ses faiblesses était devenu une seconde nature chez elle. Révéler la moindre faiblesse vous rendait vulnérable. Ses doigts suivirent le contour de sa cicatrice. La chair au-dessous était dure comme si elle avait dans la jambe une grosse boule hérissée de piquants qui se répandaient dans tout son corps.

— Quand ton corps souffre, c'est un signal d'avertissement : tu dois te reposer, déclara Jolanta.

— Encore un échantillon de sagesse japonaise? persifla Marlene, qui se rendit compte à cet instant combien sa sensibilité était à vif.

Cela tenait peut-être à ce que pendant des années d'autres avaient disposé d'elle, lui avaient dicté sa conduite, l'avaient enfermée et contrainte à des actes dégradants. Elle ressentait désormais même les conseils bien intentionnés comme des restrictions à sa liberté. Elle voulait s'en aller dès que possible et revoir enfin sa grand-mère pour la première fois en six ans. Chaque jour qui la rapprocherait d'elle serait une bénédiction pour la vieille dame comme pour elle-même. Marlene ne pouvait croire qu'elle était morte. Sa grand-mère était aussi indestructible qu'un vieux chêne et déciderait elle-même du jour où on l'abattrait.

Mais dans l'immédiat, l'enfant à naître réclamait son dû. Ce que les femmes enceintes endurent au troisième mois de leur grossesse, Marlene le subit au cours des semaines suivantes. De l'avis du médecin, elle payait le prix de plusieurs années de sous-alimentation et d'épuisement.

Elle passa le reste du mois de février et tout le mois de mars à l'hôpital. Elle ne pouvait rien garder et vomissait tous les aliments solides. Elle ne reprit des forces que vers le début du mois d'avril, où elle put rester debout plus d'une heure sans que ses jambes se dérobent sous elle après quelques pas. Marlene détestait se sentir aussi faible. Elle dut pourtant attendre encore plusieurs semaines avant d'être assez rétablie pour voyager. Jolanta était restée à ses côtés et s'occupait d'elle comme de Colin. Au cours de ces semaines, leur estime mutuelle s'était insensiblement muée en une amitié à toute épreuve.

Olga la Rouge ne l'avait pas davantage abandonnée. Elle lui rendait visite tous les jours et elle apportait à manger, pour la plus grande joie du petit Colin. Le ravitaillement laissait à désirer, les réserves des SS du camp diminuaient et une partie des provisions semblait s'être volatilisée, comme le fit remarquer un infirmier russe avec qui Olga s'était liée d'amitié. Ces ressources étaient loin de suffire aux nombreuses victimes de la guerre. Shapiro et son bataillon étaient depuis longtemps repartis car ils avaient une guerre à poursuivre : l'Allemagne nazie n'était pas encore vaincue.

Jolanta et Marlene étaient parfaitement conscientes que leur voyage vers l'ouest serait périlleux.

Leur départ avait été repoussé plusieurs fois et Marlene devenait plus impatiente de jour en jour. Alors qu'elle était libre depuis plusieurs mois, elle se voyait immobilisée dans cet hôpital. Depuis qu'elle sentait ses forces lui revenir, elle n'avait plus qu'un désir : quitter ce lieu effroyable pour ne jamais y revenir.

38

«Dans certaines termitières, la colonie entière périt dès la mort de la reine. Les soldats aussi restent la plupart du temps fidèles à un chef qui se montre dur, mais juste : un vrai chef, tout le monde le suit ! »

Le Führer Adolf H. de B.,
à propos d'un phénomène biologique

Cinq jours avant le jour 0

À la fin du mois d'avril, le mouvement de résistance Freiheitsaktion Bayern a occupé deux stations de radio. Il a réclamé la capitulation sans conditions de l'Allemagne, la liquidation du fascisme et du « militarisme prussien » et le « rétablissement des droits fondamentaux ».

Sa tentative pour gagner à sa cause les prisonniers de guerre alliés du stalag VII-A Moosburg a échoué. Des unités de la SS ont repris le contrôle des bâtiments occupés en quelques heures.

Deux jours seulement avant la libération de Munich par l'armée américaine, les résistants ont été arrêtés par les SS et quarante d'entre eux pendus. Les noms de ces résistants sont connus.

*

Le 25 avril, elles purent enfin partir : l'infirmier ami d'Olga les emmena en voiture à Wodzislav, d'où des trains repartaient. Les Russes avaient reconstruit le réseau ferroviaire en partie détruit afin d'acheminer du ravitaillement. Avant son départ, Anatoly Shapiro avait fourni aux deux femmes des documents les autorisant à voyager sur le territoire repris par l'armée soviétique.

Elles n'avaient plus de papiers et par conséquent aucune preuve de leur identité. Non contents de les déclarer apatrides, les nazis avaient détruit la plupart des papiers des détenus avant de s'enfuir vers l'ouest. Elles avaient dû attendre une éternité pour obtenir des autorités de la Croix-Rouge internationale un document attestant qu'elles étaient des Juives rescapées du camp de concentration d'Auschwitz. La Croix-Rouge avait de lourdes responsabilités et d'innombrables difficultés à résoudre. La bureaucratie d'après-guerre retrouvait sa pesanteur, mais l'improvisation qui régnait durant cette période permettait de l'alléger. Marlene avait rédigé elle-même leurs attestations, Olga les avait traduites en russe et avait obtenu tous les tampons et les signatures nécessaires.

La voiture de l'infirmier les déposa à la gare de Wodzislav, où deux surprises attendaient Marlene.

Jolanta annonça qu'elle la ramènerait personnellement à sa grand-mère à Brandebourg sur la Havel, car les liaisons n'étaient pas encore rétablies dans cette région. Ce geste de Jolanta toucha profondément Marlene. La seconde surprise était qu'Olga avait décidé de se joindre à elles. L'argument qu'elle en donna était bref, mais clair : elle voulait découvrir le monde. Sa première destination était l'Amérique et elle voulait donc se rendre là où se trouvait l'armée américaine.

L'armée russe avait entre-temps remporté la course contre les armées américaine et britannique, principalement grâce à la décision prise fin mars par le général Eisenhower, le commandant en chef des armées alliées, d'abandonner la prise de Berlin à l'Armée rouge. Le général britannique Montgomery avait dû en conséquence ralentir l'avancée de ses troupes, bien à contrecœur comme la nouvelle devait s'en répandre.

La bataille de Berlin fit rage pendant dix jours alors que le général Schukow avait déjà franchi les portes de la ville à Marzahn. Berlin était définitivement cerné. À en croire la rumeur, Hitler s'était réfugié dans un bunker au sous-sol de la chancellerie. Le bruit courait aussi qu'il s'était enfui de Berlin en avion et qu'il se cachait à présent dans un quartier général secret. Certains supposaient même qu'il était resté à l'arrière du front russe, dans l'ancien Gouvernement général ou dans le Warthegau.

Cette rumeur rappela à Marlene le tunnel des environs de Walbrzych. Et si le Führer s'était réfugié là-bas? N'aurait-il pas été suprêmement ingénieux de se cacher là où personne ne soupçonnerait sa présence, loin du front, en territoire ennemi, et d'y attendre tranquillement l'instant propice pour fuir?

Si elle n'avait été enceinte de sept mois, elle serait immédiatement partie pour Walbrzych. Elle envisagea un instant d'alerter Shapiro, mais elle se ravisa. Ce n'était pas seulement à cause de la hâte qu'elle avait de revoir sa grand-mère avant la naissance de son enfant. Elle redoutait également la confirmation définitive de ce qu'elle avait fait à Walbrzych. Si elle parvenait à convaincre Shapiro de faire des recherches, les Russes retourneraient ciel et terre là-bas. Qu'arriverait-il s'ils retrouvaient Peter? Elle préférait encore rester dans l'incertitude, car elle se sentait alors moins coupable. Ce faisant, elle se mentait à elle-même en refusant d'en savoir davantage. Pour la première fois de sa vie, elle agissait lâchement. Elle ne devait comprendre que plus tard combien sa grossesse l'avait rendue vulnérable et désemparée: son corps et son esprit avaient de nouvelles priorités sans le moindre rapport avec l'ancienne Marlene.

Leur train traversait un pays ravagé par les destructions et devait continuellement faire halte parce que la voie ferrée avait besoin d'être consolidée ou parce qu'il fallait la déblayer. Quand elle était parallèle à une route, on voyait parfois passer d'interminables colonnes de prisonniers allemands conduites par des soldats de l'Armée rouge, et parfois aussi des groupes de prisonniers civils. Et on croisait toujours de longues files de réfugiés, des vieillards, des femmes et des enfants émaciés emportant leurs maigres possessions dans des chariots. Marlene ne repéra aucun homme jeune parmi eux. La guerre avait enlevé les hommes et brisé les familles.

Le matin du 27 avril, le train s'arrêta à environ cinquante kilomètres de Brandebourg. Olga alla aux renseignements et annonça à son retour que l'armée de terre russe venait de prendre Brandebourg.

Comme de petites escarmouches éclataient encore dans les parages, elles durent passer presque deux jours dans le train à l'arrêt sur le toit duquel la pluie tambourinait sans répit. Le temps était à l'orage depuis plusieurs jours et de la neige se mêlait à la pluie. Olga et Jolanta eurent du mal à retenir Marlene de descendre du train et de faire le reste du chemin à pied.

Le 29 avril, on repartit enfin. La gare de Brandebourg étant détruite par les bombardements, le train s'arrêta dans les faubourgs à l'est de la ville.

Le lieutenant russe dont Olga avait fait la conquête pendant le trajet ne se sépara d'elle qu'à contrecœur. Il fit néanmoins escorter les trois femmes par un sergent, qui remplit cette mission visiblement sans enthousiasme. Ils traversèrent un paysage fantomatique dans lequel ils ne voyaient presque personne en dehors de quelques vieillards et de prisonniers militaires allemands qui avaient commencé à déblayer les décombres dans les rues sous la surveillance de soldats de l'Armée rouge. N'apercevant pas de femmes, Marlene en déduisit qu'elles se cachaient. Olga avait affirmé que Staline avait implicitement autorisé les vainqueurs à traiter les Allemandes comme si elles étaient leurs proies.

Les trois femmes croisaient sans cesse des soldats de l'Armée rouge qui fouillaient systématiquement les maisons. C'était une épreuve pour elles de devoir ignorer les cris des femmes violentées, mais elles n'auraient pu intervenir sans se mettre elles-mêmes en danger. Elles devaient penser d'abord à Colin et à l'enfant que Marlene portait.

Elles se frayèrent un chemin à travers les décombres dans le sillage du camarade sergent. Cette vision réveillait en Marlene de mauvais souvenirs du lointain jour de juillet 1944 où elle s'était retrouvée devant les ruines de l'immeuble de Prinzregentenplatz. Elle avait peine à croire que cette journée ne remontait qu'à neuf mois. Elle avait l'impression qu'une vie entière s'était écoulée depuis. Le parallèle était d'autant plus saisissant qu'après trois heures d'une marche épuisante, elle se retrouva de nouveau face aux décombres d'un immeuble. Une partie des pierres avaient été empilées en tas. L'immeuble était donc probablement détruit depuis un certain temps. Mais comme elle s'était trompée en ce jour de juillet où elle avait cru Deborah morte, elle se cramponna à l'espoir que sa grand-mère était toujours vivante.

Où était-elle donc ? Comment la retrouver ? Vers qui se tourner dans ce chaos ?

Elle regarda autour d'elle et aperçut dans les ruines de l'immeuble d'en face un vieil homme qui paraissait l'observer. Il s'appuyait sur une béquille et l'une des jambes de son pantalon était épinglée au-dessous de la cuisse. Il traversa la rue en boitant et Marlene vint à sa rencontre. Il l'informa que les habitants de l'immeuble étaient partis deux mois auparavant pour Wiesbaden, dans la région du Rhin, où le propriétaire de l'immeuble avait de la famille. Le vieil homme connaissait la grand-mère de Marlene et il la lui décrivit. Elle lui donna en remerciement un quignon de leur précieux pain et une carotte.

Elles devaient maintenant traverser l'Allemagne dans presque toute sa largeur pour arriver à destination.

— On dirait que nous allons passer encore un bout de temps ensemble, constata Jolanta, toujours aussi lapidaire.

Le sergent estimait s'être acquitté de sa mission, mais quand il voulut prendre congé des trois femmes, Olga l'étourdit d'un tel flux de paroles en russe qu'il les accompagna encore jusqu'au sud de la ville. À partir de là, elles devaient se tirer d'affaire seules.

Elles décidèrent d'éviter les grands axes et prirent une route de campagne. Elles furent hébergées pour la nuit chez une femme dont le mari était porté disparu depuis la première offensive en France. Pour la première fois depuis longtemps, elles purent prendre un repas chaud auquel Jolanta et Marlene contribuèrent par quelques carottes. Pour remercier cette femme de son hospitalité, elles lui firent cadeau de l'une des six boîtes de viande en conserve prélevées sur les rations de l'armée russe que Marlene avait reçues de Shapiro et gardées pour ce voyage. Elles auraient même pu payer cette femme avec de l'or dont Jolanta transportait deux kilos dans son sac à dos. C'était le trésor de Brunnmann. Jolanta l'avait vu le cacher dans la cave de l'*okiya*. Marlene refusait d'y toucher parce qu'il avait été volé à des détenus juifs du camp.

— S'il a été volé, ses propriétaires sont morts. Il ne leur servira donc plus à rien, mais à nous, si, avait rétorqué Jolanta, et elle avait emporté cet or.

— Mais pourquoi l'a-t-il caché là ? avait demandé Marlene quand Jolanta lui avait raconté cette histoire.

— En réserve pour l'après-guerre. Il devait avoir plusieurs dépôts.

39

«Quand le mot de paix fut prononcé pour la première fois, un mouvement de panique s'ensuivit à la Bourse, où l'on s'écria douloureusement : Nous avons gagné ! Laissez-nous la guerre ! Nous l'avons bien mérité ! »

Karl Kraus (1874-1936),
écrivain, publiciste et satiriste

Au jour 0

«À l'exception de la ville d'Essen, nous n'avons jamais pris une industrie pour cible. Nous avons toujours considéré la destruction de complexes industriels comme une sorte de prime spéciale. Notre véritable objectif a toujours été les centres des villes.»

Arthur Harris (1892-1984), commandant en chef de la Royal Air Force Bomber Command pendant la Seconde Guerre mondiale.

*

Elles repartirent très tôt le lendemain. L'interminable pluie avait enfin cessé. Les nuages s'écartaient, bientôt le bleu du ciel les chassa et quelques oiseaux se mirent à pépier joyeusement. Marlene les chercha des yeux en songeant combien il en restait peu : eux aussi avaient été victimes d'une guerre sans merci. On entendait toujours des détonations lointaines et chaque souffle de vent apportait une odeur de fumée.

— J'en ai assez de cette saleté de puanteur, grommela Olga en fronçant le nez. Elle nous poursuit depuis Auschwitz.

Je crois que je ne mangerai plus jamais un morceau de viande de ma vie.

Jolanta et Marlene échangèrent un regard. Elles ressentaient la même chose. Aucune d'elles n'avait touché à une boîte de viande en conserve.

Elles se demandèrent si elles devaient contourner Magdebourg, ignorant qui tenait la ville et si elle avait été libérée. Un peu plus tard, un soldat allemand coupé de sa base, presque un enfant encore, leur demanda à manger. Elles lui donnèrent du pain et une pomme. Il leur apprit que les Américains étaient arrivés à Magdebourg et leur recommanda d'éviter la rive occidentale de l'Elbe, où elles risquaient de se retrouver sous le feu de francs-tireurs allemands.

Elles parvinrent à Magdebourg au bout de plusieurs heures et cherchèrent en vain un logement pour la nuit, car la ville était en ruine. Le commandant en chef de la SS l'avait défendue *jusqu'à la dernière goutte de sang pour le Führer et la patrie*, etc., etc., bref, avec un entêtement qui avait provoqué une nouvelle série de bombardements intensifs de l'aviation américaine pendant ces derniers jours de guerre. Le centre historique de la ville avait été littéralement rasé.

Elles durent poursuivre leur chemin, malgré leur épuisement, pour ne pas dormir dans les ruines. À quelques kilomètres de la ville, elles trouvèrent enfin, après qu'une autre conserve de viande avait changé de propriétaire, un abri pour la nuit dans une grange vétuste où un vieux tracteur rouillait. Il faisait froid et la grange était pleine de courants d'air, mais elles avaient des couvertures et de la compagnie. Sous un panier retourné dont fusaient des gémissements plaintifs, elles trouvèrent une chatte efflanquée et sa portée. Colin fut ravi de cette découverte. Il partagea sa nourriture avec les chats et resta inconsolable quand il dut les abandonner le lendemain.

La prochaine grande ville de leur itinéraire était Göttingen. D'ici là, elles devaient parcourir encore cent soixante kilomètres et franchir l'Elbe. Elles eurent néanmoins de la chance : les Allemands avaient détruit tous les ponts pour empêcher les Américains de traverser le fleuve, mais des communications avaient été rétablies quelques jours auparavant, si bien que les tramways avaient recommencé à circuler.

Ce fut un court trajet dans une ambiance mélancolique et dans un wagon bondé de passagers chassés de chez eux par les bombes, mais la sonnerie du tramway rappelait à Marlene les jours d'autrefois à Berlin. Elle sentit son assurance renaître et savoura le premier souffle léger de la paix.

Elle alla à la pêche aux renseignements, mais on était encore sans nouvelles de l'issue de la bataille de Berlin. Chacun était d'ailleurs trop occupé de ce qu'il avait perdu pour se soucier du reste. Rares étaient ceux qui savaient où ils dormiraient le soir même. Les rues étaient remplies de vagabonds qui se cramponnaient à leurs dernières possessions. Seule une femme âgée en tailleur et en feutre à l'élégance d'avant-guerre s'écria que «Le Führer combattrait et vaincrait pour sa patrie!». Mais sa voisine lui enfonça son coude dans le ventre en sifflant un «Ta gueule!» qui ne souleva aucune protestation.

Elles eurent deux fois de la chance ce jour-là: elles purent d'abord parcourir quelques kilomètres sur la charrette d'un fermier et en fin d'après-midi, alors qu'elles avaient presque abandonné tout espoir de continuer, Olga rencontra un officier russe dans une auberge. Elle l'aborda, lui montra ses papiers russes et le convainquit de les emmener jusqu'aux environs de Göttingen dans son véhicule militaire. Quant à la raison pour laquelle ce Russe allait à Göttingen, elle demeura un mystère.

Marlene avait appris par l'aubergiste que l'amiral Dönitz avait annoncé le 1er mai la mort d'Adolf Hitler à la radio, que Berlin avait capitulé et que le drapeau soviétique avait été hissé sur le toit du Parlement. Ce jour-là et le lendemain, elles entendirent des nouvelles contradictoires: la radio d'État, surnommée la «gueule à Goebbels», diffusait toujours. Une voix nasillarde proclama que le Führer était mort héroïquement pour défendre son peuple, mais le chef d'une colonne de réfugiés affirma qu'Hitler s'était suicidé comme un lâche. Marlene jugea la première version totalement invraisemblable, contrairement à la seconde: une telle fin lui paraissait digne de ce minable. Elle se demandait pourquoi le Russe avait appris à Olga la capitulation de Berlin sans rien lui dire de la mort d'Hitler. Elle n'excluait pas que l'annonce de Dönitz concernant la mort du Führer fût une feinte pour couvrir sa fuite de Berlin. Ce fut seulement après avoir appris que le *Star and Stripes*, le journal de l'armée américaine, avait annoncé la mort d'Hitler, qu'elle commença à y croire.

Comme si souvent dans sa vie, elle réagissait autrement qu'elle s'y était attendue. Elle avait toujours cru qu'elle exulterait, danserait et chanterait à cette nouvelle, puisque la mort d'Hitler signifiait la fin définitive de la guerre, mais elle ne ressentait rien. Peut-être était-ce parce qu'elle avait si souvent été déçue, parce qu'il lui était si difficile de chasser le doute et que le mal lui était devenu trop familier. Du reste, la mort de ce monstre ne pourrait jamais effacer toutes les souffrances qu'il avait causées, alors pourquoi aurait-elle dû se réjouir après toute la détresse dont elle avait été témoin?

Troisième partie

LE TEMPS DES DÉCOMBRES

«Pendant les derniers mois de la guerre, on chuchotait cette injonction pleine d'amertume: "Bonnes gens, profitez bien de la guerre car la paix sera terrible..."»

40

Fragments de guerre

– Sur la mort d'Adolf H. de B. :

Irlande : le Premier ministre de Valera a invité une légation allemande afin de lui exprimer ses condoléances pour la mort d'Adolf H. de B.

Portugal : le président Salazar a décrété une journée de deuil national pour la mort d'Adolf H.

– La guerre navale :

Au moins cinq mille anciens détenus de camps de concentration de diverses nationalités se sont noyés quand des chasseurs de la RAF ont coulé au large de Lübeck le paquebot *Cap Arcona* et le cargo *Thielbek*.

Les Allemands avaient perfidement omis de déclarer que ces deux navires transportaient des prisonniers…

*

La vénérable université de Göttingen semblait à première vue moins endommagée que la ville de Magdebourg, mais la gare avait bien entendu été touchée.

Göttingen avait été occupée par les Américains dès le 8 avril et depuis, la ville regorgeait de fugitifs.

Au premier contrôle qu'elles subirent depuis leur départ, leurs documents russes leur créèrent des difficultés. Après quelques tiraillements, on les laissa néanmoins repartir. Les Américains voulaient avant tout arrêter des soldats coupés de leur base et des nazis en fuite.

La guerre n'était pas encore finie officiellement. Hitler était certes déclaré mort, mais il avait désigné l'amiral Karl Dönitz à sa succession comme président du Reich et il lui avait délégué les pleins pouvoirs sur l'armée. Les alliés se heurtaient sans cesse en territoire supposé conquis à des unités de la SS dont certaines se rendaient seulement après l'épuisement de leurs munitions ou la mort de tous leurs hommes.

Comme les rumeurs de pillage et d'agressions se multipliaient, les trois femmes rejoignirent une grande colonne de réfugiés et passèrent la nuit dans un champ près de Friedland, ce qui représentait un petit détour pour elles, mais était plus sûr.

Elles consultèrent pour la énième fois la carte qu'Olga avait «empruntée» à son Russe. Elles devraient parcourir encore deux cents kilomètres jusqu'à Wiesbaden, où Marlene espérait retrouver sa grand-mère. Les trains étaient encore rares et ceux qui roulaient étaient réservés exclusivement aux Alliés. Les Allemands devaient aller à pied.

Marlene rejoignit Jolanta, qui massait les jambes de Colin comme elle le faisait chaque jour et à chaque halte. Comme elles étaient tordues, elles lui faisaient mal dès qu'il devait marcher longtemps. Jolanta et Olga le portaient la plupart du temps, même s'il proclamait vaillamment qu'il n'en avait pas besoin. Jolanta avait fabriqué un porte-bébé en tissu qu'Olga et elle nouaient tour à tour sur leur ventre. Marlene ne pouvait les relayer en raison de sa grossesse avancée.

Elles furent de nouveau contrôlées à Giessen, où leur situation devint critique. Comme la ville avait été reprise par les Américains dès fin mars, elles crurent d'abord que c'était à cause de leurs papiers russes, qu'on devait soupçonner d'être faux. C'était en réalité l'apparence asiatique de Jolanta qui éveillait la suspicion, un facteur qu'elles n'avaient pas pris en compte: la guerre contre le Japon avait visiblement provoqué chez les Américains une paranoïa vis-à-vis des Asiatiques. Depuis l'attaque de Pearl Harbour par le Japon fin décembre 1941, les Américains avaient interné tous les Japonais des États-Unis, y compris ceux qui avaient la nationalité américaine, dans des camps. Dans leur zèle, les deux policiers de l'armée qui les contrôlaient faillirent arrêter Jolanta. Mais étant née à Hong Kong, elle parlait un excellent anglais et le hasard, qu'elle nommait destin ou *Unmeisen*, voulut qu'un officier britannique et un officier américain arrivent juste à cet instant et remarquent les trois femmes. Ils examinèrent leurs papiers, regardèrent Colin de la tête aux pieds et leur regard s'attarda sur le ventre de Marlene. Cela fait, non seulement ils les laissèrent tranquilles, mais ils leur trouvèrent leur premier logement convenable depuis le début de leur voyage. Elles poussèrent un soupir de soulagement, surtout à la pensée de ce qui serait arrivé si on les avait fouillées et si on avait trouvé l'or de Jolanta. Quand elles eurent indiqué aux officiers la destination de leur voyage, les Américains les informèrent qu'une administration militaire se mettait en place à Wiesbaden. Il leur faudrait de toute urgence de nouveaux papiers, car on serait sûrement moins tolérant avec elles au prochain contrôle. À dater de ce jour, Jolanta porta un fichu et baissa les yeux à l'approche de chaque patrouille de GI américains.

Quand elles arrivèrent enfin à Wiesbaden, elles constatèrent qu'une longue file d'attente se tenait devant l'adresse indiquée. Marlene y prit place sans se décourager malgré ses pieds endoloris et sa jambe blessée qui l'élançait. Elle se souciait moins d'obtenir de nouveaux papiers que de retrouver sa grand-mère. Elle n'avait pas encore avancé dans la file qu'elle entendit appeler son nom. Elle se retourna et vit quelqu'un lui faire signe depuis l'entrée d'un immeuble détruit.

Au début, elle crut être le jouet de cette illusion commune à tous ceux qui recherchent des disparus et croient les reconnaître à la moindre ressemblance. Mais non, elle ne se trompait pas : c'était vraiment Trudi !

Et elle était visiblement en difficulté, une fois de plus, car à l'approche d'une Jeep américaine, elle se dissimula dans les ruines.

— Attendez-moi, dit Marlene à Jolanta et à Olga.

Elle se glissa dans l'immeuble et Trudi se jeta dans ses bras en sanglotant. Elle ne comprit pas immédiatement ce que la jeune fille balbutiait, mais au bout d'un instant, ses paroles devinrent plus distinctes.

— C'est le ciel qui t'envoie ! Il faut que tu m'aides ! On l'a enfermé dans un camp ! s'écria Trudi d'une voix entrecoupée.

— Quoi? Qui? demanda Marlene, prise de court alors qu'elle se réjouissait de leurs retrouvailles.

— Notre médecin ! Nous nous sommes enfuis ensemble et puis les Américains l'ont arrêté.

Marlene se sentit prise de vertige. C'était le premier jour très chaud depuis leur départ et elles avaient marché pendant des heures. Ses pensées s'embrouillaient. Quand Trudi lui avait parlé du médecin, elle avait eu pendant une seconde l'espoir fou qu'il s'agissait de Peter, ce qui était évidemment absurde. Elle inspira à fond.

— Les Américains ont arrêté le docteur Siebenbürgen? demanda-t-elle en repoussant ses cheveux humides de son front.

La réponse de Trudi lui donna un coup au cœur.

— Mais non, c'est le docteur Friehling qu'ils ont arrêté !

Marlene la saisit par le bras pour la faire parler et parce que ses propres jambes la soutenaient à peine.

— Peter est en vie ?

— Il est très malade, les conditions de vie au camp sont effroyables. Je t'en prie, aide-moi ! l'implora Trudi.

Le vertige de Marlene empira. Des éclairs jaillirent dans son champ de vision.

— Quel camp ? demanda-t-elle en rassemblant ses forces et en refoulant la vision intolérable d'un autre camp de concentration.

— Le camp de Siershahn. Il y a trop de prisonniers là-bas. Ils n'ont pas de logement et presque rien à manger. Il faut que tu négocies avec les Américains pour le tirer de là, je t'en supplie…

L'affolement de Trudi se lisait dans tout son corps, ses yeux et sa voix. Marlene comprit avec stupeur que la jeune fille la croyait capable d'accomplir des miracles.

— Qu'est-ce que tu crois ? Que je peux aller faire des réclamations aux Américains ? répondit-elle.

— Mais toi, ils ne te recherchent pas ! s'exclama Trudi, qui se reprit aussitôt comme si elle regrettait d'en avoir trop dit.

— Les Américains te recherchent ?

C'était de pire en pire. Trudi semblait décidément attirer les difficultés. Les yeux de Marlene se plissèrent. Elle s'attendait désormais à tout.

— Qu'est-ce que tu as fait? demanda-t-elle.

— Rien, je me suis juste enfuie quand ils nous ont arrêtés près de Giessen.

— C'est vraiment tout?

Trudi parut soudain s'intéresser prodigieusement à ses bottes.

— Je leur ai volé des provisions, mais c'était pour le docteur! Et je n'ai même pas pu les lui donner: ils abattent tous ceux qui s'approchent du camp.

Marlene la croyait. Pour la première fois depuis que Trudi avait prononcé son nom, elle se permit de penser à Peter. Il était en vie! Ce qui signifiait qu'elle ne l'avait pas tué! Elle le reverrait. Son enfant aurait un père… Cette nouvelle la bouleversa. Elle sentit les larmes lui monter aux yeux et les refoula. Elle ne devait pas se laisser aller, pas maintenant. Elle devait garder la tête froide. Ce qu'il lui fallait, c'était un plan, une stratégie pour libérer Peter. Il avait sauvé de nombreux Juifs. Peut-être la Commission juive[1] pourrait-elle lui venir en aide? Marlene avait fait connaissance avec certains de ses membres à Auschwitz. Mais en dépit de sa joie et de son désir de croire ce que racontait Trudi, certaines questions restaient encore sans réponse.

— Quand as-tu revu Peter? demanda-t-elle. Et qu'est-il arrivé au docteur Siebenbürgen?

Trudi eut un instant l'air dépité de quelqu'un qui voit mettre sa parole en doute.

— Je sortais souvent de la cave de l'hôpital pour rejoindre Gregor en haut. En janvier, les SS m'ont pincée et emmenée avec d'autres détenus quand ils ont évacué le camp. C'est là que j'ai revu le docteur Friehling.

— Mais que faisait-il là-bas?

— Je n'en sais rien et je n'avais aucune raison de le lui demander. C'était clair, non? Il était prisonnier.

Marlene allait protester, mais elle se rappela que Trudi ignorait que Peter était dans le tunnel quand elle l'avait fait sauter. Elle ne l'avait raconté à personne.

— Et comment se fait-il qu'on vous ait arrêtés près de Giessen?

— L'un des gardes a aidé le docteur à s'évader alors que nous étions presque arrivés à Bergen-Belsen. Il m'a emmenée.

1. Fondée en Pologne en 1944, cette commission avait pour objectif de recueillir des preuves des crimes du nazisme, notamment en interrogeant des témoins.

Il voulait aller à Francfort parce qu'il connaissait des gens là-bas. Dis donc, depuis quand tu es enceinte? demanda abruptement Trudi, qui semblait ne l'avoir remarqué qu'à l'instant.

Elle regardait le ventre de Marlene d'un air perplexe. Son expression enfantine lui rappela qu'elle n'avait que quinze ans.

— Depuis bien trop longtemps, répondit-elle en se massant les reins avec une grimace.

— Et maintenant, qu'est-ce que tu vas faire pour le docteur? demanda craintivement Trudi.

— Ce que j'ai l'habitude de faire : résoudre le problème…

41

«Partout où l'amour s'épanouit, la vie est florissante,
Partout où la haine croît plane la menace de la destruction.»

Mahatma Gandhi

Fragments de guerre

Extraits des instructions aux soldats britanniques débarquant en Allemagne en 1944

«D'après certains indices, les dirigeants de l'Allemagne préparent déjà une Troisième Guerre mondiale. Il faut l'empêcher coûte que coûte.»

«Quand vous ferez connaissance avec des Allemands, vous penserez probablement qu'ils nous ressemblent beaucoup. Ils nous ressemblent physiquement, sauf que chez eux, le type maigre et nerveux est plus rare. Les hommes et les femmes sont généralement grands, corpulents et blonds, surtout dans le nord du pays.»

«Les Allemands aiment passionnément la musique et ont des compositeurs et des musiciens de premier ordre. Beethoven, Bach, Brahms, Wagner étaient tous allemands. On peut assister à des concerts de musique classique de qualité dans la plupart des grandes villes.»

«Hitler éprouvait malgré lui du respect pour nous, comme il l'a admis dans *Mein Kampf.* Il nous enviait notre empire et admirait les qualités qui ont permis son édification : l'imagination, l'esprit d'aventure et une endurance à toute épreuve. Il pensait néanmoins que nous étions devenus décadents et que nous avions perdu ces qualités. »

*

Si Marlene avait douté que l'amour était plus fort que tout, les semaines qui suivirent devaient le lui prouver. Son odyssée mobilisait toutes ses forces physiques et psychiques, et alors qu'elle entrait dans le huitième mois de sa grossesse, elle déploya une énergie dont elle ne se serait jamais crue capable.

Elle commença par recueillir des informations. Pouvait-on entrer en contact avec les prisonniers et leur faire parvenir ce dont ils avaient besoin ? Le bruit courait qu'outre leurs armes, on avait pris aux soldats tout leur équipement, couvertures comprises, et que seules les autorités militaires étaient habilitées à délivrer à de proches parents l'autorisation d'assister un prisonnier, ce qui excluait Trudi et Marlene. Elle s'adressa alors à la Croix-Rouge internationale, mais même cette institution s'était vu refuser l'accès au stalag. Du moins reçut-elle de la Croix-Rouge la confirmation qu'un certain docteur Peter Friehling y avait été admis en tant que prisonnier de guerre, ce qui dissipa ses derniers doutes sur le récit de Trudi. Elle profita également de cette entrevue pour faire inscrire Deborah Berchinger et, après une brève hésitation, également Ernst Meister sur la liste des personnes disparues. Elle découvrit ainsi que sa grand-mère l'avait aussi fait porter sur cette liste ! Et elle lui avait laissé sa nouvelle adresse. Son logement à Wiesbaden avait été à son tour détruit par une bombe, mais elle avait survécu et elle habitait maintenant chez une amie à Aix-la-Chapelle. Marlene lui écrivit une lettre dans laquelle elle lui expliquait pourquoi elle devait rester à Wiesbaden dans un premier temps.

Elle contacta ensuite l'Agence juive qui aidait les survivants des camps de concentration. Un rabbin la reçut, mais il n'était pas en mesure de l'aider, sans parler de l'accompagner au camp. Elle remporta donc le colis qu'elle avait préparé. Il contenait des provisions, des médicaments et une couverture qu'elle s'était procurés grâce à l'or de Jolanta. Le marché noir s'était implanté à Wiesbaden bien plus vite que l'administration militaire. Les entretiens de Marlene avec Georg Krücke, l'ancien maire réélu de Wiesbaden, furent tout aussi infructueux.

Elle se présentait jour après jour à l'administration militaire américaine en se répétant que sa persévérance serait récompensée, mais l'officier compétent avait d'autres priorités. Trois semaines à peine s'étaient écoulées depuis la capitulation. Les Américains se mobilisaient pour remettre de l'ordre dans un pays ravagé par la guerre et par une idéologie délétère, reconstruire des infrastructures, rassembler les soldats allemands dispersés et, avant tout, poursuivre les criminels nazis.

Personne ne se sentait donc tenu d'examiner son cas. On décourageait toute intervention de civils, pères, mères ou épouses, qui tentaient d'entrer en contact avec des proches en prison ou demandaient la permission de leur envoyer lettres et paquets.

Mais Marlene n'envisageait même pas de renoncer. En outre, elle aimait l'atmosphère si particulière des locaux de l'administration militaire qui bourdonnaient d'activité et d'énergie. C'était un baume pour son âme blessée de regarder ces hommes et ces femmes vaquer à leurs tâches dans leurs uniformes bien propres. Ils étaient à des milliers de kilomètres de leur pays, sur un autre continent mutilé par six ans de guerre dont les villes étaient en ruines, mais la tâche écrasante qui les attendait ne semblait pas les effrayer : ils possédaient l'assurance de ceux qui sont investis d'une mission, la certitude inébranlable que ce travail devait être accompli.

La seule personne à montrer un semblant d'intérêt pour Marlene était un jeune journaliste américain dont elle avait fait la connaissance au cours de sa deuxième semaine de démarches. Son allemand était excellent, mais saupoudré d'anglicismes dont il parsemait ses discours comme un cuisinier ajoutant du sel à une soupe. Il avait un sourire conquérant et débordait d'assurance sans jamais paraître arrogant, ce qui était une prouesse. Son charme était irrésistible et il était séduisant. Si Marlene n'avait été éprise de Peter ni enceinte, elle se serait probablement intéressée à lui de plus près.

Elle l'avait rencontré devant le bâtiment de l'administration militaire provisoire alors qu'elle attendait une fois de plus dans la file des visiteurs. Il venait de sortir et il s'attardait en haut des marches en scrutant la file comme s'il y cherchait quelqu'un. Olga, qui se tenait à côté de Marlene, se redressa et dit à voix assez haute pour être entendue : « Il est à moi. » « Salope », siffla une voix dans la file.

Marlene remarqua l'appareil photographique qu'il tenait à la main et crut qu'il cherchait simplement quelque chose à photographier. Elle n'aurait jamais cru, même en rêve, que c'était elle qui l'intéressait. Soudain, il s'approcha d'elle, brandit son appareil avec un : « Regarde-moi, ma belle ! », la photographia et repartit si vite sur ses longues jambes qu'elle n'eut même pas le temps de protester. Bien qu'elle n'eût joué qu'un rôle passif dans cet incident, toutes les femmes de la file, jeunes et vieilles, lui lancèrent des regards pincés. Les Allemands jeunes et beaux avaient disparu de la ville. Il ne restait plus que des Américains en uniforme auxquels il était strictement interdit d'adresser la parole aux Allemandes. « *No fraternisation* », décrétait la directive diffusée par le commandant en chef de l'armée d'occupation américaine.

Le photographe ne portait pas l'uniforme, mais était à n'en pas douter américain. Olga s'extasia toute la soirée sur ses beaux yeux bleus. Marlene l'avait presque oublié quand elle le revit le lendemain alors qu'elle se rendait de nouveau à l'administration militaire. Il sortait d'un immeuble en décombres à reculons, l'œil collé à son objectif, et elle dut s'arrêter net pour ne pas se heurter à lui. Ils étaient à proximité des ruines dans lesquelles les trois femmes campaient faute d'un meilleur logement.

Il lui adressa un sourire radieux, visiblement heureux de la revoir, l'appela la « jolie maman d'hier » et espéra que son bébé et elle n'avaient pas eu trop peur.

Marlene avait perdu l'habitude de tant de politesse : en temps de guerre, les égards étaient jetés par-dessus bord. Quand elle rencontrait des inconnus, ils ignoraient généralement sa grossesse. Elle semblait gêner ou irriter les autres, comme si c'était une maladie qu'on attrapait à la guerre.

Cet Américain, en revanche, se comportait comme en temps de paix : il se montrait prévenant et amical et elle semblait l'intéresser vraiment, en tant que femme comme en tant qu'être humain.

Ce comportement piqua la curiosité de Marlene. Elle passa en revue les possibilités qui s'offraient à elle. Elle se demanda s'il pourrait lui être utile pour secourir Peter. Son regard scrutateur n'avait pas échappé à l'Américain. Il y répondit par un joyeux sourire, comme si le monde était à ses pieds.

Comme si la guerre n'était qu'une aventure parmi d'autres, songea Marlene. Elle avait du mal à se faire une opinion sur cet homme. Était-ce tout à fait par hasard qu'ils s'étaient de nouveau rencontrés? Son intuition lui soufflait que non. Elle prit congé de lui et s'éloigna rapidement, laissant le sort décider s'ils se croiseraient une troisième fois.

Elle ressortit du bâtiment administratif en début d'aprèsmidi, bredouille comme à son habitude. Comme chaque jour depuis son arrivée, elle avait attendu pendant des heures sur un banc dans le couloir, au milieu d'hommes âgés pour la plupart qui feignaient d'être là de leur plein gré et non sur convocation pour répondre de leur passé de nazis. Les Américains avaient entamé le processus de «dénazification». L'hypocrisie et les mensonges de ces hommes étaient presque palpables. Marlene n'avait que mépris pour eux. Ils semblaient croire qu'ils pourraient se débarrasser aussi facilement de leur culpabilité que des uniformes et des brassards à croix gammée qu'ils s'étaient empressés d'ôter.

Sur le chemin du retour, elle chercha en vain des yeux sa nouvelle connaissance. Le lendemain, le jeune Américain resta invisible et elle le chassa de sa pensée avec un haussement d'épaules. Ce n'était finalement qu'un hasard, se dit-elle jusqu'au troisième jour, quand elle le revit devant la mairie où elle avait une fois de plus sollicité le maire en vain.

Cette fois-ci, le jeune homme ne dissimula nullement qu'il l'avait attendue. Il paraissait se moquer complètement de l'interdiction de fraterniser. Ils causèrent. Quand il se présenta à elle comme Joe Michaelson, correspondant de guerre, le cœur de Marlene fit un bond. Il lui demanda sans détour et en anglais si elle était juive, «si elle savait quelque chose sur les camps de concentration nazis», et ajouta que dans ce cas il aimerait bien écouter «son histoire». Marlene resta sur ses gardes. Un journaliste pouvait peut-être l'aider dans ses démarches, mais quand elle entendait parler des camps de concentration, elle avait envie de s'enfuir. Alors qu'elle n'y avait guère pensé jusqu'ici, elle se rendait compte qu'elle n'était pas prête à en parler. Les blessures d'Auschwitz étaient encore trop récentes. Mais elle devait se ressaisir pour ne pas gâcher ses chances avec cet homme qui pouvait lui être utile. Avec un sourire, elle lui expliqua qu'elle avait besoin d'un peu de temps pour mettre de l'ordre dans ses souvenirs.

— Votre histoire doit être vraiment intéressante, dit-il simplement, et elle pensa que, malgré sa jeunesse, il ne manquait pas de tact.

Elle lui adressa un nouveau sourire en réponse en songeant qu'il devait être à peine plus âgé qu'elle, mais qu'elle se sentait bien plus vieille que lui. Ceux qui affrontent les démons de la guerre y laissent leur jeunesse.

Il se déclara prêt à recueillir des renseignements pour l'aider dans ses démarches, mais il ne put que lui confirmer ce qu'elle savait déjà : seuls les parents proches qui en avaient reçu l'autorisation pouvaient envoyer des colis aux prisonniers. Comme elle l'avait fait avec le rabbin, elle tenta de le convaincre de l'accompagner au camp de Siershahn, mais se heurta à un refus catégorique de sa part.

Marlene se demandait pourquoi les autorités américaines tenaient à isoler le camp au point d'en refuser l'accès même à leurs correspondants de guerre.

Mais peut-être Michaelson mentait-il? Peut-être refusait-il de l'aider? Tant qu'ils se connaissaient encore mal, Marlene essaya de garder ses distances avec lui, ce qui n'était pas si facile. Quelque chose semblait pousser Michaelson à croiser encore et toujours son chemin, comme s'il avait des antennes pointées vers elle. Il surgissait partout où elle se trouvait, prenait des photos d'elle et l'invitait : elle refusait toutes ses invitations. Il persévérait et s'enquérait à chaque occasion de l'histoire qu'elle devait lui raconter. Olga essayait d'attirer le jeune homme dans ses filets, mais en vain. C'était la première fois qu'un homme lui résistait et son intérêt pour lui en fut décuplé. Quant à Marlene, la ténacité du journaliste avait accru l'estime qu'elle avait pour lui.

Joe Michaelson devint bientôt partie intégrante de son quotidien et quand elle ne le voyait pas, elle se surprenait à le chercher des yeux. Elle n'avait pas perdu tout espoir d'obtenir son aide. Elle persévérait dans ses démarches, déployait tous ses efforts pour sauver Peter, mais son découragement grandissait de jour en jour. Et s'il mourait avant qu'elle eût pu le libérer? L'idée de le perdre de nouveau lui était intolérable. Elle se sentait très proche de lui malgré leur éloignement physique.

Michaelson l'aidait toutefois d'une autre manière. Grâce à lui, Marlene et ses amies avaient obtenu de l'administration un petit logement aux portes de Wiesbaden. Après ces deux semaines de campement dans les ruines, cet appartement était un luxe, même si elles devaient s'entasser à cinq dans une seule pièce, si la salle de bains était à l'étage inférieur et les toilettes dans l'arrière-cour. Mais elles avaient au-dessus de leurs têtes un toit pour les protéger de la pluie, et parfois même l'eau courante.

Malgré tout, l'atmosphère de l'appartement devint bientôt étouffante, et cela ne tenait pas uniquement à l'exiguïté des lieux. Olga devenait de plus en plus querelleuse, jurait encore plus qu'autrefois et se plaignait de crever de faim en temps de paix comme en temps de guerre et de ne jamais pouvoir «trouver une vodka correcte». L'interdiction de fraterniser avec la population et le respect de cette interdiction par les Américains l'exaspéraient car, disait-elle, après avoir subi ces gros porcs de nazis, elle avait bien le droit de choisir elle-même un homme!

Trudi était une vraie boule de nerfs. Elle se montrait récalcitrante et butée. Elle se cachait toute la journée dans l'appartement et disparaissait sur les toits dès la nuit. Quand les autres voulaient l'en empêcher, elles se heurtaient à ses refus. Pour la retenir, il aurait fallu la ligoter à une chaise.

Jolanta et Marlene la comprenaient pourtant: elle avait enduré trop d'épreuves durant sa brève existence et son âme avait reçu trop de blessures. Elle avait perdu toute confiance et n'était plus Mlle Trompe-la-mort. Elles l'incitaient à parler avec elles de ce qu'elle avait vécu, de ce que Brunnmann lui avait fait subir et de ce qui lui était arrivé quand elle s'était enfuie avec le docteur. Marlene lui avait fait don de son ancre en bois pour lui montrer qu'elles étaient unies par leur sort et elle essayait de la distraire le soir par des jeux et des devinettes, mais Trudi se murait dans le silence.

Voyant échouer tous leurs efforts pour la comprendre, Jolanta et Marlene se sentaient désemparées. La jeune fille dormait la moitié de la journée, passait l'autre devant la fenêtre, mais sans jamais regarder au-dehors, et faisait glisser le pendentif entre ses doigts comme si elle égrenait un chapelet.

Parfois, quand son regard rencontrait celui de Marlene, celle-ci y lisait, mêlée au désespoir, une haine profonde et intense qui l'effrayait.

42

« La guerre est cruelle, la paix aussi. »

Marlene

L'opiniâtreté de Marlene n'était pas passée inaperçue. Un jour, un homme âgé l'aborda. Elle l'avait remarqué au bureau de la Croix-Rouge parce qu'il avait exposé sa requête sans se donner la peine de baisser la voix. Il en avait tant fait qu'on l'avait finalement « raccompagné » jusqu'à la sortie. Marlene avait même cru qu'on l'avait arrêté. Les nouvelles autorités étaient sans indulgence envers les exigences formulées un peu trop énergiquement.

Quelques jours plus tard, Marlene avait repéré cet homme dans la file d'attente devant le bureau du commandant en chef. Après avoir guetté son passage sous un porche alors qu'elle rentrait chez elle, il l'aborda en ôtant son chapeau.

— Pardonnez-moi de vous déranger, madame, lui dit-il avec la plus grande politesse. Je m'appelle Ludwig Kammerlober. Puis-je vous parler un instant? Je n'en aurai pas pour longtemps.

Marlene observa ce petit homme au visage ravagé. Son complet était usé jusqu'à la trame et reprisé en de nombreux endroits. Il paraissait à première vue inoffensif, mais il l'avait attendue dans un endroit peu fréquenté qu'il devait avoir choisi à dessein. Elle était plutôt tentée de l'éconduire. Elle était fatiguée, ses pieds étaient enflés et elle n'avait qu'une envie : rentrer chez elle, où Jolanta l'attendait avec une tasse de thé, mais sa curiosité l'emporta.

— De quoi s'agit-il? demanda-t-elle.

— Pas en pleine rue. J'ai un logement tout près d'ici. Si vous voulez bien me suivre…

Ces précautions réveillèrent la méfiance de Marlene.

— Vous venez de me dire que vous n'en auriez pas pour longtemps, objecta-t-elle.

L'homme parut indécis, se retourna comme s'il craignait d'être suivi, puis se rapprocha de Marlene.

— Il s'agit des camps, murmura-t-il.

— Quels camps?

Comme elle ne voulait pas aborder ce sujet, elle recula d'un pas pour rétablir une distance entre eux. Qui était cet homme? Que lui voulait-il? Elle pensa qu'elle ferait mieux de repartir, mais elle resta. Son instinct lui soufflait qu'elle n'avait rien à craindre de cet homme, directement du moins, mais sa présence lui donnait de mauvais pressentiments.

— Les camps des Américains et des Français, répondit-il en chuchotant presque.

Marlene sentit son cœur battre plus vite.

— Et alors? insista-t-elle.

— Je vous en prie... je préférerais ne pas en parler en pleine rue, répéta-t-il.

Elle devina qu'il se demandait s'il avait bien fait de l'aborder et cela la convainquit qu'il n'était pas dangereux. Il tenait visiblement à lui confier quelque chose qui lui pesait. Les réticences de Marlene tombèrent.

— Très bien, suivez-moi, lui dit-elle, et elle l'emmena chez elle.

Il lui présenta pour commencer un tract sur lequel Marlene reconnut les tampons des États-Unis et de la Grande-Bretagne. Il portait la signature du commandant en chef des forces alliées, Dwight D. Eisenhower et le titre de «Sauf-conduit». C'était un «sauf-conduit» rédigé par les services américains de la guerre psychologique que les soldats allemands s'empressaient de brandir quand ils se rendaient, car il leur garantissait un ravitaillement, des soins médicaux et une libération rapide. Quand Marlene retourna le tract, elle découvrit au verso des extraits de la Convention de Genève et de la Convention de La Haye.

Kammerlober déclara pourtant que les Américains ne respectaient pas la Convention de Genève. Les soldats allemands n'avaient pas le statut de «prisonniers de guerre», mais étaient considérés comme des «forces ennemies désarmées», et par conséquent suspects de crimes de guerre. C'était une manœuvre habile qui permettait de contourner la Convention de Genève. Les Britanniques, en revanche, étaient en désaccord avec la création du statut de «forces ennemies désarmées» et n'en faisaient pas usage avec leurs prisonniers. Kammerlober affirma à Marlene qu'il le savait de source sûre. Il évoqua non sans pathos le sort des prisonniers allemands dans les camps établis sur les bords du Rhin. Ils «mouraient comme des mouches» de faim, du typhus, de la dysenterie et de la gangrène faute de soins médicaux et d'hygiène, car ils pataugeaient dans la boue et dans les excréments (il avait plu pendant presque tout le mois d'avril). Beaucoup de ces prisonniers étaient encore presque des enfants, son propre petit-fils était du nombre et il n'avait que dix ans!

Marlene avait du mal à croire à ses discours. Les alliés n'étaient évidemment pas de petits saints, les actes de vengeance et l'hostilité existaient là comme ailleurs. Les rumeurs qui couraient sur les viols par des soldats alliés n'étaient pas seulement des rumeurs, tout comme les exactions perpétrées lors de l'expulsion de millions d'Allemands de Pologne et de Tchécoslovaquie. Il en allait de même des meurtres de masse commis par les Japonais sur la communauté chinoise de Singapour. La liste des crimes de cette guerre, la plus grande de l'histoire de l'humanité, était interminable. Mais Marlene voulait envers et contre tout garder espoir en l'avenir, en la réconciliation des peuples et en la paix, ne serait-ce que pour son enfant. Elle demanda à Kammerlober des preuves à l'appui de ses dires et il tira d'une enveloppe froissée un document sur lequel figurait également la signature d'Eisenhower. Le commandant en chef se plaignait auprès du Quartier général des forces alliées «qu'ayant des charges moins lourdes, les Britanniques pouvaient obtenir de meilleurs résultats, si bien que la position des Américains apparaissait sous un éclairage défavorable».

Marlene rendit le document sans faire de commentaire.

— Et pourquoi me racontez-vous tout cela, monsieur Kammerlober?

— Parce que..., commença ce dernier, mais il se tut.

Marlene attendit sans essayer de lui faciliter ses explications. Elle devinait déjà pourquoi il était entré en contact avec elle.

Il tira une pipe de sa poche, se figea, et la rempocha avec un soupir, sans doute parce qu'elle lui rappelait que le tabac était devenu un luxe inaccessible. Il s'éclaircit la gorge, baissa les yeux, puis regarda de nouveau Marlene, comme s'il prenait de l'élan pour parler.

— Voilà, hum… vous êtes… liée avec cet Américain, celui qui a cet appareil photographique. Vous pourriez peut-être…

Il cilla et la regarda avec circonspection. Elle ne s'était donc pas trompée dans ses suppositions.

— … lui poser des questions ? L'espionner un peu ? acheva-t-elle. C'est plutôt culotté comme demande, ne trouvez-vous pas ? Qui vous envoie, monsieur Kammerlober ? demanda-t-elle, car elle venait d'avoir un nouveau soupçon.

Il serra les lèvres et Marlene jugea cette réponse suffisante.

— Sortez, je vous prie, lui dit-elle.

Il prit son chapeau et se leva.

— Veuillez excuser ce dérangement, madame, et merci pour le thé. Bien le bonjour, fit-il en s'inclinant, et il sortit.

— Qu'en penses-tu ? demanda Marlene à Jolanta, qui avait tout entendu.

— Il ne reviendra pas, mais il n'a pas fini de te tracasser.

Elle avait raison. Les affirmations de cet homme la troublaient déjà, éveillant ses doutes, et elle se faisait assez de souci pour Peter sans s'infliger des tracas supplémentaires. Même si une partie de ce qu'il avait affirmé correspondait à la vérité, elle pouvait tout au plus s'en indigner, car elle était impuissante à y changer quoi que ce soit. En tout cas, elle ne lèverait pas le petit doigt pour intervenir auprès de Joe Michaelson. Tout ce qui l'intéressait, c'était de secourir Peter. Rien ne devait entraver sa libération. Il était exclu qu'elle accordât le moindre crédit à des accusations dont les auteurs restaient anonymes. Que d'autres se chargent de régler les problèmes dans le monde. Elle avait le droit d'être égoïste. Elle allait devenir mère et elle voulait que son enfant grandît auprès de son père.

43

« *Vae victis!* » (Malheur aux vaincus!)

Brennus, général gaulois
qui a conquis Rome au IVe siècle avant Jésus-Christ

Fragments de guerre

Édouard Bénès, le président de la Tchécoslovaquie, a annoncé l'expropriation des Allemands des Sudètes et le partage de leurs terres.

Edward Osóbka-Morawski, ministre polonais chargé des Territoires recouvrés, a fait savoir qu'environ deux millions et demi d'Allemands sont encore sur les terres allemandes au sud de l'Oder-Neisse et qu'on procède activement à leur évacuation.

Les représentants de cinquante États ont signé la charte des Nations unies lors de leur séance de clôture à San Francisco.

N.B. : douze millions de personnes au total ont été expulsées des territoires allemands de l'est.

*

Trois semaines après son arrivée à Wiesbaden, Marlene put enfin se rendre pour la première fois à Siershahn, une petite ville à quatre-vingts kilomètres à l'est de Wiesbaden. Elle s'attarda longtemps sur les lieux pour observer le camp où Peter était emprisonné. Le savoir là sans être en mesure de le voir la rongeait, mais sa raison avait repris le dessus. Elle savait qu'elle ne pourrait rien obtenir sur place, car toutes les décisions étaient prises au Quartier général de Wiesbaden.

Elle avait pu partir avec un convoi de ravitaillement, accompagnée d'Olga et de Joe Michaelson. Elle devait ce moyen de transport à Olga, qui venait d'être engagée comme traductrice-interprète par les Américains grâce à l'intervention de Joe. Après avoir fait sa connaissance par l'intermédiaire de Marlene, il avait déclaré qu'en tant que Russe, c'était une alliée, et comme elle parlait également anglais et allemand, il avait tiré des ficelles pour la faire embaucher par l'administration militaire américaine. Olga portait désormais un brassard sur lequel était imprimé un I comme « interprète ». Et, mieux encore, grâce à sa nouvelle situation, elle était officiellement libre de fraterniser ! Elle était aux anges.

Pendant leur trajet, ils virent sur les rives du Rhin une bonne douzaine de camps de prisonniers qui renfermaient dix mille détenus. Leur structure était simple : on avait parqué les prisonniers dans d'immenses champs clôturés de barbelés, sans le moindre baraquement ou abri quelconque. Tout avait l'allure du provisoire et de l'improvisation dans l'urgence. Les Américains ne s'étaient visiblement pas attendus à accueillir autant de prisonniers et avaient été débordés par leur nombre. Michaelson informa Marlene que ses compatriotes à eux seuls avaient fait plus de trois millions de prisonniers de guerre. Comment une puissance occupante pouvait-elle ravitailler une telle multitude dans un pays en ruine ? se demanda Marlene. Cela dépassait toute logique et c'était tout bonnement impossible.

Les soldats allemands avaient creusé des tranchées pendant la guerre et ils en creusaient maintenant pendant la paix pour se protéger du vent et de la pluie. « Sort de soldat », commenta Olga sans s'émouvoir. Marlene se réjouissait du beau temps. Le printemps avait été froid et pluvieux, y compris en mai. Les camps sur les bords du Rhin devaient baigner dans la boue. Pas étonnant que le typhus se répande chez les détenus. Par une ironie du sort, c'était maintenant les soldats qu'il emportait.

Marlene avait placé de grands espoirs dans ce voyage à Siershahn. Surexcitée, elle n'avait pas fermé l'œil de la nuit. Elle avait imaginé comment elle retrouverait Peter parmi les prisonniers et l'instant où leurs regards se rencontreraient. Elle s'était même vue parler avec lui et lui tenir la main à travers la clôture de barbelés. Foutaises, pensa-t-elle. Ils ne pouvaient observer le camp qu'à distance et seulement grâce aux jumelles de Michaelson. La moindre tentative d'approche des barbelés était passible de mort, comme l'indiquaient la présence de gardes et des panneaux.

Marlene refusa de s'y résigner et parvint à convaincre Michaelson de tenter au moins sa chance auprès du commandant de la garnison, mais à son retour, il l'informa qu'on ne l'avait même pas autorisé à voir le commandant. Marlene rentra donc bredouille à Wiesbaden. Ce voyage n'avait fait qu'accroître sa frustration. Elle était reconnaissante à Michaelson de ne pas lui rappeler qu'il le lui avait déconseillé. Elle n'avait même pas aperçu Peter de loin, bien qu'elle eût longuement observé le camp avec les jumelles qu'Olga avait fini par lui reprendre. Elle avait pourtant été persuadée que son amour, comme une boussole, l'aiderait à repérer Peter. *Je suis là, mon amour*, lui avait-elle répété en pensée.

L'abattement et la déception n'ébranlaient heureusement pas sa santé. Son enfant gigotait allègrement dans son ventre et elle était étonnamment bien portante. Son corps se remettait de jour en jour de ses épreuves au camp.

C'était la misère des détenus qui la tourmentait le plus. Elle eut beau se dire qu'elle n'avait aucune raison de prendre en pitié les hommes et les femmes qu'elle avait entrevus derrière les barbelés, elle comprit très vite que la haine était une solution de facilité. Fermer les yeux sur les conditions de vie dans ces camps lui permettait seulement de se sentir mieux et il lui répugnait de condamner tous ces gens en block. Tous n'étaient pas des tueurs. Beaucoup avaient été victimes d'une dictature qui les avait forcés à devenir soldats. Stauffenberg et ses compagnons étaient également des militaires, tout comme Ernst. Et n'avait-elle pas au départ jugé Peter sur son uniforme, en le considérant comme un SS sans pitié ? *Garde-toi des jugements hâtifs*, avait été l'une des leçons de son grand-père. *Interroge-toi, doute, réfléchis, va toujours au fond des choses, Anna !* En réalité, elle était soulagée que la guerre et ses épreuves ne l'aient pas rendue insensible, car c'était justement ce qui faisait de vous un être humain, cette empathie, cette capacité à considérer les prisonniers comme des semblables qui – pour les plus chanceux – avaient un foyer où une famille attendait leur retour. Les détenus de ce camp vivaient dans une saleté indescriptible, certains ne possédaient plus que leurs uniformes tandis que d'autres n'avaient même plus cela. Bon nombre étaient malades et ressentaient le même désespoir et la même apathie que les détenus d'Auschwitz. Six ans de guerre et de lutte… Ils se posaient sûrement les mêmes questions qu'elle : à quoi bon tout cela ? Pour une défaite, des morts innombrables, un pays en ruines et un avenir incertain ?

La recette de guerre des cuisiniers démagogues était simple : une louche de patrie, une bonne dose de propagande, un boisseau de mensonges auxquels on ajoutait un bouc émissaire et la soupe était prête. Un peuple entier s'était laissé prendre à ce galimatias et les soldats du camp devaient savoir qu'ils en paieraient le prix. Pour eux, la guerre n'était pas encore finie, car ils se retrouvaient maintenant du mauvais côté de la barrière.

Olga ne disait pas explicitement ce qu'elle en pensait, mais Marlene le devinait : il n'était que justice que ces hommes ressentent la détresse du peuple juif et des ressortissants des pays contre lesquels l'Allemagne d'Hitler avait mené une guerre de pillage et d'extermination.

44

«Je considérais ce que je faisais non comme un acte de rébellion mais comme la seule chance d'obtenir justice.»

Phoolan Devi, combattante indienne pour la liberté

De retour à Wiesbaden, Marlene décida de jouer sa dernière carte. Elle s'accorda encore un jour pour laisser au destin le temps d'accomplir un miracle dont elle n'avait elle-même qu'une idée des plus vagues, et pour s'assurer qu'elle était prête à mettre son âme à nu devant un quasi-inconnu. Elle devait se montrer franche afin que le jeune journaliste croie à ce qu'elle lui dirait et l'aide à libérer Peter.

Le miracle ne se produisit pas, comme elle s'y attendait. Elle partit donc à la recherche de Michaelson, mais ce fut lui qui la trouva comme à son habitude et vint à sa rencontre avec son sourire juvénile et insouciant, comme prêt à conquérir le monde. Marlene se demanda une fois de plus s'il lui avait échappé que le monde en question se remettait de la guerre la plus effroyable dans l'histoire de l'humanité et qu'il en subirait encore longtemps les effets. Dans un sens, elle lui enviait ses dispositions joyeuses, mais peut-être serait-ce elle qui lui ferait toucher du doigt la barbarie de la guerre.

— Tu m'aides à entrer dans le camp de Siershahn et, en échange, je te raconte mon histoire, lui dit-elle sans détour.

— Marché conclu!

— Marché conclu.

— Génial! Et si tu m'en donnais déjà un aperçu?

Il avait déjà son appareil en main et elle était dans son viseur.

— Tu as entendu parler d'Auschwitz?

— *Yeah*. L'Armée rouge y est, répondit-il en anglais.

— Moi aussi, j'y étais.

Elle lui donna davantage qu'un aperçu. Elle eut le plus grand mal à commencer son récit, mais comme elle avait l'habitude de finir ce qu'elle avait commencé, elle se força à le faire. En parlant, elle se libéra peu à peu de ce fardeau écrasant. Quand elle se tut, elle attendit la réaction de Joe. Elle avait déjà remarqué au cours de son récit qu'il ne réagissait pas comme elle s'y était attendue. Il paraissait attentif et calme, mais elle ne décela en lui aucune empathie. Et il n'avait pas pris de notes. Cela la troubla. Pendant tout son récit, il ne prononça qu'un «*Really?*» dont il étira les syllabes.

— Eh bien, dit-il à Marlene, qui était sur des charbons ardents, on va t'aider à libérer ton grand amour, mais d'abord...

— D'abord quoi? demanda-t-elle.

— J'ai des questions à te poser.

Ce qu'il fit. Ces questions lui rappelaient un interrogatoire. Le travail de journaliste à l'américaine ressemblait apparemment à celui de la police, car de nombreuses questions de Michaelson lui avaient déjà été posées de la même manière par la Gestapo.

Son récit avait débuté à l'été 1939, quand elle avait rencontré Jakob à Cracovie, mais Michaelson voulut remonter plus loin dans sa vie, tout savoir sur ses débuts à Berlin, les circonstances de son entrée dans la Résistance, et si elle se rappelait encore les noms de ses compagnons. Du moins avait-il enfin sorti un carnet sur lequel il prenait des notes. Marlene faisait de son mieux pour répondre à ses questions, tout en omettant certains détails pour se protéger, comme sa dernière entrevue avec Hubertus von Greiff. Michaelson parut enfin satisfait.

— *Great*, commenta-t-il en remettant son carnet dans le sac de cuir qu'il portait en bandoulière. Je vais m'entremettre pour que tu puisses voir le docteur Friehling, mais je ne peux pas te garantir un succès.

Il repartit en emportant ses espoirs.

Pendant trois jours, elle ne le revit pas et n'entendit plus parler de lui. Alors qu'au début elle ne semblait pouvoir faire un pas sans tomber sur lui, il avait maintenant comme disparu de la surface de la terre.

L'atmosphère du petit appartement était toujours aussi tendue. Le moral d'Olga était remonté depuis qu'elle jouait en Première Division de la fraternisation, mais Colin pleurnichait de plus en plus souvent et réclamait sa mère pour lui seul tandis que l'entêtement de Trudi atteignait des records. Marlene avait peur qu'elle finît par échapper à tout contrôle.

Une querelle avait éclaté le matin, quand Jolanta avait surpris Trudi à fouiller entre les coussins du sofa où elle avait caché les deux lingots d'or. Marlene prit la jeune fille à part et réussit à lui tirer les vers du nez. Elle avait le projet insensé d'acheter la liberté de Peter grâce à cet or, une idée que Marlene avait elle-même envisagée pour la rejeter aussitôt. Les Américains ne se laisseraient pas corrompre et préféreraient de loin savoir comment elles s'étaient procuré cet or. Ce faisant, elles auraient perdu leur or et probablement aussi leur liberté.

Maintenant, Trudi était assise sur le sofa, butée comme une enfant, et ignorait Marlene et Jolanta comme si elles avaient été invisibles. Olga était à son travail, où elle faisait exceptionnellement ce pour quoi elle avait été engagée : traduire. Elle était partie là-bas avec sa dernière conquête, un grand échalas noir qui s'était aussitôt entiché de Colin et le gavait de chocolat.

Jolanta et Marlene avaient passé un savon à Trudi, et puis elles étaient sorties en emmenant Colin car elles avaient besoin de prendre l'air. La ville bourdonnait d'activité. On entendait encore des détonations alors que la guerre était finie depuis plusieurs semaines. Les Américains découvraient sans cesse des dépôts de munitions cachés ou abandonnés qu'ils faisaient sauter. En tant que « personnes déplacées » venant d'un camp, Marlene et Jolanta étaient dispensées du travail obligatoire, ce qui n'était pas le cas des habitants de Wiesbaden. Ils avaient visiblement hâte de faire disparaître toute trace de la guerre. On déblayait les rues et on édifiait des piles de pierres. Wiesbaden avait eu de la chance dans son malheur, car elle avait moins souffert des bombardements que la plupart des villes de l'ancien Reich.

— Quelque chose ne va pas avec la petite, dit soudain Jolanta.

— Je sais : elle est traumatisée et elle a toujours été un peu timbrée.

— Non, ce n'est pas ça. Elle nous cache quelque chose.

Marlene acquiesça, car elle avait eu la même idée.

— Je le crois aussi, dit-elle. Elle n'a probablement pas volé que des rations aux alliés.

— Ce n'est pas ce que je veux dire.

Marlene s'était arrêtée. Elle regarda Jolanta dans l'attente d'une explication, mais l'Asiatique, comme toujours, ne dispensait sa sagesse qu'à petites doses.

— Bon, dis-moi ce que tu dois m'apprendre sur Trudi, ordonna-t-elle impatientée.

— Cette fille se sert de toi.

— Et alors? répondit Marlene, qui n'y trouvait rien à redire. Nous voulons toutes deux la même chose: la libération du docteur.

— C'est exactement où je veux en venir. Ouvre les yeux: elle se joue de toi. Elle va nous créer encore un tas d'ennuis. Cette histoire avec l'or n'est que le début.

Marlene réfléchit. Jolanta avait raison. L'instinct de Marlene l'avait déjà avertie, mais elle avait chassé ces doutes. Le poids de son ventre se mua soudain en fardeau. Elle posa les mains dessus pour le protéger et sentit le petit être remuer à l'intérieur. Mais ce geste qui l'apaisait toujours eut cette fois-ci l'effet contraire: elle sentit l'angoisse l'envahir.

— Je t'en prie, dis-moi ce que tu sais, reprit-elle, nerveuse.

Jolanta haussa les épaules.

— Je ne sais rien de plus que ce que je t'ai dit. Le reste dépend de toi, répondit-elle.

— Merci de ne m'être comme d'habitude d'aucun secours, lança Marlene.

La philosophie cryptique de Jolanta lui donnait le sentiment que tout ce qu'elle entreprenait était vain parce que quelqu'un d'autre qu'elle actionnait les fils de son destin. Elles restèrent un instant face à face comme deux adversaires, puis Marlene se ressaisit, fit demi-tour et s'éloigna.

— Où vas-tu? cria Jolanta.

— Je veux en avoir le cœur net. Je vais parler avec Trudi.

Mais à son retour à l'appartement, Trudi avait disparu, et l'or avec elle.

45

On agit parfois de manière complètement irréfléchie. Les émotions assaillent le bastion de notre raison et nous dictent notre comportement. Souvent, elles nous poussent à des actions stupides et insensées qui mettent non seulement nous-mêmes, mais également autrui en danger, surtout quand on n'a que quinze ans, qu'on est en pleine puberté et qu'on se croit invulnérable.

Marlene se maudissait. C'était sa faute : Jolanta et elle n'auraient jamais dû laisser Trudi seule. Elles avaient pourtant vu dans quel état elle était le matin. Elles auraient dû deviner qu'elle en était arrivée à un point où il était impossible de lui faire entendre raison. Et maintenant, cette presque enfant était Dieu savait où et prête à commettre une erreur qui risquait de lui être fatale. Elle semblait croire qu'elle avait une dette envers le docteur parce qu'il lui avait par deux fois sauvé la vie. C'était la seule explication plausible à son comportement. Jolanta l'avait pressenti, mais n'avait pas averti Marlene. Le diable emporte Jolanta et toutes ses prophéties sur le destin, pensa Marlene en dévalant l'escalier de l'immeuble et en soutenant d'une main son ventre imposant. Son premier réflexe fut de se renseigner au marché noir, mais elle comprit vite qu'elle pouvait s'épargner cette peine : Trudi ne troquerait pas l'or, ou du moins pas ainsi. Son but était le camp de Siershahn.

Marlene se demanda comment elle procéderait à la place de Trudi. Comme la jeune fille était recherchée par les Américains, elle était contrainte de se cacher le jour et de sortir seulement la nuit. Or il était tout aussi dangereux d'être arrêtée dans la rue pendant la nuit que de s'approcher du camp sans autorisation. Le couvre-feu pour les Allemands commençait à partir de 18 heures pour finir au matin. En cas d'infraction, on risquait d'être fusillé.

Marlene marcha ce jour-là à en avoir mal aux pieds, s'enquit de Trudi auprès de tous ceux qu'elle croisait et inspecta d'innombrables ruines, mais ces recherches étaient sans espoir. Wiesbaden n'était pas un village. Mais elle poursuivait ses recherches car ça valait toujours mieux que d'attendre chez elle en se rongeant les sangs. Elle ne croyait pas à la prétendue invulnérabilité de Trudi : à son avis, la jeune fille avait tout simplement eu jusqu'ici une chance inouïe. Elle prit une décision. Il n'existait qu'un moyen d'épargner à Trudi d'être fusillée : la dénoncer aux Américains. Elle irait en prison, mais survivrait. Mais ce jour-là, il était trop tard. L'heure du couvre-feu approchait et elle-même se trouvait plus près de son appartement que de l'administration militaire. Elle pressa le pas et rentra à temps pour apprendre de Jolanta que Joe Michaelson était passé. Il voulait l'emmener au commandement.

Accablée, Marlene s'affaissa sur le sofa. Alors qu'elle avait enfin obtenu un entretien avec le commandant, elle avait manqué le rendez-vous !

Maudite Trudi…

Elles se couchèrent tôt, mais Marlene ne put s'endormir car elle bouillait de fureur. Comme l'avait prédit Jolanta, Trudi allait encore leur créer un tas d'ennuis. Marlene se promit de tordre le cou à Trudi dès qu'elle la retrouverait.

Elle en eut vite l'occasion, mais pas comme elle s'y était attendue.

46

Des coups ébranlèrent la porte de l'appartement en pleine nuit.

— Ouvrez ! ordonna une voix dure.

Colin poussa un cri d'effroi et se cramponna à sa mère.

Marlene sauta de son lit et alluma. L'électricité était rétablie depuis deux jours. Jolanta et elle échangèrent un regard. Ce fut l'un des rares moments où Marlene lut de la peur dans les yeux de son amie toujours inébranlable. Cela la réconforta paradoxalement en lui insufflant un sentiment de solidarité. Quel que fût le sort qui les attendait, elle n'était pas seule. Elle adressa un signe de tête à Jolanta, alla ouvrir et se retrouva face à deux policiers militaires noirs.

— Anna von Dürkheim? demanda l'un d'eux, mais comme il prononçait ce nom « Annah vohn Dirkhehm », elle resta déconcertée.

Il lui fallut quelques secondes pour comprendre qu'il employait son vrai nom. La phrase redoutée suivit aussitôt :

— *You are arrested !*

On l'empoigna par le bras, on lui fit descendre l'escalier et on la poussa dans une Jeep.

La voiture s'arrêta devant le bâtiment vivement éclairé du commandement militaire. Marlene fut enfermée dans une cave sentant le moisi qui semblait servir de prison provisoire. Elle trouva dans un coin un matelas taché et des couvertures de l'armée américaine. À l'autre extrémité de sa cellule s'entassait le genre de bric-à-brac qu'on entrepose à la cave ou au grenier de chaque maison : vieux meubles, valises, abat-jour, tous les rebuts de la civilisation humaine.

Elle avait connu des cellules nettement pires. Avec un soupir, elle s'assit sur le matelas, une main posée sur le ventre. Son bébé était réveillé et elle sentait la pression de sa tête contre sa paume, comme s'il voulait dire à sa mère : *Je suis là avec toi.* Marlene ferma les yeux, s'abandonnant à l'amour indicible qui l'unissait à ce petit être. Cela l'aida à retrouver son sang-froid. Pourquoi était-elle là ? Était-ce lié à Trudi ? Et comment le soldat savait-il son vrai nom ? Elle ne l'avait pas révélé à Michaelson, car elle avait de bonnes raisons de le taire. Non parce que ses papiers d'identité étaient au nom de Marlene Kalten, mais parce qu'Anna von Dürckheim avait été mariée au comte Dietrich zu Langenburg-Dietrichstein avant de devenir veuve. Elle ignorait s'il avait eu le temps de rendre leur union officielle, mais il y avait eu un prêtre, un acte de mariage et une photographie des mariés. Si cet événement s'ébruitait, cela soulèverait une multitude de questions qui anéantiraient tous ses efforts pour libérer Peter. Mais les Américains l'avaient apparemment découvert par eux-mêmes. Merveilleux, non ? pensa Marlene. L'existence était bel et bien un cycle : son passé l'avait rattrapée pour entrer en collision avec son présent. Restait à savoir comment les Américains réagiraient à cette nouvelle. Peut-être voudraient-ils même la dénazifier ? Douce ironie...

Elle entendit des pas qui s'approchèrent et s'arrêtèrent devant la porte de sa cellule. La clef tourna dans la serrure, la porte s'ouvrit et Marlene reconnut l'ami noir d'Olga. Il lui adressa un large sourire. Il portait un plateau qu'il déposa devant elle et ressortit avant qu'elle eût pu lui poser une question. Elle avait aussi été distraite par le fumet du plat qui lui mettait l'eau à la bouche. Elle avait du mal à en croire ses yeux : on lui avait apporté un steak énorme garni de légumes et de purée de pommes de terre ! Et avec cela, une théière remplie de vrai thé et non du breuvage aqueux que Jolanta et elle devaient diluer et qui faisait grimacer Jolanta comme si elle devait boire du purin. Ce soir-là, sur le sol d'une cave poussiéreuse, Marlene et son petit locataire prirent un repas somptueux. Elle le savoura, mastiqua soigneusement chaque bouchée par égard pour son appareil digestif atrophié et en garda plus de la moitié pour le lendemain. Elle se demandait si elle pourrait rapporter à manger à Jolanta et à Colin, en admettant qu'elle ressorte de cette prison.

Elle garda ces questions pour le lendemain et s'allongea pour dormir. La guerre lui avait au moins enseigné ceci : les problèmes ne s'enfuyaient pas et quand on avait le ventre plein, il ne fallait pas les laisser gâcher votre digestion. Le lendemain, elle se leva parce qu'elle avait vaguement l'impression de ne plus être seule. Elle avait dormi d'un sommeil profond et sans rêves comme si les murs épais de sa cellule l'avaient isolée de tous ses soucis.

Elle ne s'était pas trompée : quelqu'un était entré dans sa cellule. C'était Joe Michaelson, son ami !

— Joe ! s'écria-t-elle toute joyeuse en se redressant.

Elle s'immobilisa devant lui, gênée, en passant les mains dans ses cheveux en désordre. Elle vit alors ce qu'il tenait à la main : le sac à dos de Trudi. Son cœur bondit avant de se serrer. Qu'est-ce que cela signifiait ? Comment avait-il obtenu le sac à dos de Trudi ? Était-il arrivé quelque chose à la jeune fille ? Elle voulait poser la question à Michaelson quand elle remarqua son regard sur elle : il l'observait comme si elle était une ennemie. Où était passé le journaliste joyeux au regard malicieux ? Toute son insouciance juvénile avait disparu. Marlene sentit ses jambes se dérober sous elle et dut lutter contre cette faiblesse.

Michaelson n'était pas venu en ami, elle le comprit en cet instant. Il avait plutôt l'allure d'un accusateur.

— Sais-tu à qui ce sac appartient ? demanda-t-il d'une voix froide qui résonna sous la voûte de la cellule.

Le nier n'aurait eu aucun sens.

— Oui, à une amie, Trudi. Que lui est-il arrivé ? Est-ce qu'elle va bien ?

— Viens, dit-il en lui faisant signe de le suivre au-dehors.

Un policier de l'armée l'attendait dans le couloir. Il la précéda tandis que Michaelson fermait la marche. Dans l'escalier, Marlene voulut lui parler, mais il lui fit signe de se taire.

Après avoir gravi plusieurs escaliers et suivi plusieurs couloirs, ils s'arrêtèrent devant la porte d'un bureau. Le policier l'ouvrit, se mit au garde-à-vous devant Michaelson, ce qui ne surprit guère Marlene au vu de la métamorphose du journaliste, et la referma derrière eux. Elle eut à peine le temps de voir une pièce lambrissée dont chaque meuble était couvert de dossiers, car une mince silhouette se jeta à son cou. C'était Trudi qui s'accrochait à elle comme à une bouée de sauvetage.

La voix de Michaelson interrompit ces retrouvailles. Elle n'avait rien d'amical.

— Asseyez-vous. Nous devons parler, ordonna-t-il en désignant deux chaises devant le bureau.

Il prit place derrière ce dernier et repoussa le drapeau américain posé dessus afin de bien voir les deux femmes assises face à lui. Derrière lui, le portrait du président Franklin D. Roosevelt mort en avril semblait les considérer d'un air paternel et Marlene songea au peu de différences entre les coutumes de différents pays : en Allemagne, chacun aimait avoir un Führer derrière soi.

Elle avait l'impression d'être sur le banc des accusés. Elle chercha des yeux le sac à dos que Michaelson avait posé devant lui. Il suivit son regard et l'observa avec attention tandis qu'il plongeait une main dedans et en tirait les deux lingots d'or.

L'interrogatoire commença.

— D'où vient cet or ?

Cette question était adressée aux deux femmes.

— Il m'appartient, répondit Marlene.

— Tu mens ! lança-t-il, et ces mots claquèrent comme un coup de fouet. Tu l'as volé !

— Non, je l'ai trouvé, répondit Trudi en reniflant bruyamment.

— Où ? Sur un banc ? demanda Michaelson d'une voix coupante.

Marlene comprit qu'elles étaient face à un adversaire redoutable. Qui était-il ? Quelle était sa fonction ? En tout cas, ce n'était pas un journaliste, se dit-elle.

Trudi toisait son interlocuteur comme quelqu'un qu'on accuse à tort et qui proteste avec indignation. Elle s'armait de sa défense préférée : l'obstination. Mais cette cuirasse dissimulait tout autre chose : de la loyauté. Jamais Trudi ne trahirait Jolanta.

Mais Michaelson savait lire dans les regards. Marlene savait que ce combat était inégal : face à cet homme, Trudi ne faisait pas le poids. Pendant qu'elle se demandait comment désamorcer la situation, un silence pesant s'étendait dans la pièce. Seule la sonnerie du téléphone le rompit. Marlene et Trudi étaient si peu habituées à ce bruit qu'elles sursautèrent.

Michaelson décrocha.

— *Yes*, répondit-il, puis, après une courte pause : *Let her in.*

Un instant plus tard, la porte s'ouvrit et à leur stupeur, Jolanta entra dans le bureau. Le petit Colin dormait sur sa poitrine dans son porte-bébé.

— Je suis venue me rendre aux autorités, annonça-t-elle calmement.

— Quoi? s'exclama Marlene, qui s'était levée d'un bond.

Michaelson, qui s'était également levé, contourna le bureau et tira devant lui une troisième chaise.

— *Sit down!* ordonna-t-il.

Il avait maintenant trois femmes devant son bureau. Son regard alla de Jolanta à Marlene et à Trudi. Alors qu'un instant plus tôt il faisait l'effet d'un accusateur, il avait maintenant l'allure d'un juge qui s'apprête à rendre un verdict. Il ne lui manquait plus que la toge.

— *All for one, one for all,* murmura-t-il.

— Pardon? demanda Jolanta.

Mais Marlene avait compris où il voulait en venir.

— Un pour tous, tous pour un, traduisit-elle, les yeux fixés sur lui.

Elle essayait encore de démêler ses intentions. De quoi était-il question? Tout cela lui faisait l'effet d'une mise en scène. Michaelson se préoccupait-il seulement d'un simple vol de lingots d'or?

— C'est moi qui ai trouvé cet or, insista Trudi comme s'il lui tenait à cœur de redevenir le centre de l'attention.

— Tais-toi, Trudi, la tança Jolanta. J'ai volé cet or à un nazi.

— Et comment s'appelle ce nazi?

— Albrecht Brunnmann.

— Vous connaissez le colonel Albrecht Brunnmann? demanda Michaelson.

La lueur d'intérêt qui s'était allumée dans ses yeux n'avait pas échappé à Marlene.

Était-ce donc de Brunnmann qu'il s'agissait? Elle se pencha en avant, retenant son souffle.

— Oui, répondit Jolanta. J'ai travaillé pour lui.

— Où?

— Au camp d'Auschwitz.

Les pensées de Marlene se bousculaient. Cet entretien avait mal commencé et prenait une tournure franchement alarmante. L'attitude accusatrice de Michaelson l'effrayait de plus en plus. Au bout du compte, Jolanta risquait d'être arrêtée comme complice de Brunnmann ! Il était indéniable qu'elle avait travaillé pour lui pendant de nombreuses années. Et s'il se trouvait encore des témoins pour le confirmer ? Comme Jolanta l'avait elle-même constaté à plusieurs reprises, chacun à Auschwitz, gardiens, kapos ou détenus, l'avait haïe pour son statut à part.

L'agressivité de Marlene se réveilla. Le combat était devenu chez elle une seconde nature au point qu'elle faillit obéir au réflexe d'éliminer Michaelson pour s'enfuir avec Jolanta et Trudi. Sa main était presque machinalement descendue vers sa cuisse pour saisir le poignard qu'elle portait encore. Mais cela ne dura qu'un instant : sa raison reprit aussitôt le dessus. La guerre était finie, Michaelson était quelqu'un de raisonnable et la justice des Américains équitable, sans rien de l'arbitraire du régime nazi. Michaelson les écouterait. Il le fallait à tout prix. Elles ne pouvaient quand même pas avoir surmonté toutes ces épreuves pour finir sur le banc des accusés !

Mais pour être écoutée, elle devrait révéler un fragment de sa vie qu'elle lui avait dissimulé : le travail forcé au bordel de Brunnmann. Quand elle lui avait raconté son histoire, elle avait espéré que son internement au camp suffirait, sans le récit des humiliations qu'elle y avait subies. Mais si cela pouvait sauver Jolanta…

— Écoute, Joe, je peux tout t'expliquer, lui dit-elle.

— *Really?* Vraiment tout, cette fois-ci ?

Il s'adossa à sa chaise, l'air parfaitement détendu, comme s'il avait attendu cet instant. Marlene comprit alors l'erreur qu'elle avait commise. Il en savait sur elle davantage qu'elle l'avait cru, y compris son vrai nom. Leur rencontre n'avait rien d'un hasard. Il avait toujours eu l'intention de l'espionner. En lui dissimulant certains détails, elle s'était rendue suspecte. Il avait assemblé les renseignements dont il disposait sur elle, mais en avait tiré un jugement erroné.

Elle lui raconta donc vraiment tout, sans même omettre le calvaire de Trudi dans la maison au bord de la Sola. Elle sentit la jeune fille se raidir, puis trembler de tout son corps pendant ce récit, mais il était impossible de l'épargner, car à ce stade, seule la franchise la plus totale pourrait encore les sauver. Du reste, sans l'acte irréfléchi de Trudi, elles ne se seraient pas retrouvées dans ce bureau. Peut-elle cela lui enseignerait-il enfin que toute action avait des conséquences, pour elle comme pour les autres. La cause et l'effet dont lui avait parlé Peter lors de leur dernière entrevue.

Quand elle eut fini, elle observa Michaelson. Il avait écouté son récit sans montrer la moindre émotion et son visage restait inexpressif. La métamorphose du journaliste charmant et insouciant en interrogateur impitoyable était stupéfiante et choquante. Pour qui travailles-tu, Joe? pensa-t-elle. Les services secrets de l'armée?

Il prenait tout son temps. Au bout d'un moment, son regard se détacha d'elle et se posa sur Trudi.

— *I am sorry for you, girl*, lui dit-il, mais maintenant il faut que toi aussi, tu dises la vérité à ton amie. *Come on, tell her!* lança-t-il en voyant Trudi se recroqueviller sur elle-même.

— Qu'es-tu censée me révéler? lui demanda Marlene, qui sentait le sol se dérober sous ses pieds.

Trudi releva la tête. Ses grands yeux verts étaient noyés de larmes.

— Je t'ai menti, murmura-t-elle d'une voix à peine audible. Je… le médecin…

— Comment ça, tu m'as menti? Qu'est-il arrivé à Peter? Il est mort?

Affolée, Marlene saisit le bras de Trudi.

— C'est… ton médecin n'est pas au camp… C'est Gregor… Il a pris les papiers du docteur Friehling.

— Qu'est-ce que tu dis? Qu'est-ce qu'il a fait? Je n'y comprends rien…

Mais elle avait parfaitement compris, son cœur le lui avait soufflé. Ce n'était pas Peter qui était au camp, mais Gregor Siebenbürgen, que Trudi avait voulu sauver coûte que coûte, au point d'abuser son amie et de lui mentir pendant des semaines. Le comportement déroutant de Trudi, son silence obstiné, tout s'éclairait enfin. En réalité, Marlene l'avait pressenti pendant ces semaines, mais elle s'était accrochée à l'espoir de retrouver Peter comme un arbre plonge ses racines dans la terre. Elle pressa les mains sur ses tempes en luttant contre un début de migraine. Elle aurait voulu effacer, annuler tout ce qu'elle venait d'entendre. Trudi l'avait laissée espérer en vain, et c'était là le plus intolérable pour elle, car elle avait perdu Peter une deuxième fois. Elle avait la sensation de choir dans le vide. Pourtant, Trudi n'avait fait qu'agir comme elle, tenté de sauver celui qu'elle aimait avec l'énergie du désespoir. Mais bien qu'elle la comprît avec son cœur, Marlene sentait monter en elle une rage dévastatrice contre l'injustice du destin qui épargnait des monstres et détruisait des hommes comme Peter.

— C'est ça, pour toi, l'amitié? cria-t-elle, hors d'elle. Me mentir afin que je fasse tout pour libérer Gregor? As-tu une idée des conséquences de ce que tu as fait?

— Je l'aime, murmura Trudi.

Des larmes roulaient sur ses joues. Il ne restait rien de son obstination.

Marlene était heureuse qu'elle n'en dise pas davantage, qu'elle n'essaie pas de se justifier, car elle l'aurait peut-être frappée. Elle se leva. Elle avait besoin de marcher et de prendre l'air. Elle étouffait.

Michaelson lui barra le passage.

— Nous n'avons pas encore fini, dit-il.

Dans sa fureur et son désarroi, elle agit de manière vraiment stupide : elle tira son couteau, non pour le frapper, mais pour qu'il la laisse sortir. Michaelson réagit à la seconde. Avant qu'elle eût compris ce qui arrivait, il lui avait arraché son couteau, l'avait jeté à terre et il avait immobilisé Marlene par une clef de bras. Il la ramena à sa chaise et la fit rasseoir sans un mot.

— Mais qui es-tu? demanda-t-elle, à bout de souffle, en se frottant le bras.

Cet homme avait appris à combattre au corps-à-corps, cela, elle en était sûre.

— *My name is Joe Michaelson. And I want to get Albrecht Brunnmann.*

— Pourquoi? murmura Marlene.

— Parce que c'est mon boulot.

47

De la vérité et de la perception :
Le président russe et le président américain font une course automobile. L'Américain gagne.

Commentaire du journal russe la *Pravda* (« Vérité ») : « Notre camarade président est honorablement arrivé second. L'Américain n'était qu'avant-dernier. »

— Mon boulot ? répéta Marlene, qui avait de plus en plus de mal à faire le lien entre cet homme au regard dur et le journaliste insouciant qu'il était encore à ses yeux tout récemment.

— *Yes !* Et tu sais où est Brunnmann.

— Non ! Comment le saurais-je ?

— *You said it !* dit-il en désignant Jolanta, puis Marlene. Vous avez travaillé pour lui. Pour l'or.

— Jamais de la vie, répondit Marlene, qui s'était levée.

Qu'est-ce qui lui prenait de les accuser ainsi ?

— *Sit down*, lança-t-il.

— Qui es-tu vraiment ? demanda-t-elle pour la deuxième fois.

— *I told you.*

— Tu m'as menti. Tu n'es pas journaliste.

La désillusion était douloureuse. Cet homme n'était pas un ami. Mais où avait-il pêché qu'elles protégeaient un assassin comme Brunnmann ? Cette idée était ridicule. Non seulement elle lui donnait la nausée, mais elle réveillait son agressivité. Marlene comprit qu'elle devait se calmer avant de s'expliquer, avant tout parce que cette agitation nuisait à son bébé. Elle passa doucement la main sur son ventre et se concentra sur son amour pour ce petit être qui ignorait encore dans quel monde il allait naître. *N'aie pas peur, je te protégerai*, lui souffla-t-elle en pensée.

Elle devait à tout prix convaincre Joe qu'elles étaient du même bord que lui, mais comment le faire sans l'ombre d'une preuve?

Il la devança par une nouvelle question:

— Tu connais Deborah Berchinger?

— Bien sûr. C'est une amie.

— C'est la maîtresse de Brunnmann.

— Je sais, mais sûrement pas de son plein gré: il la garde prisonnière.

— Tout comme il t'a gardée? demanda-t-il sur ce ton froid laissant entendre qu'elle mentait.

— Bien sûr, répondit-elle avec la même froideur. J'ai fait la connaissance de Deborah Berchinger en 1942 à Cracovie et je l'ai recrutée pour la Résistance. Nous avons élaboré ensemble un plan pour voler à Brunnmann le procès-verbal d'une conférence qui a eu lieu au bord du lac de Wannsee à Berlin. Ce procès-verbal fournit des chiffres et des informations concrètes prouvant que l'Allemagne hitlérienne projetait l'extermination de tous les Juifs d'Europe, y compris ceux de Grande-Bretagne. Il devait être envoyé à Londres par un intermédiaire afin de révéler au monde que la guerre d'extermination lancée par les nazis contre le peuple juif avait été décidée lors de cette conférence.

— Et tu as lu ce procès-verbal?

— Oui. Et je l'ai photographié.

— Où est la pellicule?

— Elle a été détruite par l'explosion d'une bombe dans un café de Cracovie où je devais la remettre à quelqu'un. J'ai été blessée et j'ai repris connaissance à l'hôpital.

— *I know*, répondit Joe avant d'ouvrir un dossier qu'il feuilleta. Jakob Wanda, le chef de la Résistance de Cracovie, t'a rendu visite à cet hôpital, où il a été arrêté. C'est toi qui l'as dénoncé?

— Quoi?

Cette accusation réduisit toutes ses perceptions à un minuscule point noir et une bile amère remplit sa bouche.

— Non! cria-t-elle. Je l'ai aimé!

— Tout comme tu as aimé Ernst Meister et Peter Friehling?

Marlene luttait contre la nausée. Elle avait spontanément parlé d'Ernst à Joe et maintenant, voilà qu'il retournait cette confidence contre elle.

— Je t'ai dit que j'ai travaillé comme espionne pour la Résistance. Dans ce boulot, tous les moyens sont bons. Brunnmann a découvert que Deborah et moi l'avions abusé et il s'en est vengé sur moi en me forçant à travailler dans son bordel. Et j'ai appris par Ottilie, l'ancienne bonne des Berchinger, qu'il a également réduit Deborah en esclavage.

— Cette Ottilie est donc ton témoin? Bien. Son nom? demanda Michaelson, un stylo à la main.

Bon sang, elle l'ignorait! Mais cela n'aurait servi à rien puisque cette brave femme était morte.

— Alors? s'enquit nonchalamment Michaelson.

— Elle est morte. Elle a été tuée en août 1944 dans un bombardement de l'aviation américaine, répondit Marlene en appuyant sur le dernier mot.

— Voilà qui est bien commode. Et personne d'autre ne peut confirmer tes renseignements?

— Si, moi, intervint Jolanta.

— *Well*, tu connais donc cette Ottilie et Deborah Berchinger? lui demanda Michaelson.

— Non, mais j'en sais long sur Brunnmann, par exemple sur sa résidence à Mangfall. Cherchez-le donc là-bas.

— Mangfall? Où est-ce?

— À Garmisch-Partenkirchen.

— Et comment sais-tu ça?

— Parce que j'y suis allée.

Marlene dévisagea Jolanta avec stupeur. Qu'avait-elle fabriqué là-bas? Michaelson lui posa la même question.

— C'est là-bas que Brunnmann a mis au point le projet de ce bordel et je l'ai aidé à le faire, répondit Jolanta.

— Nous nous rapprochons de la vérité. Tu l'as donc aidé?

— Oui.

— Pour de l'or?

— Non, pour protéger mon enfant, répondit Jolanta en montrant Colin endormi dans ses bras.

— *Well*, fit Michaelson en inspirant à fond, avouez que tout cela ne paraît guère convaincant. Trois femmes qui avouent avoir travaillé pour Albrecht Brunnmann sous la contrainte au camp de concentration d'Auschwitz, deux comme prostituées, la troisième comme… comment dit-on en allemand? Comme mère maquerelle? Et toutes trois sont amies, mais elles ne sont pas les amies du colonel. Que dois-je croire?

— La vérité, répondit Marlene.

— La vérité? *Well, I got the facts.* Tu voulais que je t'aide à libérer un médecin juif du nom de Peter Friehling soi-disant interné à tort dans un camp par l'armée américaine. L'ennui, c'est qu'il n'y a pas de Peter Friehling dans ce camp. Tout ce que nous y avons trouvé, c'est un certain docteur Gregor Siebenbürgen enrôlé dans la SS qui a travaillé à Auschwitz pour le docteur Mengele. Et ce Siebenbürgen a volé les papiers d'identité du docteur Friehling. Comment puis-je savoir qui ment dans cette affaire? Car vous vous mentez aussi entre vous, mesdames. *Well,* Trudi…?

— Je suis désolée, répéta la jeune fille d'une voix tremblante.

Marlene passa son bras autour de ses épaules. Après tout, ce n'était qu'une enfant, une jeune fille éprise qui avait agi sans réflexion.

— *Again,* d'où vient cet or? reprit Michaelson.

— Je vous l'ai déjà dit: ces lingots appartenaient à Brunnmann et je les lui ai volés, répondit Jolanta.

— Mais Trudi affirme que c'était elle qui les a volés. Qui dois-je croire alors que vous n'êtes même pas d'accord entre vous?

Marlene comprit qu'ils étaient dans une impasse et chercha fébrilement une issue, un moyen de les tirer de ce mauvais pas.

— Montrez-moi vos matricules, ordonna Michaelson, la prenant complètement au dépourvu.

— Pardon? demanda Jolanta.

— À Auschwitz, répondit-il lentement, un matricule était tatoué sur le bras de tous les détenus. Si vous avez été détenues dans ce camp, vous en avez un. Montrez-le-moi.

Trudi fut la seule à se lever et à retrousser la manche de son pull-over, car elle avait été tatouée à son arrivée, contrairement à Marlene et à Jolanta.

— Et vous? Pas de matricule? leur demanda Michaelson.

Marlene et Jolanta secouèrent la tête.

— Vous voyez, vous n'avez pas de preuves et ça joue contre vous, constata-t-il en anglais. Toi, dit-il à Marlene, tu m'as caché ton vrai nom. Tu t'appelles Anna von Dürckheim et non Marlene Kalten. Je dois travailler avec des preuves afin de pouvoir distinguer la vérité du mensonge. Et toi, tu as menti trop souvent.

Il décrocha le téléphone et Marlene craignit qu'il n'appelât des policiers pour la faire reconduire en prison. Elle devait impérativement le convaincre. Un témoin... elle avait trouvé!

— Zuckerman! s'exclama-t-elle. Il pourra confirmer ce que j'ai dit. C'était l'un des organisateurs du soulèvement de Varsovie.

Elle priait pour qu'il fût encore en vie. Elle raconta à Michaelson tout ce qu'elle savait sur Zuckerman et lui indiqua où il était la dernière fois qu'elle l'avait vu. Michaelson feuilleta son dossier comme s'il y cherchait un nom, mais ce qu'il lui dit alors était complètement inattendu.

— Tu connais Hubertus von Greiff.

Marlene avait l'impression de traverser un champ de mines.

— Oui, je l'ai connu.

— Tu sais qu'il est mort?

— Oui.

— J'ai des dossiers ultrasecrets, dit Michaelson en sortant du tiroir du bureau un dossier bourré à craquer, des dossiers de l'Office central de la sécurité du Reich qui prouvent que tu l'as assassiné. Est-ce vrai?

Comment avait-il obtenu ces documents? Elle pressentit que sa réponse serait déterminante et décida de s'en tenir à la vérité.

— Oui, répondit-elle.

Le regard de Michaelson était indéchiffrable. Il tapota le dossier du doigt.

— Arthur Schitler, l'ordonnance d'Ernst Kaltenbrunner, a essayé de te protéger contre ces poursuites, reprit-il. Était-il ton complice?

Marlene avait l'impression d'essuyer un revers après l'autre. Elle s'était servie d'Arthur Schitler pour accéder à Greiff et elle l'avait ensuite fait chanter afin d'obtenir des papiers pour Deborah, son frère et elle-même. Schitler l'avait protégée uniquement pour sauver sa tête, et voilà que ce qu'elle avait fait risquait de lui coûter la sienne. Bon sang, tout se retournait contre elle! Il y avait de quoi devenir folle.

— Nous tournons en rond, répondit-elle, furieuse, car elle voulait en finir avec cette farce grotesque et elle avait du mal à garder son calme face à ces accusations injustes. Nous avons dit la vérité. Soit tu nous crois, soit tu nous mets en prison. J'en ai assez de tout ce cirque et je n'ai aucune envie de me justifier devant un freluquet comme toi qui joue au petit chef. Tu n'as aucune idée de ce qu'a été la guerre et de ce que nous, les femmes, avons été forcées de faire pour survivre.

Elle s'était levée et elle le foudroyait du regard tout en se rendant bien compte qu'une femme enceinte de neuf mois pouvait difficilement inspirer la crainte, même furieuse comme elle l'était.

— Freluquet? répéta Michaelson perplexe.

— C'est un synonyme de godelureau.

— *Okay*, je ne comprends pas le sens, mais le son, oui, observa-t-il, et soudain, il sourit et leva les mains dans un geste d'apaisement. *Okay*, je me rends avant que ton ventre m'aplatisse, reprit-il, et le jeune journaliste resurgit un instant derrière sa façade autoritaire. *You can go.*

— Ah bon, comme ça? demanda Marlene, déconcertée à son tour.

— Oui. Je dois vérifier quelques renseignements, expliqua-t-il en brandissant le carnet sur lequel il avait noté leurs réponses. Ça, ça reste ici, dit-il en fourrant les lingots dans le sac à dos de Trudi. Toi, Marlene, tu reviendras demain matin à 9 heures: j'ai d'autres questions à te poser. Tu me feras demander. *Bye.*

— Que s'est-il passé? Pourquoi nous a-t-on laissées partir? demanda dans le couloir Trudi, qui semblait émerger d'un mauvais rêve.

— C'est une mise à l'épreuve pour voir si nous serons encore là demain matin. Ou il croit peut-être que l'une de nous s'enfuira et le mènera ainsi à Brunnmann.

Sur le chemin du retour, Marlene se retourna plusieurs fois pour voir si on les suivait.

Dès leur retour à l'appartement, elle se précipita vers l'unique fenêtre: elle était prête à parier que quelqu'un montait la garde devant chez elles. Elle attendit que son agitation retombât. Ce cauchemar ne finirait-il jamais? Elle se sentait profondément démoralisée. Elle venait de perdre Peter pour la deuxième fois et elle était soupçonnée de collaboration et de complicité avec Brunnmann. Tout danger était encore loin d'être écarté. L'idée qu'elle allait peut-être donner naissance à son enfant dans un camp la rendait presque folle. Elle eut un instant envie de sauter par la fenêtre pour en finir. Elle comprenait qu'on se tue par désespoir, pour trouver enfin le repos dans la mort, et elle ne désirait rien autant qu'un peu de repos. Mais il lui semblait que la guerre la poursuivait encore en temps de paix et que le spectre de Brunnmann la tenait entre ses griffes et refusait de la lâcher. Soudain, elle eut un nouveau coup au cœur : qu'avait dit Michaelson ? Qu'il devait vérifier quelques renseignements ? Et s'il découvrait qu'elle était non seulement Anna von Dürkheim et Marlene Kalten, mais également la veuve du comte Dietrich zu Langenburg-Dietrichstein ? Dans ce cas, même Jitzhak Zuckerman ne pourrait plus l'aider. Elle avait l'impression d'être cernée de murs qui grandissaient, l'isolant à jamais de la paix et d'une vie normale.

— N'est-il pas surprenant qu'une vérité puisse devenir un mensonge simplement parce que quelqu'un l'envisage sous un autre angle ? demanda la voix de Jolanta dans son dos.

— Oui, répondit Marlene avec un soupir. Dire que personne ne pourrait souhaiter la mort de Brunnmann plus que nous…

Elle restait plantée devant la fenêtre en se demandant si Deborah en faisait parfois autant et ressentait la même envie de sauter dans le vide, le seul moyen de se libérer à jamais de la vie et de Brunnmann. Elle l'en croyait capable. Deborah manquait d'équilibre, elle était livrée à ses démons et il lui était arrivé de se haïr au point de s'infliger des blessures avec un couteau. Pour la première fois depuis qu'elle la connaissait, Marlene la comprenait. La douleur physique était parfois plus supportable que l'existence. La douleur physique, au moins, n'avait rien d'illusoire. Mais Marlene se répétait qu'elle devait survivre et lutter pour son enfant.

— Cette propriété dans les environs de Garmisch-Partenkirchen, tu crois que ça ferait une bonne cachette ? demanda-t-elle à Jolanta.

— Oui, elle est très isolée, au fond d'une gorge.

— Et si Brunnmann faisait sauter quelques rochers, il pourrait en bloquer l'accès ?

— Tout juste.
— Tu crois qu'il est là-bas?
— Peut-être.
Marlene réfléchit un instant.
— Je suis sûre qu'il y est, conclut-elle.
— Si tu en es si sûre, pourquoi me l'as-tu demandé?
— Peut-être pour entendre un «peut-être»…

48

— Je sais où est Albrecht Brunnmann, déclara Marlene à Michaelson le lendemain matin.

Cette révélation ne le fit pas bondir. Il réagit plutôt comme si ce n'était pas vraiment la réponse qu'il avait attendue d'elle pendant tout leur entretien de la veille. Cet homme avait le don de la faire sortir de ses gonds.

— Alors, pas de «*Really?*» ni de «*Great!*»? persifla-t-elle en imitant ses intonations.

— *Sit down*, répondit-il en désignant une chaise devant son bureau. *Coffee?*

Les narines de Marlene se dilatèrent à ce mot. Quand avait-elle bu du vrai café pour la dernière fois? Son arôme imprégnait tout le bureau. Elle en avait l'eau à la bouche depuis son arrivée.

— Avec plaisir, répondit-elle.

Il la servit et poussa vers elle un pot de lait et du sucre. Alors qu'en temps de paix Marlene préférait le café noir, elle prit du lait et du sucre. La première gorgée fut si divine qu'elle en eut presque les larmes aux yeux. Elle se ressaisit. Elle n'était pas venue en quémandeuse, elle n'avait pas collaboré, elle avait travaillé pour la Résistance. Michaelson et elle voulaient la même chose: la tête de Brunnmann.

Mais la question suivante la décontenança de nouveau.

— Vous connaissez Mohammed Amin al-Husseini, reprit Michaelson sur un ton qui n'avait rien d'interrogateur.

— Non, qui est-ce…?

Bon sang! C'était lui qui en 1943 avait empêché la libération par la Croix-Rouge de cinq mille enfants juifs. Tous avaient été déportés et assassinés…

— *I see*. Tu le connais, déclara Michaelson.

— *Yes*. C'est un nazi arabe.

Elle redoutait la question qui allait suivre, car elle était aussi inévitable que sa réponse.

— Comment as-tu fait sa connaissance?

— Brunnmann me l'a présenté.

— Où?

— Dans les environs de Cracovie. Je ne sais pas exactement où : nous avions les yeux bandés pendant le trajet.

— Tu as couché avec lui.

— Sous la contrainte. J'emploierais donc plutôt le mot de « viol ».

— Avec combien d'hommes as-tu couché?

— Est-ce si important? Je ne les ai pas comptés.

Michaelson alluma une cigarette sans lui en offrir une. C'était la première fois qu'elle le voyait fumer. Il suivit la fumée des yeux, puis son regard se posa de nouveau sur Marlene.

— Il y a eu de nombreux suicides parmi les déportés. Pourquoi ne t'es-tu pas tuée? demanda-t-il.

— Je l'aurais peut-être fait sans le chantage de Brunnmann : il m'avait menacée de tuer ma grand-mère si je ne lui obéissais pas.

Michaelson secoua la tête d'un air écœuré.

— L'assassinat de parents comme arme... ces nazis sont pervers, commenta-t-il avant de tirer une dernière bouffée de sa cigarette, qu'il écrasa seulement à moitié fumée dans le cendrier. Al-Husseini est sur notre liste.

— Quelle liste?

— Celle des plus grands criminels nazis. Hitler est mort tout comme Goebbels. Nous avons Göring. Les Anglais ont Himmler. *I want...*

Un coup frappé à la porte l'interrompit. Un soldat entra et tendit à Michaelson une dépêche. Après l'avoir lue, il se pencha en avant et une lueur d'intérêt s'alluma dans ses yeux.

— Pourquoi ne m'as-tu pas dit que ton grand-père était un membre du réseau de résistance Kreisauer Kreis qui gravitait autour de von Molke et de von Wartenburg? Il est mort à Plötzensee, dit-il.

Marlene en resta sans voix. Il avait des nouvelles de son grand-père! Peut-être pourrait-elle savoir comment il était mort et où il était enterré! Mais son visage s'assombrit. Cette nouvelle ne coïncidait pas avec ce qu'elle savait à ce sujet : on lui avait annoncé la mort de son grand-père en avril 1943.

Or, à sa connaissance, le Kreisauer Kreis n'était entré dans le collimateur des nazis qu'après l'attentat de Stauffenberg.

— Sais-tu exactement quand mon grand-père est mort? demanda-t-elle.

Michaelson lui tendit la feuille en silence. Elle ne put l'empêcher de trembler dans sa main alors qu'elle lisait la dépêche. Son grand-père avait été fusillé en janvier 1944. Elle essuya une larme au coin de son œil.

— *What's wrong?* demanda Michaelson.

— On m'avait dit qu'il était mort bien avant, en prison, que j'étais responsable de son arrestation et par conséquent de sa mort.

Elle avait posé les mains sous son ventre pour chercher la présence de son enfant en songeant avec une nostalgie douloureuse combien elle aurait aimé que son grand-père eût pu connaître son petit-fils.

Le téléphone sonna, mais cette fois-ci, son bruit n'effrayait plus Marlene.

Michaelson répondit et les paroles de son interlocuteur parurent lui faire l'effet d'une décharge électrique.

— *Get my car ready!* lança-t-il et, après avoir raccroché, il se leva d'un bond. *We've got Albrecht Brunnmann!*

— On l'a arrêté? demanda Marlene en le regardant, incrédule.

Elle sentit quelque chose se dénouer en elle et une vague chaude la submerger.

— Oui, près de Munich. *I go to see him now*, expliqua Michaelson qui se hâtait vers la porte, mais il se retourna. *Wanna come?*

Le succès le rendait généreux.

— Je crains de ne pas être en état de le faire, répondit Marlene d'une voix plaintive.

Elle était assise dans une flaque.

Il s'approcha d'elle.

— *What's this?* demanda-t-il en regardant le parquet ancien d'un air consterné.

— Je perds les eaux.

49

C'était un cliché qui se révéla pourtant véridique : dès que Marlene tint son fils dans ses bras, elle ressentit de l'adoration pour lui. Tout son univers en fut bouleversé comme par une explosion ; jamais elle n'aurait cru qu'on pût ressentir tant d'amour que votre cœur était près d'éclater. Elle pouvait s'émerveiller pendant des heures devant ce petit miracle humain blotti dans ses bras. Le fils de Peter. Elle l'appela Noah et il devint toute sa vie.

Elle se remit vite de l'accouchement et quand le lendemain Michaelson apparut à son chevet, l'air aussi atterré que si l'Amérique venait de perdre la guerre contre le Japon, elle s'attendit au pire.

— Brunnmann nous a échappé ! dit-il avant de tirer une chaise pour s'asseoir.

Il lui avait apporté des fruits – une banane et des pommes. Pendant qu'elle écoutait son récit des événements, encore sous le coup des heures précédentes, elle se surprit à lorgner la banane. Il y avait des années qu'elle n'en avait pas mangé. Elle avait souvent souffert de la faim pendant la guerre, mais elle considérait la faim comme un danger seulement depuis le début de sa grossesse parce qu'elle nuisait à son enfant. Elle n'avait pas encore de lait et le médecin de l'armée lui avait expliqué que c'était la conséquence de ses années de sous-alimentation. Il le lui avait dit d'un ton accusateur, comme si elle était coupable de ne pas avoir fait plus attention à sa santé. Cet homme lui déplaisait souverainement. Il paraissait aussi aseptisé que ses ustensiles, mais sa manière de serrer les dents trahissait une fureur rentrée. Sans les instructions de Michaelson, il ne l'aurait probablement pas soignée. Marlene devina la raison de son aversion contre elle : elle était allemande. Alors qu'il connaissait son nom, il l'appelait toujours « l'Allemande » quand il parlait d'elle avec l'infirmière. Son attitude impersonnelle lui faisait regretter d'autant plus douloureusement la chaleur et les prévenances de Peter.

Un mouvement de l'enfant contre sa poitrine chassa toute autre préoccupation de ses pensées. Il ouvrit sa petite bouche rose pour émettre quelques gargouillements, mais se rendormit aussitôt. Il aurait bientôt faim, ce qui lui rappela la banane. Peut-être que si elle la mangeait elle aurait du lait? L'infirmière lui avait dit que c'était encore possible. Michaelson avait remarqué qu'elle ne faisait plus attention à lui. Il ne dit rien, prit la banane, l'éplucha et la tint devant la bouche de Marlene avec un naturel qui la confondit. Elle ouvrit la bouche en un réflexe qui lui rappela son enfant et se mit à manger.

— *By the way*, nous avons arrêté Deborah Berchinger, reprit-il.

Marlene faillit avaler de travers.

— Quoi? Où? s'exclama-t-elle en s'efforçant de ne rien recracher.

— À Garmisch. Je viens de l'apprendre. Demain, j'irai là-bas pour l'interroger.

— Sait-elle où est Albrecht Brunnmann? demanda Marlene en transférant Noah au creux de son autre bras.

— Elle dit que non, mais les gars de là-bas ne la croient pas. Nous avons perdu la piste de Brunnmann en Autriche, mais nous supposons qu'il se rendra en Italie, comme beaucoup de nazis allemands.

— Pourquoi en Italie? s'étonna Marlene, car c'était géographiquement beaucoup trop proche de l'Allemagne.

Pendant ses «sorties», elle avait entendu ses clients évoquer l'Amérique du Sud comme leur destination préférée.

— Parce que certains de leurs *goddamned catholic priests* les aident en leur fournissant des papiers. Nous avons des renseignements sur un certain cardinal Hudal, répondit Michaelson, qui avait de nouveau sa mine sinistre de chasseur de nazis. J'aimerais que tu m'accompagnes à Garmisch.

— Pardon? demanda Marlene, stupéfaite.

— Miss Berchinger se montre peu coopérative. Elle est plutôt... comment dit-on en allemand? *Crazy? Verrückt?*

— Folle? répéta Marlene, saisie d'angoisse car elle avait assez vu de gens auxquels le cauchemar d'Auschwitz avait fait perdre la raison.

— Oui, elle frappe, elle mord et elle crie. J'aimerais que tu parles avec elle en tant qu'amie.

— Je le ferais volontiers, seulement..., répondit Marlene en montrant Noah. Pourquoi ne la ferais-tu pas venir ici?

Michaelson hésita imperceptiblement avant de répondre, ce qui éveilla sa méfiance. L'état de Deborah lui interdisait-il tout déplacement?

— Elle est prisonnière de l'armée américaine, expliqua-t-il. Elle a attaqué un officier et lui a mordu la main.

Marlene devina aussitôt la difficulté à laquelle ils se heurtaient car c'était partout la même histoire: des rivalités entre services. Pourquoi les êtres humains éprouvent-ils le besoin de se faire la guerre alors qu'ils se ressemblent autant? se demanda-t-elle. Mais peut-être était-ce justement le fond du problème, peut-être s'affrontaient-ils parce qu'ils étaient trop nombreux à être trop semblables.

— Je croyais que toi aussi, tu étais dans l'armée, observa-t-elle.

Il lut de l'ironie dans son regard et comprit qu'elle avait deviné. Bien qu'il fût assis, il se redressa sur sa chaise pour lui répondre.

— Je travaille pour le Service de contre-espionnage, dit-il.

— Eh bien, tu as mis le temps, commenta-t-elle.

Elle savait que les services de contre-espionnage américains avaient soutenu la Résistance allemande. Elle croyait même se souvenir que l'amiral Canaris avait coopéré avec eux à plusieurs reprises.

— *Please?* demanda Michaelson déconcerté.

— Tu as mis du temps à te présenter, expliqua-t-elle pour mettre les points sur les «i». Quel âge as-tu, Joe? Tu as l'air vraiment jeune.

— Quel âge est-on censé avoir pour traquer des nazis? Quel âge avais-tu à tes débuts dans la Résistance?

— Seize ans.

— J'en ai douze de plus. C'est la durée du Reich nazi. Regarde ce qu'Hitler et ses partisans ont fait en douze ans.

Ils se turent un instant comme si chacun d'eux récapitulait en soi-même l'impact de ces années de terreur.

— Tu ne peux pas emmener Noah, reprit l'Américain.

Il savait qu'il la mettait dans l'embarras : elle voulait à tout prix l'accompagner, mais il était hors de question qu'elle se sépare de son enfant.

— Je m'occuperai du petit. Rattrape ce démon. Fais-le pour nous toutes.

Marlene tourna la tête. Jolanta se tenait sur le seuil de la chambre, Colin dans les bras. Trudi apparut derrière elle.

— Moi aussi, je m'en occuperai ! s'exclama-t-elle, et elle s'approcha du lit, les bras tendus. Est-ce que je peux le tenir ?

Elles étaient déjà venues le matin et Marlene avait été surprise de la transformation de Trudi. Elle raffolait du bébé et avait affirmé qu'il ressemblait à son petit frère. Marlene était d'avis qu'il ressemblait plutôt à Peter, mais elle se réjouissait trop de l'enthousiasme enfantin de Trudi pour la contredire.

— *You see*, ton enfant est entre de bonnes mains, intervint Michaelson. Nous partons demain. Nous serons rentrés après-demain.

Marlene regarda de nouveau Jolanta et ses paroles résonnèrent en elle : *Rattrape ce démon. Fais-le pour nous toutes.*

Une vie pour une vie, répondit-elle en pensée.

Marlene regardait ses mains qui lui paraissaient misérablement vides sans le poids vivant de Noah. Elle souffrait comme si on lui avait arraché une partie d'elle-même. Elle venait à peine de sortir de l'hôpital au bras de Michaelson et de monter en voiture avec lui que son enfant lui manquait déjà. Elle se sentait encore un peu endolorie, mais dans une forme inattendue. L'accouchement s'était déroulé sans difficulté et les douleurs avaient duré moins de quatre heures avant qu'on déposât dans ses bras un petit paquet rouge et hurlant. La vulnérabilité de ce petit être l'avait d'abord effrayée, mais la force déroutante avec laquelle son poing minuscule s'était refermé sur son doigt l'avait rassurée. Ce qui la surprenait le plus, c'était l'angoisse qu'elle éprouvait comme toutes les mères quand elle perdait de vue son bébé ne fût-ce qu'un instant. Pour chasser de son esprit les catastrophes qui risquaient d'arriver à Noah en son absence, elle se concentra sur ce qu'elle dirait à Deborah quand elle la reverrait.

Marlene était encore bouleversée par la lettre que Michaelson lui avait remise la veille. Elle était de Peter. Michaelson la tenait du docteur Siebenbürgen, qu'il avait interrogé quelques jours auparavant. L'enveloppe était ouverte. Michaelson savait donc ce qu'elle contenait, mais il ne pouvait mesurer l'importance qu'avaient pour elle ces quelques lignes qu'elle n'avait pas encore eu la force de lire, tant elle redoutait les dernières paroles de Peter.

50

La porte de la cellule s'ouvrit devant Marlene. Elle avait dû convaincre Michaelson qu'il valait mieux la laisser d'abord parler seule à Deborah. Il se tenait néanmoins derrière la porte entrebâillée, d'où il pourrait entendre tout ce qu'elles diraient.

Deborah était accroupie sur le lit et serrait ses genoux dans ses bras. Elle ne leva pas les yeux quand Marlene entra. Tout son corps exprimait son détachement de ce monde.

Marlene attendit quelques secondes avant de lui parler.

— Bonjour, *chérie*[1], lui dit-elle.

Silence. Si Deborah l'avait entendue, elle n'en laissait rien paraître. Marlene lui laissait le temps de réagir. Au bout d'un moment, Deborah releva la tête et leurs regards se rencontrèrent.

Vingt mois avaient passé depuis leur dernière rencontre à Cracovie. À l'époque, Deborah était déjà au bord de l'abîme. On pouvait le lire dans ses yeux. Sa gaieté paraissait trop forcée pour être authentique. Elle gardait pourtant sa vitalité, elle n'avait pas encore sombré dans le désespoir car malgré tous ses tourments, elle avait encore une raison de vivre : son petit frère Wolfgang. La jeune femme que Marlene voyait à présent l'effrayait. Deborah paraissait complètement éteinte.

Ou peut-être ne reconnaissait-elle pas Marlene ? Physiquement, celle-ci ne ressemblait plus guère à la mondaine élégante dont elle avait joué le rôle à Cracovie. Sa robe avait l'allure d'un sac, elle ne portait aucun maquillage et ses cheveux bruns mi-longs et noués sur la nuque avaient remplacé sa coiffure de page blond dans le style Coco Chanel. À la vue de Deborah, Marlene ressentit un élan de compassion et le désir soudain de renouer les liens qui les avaient unies.

— Comment vas-tu, *chérie* ? demanda-t-elle.

1. En français dans le texte.

Elle s'approcha et s'assit sur le lit. Deborah s'écarta brusquement d'elle et se recroquevilla dans un angle comme un animal effrayé. C'est alors que Marlene découvrit le renflement de son ventre, d'autant plus frappant qu'elle était maigre comme un chat de gouttière. *Mon Dieu, elle est enceinte !* L'enfant était-il de Brunnmann? Son regard tomba sur les mains de Deborah. Ses ongles étaient rongés et Marlene devina que son pull-over dissimulait les cicatrices de nouvelles blessures qu'elle s'était infligées. Des cicatrices qui étaient le reflet de ses souffrances psychiques.

— Pourquoi es-tu là?

La voix de Deborah était éraillée comme si elle avait trop longtemps gardé le silence.

C'était une question judicieuse. Marlene n'hésita pas à y répondre franchement.

— D'abord pour te revoir, ensuite pour te demander si tu sais où se cache Albrecht Brunnmann.

— C'est l'Américain qui t'envoie? demanda Deborah en désignant la porte d'un signe de tête.

Marlene crut un instant qu'elle avait découvert la présence de Michaelson, et puis elle comprit que Deborah faisait allusion à l'officier qu'elle avait mordu. Un instant auparavant, Marlene était encore assise avec Michaelson dans son bureau. Afin de bien leur montrer ce que la prisonnière lui avait infligé, il avait laissé sa main bandée sur son bureau pendant tout leur entretien. Peut-être – cette idée avait traversé l'esprit de Marlene – croyait-il que tous les Allemands avaient la rage ou, plus vraisemblablement, était-il ainsi en position de force pour négocier, car il ne semblait nullement disposé à leur confier Deborah. Michaelson avait mis presque une heure à le convaincre de les laisser voir la jeune femme. L'officier avait donné son accord pour que Marlene l'identifiât, car la jeune femme qui affirmait être Deborah Berchinger n'avait pas de papiers d'identité sur elle quand on l'avait arrêtée.

— Tu me connais, répondit Marlene. Tu sais donc que je suis venue de ma propre initiative. Mais je ne pourrai pas te faire sortir d'ici si tu refuses de coopérer avec les Américains. Si tu sais où Brunnmann se cache, dis-le-leur et ils te laisseront partir.

— Je pourrais sortir d'ici? demanda Deborah, qui avait sursauté.

— Oui.

— Tu me le promets?

— Oui.

Marlene disait vrai : si Deborah acceptait de coopérer, elle serait confiée à Michaelson. Et Marlene veillerait à ce qu'elle fût libérée ensuite.

— Très bien, mais je ne sais pas grand-chose, dit Deborah. J'ai entendu un jour Albrecht parler de l'Amérique du Sud avec quelqu'un. Il disait que là-bas les conditions étaient favorables, je veux dire sur le plan politique, puisque dans cette région aussi il y avait des fascistes.

— L'Amérique du Sud, c'est grand. A-t-il parlé d'un pays en particulier?

Marlene en énuméra plusieurs et quand elle mentionna le Paraguay, Deborah poussa une exclamation.

— C'est ça ! C'est de ce pays qu'il parlait !

— A-t-il appris une langue étrangère?

C'était une question que Michaelson lui avait recommandé de poser.

— Non, pas que je sache, répondit Deborah avec un haussement d'épaules. Quand pourrai-je sortir d'ici? demanda-t-elle, rappelant ses engagements à Marlene.

Marlene l'observait. Quelque chose la chiffonnait. Autrefois, elle savait mieux lire en Deborah, mais au cours de ces vingt derniers mois, la jeune femme avait acquis de l'expérience. Marlene avait l'impression qu'elle lui mentait. Mais si c'était le cas, elle le découvrirait tôt ou tard. Sa priorité était de libérer son amie et de l'emmener. Deborah était restée assez longtemps prisonnière. Marlene sentit un courant d'air dans son dos. Michaelson venait de franchir le seuil de la cellule.

— Il est avec toi? demanda Deborah d'un air méfiant.

Il portait l'uniforme américain. Pour Marlene, qui avait l'habitude de le voir en civil, son aspect était encore insolite.

— Oui, c'est le capitaine Joe Michaelson, répondit-elle. Il se chargera de te faire libérer.

Elle avait prononcé ces paroles à dessein parce qu'elle estimait qu'elle avait intérêt à faire pression sur Michaelson. Elle pensait surtout à elle-même : elle voulait revoir Noah le plus tôt possible. Elle proposerait à Deborah de partir avec elle, à Wiesbaden d'abord, à Aix-la-Chapelle ensuite. À sa connaissance, Deborah n'avait plus un seul parent au monde. Marlene en avait déjà parlé avec Jolanta, car Trudi et Deborah, ces deux jeunes filles gravement éprouvées par la guerre, représenteraient une charge encore plus lourde pour Jolanta et elle-même, mais elle se répétait que tout finirait par s'arranger.

Lors de cette conversation, Jolanta avait fait une remarque qui lui avait donné à réfléchir: « Tu ressembles au docteur, Marlene. Comme lui, tu rassembles des gens autour de toi et tu changes le cours de leur destin. Une vie pour une vie. C'est ta nouvelle vocation. En temps de paix. »

Michaelson jaugea Deborah.

— Vous êtes enceinte, constata-t-il.

Son air inquiet n'échappa nullement à Marlene. Il se rappelait probablement une certaine flaque sur le parquet de son bureau.

Mais il tint parole. Trois heures plus tard, après d'interminables formalités qui arrachèrent des jurons à Michaelson, Deborah fut remise au Service de contre-espionnage. On lui délivra un document dûment tamponné comme attestation officielle de son identité et elle dut apposer sa signature au bas d'une liste de ses biens qui, en dehors des vêtements qu'elle portait, se résumait à une bague en rubis. Marlene découvrit ainsi le respect des Américains pour les règlements administratifs.

Michaelson mena les deux jeunes femmes à un hôtel donnant sur la place du marché dans lequel il leur avait réservé deux chambres pour la nuit. Il s'excusa auprès d'elles de ne pouvoir les inviter à dîner car il avait d'autres obligations, et leur annonça qu'il reviendrait les chercher le lendemain matin à 8 heures.

51

La guerre est comme les sables mouvants. Quand elle nous happe, ses forces sinistres nous entraînent dans un abîme sans fond où le mal est à l'affût.

Marlene avait lutté contre ces forces pendant des années et toujours réussi à se libérer d'elles – elle avait refusé de devenir la proie du mal, elle l'avait combattu et elle en avait finalement été récompensée. Si le jeu de l'ombre et de la lumière dont lui avait parlé Jolanta existait bien et si elle y jouait le rôle d'une guerrière, se disait-elle, Noah était sa récompense.

Elle ressentait douloureusement le désir de le revoir, de sentir son petit corps chaud dans ses bras, de respirer son odeur propre de bébé tandis que sa petite tête fragile se nichait contre son épaule. La guerrière redevenait mère en cet instant, mais une longue nuit avec Deborah la séparait encore de son enfant.

Pendant le dîner, elle avait respecté le silence de son amie, mais de retour dans leur chambre, elle avait lancé une offensive.

— Je sais ce que tu mijotes, lui dit-elle.

— Pardon?

Deborah, qui allait ôter son pull, baissa les bras.

— Tu veux te venger. Tu préférerais tuer Brunnmann toi-même, expliqua Marlene, et elle lut sur le visage de Deborah qu'elle avait vu juste. Laisse les Américains s'en charger, l'adjura-t-elle.

Elle ne la comprenait que trop bien. Avant de découvrir qu'elle attendait un enfant de Peter, elle avait également voulu pourchasser Brunnmann. La naissance de Noah avait bouleversé sa vision du monde : son enfant comblait le vide qu'elle avait ressenti depuis l'avènement du nazisme à la mort de tous ceux qui avaient compté pour elle. Son combat l'avait aidée à lutter contre ce vide, mais elle n'avait retrouvé la plénitude qu'avec Noah.

— Le capitaine Michaelson m'a appris que les Américains veulent juger les plus grands criminels de guerre nazis à Nuremberg, reprit-elle. Albrecht Brunnmann comparaîtra devant un tribunal et sera publiquement condamné pour ses crimes. Cette comparution en public sera pour lui la pire des humiliations.

— Ce n'est pas la même chose, répondit Deborah.

Son obstination rappelait à Marlene à la fois Trudi et la Deborah d'autrefois.

— C'est à cause de l'enfant, alors? Tu crois qu'il est de Brunnmann?

— Qu'est-ce que tu crois? Bien sûr que ce monstre est de lui!

Deborah avait presque craché ces mots. Son corps frêle, dont le ventre bombé saillait comme une anomalie grotesque, tremblait.

Marlene eut soudain envie de la prendre dans ses bras, de la consoler et de lui dire que tout irait bien, mais elle aurait eu l'impression de mentir et Deborah ne l'aurait probablement pas laissée faire. Dans l'état où elle était, Marlene doutait de pouvoir se faire entendre d'elle. Comme Trudi, Deborah aurait besoin de temps pour guérir. Marlene fit néanmoins une tentative.

— Cet enfant n'est pas responsable des actes de son père. Ne lui fais pas sentir ta haine, dit-elle calmement.

— Épargne-moi tes sermons sur la haine, espèce de sale hypocrite! siffla Deborah. Toi, tu t'es vengée! Albrecht m'a raconté que tu as tué Greiff, alors laisse-moi tranquille!

Merci, Albrecht, pensa Marlene avec un soupir. Elle adressa à Deborah un sourire apaisant, mais elle se sentait incapable de faire davantage.

— Je suis fatiguée. Nous pourrons reparler de tout ça demain, dit-elle.

Elle sortit sa chemise de nuit de son sac de voyage, ôta ses chaussures et se dirigea vers la minuscule salle de bains. Quel luxe de ne pas devoir changer d'étage pour faire sa toilette!

Mais Deborah n'était pas disposée à lâcher prise. Elle suivit Marlene dans la salle de bains.

— Tu crois peut-être que j'en suis incapable? Marlene la glorieuse résistante, qui n'a même pas pu empêcher ses compagnons de lutte de la faire sauter dans un attentat! persifla-t-elle. Inutile de me mentir: Albrecht m'a renseignée là-dessus.

— Une vraie pipelette, ton cher Albrecht, commenta Marlene, et elle s'assit sans façons sur le siège des toilettes en espérant que cette vision chasserait Deborah.

Mais celle-ci s'en moquait bien.

— C'est toi qui m'as entraînée dans toute cette affaire. Sans toi, je n'aurais jamais essayé de voler le procès-verbal de la conférence de Wannsee! C'est à cause de toi que je me suis brouillée avec Albrecht. Toutes ces horreurs ne seraient jamais arrivées sans toi! lança-t-elle.

Marlene tira la chasse. Elle aurait bien voulu se déshabiller pour faire sa toilette, mais elle ne voulait pas montrer à son amie enceinte son corps marqué par sa grossesse et son accouchement, de peur de la bouleverser davantage. Comment réagirait Deborah si elle apprenait l'existence de Noah et voyait combien Marlene était heureuse avec lui? Pour son voyage, Marlene avait, avec l'aide de Jolanta, comprimé son ventre encore distendu avec un foulard afin qu'il ne fût pas trop visible sous sa robe ample. Elle aurait préféré ignorer les attaques de Deborah et aller se coucher, mais elle craignait que la discussion ne s'éternisât. Elle ne prenait pas vraiment au sérieux ses accusations. La jeune fille l'avait aidée par conviction et non pour lui rendre service, ni par faiblesse. Deborah l'agressait tout simplement parce que pour elle, la coupe était pleine. Marlene jouait un rôle de soupape.

Elle était si épuisée qu'elle tenait à peine debout. Elle rabattit le couvercle de la toilette et s'assit dessus.

— Très bien, accuse-moi de tous tes malheurs, déteste-moi si tu veux et si ça peut t'aider, répondit-elle. Je préfère que tu t'en prennes à moi plutôt que de te haïr ou de te tuer.

Elle saisit la main de Deborah et la retourna. Une cicatrice mal refermée témoignait de sa dernière tentative. Deborah se dégagea.

— Laisse-moi, gronda-t-elle.

— Avec plaisir. Pourrions-nous aller dormir? demanda Marlene en bâillant.

— Tu ne fais aucun effort pour me comprendre! dit Deborah d'un air buté.

— Qu'attends-tu de moi au juste? Ma bénédiction pour que tu assassines Brunnmann? demanda Marlene impatientée. La guerre est finie, *chérie*, reprit-elle d'une voix plus douce. Nous devons regarder vers l'avant, sinon nous laisserons des types comme Brunnmann empoisonner notre existence. C'est ça que tu veux? Traîner la guerre comme un fardeau pour le reste de ta vie? Tu es enceinte sans l'avoir voulu, c'est vrai, mais qu'est-ce que ça y changera de haïr cet enfant ou de m'accuser de tes malheurs? Est-ce que ça t'aidera à te sentir mieux?

— Je me sentirai mieux quand j'aurai tué Albrecht, répondit Deborah sur un ton belliqueux.

Marlene plongea les yeux dans les siens et comprit que la haine l'avait menée au bord de la folie. Elle devait la secourir d'urgence.

— Non! répondit-elle sur un ton dur. Tu ne te sentiras pas mieux. Ce souvenir hantera tes nuits et cet homme deviendra un spectre. Il ne faut pas rester tourné vers le passé, Deborah, je l'ai appris à mes dépens. Et maintenant, sors, s'il te plaît, pour que je puisse enfin faire ma toilette et me mettre au lit.

Elle s'était levée et elle poussait Deborah vers la porte, mais celle-ci ne la laissa pas en paix, ni à cet instant, ni plus tard quand elles furent couchées. Marlene la laissa parler et s'endormit rapidement.

Quand elle se réveilla à 6 heures, Deborah était partie. Marlene ignorait comment prévenir Michaelson. Quand il arriva, deux heures plus tard, il refusa de faire rechercher Deborah.

— Elle est adulte, majeure et elle a le droit d'aller où elle veut. L'armée a plus important à faire que de chercher ton amie, lui dit-il.

Marlene le comprenait, mais elle était confrontée à un dilemme: devait-elle lui raconter que Deborah projetait de tuer Brunnmann? Non, Michaelson ne ferait pas rechercher Deborah uniquement pour un acte qu'elle avait menacé de commettre. De plus, en avertissant Michaelson, Marlene lancerait les Américains sur les traces de la jeune fille, ce qu'elle ne voulait à aucun prix.

Il ne restait plus qu'à prier pour que Michaelson et ses compatriotes arrêtent Albrecht Brunnmann avant que Deborah l'ait retrouvé. Elle aurait aimé partir à la recherche de son amie, mais Noah l'attendait et avait besoin d'elle.

Elle avait fait son possible pour aider Deborah. Elle pouvait seulement espérer que le destin se montrerait clément envers elle.

52

Fragment de guerre

«Je suis désormais le diable, le destructeur de l'univers.»
Robert Oppenheimer, après le premier essai nucléaire

*

Aix-la-Chapelle, quatre mois plus tard

Marlene était inquiète pour Noah, car il souffrait de coliques depuis plusieurs mois. Elle essayait de lui faire boire une infusion au fenouil quand on frappa à la porte.

— J'y vais, dit sa grand-mère Charlotte en reposant la spatule qu'elle tenait à la main.

Elle revint avec un jeune homme en uniforme de l'armée américaine. Marlene crut un instant reconnaître Joe Michaelson, mais le nouvel arrivant était plus jeune et plus robuste. La ressemblance s'expliqua vite quand il se présenta: Benedict Michaelson, le cousin de Joe. Il travaillait sur un film avec John Huston et il se rendait en Belgique, expliqua-t-il en s'excusant de son mauvais allemand. L'entretien se poursuivit donc en anglais.

— Vous tournez des films pour l'armée? s'enquit Marlene avec curiosité.

— Non, en réalité je suis producteur, mais la guerre m'a interrompu dans cette activité. Je travaille en ce moment pour le Service de contrôle de l'information.

— Le successeur du Service de la guerre psychologique?

— Vous êtes bien renseignée.

Marlene désigna une pile de journaux posée derrière elle.

— Je lis tous les numéros du *Stars and Stripes*, dit-elle. C'est votre cousin qui me les envoie. Je sais que la Résistance a travaillé avec le Service de la guerre psychologique. Qu'est-ce qui me vaut le plaisir de votre visite, Benedict?

— Ceci! répondit-il en tirant une lettre du sac qu'il portait en bandoulière. Joe m'a demandé de vous la remettre personnellement.

Marlene passa Noah à sa grand-mère, qui la regarda lire la lettre.

— De mauvaises nouvelles, ma chérie? demanda-t-elle avec inquiétude. Tu es toute pâle.

Marlene reposa la lettre.

— Oui, ce sont des nouvelles de mon amie Deborah, répondit-elle. Elle a été arrêtée à Rome.

— Arrêtée? Qu'a-t-elle fait?

— Elle a essayé d'abattre un homme dans les jardins du Vatican.

Mon Dieu, Deborah... Marlene se livra à un calcul mental rapide. Deborah devait être dans les derniers mois de sa grossesse, ou peut-être même que son enfant était né? La lettre de Joe ne disait rien à ce sujet. Quelle est la distance entre Aix-la-Chapelle et Rome? se demanda-t-elle.

— Cet homme, était-ce Albrecht Brunnmann? demanda sa grand-mère.

Charlotte ne paraissait pas autrement surprise de cette nouvelle. Elle savait tout de sa petite-fille. Après leur séparation de presque six ans, Marlene lui avait peu à peu tout révélé de sa vie durant ces années, y compris ce dont elle n'était pas particulièrement fière. Mais en parler l'aidait à guérir, un processus amorcé par le récit de guerre qu'elle avait fait à Joe.

Marlene acquiesça.

— C'est ma faute, dit-elle, plus pour elle-même que pour ses interlocuteurs. Je n'aurais pas dû la laisser partir.

— Ne dis pas de bêtises, la réprimanda Charlotte. Tu ne l'as pas laissée partir, c'est elle qui a filé à l'anglaise! D'après ce que tu m'as raconté sur elle, tu aurais dû la ligoter pour la retenir. Tu as pris la bonne décision à ce moment-là: c'est de Noah que tu es responsable.

Marlene eut un sourire gêné. Sa grand-mère avait le don de lire dans les pensées.

— Si j'en crois ce que tu viens de me dire, je ferais mieux de rester ici et d'abandonner Deborah à son sort à Rome? demanda-t-elle.

— Oui, aussi dur que ça puisse paraître. Réfléchis un peu: que pourras-tu faire dans un pays étranger? Deborah est sous la garde des autorités italiennes et devra répondre de ses actes devant un tribunal italien. Et le voyage jusqu'à Rome est interminable et, surtout, dangereux. Il y a encore pas mal de fous furieux en liberté. Tu en as assez fait pour Deborah. Son sort n'est plus entre tes mains. Pas plus que celui de Trudi.

Trudi était une autre source d'amertume pour Marlene. Elle avait refusé avec la dernière énergie de partir avec elle à Aix-la-Chapelle parce qu'elle voulait rester à proximité du camp de Siershahn où son bien-aimé Gregor était prisonnier. Marlene s'était assuré le soutien de Joe et lui avait demandé de la désigner comme tutrice de la jeune fille, qui n'avait que seize ans. Mais peu avant leur départ pour Aix-la-Chapelle, Trudi avait pris la poudre d'escampette et depuis, Marlene était restée sans nouvelles d'elle. Joe avait quitté Wiesbaden pour Nuremberg et il avait autre chose à faire que de rechercher Trudi. Jolanta avait saisi l'occasion pour accompagner Marlene jusqu'à Aix-la-Chapelle. Quand Marlene avait déclaré par plaisanterie qu'elles formaient de nouveau une communauté unie par le même sort, Jolanta l'avait regardée, pensive.

— Tu as raison, avait-elle répondu. Il arrive de s'aveugler. Marseille n'est pas ma destination.

Marlene savait que sa grand-mère attendait d'elle la promesse de ne pas se rendre à Rome. Elle ne voulait pas d'une nouvelle séparation. Marlene n'avait encore rien décidé et elle préférait éviter une discussion dans l'immédiat.

— Nous sommes vraiment impolies, grand-mère, dit-elle. Nous devrions offrir quelque chose à notre invité qui nous couvre de cadeaux.

Benedict Michaelson avait profité de leur discussion pour vider son sac sur la table. Il contenait des conserves américaines de viande, de soupes et de salades de fruits, deux paquets de café en grains, du sucre, des biscuits et deux articles très prisés pour le troc: des bas de soie et une cartouche de cigarettes.

— Avec le meilleur souvenir de Joe, dit-il.

Charlotte saisit un paquet de café.

— Aujourd'hui, on aura du vrai café ! annonça-t-elle, rayonnante.

Pendant que Marlene mettait la table, Colin s'approcha en titubant de la porte. Elles logeaient dans l'orangerie rénovée de l'ancienne camarade d'école de Charlotte. Ingeborg était baronne, ne portait que des tenues de chasse et des bottes en caoutchouc et avait une voix faite pour le commandement. Divorcée d'un lord anglais, elle avait des relations et connaissait beaucoup de monde, si bien que ni les nazis, ni les alliés n'avaient réquisitionné son immense propriété, un château aux allures de forteresse au sud d'Aix-la-Chapelle. À la fin de la guerre, Ingeborg avait accueilli une foule de réfugiés qu'elle menait d'une main de fer. Jolanta et elle s'étaient immédiatement entendues. Avec les apatrides, elles cultivaient la terre. Elles avaient planté de vastes potagers et leur élevage de moutons prospérait.

Colin avait aussitôt repéré la table couverte de victuailles. Il poussa un cri de joie et grimpa maladroitement sur une chaise – personne n'avait le droit de l'aider, sinon il se mettait à hurler comme une sirène – pour admirer tous ces trésors. Colin avait toujours faim. Elles l'avaient récemment surpris à couvrir les deux côtés de sa tartine de beurre, une denrée coûteuse. Jolanta le suivait, une énorme citrouille dans les bras. Elle avait recommencé à porter ses turbans. Ses allures exotiques ne passaient jamais inaperçues. Elle ne paraissait même pas remarquer que les gens chuchotaient dans son dos. Sa majesté innée était comme un manteau dans lequel elle se drapait. Pendant l'une de ses promenades, un homme en tenue de prêtre l'avait abordée. C'était l'évêque d'Aix-la-Chapelle, Johannes Van der Velden. Jolanta l'avait impressionné. Depuis, ils avaient gardé des liens d'amitié, même si Jolanta n'accompagnait jamais Charlotte et Marlene à l'église. Marlene n'y allait que pour sa grand-mère, car elle n'osait pas lui avouer qu'elle avait perdu la foi depuis Auschwitz.

Les sourcils de Benedict se haussèrent à la vue de l'Asiatique. Si le Reich avait capitulé en mai, la guerre du Pacifique avait fait rage jusqu'en août. Il avait fallu lâcher deux bombes atomiques pour vaincre l'empire japonais.

Marlene fit les présentations et ils passèrent un après-midi très intéressant à parler en prenant du café et des biscuits. Benedict se montrait très curieux de tout ce qu'elles avaient vécu pendant la guerre. Il s'intéressait particulièrement au passé de résistante de Marlene. Il pensait qu'on pourrait en tirer un «*great film*», ce qui amena Charlotte à mentionner qu'avant-guerre, sa petite-fille voulait faire des études d'art dramatique et connaissait plusieurs pièces de théâtre par cœur. Benedict insista pour qu'elle lui en jouât un extrait. Cédant à la demande générale, Marlene joua un passage du *Songe d'une nuit d'été* de Shakespeare.

Son jeu enthousiasma Benedict.

— Si jamais je tourne un film, tu auras un rôle, déclara-t-il avec un grand sourire.

Comme Joe, il avait la conviction inébranlable que la vie se conformerait à ses vœux. L'impossible était étranger à son univers. Il rappelait à Marlene Jakob, pour lequel les difficultés n'étaient que des obstacles à franchir. Ce rapprochement lui remit Deborah en mémoire et la voix de sa grand-mère qui racontait sa vie à Berlin avant son évacuation recula à l'arrière-plan. La jeune Deborah n'avait guère eu de chance dans sa vie. Elle était née en 1924, à une époque difficile. Son père avait disparu sans laisser de traces. Pour protéger ses enfants, sa mère avait dû épouser un homme qu'elle n'aimait pas mais envers lequel elle croyait avoir une dette, car il avait par deux fois sauvé ses enfants de la déportation. Or Elisabeth, la mère de Deborah, avait été honteusement abusée par cet homme, qui n'était autre qu'Albrecht Brunnmann. C'était lui qui avait mis en scène l'arrestation de ses enfants afin de jouer le rôle du sauveur et de s'assurer la reconnaissance d'Elisabeth. Plus tard, après la mort de celle-ci, il avait séduit Deborah, qui n'avait que dix-sept ans. Il avait profité de sa fragilité psychique après la disparition de ses parents pour assurer son emprise sur elle et lui infliger de nouvelles souffrances morales. Et maintenant, minée par la haine et le désir de vengeance, la jeune fille était enfermée dans une prison romaine, enceinte d'un enfant non désiré, seule, abandonnée et cruellement lésée par l'existence. Non, Marlene ne pouvait l'abandonner à son sort. Quelqu'un devait la protéger. Deborah était devenue indifférente à son propre sort, capable de retomber dans l'apathie ou de refaire une tentative de suicide. Les informations de Joe remontaient à deux semaines. Marlene ne savait même pas si Deborah était encore en vie. Oui, elle devait faire une dernière tentative pour l'aider. Noah était en sécurité auprès de sa grand-mère et de Jolanta. Sa décision était prise. Le réseau ferroviaire européen avait été en grande partie reconstruit et Marlene en suivait déjà le tracé en pensée.

— Oh non ! s'écria sa grand-mère en reposant sa tasse sans douceur.

— Quoi ? demanda Marlene, qui avait sursauté.

— Tu as la tête que tu faisais enfant quand tu mijotais quelque chose, répondit Charlotte, et elle poussa un soupir résigné. Tu as décidé d'aller à Rome. J'espère que tu sais ce que tu fais, ma petite.

Marlene se dispensa de répondre et lui adressa un sourire contrit.

— Benedict, pourriez-vous m'aider à téléphoner à Joe ? demanda-t-elle.

Il fallut deux jours pour joindre Joe. Benedict avait prolongé son séjour à Aix-la-Chapelle pour Marlene. Il mit ce temps à profit pour l'interroger encore sur sa vie en prenant consciencieusement des notes. Cette fois encore, Marlene en omit plusieurs épisodes pour se concentrer sur ses activités dans la Résistance.

Joe accepta volontiers de se charger des formalités pour qu'elle pût se rendre en Italie, mais il lui demanda quelques jours de délai car il était très sollicité par le procès de Nuremberg. Benedict repartit, mais promit à Marlene de repasser chez elles sur le chemin de son retour, même si elle était déjà partie pour Rome. Mais il espérait visiblement la revoir.

Quand, dix jours plus tard, il tint sa promesse, il retrouva Marlene à Aix-la-Chapelle. Elle n'était pas encore partie car les coliques de Noah s'étaient aggravées. Deux semaines avaient passé depuis l'arrivée de la lettre de Joe et Deborah croupissait en prison depuis un mois. Marlene avait de la peine pour elle. Pauvre Deborah… la vie lui avait retiré toutes ses chances. Elle avait été broyée par un homme sans scrupule et une guerre sans merci. Et, bien qu'ayant survécu à cette guerre, elle en était devenue la victime, comme tant d'autres.

Le diable emportait les âmes des vivants comme celles des morts. Le mal était un Moloch insatiable.

Peu après l'arrivée de Benedict, Marlene reçut un télégramme de Joe :

« Deborah évadée. Stop. Avec enfant. Stop. Complice : prêtre. Stop. Joe. »

— Que se passe-t-il? Serait-ce un sourire que je vois là? s'enquit Charlotte, qui avait délaissé ses fourneaux.

Elle était devenue un vrai cordon-bleu, ce que Marlene n'aurait jamais pu croire avant-guerre, car Charlotte avait toujours préféré ses chevaux à tout le reste. Mais ils avaient été réquisitionnés par l'armée et envoyés au front.

— Il semblerait que tout compte fait, il y ait une justice, répondit Marlene en lui tendant le télégramme. Apparemment, l'Église catholique aide les nazis, mais aussi leurs victimes à s'enfuir.

Marlene s'approcha de son fils qui dormait paisiblement dans son couffin. Il était rétabli depuis trois jours, riait et gazouillait toute la journée et divertissait toute la maison avec ses cabrioles. En l'absence de Marlene, il n'aurait pu être entre de meilleures mains que celles de Charlotte et de Jolanta. La valise de Marlene était prête. Le télégramme de Joe était arrivé juste à temps : son train pour Rome partait dans deux heures. Elle se sentait soulagée à l'idée qu'elle n'aurait plus besoin de veiller sur Deborah. Le « complice : prêtre » de Joe en disait long. Marlene était sûre, sans pouvoir se l'expliquer rationnellement, qu'une deuxième chance avait été accordée à Deborah. Il ne tenait plus qu'à elle de la saisir. La voie que Marlene suivrait était différente.

Jolanta s'approcha d'elle et lui tendit une tasse de thé.

— Le destin n'en fait qu'à sa tête, dit-elle.

53

Il ne savait plus depuis combien de temps il était parti. Un jour, il s'était enfui, déjouant la surveillance de ses gardes, et depuis, il marchait. Il avait un but bien précis, il ne pourrait l'atteindre qu'en mettant un pied devant l'autre et c'était ce qu'il faisait, jour après jour. Il buvait dans des ruisseaux et dans des rivières, mangeait du poisson cru et dormait dans des grottes, des troncs d'arbres creux ou sous des feuilles dans des fossés.

À en juger par la longueur de sa barbe et l'état de ses pieds, il marchait depuis très longtemps. Les saisons avaient changé plusieurs fois, ou c'était du moins ce qu'il lui semblait. Il ne se perdait pas en réflexions sur le temps. Pour lui, tout ce qui comptait, c'était le jour et la nuit, la lumière et l'obscurité. Il préférait naturellement le jour, car il pouvait aller plus vite. Il avait aussi marché la nuit, quand la lune l'éclairait assez, mais mal lui en avait pris. Les animaux n'aiment pas que les hommes traversent leur territoire de nuit. Les petits animaux l'avaient laissé tranquille, mais il avait eu des difficultés avec l'ours. Il l'avait affronté en hurlant et en agitant une branche, et il avait vraiment eu de la chance. L'ours avait reculé, était tombé et avait roulé au bas d'une pente où gisaient des troncs d'arbres abattus. Il s'était si grièvement blessé à l'une de leurs branches acérées qu'il ne pouvait plus remuer. Ses cris paraissaient effroyablement humains. Il l'avait rejoint pour lui asséner le coup de grâce.

Il l'avait ensuite dépecé tant bien que mal avec un couteau volé dans une cabane et, pour la première fois depuis des semaines, il avait mangé à sa faim, bien que la viande fût vraiment coriace. Il avait perdu de nombreuses dents au cours des années précédentes et les autres étaient branlantes. Il aurait donc mieux valu faire rôtir la viande, mais il n'avait pas réussi à allumer un feu. La fourrure était un luxe imprévu car elle le réchauffait, et il s'était vite fait à sa puanteur. Quant aux chaussures, il n'en avait plus depuis longtemps, mais après avoir tué l'ours, il avait remplacé par de la fourrure les chiffons rembourrés d'herbe qui protégeaient ses pieds. Maintenant, il avait presque l'allure d'un ours et c'était un bon camouflage. Il marchait en sachant qu'il arriverait un jour. C'était l'amour qui lui en donnait la force.

Quatrième partie

LES TEMPS NOUVEAUX

«Personne n'a jamais tenté de fonder un État sur la puissance de l'amour.»

Ralph Emerson

54

Berlin, 1949

Marlene était tracassée par des difficultés financières. Noah poussait comme une asperge et il lui fallait encore de nouvelles chaussures. À trois ans, il était comme du vif-argent et il avait déjà son caractère. Sa mère et son arrière-grand-mère n'avaient pas le temps de souffler. Et il avait un complice, Colin, qui à dix ans était à peine plus grand que lui, le suivait comme son ombre et était toujours prêt à faire les quatre cents coups avec lui. Élever Noah était d'autant plus difficile que les deux garçons étaient prodigieusement gâtés par la douzaine de dames qui habitaient à l'étage inférieur. Ces dames étaient en quelque sorte les nouvelles *geikos* de Jolanta, qui, exploitant ses talents d'entrepreneuse, poursuivait la carrière qu'elle avait commencée sous la contrainte pendant la guerre : elle dirigeait une boîte de nuit très sélecte dotée d'une *okiya*. Son établissement se distinguait à la fois par sa discrétion et par sa qualité et était très apprécié des troupes d'occupation alliées. Elle comptait un certain nombre d'officiers parmi ses clients.

Marlene avait emménagé avec Charlotte et Noah dans les combles de l'immeuble que Jolanta louait pour son commerce. Le point de départ de cette entreprise avait été les deux lingots d'or d'Albrecht Brunnmann que Joe Michaelson leur avait rapportés avant de repartir aux États-Unis. Sans un mot, il avait posé le petit mais lourd paquet sur la table en déclarant qu'elles ne devaient l'ouvrir qu'après son départ. Marlene ne voulait pas de cet or, qui à ses yeux était souillé de sang, et sa fierté lui imposait de payer le loyer de son logement, mais Jolanta n'avait rien voulu savoir.

Marlene avait cherché un appartement ailleurs, mais se loger à Berlin après la guerre relevait de l'impossible. Sa grand-mère et elle étaient pauvres comme des rats d'église.

C'étaient maintenant les Russes qui résidaient sur le domaine du baron von Dürkheim à Levkojen. Souvent, le regard de la grand-mère se teintait de nostalgie et Marlene devinait qu'elle pensait aux terres de ce domaine et aux gens qui y avaient vécu, *ses* gens, les villageois qu'elle avait tous connus. Elles parlaient d'eux, se demandaient ce qu'ils étaient devenus et les gardaient ainsi vivants dans leur mémoire. Dans ces moments-là, leurs phrases commençaient toujours par un « Tu te souviens... ? ». « Tu te souviens, grand-mère, de l'Emma qui avait voulu à tout prix traire ses vaches le jour de son mariage, et que l'une d'elles, qui était en chaleur, lui avait décoché une ruade, si bien qu'Emma s'était présentée devant l'autel avec un œil au beurre noir ? »

Leur nostalgie de Levkojen grandissait de jour en jour et devint leur compagne silencieuse. Elles auraient plus que tout aimé s'y rendre, mais les temps étaient incertains et les alliés s'étaient depuis longtemps scindés en deux groupes : les Américains, les Anglais et les Français d'un côté, les Soviétiques de l'autre. Il fallait obtenir une foule de papiers et d'autorisations pour accéder en zone d'occupation soviétique, et aussi de l'argent qu'elles n'avaient pas. Sans Noah, pourtant, rien n'aurait pu retenir Marlene de tenter sa chance. Mais peut-être était-ce mieux ainsi, lui dit Charlotte.

— Qui sait ce que tu trouverais là-bas ? ajouta-t-elle. Il vaut parfois mieux ne rien savoir.

Quand Marlene comprit que sa recherche de logement n'aboutirait à rien, elle s'assit avec sa grand-mère pour en parler avec elle. Elle voulait lui annoncer avec ménagement qu'elles allaient habiter au-dessus d'un bordel, mais les scrupules de sa petite-fille amusèrent Charlotte.

— Ma chérie, quelle idée te fais-tu donc de moi ? répondit-elle. Il serait absurde qu'après cette guerre effroyable je me plaigne seulement de mon voisinage. Du reste, mon haras de Levkojen était-il autre chose qu'une clinique d'insémination ? Les temps ont changé et c'est très bien ainsi.

Elles emménagèrent dans les combles dès le lendemain. Leur nouveau logement était tout sauf luxueux, on ne pouvait tenir debout qu'au milieu du grenier et elles s'habituèrent très vite à baisser la tête en permanence. Elles s'habituèrent également à la musique tard dans la nuit, aux rires et autres bruits piquants montant du deuxième étage. Cela ne leur aurait posé aucun problème si Noah n'avait tout écouté avec tant d'attention. Au fil du temps, il retint une foule de choses dont il ne comprenait pas le sens, mais qui suscitaient beaucoup de questions de sa part. Cela devint gênant quand il commença à imiter ce qu'il entendait, déclamant d'un air ravi : « *Oh yes, baby, oh good, so good...* » Colin, qui parlait déjà très bien anglais, enrichissait son vocabulaire de la même manière.

Mais cette longue guerre avait appris aux deux femmes à tirer le meilleur parti de leur situation. Si la salle de bains et les toilettes étaient à l'étage inférieur et s'ils étouffaient sous le toit en été, du moins n'avaient-ils pas froid en hiver, car Jolanta avait fait installer un bon poêle.

Restait la question épineuse de l'argent. En tant qu'actrice de théâtre, Marlene ne gagnait pour ainsi dire rien et les engagements étaient rares. Berlin fourmillait de jeunes talents pleins d'espoir. Une jeune Autrichienne venait de lui souffler encore un rôle à la Tribüne. Mais Marlene était prête à tout essayer. Elle venait même de postuler pour une comédie musicale dans laquelle une jeune Française blonde chantait des chansons. Les cheveux de Marlene furent promptement teints et Jolanta l'aida à répéter les chansons. Marlene n'avait pas vraiment de voix au sens classique du terme, mais elle imprimait aux chansons son sens de la mise en scène, sa personnalité et son énergie. Elle chanta une histoire avec une vivacité et une émotion qui conquirent son auditoire, et obtint le rôle. Ce fut un grand succès, qui dura trois jours. Et puis, du jour au lendemain, la comédie musicale fut supprimée du programme sans la moindre explication et les comédiens renvoyés. Jolanta profita de la situation pour faire à Marlene une proposition alléchante : comme Marlene tenait absolument à lui payer un loyer, elle pourrait ajouter à son répertoire de chansons françaises *à la Piaf*[1] des airs de « la Dietrich » et les chanter dans son établissement. Les Américains étaient fous de la Dietrich. Ce fut ainsi que Marlene chanta deux soirs par semaine dans l'établissement de Jolanta.

Mais elle n'avait jamais assez d'argent, en tout cas pas assez pour financer les recherches d'Albrecht Brunnmann et

1. En français dans le texte.

consorts. Brunnmann était toujours en fuite, tout comme Mengele et Baer, et Marlene n'avait pas renoncé à les faire arrêter. C'était une promesse qu'elle s'était faite en temps de guerre et qu'elle comptait bien tenir. Depuis le procès de Nuremberg, en particulier, elle ne voulait pour rien au monde laisser ces assassins s'en tirer. À l'idée qu'ils menaient une vie dorée au soleil de l'Amérique du Sud grâce à tout ce qu'ils avaient volé aux Juifs et à d'autres victimes du nazisme, elle bouillait de rage.

Ses problèmes d'argent se résolurent bientôt de manière imprévue. Benedict Michaelson, avec lequel elle était restée en contact, avait un nouveau projet de film dans lequel il voulait lui donner le rôle principal. Il l'informa que le scénario sur lequel il travaillait depuis plusieurs années était achevé. C'était un film inspiré de la vie de Marlene. Quand elle l'apprit, elle réprima un soupir. De tous les films du monde, c'était bien le dernier dans lequel elle avait envie de jouer. La réalité lui avait largement suffi. Mais cela, elle ne le dit pas à Benedict. Elle se réjouissait par-dessus tout de le revoir.

Il arriva à Berlin le surlendemain et l'invita à l'Adlon, où il séjournait avec deux assistants et un scénariste. Le script était meilleur que ce à quoi Marlene s'était attendue, essentiellement parce qu'il s'éloignait de ce qu'elle avait vécu. Benedict et le jeune scénariste avaient donné libre cours à leur inventivité et Marlene n'y voyait aucune objection. Hormis quelques passages sur le soulèvement de Varsovie et la survie des partisans en forêt, ce film racontait l'histoire d'amour entre une détenue juive et un SS qui l'aidait à s'évader et était finalement abattu par ses camarades tandis qu'elle parvenait à rejoindre des partisans. Le dénouement, lors duquel elle donnait naissance à des jumeaux, paraissait un peu cousu de fil blanc à Marlene, mais Michaelson avait insisté pour le conserver.

— *It's all about* la guerre, *darling*, avait-il expliqué, balayant ses objections. *Therefore we need a great happy ending! What do you say?*

Et, comme Marlene hésitait encore :

— Tu seras payée en dollars, ajouta-t-il astucieusement. Deux mille, en échange des droits sur ta vie.

Et le marché fut conclu. En échange de deux mille dollars, Marlene vendit sa vie pour les six mois à venir. Et grâce à ce film, elle fit la connaissance de Frederico Fedele.

55

Berlin, six mois plus tard

L'orage se déchaînait, la tente se gonflait comme un organisme vivant et menaçait de s'envoler dans sa lutte contre les éléments. À l'intérieur, Marlene, étendue sur une litière improvisée, se convulsait de douleur et gémissait à fendre l'âme car elle accouchait de jumeaux.

Une activité fébrile régnait autour d'elle. Une femme en haillons épongeait la sueur de son front, une autre essorait un torchon au-dessus d'un seau d'eau chaude et le metteur en scène assis sur une chaise avec sa caméra descendait vers elle pour filmer dans les moindres détails son visage ruisselant de sueur et marqué par les souffrances de la maternité.

Le jeune scénariste avait prévu toute une série de cris pour cette scène d'accouchement spectaculaire. Elle criait donc sans quitter des yeux le metteur en scène bien nourri qui oscillait au-dessus d'elle, dangereusement proche de son visage. Soudain, un cri aigu se mêla aux siens, un feu follet fit irruption dans la tente et se cramponna à elle avec un « Maman bobo ! » déchirant. Le cri de l'enfant fut aussitôt couvert par les hurlements d'Hiram Williams, le metteur en scène : « *Cut ! Cuuut ! CUUUUUT ! What the hell is the boy doing here?* » Mais une seconde plus tard, Williams riait de tout son visage potelé, puis descendait à terre comme Zeus sur sa chaise de metteur en scène et tirait une barre chocolatée de sa poche : « *Come here, boy, come here !* » Marlene avait déjà expliqué à son fils que tout allait bien et que ses « Aïe ! » n'étaient qu'un jeu. Noah vit le chocolat et se précipita vers lui.

— *Are you a good boy?* demanda Williams avant de lui donner le chocolat.

Noah hocha vigoureusement la tête et se redressa.

— *Oh yes, yes, baby, yeeeees! Good boy, oh my god, oh my god, yesssssssss...*, déclama-t-il.

On aurait entendu voler une mouche et Marlene se mordait les lèvres pour ne pas éclater de rire. Elle était toujours surprise du talent de son fils pour imiter la voix d'une femme en pleine extase. Charlotte était d'avis qu'il tenait ce don de sa mère.

Il avait dû échapper à l'habilleuse. Ce matin-là, Marlene l'avait amené au studio en douce parce que Charlotte, qui avait un rendez-vous chez le dentiste, ne pouvait pas le garder. Elle avait graissé la patte à l'habilleuse pour qu'elle s'occupât de lui.

Williams jaugea Noah, les yeux plissés, comme s'il se demandait si le gamin le menait en bateau, mais le jugea visiblement trop jeune pour des manœuvres sournoises d'aspirant comédien et éclata d'un rire tonitruant qui rappelait le rugissement d'une otarie. Son ventre tressautait, il se tenait les côtes, incapable de contrôler son hilarité, et tout le studio lui fit écho avec soulagement.

— *What a great talent! Who is this boy?* s'exclama-t-il.

Il prit sur ses genoux Noah qui, avec la concentration des enfants, essayait d'engloutir le chocolat d'un seul coup.

L'habilleuse fit irruption sous la tente, rouge de confusion, mais s'arrêta court en voyant sur les genoux de qui Noah était juché. Elle feignit de son mieux d'arriver par hasard et de ne rien savoir de l'enfant, mais elle n'avait malheureusement pas le talent de comédien de Noah et elle se ratatina sous le regard perçant de Williams.

Marlene la tira d'embarras en prenant Noah dans ses bras.

— *Sorry, no baby-sitter*, expliqua-t-elle avant de rendre Noah à la femme.

Elle prit congé de lui avec un baiser et en lui recommandant d'être bien sage jusqu'à ce que grand-mère vînt le chercher, mais il ne l'écouta même pas car le chocolat accaparait toute son attention.

— *Great talent!* répéta Williams avec un sourire éloquent, et Marlene devina sans peine quelles conclusions il tirait du «talent» de Noah: les cloisons de l'appartement de sa mère devaient être très minces.

Sa réputation était faite alors qu'elle cultivait depuis des mois son image de froideur. Il était déjà assez pénible de subir les avances des professionnels du cinéma qui partaient tous du principe que les jeunes actrices étaient prêtes à accueillir complaisamment les marques d'attention si cela pouvait favoriser leur carrière.

Son premier film, *Amour et Trahison*, n'eut aucun succès en Allemagne. Le public était las de la guerre et préférait l'oublier, et ce n'était pas un «*great happy ending*» avec des jumeaux qui y changerait quoi que ce soit. Marlene, qui l'avait pressenti, s'abstint de le répéter et se réjouit de son cachet. Ces dollars étaient synonymes de survie, de nourriture, de vêtements et de chaussures pour Noah.

Le film remporta néanmoins un succès d'estime dans sa version anglaise aux États-Unis. Le jeune et ambitieux metteur en scène italien Frederico Fedele le vit et voulut absolument engager Marlene pour son prochain film. Pour des raisons mystérieuses, il avait une réputation de génie dans le milieu du cinéma alors qu'aucun de ses films n'avait encore été projeté, mais Marlene aimait son optimisme sans frein. Il voulait créer quelque chose de grand et sa foi dans son œuvre était inébranlable. Cette fois-ci, Marlene chargea Jolanta de négocier son cachet. Elle avait l'impression que si Frederico était un artiste dans sa partie, c'était un homme d'affaires plutôt médiocre malgré ce qu'il prétendait.

Il ne pouvait pas lui offrir une rémunération substantielle, mais ce n'était pas ce qui comptait le plus pour Marlene : elle irait en Italie ! Une partie du film devait être tournée dans les studios romains de Cinecittà, qui venait de rouvrir ses portes. Depuis la fin de la guerre, ces studios avaient servi d'hébergement aux «personnes déplacées», aux recrues du service du travail obligatoire, aux déportés et aux réfugiés de guerre.

Avant de partir pour Rome, Marlene avait revu Olga. Celle-ci était restée à Wiesbaden avant de réapparaître un jour devant l'établissement de Jolanta. Très élégante, habillée à la dernière mode américaine et toujours débordante de joie de vivre, elle avait sauté au cou de Marlene. Elles avaient renoué leur vieille amitié comme si elles s'étaient quittées la veille.

Olga était restée et travaillait maintenant chez Jolanta avec un naturel qui faisait l'admiration de Marlene. Parmi les gens qui connaissaient Olga, personne n'aurait osé si peu que ce fût porter un jugement sur elle à cause de son travail.

— Maintenant, à moi de jouer, avait-elle déclaré à Marlene. Je choisis moi-même mes clients ! Et, qui sait, peut-être qu'un jour je reprendrai l'établissement de Jolanta ? avait-elle conclu dans l'un de ses éclats de rire inimitables.

Marlene savait que c'était sa manière de faire front à la vie et à ses atrocités. Le mal avait tenté de la détruire de toutes les manières imaginables, en la frappant, en la piétinant, en l'avilissant, mais elle s'était toujours relevée, elle avait regardé le diable droit dans les yeux et réaffirmé sa souveraineté face à lui. Comme Marlene, le mal n'avait pu la briser. Elles étaient restées intactes et leur dignité inviolée. Le bien les protégeait.

— *Dawai !* À notre communauté de destin et à nos nouvelles aventures, déclara Olga en remplissant son verre de vodka.

C'était déjà son troisième alors que Marlene sirotait encore son premier. Pendant que Noah faisait sa sieste en compagnie de Colin, les deux jeunes femmes prenaient leurs aises dans la chambre d'Olga.

— Tu as encore ton pendentif ? demanda Olga, et elle tira le sien de sa chemise.

Une croix était passée au lacet avec l'ancre.

— Non, je l'ai donné à Trudi.

Elles avaient parlé de Trudi peu après l'arrivée d'Olga, qui était à présent au courant des caprices de la jeune fille.

— Comment t'en sors-tu ? demanda Marlene en baissant la voix.

Olga comprit aussitôt qu'elle faisait allusion à ce qu'elle avait vécu à Auschwitz. Elle inspira à fond.

— En y pensant le moins possible, répondit-elle. Ça n'en vaut pas la peine. Mais parfois, quand je me réveille le matin, j'entends hurler mon âme et je ressens cette fureur contre les hommes et ce monde maudit qui ont permis toutes ces horreurs. Alors je pousse des jurons et puis je prie, dit-elle en touchant son pendentif. Parfois, Dieu est là pour recueillir ma colère. Presque toutes les filles de notre cercle ont survécu aux nazis et finalement, c'est tout ce qui compte, non ? Et pas ce qu'ils nous ont fait, ni ce que nous avons enduré. C'est ce que je me dis quand ces souvenirs me rongent : ils n'ont pas remporté la victoire, acheva-t-elle avant de vider son verre. Et toi ?

— C'est pareil pour moi, sauf pour les jurons et les prières, répondit Marlene, et elle sourit comme seules les mères peuvent le faire quand elles pensent à leurs enfants. J'ai Noah, c'est lui qui est mon ancre quand mes souvenirs me minent.

Les deux femmes se regardèrent et conclurent implicitement le pacte de ne plus jamais parler d'Auschwitz. Tout avait été dit à ce sujet.

— Et ton projet d'épouser un Américain et d'aller vivre aux États-Unis? demanda Marlene pour aborder un sujet plus anodin.

— Que veux-tu que je te dise? Ici, à Berlin, il y en a en veux-tu, en voilà, gloussa Olga.

Elle prit une cigarette, l'alluma et, les yeux fermés, tira voluptueusement dessus.

— Tu veux dire que tu en as déjà fini avec les Américains des autres villes? demanda Marlene par provocation.

Elle était tout près de glousser comme Olga, qui lui donnait envie de bêtifier. C'était bon de l'avoir auprès d'elle, d'avoir une amie.

— Non, tous ne font pas l'affaire, répondit Olga en reprenant son sérieux. Ce qu'il me faut, c'est un étalon, pas un poney, fit-elle avec un profond soupir. Il y a trop de poneys. Peut-être que je vais retourner en Russie. Il y a là-bas un garçon d'écurie. Il s'appelle Vania...

Elle contemplait ses mains d'un air rêveur. Marlene l'observait, surprise. Elle découvrait un nouvel aspect d'Olga. On aurait pu croire jusqu'ici qu'à ses yeux, il existait seulement deux types d'hommes : ceux qui pouvaient lui être utiles et ceux qui la satisfaisaient au lit. Ceux qui réunissaient ces deux atouts étaient une espèce rare.

— Tu étais amoureuse de ce Vania? demanda Marlene.

— J'étais jeune, répondit Olga avec un haussement d'épaules.

— Est-ce que ta famille avait des chevaux?

— Oui, dans le temps, avant ma naissance. Mon grand-père élevait des pur-sang. Le tsar en possédait plusieurs de notre haras. Mon grand-père était un prince russe, mais avec la révolution, les Bolcheviques sont arrivés. Ils ont tué toute ma famille, tout pillé, chassé les chevaux et le bétail et mis le feu au manoir et aux écuries. Ma mère a été la seule à leur échapper. Quelques-uns de nos domestiques, de braves gens, l'ont sauvée. Mais le chef du soviet du village avait des vues sur elle et il l'a forcée à l'épouser. C'était une brute et un ivrogne et il la battait. J'avais douze ans quand il l'a tuée, pas exprès, mais ce jour-là, il a tout simplement eu la main trop lourde. Aussitôt après l'enterrement, j'ai pris mon baluchon et je suis partie à Moscou où j'ai survécu en faisant la putain.

Olga vida son quatrième verre de vodka, puis resta les yeux fixés sur le fond du verre comme s'il contenait des réponses.

— Bon sang, je n'avais encore jamais raconté ça à personne. Je devrais peut-être moins boire, conclut-elle en remplissant de nouveau son verre, et Marlene lui tendit le sien. Je suis désolée, murmura-t-elle. À ma famille.

Elles trinquèrent.

— *Dawai*, ça fait une paie. Des histoires comme celle de ma famille, il y en a eu partout à l'époque. La révolution a été cruelle. Trotski, Lénine et leurs sbires ont tout détruit comme si l'ancienne élite de la Russie était de la mauvaise herbe qu'il fallait arracher. Ça a fait beaucoup de mal à notre petite mère la Russie et ça l'a beaucoup retardée dans son développement. C'est vrai que les tsars étaient des dirigeants cruels, mais l'erreur fatale de la nouvelle élite soviétique a été d'éliminer toute l'ancienne élite. Elle a assassiné des gens comme mes grands-parents, qui aimaient les livres, les sciences et l'art et les cultivaient.

Marlene était entièrement de son avis.

— C'est toujours le même engrenage infernal: les malfaisants lancent les crétins sur les gens intelligents parce qu'ils sont les seuls à pouvoir lire dans leur jeu, dit-elle. C'est pour cette raison qu'on réduit au silence l'élite intellectuelle et qu'elle est toujours la première victime dans les luttes pour le pouvoir.

56

Berlin, janvier 1951

— Frederico m'a envoyé un nouveau scénario, annonça Marlene.

C'était déjà sa troisième mouture et il avait jeté les deux précédentes à la poubelle.

— Merveilleux ! s'exclama Charlotte à demi enfouie dans une armoire, dont elle ressortit avec un : Quelle chance qu'il soit encore là ! en brandissant un pantalon d'enfant rouge.

— C'est pour Noah ? demanda Marlene.

— Non, pour Colin. Il a déchiré le dernier qui lui restait en se bagarrant à l'école.

— Encore ? C'est un vrai vandale.

— Dis ça à ton fils. Il le pousse sans arrêt à se battre.

— Eh bien, ce sera toujours ça de moins à emballer, répondit Marlene en observant les caisses fermées.

Elle se demandait comment elles avaient pu accumuler autant d'affaires en deux ans à peine alors qu'elles avaient emménagé avec presque rien. Elles devaient déménager la semaine suivante dans le quartier de Dahlem, dans trois pièces au deuxième étage d'une vieille villa que Marlene avait dénichée. La salle de bains avait tout le luxe dont elle rêvait, avec lavabo, toilette et baignoire ! Et il y avait un beau et grand balcon donnant sur un jardin. Un tel logement valait tout l'or du monde. Jolanta en avait entendu parler par un officier américain qui habitait au rez-de-chaussée. Les anciens locataires avaient émigré aux États-Unis. Il y avait également dans les environs une école pour Colin et pour Noah, qui devait entrer en maternelle. Depuis la réforme monétaire de 1948, la vie commençait à retrouver un cours normal en Allemagne.

— Et comment se présente ce nouveau scénario ? Tu n'as pas l'air très enthousiaste.

— Oh si, c'est le meilleur de tous ceux que j'ai lus, mais Frederico veut de nouveau tourner à Rome. Le tournage commencera au printemps. Il m'a écrit qu'il a trouvé une gentille petite pension pour nous trois.

— Je comprends : tu as des scrupules à partir pour Rome alors que nous viendrons tout juste de déménager?

— Oui. Noah et Colin sont comme deux frères. Ce serait la première fois qu'on les séparerait pour de bon.

— Ne t'inquiète, pas, tout finira par s'arranger, affirma Charlotte. Frederico a l'air d'un homme très gentil, ajouta-t-elle négligemment.

Marlene, qui était en train de ramasser un ours en peluche mité, se figea. Sa grand-mère avait déjà fait une allusion semblable pas plus tard que l'avant-veille.

— Grand-mère, tu ne trouves pas suffisant que Jolanta travaille comme entremetteuse? Deux sous un même toit, ça en fait au moins une de trop, dit-elle riant.

— Ma foi, tu es une jeune femme maintenant, et vu que le sol tremble chaque soir sous nos pieds...

— Que se passe-t-il, grand-mère?

Marlene regarda Charlotte. Sa grand-mère avait toujours soigné son apparence, mais depuis peu, Marlene avait noté certains changements en elle. Sa nouvelle coiffure tout d'abord : son chignon avait disparu, ses cheveux étaient plus courts et ondulés. Et ses yeux avaient un éclat nouveau.

— C'est la première fois que tu fais ce genre d'allusions, et c'est déjà la deuxième de la semaine..., reprit-elle.

Sa grand-mère rougit comme une jeune fille et soudain la lumière se fit en Marlene.

— Tu as rencontré quelqu'un ! Attends un peu... est-ce que c'est M. Semmeling, le tailleur?

— Tu l'avais donc remarqué?

— Ça se voyait qu'il te faisait la cour la dernière fois qu'il a rapporté les nouveaux vêtements de Noah.

— Il aimerait que je vienne vivre avec lui, mais il veut d'abord que nous nous mariions, bien sûr, ajouta Charlotte en hâte.

— C'était donc ça ! s'exclama Marlene amusée. Tu as pensé que si tu te mariais, je devais en faire autant?

— Non, bien sûr! Je voulais seulement te rappeler que l'amour existe.

Marlene serra sa grand-mère dans ses bras.

— Comme je suis contente pour toi! lui dit-elle.

57

Rome, au printemps 1951

> «Il y a des moments dans la vie où tout s'éclaircit soudain, comme si un nœud se dénouait contre toute attente. Doutes et scrupules sont balayés et le chemin s'étend devant vous comme une longue ligne droite. Il suffit alors de faire le premier pas. Vers l'avenir.»
>
> Marlene

Elle avait à peine posé le pied dans la ville qu'elle avait eu l'impression de rentrer chez elle après une longue absence. Marlene savourait cette sensation et s'en imprégnait. Elle en avait éprouvé une très semblable à Cracovie. Elle avait toujours su qu'elle aurait envie d'y vivre un jour, et elle éprouvait maintenant la même impression à Rome, comme si la ville l'accueillait à bras ouverts afin qu'elle se jetât dedans et s'abandonnât à elle avec tous ses sens. Comme sa grand-mère, Rome lui rappelait l'existence de l'amour.

Frederico était allé la chercher à la gare et alors qu'elle venait tout juste de poser sa valise dans son minuscule appartement, il l'entraînait déjà dehors, surexcité comme un enfant, pour lui montrer *sa* ville.

Elle pouvait le comprendre, car cette ville était merveilleuse et saisissante. Malgré ses blessures de guerre, elle n'avait jamais perdu sa dignité. Comme une vieille dame pleine de sagesse, elle avait toisé les fascistes en sachant que les empires ne faisaient que passer mais que Rome resterait éternelle.

Marlene se tenait à présent sur la Piazza San Pietro, entre ses puissantes colonnades, et contemplait la cathédrale

Saint-Pierre. Le Vatican… Elle était sur les lieux où Deborah avait vainement tenté de tuer Brunnmann, où on l'avait enfermée ensuite et dont elle s'était évadée plus tard avec l'aide d'un prêtre. Le destin y avait-il conduit Marlene afin qu'elle entreprît des recherches, découvrît qui était ce prêtre et remontât sa piste? Réussirait-elle là où les autorités italiennes avaient échoué? Mais quand elle regarda en elle-même, elle n'y décela aucun désir de rechercher Deborah.

— Viens, lui dit Frederico, son guide dans la ville, son réalisateur et, depuis peu, son amant. On va s'offrir une glace. Rome a les meilleures glaces du monde!

Marlene vécut des semaines insouciantes à Rome. Noah et sa grand-mère étaient encore à Berlin. Colin avait un nouvel accès de croup et Noah s'était refusé à quitter son ami.

On tournait le film pendant la journée et, le soir, on allait dîner avec la moitié de l'équipe et les amis de Frederico. Ce dernier devait toujours s'interrompre dans ses repas parce que des *amici* déboulaient. Ils s'étreignaient et se saluaient avec prolixité. Les Italiens étaient aussi bruyants que des enfants pendant qu'ils mangeaient et c'étaient de vrais champions en cuisine, capables de métamorphoser les ingrédients les plus simples en plats fabuleux. Marlene mangeait des courgettes, des feuilles de vigne fourrées de viande et des nouilles à la sauce rouge, buvait du vin merveilleux, se régalait de boulettes de semoule au miel, au pavot et à la *panna cotta*, et la nuit, Frederico et elle s'aimaient sous les étoiles sur le toit en terrasse de son appartement.

Leur premier film fut un grand succès et pas seulement en Italie. Il reçut même un prix au Festival de Cannes. Pendant le tournage à Cinecittà, elle fit la connaissance du metteur en scène de *Quo vadis* et obtint même un petit rôle de figurante dans son œuvre monumentale. Frederico ouvrit à Marlene, qui portait désormais le nom de Greta Jakob, de nombreuses portes, et sa carrière cinématographique démarra. D'autres films avec Frederico en Italie suivirent, mais entre deux tournages, elle aimait rentrer à Berlin où elle tournait d'autres films avec la UFA. Son succès lui valut également des propositions d'Hollywood. Marlene tourna dans sept films, dont deux aux États-Unis, jusqu'en 1955. Sa grand-mère et Noah l'accompagnaient très souvent, avec Colin la plupart du temps, car elle pouvait s'offrir les services d'un professeur pour les deux inséparables. Jolanta était devenue son manager et gérait ses affaires de son bureau à Berlin tandis que sa grand-mère l'aidait pour tout le reste.

Frederico voulait épouser Marlene, mais elle déclina son offre. Afin de ne pas le blesser, elle lui déclara qu'elle n'était pas faite pour le mariage, sans lui dire que son cœur appartiendrait à jamais à Peter. Frederico renouvela sa demande chaque jour pendant deux ans en la couvrant de fleurs et de serments, puis, au cours de la troisième année, en épousa une autre. Mais Marlene et lui restèrent amis et continuèrent à travailler ensemble. La renommée de Marlene grandit à chacun de ses films et ses cachets augmentèrent en proportion.

En 1953, elle réalisa la promesse qu'elle s'était faite de pourchasser les anciens nazis : elle créa la fondation Moriah. Cette année-là, elle tourna son premier film aux États-Unis, un western de John Huston dans lequel elle jouait une chanteuse de saloon. Ce rôle lui valut une nomination aux Oscars. La musique du film eut également un grand succès et Marlene fut applaudie pour ses talents de chanteuse. En 1955, elle retourna en Italie pour tourner un nouveau film avec Frederico.

Ce film comprenait une scène de bain. Après une fête débridée, l'héroïne se baignait avec son amant dans le Tibre tandis qu'on entrevoyait le château de l'Ange et le pont à l'arrière-plan. Cette scène de deux minutes à peine provoqua un scandale parce qu'on y voyait aussi ses seins nus pendant une seconde... devant les sacro-saintes coulisses de l'État du Vatican ! Une tempête d'indignation se déchaîna sur Greta Jakob, le Vatican fulmina contre elle en réclamant la censure du film comme si dans le cas contraire l'orage, la grêle et la peste allaient s'abattre sur Rome. Le film fut mis à l'index, y compris à l'étranger, tandis que le nom de Greta Jakob était sur toutes les lèvres : quelle honte ! Quelle impudeur !

Les médias étaient tout gonflés d'indignation vertueuse, des éditorialistes crachaient leur venin, les gros titres faisaient dans la surenchère, présentant Greta Jakob comme une femme et une mère dépravée qui avait vécu pendant des années avec son enfant dans un bordel sous le nom de Marlene Kalten. Non, c'était en réalité une aristocrate, une von Dürkheim, qui abusait ignominieusement le peuple allemand sous son pseudonyme d'actrice ! Les prêtres jetaient l'anathème sur elle du haut de leurs chaires et la vouaient à l'enfer. Les spectateurs affluaient d'autant plus dans les rares cinémas qui diffusaient encore le film ou aux projections privées qu'on organisait en grand nombre. Plus on tonnait contre le film, plus des copies circulaient sous le manteau. Pour tromper les prudes et les hypocrites, de nombreux cinémas annonçaient la projection d'un autre film en guise de camouflage et grâce au bouche-à-oreille, chaque représentation faisait salle comble. Les producteurs, les distributeurs et le réalisateur exultaient devant ce succès grandiose. Marlene était la seule à en subir les inconvénients, car elle était maudite, mise au ban, indésirable en Allemagne. On refusait de la servir dans tel restaurant ou on chuchotait à voix très haute sur son compte dans tel autre. Tout cela lui était parfaitement indifférent, mais quand des journalistes commencèrent à fouiller aussi dans la vie de sa grand-mère et à guetter Noah, qui avait maintenant neuf ans, devant son école, c'en fut trop pour elle.

Elle téléphona à un ami de Frederico qui était le rédacteur en chef du plus grand quotidien italien et lui accorda une interview en sachant pertinemment qu'elle serait traduite en Allemagne. Elle s'y exprima sans ménagement sur le jésuitisme des Allemands et de leurs médias. Elle leur tendit un miroir en rappelant qu'il y avait tout juste dix ans, le peuple allemand avait été reconnu coupable des pires crimes, mais qu'à présent, la vision fugitive de seins nus l'indignait plus que l'extermination industrielle de millions d'êtres humains, Juifs, Tsiganes, Polonais, Russes et autres. Elle aurait aimé, dit-elle, que les crimes d'Hitler aient provoqué le même scandale et elle déclara qu'elle avait honte pour ses compatriotes et leur Église. Elle ajouta qu'elle allait à l'église uniquement pour ne jamais oublier, à la vue de ses splendeurs et de ses dorures, que toutes ces richesses avaient jadis été volées à de pauvres paysans contre la promesse du paradis et du salut. Ces paysans étaient depuis longtemps morts alors que la richesse de l'Église perdurait.

Marlene annonça enfin qu'elle quittait l'Allemagne. Elle en avait longuement parlé avec sa grand-mère et avec Noah avant cette interview pour savoir s'ils approuvaient sa décision. Ce fut ainsi que Marlene tourna le dos à son pays natal pour aller vivre en Californie. Elle loua une grande maison à Santa Monica, car elle hébergerait non seulement Noah et Colin mais aussi sa grand-mère, devenue Mme Semmeling, et son mari. Tous deux adoraient vivre à proximité de la mer, surtout M. Semmeling, dont les poumons étaient fragiles depuis la guerre.

Jolanta les rejoignit trois mois plus tard. Elle leur déclara qu'il était temps pour elle de commencer une nouvelle vie. Elle avait laissé son établissement en gérance à Olga pour se consacrer désormais uniquement à la carrière de Marlene et à la fondation Moriah, qui prenait son essor. Marlene engageait des détectives pour rechercher les anciens nazis et subventionnait plusieurs orphelinats en Pologne et en Tchécoslovaquie.

Pendant qu'elle enchaînait les films pour financer sa fondation, Jolanta veillait à ce que l'argent de ses cachets fût bien placé. En 1956 et en 1957, Marlene tourna quatre films et cette dernière année elle fut couverte de nominations et de prix. À trente-huit ans, elle était au sommet de sa carrière.

Et l'une de ses vieilles connaissances était réapparue dans sa vie. Alors qu'en 1953 elle faisait un bref séjour à Munich à l'occasion d'une première, une plantureuse personne aux joues rouges se fraya un chemin dans la foule des curieux sur Sendlinger Tor en criant : « Madame Marlene ! Madame Marlene ! »

Marlene reconnut aussitôt Ottilie. Les retrouvailles furent des plus joyeuses. Ottilie était rouge de fierté parce qu'une star mondialement célèbre l'honorait de son attention. Marlene offrit à Ottilie et à Wolferl, qui l'accompagnait, des places au premier rang du cinéma et passa ensuite la soirée avec eux à la Ratskeller, la brasserie où le père de Wolferl avait autrefois ses habitudes. Wolferl était devenu un jeune homme timide et pensif qui parlait doucement, mais son regard éveillé brillait d'enthousiasme et de curiosité à la vue de ce qui l'entourait.

— Il est drôlement futé, ce gamin, commenta Ottilie avec la fierté d'une mère. Il veut étudier la physique, vous savez, ces trucs avec la pesanteur et toutes les planètes. Je fais des économies et toute la famille donnera quelque chose en plus pour ses études. Et il travaille dur, il donne des cours à des élèves après l'école. Feu le docteur aurait été vraiment fier de son fils… ah, si seulement il était encore en vie !

Dans son émotion, elle renifla bruyamment et une larme coula sur sa joue ridée.

À partir de ce jour, Marlene revit Ottilie et Wolferl chaque année à leur ferme de Straßlach et leur envoya des colis et des billets pour ses premières. La fondation Moriah s'agrandit et distribua des bourses d'études dont le premier bénéficiaire fut le jeune Wolfgang Berchinger.

58

«La vie d'un être humain n'est qu'un instant fugitif. Savourons-le.»

Plutarque

Straßlach, 1956

Les bras enfarinés jusqu'aux coudes, Ottilie était en train d'étaler la pâte quand elle entendit le bruit d'un moteur qui n'était ni celui du vieux tracteur pétaradant, ni celui du tas de rouille de son neveu. C'était un bruit de moteur fiable et robuste, plutôt rare dans ce coin perdu. Elle posa son rouleau, essuya ses mains à son tablier et jeta un coup d'œil par la petite fenêtre de la cuisine. Une limousine noire étincelante débouchait dans la cour. Elle fut aussitôt entourée d'une nuée d'enfants: son frère en avait encore plus que de poules et elle se disait parfois que le contraire aurait mieux valu. Ces mioches ne pensaient qu'à faire des bêtises. Un troupeau d'oies s'approcha à son tour en cacardant et le chat noir insaisissable qui produisait également une quantité de rejetons épiait ce spectacle avec curiosité de derrière la porte de la grange. Les visites étant rares dans cette ferme isolée, hommes et bêtes avaient soif de nouveauté. Ottilie vit alors qui sortait de la voiture. «Jésus!» s'écria-t-elle en se précipitant vers la porte, où une belle femme blonde vint à sa rencontre.

— Madame Marlene, ça alors! Quel honneur pour nous!

Ottilie avait failli lui sauter au cou. Elle se reprit juste à temps et lui tendit la main, mais Marlene la serra dans ses bras. Ottilie éclata en sanglots, tira de la poche de son tablier un mouchoir de dimensions imposantes et s'essuya les yeux.

— Ce que le Wolferl va être content de vous revoir ! dit-elle d'une voix entrecoupée. Entrez, entrez ! Mais où est-il, ce gamin ? Je parie qu'il a rien entendu, pour changer. Quand il est plongé dans ses livres, une bombe pourrait tomber à côté de lui sans qu'il remarque rien. Il est si intelligent, tout comme feu ce bon docteur... Wolferl ! cria-t-elle dans la cage d'escalier d'une voix qui fit vibrer les poutres de la vénérable maison, et un faible aboiement lui répondit. Ça, c'est le p'tit Felix ! C'est un teckel, expliqua-t-elle à Marlene. On a déjà un tas de bêtes ici, mais le gamin en a voulu un à tout prix. J'espère qu'il apprendra vite à pas s'accoupler sur le tapis. Jésus ! s'exclama-t-elle en portant la main à sa bouche. Comprenez bien, je voulais dire le teckel, bien sûr, et pas le Wolferl !

Ce trait fit sourire Marlene. Ottilie était une originale et ne changerait pas. Cette pensée l'égaya encore plus et la réchauffa. C'était bon de se rappeler qu'il existait des gens comme Ottilie, des héros bien tranquilles qui restaient fidèles à eux-mêmes malgré tous les coups du sort, parce qu'ils se dévouaient dans un esprit d'amour, se souciaient davantage d'autrui que d'eux-mêmes et faisaient passer leur propre bonheur au second plan.

Un peu plus tard, ils étaient assis tous trois dans la cuisine, sans oublier le teckel Felix. Ottilie avait insisté pour que Marlene ait la meilleure place, le dos au poêle, bien que celui-ci ne fût pas allumé, ce mois d'avril étant très doux. Ottilie se conformait simplement à un rituel de politesse envers un invité.

On frappa à la porte alors qu'Ottilie servait du café à Marlene.

— Qu'est-ce qu'il y a encore ? On se croirait sur la place du marché, s'étonna-t-elle. Wolferl, va voir ce que c'est.

Tandis que Wolferl allait voir, Ottilie vanta à Marlene la pâtisserie qu'elle venait de préparer.

— Tenez, madame Marlene, goûtez-moi cette brioche. C'est fait avec du vrai beurre. Mon radin de frère...

Le retour de Wolferl interrompit ce flux de paroles.

— C'est quelqu'un qui demande à te voir, Ottilie, dit-il. On dirait le méchant ogre des contes de fées. Ce brave homme manque d'hygiène et n'a plus que trois extrémités...

— Quoi? demanda Ottilie ahurie, en portant la main à son chignon, puis elle regarda Marlene d'un air gêné. Voyons, Wolferl, réprimanda-t-elle son protégé avec une note de fierté dans la voix, arrête de parler comme un monsieur! Personne n'y comprend r…

Un géant surgit derrière Wolferl et le poussa doucement pour s'avancer dans la lumière.

— Bonjour, Ottilie, dit-il d'une voix de basse caverneuse, et Ottilie s'évanouit.

— Ottilie? Ottilie?

À genoux devant Ottilie, Marlene lui tapotait les joues pendant que Wolferl lui tendait un torchon mouillé. Ottilie remua et murmura quelque chose qu'ils ne comprirent pas. Derrière eux, l'inconnu était accroupi et recroquevillé contre le mur. «J'l'ai tuée, j'l'ai tuée…», se lamentait-il.

Pendant que Marlene et Wolferl essayaient de ranimer Ottilie, une nuée d'enfants se pressait sur le seuil et les regardait avec curiosité, mais en silence pour une fois. Peut-être était-ce de voir la sévère Ottilie à terre, inanimée et giflée par cette femme si belle et si élégante. Ottilie tressaillit et bredouilla des mots sans suite, les yeux toujours fermés, comme si elle faisait un cauchemar. Wolferl comprit enfin ce qu'elle racontait.

— Elle croit que le diable lui joue un tour et qu'il veut l'emporter, expliqua-t-il.

— Personne ne veut t'emporter, Ottilie, lui dit doucement Marlene en tamponnant son bon vieux visage avec le torchon mouillé, mais Ottilie ne voulait pas revenir à elle et semblait combattre un ennemi invisible.

Marlene ignorait si le nouveau venu était un ennemi ou un diable, mais il puait tellement qu'elle n'était pas surprise qu'Ottilie fût littéralement tombée à la renverse.

— Wolferl, demande à cet homme d'attendre dehors. On dirait qu'il fait peur à Ottilie. Donne-lui à boire et à manger: il a l'air d'en avoir bien besoin. Et montre-lui où est la fontaine.

— C'est bon, je vais l'emmener à la chapelle de mariage.

— La chapelle de mariage? répéta Marlene, dont les sourcils épilés très fins s'étaient haussés.

— C'est la pompe de l'étable. Le fermier nettoie toujours le taureau au tuyau d'arrosage pour qu'il soit bien propre avant l'insémination, expliqua Wolferl avec le plus grand sérieux. Dehors, vauriens ! lança-t-il aux enfants qui criaient « mariage, mariage ! », en les chassant du seuil.

Il se pencha ensuite vers l'inconnu, le prit par le bras et le géant se laissa emmener sans résistance. À peine étaient-ils sortis qu'Ottilie se dressa comme un diable jailli de sa boîte.

— Jésus ! J'ai rêvé, j'ai rêvé... qu'il était revenu !

Elle regarda autour d'elle avec méfiance, mais ne vit personne sauf Marlene agenouillée à côté d'elle.

— Où est-il passé ? Qu'est-ce que nous fabriquons par terre ? demanda-t-elle.

— Tu t'es évanouie, Ottilie.

— Quoi ? Moi ? Bien vrai ? Misère, c'est-y embarrassant ! Excusez-moi pour tout ce tracas, madame Marlene, dit-elle.

Elle renifla et fit la grimace.

— Seigneur Dieu, qu'est-ce qui pue comme ça ? C'est-y qu'on a une bête morte dans la maison ? Et pourquoi cette bande de vauriens fait tout ce boucan ? pesta Ottilie, qui retrouvait visiblement des forces.

Des cris aigus d'enfants leur parvenaient en effet du dehors. Marlene se leva et soutint Ottilie, mais comme elle était encore vacillante, elle la fit asseoir sur le canapé et lui apporta une tasse de café. Ottilie ne devait pas être dans son assiette, sans quoi elle n'aurait jamais accepté cette inversion des rôles. Mais à peine avait-elle avalé une gorgée qu'elle reposa la tasse avec effroi et se leva.

— Jésus, faut que j'aille veiller au grain, sinon cette bande de galopins va mettre le feu à la grange ! s'exclama-t-elle.

On frappa à la fenêtre. C'était Wolferl. Marlene alla ouvrir et le jeune homme annonça que « le visiteur était maintenant présentable ».

— Quel visiteur ? demanda Ottilie avec méfiance en s'approchant de lui.

— Moi ! gronda une voix depuis le seuil de la salle à manger.

Ottilie se retourna, devint de nouveau livide, chancela mais parvint cette fois-ci à rester debout. Soudain, elle s'élança vers le géant en criant : « Hans ! » Il lui ouvrit son unique bras et Ottilie se serra contre lui en pleurant plus fort qu'un hippopotame.

Marlene et Wolferl se regardèrent, comprirent qu'un miracle était en train de se produire sous leurs yeux et sourirent. Marlene ne put réprimer une larme.

Un peu plus tard, Ottilie et Hans, assis sur le canapé, se tenaient par la main. Ottilie donnait par petits morceaux la brioche au beurre au mari qu'elle avait cru mort pendant seize ans.

Marlene et Wolferl s'étaient discrètement retirés, mais même si une fanfare avait joué devant eux, les époux n'auraient probablement rien entendu car ils n'avaient d'yeux que l'un pour l'autre.

Marlene s'était chargée de la bande de vauriens : elle leur avait donné quelques pfennigs et ils étaient partis convertir cet argent en limonade et en sucreries chez l'épicier du bourg.

Marlene et Wolferl s'étaient assis sur le banc devant l'étable pour bavarder. Il lui avait raconté à sa manière réfléchie sa vie à la ferme et au lycée de Pullach où il allait. Comme il n'y avait pas encore de bus de ramassage scolaire, il faisait le trajet de dix kilomètres à vélo. En hiver seulement, quand la neige était trop haute, il allait à pied.

Cette dépense physique lui faisait du bien. Marlene le trouvait plus vigoureux que depuis sa dernière visite. Et il avait fait la connaissance d'une certaine Marie dont il parlait avec enthousiasme. C'était la fille la plus intelligente et la plus gentille du monde, et bien entendu la plus jolie. Marlene écoutait avec plaisir ses rêveries.

Il avait enduré des épreuves terribles à un âge encore tendre et cela uniquement parce qu'il était venu au monde à une époque où le hasard de la naissance pouvait se révéler fatal. Le jeune Wolfgang Berchinger avait perdu tout et tous ceux qui avaient compté pour lui, ses parents, sa sœur et son chien Biene, mais il avait gardé sa foi en la bonté, la beauté et l'innocence. Et cela parce que quelqu'un avait été là pour lui aux heures les plus sombres, quelqu'un qui l'avait recueilli, l'avait pris par la main et lui avait prouvé que l'amour existait. Cette histoire était pour Marlene à la fois une découverte et la confirmation de ce qu'elle savait déjà : il suffisait qu'une personne prenne soin d'une autre et l'entoure de sollicitude pour que celle-ci s'épanouisse. Pour Wolferl, cette personne avait été Ottilie. C'était grâce à son affection que ce jeune homme pouvait maintenant parler à Marlene de son amour pour Marie, être heureux, partager ce bonheur avec Marlene, et rendre ainsi Marlene et le monde un peu meilleurs. Marlene était remplie de reconnaissance quand elle songeait qu'elle avait joué le même rôle pour un autre être humain : Noah, son fils. Il était sa plus grande fierté, il était plein d'amour, de loyauté et de bonté et il avait prodigué cet amour à plus d'une personne. Noah ressemblait à son père.

Et à présent, Ottilie pouvait s'épanouir à son tour puisque celui qu'elle aimait lui était revenu. Hans, son mari, avait survécu à la guerre et son histoire était tout simplement incroyable. D'après ce que Marlene en avait compris, il s'était évadé d'un camp de prisonniers de guerre en Sibérie et il était rentré à pied à Straßlach pour retrouver Ottilie. C'était la preuve éclatante que l'amour permettait d'accomplir l'impossible. L'amour était le miracle et la plus grande puissance de l'univers. Lui seul pouvait avoir raison de tout.

Et Marlene était remplie de reconnaissance et d'humilité à l'idée qu'elle avait pu vivre cet instant avec Ottilie et Hans.

Un nouveau cercle du destin venait de se refermer.

59

Santa Monica, Californie

L'appel téléphonique la réveilla en pleine nuit. Il venait de Jérusalem. C'était un lundi, le 2 mai 1960. L'entretien fut bref, mais il devait jouer un rôle majeur dans la vie de Marlene.

— Que se passe-t-il ? demanda Charlotte qui l'avait rejointe dans le couloir, les cheveux ébouriffés, dans une robe de chambre passée à la hâte, mais à la vue de Marlene, son visage inquiet s'éclaira. Tu as l'air toute joyeuse, ma petite. C'est une bonne nouvelle ?

— Ils l'ont coincé. Les Israéliens ont arrêté Brunnmann ! s'exclama Marlene.

Enfin ! pensait-elle.

— C'est merveilleux !

Charlotte poussa un soupir de soulagement et Marlene devina sa pensée : sa petite-fille allait peut-être enfin s'apaiser. La poursuite d'Albrecht Brunnmann avait projeté une ombre sur les plus récentes années de sa vie. Charlotte ne comptait plus le nombre de fois où Marlene et ses associés avaient failli l'arrêter, mais il leur avait toujours glissé entre les doigts comme une anguille. Les recherches avaient coûté une fortune à Marlene, elle avait plusieurs fois été victime d'escrocs ou lancée sur de fausses pistes, mais rien ne l'avait découragée. Brunnmann ne devait pas s'en tirer. Il devait payer pour ses crimes. Avec les années, cette recherche était devenue une obsession chez elle et bien qu'elle en eût conscience et que sa grand-mère l'eût mise en garde, Marlene aurait été incapable d'agir autrement.

— Où l'ont-ils retrouvé ? Au Paraguay ?

— Non, en Argentine, mais il est déjà à Tel Aviv. Le Mossad l'a enlevé et emmené là-bas.

— Eh bien, ils ne manquent pas d'air ! commenta Charlotte.

— C'est comme ça que ça marche.

Marlene était fière des Israéliens et de ce qu'ils avaient accompli. Son contact à Tel Aviv lui avait expliqué que cet enlèvement avait provoqué une première série de complications diplomatiques, avec un communiqué de protestation du gouvernement argentin.

Et qui a protesté quand Hitler assassinait des millions de Juifs ? avait pensé Marlene.

— Quand pars-tu là-bas ? demanda sa grand-mère.

— Cette semaine.

— Objection ! lança Jolanta dont la silhouette imposante avait surgi derrière Charlotte. Tu dois finir le film de la Fox.

— Le film, je m'en tape, répondit Marlene qui se sentait étrangement fébrile comme si elle avait un peu trop bu.

— Tu pourras t'en taper comme tu voudras après le tournage. C'est grâce à ces films que tu paies tes factures.

— Tu veux dire *nos* factures.

— C'est pareil, répliqua Jolanta avec son détachement caractéristique avant de s'éloigner.

Marlene fut brièvement tentée de lui lancer qu'elle n'était plus l'une de ses filles, et puis elle comprit qu'il ne servirait à rien de partir aussitôt pour Jérusalem. Elle avait enfin atteint son but : Albrecht Brunnmann comparaîtrait en justice devant le monde. Elle témoignerait de ses crimes à la barre tout comme Jitzhak Zuckerman, avec lequel elle avait repris contact depuis le début des années 1950.

Quelques jours plus tard, elle reçut un nouvel appel téléphonique. C'était Joe Michaelson. Il avait poursuivi sa carrière dans les services secrets, il était passé de la CIS à l'OSS, qui était devenue plus tard la CIA. Ils étaient redevenus amis après s'être brouillés à cause de l'opération Paperclip à laquelle Joe avait participé. En 1945, des scientifiques allemands qui avaient travaillé pour le régime nazi au perfectionnement d'armes et de missiles avaient reçu des autorités américaines des passeports pour émigrer aux États-Unis. Les Américains n'avaient aucun scrupule à blanchir ces scientifiques du moment qu'ils pouvaient leur être utiles. Ils les avaient donc dénazifiés à la manière des services secrets, en effaçant leur passé nazi, adhésions au parti comprises, de leurs dossiers. Ceux qui avaient fait des recherches pour Hitler les poursuivaient à présent pour les États-Unis. Marlene et Joe s'étaient empoignés au sujet de tels procédés. Elle reprochait à son pays de faire passer les intérêts économiques avant la morale, une fois de plus. Rien n'avait changé, disait-elle.

L'argument de Michaelson selon lequel les États-Unis garderaient ainsi une avance technique sur l'Union soviétique, qui d'alliée s'était muée en ennemie numéro un, rappelait à Marlene le projet d'Henry Morgenthau, l'ancien ministre des Finances des États-Unis, adopté par Roosevelt et Churchill en 1944. Ce projet prévoyait de désarmer l'Allemagne et de la convertir en pays agricole. Toutes ses industries subsistantes devaient être soit détruites, soit démontées et expédiées aux États-Unis. Ce projet ressemblait beaucoup trop à une paix carthaginoise pour le goût de Marlene. Elle avait objecté qu'en l'absence d'industrie, les offres d'emploi seraient insuffisantes et que le chômage entraînerait une misère génératrice d'agitation sociale, bref, l'engrenage qui avait mené à la guerre. Les Soviétiques avaient déjà entamé ce processus : tout ce qui restait utilisable en Allemagne, ils le démontaient dans leur zone d'occupation pour l'envoyer en Russie.

Joe lui avait reproché en retour de se mêler de ce qui ne la regardait pas et, de fil en aiguille, il avait mentionné le nom de Ludwig Kammerlober, l'homme qui avait abordé Marlene pour lui demander d'espionner Michaelson.

— Toi, tu m'as fait espionner? demanda Marlene stupéfaite.

— Non, c'est Kammerlober que j'ai fait espionner. Il a un peu trop fouiné où il n'aurait pas dû.

— Il y avait donc une bonne raison de fouiner? insista Marlene.

— Rien qui te regarde. Et tu devrais cesser de t'occuper de gens comme Brunnmann ou Mengele. Laisse-nous nous en charger.

— Si les États-Unis s'étaient préoccupés un peu plus tôt du sort des Juifs d'Europe, j'aurais peut-être accepté, mais maintenant, je n'ai plus confiance en eux. Je veux que justice soit faite. Ces hommes doivent payer pour leurs crimes.

L'appel téléphonique qu'elle venait de recevoir de Joe l'avait bouleversée, car il lui avait appris une nouvelle capitale pour elle. Lors de l'arrestation d'Albrecht Brunnmann, le Mossad avait découvert certains documents. L'un des noms figurant dans ces documents apparaissait aussi dans les dossiers américains. Il s'agissait de Gustav Berchinger.

— J'ai pensé que ça te ferait du bien. J'y ai ajouté un peu de cognac.

— Merci, grand-mère, répondit Marlene en prenant la tasse.

— Est-ce que tu as envie d'en parler, ma petite? demanda Charlotte en montrant le dossier ouvert qu'un coursier de Michaelson avait apporté le matin.

Marlene était plongée dedans depuis plusieurs heures. Elle reprit une gorgée de café, puis reposa délicatement la tasse et remarqua avec consternation que sa main tremblait. Elle passa les mains sur son visage et sentit les larmes dont ses joues étaient couvertes. Elle ne s'était même pas rendu compte qu'elle pleurait. Jolanta avait raison. Le destin formait un cercle et, quelle que fût la direction qu'on prenait, il finissait toujours par se refermer.

— C'est incroyable, grand-mère, mais je suis bien obligée de m'incliner devant la philosophie de l'*Unmeisen* de Jolanta : ce dossier en est une preuve. C'est un fil du destin qui mène tout droit à Deborah.

Marlene pensa qu'au bout du compte les philosophies respectives de Peter et de Jolanta n'étaient pas si différentes. L'*Unmeisen* de Jolanta avait été pour Peter l'enchaînement de la cause et de l'effet.

Marlene se leva et alla chercher la lettre de Peter dans sa chambre. Elle n'avait pas encore eu le courage de lire les dernières lignes qu'il lui avait écrites car elle redoutait leur caractère définitif. Tant qu'elle ne les lisait pas, elle pouvait toujours croire qu'il n'était pas mort. Sa grand-mère connaissait l'existence de cette lettre et avait depuis longtemps pressenti la vérité : en s'interdisant de connaître les derniers mots de Peter, Marlene se punissait de l'avoir tué.

L'enveloppe était très usée parce qu'elle l'avait si souvent tenue dans sa main. Elle l'ouvrit et lut enfin la lettre. Son contenu la stupéfia : Peter Friehling était en réalité Gustav Berchinger!

60

«Aujourd'hui, des ombres surgies du passé
Pleurent la perte du royaume de jadis
Et le peuple joyeux n'est plus qu'un spectre figé.
Qui prise la vengeance plus que la vie
N'est qu'un pauvre insensé.»

Raffael Valeriani, *Honigtot*

Jérusalem, juillet 1960

Elles se retrouvèrent à l'hôtel de Deborah. Deborah était venue seule à Jérusalem sous le nom de la citoyenne américaine Maria Valerian. Elle n'était pas encore apparue dans la salle d'audience et Marlene l'avait repérée uniquement parce qu'elle l'avait cherchée des yeux devant le tribunal. Marlene avait déjà plusieurs interrogatoires et témoignages derrière elle, mais le procès devait durer encore des mois. Elle était arrivée le mois précédent, elle avait rendu visite à des amis avec Noah et revu deux des filles du cercle de l'*Unmeisen* qui avaient émigré en Israël avec leurs maris. L'une vivait à Jérusalem, l'autre à Ashkelon au bord de la Méditerranée.

Pour la première fois depuis la guerre, elle avait retrouvé Jitzhak Zuckerman. Ils s'étaient salués comme deux vieux amis qui se seraient quittés seulement la veille, et avaient évoqué de vieilles histoires. Ils parlèrent de la terreur de ce temps-là comme si c'était arrivé à d'autres et plaisantèrent sur l'arrestation à laquelle Jitzhak avait échappé uniquement parce qu'il avait voulu aller chercher un médecin pour amputer Marlene de sa jambe.

Marlene aimait l'atmosphère d'Israël qui était un mélange de joie de vivre et de fatalisme. Les Israéliens n'étaient pas tournés vers le passé car leur présent était déjà assez difficile. De premiers affrontements avaient opposé les Israéliens à des milices arabes en 1947, suivis de la première guerre israélo-arabe en mai 1948, le lendemain de la déclaration d'indépendance, qui avait duré un an.

Marlene appréciait aussi que personne en Israël ne s'intéressât particulièrement à la star qu'elle était dans le monde entier. On la traitait de la manière la plus naturelle, à l'exception des journalistes venus assister au procès de Brunnmann qui, profession oblige, répandaient une atmosphère d'hystérie.

Sa première rencontre avec Deborah depuis quinze ans, à l'exception de leur entrevue à Garmisch, affecta péniblement Marlene. Elle avait en face d'elle une femme pleine d'amertume qui évitait le soleil et passait trop de temps dans des pièces obscures. Deborah était restée belle, mais d'une manière étrange et tragique, et ses vêtements sombres soulignaient encore la pâleur presque cireuse de son teint. Marlene avait envie de la secouer pour la tirer de sa torpeur, mais comment forcer à vivre quelqu'un qui se complaît dans son sort et reste enraciné dans le passé? Deborah semblait ressentir l'existence comme un fardeau qu'on lui avait imposé. Marlene avait l'impression qu'elle déroulait le fil de son destin et attendait sans joie sa fin.

— Tu voulais me parler? demanda-t-elle avec réserve à Marlene, sur le ton d'un réalisateur très occupé qui considérerait cette pause comme une perte de temps.

Marlene n'en avait cure. Elle avait même plutôt envie d'importuner Deborah. Elle estimait avoir montré assez de patience envers elle: après tout, d'autres avaient souffert. Deborah n'était plus une enfant, mais une femme de presque quarante ans. Marlene était fermement résolue à vaincre son ressentiment et son égocentrisme pour la persuader de prendre contact avec son frère Wolfgang, ce qu'elle aurait pu faire depuis des années: Marlene avait usé de sa célébrité pour mentionner dans des interviews que Wolfgang était toujours en vie et recherchait sa sœur. Elle s'était jusqu'ici expliqué le silence de Deborah par le fait qu'elle était recherchée pour tentative d'homicide par les autorités italiennes, mais elle était venue à Jérusalem avec un passeport légal au nom de Maria Valerian. Marlene n'y alla donc pas par quatre chemins.

— Tu m'as raconté que ton père avait disparu sans laisser de traces alors qu'il s'enfuyait en Suisse. Je sais ce qui lui est arrivé.

Deborah la regarda fixement en s'efforçant de comprendre ce qu'elle venait de lui dire.

— Quoi? murmura-t-elle, et tout à coup sa façade soigneusement composée s'effondra dans un gémissement.

Marlene inspira à fond. Ce qu'elle devait raconter lui coûtait.

— Ton père a été victime de son honnêteté, dit-elle. Son train avait fait halte à Augsbourg. Dans un autre train dans la direction opposée, une femme enceinte avait des saignements et on avait fait une annonce à la gare pour réclamer un médecin.

— Mon père est donc descendu de son train? demanda Deborah d'une voix tremblante.

— Oui, pour aider cette femme. Et le train dans lequel ils étaient est reparti pour Munich. Ils ont été accueillis à la gare centrale par le mari de cette femme, un haut fonctionnaire nazi et un parent d'Himmler qui avait participé au putsch d'Hitler en 1923. Il a immédiatement reconnu en ton père le médecin juif qui avait autrefois soigné la blessure par balle de Göring.

— Mon père a été arrêté?

— Plus ou moins. En 1938, il était déjà interdit aux médecins juifs d'exercer, mais la femme de ce nazi a insisté pour que ton père l'assiste jusqu'à la naissance de l'enfant. Elle avait déjà fait plusieurs fausses couches et elle semblait faire davantage confiance à ton père qu'aux médecins qu'elle avait pu consulter auparavant.

— Et comment sais-tu tout cela si bien? s'enquit Deborah en toisant Marlene comme si elle soupçonnait de sa part une ruse pour restaurer leur ancienne confiance afin de la prendre au piège.

— Par les notes de ton père. On a retrouvé son carnet de médecin dans les affaires de Brunnmann.

— Est-ce que je peux l'avoir? demanda Deborah, les yeux fixés sur le sac à main de Marlene.

— Je n'ai qu'une copie des pages en question.

— Donne-la-moi! ordonna Deborah en tendant la main.

— Je ne l'ai pas ici.

— Pourquoi? demanda Deborah d'une voix brusque.

— Parce que je voulais que nous parlions d'abord. Je te connais: si je te remettais ces pages, tu ferais tout pour me planter là.

Deborah serra les poings et ravala sa fureur.

— Qu'est-il arrivé à mon père ensuite?

— Il n'avait pas le choix. Il a suivi son destin. Le couple lui a interdit de rentrer chez lui et l'a enfermé dans sa villa afin qu'il soit à la disposition de la femme jour et nuit.

— Savaient-ils qu'il était en fuite?

— Non, ils ne l'ont appris que plus tard, mais son carnet ne mentionne rien à ce sujet.

— C'est tout? Mais tu m'as dit que tu savais ce qui lui était arrivé?

— Oui, par ses rapports sur d'autres patients qu'il a soignés plus tard.

— Il a continué à exercer? Où?

— À Munich. La femme du nazi était très fière de son médecin et l'a recommandé à son père. La famille lui a peu à peu constitué un cabinet avec une clientèle. Il a bientôt soigné toute leur clique. Cette femme ignorait seulement que ton père soignait aussi son mari, qui avait la syphilis. Il a acquis la réputation d'un médecin compétent dans le traitement des maladies vénériennes masculines. Il a alors soigné d'autres hauts dignitaires nazis.

Deborah paraissait assommée.

— Mais pourquoi a-t-il fait ça? Pourquoi ne s'est-il pas enfui pour nous retrouver? Nous l'avons tant attendu…

— Parce que c'était impossible. Son cabinet était une prison et il était surveillé en permanence. Et puis Brunnmann l'a repéré et il l'a fait chanter.

— Brunnmann a fait chanter mon père? Je ne comprends pas. Parce qu'il était juif et qu'il voulait s'enfuir?

— Brunnmann a fait pression sur lui en se servant de vous, en menaçant de ne plus protéger ta mère, ton frère et toi s'il refusait d'obtempérer.

Deborah se tut un instant comme si elle soupesait toutes ces nouvelles et les comparait.

— Comment Albrecht a-t-il pu retrouver mon père? demanda-t-elle.

— Probablement par ta mère. Ottilie m'a appris que peu après la disparition de ton père, ta mère, qui le recherchait, est allée voir Göring à Berlin pour lui demander de l'aide. Brunnmann l'a croisée tout à fait par hasard à la chancellerie du Reich et elle l'a fasciné. Il s'est probablement renseigné sur ton père à Munich. Il a dû apprendre là-bas ce qui était arrivé dans le train et entrer en contact avec le fonctionnaire nazi. Ils sont tombés d'accord pour garder Gustav prisonnier. Quelques mois après le début de la guerre, le fonctionnaire a été muté à Cracovie, où il a emmené sa famille et son médecin Gustav Berchinger.

Deborah se remit à trembler avant de poser la question qu'elle avait jusqu'à présent évitée. Dans son émoi, elle ne remarqua pas que Marlene était devenue aussi pâle qu'elle.

— Est-ce que… est-ce que mon père est encore en vie?

— Non. Il est mort en 1944. Une bombe a détruit l'abri où il soignait un patient.

Marlene s'était longtemps demandé si elle devait révéler à Deborah toute la vérité sur le rôle qu'elle-même avait joué dans ce drame, et elle avait conclu par la négative. Cela ne changerait rien ni à ses sentiments, ni à ceux de Deborah. Cela ne diminuerait en rien leurs souffrances et cela ne ressusciterait pas les morts.

— Ma mère a donc épousé Brunnmann alors que mon père était encore en vie?

— Oui. À vrai dire, conformément aux lois de Nuremberg, il considérait les mariages entre Juifs et Aryens comme nuls et non avenus.

Deborah dévisagea Marlene et son regard se durcit, puis exprima la méfiance.

— Comment en sais-tu autant sur mon père? C'est Albrecht qui t'a raconté tout ça?

— Non. J'ai connu ton père.

Marlene lui raconta comment elle l'avait rencontré et comment il l'avait aidée. Elle allait révéler à son amie qu'elle l'avait aimé et que Noah était son fils et le demi-frère de Deborah et de Wolfgang, mais Deborah l'interrompit et la pria de la laisser, car elle préférait rester seule pour pleurer son père. Elle voulut savoir s'il avait une tombe, ce qui rappela à Marlene qu'elle-même tenait encore à la main l'extrémité d'un fil du destin.

Marlene ne revit jamais plus Deborah. Celle-ci refusa obstinément tout contact avec elle comme avec son frère.

Elle lui avait laissé à la réception de son hôtel un bref message griffonné d'une écriture fébrile dans lequel elle affirmait que cela valait mieux pour tout le monde et qu'elle-même ne pourrait tirer un trait sur son passé qu'à ce prix. Elle disait qu'elle avait aimé un homme qui avait des millions de morts sur la conscience et qu'elle devait l'expier.

Le comportement de Deborah était incompréhensible pour Marlene. Pourquoi se cramponnait-elle à son passé avec cette obstination destructrice qui lui interdisait tout espoir au présent comme à l'avenir? Marlene fit une dernière tentative en lui écrivant une longue lettre dans laquelle elle lui offrait son aide et lui révélait l'existence de son demi-frère Noah, mais l'enveloppe lui revint non décachetée quelques semaines plus tard.

Marlene ne retourna pas à Jérusalem pour le verdict du procès d'Albrecht Brunnmann. Elle en avait suivi le déroulement dans la presse et elle avait découvert dans un journal israélien une photographie du tribunal sur laquelle Maria Valerian figurait au premier rang de l'auditoire. Quand la condamnation à mort de Brunnmann fut annoncée en décembre 1961, Marlene ressentit enfin la satisfaction qu'elle attendait depuis tant d'années. Justice avait été rendue, et ce fut sur cette conclusion qu'elle referma définitivement le dossier Brunnmann.

Pau après la chute du rideau de fer en Pologne, Marlene prit contact par l'intermédiaire de sa fondation avec le nouveau gouvernement polonais. En 1990, elle se rendit à Varsovie où elle rencontra des représentants du gouvernement. Les négociations se prolongèrent, mais au printemps de 1992, elle reçut enfin l'autorisation de financer une exhumation dans les environs de Walbrzych.

Grâce à un échantillon d'ADN de Noah, on put identifier les ossements de Gustav Berchinger. Marlene écrivit à Deborah une nouvelle lettre qui lui revint encore non décachetée. Avec Noah et sa belle-fille Olivia, elle se rendit à Munich. Wolfgang, sa femme Maria, Jolanta et Colin étaient également venus à l'enterrement de Gustav Berchinger.

Le cimetière de Munich dans lequel était enterrée la célèbre cantatrice Elisabeth Malpran, épouse Berchinger, avait été touché par une bombe pendant la guerre, mais la partie où se trouvait la pierre tombale d'Elisabeth était presque intacte. La tombe montrait l'usure des années et des fleurs sauvages y poussaient en désordre, mais Wolfgang l'avait laissée en l'état parce qu'il savait qu'elle aurait plu à sa mère ainsi. Marlene put lire les mots gravés sur la pierre tombale :

Sur ma tombe, un bassin où les oiseaux se percheront pour boire et pour chanter.

Wolfgang veilla à ce que son père trouvât son dernier repos auprès de sa mère. À la demande de Marlene, il fit graver les mots suivants sur sa pierre tombale :

Tant qu'il y aura des papillons, il restera de l'espoir. La mort n'est qu'un commencement.

Cinquième partie

TEMPS TROUBLÉS

«Prions pour qu'il n'y ait plus de vétérans d'une future guerre, non parce qu'ils seront morts, mais parce qu'ils auront appris à vivre en paix avec leurs semblables.»

John F. Kennedy lors d'un discours
au cimetière national d'Arlington
le 11 novembre 1961

61

« Comment le monde est-il gouverné et entraîné dans la guerre ?
Les diplomates mentent aux journalistes et croient ensuite leurs mensonges quand ils les lisent dans la presse. »

Karl Kraus

Los Angeles, décembre 1963

Marlene était au maquillage avant son passage à l'Andy Griffith Show quand elle reçut l'appel téléphonique de Joe Michaelson. Jolanta lui apporta le téléphone au bout d'un long câble dans la salle de maquillage et mit poliment la maquilleuse à la porte, qu'elle ferma à clef.

Avant que Jolanta lui tendît le combiné, Marlene inspira profondément. Elle venait de passer des semaines éprouvantes. L'assassinat en novembre de John Kennedy, le jeune président américain dont elle avait soutenu la candidature comme l'avaient fait de nombreux artistes, l'avait bouleversée. Elle craignait que Johnson, le nouveau président, n'envoyât rapidement l'armée américaine au Vietnam, sous la pression de l'armée et de l'industrie de l'armement. Le mandat de Johnson ne devait durer qu'un an, si bien que de nouvelles élections présidentielles auraient lieu en novembre 1964. Et comme l'ambitieux démocrate brûlait d'être élu officiellement à la présidence, elle espérait qu'il soutiendrait les réformes entamées par Kennedy, telles que la lutte contre la discrimination raciale et la loi sur les droits civiques. Johnson savait que la poursuite de la politique de Kennedy assurerait son élection.

— Salut, Joe, dit-elle. Pourquoi ai-je l'impression que tu n'as pas de bonnes nouvelles pour moi ?

— Ton impression ne te trompe pas. La presse allemande sait tout : ton acte de mariage et la photographie qui te montre au côté du comte Dietrichstein sont sous presse. Demain, tu feras les gros titres.

Joe n'avait nul besoin de préciser que cette nouvelle ferait également sensation aux États-Unis. C'était probablement la vieille clique nazie qui avait déterré ce misérable épisode de son passé. Elle s'y attendait du reste depuis le procès Brunnmann. C'étaient les enquêteurs de sa fondation qui avaient retrouvé la piste de ce dernier en Amérique du Sud en 1960 et localisé sa résidence. Elle en avait informé l'avocat juif Fritz Bauer de Francfort qui avait transmis le renseignement au Mossad, car ni Marlene ni lui-même n'avaient une confiance démesurée en la justice allemande.

Le corps judiciaire allemand était encore infesté de juristes qui avaient exercé sous le nazisme. Bauer, qui était un ancien déporté, avait confié à Marlene qu'il avait l'impression d'être en territoire ennemi dès qu'il quittait son bureau. La première requête de Bauer auprès du gouvernement fédéral pour l'extradition de Brunnmann avait été immédiatement rejetée. La vieille garde brune avait très mal pris que Bauer se fût adressé directement au Mossad, mais Bauer ne se laissait pas intimider et poursuivait son combat pour que les coupables ne restent pas impunis. Il dirigeait depuis 1963 le procès d'Auschwitz.

— Ça ira, Joe, répondit-elle à Michaelson.

— Que vas-tu faire ?

— Passer à l'offensive. Allume la télévision. Je suis invitée à un direct chez Andy Griffith.

Quelqu'un fit tourner la poignée de la porte, puis frappa.

— Deux minutes ! lança une voix au bord de l'apoplexie.

Un instant plus tard, Marlene annonçait en direct qu'elle se retirait de la vie publique pour se consacrer désormais uniquement à sa fondation.

Elle ne donna jamais d'explication officielle à son mariage avec Dietrichstein. En 1990, elle vendit la propriété qu'elle avait aux États-Unis et alla vivre à Cracovie dans la maison de sa mère qu'elle avait rachetée et fait rénover.

Mais aucun scandale n'est éternel. La guerre du Vietnam, les assassinats de Robert Kennedy et de Martin Luther King, la guerre froide et le printemps de Prague firent à leur tour les gros titres et Marlene *alias* Greta Jakob fut magnanimement réadmise dans la société. Elle poursuivit inlassablement l'œuvre de sa vie, donnant des conférences et s'engageant pour la paix et les droits de l'homme, la liberté de conscience, le droit de vote des femmes et l'égalité entre les sexes.

En 1995, cinq ans après son départ des États-Unis, les Nations unies l'invitèrent à prendre la parole sur le thème de l'égalité des sexes. Marlene surprit tout le monde une fois de plus : elle ne fit pas de discours, mais lut une lettre de 1944 qui lui était adressée. C'était le testament spirituel de Gustav.

Au présent

— Et voilà mon histoire, conclut laconiquement Marlene.

Elle caressa le pelage épais de son chat qui se prélassait sur ses genoux. Elle était surprise de ne pas se sentir épuisée. Les yeux fermés, elle se renversa dans son fauteuil en savourant la présence apaisante du chat et la chaleur du jeune corps de sa petite-fille blottie contre ses genoux.

Seuls le crépitement des bûches du foyer et le ronronnement du chat venaient rompre le silence de la salle, ce que Marlene trouvait très agréable. Du reste, qu'avait-elle à ajouter à son histoire? Ses auditeurs semblaient du même avis qu'elle là-dessus.

Elle sentit soudain l'étreinte de deux bras et avant même d'avoir rouvert les yeux, elle devina que c'était Wolfgang Berchinger. Il lui chuchota à l'oreille un «merci» étranglé et ce mot contenait tout un monde de consolation et de compréhension. Il serra ensuite contre lui son demi-frère Noah et adressa un regard chaleureux à Klaudia. Quand il lui parla, ses yeux brillaient.

— Tu sais, ma chère petite Klaudia, que tu as toujours eu une place spéciale dans ma vie et dans celle de ma chère Maria. Tu es notre petite-fille de cœur. Et maintenant, nous avons un lien de plus par mon père Gustav. Je regrette profondément que Maria n'ait pu voir ce jour. Elle en aurait été vraiment heureuse, dit-il, et il prit son portefeuille, l'ouvrit et en tira une feuille jaunie. Ma chère Klaudia, c'est ton grand-père Gustav qui m'a donné ce poème. C'est tout ce qu'il me reste de lui. Il te revient à présent.

Klaudia le remercia, prit la feuille et lut le dernier vers du poème:

«L'amour est le seul remède aux maux de ce monde.»

— Rien n'est plus vrai, fit Marlene avec un soupir.

— Au fait, qu'est devenue la petite Trudi? demanda Martha, la mère de Felicity. Vous ne l'avez pas dit à la fin de votre histoire.

— Ah oui, Trudi… ma jeune amie. C'est toute une histoire. Pour faire bref, elle a retrouvé son Gregor. Il n'avait plus le droit d'exercer jusqu'en 1950, l'année où ils ont été réunis. Il avait été transféré dans un camp de prisonniers de guerre en France. Trudi l'a suivi là-bas et elle est restée auprès de lui. Pour gagner sa vie, elle est devenue chanteuse aux Variétés. Plus tard, Gregor et elle se sont mariés et ils ont été très heureux.

— Il semblerait que Trudi ait bien su choisir ses amis, observa Felicity avec un sourire.

— Oui. Les amis sont le mortier qui soutient l'édifice de l'existence. La famille est certes les fondations de cet édifice, mais les amis vous soutiennent dans tous les aléas de la vie. Trudi a par la suite aidé beaucoup de gens, répondit Marlene, et elle sourit à Felicity.

— Et qu'est devenu Colin, le fils de Jolanta? demanda avec une visible curiosité Penelope, l'amie de Trudi venue de Munich, qui paraissait déjà plus alerte que le matin de son arrivée.

Marlene regarda Wolfgang Berchinger.

— Peut-être aimerais-tu répondre à cette question? dit-elle.

— Colin Uptenhoff est devenu un scientifique de valeur, répondit-il, visiblement fier de son protégé. Et il a aujourd'hui plusieurs petits-enfants, ajouta-t-il chaleureusement.

La porte de la salle s'ouvrit et une femme de l'âge de Marlene entra. Elle portait sur un plateau des verres et une bouteille de cognac. Comme elle tremblait un peu, ce qui menaçait l'équilibre du plateau, Olivia devança Noah pour venir le lui prendre.

— Tu arrives à point nommé, lança joyeusement Marlene à la nouvelle arrivante. Viens donc t'asseoir avec nous. Puis-je vous présenter cette dame? dit-elle à l'assistance. C'est l'Olga de mon histoire.

— Pour toi, ce sera toujours Olga la Rouge, répondit celle-ci, et elle trinqua avec Marlene. À la vie et à l'avenir. *Dawai!*

Épilogue

Il y avait un bon moment qu'elle était assise à son bureau sans rien faire. Et pourtant la paperasse s'accumulait autour d'elle : chemises pour les pièces à signer, questionnaires et procès-verbaux de la fondation, coupures de presse mentionnant celle-ci, courrier des lecteurs… Jolanta n'aurait pas été contente de moi, songea Marlene. Mais Jolanta était morte, comme tous ceux qu'elle avait connus en temps de guerre. Elle était la dernière survivante du cercle de l'*Unmeisen.* Elle décrocha le téléphone et composa un numéro en savourant la rotation du cadran et chaque précieuse seconde que lui coûtait ce geste. Tout ce qui est ancien n'est pas forcément mauvais, tout ce qui est nouveau n'est pas nécessairement bon. La vérité est comme toujours entre les deux, quel que soit le point de vue duquel on l'envisage. Mais pour en avoir conscience, il faut traverser l'existence les yeux ouverts…

Une voix juvénile qui paraissait comme toujours un peu essoufflée lui répondit.

— Es-tu encore en train d'essayer de gagner du temps ? persifla Marlene.

— Non…, répondit Severine, sa jeune agente, je suis assise à mon bureau et…

— … et tu pianotes sur un clavier, oui, je l'entends. *Multitasking,* la nouvelle forme de politesse. Écoute, prends-moi un rendez-vous au plus tôt avec Rabea Rosenthal.

— La journaliste ?

— Évidemment. Tu crois peut-être que je veux acheter de la porcelaine ?

— Non, je crois que tu préfères la briser.

— Petite futée, va, gloussa Marlene. Dis-lui de me réserver une semaine de son emploi du temps.

— Toute une semaine ? s'exclama Severine, à la fois effrayée et méfiante.

— J'ai quatre-vingt-dix-sept ans et tout mon temps.

Marlene raccrocha, puis composa à nouveau le numéro de Severine.

— Allô? répondit celle-ci avec circonspection.

— J'avais oublié de te dire au revoir. Il faut savoir prendre son temps. Au revoir, dit Marlene avant de raccrocher.

Elle se sentait très en forme ce jour-là, même sa jambe ne lui faisait pas mal. C'était vraiment une bonne journée.

La jeune journaliste ne pouvait croire à sa chance. Elle était assise dans un train à destination de Cracovie, où elle devait rencontrer le jour même la femme dont la force et le courage l'impressionnaient depuis toujours. Que n'avait-elle pas vécu? Elle avait survécu à la guerre et à Auschwitz, elle avait subi d'innombrables attaques et marques d'hostilité parce qu'elle n'avait pas eu peur d'élever la voix contre l'injustice de ce monde, elle avait poursuivi son chemin sans en dévier, sans se laisser abattre et bravé toutes les tempêtes. Elle était une légende vivante. Si cette jeune journaliste avait un modèle, c'était Greta Jakob *alias* Marlene Kalten. La célèbre artiste menait depuis longtemps une vie retirée et n'avait que rarement reçu des journalistes au cours de sa carrière. Elles s'étaient parlé une seule fois au téléphone et Marlene lui avait confié qu'elle l'avait choisie parce qu'elle lisait depuis longtemps ses reportages et qu'elle les admirait pour leur courage.

Elle l'accueillit dans son bureau.

— Bienvenue à Cracovie, madame Rosenthal. Avez-vous fait bon voyage?

— Oui, je vous remercie.

Les deux femmes se serrèrent la main. Severine, qui était allée chercher la journaliste à la gare, se dirigea d'un pas décidé vers la petite table de conférence, y déposa un dossier et sortit son smartphone de sa poche. Elle dégageait comme toujours une assurance inébranlable, comme si sans elle le monde risquait de sombrer dans le chaos.

— Nous n'aurons pas besoin de toi, Severine, merci, déclara Marlene, et la jeune femme sursauta.

— Quoi? Mais…

— Il n'y a pas de mais, seulement un « au revoir ».

Le visage écarlate, Severine ramassa ses affaires et sortit.

— Mais nous déjeunerons ensemble toutes les trois, d'accord? À 13 heures, reprit Marlene en un geste d'apaisement.

— Elle est très jeune, commenta Rabea, le regard fixé sur la porte qui venait de se refermer plutôt brutalement.

— À peine plus que vous, mais je vois ce que vous voulez dire, déclara Marlene, et elle poussa un soupir. Cette jeune fille ne voit que son travail. Elle optimise, elle organise, elle structure… chez elle, ça confine à l'obsession, conclut Marlene, et elle sourit comme beaucoup de vieilles personnes qui en ont vu beaucoup mais ne veulent pas pour autant en faire toute une histoire. Notre horizon est parfois si rétréci qu'on sent souffler un vent nouveau seulement quand il nous fait presque tomber à la renverse. C'est la raison pour laquelle vous êtes ici: je voudrais parler avec vous du vent nouveau qui souffle sur l'Europe. L'opinion doit entendre la vérité sans fard, même si elle est douloureuse. Certains ont oublié ce qu'est la démocratie, d'autres la nient. De nouveaux extrémismes s'éveillent. L'histoire ne devrait jamais se répéter, c'est pourtant ce qu'elle fait toujours, et, malheureusement, avec les pires excès. L'humanité ne tire jamais aucune leçon de ses erreurs. Elle piétine dans son évolution.

— Mon grand-père, qui était rabbin, a récemment observé, à propos de la grande solidarité envers les réfugiés, que les Allemands semblent avoir pleinement conscience de leur responsabilité en raison de leur histoire récente.

— C'est vrai. Le peuple allemand est devenu très compatissant. Il aide aujourd'hui des réfugiés à échapper à la terreur et à la guerre alors que d'autres pays, y compris ceux qui défendent les mêmes principes que l'Allemagne, refusent d'accueillir ces réfugiés. Mais l'aide ne suffit pas. Nous devons réfléchir aux raisons pour lesquelles tous ces gens fuient leur pays. La guerre et la terreur ne naissent pas d'un grain de sable dans le désert. Elles ont des causes et des responsables qui ne sont pas seulement les gouvernements de ces pays. L'Occident porte sa part de responsabilité dans cette détresse et c'est ce qui doit être le point de départ de notre réflexion. Au lieu de nous interroger à propos d'idéologies ou de religions, nous devrions méditer sur une morale universelle: c'est de valeurs morales qu'il s'agit ici, et c'est le plus grand défi de notre époque ! Car les valeurs n'ont de sens que si l'on est prêt à s'engager pour elles et à les défendre. Avons-nous le courage de défendre nos valeurs et notre liberté ? Mais peut-être sommes-nous devenus trop paresseux, trop rassasiés, trop décadents ? demanda Marlene, et elle désigna l'épais manuscrit posé sur son bureau. J'aimerais que vous le lisiez et que nous en parlions ensuite. Je pose cependant une condition à cette interview : elle ne paraîtra qu'à la publication de mon livre.

La jeune journaliste se pencha en avant.

— N'aviez-vous pas stipulé que votre biographie ne devait paraître qu'après votre mort ? s'enquit-elle.

— En effet. Inutile de dissimuler votre impatience, je peux vous rassurer tout de suite : ce ne sera plus très long. Je sens ma fin toute proche. Ne me regardez donc pas ainsi. J'ai quatre-vingt-dix-sept ans, j'ai pu mener presque toute ma vie comme je l'entendais et j'en éprouve une profonde reconnaissance.

La dernière interview de Marlene

Rabea Rosenthal : — *Votre autobiographie commence par cette phrase : « J'ai quatre-vingt-dix ans et je reste combative. » Ces paroles sonnent presque comme une déclaration de guerre.*

Marlene : — Bien entendu, je combats. Pour la paix. Parce que je mets le doigt sur la plaie pour rappeler aux gens leurs responsabilités et leurs faiblesses, je gêne beaucoup de monde. Les politiques se sentent importunés par des gens comme moi. Au lieu de débattre avec moi et de réfléchir à ce que j'ai vécu, on a tenté de me discréditer, on a fouillé dans mon passé et cherché le défaut de ma cuirasse. Mon autobiographie raconte ma véritable histoire.

— *On y découvre des atrocités et des actes de cruauté en nombre, en particulier contre des femmes et des enfants.*

— Ce sont les atrocités et les cruautés de la guerre ! Le viol est une arme de guerre. Il a de tout temps été une tactique de la guerre psychologique qui consiste à enlever des femmes et des enfants du pays attaqué et à les avilir, les violer et les tuer pour affaiblir les hommes de ce pays.

— *Vous posez une question quasi sacrilège quand vous demandez pourquoi les femmes permettent la guerre et la terreur alors que leurs enfants et elles-mêmes en sont toujours les premières victimes.*

— C'est une question cruciale, mais nos hommes politiques n'ont pas encore eu le courage de la poser alors que son sens est clair : dans de nombreuses régions du monde, l'obscurantisme règne encore. Des filles sont élevées par leurs mères pour devenir des servantes dépourvues de tout droit, réduites à leur fonction biologique de reproduction, et elles transmettent ensuite cette vision du monde à leurs propres filles, comme si les femmes étaient de la marchandise de seconde zone. Dans de nombreux pays, l'oppression des femmes fait partie intégrante de la politique. En déniant aux femmes leur droit naturel à disposer d'elles-mêmes, leurs droits à la contraception, à l'éducation et à la liberté, on les pousse dans cet engrenage. Pourtant, chaque être humain naît libre, mais ce sont des êtres humains qui nient la liberté d'autrui parce qu'ils se soumettent à des idéologies, des fanatismes religieux, des superstitions et autres visions du monde archaïques et patriarcales. L'histoire nous enseigne pourtant que les idéologies et les cultes ne font que passer. Au fil des siècles, on découvre des temples enfouis ou des guerriers de Dieu autoproclamés font sauter le peu qu'il en reste. L'humanité se prend pour le nombril du monde alors que pendant six milliards et demi d'années, la Terre s'est très bien passée d'elle.

— *Ce sujet est abordé dans la lettre devenue célèbre que le médecin et résistant Gustav Berchinger vous a écrite peu avant sa mort et que vous avez lue lors de votre discours aux Nations unies en 1995.*

— Oui, la thèse de Gustav est audacieuse et très en avance sur son temps : l'humanité stagne parce que la moitié d'elle, celle qui donne la vie et dont l'attention et l'amour vont en priorité aux enfants, n'a pas voix au chapitre. L'examen de cartes géographiques montre que dans la plupart des pays où règnent la guerre civile et l'instabilité politique, les droits des femmes sont très réduits. Les hommes font la guerre et les mères lui sacrifient leurs fils. Les hommes savent tuer, les femmes survivre. Elles ne veulent ni guerres, ni destruction. Elles veulent préserver la vie et protéger leur famille. C'est leur combat. Ce sont les femmes qui doivent ensuite déblayer les ruines. Et ça, les hommes, avec leurs gros protège-oreilles, n'aiment pas se l'entendre dire.

— *Certains historiens affirment que contrairement à la Première Guerre mondiale, la Seconde Guerre mondiale était juste.*

— Je connais cette thèse et je la juge cynique. Il n'existe pas de guerre « juste ». Les deux guerres mondiales ont commencé par un mensonge. L'assassinat du couple d'héritiers du trône austro-hongrois à Sarajevo en 1914 n'a pas été le véritable déclencheur de la Première Guerre mondiale, mais seulement un prétexte pour la déclarer. L'héritier du trône était impopulaire dans son pays et il avait commis le sacrilège d'épouser une femme nettement au-dessous de sa condition. À Vienne, personne n'a versé une larme sur sa mort et il n'a eu droit qu'à un enterrement de troisième classe. La monarchie du Danube n'avait que faire d'une solution diplomatique : ce qu'elle voulait, c'était la guerre, c'est pourquoi elle a rejeté les tentatives de conciliation de l'étranger, comme celles du ministre des Affaires étrangères britannique Edward Grey. Avec la même euphorie aveugle que celle de l'Allemagne hitlérienne vingt-cinq ans plus tard, on a cru à Vienne que la guerre serait l'affaire de quelques semaines.

Hitler voulait également la guerre, et cette guerre a également commencé par un mensonge : des soldats allemands en uniforme de l'armée polonaise ont attaqué une station de radio à Gdansk, fournissant à Hitler un prétexte pour envahir la Pologne. Par la propagande d'une presse en coupe réglée, Hitler et ses partisans ont fait croire au peuple allemand qu'on avait attaqué l'Allemagne ! Celle-ci entrait soi-disant en guerre pour se défendre… et les Allemands ont cru à ce mensonge et, de leur plein gré, suivi leur dictateur dans l'abîme.

— *Vous vous demandez dans votre biographie si l'humanité sera désormais capable de vivre en paix ou si un nouvel Hitler est quelque part aux aguets.*

— Oui, c'est pourquoi il me paraît fondamental de s'interroger sur l'origine du mal et sur les conditions de sa naissance. Hitler est aujourd'hui l'incarnation du mal, mais il n'a pas agi seul. Il a pu accéder au pouvoir parce qu'il a été protégé par les deux plus grandes puissances du Reich : les représentants de l'armée prussienne féodale voyaient en lui une chance d'effacer ce qu'ils considéraient comme l'opprobre de la défaite allemande à l'issue de la Première Guerre mondiale, et les grands industriels ont financé sa campagne électorale parce qu'ils savaient que la guerre les enrichirait.

— *Cela dit, la facilité avec laquelle les nazis ont fanatisé les foules surprend aujourd'hui encore beaucoup de gens.*

— Comme dans toute dictature, la politique d'Hitler était fondée sur la haine. Pour unir le peuple dans cette haine, il a créé un ennemi : le Juif. L'antisémitisme couvait déjà sous le règne de l'empereur. Hitler a su l'utiliser. On a commencé par détrousser le peuple juif, pour l'assassiner ensuite.

— *Vous ne vous êtes jamais privée de dénoncer la politique de l'Occident.*

— Je dénonce surtout les profiteurs de guerre. Rien n'a changé. Les procédés et la rhétorique de guerre sont toujours les mêmes : on fabrique un ennemi et on l'emballe dans un mensonge. On n'oubliera pas de sitôt l'argument des « armes de destruction massive » utilisé par les États-Unis pour mener la guerre du Golfe, armes qu'on n'a jamais retrouvées et qu'on ne retrouvera jamais même en retournant tout le désert. Il est tragique que cette guerre qui devait soi-disant permettre de sauver des vies ait finalement fait tant de victimes civiles au Moyen-Orient. Ces guerres n'ont fait qu'aggraver la situation, elles ont causé des souffrances et des détresses sans nom et ont contraint des millions de personnes à la fuite. La guerre moderne est de plus en plus mécanisée : missiles téléportés, tanks, bombes, drones, etc. La question est maintenant de savoir pourquoi on dépense des milliards pour fabriquer des armes toujours plus perfectionnées au lieu d'investir cet argent dans l'éducation et dans la lutte contre les causes de la guerre. La réponse à cette question est : parce que la guerre est l'affaire la plus juteuse. On compte en profit et non en vies humaines.

— *Comment croyez-vous possible de prévenir de futures guerres ?*

— Mon grand-père m'a dit un jour que la politique est une course de chevaux de Troie. Une pensée libre naît du doute, c'est pourquoi il est crucial de douter et de s'interroger, de rester vigilant, de ne céder à aucun conformisme, ne serait-ce que par paresse ou par opportunisme. La majorité n'a pas toujours raison. Mon grand-père m'a également dit : *Sois courageuse.* La conquête de la liberté demande du courage ! C'est à nous, les femmes, de rompre le cercle infernal des guerres. Levons-nous et disons : « Sans nous ! » Réclamons notre droit à vivre dans la paix. Pour nos enfants.

Discours de Greta Jakob aux Nations unies le 12 février 1995

Monsieur le secrétaire général, monsieur le président, messieurs les ministres, messieurs les ambassadeurs, mesdames, messieurs,

C'est un honneur pour moi de prendre la parole devant vous en ce jour.

J'ai été invitée à faire une conférence sur les droits des femmes, mais au lieu de cela, j'aimerais vous lire la lettre d'un homme très en avance sur son temps. La grande Hannah Arendt dirait de lui : *Il était capable de penser sans œillères.*

Cet homme était médecin, juif et résistant. Il s'appelait Gustav Berchinger et il a écrit cette lettre en 1944 dans le camp de concentration d'Auschwitz.

Gustav Berchinger croyait que chaque être humain était bon par nature. Il croyait que la haine pouvait être vaincue. Il croyait en la possibilité de la liberté. Il croyait en l'amour. Sa lettre est un ardent plaidoyer pour le droit de la femme à disposer d'elle-même. Il en conclut que la paix sera possible sur Terre seulement quand la femme sera devenue en tout l'égale de l'homme.

Gustav Berchinger est aujourd'hui la voix de toutes les femmes de ce monde. Cette lettre est son testament.

Mon aimée,

Ces lignes ne sont pas un adieu, car personne ne sait si la mort est une fin. Peut-être la vie s'achève-t-elle avec elle, ou peut-être pas. La nature se renouvelle selon un cycle, du plus petit brin d'herbe à l'arbre le plus imposant. Si l'être humain fait partie de ce cycle, il est merveilleusement consolant de penser que chaque être humain renaîtra après sa mort et que nous reverrons alors tous ceux que nous aimons.

Peut-être n'est-ce pas un hasard que la Terre qui nous nourrit soit ronde comme le soleil qui nous éclaire? Le cercle est l'image de la perfection, la géométrie de Dieu. Tout est en harmonie, la nature se renouvelle au fil des saisons, la flore et la faune forment une chaîne alimentaire refermée sur elle-même. Rien ne se perd.

Il n'existe qu'une source de disharmonie: l'être humain. C'est l'humanité qui a créé des difficultés dans ce monde et c'est également elle qui pourra les résoudre. Mais pour y parvenir, on ne doit pas en exclure la moitié de l'humanité que sont les femmes. Tout dans la Genèse repose sur un cycle éternel, sur le renouvellement, sur l'équilibre. L'univers est neutre. C'est l'homme qui provoque son déséquilibre et c'est ce déséquilibre qui engendre les guerres.

En tant que médecin, j'ai découvert la pauvreté dans les quartiers ouvriers et j'ai été tout près de désespérer, car ce que je pouvais faire pour lutter contre le taux de mortalité infantile si élevé dans ce milieu était dérisoire. J'étais aussi profondément démoralisé par la misère des femmes de ce même milieu – veuves, célibataires, filles-mères mettant au monde des enfants non désirés. Elles ne vivaient pas, elles végétaient et supportaient leur sort comme s'il était mérité. Mais personne ne mérite de vivre ainsi! Ce sont les femmes et les enfants qui souffrent le plus de l'absence de droits et de l'arbitraire d'un système social profondément injuste. Et c'est nous, les hommes, qui avons créé ce système. Notre monde a besoin de changement. Qui peut encore croire à cette guerre, sauf quelques bellicistes invétérés? Qui peut encore croire que notre civilisation peut aller ainsi de guerre en guerre? Voulons-nous combattre jusqu'à l'extinction de l'humanité? La question cruciale est la suivante: pourra-t-on empêcher des guerres à l'avenir, et comment? Et voici ma réponse: par une démocratie saine dans laquelle les femmes et les hommes seront égaux en tout.

Emmeline Pankhurst, la célèbre suffragette britannique, a déclaré: «Si la civilisation doit progresser, ce progrès ne sera possible qu'avec l'aide des femmes, des femmes libérées de leurs liens, des femmes qui auront pleinement le droit d'imposer leur volonté dans nos sociétés.»

Tout évolue, tout progresse, la médecine, les sciences, l'armement. Seule l'humanité semble stagner dans l'ignorance, le racisme, la vénération de la domination patriarcale. Pourquoi nous laissons-nous toujours mener à l'abîme par une minorité? Pourquoi obéissons-nous à des mots d'ordre? Pourquoi sommes-nous incapables de reconnaître le mal? Parce qu'il arbore le masque du bien? Pourquoi est-il si difficile à l'humanité de vivre en paix? Serait-il plus facile de faire la guerre? Est-ce le diable qui a rendu le mal plus facile que le bien pour mieux nous tenter?

C'est la raison pour laquelle le doute est fondamental. Plus quelqu'un nous fait de promesses, plus nous devons nous interroger sur ses intentions. Abraham Lincoln a dit: «L'art de gouverner est l'usage ingénieux de sa propre infamie pour le bien général.»

Quelle malédiction que cette description convienne à notre Führer mieux qu'à personne! Dès la Première Guerre mondiale, j'ai mesuré la cruauté humaine. Aux blessures par balles, grenades, bombes et gaz moutarde s'ajoutaient celles de l'âme. En tant que médecin, je peux réparer des corps, mais mon art est impuissant face aux souffrances de l'âme. J'ai vécu deux guerres effroyables en l'espace de quelques décennies. Comment la guerre actuelle a-t-elle pu éclater si vite? Parce que toute une génération a été endoctrinée par la propagande nazie jusque dans les écoles, aux Jeunesses hitlériennes et à la Ligue des jeunes filles allemandes? Mais si l'on peut enthousiasmer des enfants pour l'idéologie national-socialiste, pourquoi ne parviendrait-on pas à en faire autant pour la morale, l'honnêteté, le respect et la tolérance, pour une coexistence dans la paix?

Pourquoi n'enseignons-nous pas à nos enfants que la paix entre les peuples doit être notre plus grand idéal, quelles que soient notre race et notre religion? Pourquoi ne leur apprenons-nous pas que c'est l'amour qui donne tout son sens à la vie? Nos enfants ne sont-ils pas notre espoir? Les enfants devraient grandir dans la paix et dans l'amour, nourris de belles histoires et de beaux contes. Notre responsabilité de parents est de leur faire don d'une enfance heureuse. On ne vit pas deux fois ce temps merveilleux de l'enfance où tout paraît possible, où les parents sont encore des héros et le monde un extraordinaire terrain de jeu où toutes les aventures finissent bien. C'est le moment de la vie où le bonheur est le plus intense, car l'enfant ne soupçonne pas la cruauté et la corruption de ce monde. C'est l'innocence perdue de l'enfance que nous recherchons par la suite. Nous avons tous l'espoir du bonheur dans un monde meilleur. Et qu'est-ce que l'espoir, sinon notre dernière mise dans le jeu de hasard du destin? Cet espoir survit quand tout le reste semble perdu. On peut rencontrer partout des raisons d'espérer, dans la lumière, dans le lever du soleil, dans le vol léger d'un papillon. Toi aussi, Marlene, tu es pour moi une raison d'espérer, ainsi que toutes les femmes de ce monde, car vous êtes dans tous les foyers. Vous êtes les mères, les épouses, les sœurs, les filles. Prenez votre place au côté des hommes. Vous êtes nées aussi libres qu'eux, vous avez les mêmes droits qu'eux à disposer de vous-mêmes, les mêmes droits au savoir et à la liberté. La paix dans le monde ne sera possible que lorsque la tolérance et le respect seront au cœur d'une morale universelle. C'est seulement à cette condition que nous pourrons vivre dans un monde juste et en paix.

Postface

Ce livre est, une fois encore, un plaidoyer pour la paix. C'est aussi un réquisitoire contre les bellicistes. La guerre ne tombe pas du ciel. À l'origine de chaque guerre, il y a des profiteurs. Il s'agit généralement moins de politique ou de religion que de pouvoir et d'argent, et des industries que la guerre enrichit. Et derrière ces industries, il y a des hommes.

Le comte nazi Dietrich zu Langenburg-Dietrichstein est un personnage imaginaire, mais sa phrase cynique selon laquelle il n'y aura plus de paix durable et la guerre se propagera à travers le monde est aujourd'hui une amère réalité. Au moment où vous lisez ces mots, on se bat, des bombes pleuvent, des affrontements font des morts et des blessés.

La guerre dépasse l'entendement. Depuis l'aube de l'humanité, on fait la guerre et l'histoire appelle les vainqueurs des conquérants. La guerre n'est pourtant rien d'autre qu'une agression meurtrière. Les vainqueurs envahissent et brûlent des villes, massacrent leur population, violentent femmes et jeunes filles. Chaque grande guerre est plus destructrice que la précédente et la dernière guerre mondiale n'a pris fin qu'après le largage de deux bombes atomiques.

La Première Guerre mondiale a fait environ dix-sept millions de morts, la Seconde environ soixante millions, la guerre du Pacifique (1937-1945) environ vingt millions. En comparaison, les morts des guerres napoléoniennes s'élevaient à environ quatre millions. Après la fin de la Seconde Guerre mondiale, les cent vingt guerres suivantes auraient fait de vingt-six à vingt-huit millions de morts. Aujourd'hui encore, un million trois cent mille militaires allemands de la Seconde Guerre mondiale sont portés disparus. Ernst Meister représente l'un d'eux.

Staline avait dit : « La mort d'un seul homme est une tragédie, mais la mort de millions n'est qu'une statistique. »

Ces millions de victimes ne sont pas des statistiques, mais une accusation à laquelle nous devons répondre. C'est à nous d'empêcher les guerres à venir. Osons créer les conditions pour un monde meilleur. Ne permettons pas que notre civilisation stagne dans le cycle éternel de guerres.

Marlene n'est bien entendu qu'un roman, mais ce roman se fait l'écho d'événements réels. Il se déroule pendant la période la plus noire de l'Allemagne, où les hommes avaient perdu tout sens de l'humanité. Ce que Gustav Berchinger dit dans le premier volume de cette série, *Au nom de ma mère*, est toujours d'actualité : « Cette Terre pourrait être un paradis si seulement l'humanité apprenait à vivre en paix. »

Même si Gustav n'est qu'un personnage imaginaire, ce qu'il dit est vrai : nous autres femmes avons le droit de vivre dans un monde en paix, pour nos enfants. Et nous pouvons réaliser ce rêve : après tout, nous sommes présentes dans chaque foyer.

Bibliographie

Corinna von List, *Résistantes*, Paris, éditions Alma, 2012.

Bertolt Brecht, *Le Procès de Lucullus*, texte français de Michel Habart.

Albert Einstein, *Pensées intimes*, Monaco, Éditions du Rocher, 2000.

Œuvres d'Heinrich Böll, éditions Kiepenheuer & Witsch, Cologne, 2014.

Leitfaden für britische Soldaten in Deutschland 1944, éditions Kiepenheuer & Witsch, Cologne, 2014.

Cet ouvrage a été composé
Par Atlant'Communication au Bernard (Vendée)

Impression réalisée par
CPI France
en janvier 2020
pour le compte des Éditions de l'Archipel
département éditorial
de la S.A.S. Écriture-Communication.

IMPRIM'VERT®
Votre imprimeur agit pour l'environnement

Certifié PEFC
Ce produit est issu de forêts gérées durablement et de sources contrôlées.
PEFC™
10-31-3068
pefc-france.org

Imprimé en France
N° d'impression : 3036999
Dépôt légal : janvier 2020